INTENSO DEMAIS

TRILOGIA
ROCK STAR

LIVRO 1
INTENSO DEMAIS

LIVRO 2
COMPLICADO DEMAIS

LIVRO 3
PERIGOSO DEMAIS

S. C. STEPHENS
TRILOGIA ROCK STAR LIVRO 1

INTENSO DEMAIS

Tradução
Kenya Costa

valentina

Rio de Janeiro, 2014
3ª Edição

Copyright © 2009 *by* S. C. Stephens
Publicado mediante contrato com Gallery Books, um selo do grupo Simon & Schuster, Inc.

TÍTULO ORIGINAL
Thoughtless

CAPA
Marcela Nogueira

FOTO DE CAPA
Pascal Genest/Getty Images

DIAGRAMAÇÃO
editoríârte

Impresso no Brasil
Printed in Brazil
2014

CATALOGAÇÃO NA PUBLICAÇÃO
BIBLIOTECÁRIA: FERNANDA PINHEIRO DE S. LANDIN CRB-7: 6304

S835i
3. ed.

Stephens, S. C.
    Intenso demais / S. C. Stephens; tradução de Kenya Costa. - 3. ed. - Rio de Janeiro: Valentina, 2014.
    464p. ; 23 cm. - (Rock Star; 1)

    Tradução de: Thoughtless
    Continua com: Complicado demais

    ISBN 978-85-65859-24-0

    1. Relação homem-mulher - Ficção. 2. Amizade - Ficção. 3. Traição - Ficção. 4. Romance americano. I. Costa, Kenya. II. Título. III. Série.

CDD: 813

Todos os livros da Editora Valentina estão em conformidade com
o novo Acordo Ortográfico da Língua Portuguesa.

Todos os direitos desta edição reservados à

EDITORA VALENTINA
Rua Santa Clara 50/1107 – Copacabana
Rio de Janeiro – 22041-012
Tel/Fax: (21) 3208-8777
www.editoravalentina.com.br

Obrigada a todos que apoiaram a mim e à publicação desta história. Eu não teria conseguido sem vocês!

Capítulo 1
ENCONTROS

Era a viagem mais longa que eu já tinha feito. O que não queria dizer grande coisa, já que eu nunca tinha me afastado mais de cem quilômetros da minha cidade natal. Ainda assim, pelos padrões de qualquer um, o trajeto estava sendo incrivelmente longo. De acordo com o GPS, eram aproximadamente trinta e sete horas e onze minutos de viagem. Isso, imagino, se o viajante fosse um super-herói e não precisasse dar nenhuma parada, é claro.

Meu namorado e eu tínhamos saído de Athens, em Ohio. Eu nasci e me criei lá, bem como todos os outros membros da minha família. Embora isso nunca tivesse sido discutido com nossos pais, já estava decidido desde nosso nascimento que eu e minha irmã estudaríamos na Universidade de Ohio. Portanto, foi uma tremenda tragédia para a família quando, alguns meses antes, durante meu segundo ano, comecei a fazer planos para me transferir no outono. O que chocou ainda mais o pessoal, se é que isso era possível, foi o fato de que eu ia me transferir para o estado de Washington, que fica a quase quatro mil quilômetros de distância – mais especificamente, para a Universidade de Washington, em Seattle. Como eu tinha conseguido uma ótima bolsa de estudos, isso certamente ajudou a convencer meus pais. Quer dizer, ajudou, mas só um pouco. As reuniões de família iam passar a ser... animadas de agora em diante.

O motivo da minha transferência estava sentado à minha esquerda, dirigindo seu Honda detonado. Olhei para ele e sorri. Denny Harris. Ele era lindo. Eu sei, essa não é a maneira mais máscula de se descrever um homem, mas, na minha cabeça, era o adjetivo que eu mais usava, por ser a cara dele. Denny nasceu numa cidadezinha em Queensland, na Austrália, e uma vida inteira passada naquele lugar exótico o deixou bronzeado e musculoso, mas não assim tipo um Rambo. Não, de um jeito mais natural, bem proporcionado, atlético. Ele não era alto demais para um cara, mas era mais alto do que eu mesmo quando eu usava saltos, e isso bastava para mim. Seu cabelo era de um castanho muito escuro, e ele gostava de dividi-lo em mechas espetadas, bem distribuídas. Eu adorava modelá-las, e ele deixava com o maior prazer, suspirando e reclamando o tempo todo que um dia iria raspar toda a cabeça. Mas ele adorava.

No momento, seus olhos afetuosos, de um tom castanho-escuro, estavam voltados na minha direção, sorrindo para mim.

— Oi, amor. Não falta muito agora, talvez mais umas duas horinhas. — Era incrível como o sotaque dele surtia um efeito hipnótico sobre mim. Nunca deixava de me proporcionar um lampejo de alegria, por mais estranho que isso possa parecer.

Para minha sorte, Denny tinha uma tia que, três anos antes, recebera um convite para trabalhar na Universidade de Ohio e se mudara para cá. Denny, que é um doce, decidiu vir com ela e ajudá-la a se instalar. Como tinha adorado morar nos Estados Unidos quando cursou um ano do ensino médio aqui, ele não demorou muito a decidir se transferir para a Universidade de Ohio, o que, para os meus pais, o transformou no candidato ideal... quer dizer, até ele me raptar de casa. Suspirando, torci para que eles superassem esse trauma da faculdade logo.

Pensando que eu tinha suspirado por causa do que ele dissera, Denny acrescentou:

— Eu sei que você está cansada, Kiera. Vamos só dar uma paradinha no Pete's, e depois seguimos direto para casa e caímos na cama.

Concordei com a cabeça, fechando os olhos.

Pelo visto, Pete's era o nome do barzinho badalado onde nosso novo roommate, Kellan Kyle, era a estrela do rock local. Embora fôssemos ser seus hóspedes fixos, eu não sabia muito sobre ele. Sabia que, enquanto fazia o terceiro ano do ensino médio aqui, Denny tinha se hospedado com Kellan e os pais dele, e que Kellan tocava numa banda. Pois é, eu sabia nada menos do que dois grandes fatos sobre o nosso novo e misterioso roommate.

Abri os olhos e observei pela janela as árvores encorpadas e verdes passando num borrão. Os inúmeros postes da rodovia lançavam uma estranha luz alaranjada sobre elas. Finalmente passamos pelo último desfiladeiro; por um momento, tive medo de que o velho carro de Denny não conseguisse ir até o fim. Agora estávamos ziguezagueando por florestas exuberantes, cachoeiras escorrendo sobre pedras e vastos lagos cintilando ao luar. Mesmo na calada da noite, dava para notar que o lugar era lindo. Eu já podia ver uma nova vida começando para mim nessa terra pitoresca.

A ruptura com nossa confortável vida em Athens tinha começado meses antes, às vésperas da formatura de Denny, pela Universidade de Ohio. Ele era brilhante, e eu não era a única que achava. "Prodígio" era o termo que os professores usavam para se referir a ele. Munido das várias cartas de recomendação que escreveram para ele, Denny começou a mandar currículos para empresas no país inteiro.

Eu não aguentava a ideia de ficar longe dele, mesmo que só por dois anos até me formar, por isso tentei conseguir uma vaga em todas as universidades e *colleges* nas mesmas cidades onde ele tentou arranjar um emprego ou estágio. Minha irmã, Anna, estranhou minha atitude. Ela não era exatamente do tipo que sai rodando pelo país afora atrás de um cara, nem mesmo um cara atraente feito Denny. Mas não consegui segurar a onda. Não aguentava ficar sem aquele menino de sorriso fofo.

É claro que, sendo tão brilhante, ele conseguiu descolar o estágio dos seus sonhos em Seattle. Ia trabalhar para uma empresa que, de acordo com Denny, era uma das agências de publicidade mais importantes do mundo, e tinha sido responsável pela criação do jingle superfamoso de uma certa multinacional de fast-food cujo logotipo é um M dourado. Ele não cansava de repetir isso para quem quisesse ouvir, com uma curiosa expressão de reverência, como se os caras tivessem inventado o oxigênio. Pelo visto, os estágios nessa agência são muito raros. E não só em termos do quanto eles oferecem por ano, mas também do quanto deixam os estagiários participarem dos projetos. Pois Denny já iria começar como membro da equipe, não um mero office boy. Ele estava eufórico com a ideia de ir para Seattle.

Eu estava totalmente em pânico. Tive que tomar meia garrafa de antiácido por dia, até finalmente aceitarem minha transferência para a Universidade de Washington. Perfeito! Em seguida, consegui descolar uma bolsa de estudos que cobriria quase todos os gastos. Eu não estava no mesmo nível de inteligência de Denny, mas também não era nenhuma burra. Mais que perfeito! O fato de Denny conhecer pessoas em Seattle e de uma delas ter um quarto dando sopa por uma fração do que esperávamos pagar... bem, fez com que tudo parecesse destinado a acontecer.

Eu sorria ao observar os nomes das estradas, parques e cidadezinhas que passavam voando pela janela. Estávamos atravessando mais cidades agora, começando a nos afastar das majestosas montanhas que eu já não podia mais ver na escuridão atrás de nós. Gotas de chuva pontilhavam o para-brisa quando nos aproximamos de uma cidade maior com uma placa nos dirigindo para Seattle. Estávamos chegando lá. Nossa nova vida iria começar em breve. Eu não sabia praticamente nada sobre a nossa nova cidade, mas faria cada descoberta com Denny a meu lado. Segurei sua mão, e ele me deu um sorriso tranquilo.

Denny tinha se formado havia uma semana, com dupla habilitação em economia empresarial e marketing (o c.d.f. gostoso...), e em seguida começamos a fazer as malas para ir embora. O novo emprego dele exigia que estivesse em Seattle já na segunda-feira seguinte. Meus pais não tinham ficado lá muito satisfeitos com essa separação prematura. Já tendo feito o sacrifício de aceitar minha decisão de ir embora, estavam ansiosos para passar pelo menos um último verão comigo. Embora eu fosse sentir uma saudade terrível deles, o fato era que Denny e eu estávamos vivendo separados, ele com a tia e eu com meus pais, havia dois longos anos, e eu estava ansiosa para que nosso relacionamento fosse adiante. Tentei ficar séria na hora em que minha família e eu começamos a trocar beijos de despedida, mas, no íntimo, estava eufórica com a ideia de Denny e eu podermos finalmente ficar a sós.

A única parte da mudança contra a qual protestei, e com veemência, foi a viagem de carro para cá. Algumas horinhas num avião versus dias a fio num carro apertado... era uma escolha bastante óbvia, na minha opinião. Mas Denny tinha um apego estranho ao carro dele, e se recusou a deixá-lo para trás. Pensei que até seria conveniente ter um carro em Seattle, mas mesmo assim passei um dia quase inteiro emburrada, até concordar. Depois disso, Denny tornou a viagem divertida demais para que eu pudesse reclamar e, claro, arranjou mil maneiras de deixar o carro bastante... confortável. Demos duas paradas para descansar que agora estão gravadas para sempre entre minhas lembranças mais felizes.

Abri um largo sorriso ao pensar nisso e mordi o lábio, novamente empolgada com a ideia de termos um cantinho só nosso. A viagem havia sido divertida e deixado muitas lembranças felizes, mas nós tínhamos dirigido praticamente sem parar. Mesmo na maior felicidade, eu estava totalmente pregada. E, mesmo Denny tendo conseguido a proeza de deixar o carro tão aconchegante, ainda assim era um carro, e eu daria tudo por uma cama de verdade. Meu sorriso se transformou em um suspiro satisfeito quando as luzes de Seattle finalmente apareceram diante de nós.

Denny pediu informações antes de chegarmos, de modo que foi fácil encontrar o Pete's Bar. Ele conseguiu achar uma vaga no estacionamento superlotado naquela noite de sexta, o dia em que todo mundo sai para beber, e entrou nela rapidamente. No segundo em que o motor foi desligado, eu praticamente saltei pela porta e passei um bom minuto me espreguiçando. Denny riu de mim, mas fez o mesmo. Dando as mãos, caminhamos até as portas abertas do bar. Estávamos chegando mais tarde do que o esperado, de modo que a banda já estava tocando, e a música chegava até nós no estacionamento. Finalmente entramos, e Denny foi logo dando uma geral no salão. Apontou para um cara enorme que estava encostado numa parede lateral e nos dirigimos até ele, abrindo caminho pelo salão lotado de gente.

No meio do caminho, dei uma olhada nos quatro caras que se apresentavam no palco. Todos pareciam ter seus vinte e poucos anos, como eu. A música deles era um rock rápido, com uma pegada firme, e a voz do cantor combinava perfeitamente com o estilo, rouca mas supersexy. *Caramba, eles são muito bons*, pensei, enquanto Denny ia usando seu jogo de cintura para nos conduzir por um mar de pés e cotovelos.

Não pude deixar de notar o vocalista antes dos outros. Ninguém teria conseguido deixar de olhar para aquele cara – ele era simplesmente lindo de morrer. Tinha um olhar intenso, que percorria a legião de tietes apaixonadas se amontoando na frente do palco.

O cabelo claro, alourado, era um caos, cheio e revolto. Era mais comprido no alto, com camadas mais curtas e assimétricas ao redor, e ele passava as mãos por elas de um jeito irresistível. Como diria Anna, ele tinha "cabelo de quem acabou de acordar". Tá legal, confesso, ela usava um verbo bem mais grosseiro – minha irmã podia ser meio cafajeste às vezes –, mas era *mesmo* aquele estilo que parece que o cara acabou de sair de um amasso no camarim. Fiquei vermelha ao pensar que talvez tivesse saído mesmo... Enfim, aquele cabelo ficava um verdadeiro arraso nele. Não era qualquer um que podia exibir um look daqueles.

Suas roupas eram bastante básicas, como se ele soubesse que não precisava de acessórios. A camisa era comum, cinza, com as mangas compridas arregaçadas até os cotovelos. E apertada o bastante para insinuar o que indiscutivelmente era um corpo maravilhoso por baixo. Ele completava a produção com uma black jeans detonada na medida e botas pretas, pesadas. Simples, mas o máximo. Ele parecia um deus do rock.

Mesmo com tudo isso, o que era mais fantástico nele, além da voz sensual, era o sorriso incrivelmente sexy. Ele só o esboçava de vez em quando, entre as palavras que ia cantando, mas era o bastante. Um sorrisinho sutil aqui, outro ali – flertando com a galera. Totalmente irresistível.

Aquele homem era sexy até dizer chega. E, infelizmente, tinha consciência disso.

Ele olhava nos olhos de cada uma das fãs apaixonadas. Elas iam à loucura quando o olhar dele passava por elas. Agora que eu prestava mais atenção, os meios sorrisos dele eram sensuais a ponto de deixarem a pessoa sem graça. Os olhos praticamente despiam cada uma das mulheres ao redor do palco. Minha irmã também tinha uma expressão favorita para aquele tipo de olhar.

Ficar vendo o cara seduzir toda aquela legião de tietes estava me deixando constrangida, e eu desviei minha atenção para os outros três membros da banda.

Os dois caras que ladeavam o vocalista eram tão parecidos que só podiam ser parentes, provavelmente irmãos. Pareciam ser da mesma altura, um pouco mais baixos que o vocalista, e mais magros, não tão... bem-dotados. Tinham exatamente o mesmo nariz estreito e lábios finos. Um era o guitarrista, o outro o baixista, e até que eram razoavelmente bonitos. De repente, se eu os tivesse visto antes do vocalista, eu os teria achado mais atraentes.

O guitarrista usava um short cáqui e uma camiseta preta com o logotipo e o nome de uma banda que eu não conhecia. O cabelo dele era louro, curto e espetado. Estava tocando um trecho que parecia difícil com uma expressão concentrada no rosto, os olhos claros dando uma geral meteórica na multidão de vez em quando, logo voltando para as mãos.

O parente dele, também louro e de olhos claros, tinha o cabelo mais comprido, até o queixo, e preso atrás das orelhas. Também usava short, e sua camiseta me fez rir um pouco: só dizia "Estou com a banda". Ele tocava baixo com uma expressão quase entediada e não parava de olhar para o guitarrista, que podia tranquilamente se passar por seu irmão gêmeo. Fiquei com a impressão de que ele preferiria tocar aquele instrumento.

O último cara estava meio escondido atrás da bateria, de modo que não dava para ver muito dele. Achei ótimo que pelo menos estivesse vestido, já que muitos bateristas parecem sentir a necessidade de ficar quase nus quando tocam. Mas ele tinha o rosto mais simpático do mundo, com uns olhos grandes, escuros, e cabelos castanhos muito curtos. Estava usando piercings alargadores de orelhas, uns negócios enormes. Nunca fui muito fã daqueles troços, mas era engraçado como ficavam bem nele. Os braços eram cobertos de tatuagens coloridas e chamativas como um mural de arte, e ele executava os mais complicados padrões rítmicos sem o menor esforço, passando os olhos pela multidão com um largo sorriso no rosto.

Denny só tinha dito que nosso novo roommate, Kellan, fazia parte dessa banda, sem chegar a especificar qual dos membros era. Fiquei torcendo para que fosse o cara grandalhão, com jeito de urso de pelúcia, atrás da bateria. Parecia ser uma pessoa tranquila.

Denny e eu finalmente conseguimos passar pela multidão e chegar até o cara corpulento. Ele notou quando nos aproximamos e abriu um largo sorriso para Denny.

— E aí, cara? Bom te ver — berrou mais alto do que a música, tentando imitar o sotaque de Denny e derrapando feio.

Dei um sorrisinho discreto. Bastava as pessoas ouvirem Denny falar uma vez para tentarem imitá-lo. E, geralmente, ninguém conseguia. Era um desses sotaques que soam artificiais se a pessoa não tiver vivido na Austrália. Denny sempre tentava me convencer a imitá-lo, porque achava divertidíssimo quando as pessoas tentavam. Eu sabia que não conseguiria, por isso não dava esse gostinho a ele. Nada a ver, fazer papel de boba.

— E aí, Sam? Há quanto tempo! — Foi durante o ano que Denny passou em Seattle como aluno de intercâmbio que ele conheceu Kellan. Como Sam parecia regular em idade com Denny, presumi que os dois tinham se conhecido na mesma época. Meu sorriso aumentou quando eles trocaram um daqueles rápidos abraços "de homem".

Sam era um cara grandalhão. Seu corpo era de um fisiculturista, com uns músculos que mal cabiam na camiseta vermelha. Tinha a cabeça totalmente raspada e, se não estivesse sorrindo, eu nunca teria tido coragem de me aproximar. O cara tinha um ar ligeiramente ameaçador, o que, agora que eu notava o nome do bar escrito na camiseta, parecia adequado. Era óbvio que ele era o segurança do Pete's.

Sam se inclinou mais na nossa direção, para não ter que ficar gritando.

— Kellan me disse que você pintaria por aqui hoje. Vai morar com ele, certo? — Olhou para mim, que estava ao lado de Denny. — Essa é a sua namorada? — perguntou, antes mesmo que Denny pudesse responder à primeira pergunta.

— É, essa é a Kiera, Kiera Allen. — Denny sorriu para mim. Eu adorava o som que seu sotaque dava ao meu nome. — Kiera, esse é o Sam. Ele e eu fomos colegas de colégio.

— Oi. — Sorri para ele, sem saber o que mais poderia fazer.

Eu detestava conhecer pessoas. Era uma coisa que sempre me deixava meio nervosa e com a maior vergonha da minha aparência. Eu não me achava nada de especial nesse sentido. Não que fosse feia, apenas nada fora do comum. Meu cabelo castanho era comprido e, felizmente, cheio e ligeiramente ondulado. Meus olhos eram cor de mel e já tinham me dito que eram expressivos, o que na minha cabeça queria dizer que eram grandes demais. Minha altura era mediana para uma mulher, um metro e setenta, e eu era bem magrinha, porque praticava corrida na universidade. Mas, no geral, eu me sentia bastante comum.

Sam me cumprimentou com a cabeça e tornou a se virar para Denny.

— Olha só, Kellan teve que começar o show, mas deixou a sua chave comigo, para o caso de vocês não quererem ficar... enfim, viagem longa, etcétera e tal. — Ele enfiou a mão no bolso da calça jeans e entregou a chave para Denny.

Isso foi muito gentil da parte do Kellan. Eu estava morta de cansaço, e realmente só queria me pôr à vontade e dormir uns dois dias seguidos. Não estava mesmo a fim de ter que ficar esperando sei lá quantas horas até o show acabar para poder pegar nossa chave.

Dei mais uma olhada na banda. O vocalista ainda estava despindo mentalmente cada uma das mulheres que olhava. De vez em quando, ele fazia aquele som aspirado com a boca, exagerando de um jeito que beirava o erótico. Ele se inclinava para o microfone e estendia a mão para se aproximar ainda mais das fãs apaixonadas, fazendo o mulherio gritar de prazer. A maioria dos caras no bar estava mais afastada, mas alguns faziam questão de grudar nas namoradas. Esses olhavam para o vocalista com um ar de irritação ostensiva. Não pude deixar de pensar que qualquer dia desses ele iria levar um sério pontapé no traseiro.

Eu estava cada vez mais convencida de que o cara simpático no fundo era o amigo de Denny. O baterista parecia aquele tipo de pessoa bacana e tranquila de quem ele facilmente ficaria amigo. Denny, que batia papo com Sam, estava perguntando a ele o que tinha feito ultimamente. Quando terminaram de pôr as notícias em dia, nós nos despedimos.

— Pronta para ir embora? — perguntou Denny, sabendo como eu estava cansada.

— Prontíssima — respondi, desesperada por uma boa cama. Felizmente, Kellan tinha dito a Denny que o último inquilino deixara alguns móveis no quarto.

Denny riu um pouco, e então olhou para a banda. Fiquei só observando, esperando que sua presença chamasse a atenção do amigo. Denny gostava de manter uma barba rala cobrindo o queixo e o lábio superior. Não muita, nem cerrada; ele só parecia um cara que tinha acabado de voltar de uma longa temporada num acampamento. Fazia com que seu rosto, que sem isso seria o de um garotinho, parecesse mais velho e curtido. Mas era uma barba macia, e eu achava uma delícia quando ele esfregava o rosto no meu pescoço. E também era incrivelmente sexy. Nesse momento, percebi que estava pronta para ir embora por mais de um motivo.

Ainda olhando fixamente para Denny, notei quando ele levantou a mão que segurava a chave e acenou com o queixo. Pelo visto, tinha conseguido finalmente chamar a atenção de Kellan, e estava sinalizando para ele que iríamos para casa. Eu estava tão perdida nos meus devaneios que me esqueci de olhar para quem ele sinalizara. Ainda não sabia qual deles era Kellan. Dei uma olhada no palco, mas nenhum dos caras estava olhando na nossa direção.

Quando nos dirigíamos para a porta, olhei para Denny.

– Afinal, qual deles é o Kellan?

– Hum? Ah, acho que não cheguei a dizer, não é? – Ele meneou a cabeça em direção à banda: – É o vocalista.

Senti um vago mal-estar. Claro, só podia ser. Parei e olhei também, e Denny parou a meu lado, observando a banda comigo. Em algum momento enquanto nos dirigíamos para a porta, eles começaram a tocar uma nova música. A batida era mais lenta, a voz de Kellan estava mais baixa, mais suave, mais sensual, se é que isso era possível. Mas não foi isso que me levou a parar e escutar.

Foi a letra da música. Era linda, comovente mesmo. Era uma declaração poética de amor e perda, insegurança e até morte. Do desejo de que alguém que ficara para trás se lembrasse dele como uma boa pessoa, uma pessoa digna de sua saudade. As garotas insípidas, cujo número tinha dobrado, ainda gritavam pela sua atenção. Elas nem mesmo reconheciam a mudança no tom da música. Mas Kellan estava totalmente diferente.

Agora, suas mãos se curvavam em torno do microfone, e ele olhava para além da multidão, os olhos distantes, absortos na música. Seu corpo inteiro se perdia naquelas palavras; pareciam vir do fundo da sua alma. Se a outra música tinha sido apenas para curtir, essa agora era pessoal. Obviamente, significava alguma coisa para ele. Sua interpretação me tirou o fôlego.

– Nossa – comentei, quando voltei a respirar. – Ele é incrível.

Denny meneou a cabeça em direção ao palco:

– É, ele sempre foi muito bom no que fazia. Até a banda dele na escola era show.

De repente, desejei que pudéssemos ficar a noite toda, mas Denny estava tão cansado quanto eu, talvez até mais, pois tinha dirigido a maior parte do tempo.

– Vamos para casa. – Sorri para ele, adorando o jeito como isso soou.

Ele segurou minha mão e me puxou pela multidão. Olhei para Kellan uma última vez antes de passarmos pela porta. Para minha surpresa, ele também estava olhando para mim. Aquele rosto perfeito, fixo somente em mim, me fez tremer um pouco. Sua poderosa canção ainda não acabara. Novamente, desejei poder ficar para ouvir o fim.

Ele estava muito diferente de quando eu o notara pela primeira vez. Naquele primeiro olhar ele tinha parecido apenas... sensual. Tudo nele gritava, *Vou te pegar aqui mesmo e te fazer esquecer o seu nome*. Mas agora ele parecia profundo, até mesmo filosófico. Será que minha primeira impressão tinha sido equivocada? Será que Kellan era alguém que valia a pena conhecer melhor?

Morar debaixo do mesmo teto que ele ia ser... interessante.

Denny achou nossa nova moradia com facilidade, pois não ficava muito longe do bar. Era numa ruazinha transversal bem menor, apinhada de casas. A rua em si tinha tantas fileiras de carros estacionados que era praticamente uma rua de mão única. A entrada da casa parecia ter espaço para dois carros espremidos, de modo que Denny estacionou na vaga mais afastada da porta.

Ele apanhou três das nossas sacolas no assento traseiro e eu as outras duas, e então nos dirigimos para casa. Era pequena, mas bem simpática. A parede da entrada tinha um cabideiro com todos os braços vazios, e uma mesinha em feitio de meia-lua, onde Denny atirou as chaves. À esquerda ficava um corredor curto, que ia dar numa porta. Um banheiro, talvez? Daquela distância, só pude enxergar uma bancada. Devia ser a cozinha. Bem na nossa frente estava a sala. Um aparelho de tevê gigantesco era o elemento mais chamativo. *Homens*, pensei. À direita ficava uma escada em espiral que levava ao segundo andar.

Subimos a escada e paramos diante de uma sequência de três portas. Denny abriu a da direita — a cama extremamente desarrumada e uma guitarra meio velha encostada num canto entregaram que aquele era o quarto de Kellan. Ele fechou a porta e experimentou a do meio, rindo um pouco do nosso jogo de adivinhação. Ah, ele tinha encontrado o banheiro. Agora só faltava a porta número três. Sorrindo, ele a escancarou para nós. Comecei a dar uma geral no aposento, mas meu olhar não foi muito mais longe que a imensa cama de casal encostada no meio da parede. Como não sou do tipo que deixa passar uma oportunidade, segurei Denny pela camisa e o puxei para a cama, sedutora.

Não era sempre que tínhamos uma chance de ficar a sós. Geralmente estávamos cercados por um monte de gente — a tia dele, minha irmã, ou — ugh — meus pais. Por isso dávamos muito valor à nossa privacidade, e uma coisa que logo percebi ao inspecionar nosso novo lar foi que não iríamos ficar tão sozinhos aqui quanto eu tinha esperado, principalmente no andar de cima; dava para notar que as paredes eram muito finas, o que não era nada bom em termos de privacidade. Por isso, jogamos nossas sacolas no canto do quarto e aproveitamos que o nosso roommate trabalhava à noite. O resto da bagagem podia esperar para ser trazida... Algumas coisas eram muito mais importantes.

Acordei cedo na manhã seguinte, ainda desorientada dos dias passados na estrada, mas me sentindo bastante descansada. Denny estava estendido no seu lado da cama e parecia dormir tão bem que não tive coragem de acordá-lo. Senti um arrepiozinho ao acordar do lado dele. Nós raramente conseguíamos passar uma noite inteira juntos, mas agora teríamos todas as noites só para nós. Tomando cuidado para não acordá-lo, levantei e me dirigi ao corredor.

Nosso quarto ficava bem em frente ao de Kellan, e a porta dele estava ligeiramente entreaberta. O banheiro ficava entre os dois quartos, e a porta estava fechada. Minha família não tinha o hábito de fechar a porta do banheiro, a menos que estivesse ocupado. Não vi nenhuma luz acesa sob a porta, mas agora o dia já estava claro, de modo que não seria mesmo preciso acender a luz.

Será que eu devia bater? Não queria me sentir uma idiota, batendo numa porta em minha própria casa, mas ainda não tinha sido apresentada a Kellan, e dar de cara com ele no banheiro não era a maneira como eu queria conhecê-lo... não que eu quisesse dar de cara com ele no banheiro alguma outra hora. Dei uma espiada na sua porta e fiquei prestando atenção até achar que poderia estourar uma veia. Tive a impressão de ouvir um leve ressonar vindo do quarto dele, mas de repente podia ser a minha própria respiração. Eu não o tinha ouvido chegar na noite passada, mas ele parecia ser do tipo que fica na rua até as quatro da manhã e depois dorme até as duas da tarde, de modo que resolvi arriscar e meti a mão na maçaneta.

Senti o maior alívio quando vi que o banheiro estava vazio. Alívio, e um desejo imenso de lavar a sujeira da estrada do meu corpo. Depois de trancar a porta – também não queria saber de Kellan dando de cara comigo –, abri o chuveiro.

Na noite passada, eu tinha revirado minhas coisas às pressas atrás do meu pijama, antes de desmaiar de exaustão. Agora, tirei o short e a regata e entrei na água quase escaldante. Foi um paraíso. De repente, desejei que Denny estivesse acordado. Que estivesse aqui, comigo. Ele tinha um corpo maravilhoso, ainda mais com água escorrendo por cima. Mas então me lembrei do seu ar exausto na noite passada. Hummm... talvez alguma outra hora.

Relaxei na água quente, suspirando. Nem tinha me lembrado de trazer o xampu, na pressa de ir para o banheiro, mas, felizmente, encontrei um sabonete no box. Não era a melhor maneira de lavar o cabelo, mas eu não me sentia à vontade para usar os produtos de Kellan, que tinham pinta de ser supercaros. Fiquei curtindo a água quente por muito mais tempo do que deveria, considerando os outros, que na certa também iriam querer uma gotinha dela. Mas não pude me controlar; era tão bom estar limpa novamente.

Finalmente, fechei a torneira e sequei as gotas com a única toalha disponível. Era horrivelmente fina e pequena demais; eu precisava me lembrar de trazer minha toalha grande e confortável da próxima vez. Enrolando apressada a toalha no corpo, me preparei para enfrentar o ar mais frio do corredor, e abri a porta. Tinha esquecido todos os meus produtos de higiene, para não falar de uma muda de roupa, na minha ânsia de ficar limpa. Estava tentando me lembrar em qual sacola da nossa pilha caótica estavam minhas coisas, quando notei que a porta de Kellan agora estava aberta... e ocupada.

Ele estava parado na soleira, bocejando longamente e coçando o peito. Pelo visto, preferia dormir só de cueca samba-canção. Não pude deixar de me distrair por um momento ao vê-lo. Uma noite de descanso não tinha afetado nem um pouco o seu cabelo alvoroçado; estava uma graça, cada mecha apontando para um lado. Mas foi o corpo que ocupou a maior parte da minha atenção. Era mesmo um espetáculo, como eu tinha imaginado. Se o de Denny era bonito, o de Kellan era uma aberração de tão lindo. Ele era alto, talvez uns quinze centímetros mais alto do que Denny, e os músculos eram longos e esguios, como os de um corredor. E muito bem definidos. Eu poderia ter pegado um pilô e delineado cada um deles.

Ele era... enfim... um tesão.

Seus olhos, de um tom impossível de azul-escuro, brilharam para mim, quando ele inclinou a cabeça para o lado de um jeito lindo, lindo.

– Você deve ser a Kiera – falou numa voz baixa, ligeiramente rouca de quem acabou de acordar.

Senti um certo constrangimento ao me dar conta de que nosso primeiro encontro não estava sendo muito diferente do que eu tinha temido que fosse. Mas, pelo menos, nós dois estávamos vestidos, ou quase. Furiosa comigo mesma por não ter tornado a vestir a regata e o short com que tinha dormido antes de sair do banheiro, estendi a mão para ele, encabulada, tentando, sem jeito, dar uma certa formalidade à cena.

– Sou... oi – murmurei.

Um meio sorriso encantador apareceu no rosto dele quando apertou minha mão. Parecia estar achando minha reação muito divertida. Também não parecia nem um pouco chateado com o fato de nenhum de nós dois estar decentemente vestido. Senti o rubor me subir pelo rosto e um impulso desesperado de correr para o meu quarto, mas não tinha ideia de como sair com um mínimo de educação desse encontro bizarro.

– Você é o Kellan? – Pergunta idiota. É óbvio que era; só morávamos nós três ali.

– Hum-hum... – Ele concordou com a cabeça, ainda me observando atentamente. Um pouco mais atentamente do que eu podia suportar de um estranho me encarando quando eu estava seminua.

– Desculpe pela água. Acho que usei todo o lado quente. – Virei e pus a mão na maçaneta, esperando que ele entendesse a indireta.

– Não tem problema. Só vou usar hoje à noite, antes de sair.

Por um momento me perguntei aonde ele iria, mas, em vez disso, murmurei:

– Vejo você mais tarde, então – e corri de volta para o meu quarto. Tive a impressão de ouvir um riso abafado atrás de mim ao fechar a porta.

Uma cena de matar de vergonha. Se bem que podia ter sido pior. Argh, era exatamente por isso que eu detestava conhecer pessoas. Eu tinha uma tendência a sair desses encontros parecendo uma idiota, e hoje não tinha sido exceção à regra. Denny dizia que o nosso primeiro encontro tinha sido encantador. Já minha memória associava outra palavra àquele momento. Eu estava horrorizada só de pensar quantas vezes iria ter que passar por isso nos próximos meses. Pelo menos, nos nossos futuros encontros eu estaria mais vestida... se Deus quisesse.

— Você está bem? — A voz clara de Denny, com seu sotaque, varou meus pensamentos. Abri os olhos depressa e o vi recostado sobre o cotovelo, me observando com uma expressão de curiosidade. Ainda parecia cansado, e esperei não o ter acordado.

— Estava só conhecendo o nosso roommate — expliquei, emburrada.

Denny me conhecia tão bem que não ficou surpreso com a minha reação a uma coisa tão sem importância. Ele sabia como eu ficaria constrangida por topar com alguém que não conhecia, apenas enrolada numa toalha.

— Ah, vem cá. — Ele abriu os braços para mim, e eu engatinhei avidamente de volta para a cama.

Ajeitei minhas costas ao seu abraço quente e confortante, e seus braços estreitaram meu corpo com força, me puxando para perto. Ele deu um beijo carinhoso na minha cabeça úmida, e então soltou um longo suspiro.

— Tem certeza do que está fazendo, Kiera?

Dei um tapinha brincalhão no seu ombro.

— Nós já estamos aqui. É um pouco tarde para perguntar, não? — Eu me afastei um pouco para poder olhar seu rosto. — *Não vou* fazer outra viagem dessas de volta — provoquei-o.

Ele sorriu um pouco, mas seu rosto estava sério.

— Eu sei do que você abriu mão para vir para cá — sua família, seu lar. Não sou cego, sei que você sente saudades. Só queria ter certeza de que valeu a pena para você.

Pus a mão no rosto dele.

— Não. Jamais questione isso. É claro que eu sinto saudade da minha família, uma saudade horrível. Mas você *vale a pena*, você vale qualquer coisa. — Meus dedos acariciaram seu rosto suavemente. — Eu te amo. Quero ficar aqui com você.

Ele deu um sorriso sincero.

— Me desculpe se isso soar meio piegas, mas... você é o meu coração. Também te amo. — Então ele me beijou profundamente e começou a desenrolar a toalha, de súbito volumosa, da minha cintura.

Eu tinha que ficar me lembrando toda hora de que as paredes eram muito finas...

D-BAGS

Passado um tempo, Denny e eu descemos as escadas de mãos dadas. Era quase como se fôssemos adolescentes apaixonados pela primeira vez. Estávamos simplesmente adorando podermos finalmente viver juntos. Eu disse a Denny o que estávamos parecendo, e nós dois rimos ao dobrar o corredor para entrar na cozinha.

A segunda coisa que notei na casa, além de ser pequena, foi o fato de quase não ter enfeites. Obviamente, aquele era apenas um lugar para dormir à noite. Um cafofo de homem. Eu ia ter que fazer algumas compras em breve. Era árido demais para qualquer mulher, até mesmo eu, ficar lá sozinha por muito tempo.

A cozinha era de um tamanho razoável, considerando as dimensões da casa. A parede mais afastada tinha uma longa bancada, e no fim dela havia uma geladeira. A parede oposta tinha a metade do comprimento, com um fogão e, acima dele, um micro-ondas. À esquerda do fogão ficava outra bancada, mais curta, onde vi uma jarra cheia de café fresquinho. O cheiro que se desprendia dela me deu água na boca. Na parte dos fundos do aposento ficava uma mesa, de bom tamanho, com quatro cadeiras, e uma janela dando para um quintal minúsculo.

O espaço entre a parede mais curta e a da janela se abria para a sala de estar, e Kellan vinha entrando por ali, segurando o jornal dobrado e lendo a primeira página. Já estava vestido com um short e uma camiseta de mangas curtas. Seu cabelo ondulado ainda estava no maior alvoroço, mas bem mais arrumado do que antes... perfeito. Embora Kellan estivesse usando roupas simples, de repente me senti superbanal no meu jeans básico e camiseta. Apertei a mão de Denny e enfrentei a situação.

— E aí, cara. — Denny sorriu e se aproximou de Kellan, que levantou o rosto ao ouvir sua voz.

— Oi! Que bom que vocês conseguiram! — Kellan retribuiu o sorriso e segurou Denny pelos ombros, dando-lhe um rápido abraço. Sorri também. Os homens fazem umas coisas tão fofas.

Com um sorriso carinhoso para mim, Denny disse:

— Eu soube que você e a Kiera já se conheceram. — Meu sorriso desapareceu com a lembrança.

— Pois é. — Os olhos de Kellan brilharam... um pouco maliciosos demais. — Mas prazer em te ver de novo. — Pelo menos, ele estava sendo educado. Ainda sorrindo, Kellan caminhou até a jarra de café e apanhou algumas canecas no armário. — Café?

— Não, para mim, não. Nem sei como vocês conseguem beber esse troço — disse Denny, com uma careta de nojo. — Mas a Kiera adora. — Concordei com a cabeça, sorrindo para Denny. Ele não suportava nem o cheiro do café. Gostava mesmo era de chá, o que eu achava superengraçado e fofo.

Denny olhou para mim.

— Está com fome? Acho que ainda tem comida no carro.

— Estou morta de fome. — Mordi o lábio e olhei para o seu rosto lindo por um momento, então dei um beijo leve nele e um tapinha brincalhão no seu estômago. Sem dúvida, nós éramos adolescentes apaixonados de novo.

Ele me deu um beijo rápido e se virou para sair. Ao se afastar, notei Kellan atrás dele, nos observando com uma expressão divertida.

— OK, já volto. — Denny saiu da cozinha e ouvi quando ele apanhou as chaves na mesa da entrada, onde as tinha atirado na noite passada. A porta se fechou um segundo depois, e fiquei espantada de ver que ele não parecia nem um pouco constrangido por só estar usando a cueca e a camiseta com que tinha dormido.

Sorrindo, fui até a mesa para me sentar e esperar por ele. Kellan se aproximou em seguida, com duas canecas de café. Fiz menção de levantar para pôr creme e açúcar no meu, mas, ao observar a caneca com mais atenção, vi que ele já tinha feito isso. Como ele sabia que eu gostava do café assim?

Notando minha expressão confusa, ele disse:

— Eu trouxe um preto para mim. Posso trocar com você, se não gosta de creme.

— Não, pelo contrário, é assim mesmo que eu gosto. — Sorri para ele quando sentou. — Achei que você podia ler pensamentos, ou algo assim.

— Quem me dera. — Ele riu, dando um gole no seu café preto.

— Bem, obrigada. — Levantei a caneca um pouco e dei um gole... Que delícia.

Kellan olhou para mim do outro lado da mesa, a cabeça inclinada.

— Ohio, não é? A terra do trigo sarraceno e dos vagalumes, certo?

Sorri, revirando os olhos mentalmente pelo conhecimento limitado dele do meu estado natal. Mas não o pressionei.

– É, é por aí.

Ele olhou para mim, curioso.

– Você sente saudades de lá?

Refleti por um momento antes de responder:

– Bem, eu sinto falta dos meus pais e da minha irmã, claro. – Tornei a ficar em silêncio e suspirei um pouco. – Mas sei lá... um lugar é só um lugar. Além disso, eu não vou ficar longe de lá a vida toda – concluí, sorrindo.

Ele franziu o cenho para mim.

– Não me leve a mal por perguntar, mas por que você veio de tão longe para cá?

Fiquei um pouco irritada com a pergunta, mas tentei ignorar esse sentimento. Não conhecia Kellan o bastante para julgá-lo.

– Denny – declarei, como se fosse a coisa mais óbvia do mundo.

– Hum. – Ele não se estendeu, apenas bebendo seu café.

Sentindo necessidade de mudar de assunto, soltei a primeira coisa que me passou pela cabeça:

– Por que você canta daquele jeito? – Na mesma hora me dei conta de como a pergunta devia ter soado extremamente insultuosa, e me arrependi de tê-la feito. Não tinha sido a minha intenção. Estava só curiosa para saber por que ele era tão... oferecido... no palco.

Seus olhos azuis se estreitaram para mim.

– Como assim? – perguntou. Tive a sensação de que seu estilo de cantar não era algo sobre o qual as pessoas geralmente o questionassem. Não pude notar se ele havia ficado zangado, mas eu não tivera a intenção de pressioná-lo daquele jeito. Essa não era a maneira de causar uma boa impressão na pessoa em cuja casa eu agora morava.

Refletindo por um momento, dei um longo gole no meu café.

– Você estava ótimo – comecei a dizer, na esperança de abrandá-lo. – É só que às vezes você se comportava de um jeito tão... – Estremeci por dentro, mas sabia que precisava me comportar como uma adulta e ir em frente. – ... sexual – sussurrei.

A expressão dele se suavizou e ele riu pelo que pareceu cinco minutos.

Senti uma irritação enorme. Não estava tentando fazer graça, e o meu constrangimento era cada vez maior. Por que eu tinha resolvido abrir a boca? Fiquei olhando para minha caneca de café, com vontade de rastejar para dentro dela e desaparecer.

Kellan finalmente notou que minha expressão tinha mudado e fez um esforço para se controlar.

– Desculpe... É que eu não achei que fosse isso que você ia dizer. – Fiquei imaginando por um momento o que ele tinha esperado que eu dissesse, e tornei a olhar para ele. Ainda rindo um pouco, ele refletiu por um momento. – Sei lá. As pessoas tendem a reagir de uma maneira receptiva. – Ele deu de ombros.

Por "pessoas" deduzi que se referia às mulheres.

— Eu ofendi você? — perguntou, com um brilho irônico nos olhos.

Ótimo, agora ele iria pensar que eu era uma santinha que não podia com ele.

— Nãããão. — Dei a máxima ênfase à palavra e olhei zangada para ele. — Só pareceu uma coisa meio excessiva. De mais a mais, você não precisa disso... Suas músicas são ótimas.

Ele pareceu um pouco espantado ao ouvir isso. Recostou-se na cadeira e ficou me olhando de um jeito que fez meu coração bater mais rápido. Falando sério, o cara era bonito demais. Olhei para a mesa, encabulada.

— Obrigado. Vou tentar me lembrar disso. — Tornei a olhar para ele. Estava sorrindo tranquilamente para mim, e parecia ser sincero. Mudando de assunto, ele me perguntou: — Como você e Denny se conheceram?

Sorri ao me lembrar.

— Na faculdade. Ele era assistente do professor de uma das minhas matérias. Eu estava no primeiro ano, ele no terceiro. Achei que ele era a pessoa mais linda que eu já tinha visto. — Corei um pouco por chamá-lo de "lindo" em voz alta, e conversando com um homem. Geralmente eu tentava não usar essa palavra nas conversas do dia a dia. As pessoas tendiam a achar estranho. Mas Kellan apenas sorria para mim. Achei que ele devia estar habituado a ouvir um monte de adjetivos elogiosos.

— Enfim, nós nos demos bem de cara, e estamos juntos desde então. — Não pude deixar de sorrir com o mundo de lembranças que compartilhávamos. — E você? Como conheceu Denny? — Eu sabia o básico da história, mas não muito mais que isso.

Ele refletiu por um momento, o sorriso em seus lábios parecido com o meu.

— Bem, meus pais acharam que seria boa ideia hospedar um aluno de intercâmbio. Acho que os amigos deles ficavam impressionados com esse tipo de coisa. — O sorriso dele se desfez um pouco, mas logo voltou. — Mas Denny e eu também nos demos bem de cara. Ele é gente finíssima.

Desviou o rosto, e por um momento exibiu uma expressão que não compreendi... quase de dor.

— Devo muito a ele — disse Kellan em voz baixa. Em seguida tornou a me olhar, seu sorriso encantador de volta ao rosto, e deu de ombros. — Enfim, eu faria qualquer coisa por aquele cara, por isso quando ele ligou e disse que precisava de um lugar para ficar, foi o mínimo que pude fazer.

— Ah. — Fiquei curiosa com sua súbita tristeza, mas ele agora parecia ter voltado ao normal, e eu não quis pressioná-lo. De todo modo, Denny voltou à cozinha nesse momento. Sua expressão era de pesar.

— Desculpe, só consegui achar isso — disse, exibindo um saco de Cheetos e outro de pretzels.

Kellan riu baixinho e eu estendi a mão, dando um sorriso afetuoso para Denny.

— Cheetos, por favor. — Denny ficou sério mas me entregou o saco, e Kellan riu mais alto.

Terminamos nosso "nutritivo" café da manhã, e então telefonei para meus pais (a cobrar, ainda por cima) para avisar a eles que já tínhamos chegado e estávamos bem. Denny e Kellan ficaram pondo em dia as notícias dos anos em que não se viam, enquanto eu batia papo com minha família. O único telefone da casa era uma engenhoca verde-azeitona, de fio, da década de setenta, que ficava na cozinha, e as histórias de Denny e Kellan iam se tornando cada vez mais barulhentas e cômicas à medida que eles iam revivendo suas lembranças, sentados à mesa. Tive que fazer cara feia para eles duas vezes, com isso pedindo que ficassem quietos para eu poder ouvir meus pais. É claro que eles acharam isso hilário, e só fez com que rissem ainda mais alto. Por fim, dei as costas para eles e ignorei sua conversa eufórica. Até porque meus pais não estavam mesmo dizendo outra coisa além de "Está pronta para voltar agora?".

Depois de minha conversa com eles, que não durou muito, Denny e eu fomos para o andar de cima. Ele tomou um chuveiro rápido enquanto eu procurava algumas roupas na sua sacola. Depois de escolher sua calça jeans favorita, stone-washed, e uma camisa Henley bege-clara, comecei a colocar o resto de nossas coisas na cama.

A pessoa que havia alugado esse quarto antes de nós tivera a bondade de deixar a cama (e os jogos de cama também), uma cômoda, uma tevê pequena, uma mesa de cabeceira e até mesmo o despertador que ficava em cima. Não sei por que fez isso, mas achei ótimo, porque Denny e eu não tínhamos absolutamente nada em termos de mobília. Em Athens, nós morávamos com parentes para economizar. Em várias ocasiões eu tinha tentado fazer com que Denny alugasse um apê só para nós, mas ele, como o economista que era, não tinha visto a lógica de gastar todo aquele dinheiro, quando nossas famílias moravam a minutos da universidade. Na minha cabeça, eu tinha uma longa lista de razões... a maioria delas envolvendo uma cama, com lençóis e tudo.

E, é claro, meus pais, embora o adorassem, não gostaram nada da ideia de ele se mudar para o meu quarto. Nem concordaram que eu me mudasse para a casa da tia dele, e, como eles estavam arcando com as altas despesas da minha educação, não insisti muito no assunto. Mas agora nós tínhamos que morar juntos para economizar, por isso achei que, no fim das contas, eu ganhara a discussão. Sorri ao pensar nisso, enquanto começava a guardar nossas roupas na pequena cômoda dupla — as dele de um lado, as minhas do outro. Não tínhamos trazido tanta coisa assim, de modo que quando ele saiu do chuveiro eu já tinha terminado.

Adorei vê-lo enrolado só numa toalha, e sentei na cama abraçando as pernas, a cabeça apoiada nos joelhos, para ficar observando-o trocar de roupa. Ele riu da minha atenção fascinada, mas continuou à vontade o bastante para se desfazer da toalha e começar a se vestir. Eu teria pedido para ele se virar ou fechar os olhos, se estivesse no seu lugar.

Quando terminou, ele sentou na cama ao meu lado. Não pude resistir e comecei a passar os dedos por seus cabelos úmidos, arrepiando-os um pouco e modelando mechas espetadas. Ele esperou, paciente, um brilho feliz nos olhos, um sorriso tranquilo nos lábios.

Quando viu que eu tinha terminado, me deu um beijo na testa, e tornamos a descer para buscar o resto das nossas caixas no carro. Só precisamos de duas viagens – não tínhamos trazido muita coisa. Mas estávamos no zero em matéria de comida. Colocamos as caixas na cama e decidimos nos aventurar pelas ruas da cidade em busca de mantimentos. Denny tinha morado um ano inteiro lá, mas já fazia muito tempo, e na época ele não dirigia. Por isso tivemos que pedir instruções a Kellan antes de sairmos em campo.

Chegamos ao píer e ao Pike Place Market com facilidade, a fim de dar uma olhada e comprar frutas e legumes frescos. A cidade era realmente linda. Passeamos de mãos dadas pelo píer, observando a luz do sol cintilando no Estuário de Puget. Era um dia claro e quente, e demos uma parada a fim de observar o vaivém incessante das barcas, enquanto as gaivotas voavam baixo sobre a água. Como nós, estavam à procura de comida. Uma brisa leve e fresca trazia o cheiro de água salgada e, me sentindo perfeitamente feliz, inclinei a cabeça sobre o peito de Denny, enquanto ele passava os braços por minha cintura.

— Feliz? – perguntou, esfregando o queixo no meu pescoço, os pelos suaves de sua barba me fazendo rir.

— Demais – respondi, virando a cabeça para lhe dar um beijo.

Fizemos tudo que os turistas fazem na área: visitamos todas as lojinhas pitorescas, paramos para ouvir músicos de rua, sentamos num carrossel fofo e ficamos vendo os pescadores atirarem salmões enormes uns para os outros enquanto a multidão reunida aplaudia. Por fim, escolhemos algumas frutas e legumes frescos, além de outros comestíveis, e voltamos para o carro.

Uma coisa chata em Seattle que percebemos logo de cara ao voltarmos para casa foram as ladeiras íngremes como declives de montanha-russa. Trocar de marcha era praticamente impossível. Da terceira vez que escapamos de bater com a traseira do carro, já estávamos rindo tanto que chegavam a sair lágrimas dos meus olhos. Por fim, conseguimos voltar para casa sãos e salvos, depois de nos perdermos duas vezes.

Ainda estávamos rindo da nossa pequena aventura quando entramos na cozinha carregando duas sacolas cheias de compras. Kellan levantou os olhos do bloco em espiral onde tomava notas, sentado à mesa. Uma letra de música, talvez? Ele nos deu um sorriso divertido e voltou a trabalhar.

Denny foi guardar nossa comida enquanto eu me ocupava em retirar as coisas das nossas poucas caixas. Não demorei nada. Sabendo que o lugar para onde iríamos nos mudar não era espaçoso, só tínhamos trazido o essencial, deixando no sótão de minha mãe a maioria daquelas coisas que qualquer pessoa acumula durante um determinado período de tempo. Demorei muito menos do que tinha imaginado para guardar todos os nossos livros, as roupas de trabalho de Denny, meu material da universidade, algumas fotos e outros objetos de valor estimativo. Por último, coloquei nossos produtos de higiene no banheiro. Ver nosso xampu baratinho de drogaria ao lado dos produtos caros de Kellan me fez sorrir. Pronto. Eu tinha acabado.

Voltando para o andar de baixo, entrei na sala e encontrei Kellan e Denny com a tevê ligada na ESPN. O aposento era como o resto da casa, quase totalmente despojado. Eu realmente iria ter que tomar minhas providências em breve.

A sala consistia numa tevê enorme encostada na parede dos fundos, perto de uma porta de correr que dava para o quintal. Um sofá longo e encardido ocupava a parede mais distante, e uma poltrona com ar confortável ficava na diagonal. Uma mesinha redonda com um abajur antigo estava espremida entre os dois. Pelo visto, Kellan vivia com a mesma simplicidade com que se vestia.

Denny estava esparramado no longo sofá, com cara de quem iria pegar no sono a qualquer momento; provavelmente ainda devia estar morto de cansaço. Eu estava começando a sentir os efeitos da longa viagem, combinada com a caminhada pelo píer a tarde inteira, por isso andei até Denny e engatinhei para cima de seu corpo. Ele se mexeu, para eu poder me encaixar entre ele e o sofá, minha perna jogada sobre a sua, meu braço estendido sobre o seu peito, e minha cabeça aninhada no seu ombro. Ele deu um suspiro satisfeito e me estreitou com força, dando um beijo leve na minha testa. As batidas do seu coração eram lentas e regulares, e estavam pouco a pouco me dando sono. Antes de fechar os olhos, dei uma espiada em Kellan, que estava sentado na poltrona. Ele parecia me observar com curiosidade. Não pude fazer mais do que me perguntar por que seria, antes de meus olhos se fecharem e o sono tomar conta de mim.

Acordei algum tempo depois ao sentir Denny se remexendo embaixo de mim.

— Desculpe, não quis acordar você — disse ele, com aquele sotaque que pronunciava as palavras de um jeito delicioso.

Me espreguiçando com prazer, bocejei e me levantei um pouco para olhar seu rosto.

— Tudo bem — murmurei, dando um beijo leve nele. — Acho que foi bom mesmo eu acordar, se quiser dormir hoje de noite. — Dei uma olhada ao redor, mas estávamos sozinhos na sala.

Sozinhos.

Na hora esse pensamento me deixou consciente do jeito como Denny e eu estávamos enroscados no sofá. Com um sorriso malicioso, tornei a beijá-lo, mas agora com mais intensidade. Ele riu um pouco, mas retribuiu o beijo com avidez. Não demorou muito para minha respiração e pulso acelerarem. Sentindo uma onda de desejo pelo corpo quente daquele homem lindo embaixo de mim, passei os dedos pelo seu peito e os enfiei sob a camiseta para sentir sua pele macia.

Ele segurou meus quadris com as mãos fortes e me puxou para si, colocando meu corpo diretamente em cima do seu. Dei um suspiro de prazer e me pressionei contra ele. Em algum canto da mente, percebi o barulho de uma porta fechando, mas as mãos de Denny me puxando cada vez com mais força contra si logo afastaram qualquer outro pensamento da minha cabeça.

Eu estava beijando seu queixo com prazer e passando para o pescoço, quando uma risadinha baixa e divertida estragou minha festa. Sentei empertigada no colo de Denny na mesma hora, levando-o a soltar um resmungo de surpresa. Eu não tinha me dado conta de que Kellan ainda estava lá, e tive certeza absoluta de que a cor no meu rosto deixava isso bastante óbvio para ele.

— Desculpe. — Kellan estava rindo um pouco mais alto agora. Parado na entrada da sala, ele apanhou a jaqueta no cabideiro que ficava ao lado da porta. — Vou deixar de empatar a vida de vocês em um minuto... se tiverem a bondade de esperar. — Pareceu refletir sobre isso por um momento. — Ou não. Não me incomoda nem um pouco. — Deu de ombros, ainda aos risos.

Mas incomodava a mim. Imediatamente passei para o outro lado do sofá, constrangida demais para dizer qualquer coisa. Olhei para Denny, esperando que ele, sei lá como, desse um jeito de voltar a cena no tempo alguns minutos. Mas ele continuou deitado onde estava, com um sorriso divertido no rosto, igual ao de Kellan. Fiquei morta de irritação. *Homens!*

Aflita para mudar de assunto, perguntei bruscamente:

— Aonde você vai? — Meu tom soou mais ríspido do que eu tinha pretendido, mas agora era tarde demais para consertar isso.

Kellan piscou os olhos, um pouco surpreso com meu rompante de raiva. Fiquei com a impressão de que Denny e eu podíamos mesmo estar transando no sofá, que ele não teria se importado. Pelo visto, tinha a cabeça muito aberta para esse tipo de coisa. Na certa só quisera implicar comigo, não me deixar constrangida. Minha irritação diminuiu um pouco.

— Ao Pete's. Vamos dar outro show lá hoje à noite.

— Ah. — Agora que eu não prestava mais tanta atenção à minha vergonha, notei que ele parecia estar com roupas diferentes das que eu tinha visto pela manhã — uma camisa de manga comprida vermelho-vivo e uma calça jeans desbotada. O cabelo estava no mais lindo alvoroço, mas ainda ligeiramente úmido. Ele parecia o deus do rock de que eu me lembrava da noite anterior.

— Estão a fim de vir... — ele se interrompeu e abriu um sorriso malicioso — ... ou preferem ficar aqui?

— Não, nós vamos. Com certeza — falei depressa, mais por me lembrar do meu constrangimento e irritação do que por querer realmente vê-lo se apresentar.

Denny piscou os olhos, confuso, deixando transparecer uma ponta de decepção.

— Sério?

Tentando encontrar um jeito de me recuperar do rompante impensado, argumentei:

— Claro, eles pareceram ótimos ontem à noite. Eu estava querendo ouvir um pouco mais.

Denny levantou lentamente o corpo do sofá.

— Tudo bem. Vou pegar as chaves.

Kellan balançou a cabeça para mim, um sorriso divertido no rosto.

— Falou. Vejo vocês por lá.

Na ida para o Pete's, tentei disfarçar o constrangimento que tinha sentido perguntando a Denny sobre minha estranha conversa com Kellan na cozinha. Olhei para ele.

— Kellan é um cara legal...? — Não tive a intenção de dar à frase um tom de pergunta, mas foi o que aconteceu.

Denny olhou para mim.

— Não, ele é, mesmo. Mas você tem, tipo assim, que se acostumar com ele. Ele pode parecer um tremendo *abalofochê*, mas é gente fina.

Arqueei a sobrancelha ao ouvir sua estranha gíria australiana e sorri, esperando que ele a explicasse. Volta e meia, ele soltava palavras que eu não fazia a menor ideia do que significavam.

Ele sorriu, sabendo o que eu estava esperando.

— *Abram Alas, O Fodão Chegou* — explicou. — Gíria para um cara metido a besta.

Corei um pouco, pensando que preferia a versão mais curta, e então comecei a rir.

— Você nunca tinha falado muito sobre ele. Não imaginei que vocês fossem tão chegados. — Tentei me lembrar das poucas vezes que ele tinha mencionado o amigo em Washington, mas nenhuma lembrança me ocorreu.

Ele voltou a olhar para a estrada, dando de ombros.

— Acho que foi porque nós perdemos o contato quando voltei para a Austrália. Eu conversei com ele uma ou duas vezes quando voltei para os States... mas nunca chegamos a ficar em contato realmente. Ocupados, sabe como é.

Confusa, observei:

— Ele me deu a impressão de que vocês eram mais chegados. Ele parece ter adoração por você... — Me senti um pouco estranha ao dizer isso; os homens não costumam ser tão diretos a respeito dos seus sentimentos. Claro, Kellan não chegava ao ponto de escrever sonetos para Denny; foi só uma impressão que ele me deu. No universo masculino, os comentários que ele tinha feito sobre "dever a Denny" e "fazer qualquer coisa por ele" significavam amor.

Denny pareceu compreender do que eu estava falando e abaixou os olhos por um momento, um pouco constrangido.

– Não é nada. Não sei por que ele dá tanta importância a isso. Sinceramente, não foi nada demais. – Voltou a olhar para a estrada, mordendo o lábio.

Agora morta de curiosidade, perguntei:

– E aí...?

Ele hesitou por um momento.

– Bem, você sabe que eu morei com ele e os pais durante um ano, não?

– E...?

– Bem, ele e o pai tinham... um relacionamento tenso, por assim dizer. Enfim, um dia o pai dele foi longe demais e começou a dar uns tapas nele. Eu nem cheguei a raciocinar, só queria que ele parasse. Acho que acabei ficando na frente do Kellan, e levei uma porrada no lugar dele. – Denny observou minha reação por um segundo, antes de voltar a se concentrar na direção.

Fiquei olhando para ele, chocada. Nunca tinha ouvido aquela história. Mas parecia exatamente o tipo de coisa que Denny faria. Fiquei um pouco comovida por Kellan.

Denny meneou a cabeça, o cenho franzido.

– Isso pareceu dar uma sacudida no pai dele. Ele nunca mais perturbou o Kellan, pelo menos não enquanto estive lá. – Voltou a menear a cabeça. – Mas, quanto a depois, não sei... – Olhando para mim, ele me deu seu sorriso bobo. – Enfim, Kellan meio que sentiu que... nós éramos mais como uma família do que a família verdadeira dele. – Riu, voltando a olhar para a estrada. – Acho que ele está mais satisfeito por eu estar aqui do que eu mesmo.

Quando chegamos ao bar, Kellan já estava lá, sentado com os outros membros da banda a uma mesa perto do palco. Ocupando a cabeceira, ele parecia relaxado e confortável, com um pé apoiado no joelho, enquanto tomava uma cerveja. À sua esquerda estava o louro de cabelo comprido que eu me lembrava de ser o baixista. Diante dele estava o baterista com jeito de urso de pelúcia que eu tinha torcido para que fosse o nosso novo roommate e, fechando o círculo, à esquerda do baterista, vinha o último membro do grupo, o guitarrista louro. Fiquei um pouco surpresa por eles não estarem enfurnados em algum canto, se preparando para tocar. Mas eles pareciam superconfiantes de que iam fazer um show fantástico, e estavam apenas relaxando com algumas cervejas antes de subir ao palco.

Duas mulheres sentadas à mesa adiante observavam cada gesto deles, na maior. Uma delas encarava Kellan de queixo caído, sem disfarçar. Parecia estar tão bêbada e intrigada que achei que a qualquer momento iria dar um mergulho de uma mesa para a outra e despencar no colo dele. Embora Kellan não prestasse a menor atenção, eu não tinha tanta certeza assim de que não se importaria caso ela decidisse fazer isso.

Denny também as notou. Sorrindo para mim, ele nos conduziu até a nossa mesa. Quando estávamos perto o bastante para ouvir as palavras do baixista, concluí que nossa vinda tinha sido uma má ideia. Desejei ter ficado de boca fechada, e que estivéssemos novamente aconchegados no quente conforto do sofá. Mas Denny me puxava para a frente, determinado, de modo que o segui, contrariada.

– ... cara, aquela garota tinha os peitos mais maravilhosos que eu já vi. – O baixista se interrompeu para fazer um gesto grosseiro com as mãos, como se os amigos precisassem que a declaração fosse esclarecida. – E a saia mais curta também. Todo mundo ao nosso redor estava totalmente chumbado, de modo que eu me meti debaixo da mesa e levantei a saia dela o mais alto que pude. Em seguida peguei a minha garrafa de cerveja e enfiei...

Kellan deu um tapa no peito dele, ao notar que Denny e eu tínhamos chegado. Paramos na ponta da mesa diante dele. Denny estava rindo um pouco. Eu tinha certeza de ter corado feito um pimentão, mas tentei manter a expressão mais neutra possível.

– Cara... Eu estou chegando à melhor parte, espera aí. – O baixista parecia um pouco confuso.

– Griff... – Kellan apontou para mim. – Meus novos roommates estão aqui.

Ele levantou o rosto, dando uma rápida olhada em Denny e em mim.

– Ah, tá... roommates. – Tornou a olhar para Kellan. – Sinto a maior saudade da Joey, cara... ela era gostosa demais! Fala sério, por que você tinha que comer a garota? Não que eu te condene por isso, mas...

Ele se interrompeu quando Kellan deu outro tapa ainda mais forte no seu peito. Ignorando a irritação do baixista, Kellan apontou para nós:

– Pessoal, esses são o meu amigo Denny e a namorada dele, Kiera.

Tentei sapecar um sorriso no rosto. Até então eu não sabia por que a roommate anterior de Kellan tinha ido embora, e fiquei um pouco chocada e constrangida com o papo vulgar que tínhamos acabado de presenciar. Denny sorriu e cumprimentou a todos tranquilamente com um *olá*. Eu consegui murmurar um *oi*.

– E aí? – O baixista meneou o queixo em saudação. – Griffin. – E me deu um olhar de alto a baixo que me deixou morta de vergonha. Apertei a mão de Denny com mais força e dei um jeito de passar para trás dele.

O cara que podia se passar por irmão gêmeo do baixista, e estava sentado diante de Kellan, estendeu a mão num gesto mais educado.

– Matt. Oi.

– O guitarrista, não é? – Denny perguntou a ele ao apertar sua mão. – Você é fera!

— Aí, valeu, cara. — Ele pareceu ficar sinceramente lisonjeado com o fato de Denny lembrar o que ele tocava. Griffin, no entanto, soltou um resmungo debochado, e Matt lançou um olhar para ele. — Ah, esquece isso, Griffin.

Griffin devolveu o seu olhar.

— Só estou dizendo que você ferrou completamente aquele último riff. Eu mando muito naquela música; sou eu que devia tocar a sua parte.

Ignorando o que parecia ser uma discussão já em andamento, o cara parecendo um grande urso de pelúcia ao lado de Matt se levantou e estendeu a mão para nós.

— Evan. O baterista. Prazer em conhecer.

Trocamos um aperto de mão enquanto Kellan se levantava e atravessava o corredor em direção às duas mulheres bêbadas. Achei que a que estava olhando boquiaberta para ele momentos atrás seria capaz de desmaiar ao vê-lo tão perto. Ele se inclinou sobre o encosto da cadeira dela, afastou para o lado uma mecha do seu cabelo e sussurrou alguma coisa muito perto do seu ouvido. Ela fez que sim, corando um pouco, e então ele se endireitou e apanhou duas cadeiras vazias ao lado delas. As duas estavam rindo feito colegiais quando ele se afastou.

Ele colocou as cadeiras à cabeceira da mesa para nós, com um leve sorriso no rosto.

— Pronto, vamos sentar.

Constrangida com aquela manobra, e não totalmente à vontade com as novas companhias, sentei com a expressão um tanto séria no rosto. O sorriso de Kellan se alargou. Ele parecia adorar me ver sem graça.

Griffin estava se dirigindo a Denny quando nos sentamos.

— O seu sotaque é de onde... Você é inglês?

Denny deu um sorriso educado para ele.

— Australiano.

Griffin assentiu, como se já soubesse disso.

— Ahhhh. *Ahoy*, companheiro!

Kellan e Evan caíram na gargalhada. Matt olhou para ele como se fosse o maior idiota do mundo.

— Cara, ele é australiano, não pirata.

Griffin soltou um muxoxo, com ar altivo.

— Que seja. — E deu um gole na sua cerveja.

Rindo um pouco, Denny perguntou:

— Afinal, como é o nome da sua banda?

Griffin deu uma risadinha quando Kellan declarou:

— D-bags.*

---

* Diminutivo da gíria *douchebag*: babaca, mané, otário. (N. da T.)

Olhei para ele, incrédula.

— Sério?

Para meu espanto, Griffin franziu um pouco o cenho.

— Esses frescos me obrigaram a abreviar. Eu queria a palavra inteira. Quem tem orgulho, assume! — Deu um tapa na mesa.

Matt revirou os olhos.

— Se pretendemos algum dia tocar em um lugar maior do que o Pete's, precisamos de um nome que não faça feio no letreiro. — Pelo menos um deles parecia ter planos para um futuro melhor.

Griffin lançou um olhar irritado para Matt, enquanto Kellan e Evan riam.

— Cara, eu mandei fazer camisetas...

— Ninguém está te impedindo de usá-las — resmungou Matt, tornando a revirar os olhos.

Kellan e Evan riram ainda mais alto, e até Denny riu um pouco. Não pude deixar de sorrir para eles.

— Vocês dois são irmãos?

Griffin olhou para mim, horrorizado:

— De jeito nenhum!

Surpresa, tornei a olhar para Matt, e então para ele.

— Ah, desculpe, é que vocês são tão...

— Nós somos primos — explicou Matt. — Nossos pais são gêmeos, de modo que a semelhança é... uma falta de sorte. — Franziu o cenho.

Griffin soltou outro resmungo debochado.

— Uma falta de sorte para você... que eu seja mais gostoso. — Os outros à mesa caíram na gargalhada, enquanto Matt tornava a revirar os olhos.

De repente, Kellan empinou o queixo e levantou dois dedos bem alto, apontando-os para mim e Denny. Olhei para o outro lado do bar, onde ele fixava sua atenção. Uma mulher mais velha, que deu um sorriso misterioso para ele, tomava conta do bar no outro lado do amplo salão. Ela pareceu entender exatamente o que ele queria dizer, porque entregou duas garrafas de cerveja para a garçonete e a orientou na nossa direção.

Tornei a olhar para Kellan, mas Denny já conversava com ele sobre seu novo emprego. Kellan estava curioso para saber em que consistia um estágio em publicidade. Já tendo ouvido aquela história um milhão de vezes, eu me desliguei e dei uma geral no bar.

O Pete's era um lugar acolhedor e confortável. As tábuas corridas em madeira de carvalho estavam gastas pelos anos de uso. As paredes eram pintadas em uma combinação harmoniosa de bege e vermelho, e praticamente cada centímetro estava coberto por cartazes anunciando várias marcas de cerveja. Dezenas de mesas, dos mais diversos tamanhos e estilos, ocupavam o salão, atulhando cada espaço disponível, com exceção de uma área de aproximadamente seis metros diante do palco, que se estendia ao longo de uma das paredes mais estreitas.

O palco também tinha tábuas corridas em carvalho. A parede ao fundo era pintada de preto e exibia penduradas várias guitarras em diferentes estilos e cores. Enormes alto-falantes ficavam de cada lado do palco, apontados para a plateia. No momento, as luzes de cima estavam apagadas. Os microfones, as guitarras e a bateria ocupavam o palco escuro, à espera de seus donos.

Olhei para o outro lado do amplo salão retangular, enquanto os caras conversavam ao meu redor. A parede oposta era ocupada por um balcão que se estendia de ponta a ponta. O espelho por trás do bar exibia várias prateleiras repletas com todos os tipos de garrafas de bebida que se possam imaginar. O barman estava ocupado preparando pedidos para a multidão que começava a entrar pelas portas duplas da frente. Grandes janelas pontuavam aquela parede, deixando entrar a luz dos vários letreiros de néon dos outros bares.

Uma garçonete loura e bonita se aproximou e serviu a Denny e a mim nossas bebidas. Agradecemos e Kellan meneou a cabeça para ela num gesto amigável, o que me deixou curiosa por um segundo. A garçonete se limitou a dar um sorriso educado para ele, por isso imaginei que fossem apenas amigos.

Fiquei bebendo minha cerveja e observando a garçonete passar por portas duplas na outra parede mais longa do bar. Vislumbrei objetos de metal e movimentação, e ouvi o barulho da comida sendo preparada. Devia ser a cozinha. Não longe das portas da cozinha, uma larga porta em arco levava a um aposento razoavelmente amplo que parecia abrigar duas mesas de bilhar. Ao fim da mesma parede, notei um corredor próximo ao palco, que recuava em direção a um canto. Havia cartazes indicando que os banheiros ficavam naquela direção.

Enquanto observava aquele corredor, meu olhar recaiu sobre as duas mulheres que tinham ficado de olho nos D-Bags algum tempo atrás. Neste momento, Denny e eu estávamos bloqueando parcialmente a visão delas, já que nos sentávamos à cabeceira da mesa. A que não escondera seu interesse por Kellan não parecia nada satisfeita de me ver sentada bem ao lado dele. Na verdade, ela parecia louca da vida. Tratei de lhe dar as costas depressa.

Um momento depois, senti que alguém se aproximava por trás de mim. Meu corpo involuntariamente se retesou quando olhei para trás. Não podia acreditar que aquela mulher fosse querer comprar briga comigo! Soltei um suspiro baixo de alívio ao ver um homem mais velho se aproximando da mesa.

Estava bem vestido, usando uma calça cáqui e uma camisa com o colarinho vermelho e o nome do bar escrito no canto superior. Parecia ser um homem de seus cinquenta e poucos anos, com cabelos grisalhos e um rosto enrugado, e não tinha um ar nada satisfeito.

— Estão prontos? Vocês entram daqui a cinco minutos — avisou ele, com um suspiro pesado.

— Você está bem, Pete? — perguntou Kellan, franzindo um pouco o cenho.

Pisquei os olhos. Pete devia ser o dono do Pete's. Que fofo.

— Não... Traci se demitiu pelo telefone, não vai mais voltar. Tive que pedir a Kate para emendar um segundo turno para não ficarmos na mão hoje à noite. — Ele lançou um olhar um tanto zangado para Kellan. Isso me deixou curiosa, até eu me lembrar de que a ex-roommate, Joey, tinha ido embora de uma hora para outra por causa de Kellan. Será que isso era um padrão com ele?

Kellan, por sua vez, lançou um olhar zangado para Griffin. Este pareceu encabulado e deu um longo gole de cerveja antes de murmurar:

— Desculpe, Pete.

Pete suspirou, fazendo que não com a cabeça. Imaginei que a banda lhe impusesse certos "ossos do ofício" a que ele já estava acostumado. Não pude deixar de sentir pena dele.

Surpreendendo a mim mesma, declarei:

— Eu já trabalhei como garçonete. Preciso arrumar um emprego, e trabalhar à noite seria perfeito quando minhas aulas na universidade começarem.

Pete olhou para mim com ar curioso, e então de novo para Kellan, que sorriu e apontou para nós com sua garrafa:

— Pete, esses são meus novos roommates, Denny e Kiera.

Pete assentiu com a cabeça, me estudando com os olhos.

— Você já tem vinte e um anos?

Sorri, nervosa.

— Tenho, feitos em maio. — Por um momento imaginei o que ele faria se eu dissesse que não enquanto bebia uma cerveja.

Pete tornou a assentir.

— Tudo bem. Preciso contratar alguém, e logo. Pode começar na segunda, às seis da tarde?

Olhei para Denny, imaginando se devia ter conversado sobre o assunto com ele primeiro. Com o seu estágio durante o dia, as noites seriam tudo que teríamos juntos. Mas ele estava sorrindo para mim e, quando ergui as sobrancelhas, me deu um aceno de cabeça quase imperceptível.

— Claro, seria ótimo. Obrigada — respondi em voz baixa. E foi assim que, de repente, não mais que de repente, quando eu estava havia menos de um dia nessa nova cidade, arranjei um emprego.

Capítulo 3
NOVO EMPREGO

Assistir ao show da banda na íntegra foi o máximo. Os caras eram mesmo muito bons no que faziam. Kellan esteve sensacional. Fiquei um pouco surpresa com o fato de que nenhum empresário já o tivesse descoberto. Ele era o retrato perfeito de uma futura estrela do rock – talentoso, sedutor e pra lá de atraente. De mais a mais, a banda já tinha um fã-clube considerável. Assim que o show começou, em questão de segundos o espaço ao redor do palco ficou lotado de gente.

Denny me puxou para um canto perto de onde a multidão começava a se aglomerar, onde teríamos mais espaço para dançarmos e nos movermos. A música que a banda tocava era extremamente animada e fácil de dançar, e Denny me fez rodopiar, para em seguida me puxar para bem perto dele e dançar agarradinho comigo. Caí na risada, passando os braços pelo seu pescoço. Em seguida ele me inclinou para trás, e eu ri ainda mais alto. A maior parte das músicas dos D-Bags era rápida e, por causa da nossa intimidade, Denny e eu nos entrosávamos fácil na pista de dança.

De vez em quando, eu olhava para o grupo no palco. Kellan marcava o ritmo sutilmente com o corpo e sorria insinuante em meio às suas palavras. Era uma coisa cativante de assistir, e eu me peguei olhando para ele cada vez com mais frequência ao longo da noite.

Observando a maneira como seu corpo se movia enquanto ele cantava, por acaso notei Griffin olhando de cara fechada para Matt. Não sei como, mas sem olhar uma vez sequer para ele ou errar uma nota na guitarra, Matt conseguiu lhe mostrar o dedo médio, fazendo com que Denny e eu caíssemos na risada, e Griffin revirasse os olhos. Evan ficou apenas observando o grupo, balançando lentamente a cabeça e rindo também. Não sei se Kellan perdeu a cena ou se a ignorou deliberadamente, mas ele apenas manteve os olhos fixos na sua legião de adoradoras.

Para acompanhar algumas canções, Kellan pegou sua guitarra e tocou junto com Matt. A guitarra de Kellan não estava ligada ao amplificador como a de Matt, e os sons das duas combinaram de maneira muito harmoniosa. Ele começou a introdução de uma canção mais lenta sozinho, e não pude deixar de notar como tocava bem, provavelmente tão bem quanto Matt. A maioria das pessoas na frente do palco ainda estava pulando e dançando, embora essa canção fosse mais lenta, mas alguns dos casais perto de Denny e de mim começaram a dançar agarradinhos.

Denny me puxou para perto dele, passando os braços pela minha cintura. Ele sorriu para mim daquele jeito bobo que eu simplesmente adorava, e me apertou contra o corpo. Passando meus dedos pelos seus cabelos escuros, dei um beijo leve nele. Enquanto a música crescia e ganhava intensidade, eu o abracei com força, encostando a cabeça no seu ombro e inspirando seu cheiro maravilhoso, que eu conhecia tão bem. Por sobre o ombro de Denny, observei Kellan no palco. Ele me deu um sorriso afetuoso durante um intervalo nos vocais, e eu retribuí o sorriso. Então, ele piscou para mim. Fiquei só olhando, surpresa. Ele riu.

Eles tocaram mais uma música rápida depois dessa. A maioria dos casais voltou a dançar normalmente. Denny e eu preferimos continuar abraçados, sorrindo um para o outro e trocando beijinhos. Quando essa música acabou, a voz de Kellan – dessa vez falando, não cantando – se fez ouvir acima do vozerio da multidão:

— Obrigado por virem aqui hoje. – Fez uma pausa, esperando que a súbita erupção de gritos da galera amainasse. Depois de um minuto, abriu um sorriso simpático e levantou um dedo: – Quero aproveitar a oportunidade para apresentar a todos vocês os meus novos roommates.

Seu dedo apontou direto para Denny e para mim. Tive vontade de fugir, mas Denny riu e passou para o meu lado, os braços ainda em volta da minha cintura. Olhei para Denny, mordendo o lábio e desejando que tivéssemos ido embora logo depois do show. Ele sorriu e beijou meu rosto enquanto Kellan alardeava nossos nomes para o bar inteiro.

Escondi a cabeça no ombro de Denny, morta de vergonha, quando Kellan disse, animado:

— Agora, todos vocês vão gostar de saber que a Kiera vai entrar para a nossa familiazinha feliz aqui no Pete's, a partir de segunda à noite.

A multidão tornou a gritar... Não entendi a razão e corei, olhando zangada para Kellan e desejando que calasse a boca. Ele riu do meu olhar.

— Quero que todos vocês sejam legais com ela. – Olhou para o D-Bag ao seu lado, que sorria com ar indecente para mim. – Principalmente você, Griffin.

Kellan deu boa-noite para o público, que gritou mais uma vez. Em seguida, sentou na beira do palco. Meu constrangimento começou a passar, agora que eu não era mais o centro das atenções, e até pensei em subir lá e dizer a ele como era talentoso. Mas não foi necessário. Quase na mesma hora umas cinco garotas, no mínimo, o rodearam. Uma lhe trouxe uma cerveja, outra ficou brincando com seus cabelos, e uma terceira chegou mesmo a sentar confortavelmente no seu colo. Tenho certeza absoluta de que a vi lambendo o pescoço dele.

Depois de presenciar essa cena, achei que ele não estava precisando das minhas palavras de encorajamento aquela noite. Eu podia dizer alguma coisa simpática a ele pela manhã.

Denny e eu saímos pouco depois que a banda encerrou o show, e chegamos praticamente cambaleando à nossa cama, de tão cansados. Não sei exatamente quando ouvi Kellan chegar em casa, mas foi muito depois de nós. Por isso, naturalmente, fiquei um tanto surpresa quando, ainda sonolenta, desci até a cozinha na manhã seguinte e lá estava ele, já sentado à mesa, totalmente vestido, com sua beleza de uma perfeição irritante, enquanto bebia seu café e lia o jornal.

— 'dia — cumprimentou, num tom um pouco animado demais.

— Hum — respondi, de mau humor. Como então, não só ele era talentoso e podre de atraente, como também uma daquelas pessoas que vivem perfeitamente bem com pouco sono.

Peguei uma caneca e servi um pouco de café, enquanto ele terminava de ler o jornal. No andar de cima, ouvi a água começar a correr enquanto Denny se preparava para entrar no chuveiro. Terminei de tomar meu café e fui sentar à mesa diante de Kellan.

Ele sorriu para mim quando sentei. Por um segundo, morri de vergonha por estar usando as calças de pijama e a regata com que tinha dormido. Senti uma ponta de irritação diante do seu rosto perfeito demais. Francamente, será que uma pessoa precisava ser tão abençoada? Isso não parecia cosmicamente justo. Então me lembrei da conversa que tinha tido com Denny no carro sobre Kellan e o pai dele. Isso abrandou minha raiva. As coisas nem sempre tinham sido fáceis para aquele gato.

— E então, o que achou? — perguntou ele, sorrindo, como se já soubesse minha resposta.

Tentei fazer uma expressão séria, como se fosse dizer que tinha achado uma droga, mas não consegui e acabei rindo um pouco.

— Vocês estavam fantásticos. Sério, o show foi incrível.

Ele sorriu e balançou a cabeça, dando outro gole no seu café. Não foi um choque para ele, então.

— Obrigado. Vou dizer para o pessoal que você gostou. — Ele me olhou de soslaio. — Menos ofensivo?

Comecei a corar, lembrando a nossa conversa na véspera, mas então sua performance me veio à cabeça. Um tanto surpresa, percebi que ele tinha *mesmo* dado uma maneirada na sensualidade. Certamente seu jeito tinha sido paquerador e insinuante, mas menos... óbvio. Sorri para ele.

— Hum-hum, muito melhor... obrigada.

Ele riu do meu comentário, e senti uma ponta de satisfação por ver que ele realmente tinha levado a sério algo pelo qual eu o criticara de modo um tanto indelicado.

Ficamos bebericando nossos cafés em silêncio por alguns minutos, quando de repente uma coisa dita durante a conversa na noite passada me veio à mente e saltou da boca antes que eu pudesse me conter:

— Joey era a roommate que morava aqui antes de nós? — Francamente, que diabos havia de errado com a minha língua na presença dele? Eu ia ter que dar um jeito nisso.

Ele abaixou lentamente a caneca de café até a mesa.

— Era... Ela saiu algum tempo antes de Denny ligar a respeito do quarto.

Curiosa com seu olhar enigmático, falei:

— Ela deixou um monte de coisas aqui. Será que não vai voltar para buscá-las?

Ele olhou para a mesa por um segundo, e então novamente para os meus olhos.

— Não... Tenho certeza absoluta de que ela foi embora da cidade.

A surpresa tornou a afrouxar minha língua:

— O que aconteceu? — Eu não tivera a menor intenção de fazer aquela pergunta. Fiquei imaginando se ele responderia.

Ele pareceu pensativo por um segundo, como se imaginasse o mesmo.

— Um... mal-entendido — respondeu, por fim.

Decidida, tratei de afastar esses pensamentos e me concentrei em tomar meu café. Eu *não* iria mais bisbilhotar. Não era da minha conta, e eu não queria irritar o meu novo roommate. De todo modo, não fazia diferença. A situação da tal Joey era totalmente diferente da minha e de Denny. Eu apenas esperava que, se ela de fato voltasse, pelo menos deixasse a cama. Era extremamente confortável.

Denny e eu passamos o resto daquele domingo preguiçoso descansando e nos preparando para nossos empregos, que começariam no dia seguinte. O estágio de Denny pagaria uma miséria, de modo que foi um alívio para nós dois que eu tivesse encontrado um emprego tão depressa. Agradeci a Kellan pela pequena participação que tivera nisso ao nos apresentar ao Pete, e, em pensamento, também agradeci ao Griffin por ser do tipo de cara que só pensa naquilo... uma constatação que, é claro, me fez corar um pouco.

No entanto, eu estava *mesmo* nervosa por causa do emprego. Nunca tinha trabalhado como garçonete em um bar antes. Denny e Kellan se divertiram durante duas horas me sabatinando sobre diversos drinques e os ingredientes que levavam. No começo eu protestei, já que meu conhecimento não era tão enciclopédico assim, argumentando com eles que era o barman quem iria preparar os drinques, eu só teria que repassar os pedidos. Mas, depois de uns nomes de drinques maliciosos, engraçadíssimos, alguns dos quais tenho certeza de que Kellan inventou, comecei a me divertir com o joguinho deles. Achei que me ajudaria saber o máximo possível.

À noite, Denny também já estava começando a ficar nervoso por causa do seu primeiro dia. Ele escolheu três conjuntos de roupas, folheou todos os velhos livros da faculdade, arrumou sua pasta quatro vezes e, por fim, sentou no sofá e ficou batendo com o pé no chão. Kellan pediu licença e foi se encontrar com a banda – pelo visto, eles se encontravam quase todos os dias para ensaiar. De repente, era por isso que se sentiam tão relaxados antes dos shows. Aproveitei a oportunidade de estarmos a sós e fiz tudo que podia para que Denny esquecesse seu nervosismo.

Da segunda vez, acho que ele finalmente relaxou...

A manhã de segunda chegou mais depressa do que tínhamos esperado. Desci para tomar minha caneca de café matinal, enquanto Denny se aprontava para o primeiro dia de trabalho. Kellan estava sentado à mesa no lugar de sempre, recostado tranquilamente na cadeira, tomando café e lendo o jornal. Não pude deixar de rir da camiseta que estava usando – preta, com o nome "Douchebags" impresso em letras brancas. Notando meu riso e olhar, ele me deu um sorrisinho com o canto da boca.

– Gostou? Posso descolar uma para você. – Piscou para mim. – Sou um cara influente. – Sorri e balancei a cabeça para ele, que voltou a tomar seu café.

Denny desceu um pouco mais tarde, muito elegante em sua bela camisa social azul-clara e calça cáqui. Ele deu uma olhada em Kellan, apontando para a camiseta do amigo:

– Legal, cara... Arranja uma dessas para mim.

Kellan riu, assentindo, enquanto Denny se aproximava e passava os braços pela minha cintura. Olhei para ele com uma expressão séria enquanto ele me dava um beijo no rosto.

– Que foi? – perguntou, logo tratando de se vistoriar.

Alisei a frente da sua camisa, em seguida passando a mão pelo contorno do seu queixo.

– Você está... simplesmente lindo. Alguma loura assanhada vai roubar você de mim.

Ele arqueou uma sobrancelha, sorrindo.

– Sua bobinha.

Kellan se levantou bruscamente da mesa.

– Não, ela tem razão, cara. – Balançou a cabeça, sério, olhando para Denny. – Você está um arraso. – Em seguida, com um largo sorriso, continuou bebendo seu café.

Revirando meus olhos para Kellan, dei um longo beijo em Denny e lhe desejei um bom dia de trabalho. Kellan se aproximou e, brincando, sapecou uma bitoca na bochecha dele também. Denny riu e, ainda parecendo um tanto nervoso, saiu de casa.

Eu não tinha muito que fazer durante o dia, já que minhas aulas só começariam dentro de dois meses e meio, de modo que liguei novamente para minha mãe e disse a ela que já estava morta de saudades de todos. Naturalmente, na mesma hora ela se ofereceu para me mandar uma passagem de avião de volta para casa. Mas garanti a ela que, apesar de estar com saudades de casa, tudo estava indo muito bem aqui, e eu já tinha até arranjado um emprego. Suspirando sem parar, ela me desejou boa sorte e disse que me amava. Pedi a ela que desse um beijo em papai e Anna.

Passei o resto do dia assistindo tevê e vendo Kellan escrever uma letra de música, sentado à mesa. Ele parecia passar o tempo todo escrevendo notas ou ideias, riscando-as, remexendo os objetos e mordendo o lápis, pensativo. De vez em quando perguntava minha opinião sobre um verso, e eu tentava dar a resposta mais inspirada possível, embora teoria musical não fosse o meu forte. Mas era fascinante vê-lo trabalhando, e o tempo passou depressa. Quando me dei conta, já estava na hora de ir me aprontar para o meu turno.

Tomei um banho de chuveiro, me vesti, me maquiei e prendi o cabelo num rabo de cavalo. Me olhando no espelho, suspirei. Nada de extraordinário, mas apresentável, pensei. Desci as escadas a fim de apanhar meu casaco no cabideiro ao lado da porta da rua.

— Kellan?

Ele olhou para mim da sala, onde assistia tevê.

— Sim?

— Será que você tem algum horário de ônibus por aqui? Quero dar mais uma olhada no caminho. — Denny, que estava com o nosso único veículo, ainda não tinha chegado em casa do trabalho, e eu queria sair cedo, pois não sabia quanto tempo o percurso de ônibus demoraria.

Ele ficou me olhando com um ar de interrogação, até finalmente compreender.

— Não... Mas eu levo você.

— Não, não. Não precisa fazer isso. — Eu realmente não queria dar esse trabalho a ele.

— Não tem problema. Eu tomo uma cerveja e bato um papo com o Sam. — Esboçou um meio sorriso simpático para mim. — Vou ser seu primeiro cliente.

Ótimo. Torci para não entornar cerveja no colo dele.

— Tudo bem, então. Obrigada. — Sentei com ele no sofá para ver um pouco de tevê, já que não precisava sair imediatamente.

— Pode ficar, eu não estava assistindo a nada em especial — disse ele, me entregando distraído o controle remoto.

— Ah, obrigada. — Não precisava, mas era um gesto gentil. Comecei a zapear os canais e parei no que achei ser o HBO. — Ah, você tem os canais premium? — Estranhei que ele se desse ao luxo de ter tevê por assinatura, quando, pelo visto, não tinha o hábito de assistir a nada.

Ele me deu um sorriso maroto.

— É o Griffin. Ele gosta de ter... tudo... disponível quando vem me visitar. Acho que ele conhece alguma garota na empresa de tevê a cabo.

— Ah. — Fiquei pensando no que Griffin poderia querer ver na tevê, quando finalmente notei o que o canal estava passando. Eu tinha parado numa cena erótica que exibia um homem e uma mulher nus, obviamente no auge da paixão. Ou o homem era um vampiro, ou tinha um sério fetiche com mordidas. Estava dando uma mordida apaixonada no pescoço da mulher, o que resultava em um festival de sangue, lambidas e chupadas indecentes em último grau. Corando até a raiz dos cabelos, voltei para o programa anterior de Kellan, atirando o controle remoto para ele.

Tentei ignorar o olhar que ele me deu, rindo baixinho ao meu lado.

Quando já tinha se passado um bom tempo, Kellan desligou a tevê e olhou para mim.

— Pronta?

Tentei sorrir.

— Claro.

Ele riu.

— Não se preocupe, vai dar tudo certo.

Apanhamos nossos casacos e saímos de casa. Eu tinha esperado que Denny voltasse a tempo de me levar. Tinha sentido muita saudade dele durante o dia, mas achava que ele ainda devia estar no trabalho. Torci para que seu primeiro dia tivesse corrido bem. E também para que o meu primeiro dia corresse bem.

Caminhamos até o carro de Kellan, e não pude deixar de sorrir. Era um *muscle car** antigo, com um jeitão da década de sessenta — um Chevy Chevelle Malibu, segundo o logotipo no painel. De um preto reluzente e exibindo cromo polido por toda parte, era elegante e incrivelmente sexy, combinando à perfeição com o dono. Revirei os olhos ante o extremo poder de atração de Kellan, que o carro estranhamente parecia acentuar.

Para minha surpresa, o interior era muito espaçoso, com bancos em couro preto na frente e atrás. Tive que conter o riso ao dar uma olhada no toca-fitas de design antiquado. Com exceção da tevê na sala de estar, Kellan era um tanto atrasado em termos de tecnologia. Não que eu estivesse mais em dia com as novidades do que ele; Denny e eu nem mesmo tínhamos celulares. Obviamente apreciando seu veículo, Kellan sorriu ao se acomodar atrás do volante. Por que será que os homens são tão apegados aos seus carros?

Permanecemos em silêncio durante o percurso até o bar, e logo comecei a sentir um sobe-e-desce no estômago. Meu primeiro dia num novo emprego sempre me deixava meio enjoada. Fiquei olhando pela janela e comecei a contar os postes para me distrair.

Quando chegamos ao Pete's — um pouco depois do vigésimo quinto poste —, eu me dei conta, de repente, de que não tinha a menor ideia do que fazer ou para onde ir. Felizmente, a loura bonita que tinha trazido nossas cervejas na noite anterior veio se encontrar comigo na porta, se apresentou como Jenny e, acenando para Kellan, me levou até o corredor que ia dar na sala dos fundos, diante dos banheiros.

---

* Termo que se refere a certos automóveis clássicos das décadas de 1960 e 1970, de alta potência e design esportivo imponente. (N. da T.)

A sala era uma ampla despensa, com múltiplas prateleiras ao longo de uma das paredes, contendo caixas de bebidas e cervejas, guardanapos, sal, pimenta e outros suprimentos variados de bar. Duas mesas extras estavam apoiadas em outra parede, com pilhas de cadeiras ao lado, e uma terceira parede abrigava um conjunto de armários para a equipe. Jenny pegou uma camiseta para mim em uma das caixas na prateleira. Ela me mostrou qual era o meu armário e onde bater o ponto. Apanhei minha camiseta vermelha do Pete's e fui vesti-la no banheiro. Na mesma hora me senti um pouco mais relaxada. De algum modo, estar vestida como todo mundo que trabalhava no bar me deu uma sensação de entrosamento.

Quando eu tinha dito ao Pete que já trabalhara como garçonete, estava exagerando um pouco. Eu tinha coberto a saída da minha irmã, quando ela resolveu "se descobrir", o que quer que isso significasse. O restaurante minúsculo onde ela trabalhava recebia metade do número de clientes que lotavam o Pete's numa noite típica. Eu estava meio apavorada.

Ao sair do corredor alguns momentos depois, notei Kellan bebendo uma cerveja, encostado no longo balcão do bar. A barwoman estava debruçada sobre o balcão, lançando olhares sedutores para ele. Ela tinha cortado um decote de uma profundidade obscena na camiseta vermelha do Pete's. Ignorando-a, Kellan bebericava sua cerveja, distraído, e sorriu ao me ver.

Franzi um pouco o cenho ao ver a cerveja dele. Ele notou meu olhar.

— Desculpe. Rita passou na sua frente. — Ele sorriu. — Fica para a próxima.

A barwoman, Rita, era a mulher loura mais velha — embora eu duvidasse muito que aquela fosse a cor natural do seu cabelo —, com uma pele que fizera sessões de bronzeamento artificial demais, e agora parecia um tanto curtida. Talvez em algum momento do passado ela tivesse sido bonita, mas não envelhecera bem. Aos seus próprios olhos, no entanto, ela ainda era linda, e paquerava os homens sem o menor pudor. E, conforme fiquei sabendo aquela noite, ela simplesmente adorava seu emprego, e parecia adorar mais ainda o hábito de passar adiante todas as fofocas quentes que os clientes lhe contavam. Corei várias vezes ao longo do meu turno, enquanto ela repetia suas histórias, e mentalmente relembrei a mim mesma que jamais deveria fazer confidências a uma barwoman (não que pretendesse fazê-las)... principalmente àquela.

Por toda a noite, acompanhei Jenny, enquanto ela anotava os pedidos dos clientes. Era uma coisa meio confusa, já que, na sua maioria, os clientes que chegavam eram frequentadores assíduos que sempre faziam os mesmos pedidos. Ela simplesmente ia até a mesa da pessoa e dizia "Oi, Bill, o mesmo de sempre?". O cara balançava a cabeça e ela sorria, indo para a cozinha ou o bar a fim de repassar o pedido que eu nunca tinha chegado a ouvir. Era uma coisa assustadora.

Ela notou minha expressão preocupada.

— Não se preocupe, você vai pegar o jeito. As noites da semana são bem fáceis com os clientes assíduos... Eles vão ser gentis com você. — Ela franziu um pouco o cenho. — Bem, a maioria deles vai ser gentil com você. Eu te ajudo com os outros. — Ela me deu um sorriso afetuoso, e fiquei muito grata por sua bondade. Sua aparência combinava à perfeição com sua personalidade extrovertida. Ela era, como se dizia antigamente, uma verdadeira boneca – mignon, com cabelos louros, cheios e sedosos, olhos azuis-claros e curvas o bastante para receber numerosos olhares de admiração dos clientes. Mas eu não podia ficar com inveja; ela era tão boa pessoa. Além disso, senti uma afinidade com ela na hora.

Lá para as tantas da noite, Kellan veio até mim e me deu uma gorjeta pela cerveja que eu não tinha chegado a lhe trazer. Ele sorriu ao se desculpar por ir embora.

– Tenho um show em outro bar. – Apontou para trás com o polegar. – Preciso ir me encontrar com o pessoal... dar uma mão a eles com o equipamento.

– Muito obrigada pela carona, Kellan. – Dei um beijo rápido no seu rosto, o que, por algum motivo, me fez corar e levou Rita a erguer as sobrancelhas, curiosa.

Kellan abaixou os olhos, sorrindo, e murmurou um "de nada". Ele saiu do bar logo em seguida, soltando um "divirta-se" por cima do ombro ao passar pela porta.

Mais tarde aquela noite, Denny passou pelo Pete's para ver como eu estava indo. Ele me deu um longo abraço e um beijo carinhoso, para alegria de Rita, que ficou encarando-o de um jeito sensual demais para o meu gosto. Mas ele só ficou alguns minutos; tinha um projeto em que queria começar a trabalhar em casa. Estava extremamente feliz, e essa felicidade me contagiou. Fiquei sorrindo de orelha a orelha por um bom tempo depois que ele saiu.

Quando não estava acompanhando Jenny, eu era incumbida da limpeza. Passei boa parte da noite esfregando tampos de mesa, lavando copos, ajudando na cozinha e, quando o movimento caiu um pouco no finzinho da noite, cobrindo os grafites nos reservados dos banheiros. Pete me deu tinta cinza e um pincelzinho, e me deixou por conta própria. Rita me instruiu a informá-la sobre qualquer coisa picante que eu encontrasse escrita por lá. Jenny sorriu e me desejou boa sorte. Suspirei.

Comecei pelo banheiro das mulheres, pensando que seria menos ofensivo que o dos homens. De todo modo, eu não queria mesmo entrar no banheiro deles. Havia três reservados no banheiro das mulheres, e todos eles exibiam rabiscos de caneta e pilô, tanto do lado de fora quanto do de dentro. Suspirei de novo, desejando que tivessem me dado um rolo de pintura de uma vez. Isso ia demorar um bocado.

Alguns dos escritos eram bastante inocentes: *Eu amo Chris, A.M + T.L., Sara esteve aqui, Amor Verdadeiro E Eterno, Detesto vodca, Vai pra casa, você está bêbado* (não pude deixar de rir desse). Mas muitos eram bem menos inocentes: *Estou com tesão, Quero trepar hoje à noite, Meu namorado é o maior fodão*, e mais vários palavrões aleatórios. E havia alguns dirigidos a pessoas que eu conhecia: *Sam me deixa molhada, Eu amo Jenny* (hum, esse me deu o que pensar, já que eu *estava* no banheiro das mulheres), *Rita é uma piranha* (dei uma risadinha, imaginando se seria essa a fofoca picante que ela queria ouvir).

E, finalmente, uma parte enorme dos grafites era dirigida aos membros da banda. No começo fiquei meio surpresa, mas então achei que fazia sentido, já que eles tocavam aqui com frequência... e os caras eram mesmo atraentes, pensei.

As mensagens sobre Griffin eram as mais explícitas. Não consegui nem mesmo lê-las até o fim. Corando, cobri o mais rápido possível as palavras extremamente gráficas que detalhavam o que as garotas tinham feito ou queriam fazer com ele. Um dos desenhos, excepcionalmente vívido, representava um ato tão indecente que cheguei a me preocupar com o tempo que aquilo ficaria na minha cabeça. Suspirei, já sabendo que iria corar até a raiz dos cabelos da próxima vez que visse Griffin. E na certa ele adoraria isso.

As homenagens a Matt e Evan eram mais sutis. Eis as loas entoadas pelas garotas a Evan: *Eu amo ele, Eu quero ele, Casa comigo*. E os elogios que escreveram para Matt: *Caraca ele é supergostoso, Eu transaria com ele sem pensar duas vezes, Matt me deixa doida*.

Mas, é claro, a maior parte dos grafites era dirigida a Kellan. Desde os meiguinhos *Kellan me ama, Kellan Para Sempre* e *Futura Sra. Kyle*... até os não tão meiguinhos assim. Pelo visto, Kellan estava certo quando disse que as mulheres eram receptivas à sua natureza sexual. Os comentários eram bastante gráficos, quase tão gráficos quanto os de Griffin, e descreviam o que várias garotas queriam fazer com ele.

Havia toda uma seção de comentários de mulheres que pareciam já ter um íntimo conhecimento de Kellan. Fossem autênticos ou não, os delas eram os mais explícitos: *Kellan lambeu a minha...* (cobri o parágrafo seguinte exatamente sobre o que tinha sido lambido), *Eu chupei o...* (caramba, isso já era demais), *Se quiser passar momentos inesquecíveis ligue para...* (pisquei os olhos; aquele era o nosso número de telefone. Tratei rapidamente de apagá-lo), *Kellan enfiou o...*

Ugh, nem me dei ao trabalho de ler aquele. Eu já ia ter visões horríveis com Griffin, não precisava tê-las com meu roommate também.

Finalmente terminei o trabalho no banheiro das mulheres e me dirigi ao dos homens, sem me preocupar mais com isso. Não havia a menor possibilidade de ser mais indecente do que as coisas que as garotas tinham escrito e desenhado.

Jenny foi muito gentil e me deu uma carona para casa depois do trabalho. Embora eu tenha tentado não fazer barulho, Denny acordou quando entrei no quarto. Ele ouviu pacientemente as histórias do meu primeiro dia, e então me brindou com pelo menos uma hora de casos do seu novo emprego. Ele estava nas nuvens, e eu não podia me sentir mais feliz por ele.

Denny, Kellan e eu logo entramos numa rotina tranquila em casa. Kellan era quase sempre o primeiro a acordar, e geralmente havia uma jarra de café fresco à minha espera quando eu finalmente me arrastava para a cozinha. Nós conversávamos amigavelmente, bebericando nossos cafés, enquanto Denny tomava banho e se aprontava para seu dia de trabalho.

Denny insistiu que eu não tinha que acordar na mesma hora que ele, já que eu chegava em casa muito tarde nas noites em que trabalhava. Mesmo assim, eu adorava me despedir dele todas as manhãs, e ele era todo sorrisos quando saía. Ele estava curtindo demais o novo emprego, e eu me sentia eufórica por ele. Depois que ele saía, eu tinha bastante tempo para mim mesma e, embora estivesse ficando ansiosa por saber que só faltavam dois meses para o início das aulas na faculdade, já começava a sentir falta de algo para fazer durante o dia. Do jeito que as coisas estavam, eu praticamente passava o tempo todo de bobeira ou cochilando.

Kellan parecia não ter nenhum outro emprego além do de vocalista da banda. Ele saía algumas horas durante a tarde ou à noitinha para se encontrar com o pessoal; eles tocavam em outros dois bares durante a semana, e no Pete's todas as sextas e quase todos os sábados. Às vezes ele ia dar uma corrida durante o dia. Até mesmo me convidou para acompanhá-lo em duas ocasiões, mas não me senti à vontade para aceitar. O resto do tempo ele passava descansando, lendo, escrevendo, cantando ou tocando guitarra. Ele mesmo lavava suas roupas, preparava sua comida e, com exceção da cama bagunçada, tinha o cuidado de limpar e arrumar tudo que usava. Era um cara muito tranquilo como roommate.

Eu também entrei num ritmo regular no meu novo emprego no Pete's. Minhas limitadas habilidades de garçonete estavam começando a se aprimorar. Durante aquela primeira semana, Denny veio ao bar todas as noites depois do trabalho e me deixou "praticar" com ele. Pedia itens diferentes do cardápio e complicava o pedido o máximo possível, para ver se eu acertava. Isso sempre me fazia rir, mas ajudava. Por volta da terceira noite, eu finalmente trouxe o prato que ele tinha pedido, o que foi ótimo, porque os caras na cozinha já estavam começando a se irritar com a gente.

Fiquei surpresa com a frequência com que Kellan e a banda vinham ao bar durante a semana. Eles sempre sentavam à mesma mesa nos fundos, perto do palco. Não acho que teria feito diferença para eles se houvesse outras pessoas sentadas lá. Todo mundo no bar sabia que a mesa era deles, portanto, quando chegavam, era melhor a pessoa topar sentar com os caras, ou cair fora.

As noites de semana eram movimentadas, mas nem de perto tão cheias quanto os fins de semana. Embora as mulheres ainda ficassem encarando Kellan sem o menor pudor, as que apareciam durante a semana eram frequentadoras e geralmente deixavam os caras em paz. Geralmente. Ainda havia grupos isolados de tietes aqui e ali. Os D-Bags chegavam depois do ensaio ou, se tivessem um show aquela noite, antes de se apresentarem. Eles pintavam por lá praticamente todos os dias.

Por acaso, a suposta mesa dos D-Bags ficava na minha seção. Na minha segunda noite, eles chegaram todos juntos. Tive que usar toda a minha força de vontade para ir atendê-los. Felizmente, Denny também estava com eles. Isso certamente fez com que falar com eles ficasse mais fácil. Aqueles caras eram intimidantes demais quando estavam em grupo, principalmente com as homenagens encontradas nos banheiros ainda vivas na minha memória. Conforme o previsto, corei até a raiz dos cabelos ao ver Griffin, que achou isso extremamente divertido.

Na segunda-feira seguinte, depois de uma semana frenética atendendo à multidão que os caras atraíram tanto na noite de sexta quanto na de sábado (aquele primeiro fim de semana tinha sido tão agitado que eu não queria nem lembrar), finalmente me senti à vontade para ir falar com o grupo. Infelizmente, a essa altura todos eles também já se sentiam à vontade comigo. Com exceção de Evan, que tinha um coração de manteiga, todos eles pareciam ter prazer em pegar no meu pé.

Ao vê-los entrar, suspirei, revirando os olhos. *Lá vamos nós de novo.* Evan entrou primeiro e me deu um grande abraço apertado. Achei graça, quando consegui respirar de novo. Matt e Griffin pareciam absortos em algum desentendimento, mas Griffin conseguiu dar um tapa no meu traseiro quando se dirigia à sua cadeira. Brindei-o com um suspiro e lancei um olhar para Sam, que não estava prestando a mínima atenção no quarteto. Qualquer outra pessoa teria levado um chute no traseiro por aquele gesto, mas, pelo visto, aqueles quatro eram os donos do pedaço.

Kellan entrou por último, com a aparência impecável, como sempre. Estava com a guitarra a tiracolo sobre o ombro; ele às vezes a trazia quando estava compondo alguma música nova. Ele me cumprimentou com um aceno de cabeça e um sorrisinho simpático no rosto, e se sentou.

— O de sempre, rapazes? — perguntei, fazendo o possível para soar tão confiante quanto a doce Jenny.

— Hum-hum, obrigado, Kiera — respondeu Evan com educação, em nome do grupo.

Griffin não foi tão educado:

— Benzinho, é claro, porra! — E me deu um sorriso safado. Parecia ter consciência do quanto sua vulgaridade me irritava, por isso abusava dela sempre que eu estava presente. Tratei de ignorá-lo o melhor que pude, me esforçando por manter uma expressão impassível.

Pelo visto, não me esforcei o bastante, e ele notou minha irritação.

— Você é uma gracinha, Kiera. Parece uma menininha inocente. — Ele abanou a cabeça, sem esconder o quanto se divertia. — Eu quero... deflorar você. — E piscou para mim.

Empalideci e fiquei olhando para ele, totalmente sem palavras.

Kellan riu baixinho, observando meu rosto, e Matt, ao lado de Griffin, soltou um resmungo.

— Cara, ela está namorando o Denny há séculos. Tenho certeza absoluta de que você perdeu a oportunidade.

Meu queixo despencou enquanto eu ouvia esse diálogo, morta de vergonha. Seria possível que eles estivessem discutindo a minha virgindade... e bem na minha frente? Eu estava atônita demais para me afastar da mesa.

Griffin se virou para Matt:

— Que pena... Eu poderia ter mostrado o mundo a ela.

Evan e Kellan riram dele, enquanto Matt, mal contendo o riso, disse:

— E quando foi que você alguma vez mostrou... o mundo a uma mulher?

Griffin fechou a cara para eles.

— Eu tenho talentos que vocês desconhecem. Nunca recebi queixas.

Kellan abriu um sorriso:

— Nem pedidos de bis.

— Foda-se, cara. Vou te mostrar agora mesmo! Pega uma garota aí... — Deu uma olhada no bar, como se procurasse uma voluntária. Seus olhos finalmente pararam em mim, e eu empalideci mais ainda, dando um passo para trás.

— Nãããão — exclamaram todos os D-Bags ao mesmo tempo, se afastando um pouco de Griffin e estendendo as mãos, como que para contê-lo fisicamente, se necessário.

Conseguindo me recompor, agora que a conversa já não girava mais sobre minha inexperiência, achei que esse era um bom momento para me afastar deles como quem não quer nada. Comecei a me esgueirar discretamente para o lado, mas os olhos de Griffin ainda estavam em mim. Ele exibia um largo sorriso e ignorava as gargalhadas ao seu redor.

— Kiera, se você já foi deflorada... — ele lançou um olhar irritado para os amigos — ... por um vibrador, tenho certeza... — voltou a olhar para mim, enquanto eles riam mais ainda —, então quero ouvir alguma coisa picante de você. — Seus olhos claros brilhavam, divertidos, e ele começou a brincar com o piercing transversal na língua. Fiquei um pouco enojada com a sensualidade do gesto. Não estava a fim mesmo de atender àquele pedido idiota.

Fiz uma careta de nojo, já começando a me afastar.

— Tenho que voltar para o trabalho, Griffin.

— Ah, vamos lá... só um palavrãozinho. Você nunca xinga? — Ele segurou meu braço quando tentei me distanciar dele.

Mais preocupada em arrancar o braço da sua mão do que com o que estava dizendo, suspirei.

— Sim, Griffin, eu xingo. — Na mesma hora me arrependi de ter dito aquilo.

— É mesmo? Vamos ouvir. — Ele parecia sinceramente divertido com a ideia de eu tentar ser tão vulgar quanto ele. Parecendo constrangido com sua insistência, Evan revirou os olhos. Matt pôs a mão no queixo e se inclinou para a frente, e Kellan passou a mão nos cabelos e se recostou na cadeira, ambos olhando para mim com curiosidade. Eu estava começando a ficar envergonhada com os olhares deles.

Olhei com raiva para Griffin:

— *Droga*.

Tanto Matt quanto Kellan caíram na gargalhada. Griffin afastou os cabelos louros para trás das orelhas, fazendo beicinho.

– Uuuuui, muito pesado! Agora vamos ouvir um de verdade.

– Esse é um palavrão de verdade. – Eu só queria voltar para o balcão, mas me sentia presa naquela estranha conversa. Agora Kellan estava rindo abertamente do meu desconforto, e minha irritação com ele começava a aumentar.

– Tudo bem, que tal um mais cabeludo... e bem fácil? Que tal... *puta*? – Ele me deu um sorriso endiabrado e cruzou os braços.

– Você é mesmo um criançon, Griffin. – Revirei os olhos e encarei Evan, implorando a ele em silêncio que desse um basta naquela conversa, já que era o único além de mim que parecia estar se sentindo um pouco constrangido.

Griffin riu da minha óbvia súplica.

– Você realmente não consegue dizer um, não é?

– Nem tenho que dizer. – Não que eu nunca tivesse dito um palavrão... só que normalmente ele permanecia na segurança da minha cabeça, onde não soava tão ofensivo. E, fosse como fosse, eu não iria fazer qualquer coisa só para agradar a Griffin. Então, pensei em simplesmente me afastar da mesa para acabar com aquele joguinho estúpido, embora desse para imaginar as altas gargalhadas que isso o levaria a soltar.

Ele se inclinou sobre a mesa, as mãos juntas.

– Vamos lá. Alguma coisa, qualquer coisa, não importa... só diz alguma coisa suja – implorou.

Eu me remexi, pouco à vontade, ainda pensando num jeito de fugir. Será que eu não podia apenas dar um tapa nele? Isso certamente desviaria sua atenção de mim... mas eu não o conhecia bem o bastante para saber como ele reagiria a um gesto desses. Se havia uma coisa de que eu não precisava era que o cara ficasse furioso comigo... ou excitado.

Nesse momento, Kellan interveio:

– Um dia desses, ela disse que eu era sexual.

Griffin quase caiu da cadeira de tanto rir.

Fuzilei-o com os olhos, e ele me olhou com um ar de encantadora inocência no rosto, as mãos levantadas numa expressão que claramente dizia *O que foi?*. Vislumbrando minha chance de fugir – e, sem exagero, a mesa inteira estava rindo agora, até meu aliado, Evan –, tratei de voltar para o bar.

Torcendo para que meu rosto não estivesse vermelho demais, fui até onde Rita já preparava as bebidas deles. Cautelosa, tornei a olhar para a mesa. Griffin e Matt ainda estavam rindo do comentário idiota de Kellan. Evan olhava para mim com ar de desculpas; pelo menos se arrependia de ter rido. Kellan, ainda rindo um pouco, tinha apanhado a guitarra no chão e agora arranhava uma melodia.

Ele começou a cantarolar uma música que me pareceu ser nova. Não dava para entender a letra daquela distância, mas a melodia chegava até mim e parecia muito bonita. Por instinto, comecei a andar de volta até eles, para poder ouvi-lo melhor.

– Eu não me daria a esse trabalho – disse Rita, ríspida.
– O quê?
– Aquele ali. – Apontou para Kellan. – Não perca seu tempo.

Não entendendo bem o que ela tinha querido dizer, deixei de esclarecer que só estava interessada na música e, em vez disso, perguntei:

– Como assim?

Ela se inclinou para mim com ar cúmplice, feliz pela oportunidade de contar sua historinha:

– Ah, ele é muito atraente, com certeza, mas vai te dar a maior dor de cotovelo. Ele faz gato e sapato das mulheres, aquele ali.

– Ah. – Até que não fiquei tão chocada assim, considerando o enxame de fãs histéricas que pareciam atacá-lo a cada show, e os inúmeros comentários que ele tinha granjeado nos reservados do banheiro. – Não há nada desse tipo entre nós. Ele é meu novo roommate... e nada mais. Eu só estava ouvindo...

Ela me interrompeu:

– Não sei como você aguenta morar com *aquilo*. – Deu uma olhada nele, mordendo o lábio de modo sensual. – *Aquilo* me deixaria louca, todo santo dia. – E colocou duas garrafas de cerveja no balcão.

Eu estava começando a ficar um tanto irritada com os olhares que ela lançava para ele e com essa esquisitice de chamá-lo sem parar de "aquilo", como se ele não fosse um ser plenamente formado ou algo assim.

– Bem, a presença do meu namorado em casa ajuda, claro. – O comentário soou um pouco sarcástico, mas, sinceramente, o que ela achava que estávamos fazendo na nossa casa?

Ela deu uma risada.

– Ah, benzinho... você acha que isso faz alguma diferença para ele? Meu amor, eu era casada, e isso não o incomodou nem um pouco. – Colocou as duas últimas garrafas de cerveja no balcão, com um sorrisinho nos lábios. – Mas que ele vale a pena, ah, isso vale.

Fiquei boquiaberta de espanto. Rita tinha no mínimo o dobro da idade dele e, pelo que eu ouvira falar, já estava no quarto marido. Pelo visto, Kellan não era muito exigente em relação a quem levava para casa, e eu começava a ter a sensação de que isso valia para todo mundo. Não deixava de ser um pouco estranho que eu ainda não tivesse visto outras mulheres em casa.

Tratando de me recompor, murmurei:

– Bem, faz diferença para mim. – Peguei as garrafas e voltei para a mesa dos D-Bags, um tanto agitada... e sem saber por quê.

Capítulo 4
MUDANÇAS

Denny não demorou a impressionar o pessoal da agência, como eu sabia que faria, e agora já não passávamos a metade do tempo juntos que eu gostaria. Eu ainda tentava me despedir dele pelas manhãs, mas, à medida que fui me habituando a ir dormir cada vez mais tarde, foi ficando cada vez mais difícil acordar à mesma hora que ele. Por fim, eu lhe dava um beijo de despedida ainda na cama, e nada mais. Querendo causar uma boa impressão nos patrões, ele costumava ficar além da hora que eu tinha que sair para trabalhar. Isso tornou bastante óbvio, já no começo, que as únicas horas que teríamos juntos seriam as tardes dos fins de semana antes do meu turno começar, e um ou dois dias de folga que eu tirava durante a semana.

Mesmo assim, Denny fazia de tudo para passar o máximo de tempo comigo. Ele vinha ao bar depois do trabalho para me ver, às vezes ficando para jantar ou tomar uma bebida com Kellan e os D-Bags. Nós nos abraçávamos e beijávamos com carinho, e os frequentadores do bar fingiam gemer de irritação. Uma vez alguém chegou a atirar uma bolinha de papel em nós. Tive uma vaga suspeita de que fora Griffin, e dei graças a Deus por ter sido só um guardanapo amassado.

O mês de junho passou voando em meio à nossa rotina tranquila e, quando dei por mim, já estávamos em julho. Denny teve que voltar ao trabalho na tarde do Quatro de Julho. Fiquei um pouco chateada com isso, já que tínhamos planejado passar o dia na praia favorita de Denny em Seattle – um pouco de sol e água para o meu garoto que adorava o mar –, mas ele prometeu ir ao Pete's mais tarde e passar a noite toda lá, ainda que eu fosse estar trabalhando, e isso abrandou minha raiva.

Acabei passando a maior parte do dia lendo um livro e pegando uma cor no nosso pequeno e ensolarado quintal. Bem, pegar uma cor dá a entender que minha pele era do tipo que vai escurecendo até adquirir um belo bronzeado, como a de Denny. Mas não era esse o caso da minha tez de alabastro. Eu ficava rosa-choque, e depois voltava direto para o branco pálido. Então coloquei meu biquíni, passei uma camada generosa de protetor solar, para evitar pelo menos o rosa-choque, e fui curtir o calor do sol, já que não podia me beneficiar dos seus efeitos secundários sobre a cor da minha pele.

Fiquei lendo um livro e curtindo o calor que fazia minhas coxas e costas formigarem. Levantando a cabeça, vi uma delicada libélula pousada num longo talo de grama, a centímetros do meu rosto. O corpo e a pontinha da sua cauda eram do mesmo tom de turquesa vibrante das joias artesanais indígenas que eu tinha visto nas vitrines de algumas lojas locais. A libélula parecia extremamente satisfeita, descansando no seu poleirinho e aproveitando o dia ensolarado, assim como eu. Sorri para ela e voltei a ler meu livro. Foi bom ter um pouco de companhia nos fundos da casa.

Por fim, quando meu corpo já tinha absorvido sua dose diária de vitamina D, voltei para casa em passos trôpegos, num estado de embriaguez solar, adormecendo quase que instantaneamente no sofá. Acordei meia hora antes de meu turno começar, e corri para trocar de roupa e me arrumar. Consegui pegar o ônibus e chegar ao bar em cima da hora. Bem, pelo menos assim eu não ficaria cansada durante a noite.

Fiel à sua palavra, como sempre, Denny veio ao bar aquela noite depois do trabalho. O lugar estava atipicamente cheio para um feriado, e ele teve que sentar num tamborete diante do balcão. Os olhares apelativos de Rita para ele estavam começando a me enfurecer, quando de repente Kellan e o pessoal da banda apareceram. Foram logo tratando de confiscar sua mesa habitual e de bom grado espremeram uma cadeira extra para Denny. Mesmo no bar lotado, as gargalhadas naquela mesa eram altas a noite inteira.

Pouco antes da apresentação noturna da banda, Denny e Kellan foram disputar uma partida de bilhar. A caminho da cozinha, parei e me encostei à porta em arco. Não pude deixar de sorrir ao observar a harmoniosa amizade dos dois. Eles trocavam piadas e conversavam durante o jogo como se fossem velhos amigos que nunca tivessem chegado a se separar.

Também não pude deixar de sorrir ao ver como Kellan jogava mal. Denny ria baixinho das tacadas perdidas e tentava lhe ensinar a jogar direito, mas Kellan só ria e dava de ombros, como se soubesse que nunca iria pegar o jeito. Eu também não era lá essas coisas, e Denny, que era craque, já tinha tentado me ensinar uma ou duas vezes. Ele tinha me dito com toda a paciência em várias ocasiões, "É só uma questão de física, Kiera", como se a consciência disso fosse facilitar a tacada de uma maneira mágica. Notando que eu assistia à partida dos dois, Denny me deu uma piscadela, e eu voltei ao trabalho com um suspiro satisfeito.

Quando eles tinham acabado de jogar e Kellan já ia se dirigindo para o palco, começamos a ouvir os estrondos da queima de fogos de artifício da cidade. Matt e Griffin ficaram com sorrisos bobos nos rostos e saíram de fininho pela porta da frente – com uma meia dúzia de garotas na cola deles. Sorrindo, Evan e Jenny seguiram logo depois, junto com mais uma meia dúzia de pessoas. Kellan se aproximou de mim e de Denny com uma garota baixinha cujo cabelo louro exibia uma interessante mistura de mechas em tons vibrantes de vermelho e azul. Ele a abraçou e, sorrindo, fez um gesto para que o seguíssemos. Demos de ombros um para o outro e saímos do bar, com mais ou menos uma dúzia de pessoas atrás de nós.

Assim, metade dos frequentadores do bar estava no estacionamento, olhando para o céu sobre o Lago Union, onde a cidade detonava uma explosão atrás da outra. Fogos de artifício em cores deslumbrantes e lindos desenhos iluminavam a silhueta dos arranha-céus de Seattle. Griffin e Matt estavam num canto, assistindo à exibição. Quer dizer, Matt estava assistindo – Griffin tinha passado a mão em uma garota de maneira imprópria, e agora estava sendo atacado... e adorando cada momento. Jenny tinha os braços ao redor da cintura de Evan e, com o corpo confortavelmente apoiado ao dele, assistia ao show do outro lado do estacionamento.

Denny passou os braços pelo meu corpo, me apertando com força contra o peito, e eu relaxei em seu abraço, encostando a cabeça no seu ombro. Kellan estava à nossa frente, um braço passado com naturalidade em volta da garota, a mão no bolso traseiro da calça jeans dela. Tinha trazido a cerveja com ele. Desviando os olhos dela para dar um gole, ele notou que Denny e eu estávamos logo atrás. Engoliu a bebida, e então me deu um sorriso afetuoso ao ver que eu o olhava. Abri um sorriso tímido em resposta e Denny suspirou, satisfeito, beijando minha testa.

A mulher com Kellan deve ter dito alguma coisa, porque ele se virou para olhá-la e respondeu algo baixinho. Ela se inclinou e beijou o pescoço dele, enfiando a mão no bolso da sua calça jeans. Ele sorriu e deu um abraço apertado nela. Fiquei imaginando se a veria pela manhã.

Eu já ia me virando para voltar a assistir aos fogos, quando ouvi uma voz dizendo bem alto atrás de nós:

– Ei! Eu não pago a vocês para ficarem apreciando as estrelas!

Ao me virar, dei com Pete parado diante da porta, olhando para Kellan com uma expressão contrariada. A banda já deveria estar no palco.

– Vão tocar – murmurou ele, apontando para o interior do bar. Ergueu os olhos para a exibição por um momento enquanto Kellan ria baixinho, para logo em seguida prestar atenção em mim e Jenny. – E vocês duas, vão servir os clientes! Ainda tem gente com sede lá dentro.

Jenny se desvencilhou de Evan e, com passos ressabiados, foi depressa até Pete.

– Desculpe, Pete – pediu, sincera, dando-lhe um beijo no rosto e correndo para o bar.

Kellan seguiu logo depois dela, com a garota das madeixas listradas em vermelho e azul ainda a tiracolo.

— Pois é... desculpe, Pete. — Então, com um sorriso maroto, também deu uma bitoca no rosto de Pete, mas saltou para trás assim que Pete fez menção de retribuir. A garota ao lado dele teve um frouxo de riso enquanto ele entrava de fininho no bar atrás de Jenny.

Denny e eu nos demoramos mais um minuto nos braços um do outro, assistindo à deslumbrante exibição e, por fim, seguimos o resto do pessoal de volta ao bar. A banda estava extremamente inspirada aquela noite, e Denny ficou até o fim do show. Até mesmo conseguimos dar um jeito de dançar agarradinhos duas vezes. Ao fim do meu turno, eu estava louca para ir para casa e me aconchegar na cama com ele. Já quase terminando com minhas obrigações, por acaso vi Kellan quando saía do bar. Por incrível que parecesse, estava sozinho. Denny segurou minha mão quando saí da sala dos fundos alguns momentos depois e, sorrindo um para o outro, também fomos para casa.

Suspirei ao me aconchegar na cama com ele algum tempo depois, feliz e adorando minha vidinha segura, extraindo um enorme contentamento do fato de que nada nela mudaria nos próximos dois anos.

Foi apenas duas semanas depois, numa noite de sexta no trabalho, que uma grande mudança aconteceu...

Os D-Bags estavam sentados à mesa de sempre nos fundos, relaxando antes do show. Para alegria de várias mulheres ali por perto, Griffin estava sem camisa, mostrando a Sam uma nova tatuagem no ombro, feita na semana anterior. Era uma cobra se enrolando sedutora ao redor de uma mulher nua. Sam tinha um largo sorriso no rosto, parecendo gostar muito. Achei aquilo meio vulgar. A cobra era um pouco sensual demais, e a mulher era de uma desproporção chocante. Falando sério, uma mulher de carne e osso com aquele corpo não conseguiria ficar de pé. Mas não pude deixar de sorrir; a tatuagem vulgar combinava à perfeição com o dono.

Matt também mostrava a Sam sua nova tatuagem, um símbolo no pulso. Eu não sabia o que era ou o que significava, mas achei que era mil vezes preferível à de Griffin. Sam balançou a cabeça para ele, e voltou a olhar para a tatuagem da mulher nua. Eu estava torcendo para que Griffin tornasse a vestir a camisa. Evan, que tinha tatuagens por toda a extensão dos braços, ignorava a exibição dos dois. Sentado na beira do palco, estava muito ocupado paquerando um grupo de mulheres.

Kellan se recostou na cadeira e ficou me observando. Fez um gesto para que eu me aproximasse.

— E aí? Uma cerveja? — perguntei.

Ele me deu um sorriso simpático, balançando a cabeça.

— Hum-hum. Obrigado, Kiera. — De repente, comecei a imaginar se Kellan teria alguma tatuagem, como os outros. Lembrando que já o tinha visto quase nu antes, corei.

Se ele tinha uma, devia estar muito bem escondida. Ele notou meu constrangimento.
— Que foi?
Sabendo que seria mais fácil se perguntasse a ele, arrisquei:
— Você tem uma? — E apontei para o ombro de Griffin.
Ele olhou para Griffin, que ainda estava seminu.
— Tatuagem? — indagou, tornando a se virar para mim. Negou com a cabeça. — Não, não consigo pensar em nada que eu gostaria de ter gravado para sempre na pele. — Deu um sorrisinho maroto. — E você?
Corei de novo com o sorriso encantador dele.
— Não... minha pele é virgem. — Na mesma hora me arrependi de ter dito aquilo, já que meu rosto devia ter ficado vermelho feito um pimentão. Ele riu baixinho, curtindo minha reação, e eu murmurei: — Já volto com a sua cerveja...
Tratei de me afastar o mais depressa possível, resmungando baixinho que precisava realmente pensar antes de falar, e quase dei um encontrão em Denny, que vinha entrando no bar.
— Ei! Adivinha só! — Ele apertou meus ombros, com um sorriso radiante.
Sorrindo ao ver seu entusiasmo, disse:
— Não faço a menor ideia.
— Mark do escritório teve uma conversa em particular comigo hoje. Eles querem que eu vá com eles montar o novo escritório em Tucson! — Ele parecia extremamente empolgado com essa perspectiva, mas eu senti um desânimo mortal.
— Tucson? Sério? Por quanto tempo? — Tentei não estragar sua alegria, mas já estava abatida com a ideia.
— Não sei... uns dois meses, de repente. — Ele deu de ombros.
Fiquei boquiaberta.
— Dois meses! Mas nós acabamos de chegar! Minhas aulas começam dentro de pouco mais de um mês. Eu ainda preciso me matricular, montar meu horário, comprar livros... Não posso ir para Tucson agora.
Ele olhou para mim, um pouco confuso.
— Você não precisaria vir. É só por dois meses, Kiera.
Agora eu já não estava mais me importando com o entusiasmo dele. Agora, eu estava furiosa.
— O quê? — exclamei bem alto, e as pessoas ao redor se viraram para me olhar. Denny segurou meu braço com delicadeza e me levou para fora do bar.
Já no ar mais fresco do estacionamento, ele me segurou pelos ombros e me obrigou a olhar nos seus olhos.
— É o meu emprego, Kiera... o nosso futuro. Eu preciso fazer isso. — A preocupação deixava seu sotaque ainda mais forte.

Senti as lágrimas se formando nos meus olhos.

— Dois meses, Denny... Isso é muito tempo. — Durante todo o nosso namoro, o máximo que tínhamos passado separados foram as duas semanas em que ele fora visitar os pais na Austrália, quando seu avô falecera. E eu tinha odiado cada minuto daquelas duas semanas.

Ele secou uma lágrima que tinha escorrido.

— Ei... está tudo bem. Talvez não leve tanto tempo assim. Eu não tenho certeza absoluta. — Ele me abraçou. — Isso é para nós dois, Kiera. Entende?

— Não — respondi, desolada. Dois meses pareciam uma eternidade. — Quando você iria embora? — sussurrei.

— Na segunda-feira — sussurrou ele. Não consegui mais conter as lágrimas. Depois de algum tempo, Denny me soltou. — Me desculpe. Eu não tive a intenção de deixar você nesse estado. Achei que ficaria feliz por mim. — Franziu um pouco o cenho. — Desculpe mesmo... Eu devia ter esperado até você sair do trabalho para te contar.

Sorrindo um pouco, comecei a sentir uma pontinha de culpa.

— Não, está tudo bem. Você me pegou de surpresa, só isso. Estou fazendo uma tempestade em copo d'água. Vou ficar bem, sério.

Ele tornou a me abraçar por alguns minutos.

— Me perdoe... mas não posso mais me demorar. — Ele me olhou com um ar constrangido. — Eles querem que eu volte para o escritório, para acertar alguns detalhes. Tenho que ir, me perdoe. Eu só queria te dar a notícia.

Pisquei os olhos para conter as lágrimas.

— Vai lá, está tudo bem. Eu também tenho mesmo que voltar para o trabalho...

Ele segurou meu rosto entre as mãos.

— Eu te amo.

— Também te amo — murmurei.

Ele beijou minha testa e voltou apressado para o carro. Certamente parecia afoito para me despachar. Suspirei, acenando para o carro que se afastava. Mal-humorada, tornei a entrar no bar. A primeira coisa que notei foi Kellan conversando com Rita e bebericando uma cerveja, encostado no balcão do bar. Ah, tá legal. Ele queria uma cerveja... antes de Denny chegar. A ideia me trouxe mais lágrimas aos olhos e logo tratei de secá-las, mas não antes que Kellan notasse.

Ele franziu o cenho para mim e caminhou até onde eu estava, ao lado da porta.

— Você está bem?

Olhei por sobre o ombro dele, sabendo que, se visse preocupação nos seus olhos, as lágrimas voltariam com força total.

— Estou.

— Kiera... — Ele pousou a mão de leve no meu braço e, por instinto, levantei os olhos para ele.

A preocupação no seu olhar e a meiguice inesperada do gesto me comoveram, e as lágrimas começaram a escorrer. Sem hesitar, ele me puxou para si, me envolvendo em um abraço apertado. Afagou minhas costas de leve, apoiando o rosto na minha cabeça. Foi muito confortante, mas continuei soluçando mesmo assim, com as pessoas ao redor olhando para nós. Ele ignorou os olhares e expressões de interrogação (afinal, tinha uma senhora reputação...), e continuou me abraçando sem comentários ou queixas até minhas lágrimas cessarem.

A certa altura, Sam se aproximou dele, provavelmente para informar que estava na hora do show, mas, antes que Sam pudesse dizer qualquer coisa, senti que Kellan fazia que não com a cabeça para ele. Eu me afastei um pouco, secando algumas lágrimas do rosto.

— Estou ótima. Obrigada. Vai, está na hora de ser um rock star.

Ele olhou para mim, ainda preocupado.

— Tem certeza? A galera pode esperar mais alguns minutos.

Comovida com sua oferta, abanei a cabeça.

— Não, sinceramente, estou bem. Tenho que voltar mesmo para o trabalho. Acabei não trazendo sua cerveja de novo.

Ele me soltou, rindo um pouco.

— Fica para a próxima. — Alisou meu braço, carinhoso, e, com um meio sorriso, deu as costas para ir se reunir aos companheiros de banda, que já começavam a subir ao palco.

A banda de Kellan estava o máximo, é claro, mas não pude deixar de notar que os olhos dele se desviavam para os meus um pouco mais do que de costume. Às vezes ele franzia um pouco o cenho para mim, e eu me pegava sorrindo para tranquilizá-lo. Sinceramente, eu estava ótima. Ele não precisava se preocupar comigo, por mais gentil que isso fosse.

Demorei mais do que de costume no bar depois que fechou, recusando a amável oferta de carona de Jenny. Eu ainda não estava pronta para voltar para casa. A ideia de falar com Denny de novo sobre sua partida doía; a ideia de ele ainda não ter chegado do trabalho também doía. Eu não sabia qual doeria mais, e ainda não queria descobrir.

Sentando de costas numa cadeira perto do bar, estendi os braços sobre o encosto e apoiei o queixo neles. Segunda-feira. Tudo estava indo tão bem, e agora eu só tinha um fim de semana antes que Denny se ausentasse por dois meses inteiros. Refleti sobre o que faria enquanto ele estivesse fora. Mas ainda parecia muito cedo para pensar nisso. Ainda teríamos a tarde de sábado, e depois o domingo inteiro, e então... Eu não tinha a menor certeza de quando o veria de novo.

Senti as lágrimas recomeçarem e tratei de secá-las, irritada. Sério, na certa seria apenas por um mês ou dois, nada que justificasse ficar naquele estado. *Acalme-se*, ordenei ao meu corpo.

Senti Kellan sentar ao meu lado antes mesmo de vê-lo.

— E aí? — Ele sorriu carinhoso para mim. — Quer conversar sobre isso?

Dei uma olhada no palco, e vi que o pessoal da banda ainda estava lá. Evan conversava com Sam, mas Griffin e Matt estavam de olho em mim e Kellan. Griffin cochichou alguma coisa com Matt, um sorriso safado nos lábios. Matt revirou os olhos, rindo. Eu não podia imaginar sobre o que aqueles dois estariam falando. Não, eu não queria conversar ali, certamente acabaria abrindo um berreiro vergonhoso, e não precisava que os D-Bags vissem isso. Eles já implicavam demais comigo. Fiz que não com a cabeça.

Kellan notou meus olhos fixos na banda e pareceu compreender.

— Quer uma carona para casa?

Tornei a olhar para ele, com gratidão, e assenti. Minhas opções para voltar para casa estavam diminuindo cada vez mais.

— Aceito, obrigada.

— Certo, vou só pegar minhas coisas e a gente já sai. — Ele me deu um sorriso simpático e, por algum motivo, corei. Ele caminhou até os amigos, que tomavam um drinque pós-expediente com Sam, e trocou algumas palavras com eles. Todos assentiram. Griffin deu uma cutucada nas costelas de Matt e sorriu com ar presunçoso. Kellan meneou a cabeça para eles e apanhou a guitarra. Já ia se virando para voltar quando Evan segurou seu braço e lhe disse alguma coisa. Kellan lhe deu um olhar irritado, negando com a cabeça. Evan pareceu satisfeito com essa resposta e soltou o braço dele.

Kellan voltou até mim e me deu um sorriso afetuoso.

— Pronta?

Fazendo que sim e levantando, suspirei e me preparei psicologicamente tanto para a hipótese de encontrar Denny, quanto para a de não encontrá-lo. Acenei um tanto encabulada para Rita quando saímos do bar. Ela arqueou uma sobrancelha para mim e sorriu com um ar matreiro que me fez corar de novo. Parecia achar que eu pularia em cima de Kellan toda vez que ele e eu ficássemos a sós. O jeito implicante dela me deixava muito nervosa.

Fizemos o trajeto para casa em confortável silêncio. Em nenhum momento Kellan me pressionou para falar. Mas sua gentileza, e a lembrança de seu abraço carinhoso horas atrás, fizeram com que eu *quisesse* me abrir com ele.

— Denny vai viajar — contei em voz baixa.

Ele olhou para mim, chocado.

— Mas...?

Interrompi o curso de seus pensamentos, ao perceber como minha declaração soara sinistra.

— Não, é só por alguns meses... a trabalho.

Ele relaxou, sorrindo um pouco.

— Ah, achei que talvez...

Suspirei.

— Não, eu fiz uma tempestade em copo d'água. Está tudo bem. É só que...

— Vocês nunca se separaram — completou ele em voz baixa.

Sorri, aliviada por ele compreender.

— Exatamente. Quer dizer, nós até nos separamos, mas não por tanto tempo assim. Acho que estou acostumada a ver Denny todos os dias, e... enfim... nós esperamos tanto para viver juntos, as coisas têm ido tão bem, e agora...

— ... ele vai viajar.

— Pois é. — Virei a cabeça e olhei para Kellan. Ele tinha voltado sua atenção para a rua e parecia profundamente pensativo. Os postes banhavam seu rosto de luz a intervalos regulares, num efeito que exacerbava sua beleza. O contraste do claro-escuro naqueles traços era hipnótico, e eu não conseguia desviar os olhos. No que ele estaria pensando?

— Em nada... — Ele se virou para me olhar. Fiquei um pouco alarmada, não me dando conta de que tinha dito a última frase em voz alta. Ele sorriu para mim. — Estava apenas desejando que você e Denny passem por cima disso. Vocês dois são... — Ele não concluiu a frase, apenas sorrindo e tornando a olhar para a rua.

Corei e pensei, mais uma vez, que precisava tomar mais cuidado com o que dizia na presença dele. Pelo visto, também precisava tomar mais cuidado com o que pensava na presença dele, já que até meus pensamentos pareciam escapar sem a minha permissão.

Pouco depois, o Chevelle de Kellan subia na entrada para carros de nossa casa. Suspirei e relaxei um pouco. O velho Honda detonado de Denny já estava estacionado lá. Acho que eu tinha *mesmo* desejado que ele estivesse em casa. Virando-me para Kellan, disse, afetuosa:

— Obrigada... por tudo.

Ele abaixou os olhos, quase tímido.

— Não há de quê, Kiera.

Saímos e nos dirigimos para casa, indo logo para o andar de cima. Parei diante da minha porta, com a mão na maçaneta, de repente me sentindo nervosa demais para entrar.

— Vai ficar tudo bem, Kiera — afirmou Kellan parado à porta do seu quarto, me observando.

Sorri e sussurrei *Boa noite*, em seguida tomando coragem e entrando no quarto escuro. Meus olhos demoraram alguns momentos para se acostumar à escuridão depois que fechei a porta. Ouvi Denny se mexendo na cama antes de poder finalmente vê-lo. Estava apoiado sobre os cotovelos, me olhando.

— Oi... chegou tarde. — Seu sotaque arrevesava as palavras em sua sonolência.

Não respondi. Ainda não tinha certeza de como me sentia sobre essa nova situação, quer dizer, além de triste. Sentei na beira da cama e vesti meu pijama enquanto ele me observava em silêncio. Quando terminei, ele finalmente rompeu o silêncio:

— Kiera — disse com voz suave —, fala comigo.

Suspirei, me enfiando debaixo das cobertas, vendo-o se deitar de lado para me olhar. Ele passou os dedos pelos meus cabelos e acariciou meu rosto.

— O que é que está se passando aqui dentro, hein? — Deu um leve tapinha na minha têmpora.

Sorri para ele.

— Estava me perguntando o que vou fazer sem você... — Meu sorriso falhou.

Ele deu um beijo na minha testa.

— De casa para o trabalho... Do trabalho para casa... Provavelmente o mesmo que faria se eu estivesse aqui.

— Sim, mas agora não vou mais sentir prazer em fazer nada disso — murmurei, emburrada, e fiquei olhando para o travesseiro dele.

Denny começou a rir.

— Também vou sentir sua falta.

Tornei a olhar para seus olhos.

— Jura?

Ele piscou, surpreso.

— É claro. Espera aí... Você está achando que eu quero ir embora? Que isso é fácil para mim? Que não vou sentir uma saudade horrível de você, todos os dias?

— Estou. — Esses exatos pensamentos tinham me passado pela cabeça uma ou duas vezes aquela noite.

Ele suspirou.

— Kiera, isso é totalmente absurdo. — E abriu um sorriso para mim, meu sorriso bobo favorito. — Você vai chegar a ficar enjoada de tanto receber telefonemas meus.

Esbocei um sorriso.

— Pode crer que não vou. — Meu tom ficou sério. — Você tem mesmo que ir... tem mesmo que fazer isso?

Reconhecendo meu tom, ele parou de sorrir.

— Tenho. — Balançou a cabeça uma vez.

Inclinei a cabeça para ele.

— E vai voltar quando tiver terminado?

Ele voltou a sorrir.

— No instante em que tiver terminado.

— Bem... — Hesitei por um momento. — Acho que agora só falta a gente conversar sobre uma coisa...

Ele me olhou com um ar curioso.

— E o que é?

Coloquei minha mão no seu rosto e lhe dei um beijo carinhoso.

— Como vamos passar seus últimos dois dias em Seattle?

Ele sorriu e se inclinou para sussurrar no meu ouvido tudo que podíamos fazer nos próximos dois dias. Eu sorri, gargalhei, dei um tapa no ombro dele, ri de novo, corei e, por fim, o beijei apaixonadamente. E, apenas por um momento, esqueci que as coisas estavam prestes a mudar...

A manhã de segunda-feira chegou mais depressa do que eu podia ter imaginado. Tínhamos passado juntos cada minuto que pudéramos dos últimos dois dias. Denny foi muito paciente com a minha carência. Ele sabia o quanto isso ia ser difícil para mim. Uma parte de mim queria que ele se desse bem, que impressionasse seus patrões e passasse uma temporada maravilhosa. Uma parte ainda maior de mim, no entanto, queria que a experiência fosse tão ruim que ele jamais me deixaria de novo. Talvez eu estivesse me sentindo meio amarga.

Kellan se ofereceu gentilmente para nos levar de carro até o aeroporto e embarcar Denny. Fiquei muito grata a ele por isso. Sabia que estava ansiosa demais para dirigir, e não achava que suportaria me despedir de Denny em um táxi. Precisava de cada segundo possível com ele, precisava ver o avião decolar, precisava desse desfecho.

No entanto, quando o avião finalmente decolou e Kellan e eu ficamos sozinhos no aeroporto, de repente desejei estar novamente em casa, soluçando no meu travesseiro. Kellan, vendo as lágrimas começarem a se formar em meus olhos, passou o braço carinhosamente por meus ombros e, em silêncio, me levou de volta até o carro.

Tive apenas uma vaga consciência de caminhar ao lado dele, entrar no carro e voltar para casa. Minha mente estava ocupada imaginando dezenas de situações horríveis, todas as coisas ruins que poderiam acontecer para impedir que eu voltasse a ver meu garoto bonito. Os soluços finalmente irromperam na rodovia.

Mostrando-se extremamente compreensivo e, para minha surpresa, nem um pouco incomodado pelas minhas lágrimas como a maioria dos homens se sentiria, Kellan fez com que eu me sentasse no sofá e me trouxe um copo d'água e lenços de papel. Ele se jogou numa poltrona ao meu lado e encontrou uma comédia boba na tevê para assistirmos. Deu certo; na metade do programa idiota nós dois estávamos rindo. Perto do fim, comecei a pegar no sono, e senti Kellan me cobrir com uma manta leve antes de eu apagar.

Quando acordei, horas depois, estava sozinha na sala, e relembrei os últimos momentos que Denny e eu tínhamos passado juntos no aeroporto, a um só tempo odiando e saboreando aquela doce intimidade...

Denny me deu um abraço apertado. Segurei seu rosto e o beijei da maneira mais profunda e apaixonada possível... para que ele se lembrasse de mim enquanto estivesse longe. Finalmente ele se afastou, sem fôlego, mas com um leve sorriso.

– Eu te amo... Vou voltar logo, está bem? Não se preocupe. – Ele me deu um beijo no rosto e só pude assentir, tendo perdido a capacidade de falar por causa do nó na garganta.

Então, ele caminhou até Kellan, que esperava a uma distância respeitosa de nós, observando nossa intimidade. Denny lançou um olhar misterioso para mim, e em seguida se inclinou e sussurrou algo para Kellan, que empalideceu e me olhou de relance. Então Denny se afastou dele, com uma expressão séria no rosto, e estendeu a mão para o amigo. Com o rosto pálido e um tanto confuso, Kellan assentiu uma única vez, apertando a mão de Denny, e murmurou algo em resposta. Eu apenas os observava, imaginando o que Denny teria dito. Em seguida Denny se virou para mim uma última vez, soprou um beijo e embarcou no avião. Me deixando.

Com um suspiro infeliz, revivi minhas lembranças mais uma vez. De repente tocou o telefone, e eu corri para atender. A doce voz de Denny me encheu a mente e o coração. Não fazia nem um dia inteiro que eu estava separada dele, e sua ausência já era excruciante. Ele me pôs a par de como sua viagem tinha sido até agora e onde estava hospedado. Eu o prendi no telefone até bem depois de ele dizer que precisava desligar. Por fim, ele disse que precisava mesmo desligar, mas que me telefonaria à noite antes de ir dormir. A contragosto, concordei.

Tive que ir trabalhar aquela noite, e odiei cada segundo. Saber que poderia perder o telefonema de Denny era fisicamente doloroso. Ele não tinha especificado exatamente quando telefonaria, apenas que seria antes da hora de dormir. Mas de qual de nós dormir, ele ou eu? Passei a noite inteira irritada, e acabei soltando os cachorros em Rita, que fez um comentário para lá de atrevido, dizendo que agora eu iria morar sozinha com Kellan. Acabei me enrolando com os pedidos de alguns clientes, e nem me dei ao trabalho de pedir desculpas. Por fim, dei um tapa na cabeça de Griffin quando ele apertou meu traseiro. Na verdade, eu até gostei dessa parte da noite.

Kellan ficou até tarde no bar e, muito gentil, me deu uma carona para casa de novo. Passei o trajeto inteiro me sentindo uma pilha de nervos, torcendo para não ter perdido o telefonema de Denny, para que ele ainda estivesse acordado e eu pudesse falar com ele, de preferência por horas a fio. De repente eu poderia me deitar na bancada da cozinha e dormir lá, para poder ficar conversando com Denny até desmaiar. Suspirei. Eu realmente precisava aprender a me controlar.

Ao me ver suspirar, Kellan sorriu.

– Tenho certeza de que Denny ainda está acordado, se você quiser ligar para ele.

Retribuí o sorriso.

— Obrigada pelas caronas que me deu hoje.

Ele riu baixinho.

— Sem problemas, Kiera — sussurrou. Observei-o por um segundo, e então deixei que minha mente voltasse ao último e doce abraço de Denny.

O telefone tocou apenas momentos depois de chegarmos em casa, e, sorrindo como uma colegial, atendi no primeiro toque. Denny sabia que eu estava trabalhando, e tinha calculado com exatidão a hora da chamada. Relaxei, percebendo que eu não precisava ter passado a noite inteira tão ansiosa. Denny também queria falar comigo. Ele teria dado um jeito de me encontrar, fosse como fosse.

Kellan entrou e, sorrindo, pegou o telefone.

— Boa noite, Denny. — Devolvendo o telefone para mim, deu uma piscadela e se dirigiu para o quarto.

Denny e eu conversamos e rimos... por horas a fio.

Capítulo 5
SOZINHA

A primeira semana foi a mais longa da minha vida. Como as aulas ainda não haviam começado e eu não tinha nada para fazer o dia inteiro, comecei a ficar em casa. Sentia cada segundo de cada minuto de cada hora de cada dia passar lentamente.

Kellan fez o possível para tentar me divertir. Batia papo comigo enquanto tomávamos café, tentou me ensinar a tocar guitarra (eu dei um vexame horrível), e por fim acabou conseguindo me arrastar com ele quando foi dar uma das suas corridas. Logo passei a antipatizar com Seattle — sem dúvida uma linda cidade, mas um verdadeiro inferno para corredores que preferem uma pista oval e plana às ladeiras de dar câimbras. Tive que parar na metade do caminho, dar meia-volta e ir para casa. Kellan riu um pouco, mas se ofereceu para me acompanhar. Me sentindo fraca e meio idiota, incitei-o a terminar sua corrida e voltei para casa, a fim de curtir mais um pouco minha dor de cotovelo.

Kellan foi comigo ao mercado quando meus suprimentos começaram a acabar. Até que foi uma saída divertida, mas extremamente constrangedora. Felizmente, eu estava muito bem abastecida em termos de produtos de higiene femininos — algo que me mataria de vergonha comprar na frente dele. Se bem que mesmo assim ele deu um jeito de me matar de vergonha, atirando com ar de quem não quer nada uma caixa de preservativos no nosso carrinho. Pegando a caixa enquanto olhava discretamente ao redor, e exibindo, tenho certeza, uma expressão horrorizada no rosto, tratei de devolvê-la rapidamente para ele, como se estivesse pegando fogo. No começo ele não a segurou, apenas olhando para mim com um sorriso maroto nos lábios. Mas, quando meu rosto e gestos se tornaram mais frenéticos, ele finalmente tomou a caixa da minha mão e a recolocou na prateleira, o tempo todo rindo do meu constrangimento.

Logo superando o incidente, continuei empurrando o carrinho pelo corredor, enquanto Kellan, cantando baixinho as músicas bregas que tocavam no mercado (ele conhecia todas), ia atirando produtos no carrinho – apenas itens que eu aprovava primeiro. Eu sorria ao observar seu rosto bonito e bem-humorado. Estávamos na metade do mercado e já entrando na seção de cereais, quando de repente a música que ele estava acompanhando se tornou um dueto. Ele olhou para mim, em expectativa, querendo que eu acompanhasse a parte da cantora, e senti o rubor se espalhando pelo meu rosto. Eu não era nenhuma cantora.

Ele riu, divertido com a minha expressão contrariada, e começou a cantar a sua parte ainda mais alto, andando de costas e gesticulando como se fizesse uma serenata. Foi uma cena altamente constrangedora, e algumas pessoas que passavam por nós sorriam, achando graça dele. Kellan as ignorou e continuou cantando para mim, observando meu rosto ficar escarlate quando o rubor se acentuou. Os olhos dele quase brilhavam de divertimento com o meu desconforto.

Com as mãos espalmadas num gesto de "vai nessa" e uma sobrancelha arqueada, ele voltou a esperar que eu acompanhasse a parte da cantora. Fiz que não com a cabeça teimosamente e dei um tapa no braço dele, esperando que parasse de me matar de vergonha. Ele riu e segurou minha mão, me rodopiando bem no meio da seção. Em seguida me girou para longe, e então de volta. Até mesmo curvou meu corpo para trás, sem em nenhum momento interromper a serenata. Um casal de idade sorriu ao passar por nós.

Rindo ao me colocar novamente de pé, finalmente comecei a acompanhar a cantora em voz baixa. Ele me deu um sorriso simpático e então, rindo, me soltou. Terminamos as nossas compras... e a canção. Depois disso, cantei tudo que ele quis. Desafiá-lo era constrangedor demais!

Mais para passar o tempo do que por qualquer outro motivo, liguei meio de má vontade para os meus pais. Não tinha a menor intenção de contar que Denny tinha deixado a caçulinha deles sozinha numa cidade desconhecida, mas, sei lá como, acabei deixando escapar a verdade, e tive que suportar, durante uma hora, um discurso do tipo "Eu sabia que ele não prestava, volte para casa". Pela milionésima vez, disse a eles que eu ia ficar em Seattle, que estava feliz aqui. Pelo menos, ficaria feliz, quando Denny voltasse. Tive que garantir a eles várias vezes que não precisavam se preocupar tanto.

Denny me ligava duas ou três vezes diariamente, o que se tornou o ponto alto do meu dia. Eu me pegava flanando pela cozinha, esperando que o telefone tocasse para poder falar com ele. A certa altura, aquilo começou a me irritar. Eu era uma pessoa muito independente. Podia passar o dia sem falar com ele, se por acaso perdesse uma chamada. Bem, pelo menos dava para aguentar por algumas horas. Tentei não ficar tão obcecada com isso... mas, é claro, ainda estava obcecada, e degustava cada telefonema que recebia.

— E aí, amor?

Eu sabia que estava sorrindo feito uma idiota ao telefone, mas não podia evitar. Sentia saudades da voz dele.

— Oi... — Eu praticamente suspirava a palavra. — Como você está? Já está pronto para voltar? — Estremeci, sabendo que estava falando exatamente como meus pais.

Denny riu ao telefone, como se também se desse conta disso.

— Estou bem... cansado, mas bem. Ainda não estamos nem perto de terminar... desculpe. — Sua voz refletia um remorso sincero, e não pude deixar de sorrir.

— Está tudo bem... acho. Mas sinto uma saudade horrível de você.

Ele tornou a rir.

— Também sinto saudade de você.

Essa era praticamente a nossa rotina diária. *Vai voltar para casa? Não. Sinto saudade de você. Eu também sinto saudade de você.* Eu sorria ao pensar no quanto amava aquele garoto bobo.

— Eu estava indo comer alguma coisa, para então cair na cama. O que você vai fazer na sua noite de folga? — Ele soltou um gemido como se tivesse sentado, completamente exausto.

Suspirei.

— Absolutamente nada, e a banda de Kellan vai tocar no Razors hoje à noite, de modo que vou ficar aqui totalmente sozinha... — Disse essa última parte em voz baixa, ao olhar para a casa, de repente tão imensa. Como eu podia ter chegado a achar que era minúscula?

— Por que você não vai? — perguntou ele, bocejando um pouco.

Olhei para o telefone, confusa.

— Hum?

— Com Kellan... Por que não vai ver a banda? Pelo menos assim você vai ter alguma coisa para fazer... — Voltou a bocejar baixinho, e fez um som como se tivesse despencado na cama.

— Você está muito cansado, não está? — perguntei. Eu me sentia culpada por mantê-lo acordado, mas ainda não queria desligar.

— Estou, mas não tem problema. — Pude ouvir o sorriso dele pelo telefone. — Eu fico acordado para falar com você.

Senti lágrimas teimosas brotarem nos olhos. Estava com uma saudade simplesmente dilacerante dele.

— Não quero te cansar ainda mais. Posso falar com você amanhã de manhã, antes de você sair para o trabalho. Vamos tomar café juntos. — Tentei dar um tom alegre à minha voz ante essa perspectiva, quando, na realidade, só queria implorar aos prantos para ele voltar já para casa.

Ele bocejou mais uma vez.

— Tem certeza? Eu não me importo nem um pouco...

Não, não tinha; eu queria conversar com ele a noite inteira.

— Tenho... Agora vai comer alguma coisa, dorme um pouco e volta logo para mim.
— Eu te amo, Kiera.
— Eu também te amo... Boa noite.
— Boa noite. – Ele bocejou uma última vez e desligou.

Fiquei olhando para o telefone por um longo minuto enquanto uma lágrima teimosa me escorria pelo rosto. Só fazia nove dias, e lá estava eu, já chorando de solidão. Isso não combinava comigo. Talvez ele tivesse razão e eu devesse sair. Pelo menos, faria a noite passar mais depressa. A hora do café chegaria antes que eu me desse conta. Esse pensamento me animou. Sequei a lágrima e subi as escadas para o quarto de Kellan.

Bati à sua porta fechada e ele respondeu na mesma hora:
— Pode entrar.

Corei no mesmo instante em que entrei: ele ainda não estava totalmente vestido. De pé diante da cama, virado para a porta, estava abotoando a calça jeans. Observei sua camiseta limpa ainda na cama, e seu corpo fantasticamente definido ainda meio úmido do banho que ele tinha acabado de tomar.

Ele ergueu o rosto para mim, curioso.
— Que foi?

Percebi que estava parada na soleira da porta, olhando boquiaberta para ele, com ar de idiota. Tive que me obrigar a fechar a boca.
— Hum... Eu estava pensando... se podia ir com você... ao Razors... para ouvir a banda... – Eu me sentia mais idiota a cada palavra que fugia de meus lábios. De repente desejei ter aberto a minha própria porta, e não a dele, para passar a noite inteira curtindo minha dor de cotovelo.

Com um largo sorriso no rosto, ele pegou a camiseta na cama.
— Sério? Já não está cansada de me ouvir? – Piscou o olho ao deslizar a camiseta sobre o corpo fabuloso.

Engoli em seco. Não conseguia deixar de encará-lo abertamente. Mais uma vez tive que me obrigar a fechar a boca.
— Não... ainda não. Pelo menos, vou ter alguma coisa para fazer. – Na mesma hora me arrependi de ter dito aquilo, que devia ter soado horrivelmente grosseiro.

Ele deu uma risada deliciosa, passando os dedos pelos cabelos cheios e úmidos, e então, pegando alguma coisa na cômoda, embaralhou-os até ficarem um caos arrepiado. Eu o observava, curiosa. Nunca tinha visto alguém arrumar os cabelos daquele jeito. Ele não se olhou no espelho nem uma vez; apenas sabia, de modo instintivo, como deixar o cabelo perfeitamente arrumado de um jeito totalmente desarrumado... sexy demais.

Pisquei os olhos quando ele me respondeu:

— Tudo bem, já estou quase pronto. — Ele sentou na cama para calçar as botas e deu um tapinha ao seu lado. Sentei e fiquei olhando para ele, me sentindo boba por ter chegado a entrar. — Era Denny no telefone?

— Era...

Kellan fez uma pausa e me observou por um momento.

— Alguma ideia de quando ele vai voltar para casa? — perguntou, pegando a outra bota.

— Não. — Suspirei.

Ele me deu um sorrisinho simpático.

— Tenho certeza de que não vai demorar muito. — Ele se levantou e pegou a mais nova das duas guitarras, guardando-a em um estojo aberto em cima da cama. — O tempo vai passar voando... sério. — Sorriu para mim de um jeito tão encorajador que eu sorri também. — Pronta? — perguntou, fechando o estojo e ajeitando a alça sobre o ombro.

Assenti e fomos para o andar de baixo. Ele apanhou as chaves, eu peguei minha carteira de identidade e algumas notas que tinha recebido de gorjeta, e em seguida saímos.

Para minha surpresa, aquela noite no Razors foi extremamente divertida. O Razors era um barzinho muito menor do que o Pete's. O salão era um retângulo comprido e estreito com uma pequena área para a banda na frente, um longo balcão de bar se estendendo por uma parede, e várias mesas e cadeiras ocupando o resto do espaço. Kellan me acomodou à mesa mais próxima, e esse ficou sendo o meu assento de primeira fila para o seu show intimista.

Os D-Bags bombaram, é claro, mas pareceram mais contidos. Foi quase que uma apresentação privê para mim e meus vinte melhores amigos. Kellan sentou num banquinho e ficou tocando guitarra, sua azaração reduzida à metade, na ausência do seu rebanho de tietes apaixonadas. Não que as mulheres não estivessem gritando por ele e pelos outros caras, mas essas eram, na maioria, frequentadoras que por acaso tinham aparecido por lá aquela noite, não as tietes obcecadas que faziam ponto no Pete's, o reduto da banda.

De repente eu estava totalmente absorta no desempenho de Kellan, realmente prestando atenção nas letras e no seu timbre de voz, e até mesmo cantando baixinho junto com algumas músicas, o que o fez abrir um sorriso eufórico quando notou. A sugestão de Denny tinha sido genial, e a noite passou mesmo voando. Quando dei por mim, os D-Bags já estavam guardando os instrumentos e Kellan se despedindo de algumas pessoas que conhecia por lá... e brindando algumas das mulheres mais atiradas com beijos no rosto. Pouco depois, estávamos no carro dele, indo para casa.

Durante o percurso, Kellan ficou sorrindo e cantando baixinho a última música que a banda tinha tocado, marcando o ritmo com os polegares no volante. Por acaso era a mesma música que tinha me comovido tanto na minha primeira noite em Seattle, a música que tinha me feito realmente notar Kellan como ser humano. Inclinei a cabeça no assento e me virei para observá-lo. Ele percebeu meu olhar fascinado e sorriu ainda mais enquanto cantava.

– Adoro essa música. – Retribuí seu sorriso e ele assentiu, ainda cantando. – Parece importante para você. Tem algum significado especial? – Eu não tivera a intenção de perguntar isso. Ah, bom, agora era tarde demais.

Ele parou de cantar e olhou para mim com um ar curioso.

– Hum... – disse, aquietando os dedos e voltando a prestar atenção no trânsito.

– Que foi? – perguntei, tímida, esperando não tê-lo ofendido por algum motivo.

Mas ele apenas esboçou um sorriso para mim, sem parecer nem um pouco ofendido.

– Ninguém jamais tinha me perguntado isso antes. Bem, quer dizer, ninguém fora da banda. – Deu de ombros, olhando para o meu rosto. Corei e desviei os olhos, imaginando se ele estava me achando uma idiota por perguntar.

– Hum-hum... – respondeu baixinho.

Pisquei os olhos e me virei para ele, pensando que talvez eu tivesse voltado a expressar meus pensamentos em voz alta, e Kellan, concordado que eu era uma idiota. Mas ele, com um sorriso afetuoso, apenas acrescentou:

– Significa muito para mim...

E não disse mais uma palavra. Mordi o lábio e tomei a decisão consciente de não perguntar mais nada a respeito, embora quisesse desesperadamente fazê-lo. Podia perceber pela maneira estudada como ele observava a rua, e pelo jeito como me lançava olhares de soslaio de vez em quando, que não queria se estender sobre o assunto. Precisei fazer um enorme esforço para me conter, mas fui respeitosa e não fiz mais quaisquer perguntas a ele.

Contei de minha noite para Denny durante o nosso café da manhã telefônico na manhã seguinte, e ele pareceu feliz por saber que eu tinha conseguido passar uma noite divertida sem ele. Já eu não estava tão entusiasmada assim com essa ideia... queria estar me divertindo *com* Denny, mas mesmo assim achei que ele tinha razão. Eu realmente precisava sair mais de casa e me divertir enquanto ele estava fora. Ficar trancada entre quatro paredes não ia me levar a parte alguma.

Por esse motivo, comecei a sair mais com Jenny. Na verdade, no domingo seguinte à tarde ela veio à nossa casa deprimente, e ficou tão chocada quanto eu tinha ficado ao constatar como o ambiente era desolado. Passamos a tarde inteira batendo pernas por todas as lojas de penhores e brechós da cidade à procura de coisas baratas mas de boa qualidade para dar uma levantada no astral do meu cantinho.

Conseguimos encontrar duas peças art déco bem bonitas para a sala, duas gravuras de paisagens para o meu quarto, alguns quadros com gravuras temáticas sobre café e, é claro, um quadro tendo o chá como tema para a cozinha, além de uma foto interessante de uma gota d'água para o banheiro. Até encontrei por acaso um pôster antigo dos Ramones que achei que agradaria a Kellan, já que o quarto dele era tão sem graça quanto o resto da casa.

Também comprei um monte de porta-retratos e mandei revelar algumas fotos que havia tirado com a câmera de Denny na semana em que tínhamos chegado. Algumas eram de Denny comigo, duas eram apenas dele e Kellan, e outras, incluindo a minha favorita, que eu planejava mandar para minha família, mostravam a nós três juntos. É claro, também encontramos um monte de coisas mais ao gosto das mulheres, como cestas, plantas ornamentais e toalhas decentes para o banheiro. Até consegui encontrar uma secretária eletrônica baratinha, para não ter mais que me estressar tanto com a hipótese de perder algum telefonema.

Eu não sabia o quanto Kellan ficaria satisfeito com esses toques femininos na sua casa, mas ele não estava quando voltamos da nossa saída. Fizemos a arrumação correndo, o tempo todo às risadinhas, para aprontar tudo antes de ele voltar. Estávamos dando os toques finais à cozinha quando ele finalmente chegou.

Ele olhou para mim e Jenny, quando pendurávamos a última gravura temática de café na cozinha, e, sorrindo, meneou um pouco a cabeça. Rindo baixinho, deu meia-volta e subiu as escadas para o quarto. Jenny e eu concluímos que essa resposta era o máximo em termos de "ficou legal" que receberíamos, e então, rindo um pouco também, tratamos de terminar rapidamente o nosso projeto de decoração.

Quando, pouco depois, Jenny teve que ir embora porque estava na hora do seu turno, agradeci a ela por ocupar minha mente e embelezar nossa casa. Ela gritou um "tchau" para as escadas e, ao ouvir o "tchau" de Kellan em resposta, acenou para mim e se dirigiu para a porta. Achando que talvez Kellan não tivesse ficado satisfeito com o novo visual da casa, subi as escadas em silêncio.

A porta dele estava entreaberta, e eu o vi sentado na beira da cama, com os olhos fixos no chão e uma expressão estranha no rosto. Curiosa, bati à porta. Ele levantou a cabeça quando abri mais a porta e acenou para que eu entrasse.

— Olha... desculpe pelas mudanças. Se não gostou, posso tirar tudo. — Sorri para ele com ar arrependido, sentando na beira da cama ao seu lado.

Ele sorriu, negando com a cabeça.

— Não, está tudo bem. Acho que a casa estava mesmo... um pouco vazia. — Ele apontou sobre o ombro para o pôster que eu tinha pendurado na parede. — Gostei muito... Obrigado.

Retribuí seu sorriso.

— Pois é, achei que talvez você... Não há de quê. — Intrigada com o que ele estava pensando antes, soltei: — Você está bem?

Ele olhou para mim, confuso.

— Hum-hum, estou ótimo... Por quê?

Subitamente constrangida, fiquei sem saber o que dizer.

— Nada, é que você parecia... Nada, desculpe.

Ele olhou para mim com uma expressão pensativa por um momento, e achei que estava decidindo se me contaria algo ou não. Comecei a prender o fôlego sob a intensidade dos seus olhos azul-escuros. De repente, ele sorriu para mim e, abanando um pouco a cabeça, perguntou:

— Está com fome? Que tal o Pete's? — Abriu um largo sorriso. — Faz tanto tempo que não vamos lá!

O bar estava bastante cheio, embora ainda fosse cedo. Kellan e eu sentamos à mesa de sempre, e Jenny sorriu para nós ao vir anotar nossos pedidos. Pedimos dois hambúrgueres e duas cervejas, e fiquei observando a multidão enquanto esperávamos nossas bebidas. Era meio estranho aparecer em público sozinha com Kellan, ainda mais no lugar onde eu trabalhava. Rita ficou nos espiando com ar de curiosidade, e fiz o possível para evitar seus olhos. Ela sempre tendia a pensar o pior sobre nós.

Kellan, no entanto, parecia totalmente à vontade. Recostado na cadeira de um jeito descontraído, com um pé apoiado no joelho, ele estudava meu rosto. De repente, me ocorreu que eu tinha passado o dia inteiro na rua com Jenny, depois me ocupado com a decoração da casa, e agora estava no Pete's. Não tinha falado com Denny ao longo do dia. Essa constatação me fez franzir o cenho. Nós tínhamos passado um dia inteiro sem nos falarmos. Isso me incomodou tanto que quase pedi a Kellan para me levar para casa.

Ele notou.

— Você está bem?

Compreendendo que estava sendo boba, e que podia ouvir a voz de Denny na nossa nova secretária eletrônica uma vez atrás da outra se ele ligasse enquanto eu estava na rua, sorri e dei de ombros.

— Estou... É só saudade do Denny. Mas estou bem.

Ele pareceu refletir sobre minhas palavras por um momento, e em seguida assentiu.

Jenny trouxe nossas cervejas e ele ficou bebendo em silêncio, ainda me observando com atenção. Começando a me sentir um pouco desconfortável, fiquei aliviada quando, alguns minutos depois, ela trouxe nossa comida. O clima estranho entre nós se dissipou rapidamente, e começamos a comer nossos hambúrgueres e conversar como bons amigos. Não sei bem por quanto tempo ficamos lá, lanchando, batendo papo e bebendo nossas cervejas, mas, a certa altura, não estávamos mais sozinhos à mesa.

Os outros D-Bags tinham finalmente batido seu ponto quase diário no Pete's. Sentaram em peso à nossa mesa, sem sequer parar para notar que não tinham sido convidados. Mas não me importei. A companhia deles era divertida. Bem, a de Griffin talvez não tanto, mas, desde que ele mantivesse as mãos bem longe de mim, dava para aturá-lo.

Felizmente, ele sentou perto de Kellan, do outro lado da mesa. E, é claro, não deixou de dar um tapa no ombro do amigo e dizer "É isso aí, cara", enquanto me olhava com um ar safado. Revirei os olhos, e Kellan riu dele. Matt sentou perto de mim, e Evan puxou uma cadeira mais para o fim da mesa.

Jenny foi logo trazendo as cervejas de todos e, de repente, eu me tornei o quinto membro da banda por uma noite. Eles eram interessantes de se observar em ação assim de perto e, com o bar cheio daquele jeito, não faltaram oportunidades para assistir à sua interação com as pessoas. Tá, principalmente com as mulheres. Achei interessantes as diferenças no estilo de cada um deles de interagir com as fãs. Claro, todos interagiam, até mesmo o introvertido Matt e o manso Evan. Todos pareciam curtir seu pseudoestrelato, só que de maneiras diferentes e em graus variados.

No topo da lista estava Griffin, que, acho eu, se tivesse tido a ideia, seria capaz de manter um registro das suas conquistas nos próprios braços. Ele não parava de contar suas aventuras para qualquer um que quisesse ouvir. Eu achava isso um nojo, e procurava me desligar o máximo possível para não ouvir. Como típicos homens, os outros D-Bags pareciam achar tudo muito divertido. Até mesmo algumas mulheres paravam e só faltavam babar no decote ao ouvir aquelas baixarias. Eu quase podia vê-las se imaginando no lugar da garota aleatória do relato.

Griffin também parecia estar numa estranha competição com Kellan. Vivia perguntando a ele se tinha transado com essa ou aquela garota. Justiça lhe fosse feita, Kellan era extremamente discreto sobre seus casos, por incrível que possa parecer, e nunca dava a Griffin uma resposta direta. Ele mudava diplomaticamente de assunto, sem chegar a confirmar se tinha de fato "comido" a referida garota. Com efeito, relembrando nossa temporada no Pete's, se ele estava com alguma mulher, ou mais de uma, eu nunca tinha visto. Nada além de paqueras. Muitas paqueras, na verdade. O cara curtia um bom amasso. Eu já tinha tomado conhecimento de várias histórias sobre as conquistas dele, mas a fonte da maioria delas tinha sido as mulheres do bar, os caras da banda e – eca! – as paredes do banheiro. Achando difícil de acreditar que um homem tão bonito como ele não estivesse "pegando algumas" regularmente, fiquei pensando para onde ele as levava.

Até agora, Kellan estava batendo papo com uma morena, afastando o cabelo dela do ombro e se inclinando para sussurrar no seu ouvido, a garota dando risadinhas e passando a mão pelo peito dele. Virando a cabeça, fiquei observando Evan, que estava sentado na beira do palco.

Evan era falante, divertido… e um tremendo mulherengo. Pelo que eu tinha ouvido, ele tendia a se concentrar em uma única mulher por um determinado período de tempo, e então, quando a coisa começava a ficar séria, desviava suas atenções para outra pessoa. Quando ele se apaixonava, era para valer, mas seu interesse nunca durava muito. Toda hora ele se declarava "apaixonado". No momento, estava jurando amor eterno a uma loura de busto farto que vestia um shortinho minúsculo.

Sorri e me virei para Matt, o único membro da banda que estava só observando as pessoas, como eu. Ele retribuiu meu sorriso e continuou bebendo sua cerveja, tranquilo e calado.

Matt era quase tímido na presença de mulheres. Nunca o vi abordar nenhuma, eram sempre elas que o abordavam, e mesmo assim ele deixava a cargo delas a maior parte da conversa e da paquera. Eu entendia perfeitamente Matt e sua timidez. Sob alguns aspectos, nós éramos muito parecidos. Mas, antes de a noite acabar, até ele tinha atraído o interesse de uma garota bonita, que trouxe uma cadeira para sentar ao seu lado.

Revirei os olhos, dei um gole na minha cerveja e continuei a observar as pessoas, quer dizer, a banda. De repente, aquele clima excessivo de paquera ao meu redor me fez sentir uma saudade enorme de Denny. Eu estava olhando com ar triste para minha garrafa de cerveja quando senti alguém se aproximar. Levantei o rosto e vi Kellan, que sorria para mim, com a mão estendida. Confusa, eu a segurei e ele me puxou de pé.

— Estamos indo jogar uma partidinha de bilhar... Quer vir? — Ele fez um sinal para Griffin, que acabava de arrematar sua cerveja.

Eu não estava nem um pouco a fim de ficar na companhia de Griffin, mas Kellan sorriu de um jeito tão irresistível que, quando dei por mim, estava concordando. Ele pôs a mão nas minhas costas e nos dirigimos à sala de bilhar. Notei que a mulher que ele tinha paquerado um pouco antes estava nos seguindo com duas amigas. Griffin vinha atrás delas, com um olhar impróprio para menores nos olhos azul-claros.

Griffin deu a primeira tacada, enquanto Kellan permanecia ao meu lado, segurando um taco na vertical. Ele abriu um sorriso para mim quando Griffin não conseguiu marcar nenhum ponto. Em seguida se inclinou sobre a mesa de bilhar e, me olhando com um sorrisinho presunçoso nos lábios, deu a sua tacada. Ri baixinho quando a bola passou direto, sem sequer roçar nenhuma das outras. Ele tornou a olhar para a mesa com o cenho franzido, depois para mim, e caiu na risada, dando de ombros e se empertigando. Sua paquera pôs a mão no estômago dele num gesto confortante, mas ele nem olhou para ela.

Griffin deu um tapa nas costas de Kellan ao passar por ele.

— Legal! Valeu!

Griffin encaçapou as duas bolas seguintes, enquanto Kellan sentava num banquinho perto de mim, sua amiguinha saliente bem ao seu lado, olhando para ele como se estivesse louca para se jogar no seu colo. Num gesto inconsciente, ele afagou a pele atrás do joelho dela com o polegar, seus dedos levantando a saia dela um pouco, enquanto observava Griffin jogar.

Ignorando a paquera, que estava me deixando um pouco desconfortável, resolvi comentar o jogo dele.

— Você não é lá muito bom de bilhar, concorda? — Abri um largo sorriso ao fazer essa constatação.

Rindo, ele olhou para mim.

— Não, obrigado por notar. — Voltou a olhar para Griffin, enquanto a morena passava a mão pelo cabelo dele acima da orelha. — Acho que é por isso que o Griffin gosta de jogar comigo. — Ele tornou a cair na risada e sorriu para a garota, o que a fez dar risadinhas.

Revirei os olhos para ele.

— Talvez, se você se concentrasse mais... — Ele olhou de novo para mim, fingindo-se ofendido, e eu ri.

Ele ficou me observando por um segundo, com um olhar estranhamente sério, e por fim riu também, balançando a cabeça.

— É... talvez.

Desviei os olhos e fiquei vendo Griffin dar mais duas tacadas. Até que ele não jogava tão mal assim. Kellan voltou a cair na risada, achando graça de alguma coisa, e eu dei uma espiada nele. Estava me vendo observar as tacadas de Griffin, com um sorriso irônico nos lábios.

— Você joga com o vencedor — decretou, tocando de leve meu joelho com a mão que segurava o taco de bilhar.

Meus olhos se arregalaram quando ouvi isso. Eu era péssima no bilhar... e, pelo visto, ele também. Ainda mais alarmada, dei uma olhada em Griffin, que, entre uma jogada e outra, tentava levantar a saia de uma garota com a ponta do taco. Pois eu é que não iria jogar com aquele cara nem em um milhão de anos! Kellan riu ainda mais quando minha expressão deixou isso bastante claro para ele.

Kellan terminou seu jogo (quer dizer, ele levou uma surra do Griffin e decidiu jogar a toalha) e deu um beijo no rosto da morena, que de repente pareceu muito triste. Em seguida nos despedimos de Jenny, dos outros D-Bags e da risonha Rita, e então ele me levou para casa. Mesmo na minha solidão, a noite tinha sido inesperadamente divertida. Mas, divertida ou não, a primeira coisa que fiz quando Kellan e eu chegamos em casa foi checar a secretária eletrônica para ver se tinha perdido alguma chamada de Denny.

Nada... absolutamente nada. Com um suspiro desolado, me arrastei para o quarto.

Depois de passar toda a noite anterior sem ouvir uma palavra dele, o telefonema de Denny na manhã seguinte me irritou. Ele pediu mil desculpas, jurando de pés juntos que estava até o pescoço de trabalho, que não tinha tido uma chance de parar nem para comer, muito menos para me ligar. Até começou a bolar umas maneiras engraçadas de me compensar, que acabaram me fazendo rir e abrandaram um pouco a minha raiva. Mas, algumas noites depois, o mesmo aconteceu e, passadas outras tantas noites, mais uma vez.

Além de todas as preocupações e dúvidas que isso me causou, tinha chegado a época de eu me matricular na faculdade. Era Denny quem iria me mostrar o novo campus. Não que ele o conhecesse melhor do que eu, mas nós tínhamos planejado passar o dia lá: iríamos num domingo e eu me matricularia para as aulas (ele era fera em criar a grade perfeita), daríamos uma olhada na livraria, percorreríamos o campus pelo mapa, resolveríamos tudo... juntos. Mas agora ele estava fora, indefinidamente, e eu ia ter que me virar sozinha.

Eu estava olhando de cara amarrada para minhas brochuras, catálogos de cursos e um mapa do campus gigantesco, quando Kellan entrou na cozinha, numa tarde de quarta-feira. Novamente zangada com a ausência de Denny, finalmente passei o braço pela mesa e, praguejando num tom um tanto dramático, derrubei tudo no chão. Claro, eu não tinha percebido que Kellan estava parado bem atrás de mim, ou não teria sido tão teatral. Eu apenas não estava nem um pouco a fim de ficar perambulando sozinha e a esmo pela universidade, parecendo uma idiota que se perdeu.

Kellan riu do meu rompante e, assustada, eu me virei na mesma hora para ele.

— Mal posso esperar para contar essa para o Griffin. — Ele estava com um largo sorriso, curtindo aquele momento um pouco demais para o meu gosto. Corando até a raiz dos cabelos, dei um gemido ao imaginar a hilaridade no rosto de Griffin. Que maravilha.

— Vão começar as aulas na universidade, não é? — Ele meneou a cabeça, indicando as brochuras no chão.

Suspirando, eu me abaixei para recolhê-las.

— Pois é, e eu ainda nem estive no campus. Não faço a menor ideia de onde fica coisa alguma. — Eu me endireitei, olhando para ele. — É só que... Denny devia estar aqui para me ajudar. — Detestei o tom dessa constatação; era como se eu não fosse capaz de viver como um ser humano normal longe dele. Ia ser muito constrangedor ter que descobrir tudo sozinha... Mas eu tinha que fazer as coisas por conta própria. Fiquei séria com meus pensamentos sombrios. — Ele já está fora há quase um mês.

Kellan me observava com atenção — na verdade, com atenção demais —, e eu desviei os olhos.

— Os D-Bags se apresentam no campus de vez em quando. — Olhei para ele, que me deu um sorriso indecifrável. — Na verdade, eu conheço o lugar bastante bem. Posso mostrar a você, se quiser.

Senti um enorme alívio ante a ideia de ter um guia.

— Ah, quero sim, por favor. — Me esforçando para recobrar a compostura, acrescentei: — Quer dizer, se você não se importar.

Ele me deu um meio sorriso irresistível.

— Não, Kiera, eu não me importo...

Ignorando o tom estranho de sua voz no fim da frase, eu disse:

— Tenho que fazer a matrícula amanhã. Será que você podia me levar, e aí no domingo nós damos uma olhada no campus?

Ele abriu outro sorriso largo.

— Parece uma ótima ideia.

No dia seguinte, com um ar um tanto animado, Kellan me levou à universidade e me acompanhou até o escritório de admissão, já que parecia saber exatamente onde ficava.

— Obrigada, obrigada, obrigada, Kellan.

Ele fez um gesto, como se dispensasse minha gratidão:

— Não estou fazendo nada de mais.

— Bem, eu agradeço... Não faço ideia de quanto tempo vou ter que esperar até ser atendida, por isso não precisa se preocupar em vir me buscar. Eu posso tomar um ônibus na volta.

Ele me deu um olhar enigmático, sorrindo.

— Boa sorte.

Fiquei de pé na sala de espera com outros estudantes que pareciam tão nervosos quanto eu. Eu olhava para minhas mãos, repassando mentalmente as matérias que devia escolher, até que uma mulher apareceu e fez um gesto indicando uma porta aberta que levava ao escritório de admissão.

O escritório era simpático e acolhedor, o que fez com que eu relaxasse um pouco. Havia duas estantes enormes apinhadas de livros volumosos, com encadernações de capa dura. Os inúmeros arquivos e a grande escrivaninha vazia diante da janela que dava para o pátio eram todos num tom de vermelho-escuro que combinava perfeitamente com o bege das paredes. Havia plantas por todo o aposento. A pessoa que ocupava esse escritório devia ter boa mão para plantas; eu não conseguia manter uma viva por mais de três dias.

Uma mulher sentada à escrivaninha levantou os olhos para mim quando sua assistente, uma moça de seus vinte anos, fez um gesto para que eu entrasse. Tinha uma aparência extremamente profissional e, de repente, eu me senti mal vestida e pouco à vontade. Senti um desejo estranho de que Kellan ainda estivesse lá. Sabia que ele se sentiria totalmente à vontade ao caminhar até aquela mulher, dando um meio sorriso maroto para ela, e conseguindo dela o que quisesse. Ela seria como barro nas mãos dele. Senti uma pontada de inveja. A vida devia ser tão mais fácil quando a pessoa sabia que era podre de atraente.

Suspirei em pensamento e me aprumei ao me aproximar dela. Minha aparência podia não ser nada de extraordinário, pensei com meus botões, mas eu era inteligente e, num lugar com esse, a inteligência valia mais. Estendi a mão, tentando imaginar como Denny agiria naquela situação.

— Olá. Sou Kiera Allen. Vou me transferir para cá este ano e preciso me matricular. — Sorri, achando que tinha dado o tom certo à minha apresentação.

Ela sorriu e apertou minha mão.

— Prazer em conhecê-la, Kiera. Bem-vinda à Universidade de Washington. Como posso ajudá-la?

Sorri e me sentei. As coisas tinham saído muito melhor do que eu esperava. Conversamos sobre as matérias que eu tinha estudado na Universidade de Ohio e as que ainda precisava estudar para me formar. Debatemos minha grade curricular e por fim passamos às matérias eletivas, encontrando algumas que se encaixaram perfeitamente. Eu só precisava de três neste semestre, o que veio a calhar, pois me deixaria tempo para estudar... e, para ser franca, dormir também, já que eu trabalhava até tarde quase todas as noites.

No fim do encontro, eu já estava com as minhas três matérias definidas. Literatura Europeia, com todos os grandes clássicos: as irmãs Brontë, Jane Austen, Charles Dickens. Eu estava muito ansiosa para dar essa matéria. Microeconomia, que Denny tinha sugerido que eu fizesse, insistindo que poderia me ajudar com os estudos. Eu tinha dito a ele que podia dar conta sozinha, mas ele tinha ficado muito entusiasmado com a ideia de me ensinar. E, finalmente, uma matéria na área de Saúde. Eu estava muito a fim de cursar Psicologia, mas o único curso aberto que se encaixava na minha grade era Sexualidade Humana. Já constrangida de antemão, me inscrevi nele. Eu poderia sentar no fundo da sala e não dizer uma palavra. Além disso, quando Denny voltasse para Seattle, ele poderia me ajudar a estudar essa matéria também...

Quando saí do escritório de admissão, algum tempo depois, tive a surpresa de encontrar Kellan encostado na parede em frente à porta, com um joelho dobrado para trás e um café espresso em cada mão. Ao me ver, ele levantou um dos copos e arqueou uma sobrancelha. Não pude conter um grande sorriso ao caminhar até ele.

— O que está fazendo aqui? – perguntei, aceitando com alegria o café que ele me oferecia. – Eu te disse que não precisava voltar para me buscar.

— Bem, eu achei que talvez você preferisse uma carona para casa... e isso aqui para levantar o moral. – Levou seu copo aos lábios e deu um gole.

Só consegui olhar para ele, perplexa por um segundo, antes de finalmente lhe dar um beijo no rosto.

— Obrigada, Kellan... por tudo.

Ele abaixou os olhos e, sorrindo, meneou a cabeça.

— Vamos lá – disse com voz suave. – Vamos para casa. Você pode me contar tudo sobre as suas matérias. – Olhou para mim com um largo sorriso.

Pensando nas aulas de Sexualidade Humana, senti meu rosto pegar fogo. Kellan riu.

No domingo, ele me levou para dar uma volta pelo campus. Havia um número enorme de pessoas caminhando por ali, algumas prestes a tornar a entrar na universidade, outras, como eu, dando uma olhada pela primeira vez. O campus era gigantesco, mais como uma cidade pequena do que um estabelecimento de ensino. Claro, o primeiro lugar que Kellan me mostrou foi um barzinho em frente à livraria da universidade. Sorrindo e abanando um pouco a cabeça, entrei com ele para comer alguma coisa rápida e tomar uma cerveja antes de dar início à nossa pequena aventura. Em seguida, fomos para a livraria, onde encontrei todos os livros de que precisava. Comprei quase todos usados, e graças a isso economizei uma nota — livros custam os olhos da cara. Não pude deixar de sorrir para Kellan enquanto esperava na fila: ele estava folheando um livro volumoso sobre anatomia humana e batendo papo com duas risonhas jovens universitárias... sempre paquerador.

Em seguida, atravessamos a rua para entrar no campus. O lugar era de uma beleza de tirar o fôlego. As alamedas que levavam aos imponentes prédios de tijolos se entrecruzavam pelos gramados bem projetados e bem cuidados. Havia cerejeiras adormecidas por todo o pátio; o campus ficaria lindo na primavera. Gente das mais variadas idades e etnias passeava pelos gramados, aproveitando o dia de sol.

Sorrindo para mim, Kellan me conduziu até os edifícios imponentes. Ele não apenas sabia o nome de cada um, como também o que era lecionado nele: Gowen Hall — Literatura Asiática e Ciências Políticas; Smith Hall — História e Geografia; Savery Hall — Filosofia, Sociologia e Economia (onde eu teria minhas aulas de Microeconomia); Miller Hall — a reitoria, o único lugar no campus onde eu já tinha estado; Raitt Hall — Comunicação e Ciências Nutricionais...

Ele continuou dando explicações detalhadas sobre o que tudo era e onde ficava. Eu tinha brochuras, mas ele mal olhava para elas, parecendo conhecer tudo de memória. Era o melhor guia que eu poderia ter desejado, e eu me sentia cada vez mais grata a ele por sua solícita oferta, e não apenas porque ele parecia conhecer o campus como a palma da sua mão, o que, por sinal, eu achava muito estranho, já que ele tinha dado a entender que só o visitara algumas vezes por ocasião de suas apresentações.

Não, eu me sentia grata principalmente pelo fato de que andar ao lado dele pelas alamedas e corredores da universidade me tornava praticamente invisível. Ele atraía quase todos os olhares para si como um ímã. Mulheres — e até mesmo alguns homens — o encaravam abertamente. Os homens que não o estavam olhando observavam as mulheres, com uma expressão de perplexidade no rosto, como se não entendessem. Por mim não fazia diferença, contanto que fosse *ele* a atrair os olhares. Desde a partida de Denny, eu me sentia muito sozinha, e extremamente deprimida. Nós caminhávamos por entre uma multidão de gente que eu não conhecia e nem tinha vontade de conhecer no momento, por isso estava achando ótimo desaparecer.

Kellan era uma companhia agradável e conversou educadamente comigo. Ele retribuiu os olhares de várias garotas no corredor, mas, para minha surpresa, evitou os de outras tantas. Eu tinha minhas suspeitas em relação a isso. Caminhamos por uma boa parte do campus e por alguns dos vários prédios e corredores. Ele fez questão de passar por aqueles onde minhas aulas seriam dadas, e apontou quais eram as minhas salas e quais caminhos me levariam até elas mais rápido.

A tarde passou sem maiores acontecimentos, além dos olhares que ele atraiu, quando de repente topamos com alguém que surpreendeu a nós dois. Estávamos atravessando o corredor em direção à sala onde eu teria aulas de Literatura Europeia, quando ouvimos às nossas costas...

— Ai! Meu! Deus! Kellan Kyle!

Kellan pareceu confuso quando uma ruiva baixinha com cabelos encaracolados e um rosto cheio de sardas veio correndo pelo corredor em nossa direção. Uma expressão de pânico se estampou no rosto dele, e por um segundo cheguei a achar que fosse tentar fugir. Mas, antes que ele pudesse fazer qualquer coisa, a tampinha atirou os braços em volta do pescoço dele e o cobriu vorazmente de beijos.

Pisquei os olhos, chocada e constrangida. Dando uma trégua aos lábios, ela soltou um suspiro de êxtase.

— Mal posso acreditar que você veio me visitar na universidade!

Kellan piscou os olhos, boquiaberto de surpresa, mas continuou em silêncio.

A garota deu uma olhada em mim e franziu o cenho.

— Ah, vejo que você está ocupado. — Ela pegou um pedaço de papel e uma caneta na bolsa e anotou alguma coisa, logo em seguida enfiando o papel, num gesto um tanto sensual, no bolso da frente de Kellan. Ele se remexeu um pouco, com uma expressão enigmática no rosto.

— Me liga — sussurrou ela com voz sexy, tornando a beijá-lo apaixonadamente antes de sair correndo pelo corredor.

E, no instante seguinte, tinha ido embora.

Kellan recomeçou a caminhar, como se nada de estranho tivesse acontecido, e eu me apressei a alcançá-lo. Não pude deixar de olhá-lo nos olhos, incrédula. Ele agia como se o assédio fosse uma coisa corriqueira. Por fim, ele se virou para me olhar.

— Quem era aquela? — perguntei.

Ele contraiu o rosto de um jeito lindo, confuso e concentrado.

— Não faço a menor ideia. — Levou a mão ao bolso e tirou o bilhete. — Hummm... Era Candy. — Levantou o rosto de repente, quando finalmente a identificou. Abriu um sorriso e olhou para o ponto do corredor onde ela desaparecera. Revirei os olhos, um tanto irritada. Minhas suspeitas anteriores já estavam praticamente confirmadas a essa altura.

Ele me surpreendeu ao amassar o bilhete e atirá-lo numa cesta de lixo quando nos afastamos. Fiquei pensando por que fizera isso, minha irritação começando a passar. Eu tinha achado que Candy iria receber um telefonema mais tarde. Não pude conter um sorriso. Pobre menina. E estava tão entusiasmada.

Uma semana depois, numa bela e ensolarada manhã de domingo, eu zapeava canais a esmo na tevê. Não estava assistindo a nada especificamente, pensativa demais. Mais uma vez, Denny não tinha ligado na noite anterior. Estava se tornando uma coisa cada vez mais frequente, e eu começava a perder a paciência. Tentava relembrar a mim mesma o tempo todo que ele estaria de volta em algumas semanas, que esse purgatório finalmente chegaria ao fim. Mas hoje, nada conseguia levantar meu astral; hoje, eu iria curtir minha dor de cotovelo. Pelo menos, esse era meu plano.

Eu estava dando o milésimo suspiro quando, sem mais nem menos, Kellan apareceu na sala e se postou entre mim e a tevê.

— Vamos lá. — Ele estendeu a mão para mim.

Levantei os olhos, confusa.

— Hum?

— Você não vai passar mais um dia plantada nesse sofá. — Ele sorriu. — Você vai sair comigo.

Sem me mover, e franzindo o cenho para a sua animação, perguntei, emburrada:

— E aonde nós vamos?

Ele me deu aquele seu meio sorriso irresistível:

— Ao Bumbershoot.

— Bumper o quê?

Ele achou graça e sorriu mais ainda.

— Bumbershoot. Não se preocupe, você vai adorar.

Eu não fazia ideia do que isso fosse, e dei um sorriso debochado.

— Mas isso vai estragar um dia perfeito de deprê.

— Exatamente. — Ele sorria radiante para mim, e sua beleza tirou o meu fôlego. Hummm, de repente poderia ser interessante...

— Tudo bem — concordei, suspirando. Ignorando sua mão estendida, levantei por mim mesma e, exagerando minha irritação, me dirigi às escadas para trocar de roupa enquanto ele ria de mim.

Como ele estava usando roupas informais, um short e uma camiseta, eu o imitei, escolhendo um short bem curtinho e uma regata justa. Ele me observou quando tornei a descer as escadas, e então virou o rosto, sorrindo para si mesmo.

— Pronta? — perguntou, apanhando as chaves e a carteira.

— Claro. — Eu ainda não fazia a menor ideia de onde tinha me metido.

Para minha surpresa, Kellan dirigiu até o Pete's.

— O Bumbershoot fica no Pete's? — perguntei, debochada.

Kellan sorriu para mim, revirando os olhos.

— Não, é que o pessoal está no Pete's.

Fiquei um pouco decepcionada.

— Ah, eles vêm também?

Ele parou o carro no estacionamento e me olhou com uma expressão séria, notando minha decepção.

— Hum-hum... Tudo bem?

Pensando em por que isso me incomodara, balancei a cabeça.

— Claro, com certeza. Já estou mesmo empatando o seu dia.

Ele inclinou a cabeça da maneira mais linda.

— Você não está empatando nada, Kiera.

Sorri, olhando pela janela, e então tornei a me sentir decepcionada. Sair com os D-Bags incluía uma coisa pela qual eu não morria de amores mesmo, e que no momento vinha andando na minha direção: Griffin. Suspirei e Kellan notou o que tinha chamado minha atenção. Rindo, ele se inclinou para sussurrar no meu ouvido:

— Não se preocupe. Eu protejo você do Griffin.

Corei um pouco com a sua súbita proximidade, mas lhe dei um sorriso em resposta. Griffin bateu na janela do carro, me assustando, e então pressionou os lábios contra a vidraça, seu piercing fazendo um barulhinho de metal no vidro. Fiz um ar de nojo e virei o rosto.

Matt abriu a porta traseira esquerda e sorriu para mim, seus olhos azul-claros parecendo sinceramente felizes por me ver.

— Oi, Kiera, você vem com a gente? Maneiro. — Ele se jogou no assento e fechou a porta atrás de si, enquanto eu assentia.

— Oi, Matt.

Evan abriu a porta traseira direita e acenou para que Griffin ficasse no meio do banco.

— Nada feito. Não vou sentar no *lugar da piranha*. Senta você nele.

— Nem pensar, cara. Eu tenho que sentar perto da janela, senão vou ficar enjoado. — Evan suspirou, dando um olhar irredutível para ele, e tornou a indicar seu lugar no banco. Griffin revirou os olhos e se voltou para Matt, que apenas sorriu para ele, sem a menor intenção de arredar pé de onde estava. Griffin cruzou os braços, para indicar que também não se afastaria um milímetro. Evan e Kellan suspiraram.

— Ah, pela madrugada — murmurei, e então passei com cuidado por cima do banco da frente para sentar no "lugar da piranha", como Griffin tão simpaticamente o apelidara.

— Beleza! — Griffin logo tratou de deslizar para o meu lado, e fechou a porta na cara de Evan. Na mesma hora me arrependi de minha decisão e olhei para Kellan, que deu de ombros para mim. Tornei a suspirar e passei depressa para o lado de Matt, enquanto Griffin se aproximava de mim o máximo possível no grande banco traseiro.

Evan foi para o banco da frente, me cumprimentando com um aceno, e Kellan começou a dirigir para onde quer que estivéssemos indo. Felizmente, o trajeto foi curto. Só tive que estapear a mão de Griffin na minha coxa três vezes e empurrá-lo para longe do meu pescoço uma vez. De tempos em tempos, Kellan dava uma espiada em nós pelo espelho retrovisor, mas eu não podia ver seu rosto direito para saber se estava irritado ou divertido.

O Bumbershoot, conforme fui apurar, era um festival de arte e música que acontecia no Seattle Center. Kellan deixou o carro no estacionamento do outro lado da rua e esperou para me dar a mão, o que achei muito simpático da parte dele. Quando entramos no Center, vi que o gesto também seria muito prático, já que o local estava lotado. Kellan comprou o meu ingresso, insistindo que ele é quem tinha me convidado e por isso pagaria, e então finalmente entramos no espaço gigantesco.

Era fantástico. Havia exposições e artistas por toda parte. Passamos pelo Obelisco Espacial* ao entrarmos, e Kellan me puxou para perto, dizendo que poderíamos visitá-lo mais tarde, se eu quisesse. À medida que avançávamos, pude ver que o lugar era alucinante. Havia bem uma dúzia de palcos montados do lado de fora, e quase a mesma quantidade de teatros cobertos, todos abrigando tipos diferentes de banda. Cada estilo de música estava ali representado, do reggae ao rock. Até mesmo alguns shows humorísticos estavam rolando. Havia uma infinidade de quiosques de alimentação e mercadorias, e até um parque de diversões. Eu nem sabia para onde me dirigir primeiro.

Felizmente, Griffin e Matt pareciam saber exatamente aonde queriam ir, de modo que os seguimos por entre a multidão de gente. Ao nos aproximarmos de um dos palcos externos, a multidão ficou ainda maior. Apertei a mão de Kellan, que sorriu e me puxou para si. Eu ainda estava com saudade de Denny, mas gostava de sair com Kellan. Era uma coisa que me deixava assim... sei lá, contente.

Griffin, Matt e Evan estavam se aproximando de um grupo de fãs particularmente agressivos, que assistiam a uma banda de rock de que eu nunca tinha ouvido falar. Pareceu um ambiente meio violento para mim, de modo que fiquei aliviada quando Kellan parou a certa distância do caos. Ficamos ouvindo, e Kellan cantou junto algumas das músicas, sem em nenhum momento soltar minha mão. Apertei o corpo contra o dele quando um pessoal atrás de mim começou a me empurrar com a maior grosseria, tentando passar. Vendo que eu estava sendo empurrada, Kellan passou o braço pela minha cintura e me puxou para a sua frente, onde eu estaria segura. Ao contrário do que fizera com Griffin, não dei um tapa na mão dele. Seus braços eram quentes, confortantes.

Fiquei assistindo à banda por um tempo — pessoalmente, achava que a de Kellan era bem melhor —, e então eu passei a observar a multidão alucinada. Não vi os outros D-Bags (o nome da banda ainda me fazia rir). Olhei ao redor e finalmente os vi num canto, perto de um pequeno círculo de pessoas que passavam cigarros. Só que tive a impressão de que não era bem isso que os "cigarros" eram.

---

* Famosa torre de observação na cidade de Seattle, inaugurada em 1962. (N. da T.)

Kellan notou minha atenção e olhou também. Olhei para ele, que observava seus amigos. Fiquei curiosa para ver se iria até lá ou não. Seus olhos azuis brilharam quando a luz do sol bateu neles e, depois de um momento, ele tornou a olhar para o meu rosto curioso e deu de ombros, sorrindo um pouco. Em seguida, voltou a prestar atenção no show.

Fiquei aliviada ao ver que ele se sentia feliz por estar ao meu lado. Comecei a refletir sobre isso, mas então pensei que sua companhia era agradável, ele não era de se jogar fora, e por ora isso bastava. Além disso, eu andava me sentindo muito sozinha ultimamente e, fosse isso certo ou errado, o fato é que sua proximidade abrandava essa sensação.

Relaxando pela primeira vez em semanas, ou ao menos era a minha impressão, virei o corpo e passei os braços pela cintura dele, encostando a cabeça no seu peito. Senti que ele se retesou um pouco ante a intimidade dessa posição, mas então relaxou também, seu polegar afagando minhas costas de leve. Não sei bem por que fiz aquilo, mas suspirei de prazer com o calor do seu abraço.

Passamos a maior parte do dia assim, transitando entre os diversos estilos de música que se apresentavam em cada palco. Griffin e Matt abriam caminho para nós pela multidão – Griffin assobiando para as garotas bonitas que passavam: algumas respondiam, enquanto outras pareciam ofendidas. De vez em quando Matt dava um tapa nele para chamar sua atenção e mudar a direção que estávamos seguindo. Evan caminhava tranquilamente perto de mim e de Kellan, observando a multidão e dando olhares curiosos para Kellan, que ainda segurava minha mão. Quando chegavam ao palco, os D-Bags desapareciam, indo para o mais perto possível da frente, junto com os fãs mais agressivos, enquanto Kellan continuava do meu lado, parecendo feliz e satisfeito por ficar mais atrás. Senti uma pontinha de culpa por vê-lo perder o que os amigos consideravam como 'diversão', mas estava gostando de senti-lo perto de mim, por isso não disse nada.

Por volta do meio-dia demos uma parada num dos inúmeros quiosques de alimentação para comermos hambúrgueres com fritas. Kellan pegou minha comida e, sorrindo, apontou para um espaço vago num gramado próximo. Matt e Evan sentaram, e Matt pegou uma garrafa de água e começou a despejar não sei o que nos refrigerantes deles. Griffin se agachou na frente dele e estendeu o copo para que o servisse. Eu não sabia ao certo o que era, mas tinha certeza absoluta de que era alguma bebida alcoólica. Fechei a cara e suspirei. Homens!

Educado, Matt estendeu a garrafa para mim. Sentei ao seu lado e fiz que não com a cabeça. Ele deu de ombros e olhou para Kellan, que, para minha surpresa, também recusou. Sorri ao pôr o canudinho na boca e dar um gole no meu refrigerante não batizado. Também fiquei feliz por Kellan não sentir necessidade de "incrementar" sua diversão. Matt tornou a dar de ombros e, após um trago rápido, voltou a guardar a garrafa na sacola.

Griffin se levantou diante de Matt e fez menção de vir sentar ao meu lado, mas, antes que pudesse fazer isso, Kellan tratou de se acomodar perto de mim – tão perto, na verdade, que chegávamos a encostar um no outro. Me aninhei com prazer no seu corpo e ele me deu uma cutucadinha carinhosa com o ombro. Lançando um olhar para Kellan, Griffin saiu pisando duro e foi sentar perto de Evan, do outro lado de Matt.

Achei graça da sua frustração, e também do fato de estarmos todos sentados em linha reta no gramado, em vez de espalhados. No entanto, quando as palavras da história que Griffin contava a Matt chegaram aos meus ouvidos, fiquei morta de alívio. Matt se virou para ouvi-lo, mas, quando escutei "porra louca" e "puta merda", virei depressa a cabeça para Kellan, que abriu um sorriso e revirou os olhos. Me fazendo de surda para o que Griffin dizia, tratei de prestar atenção em minha conversa com Kellan.

Naturalmente, as mulheres no Bumbershoot não se comportaram diferente das dos outros lugares aonde eu tinha ido com Kellan. Mesmo sentado na grama, comendo e batendo papo comigo, ele as atraía. Mas, pela primeira vez que eu tivesse visto, Kellan as ignorou. Geralmente ele no mínimo sorria e olhava para elas, mas hoje parecia feliz demais por estar ao meu lado, conversando comigo. Os D-Bags adoraram compensar o desinteresse dele em relação às mulheres, e várias delas se mostraram afoitas para transferir suas atenções para os outros rapazes quando Kellan se mostrou indiferente. Nossa linha reta ia terminar num estranho círculo assimétrico de garotas salientes. Era estranho, mas eu achava maravilhoso que, pelo menos por hoje, toda a atenção de Kellan parecesse estar voltada para mim.

Depois do almoço, os rapazes decidiram ir para o parque de diversões. Evan, Matt e Griffin, todos obviamente chapados, decidiram dar uma volta num brinquedo que me pareceu aterrorizante. Não era só o fato de o troço girar depressa de um lado para o outro enquanto subia cada vez mais alto, e sim de que, quando chegava ao alto, a pessoa ficava de cabeça para baixo. Não gostei nem um pouco daquilo. Apertei a mão de Kellan quando nos aproximamos, e ele me olhou com ar pensativo. Parou um pouco recuado, enquanto os caras entravam na fila. Olhei para ele com ar de interrogação, mas ele apenas sorriu calmamente para mim. Eu me aninhei perto de seu braço e apoiei a cabeça no seu ombro, aliviada com o fato de que, pelo visto, não iríamos nem chegar perto do brinquedo.

Os outros três D-Bags, todos com garotas a tiracolo, simplesmente adoraram aquela doideira. Tive que desviar os olhos quando eles chegaram lá no alto. Kellan achou graça de mim, e então se virou e me puxou para outra diversão menos aterrorizante. Aos risos, decidimos arriscar a sorte em alguns jogos do parque. Por fim, ele ganhou para mim um ursinho de pelúcia num jogo de pontaria, e eu lhe dei um rápido beijo no rosto em agradecimento.

Quando íamos saindo da seção de jogos, uma garotinha à nossa frente começou a chorar porque sua casquinha de sorvete tinha caído no chão. A mãe tentou acalmá-la, mas ela estava inconsolável. Kellan observou a mãe exasperada e a garotinha de rosto vermelho quando passamos por elas. Ele olhou mais uma vez para as duas, e depois para mim. Dei um olhar curioso para ele quando o vi espiar o ursinho que tinha me dado.

— Você se importa? — perguntou, indicando com a cabeça a garotinha que ainda chorava diante da poça de sorvete.

Enternecida com seu gesto de comiseração, sorri e entreguei o ursinho para ele.

— Não, vai em frente.

Ele pediu licença e caminhou até a garotinha. Com um olhar de *Posso?* para a mãe, que sorriu e concordou, ele se agachou, para ficar da altura da pequena, e lhe deu o ursinho de pelúcia. Na mesma hora ela o abraçou e parou de chorar. Rodeando timidamente uma das pernas da mãe com um braço e o novo brinquedo com o outro, ela agradeceu a Kellan baixinho e começou a rir. Kellan afagou os cabelos dela e ficou de pé diante da mãe, que lhe agradeceu efusivamente. Kellan assentiu e, com um sorriso simpático para elas, disse que não havia de quê. Eu me senti muito comovida quando ele caminhou de volta para mim.

Estendendo a mão para Kellan, esbocei um sorriso quando ele a segurou, e entrelacei nossos dedos.

— Você tem um coração de manteiga, não tem?

Ele olhou ao redor, discretamente.

— Shhh, não conta para ninguém. — Então abriu um sorriso e caiu na risada. Olhando para mim, perguntou: — Quer que eu ganhe outro para você?

Pensando que nenhum brinquedo poderia substituir a doce lembrança que ele acabara de gravar na minha memória, sorri e abanei a cabeça.

— Não, não precisa. — Ele sorriu carinhoso para mim e me levou de volta até onde tínhamos deixado os outros D-Bags.

Quando começou a escurecer e eu mal conseguia caminhar de tão exausta, voltamos para o carro. Decidindo que não iria aturar Griffin de novo, engatinhei até o meio do banco da frente, entre Kellan e Evan. Não pude deixar de sorrir ao ver Griffin armando uma tromba lá atrás.

O balanço do carro estava começando pouco a pouco a me dar sono, e eu recostei a cabeça no ombro de Kellan. Um dia inteiro sentindo nossas mãos dadas e os braços dele ao meu redor tinham me deixado muito à vontade ao seu lado. E eu extraía um estranho prazer de tocá-lo. Estava quase adormecida quando senti o carro parar e ouvi as portas se abrirem. Queria abrir os olhos e dar boa-noite aos rapazes, mas simplesmente não conseguia fazer com que meu corpo obedecesse.

— Olha só, Kellan, nós vamos passar a noite no Pete's. Você vem? — Não deu para identificar qual deles tinha feito a pergunta... talvez Evan.

Senti Kellan se mexer um pouco, como se tivesse olhado para mim, quase adormecida ao seu ombro.

— Não, hoje não. Acho que vou colocá-la na cama.

Houve um longo silêncio do outro lado da porta ainda aberta.

— Toma cuidado, Kellan. Você não precisa de outra Joey... e Denny é nosso amigo, cara. — Tive vontade de responder a isso; minha irritação tentou se impor, mas meu cérebro cansado já não conseguia mais se concentrar o bastante para obedecer.

Seguiu-se um silêncio ainda mais longo de Kellan.

— Evan, não é nada disso. Eu não seria capaz de... — Ele não concluiu a frase, e eu fiquei morta de curiosidade para saber aonde queria chegar. — Não se preocupe. Tá, talvez eu apareça por lá mais tarde.

— Tudo bem, então, até mais. — A porta se fechou com delicadeza.

Kellan respirou fundo e então tirou o carro do estacionamento. Durante todo o percurso, eu alternei momentos de consciência com outros de inconsciência. Queria muito me deitar no colo dele, mas achei que isso seria forçar demais os limites da nossa amizade. Depois do que pareceu um percurso de apenas alguns minutos, o carro parou outra vez.

Kellan esperou no carro escuro e silencioso por um momento, e pude sentir seus olhos em mim. Fiquei pensando se devia me levantar imediatamente e entrar, para que ele pudesse ir ao Pete's, mas me sentia morta de curiosidade em relação ao que ele faria, e, sinceramente, estava totalmente relaxada. O silêncio crescia ao nosso redor no carro. Meu coração começou a bater mais depressa, o que me deixou constrangida, de modo que bocejei e me espreguicei um pouco.

Levantei a cabeça e vi seus lindos olhos azuis me observando.

— Ei, dorminhoca — sussurrou ele. — Eu já estava começando a achar que ia ter que carregar você.

— Ah... desculpe. — Corei ante essa ideia.

Ele riu um pouco.

— Tudo bem. Eu não teria me importado. — Calou-se por um momento. — E então, se divertiu?

Relembrei o dia e percebi o quanto.

— Muito mesmo. Obrigada por me convidar.

Ele esboçou um sorriso e desviou os olhos, de um jeito quase tímido.

— Foi um prazer.

— Desculpe por prender você comigo e fazer com que perdesse o *mosh*★ — brinquei.

Ele deu uma risada, e então voltou a olhar para mim.

— Não se desculpe. Prefiro ficar abraçando uma linda mulher a acordar coberto de manchas roxas no dia seguinte. — E sorriu, parecendo um pouco encabulado. Abaixei os

---

★ Forma de "dança" em que os participantes se empurram, se chocam, distribuem cotoveladas e outros movimentos agressivos. Ou quando um fã sobe ao palco e se lança sobre a multidão. (N. da T.)

olhos. Um cara bonito como ele chamando a *mim* de linda era para lá de ridículo, mas não deixava de ser gentil. – Bem, vamos lá. Eu levo você para dentro.

– Não, não precisa fazer isso. Eu me viro. Pode ir para o Pete's.

Ele olhou para mim, com um ar assustado. Compreendi que tinha presumido que eu estava dormindo durante todo o seu diálogo com Evan.

Tentei encobrir a gafe:

– Imagino que tenha sido para lá que os outros D-Bags foram?

Ele relaxou visivelmente.

– É, mas eu não tenho que ir. Quer dizer, se você não quiser ficar sozinha. Nós podemos pedir uma pizza, ver um filme, alguma coisa assim.

Subitamente morta de fome, achei que uma pizza era uma ótima ideia. Meu estômago roncou, concordando. Dei uma risada, um tanto constrangida.

– OK, pelo visto meu estômago votou na opção número dois.

– Tudo bem, então. – Ele sorriu.

Pedimos uma pizza grande de pepperoni e a devoramos de pé mesmo na cozinha, rindo de algumas coisas incrivelmente bobas que Griffin e os outros caras tinham feito durante o dia. Depois disso, eu me enrosquei na poltrona, enquanto Kellan se esparramava no sofá e ligava a tevê para assistirmos a *A Princesa Prometida*. Tive uma vaga lembrança do garotinho conversando com o avô pouco antes de cair no sono. Acordei quando Kellan me colocou na cama e começou a puxar as cobertas sobre mim.

– Kellan... – sussurrei.

As mãos dele pararam de se mover.

– O que é...?

Olhei para o pouco dele que conseguia enxergar no escuro.

– Nós esquecemos de visitar o Obelisco Espacial.

Ele sorriu para mim, terminando de me cobrir.

– Fica para a próxima.

Quando terminou, ficou em silêncio, ainda debruçado sobre mim. Seus olhos eram insondáveis no escuro, mas, estranhamente, sua fixidez estava começando a me dar um sobe-e-desce no estômago. Depois de um segundo, ele sorriu, e então sussurrou *Boa noite, Kiera*, e saiu. Meu estômago acalmado, sorri ao me lembrar de nosso dia e de como, durante a maior parte dele, eu não tinha sentido saudade de Denny... não muita.

Capítulo 6
APROXIMAÇÃO, AFASTAMENTO

Depois daquele dia, passei a me interessar mais por Kellan. Não podia deixar de notar como ele era doce. Seus meneios de cabeça gentis quando cumprimentava as pessoas ao entrar no bar, como olhava para mim e sorria às vezes enquanto cantava, como conversávamos todas as manhãs durante o café, como eu adorava que ele cantasse apenas para mim em casa. A cada dia eu me sentia mais próxima dele, o que tanto me encantava quanto preocupava. Mas, mesmo que isso talvez fosse errado, prestar atenção nele me distraía das saudades de Denny. Eu ainda ansiava por seus telefonemas, mas, se passasse um ou dois dias sem recebê-los, podia espantar a solidão desfrutando da companhia de Kellan. Ele nunca parecia se importar com minha presença; na verdade, parecia até mesmo encorajá-la.

Continuamos com o clima de paquera amigável que tinha começado no Bumbershoot. Quando o tempo estava bom, íamos para o quintal e deitávamos na grama para ler e curtir o sol. Geralmente ele tirava a camisa para se bronzear e, deitada perto dele, eu sentia meu pulso acelerar um pouco. Por fim, ele acabava pegando no sono, e eu deitava de lado, observando a perfeição de seu rosto adormecido. Uma vez, quando eu o olhava, ele ainda não estava dormindo, e de repente sorriu e entreabriu um olho, o que me fez corar até a raiz dos cabelos e rolar de bruços para esconder o rosto, enquanto ele ria baixinho de mim.

Nas minhas noites de folga, ele às vezes voltava para casa depois do ensaio em vez de ir para o Pete's com os D-Bags, e nós jantávamos juntos e nos aconchegávamos para assistir a um filme. Às vezes ele me abraçava e ficava afagando o meu braço de leve com as pontas dos dedos. Outras vezes segurava minha mão, brincando com meus dedos e exibindo aquele meio sorriso extremamente sexy.

Nas noites em que eu tinha de trabalhar, nós ficávamos aconchegados no sofá, lendo ou vendo tevê até a hora de eu sair. Ele me deixava relaxar aninhada ao seu corpo e recostar a cabeça no seu ombro. Uma vez, quando eu estava exausta depois de uma noite passada em claro com saudades de Denny, nós ficamos juntinhos no sofá e ele me puxou com delicadeza para recostar a cabeça no seu colo. Peguei no sono daquele jeito, virada ligeiramente para ele, com seu braço pousado de um jeito protetor sobre meu corpo e sua outra mão fazendo cafuné nos meus cabelos. No fundo, no fundo eu sabia que provavelmente isso era bem mais do que Denny aprovaria, mas era tão confortante, tão gostoso. Era meio preocupante o quanto eu gostava de estar perto de Kellan... mas, mesmo assim, não conseguia resistir.

Uma noite da semana, alguém colocou uma música dançante na jukebox, e Griffin, que exibia com orgulho sua camiseta dos Douchebags, resolveu sair arrastando cada garota disponível em cada mesa próxima para a pista de dança. É claro, todas foram com o maior prazer. Mas então ele deu de cara comigo e veio avançando com um ar malicioso na minha direção. Não admitindo a hipótese de que aqueles dedos afoitos sequer chegassem perto do meu corpo, estendi as mãos à frente e comecei a recuar. Evan riu e agarrou Jenny para uma dança rápida, fazendo-a cair na risada. Matt ficou sentado à mesa, achando graça do pessoal.

Griffin estava quase ao meu alcance quando, de repente, fui puxada para trás e rodopiei algumas vezes na pista de dança. Rindo da expressão desapontada de Griffin, Kellan me fez dar mais algumas voltas até o outro lado do salão. Sorri para ele enquanto girava, e ele, beijando minha mão, me soltou. Em poucos segundos estava rodeado por meia dúzia de mulheres querendo dançar com o seu ídolo do rock. Ele passou o resto da noite dançando de jeito sexy com um grupo de mulheres que se revezavam. Ele se movia sem qualquer esforço ao som da música, e era atraente demais de se ver. Flagrei meus olhos sendo atraídos por ele várias vezes durante meu turno.

Ainda estava pensando no corpo de Kellan se movendo ao som da música quando abri a porta de casa ao chegar do trabalho. Fui saudada pelo telefone tocando. Sorrindo e imaginando que só poderia ser Denny para me ligar a uma hora dessas da madrugada, tive um pequeno choque ao reconhecer a voz do outro lado da linha.

— E aí, mana?

— Anna! Há quanto tempo... O que é que você está aprontando? Por que está ligando tão tarde?

— Bem, eu recebi a sua encomenda hoje... — Eu tinha mandado para meus pais e Anna algumas fotos de Seattle: a universidade, o bar, e uma foto onde aparecíamos Kellan, Denny e eu. — Ah, meu Deus... Quem é o gostoso, e por que não me falou dele no instante em que chegou?

Eu devia ter imaginado que Kellan atrairia o interesse da minha irmã.

— Aquele é o meu roommate, Kellan.

— Caraca! Agora é que eu vou para aí de qualquer jeito.

Minha irmã e Kellan debaixo do mesmo teto. Ah, sim, isso seria para lá de interessante. De repente, não gostei nada da ideia de Anna se aproximando dele.

— Bem, agora não é mesmo uma boa... Espera aí, e o Phil?

— Ha! Phil, faça-me o favor... comparado com o seu roommate gostoso? Desculpe, mas não dá nem para a saída. — Minha mãe tinha me contado que Anna namorara Phil por duas longas semanas antes de ir morar com ele. Pelo visto, a lua de mel chegara ao fim.

— Olha só, agora não é mesmo uma boa hora. Minhas aulas vão começar e Denny ainda está fora...

— Denny foi embora?

— Ai, Anna, você nunca fala com nossos pais? — Suspirei, não me sentindo nem um pouco a fim de ter aquela conversa com outro membro da família.

— Não se puder evitar. Que foi que aconteceu?

— É um lance de trabalho. Ele teve que ir passar uma temporada em Tucson. — Uma "temporada" que mais parecia uma eternidade, e ele nem tinha ligado hoje...

— Ah, quer dizer então que ele está batendo pernas pelo deserto e deixou você em casa sozinha com o Tesão? — Deu para ouvir a risadinha safada do outro lado da linha.

— Meu Deus, Anna... Não é nada disso. — Bufei. Kellan e eu tínhamos nos tornado um pouco mais... chegados um ao outro do que éramos antes, mas não era nada do que minha irmã estava pensando.

Ela riu.

— Então, me passa a ficha... O nome é Kellan, certo? Que tal ele é?

— Ele é... bem... — Como é que se descrevia Kellan em poucas palavras? — Ele é... legal. — Dei uma olhada no andar de cima, esperando que "ele" também estivesse dormindo. Ele tinha vindo embora do Pete's horas atrás, depois de bocejar três vezes seguidas enquanto conversava com Jenny. Pensei que esse desencontro entre um madrugador e uma notívaga era o tipo da coisa que acabava criando problemas.

— Ah, não... Ele é gay, não é? Todos os gostosos sempre são. — Ela soltou um suspiro um tanto teatral.

Comecei a rir. Não, por tudo que eu tinha visto e ouvido até agora, Kellan era heterossexual de carteirinha.

— Não, tenho certeza absoluta de que não é.

— Ótimo! E então, quando posso ir? — A voz dela se animou ante a perspectiva.

Suspirei mentalmente. Ela não ia mesmo largar esse osso.

— OK, que tal no feriadão entre o Natal e o Ano-Novo? A gente pode sair para uma balada ou algo assim. — Acho que a imagem de Kellan dançando ainda estava na minha cabeça. Mas era *mesmo* uma coisa legal para todos nós fazermos.

— Ahhh... adorei. Eu toda encalorada e suada na pista de dança com ele. Claro, eu poderia arrancar a camisa dele, só para ajudá-lo, entende? E depois, mais tarde, nós poderíamos nos aconchegar na cama dele para espantar o frio durante a longa e tenebrosa noite de inverno...

— Pelo amor de Deus, Anna! Eu tenho que morar com o cara. — Não gostei nada da imagem que ela tinha posto na minha cabeça. Rindo secretamente, uma versão diferente me ocorreu. — Quer saber? Se você acha que *ele* é gostoso, espera só até ver o amigo dele, Griffin.

— *Sério?*

— Pode acreditar!

Passei o resto da nossa conversa convencendo-a das inúmeras virtudes de Griffin. Nunca menti tanto na vida.

Na tarde seguinte, Denny finalmente ligou, depois de um silêncio de dois dias. Eu me sentia como se não falasse com ele, *realmente* falasse com ele, havia séculos. Estava louca para vê-lo na minha frente, para abraçá-lo. A conversa foi curta e ele pareceu distraído, como se tivesse me telefonado por obrigação e não porque realmente queria. Em poucos minutos de conversa, ele se desculpou, dizendo que estava sendo chamado para uma reunião. Foi um balde de água fria e meu astral despencou, enquanto eu me despedia e desligava. Fiquei olhando para o telefone durante uns vinte minutos, me perguntando se ele voltaria a ligar... e pensando por que falava cada vez menos comigo.

Mais tarde, aquela noite, acordei em pânico, o coração palpitando no peito. Estava tendo um pesadelo, tinha certeza disso. Não me lembrava do sonho, apenas da atmosfera de terror. Eu queria chorar. Queria gritar, e não fazia ideia da razão. Sentei na cama e abracei os joelhos, tentando estabilizar a respiração e o pulso. Não queria voltar a fechar os olhos. Dei uma espiada no quarto às escuras, tentando me concentrar no que era real. A cômoda, a tevê, a mesa de cabeceira. O lado vazio de Denny na cama... Sim, tudo real, dolorosamente real.

Senti uma necessidade incontrolável de falar com Denny. Não tinha certeza, mas achava que meu sonho fora sobre ele. Fiquei imaginando se seria muito tarde para ligar para o seu quarto no hotel. Sentei na beira da cama e dei uma olhada no relógio... três e meia da madrugada. Droga, já era muito tarde para ligar, mas ainda muito cedo para acordá-lo. Eu teria que esperar mais algumas horas para tentar encontrá-lo antes que saísse para o trabalho.

Para minha estranheza, ouvi sons vindos do andar de baixo. Alguém estava zapeando canais na tevê. Achando que Kellan estava acordado e talvez eu pudesse bater um papo com ele, levantei e desci as escadas. Fui me dar conta de que Kellan não estava sozinho quando contornei a parede e a sala entrou no meu campo visual. Tive vontade de dar as costas e voltar direto para o meu quarto, mas era tarde demais.

— Kiera! E aí, anjinho safado? — Griffin estava de pé na sala, bebendo uma cerveja, com o controle remoto na mão. — Pijama bonito. — Ele me deu uma piscadela e eu corei.

Sentado no sofá, Kellan ergueu os olhos com um ar sem graça enquanto eu terminava de descer a escada.

— Putz, desculpe. A gente não queria te acordar. — Sentado na poltrona confortável, Matt olhou para mim e sorriu. Não vi Evan em parte alguma.

— Não acordaram... Eu tive um pesadelo. — Dei de ombros.

Ele esboçou um meio sorriso.

— Quer uma cerveja? — ofereceu, levantando um pouco sua garrafa.

— Aceito. — Eu não queria mesmo voltar a dormir tão cedo.

Ele foi buscar uma cerveja na cozinha, e eu continuei de pé, constrangida, atrás da poltrona que Matt ocupava. Griffin voltou a zapear canais na tevê, e Matt a assistir. Kellan reapareceu um minuto depois e, me entregando uma cerveja, indicou o sofá com a cabeça e eu o segui.

Griffin estava sentado no extremo do sofá, perto da mesa. Ele colocou a cerveja ao lado, franzindo o cenho. Parecia não estar encontrando o que procurava. Passei depressa por Kellan e me sentei no lado oposto do sofá. Sorrindo para mim e balançando a cabeça, Kellan ocupou o assento do meio, ao meu lado, o que me fez abrir um sorriso. Na mesma hora eu me aninhei no seu corpo, recolhendo os pés para o sofá, os joelhos dobrados, virados para ele. Já estava tão habituada a me aconchegar a ele, que tinha se tornado uma segunda natureza. Ele sorriu para mim, passando o braço pelas minhas coxas, e me deu uma cutucadinha carinhosa com o ombro. Recostei a cabeça no seu ombro e retribuí o sorriso.

Ainda parecendo frustrado, Griffin disse:

— Sabem, eu andei pensando... — Matt deu um gemido alto, e eu comecei a rir. Griffin nos ignorou. — Quando os Douchebags se separarem... — Levantei a cabeça e as sobrancelhas ao ouvir isso, e Kellan sorriu para mim. — ... acho que vou fazer rock evangélico.

Involuntariamente, cuspi a cerveja que tinha acabado de beber. A maior parte voltou para a garrafa, mas me engasguei com o resto. Kellan sorriu para mim, sua boca ainda cheia de cerveja também. Abanou a cabeça para Griffin, revirando os olhos.

Virando a cabeça de cabelos louros espetados, Matt encarou Griffin com ar incrédulo:

— Você, fazendo rock evangélico? Fala sério.

Griffin sorriu, ainda zapeando os canais.

— É isso aí! Todas aquelas virgens gostosas, cheias de tesão. Tás brincando? — Deu um sorriso endiabrado, enquanto eu ainda me engasgava com a minha cerveja.

Finalmente, ele parou de zapear os canais, pelo visto encontrando o que procurava. Engoli em seco algumas vezes e tomei um longo gole de cerveja para acalmar a garganta.

Griffin às vezes dizia as coisas mais estranhas. Ele realmente era perfeito para Anna. Suspirando ao me dar conta disso, olhei para a tevê e finalmente notei o que ele tinha escolhido. Parecia ser um filme pornô... ou algum programa de tevê a cabo que chegava muito perto disso. Senti meu rosto pegar fogo e abaixei os olhos para a garrafa. Matt e Griffin se acomodaram para assistir, enquanto Kellan me olhava com curiosidade.

Tentei ficar na minha. Se levantasse para ir embora, isso seria um prato cheio para Griffin da próxima vez que eu o encontrasse no bar. Mas, se apenas continuasse sentada lá, fingindo assistir com eles durante algum tempo, provavelmente ele não pegaria no meu pé. Só que aqueles gemidos na tevê não estavam ajudando em nada meu rubor. Francamente, por que os caras assistiam àqueles troços? E por que Kellan estava olhando para *mim*?

Por fim, ele se inclinou e sussurrou no meu ouvido:

— Está constrangida?

Fiz que não com a cabeça. Não queria que ele me achasse ainda mais puritana do que provavelmente já achava. Na verdade, se ele pudesse apenas me ignorar e continuar assistindo àquele lixo, seria ótimo. Fiquei pensando quanto tempo eu precisaria continuar sentada lá até poder sair de fininho sem chamar a atenção dos caras. Aceitando minha resposta, Kellan se inclinou um pouco para a frente, e não pude mais ver Griffin, nem ele a mim. Aliviada, sorri e olhei para o rosto de Kellan. Ele olhava atentamente para a tevê, com uma expressão que me pareceu interessante. Eu não tinha a menor vontade de assistir ao filme, mas observá-lo enquanto assistia era fascinante.

No começo ele simplesmente ficou assistindo, mas depois de algum tempo seus olhos começaram a mudar, agora ardendo com uma intensidade hipnótica. Ele deu um gole na cerveja e engoliu, sua boca se demorando na garrafa por alguns segundos a mais. Seus lábios permaneceram ligeiramente entreabertos; sua respiração parecia ter acelerado quase imperceptivelmente. Ainda de olhos atentos na tela da tevê, ele estendeu a língua devagar até o lábio inferior, e então passou os dentes por ela ainda mais devagar.

O gesto foi de uma sensualidade tão hipnótica, que um gemido baixo escapou da minha garganta e eu prendi a respiração. O som da tevê o abafou, mas Kellan, por estar tão perto de mim, ouviu. Seus olhos de um azul ardente deslizaram até os meus. Com um olhar daqueles, dava para entender por que nenhuma mulher conseguia resistir a ele. Senti minha respiração acelerar em resposta. Não conseguia imaginar alguém dizendo não àquele olhar. Será que eu conseguiria, se ele tentasse alguma coisa? O que será que ele estava pensando naquele momento? Eu não fazia a menor ideia...

Sua respiração acelerou perceptivelmente em resposta à minha. De repente, seus olhos relancearam meus lábios e eu soube exatamente o que ele estava pensando. Ele não devia estar pensando nisso. Eu não devia desejar que ele pensasse nisso. Ele tornou a encostar a ponta da língua no lábio, seu olhar relanceando o meu por um segundo. Seus olhos arderam ainda mais. Ele voltou a olhar para os meus lábios e começou a se aproximar de mim. Meu coração disparou. Eu sabia que precisava empurrá-lo, mas simplesmente não conseguia pensar direito e me lembrar da *razão*. Eu não conseguia me mexer.

Fechei os olhos ao senti-lo se aproximar ainda mais. Estava hiperconsciente de como o seu corpo estava perto do meu – seu tronco me pressionando, seu braço ainda sobre minhas coxas, sua mão na minha perna. Essa consciência, combinada com os gemidos apaixonados na tevê, fez com que calafrios me percorressem a espinha. Depois do que pareceu uma eternidade, ele finalmente me tocou, mas não como eu esperava. Sua testa tocou a minha, seu nariz encostado no meu. Pude senti-lo respirando baixinho, mas intensamente, contra mim. Por instinto, levantei o queixo ao encontro de seus lábios, um gemido baixo escapando da minha garganta novamente.

Uma fração de segundo antes de nossas bocas se encontrarem totalmente, quando pude sentir o calor da sua pele, o levíssimo roçar de um lábio, ele deslizou o nariz pelo meu rosto. Fiquei ofegante com esse esboço de contato. Ele soltou o ar com força no meu pescoço, um som delicioso escapando dos seus lábios e me fazendo estremecer. Ele continuou lá, dando dois suspiros entrecortados, enquanto eu inconscientemente me fundia ainda mais com seu corpo. Meus joelhos se viraram mais para ele; a mão pousada em meu colo passou para sua coxa. Comecei a virar a cabeça para sua boca. Ele cheirava tão bem...

De repente, ele agarrou a mão que eu pousara na sua coxa e a apertou até quase doer. Seus lábios percorreram meu rosto até o ouvido e ele sussurrou, com voz rouca:

– Vem comigo.

Sem saber o que ele iria fazer, sem saber o que eu iria fazer, levantei e o segui para fora da sala. Matt e Griffin, cuja presença eu já tinha até esquecido, nem olharam na nossa direção quando passamos por eles. Para minha surpresa, Kellan me levou para a cozinha. Eu não sabia o que ele faria quando chegássemos lá. Eu o imaginava, uma vez longe da vista dos amigos, me puxando para um beijo longo, quente e apaixonado. Imaginava suas mãos se emaranhando nos meus cabelos, me puxando com força para ele. Imaginava seu corpo inteiro pressionado contra o meu. Quando finalmente chegamos à cozinha, minha respiração já estava um pouco descompassada.

Kellan, no entanto, estava... muito tranquilo. Ele soltou minha mão quando entramos na cozinha, colocou a cerveja na bancada e pegou um copo d'água. Confusa, e um pouco aborrecida com essa súbita mudança no clima emocional, fiquei pensando se imaginara aquele quase incidente na sala. Tinha parecido haver uma química entre nós. Ele tinha ficado a um triz de me beijar, disso eu tinha certeza. E, o que era muito perturbador, eu também tinha ficado a um triz de beijá-lo. Era... desconcertante.

Ele me deu um sorriso simpático, como se nada de estranho tivesse acabado de acontecer. Depois de me entregar o copo d'água, pegou minha cerveja e a colocou na bancada, ao lado da sua. Respirei fundo, acalmando meu corpo. De repente, me senti muito, muito estúpida. É claro que nada tinha quase chegado a acontecer. Ele era apenas um cara normal que tinha ficado excitado assistindo a um filme pornô idiota, como qualquer um ficaria, e eu tinha interpretado isso como um sinal de desejo específico por mim. Meu Deus, eu devia ter parecido uma perfeita idiota com os olhos fechados, esperando que ele me beijasse. Sentindo um constrangimento avassalador, bebi minha água em largos goles, grata por ter um pretexto para não olhar para ele.

— Desculpe pelo filme escolhido... — Olhei para ele quando falou. Ele sorriu e, então, começou a rir. — Griffin é... enfim, Griffin. — Deu de ombros. Mudando completamente de assunto, comentou: — Você parecia transtornada aquela hora na escada. Quer conversar sobre o seu sonho? — Ele se recostou na bancada perto da geladeira e cruzou os braços, parecendo totalmente composto e relaxado.

Ainda me sentindo boba, murmurei:

— Eu não me lembro dele... só que foi ruim.

— Ah — disse ele em voz baixa, subitamente pensativo.

Arrependida por não ter ficado na cama, coloquei meu copo quase vazio na bancada e me dirigi para as escadas, passando por ele no caminho.

— Estou cansada... Boa noite, Kellan.

Ele sorriu para mim quando passei.

— Boa noite, Kiera — sussurrou.

Evitando olhar na direção de Matt, Griffin e o filme pornô interminável a que assistiam, olhei para a janela que ficava nos fundos da cozinha, visível da sala. A vidraça refletia o suficiente para que eu visse Kellan com nitidez. Ele ainda estava recostado na bancada, mas agora com os ombros caídos, apertando o espaço entre os olhos com os dedos. Parecia estar com dor de cabeça. Fiquei pensando nisso, mas subi a escada correndo, não querendo que ele me flagrasse observando seu reflexo. E eu também estava louca para fechar a porta e abafar a barulheira daquele filmezinho para lá de idiota.

Corei um pouco quando encontrei Kellan na manhã seguinte, mas ele apenas sorriu e me ofereceu uma caneca de café. Não fez qualquer menção à minha gafe vergonhosa, e nem eu iria tocar no assunto. Sentada à mesa diante dele, notei que estava usando a camisa dos Douchebags de novo. Franzi o cenho para ele, que empalideceu um pouco.

— Que foi? — perguntou em voz baixa, parecendo um tanto nervoso.

Não entendendo sua reação, apontei para a camisa.

— É que você nunca descolou uma dessas para mim... — respondi, tentando soar o mais natural possível.

Ele relaxou visivelmente.

— Ah... Tem razão — assentiu.

Então ele deu de ombros e, levantando, tirou a camisa. Fiquei olhando boquiaberta para Kellan enquanto ele a virava do lado certo e começava a vesti-la em mim. Eu não conseguia nem falar. Seu corpo ocupava toda a minha atenção enquanto ele ia ajustando a camisa no meu corpo. Não pude nem mesmo ajudá-lo. Ele teve que passar meus braços pelas mangas como se eu tivesse dois anos de idade.

— Pronto. Pode ficar com a minha. — Ele sorriu, ainda parado na minha frente, nem um pouco perturbado com o fato de agora estar seminu.

Meu rosto já começava a arder, e eu tinha certeza de que devia estar escarlate.

— Eu não tive intenção de... Você não precisava... — Eu não conseguia nem mesmo formar uma frase completa.

Ele riu baixinho.

— Não se preocupe. Eu tenho como conseguir outra. Você não acreditaria quantos desses troços o Griffin mandou fazer. — Ele tornou a rir, e então se virou para sair da cozinha. Não pude deixar de ficar contemplando boquiaberta suas costas musculosas enquanto ele se afastava, largas nos ombros, um pouco mais estreitas na altura do peito e ainda mais na cintura, naturalmente forçando meu olhar a descer. Kellan virou a cabeça para a porta da cozinha e me flagrou olhando para ele. Abaixando os olhos, deu um sorrisinho.

— Volto logo. — Ele tornou a erguer os olhos para mim, ainda com aquele sorriso enlouquecedor, e eu voltei a corar até a raiz dos cabelos.

Foi então que o cheiro me atingiu. Cheguei mesmo a fechar os olhos, de tão forte e maravilhoso que era. Levantei a barra da camisa e inspirei fundo. Não sei se era o sabonete, o xampu caro, o sabão em pó, alguma colônia ou apenas o cheiro natural dele, mas o fato é que Kellan sempre cheirava divinamente bem, e eu estava impregnada com aquele aroma. Eu ainda estava lá sentada, cheirando sua camisa feito uma idiota, quando ele voltou para a cozinha.

Inclinando a cabeça de lado, ele sorriu para mim com um ar curioso quando abaixei a camisa. De repente, desejei não ter acordado aquela manhã. Quantas vezes eu podia fazer papel de idiota em vinte e quatro horas? Ele tornou a sentar na sua cadeira e terminou de tomar o café, agora vestindo uma camisa de um turquesa vibrante que fazia o azul de seus olhos parecer ainda mais intenso. Engoli em seco e me concentrei em tomar meu café.

Nosso dia correu normalmente. Pus as roupas na máquina de lavar, ele lavou a louça. Passei o aspirador de pó, ele tocou guitarra. Mesmo assim, durante o dia inteiro eu me senti constrangida. A noite anterior fora simplesmente vergonhosa. Eu estava planejando me manter longe dele. Estava planejando, mas, é claro, quando ele foi ver um pouco de tevê antes de sair para se encontrar com os outros D-Bags, fiquei olhando para o sofá com ar pidão. Ele notou e estendeu o braço para mim, dando um tapinha com a outra mão na almofada ao lado do quadril. Não pude resistir. Sorri e na mesma hora me aninhei ao lado dele, recostando a cabeça no seu ombro. Eu estava ficando meio viciada nisso.

O fim de semana passou com muitos momentos de mãos dadas, aconchego no sofá, abraços demorados na cozinha, eu deitada no colo dele ou os dois deitados no quintal, mas nenhuma experiência de quase beijo constrangedora. Quando dei por mim, já era manhã de segunda, e as aulas começariam logo no dia seguinte.

Um telefonema que recebi aquela tarde me deixou muito irritada... e pôs meus nervos à prova.

— E aí, amor? — Geralmente, ouvir o sotaque de Denny me fazia sorrir, mas dessa vez fiquei séria, ainda frustrada por seus telefonemas quase sempre curtos e sem o menor entusiasmo. — Kiera?

Só então percebi que ainda não tinha respondido.

— Oi — murmurei.

Ele suspirou.

— Você está zangada, não está?

— Talvez... — Estava... estava, sim.

— Me perdoe... Eu sei que tenho andado meio distraído ultimamente. Mas não é nada com você, juro. É que eu estou superocupado.

Suas desculpas não estavam abrandando minha irritação.

— Tudo bem, Denny.

Ele suspirou.

— Eu estou com tempo... Quer conversar sobre o começo das aulas amanhã?

A lembrança me fez sorrir um pouco, mas então franzi o cenho quando me lembrei. Eu estava ficando ansiosa por causa do dia seguinte.

— Gostaria que você estivesse aqui... Estou muito nervosa.

Ele deu uma risada, na certa se lembrando do jeito como eu costumava ajudá-lo... a acalmar os nervos.

— Ah, amor... Você não faz ideia de como eu gostaria de estar com você neste exato momento. Sinto tantas saudades.

Abri um largo sorriso ao ouvir isso.

— Eu também... seu bobinho.

Ele riu com sinceridade.

— Agora me conta o que você tem feito. Quero ouvir a sua voz...

Sorri e passei uma hora contando a ele tudo que consegui lembrar. Bem, posso ter omitido alguns detalhezinhos sobre como Kellan e eu tínhamos nos tornado mais chegados, e um certo momento quase íntimo no sofá, mas contei todo o resto. Não era tão eficiente quanto meu jeito preferido de acalmar os nervos dele, mas acalmou os meus... um pouco. Consegui enfrentar minha noite de trabalho e dormir depois apenas com um pesinho no estômago.

Mas, na manhã seguinte, quando desci para a cozinha a fim de tomar meu café, o peso tinha aumentado um pouco. Minhas aulas começariam em algumas horas. Eu detestava muito mais o primeiro dia numa nova universidade do que num novo emprego.

Franzi o cenho ao ver Kellan servindo o café. Ele estava cantando uma de suas músicas, com um sorrisinho nos lábios. A banda costumava tocá-la num ritmo mais rápido, mas ele a estava cantando baixinho numa cadência lenta, transformando-a numa balada... Era linda.

Parei após dar alguns passos na cozinha e me recostei na bancada para ouvi-lo. Ele olhou para mim, ainda cantando, e seu sorriso se tornou ainda mais largo. Talvez tivesse notado minha melancolia, talvez apenas já me conhecesse bem o bastante para saber que eu não estava nem um pouco animada com o começo das aulas, ou talvez apenas estivesse entediado. Qualquer que fosse o motivo, ele segurou minha mão e me puxou para si. Soltei uma exclamação de surpresa, e então ri quando ele passou a outra mão pela minha cintura e começou a dançar comigo.

Cantando a música mais alto, ele exagerava nossos movimentos, por fim me rodopiando para longe dele e de volta. Até mesmo me inclinou para trás, brincalhão, e eu ri de novo, minha ansiedade com o começo das aulas por ora esquecida. Ele me endireitou e passou os braços pela minha cintura. Com um suspiro contente, passei os meus ao redor do seu pescoço, escutando a linda música que ele cantava baixinho.

De repente, ele parou de cantar e ficou olhando para mim. Percebi que eu tinha começado a passar as mãos pela parte de trás dos seus cabelos, enrolando-os entre os dedos. Era uma coisa extremamente prazerosa, mas eu me forcei a abaixar as mãos e pousá-las nos ombros dele.

Ainda me abraçando, ele disse em voz baixa:

— Eu sei que você preferia que Denny estivesse aqui... — Eu me retesei por um segundo quando ele mencionou o nome de Denny. — ... mas será que posso te levar para a universidade no seu primeiro dia? — E sorriu com doçura ao concluir a frase.

Meu coração acelerou um pouco, tanto por sua beleza quanto por nossa proximidade. Tentando não deixar transparecer o quanto ele mexia comigo, murmurei:

— Acho que você serve.

Ele riu e me apertou mais uma vez antes de me soltar.

— Não é o tipo de coisa que estou habituado a ouvir das mulheres — murmurou, enquanto pegava uma caneca no armário para mim.

Achando que o ofendera, emendei na mesma hora:

— Desculpe, não tive intenção...

Ele riu de novo, olhando para mim enquanto servia meu café.

— Estou brincando, Kiera. — Ficou prestando atenção ao café enquanto enchia minha caneca. — Bem, mais ou menos. — Deu um risada.

Corei.

— Ah... hum... obrigada... tá. — Me enrolei toda com as palavras, e ele caiu na risada de novo.

Ansiosa, tratei de ir me vestir para a universidade, e passei muito mais tempo do que de costume escovando os cabelos e me maquiando. Não que tenha ficado com uma aparência melhor depois de todo esse esforço, mas fez com que eu me sentisse mais composta, e, se Deus quisesse, isso me ajudaria a enfrentar as apresentações constrangedoras que vinham pela frente. De repente eu poderia me esconder quietinha nos fundos da sala na primeira semana, até me sentir mais à vontade durante as aulas.

Apanhei minha mochila e guardei os livros de que precisaria, um monte de lápis e dois bloquinhos. Para meu alívio, hoje eu só ia ter uma aula, de Microeconomia. Franzi o cenho ao pensar nessa matéria... Seria a favorita de Denny, aquela sobre a qual ele mais gostaria de discorrer. Aliás, provavelmente eu não conseguiria fazer com que se calasse. Sorri. Talvez ele ligasse mais tarde e nós pudéssemos discuti-la por horas... valia tudo para ouvir a voz dele.

Desci quando estava na hora de sair, e Kellan, sentado no sofá, sorriu ao me ver.

— Pronta?

Dei um suspiro infeliz quando ele caminhou até mim.

— Não.

Ele segurou minha mão e, dando um sorrisinho com o canto da boca que me deixou nervosa por um motivo totalmente diferente, me levou até a porta. Passamos o trajeto até a universidade em silêncio, eu com o estômago dando voltas. *Ora, isso não é nenhum bicho de sete cabeças*, eu não parava de repetir para o meu corpo... que, no entanto, se recusava a me ouvir.

A casa de Kellan ficava perto da universidade, de modo que o trajeto foi curto. Quando dei por mim, ele já estava entrando no estacionamento. Meu coração palpitava irracionalmente. Eu devia estar pálida... ou com ar de quem está passando mal... quando Kellan estacionou o carro. Ele olhou para mim, preocupado, e em seguida abriu a porta e saiu. Confusa, fiquei vendo-o caminhar até o meu lado e abrir a porta.

Dei um sorriso altivo para ele.

— Acho que posso me virar sozinha. — Indiquei a porta com a cabeça ao me levantar.

Ele riu e tornou a segurar minha mão. Adorando o calor confortante do gesto, apertei-a de leve, e ele sorriu para mim.

— Vamos lá. — Ele indicou o intimidante prédio de tijolos onde minha sala ficava.

Quando começamos a caminhar até lá, olhei curiosa para Kellan.

— Aonde você está indo?

Ele tornou a rir, olhando para mim.

— Estou acompanhando você até sua sala... obviamente.

Revirei os olhos, me sentindo uma bestalhona por ele achar que precisava fazer isso. Sinceramente, eu tinha condições de enfrentar esse... constrangimento.

— Você não precisa fazer isso. Eu posso me virar sozinha.

Ele apertou minha mão, encorajador.

— Talvez eu queira fazer. — Desviei os olhos quando nos aproximamos do prédio e ele abriu a porta para mim. — Eu não sou o cara mais ocupado do mundo na parte da manhã. Provavelmente estaria dormindo a esta hora. — Ele me deu um sorrisinho irônico, e eu caí na risada.

— Então, por que você acorda tão cedo?

Ele riu também, enquanto atravessávamos o corredor... com inúmeras mulheres observando aquele homem que parecia um modelo passar por elas.

— Não é por minha escolha... pode acreditar. Eu preferiria dormir direto a funcionar com quatro ou cinco horas por noite.

— Ah... Nesse caso você devia *mesmo* ir para casa e dormir um pouco — aconselhei, quando já estávamos chegando à minha sala.

— Vou fazer isso. — Sorriu ao abrir a porta para mim, e fiquei imaginando se iria me acompanhar até a carteira também. Ele pareceu notar meu olhar de estranheza e abriu um sorriso. — Quer que eu entre com você?

Soltando sua mão, empurrei-o um pouquinho para trás.

— Não — respondi, brincalhona. Mas entrar com ele me ajudou. Eu me sentia um pouco mais relaxada. Inclinando a cabeça para o lado, fiquei pensativa, observando-o parado à porta por um momento.

— Obrigada, Kellan. — Eu me inclinei e dei um beijinho no rosto dele.

Ele abaixou a cabeça, depois me deu um olhar rápido, um sorrisinho curvando seus lábios.

— Não há de quê. Eu venho buscar você mais tarde.

Comecei a protestar, *Não precisa fazer isso...*, mas ele me interrompeu com um olhar maroto, e eu me calei, sorrindo.

— Está bem... Vejo você mais tarde.

Seus olhos vistoriaram a sala antes de voltarem para mim.

— Divirta-se. — Em seguida ele se virou e saiu, e não pude deixar de observar o seu traseiro. Infelizmente, ele olhou para trás e me pegou espiando-o outra vez. Sorriu e acenou, mas eu corei até a raiz dos cabelos, me sentindo uma imbecil.

Falando sério, às vezes a beleza dele passava dos limites. Ao entrar na sala, percebi que não era a única a se sentir desse jeito em relação a Kellan. A maioria das garotas ali perto estava olhando para a porta, talvez imaginando se ele voltaria para assistir à aula. Algumas delas davam risinhos e cochichavam entre si, apontando para o corredor, enquanto outras apontavam para mim.

Se eu já não tivesse corado ao ser pega apreciando Kellan, coraria agora com a atenção delas. Um dos desagradáveis efeitos colaterais de sair com Kellan era o fato de as pessoas ficarem se perguntando quem eu era quando ele ia embora. E eu querendo bancar a invisível, me escondendo nos fundos da sala... Passei apressada pelas garotas, enquanto duas me espiavam como se fossem me chamar para junto delas... na certa para fofocar sobre Kellan. Eu não estava nem um pouco a fim de começar um papo constrangedor daqueles com gente que nem conhecia, por isso procurei uma carteira nos fundos da sala, com poucas pessoas sentadas por perto. Algumas das garotas ficaram observando para onde eu ia, mas nenhuma me seguiu.

A aula foi muito interessante e, quando dei por mim, já tinha acabado. Sorri ao pensar no quanto a experiência fora agradável, e que eu não precisava mesmo ter me preocupado. Eu era uma boa aluna. Minha irmã sempre dizia que eu era "escolar mas não escolada". Eu não tinha certeza se isso era um insulto ou não, mas ela tinha razão, eu lidava muito melhor com trabalhos e provas do que com pessoas. E não sabia ao certo que opções profissionais isso me dava. Ainda estava pensando na minha área de concentração, e me inclinava para Língua Inglesa. Mais uma vez, não sabia ao certo que tipo de emprego isso me possibilitaria. Às vezes, eu sentia inveja do jeito como Denny se sentia seguro em relação à vida. Ele sempre tivera consciência do que queria realizar, e então saíra em campo e realizara. Enquanto eu continuava no escuro.

Cumprindo sua palavra, Kellan estava esperando por mim em frente à porta. Sorri ao vê-lo, embora a atenção não fosse necessária. Ele segurou minha mão quando me aproximei. Duas das garotas que o tinham notado horas antes estavam saindo da sala. Ele deu um sorriso maroto para elas, que chegaram a soltar risadinhas. Revirei os olhos e abanei a cabeça diante de sua paquera inveterada.

— Vamos lá, Casanova — murmurei, puxando-o para longe das garotas que ainda estavam aos risinhos.

Ele ficou sério, e então abriu um sorriso.

— Como foi a aula?

— Maravilhosa! — Ele abanou a cabeça ante o meu entusiasmo. Pelo visto, jamais acharia uma aula sobre economia tão interessante quanto eu. Sorri ao imaginá-lo assistindo à aula inteira, morto de tédio. — E então... dormiu um pouquinho?

Ele abriu um sorriso, fazendo que sim.

— Dormi, uma hora inteira. Agora posso me aguentar de pé até as três.

— Como você sabe disso?

Ele riu, enquanto saíamos do prédio.

— É um dom... e uma maldição.

Ele ficou me levando e buscando na universidade pelo resto da semana, o que era desnecessário, já que Denny tinha deixado seu querido Honda comigo, mas mesmo assim simpático, já que eu detestava carros de marchas. Nós batíamos altos papos e ríamos com grande intimidade. Ele me perguntava sobre todas as minhas aulas, do que eu gostava mais e do que gostava menos em cada uma. Fazia questão de me acompanhar até minha primeira aula todos os dias, o que também era desnecessário, mas simpático. As garotas se calavam quando ele se aproximava e o encaravam, quase babando no decote, quando ele se despedia de mim todas as manhãs. E ele, obviamente consciente da atenção delas, brindava-as com uma ou outra piscadela. Depois ficava esperando por mim diante da sala ou no estacionamento após as aulas, uma das vezes com um café espresso, o que me deixou simplesmente eufórica.

Kellan tornou aquela primeira semana de aulas um período de transição agradável para mim, quando eu estava esperando o pior. Eu me sentia extremamente grata a ele por isso. Na verdade, só uma coisa na semana inteira não me deixou feliz... uma coisa meio séria. Denny.

No fim de semana, minha irritação com ele chegou ao auge. Na época em que ele tinha viajado, costumava me ligar todos os dias. Pouco a pouco, a frequência foi caindo para um telefonema de dois em dois dias. Mas, essa semana, ele já não dava sinal de vida havia cinco dias – nem uma palavra! A última conversa que havíamos tido fora na véspera do começo das aulas. Eu estava crente que ele iria me ligar para saber como as coisas tinham ido, mas não ligou. Deixei várias mensagens na recepção do hotel, mas ele raramente passava por lá, pois o novo emprego o mantinha extremamente ocupado. Por isso, tarde da noite de domingo, depois de vestir meu pijama e me preparar para ir dormir, decidi tentar ligar para ele uma última vez. Quando finalmente consegui, ele atendeu o telefone no seu quarto, e eu fiquei em êxtase... no começo.

– E aí, amor. – Seu sotaque encantador, já meu velho conhecido, me encheu de alegria, mas ele parecia muito cansado.

– E aí? Você está bem? Pela sua voz, parece exausto. Eu posso tornar a ligar amanhã. – Mordi o lábio, esperando que ele não me pedisse para fazer isso. Me recostei na bancada da cozinha e cruzei os dedos.

– Não, foi bom você ter ligado. Preciso mesmo falar com você. – De repente, desejei que ele tivesse me pedido para ligar de volta. Senti o pânico dar um nó no meu estômago.

– Ah, é?- Tentei dar um tom natural à voz. – Sobre o quê?

Ele fez uma pausa, e meu coração começou a palpitar.

– Eu fiz uma coisa. E acho que você não vai gostar.

Na mesma hora imaginei uma lista de coisas horríveis que ele poderia ter feito de que eu não gostaria. Meus pensamentos voaram mais uma vez para Kellan, e o que poderia ter acontecido entre nós enquanto assistíamos àquela droga de filme. Denny na certa não teria gostado daquilo. Minha garganta se apertou, mas consegui dizer:

– O quê?

Ele fez uma longa pausa, e de repente tive vontade de gritar com ele para que falasse logo de uma vez!

— Terça à noite, depois do trabalho... — Fez outra pausa, e minha mente em pânico começou a realizar meu pior pesadelo. — ...Mark me ofereceu um cargo permanente aqui...

Senti um alívio imenso; eu imaginara algo muito mais aterrorizante.

— Ah, Denny, que susto que você me deu...

Ele me interrompeu:

— E eu aceitei.

Minha mente pareceu se arrastar em câmera lenta. Demorei um segundo para compreender o que ele queria dizer. Quando finalmente isso aconteceu, perdi o fôlego.

— Você não vai voltar... vai?

— É uma oferta única na vida, Kiera. Eles não oferecem cargos dessa importância para estagiários... jamais. — A voz de Denny tremia no telefone. Isso era algo difícil para ele dizer; tinha pavor de fazer qualquer coisa que pudesse me magoar. — Por favor, tente entender...

— Entender? Eu deixei tudo para vir para cá por sua causa! Agora você vai me deixar aqui? — Meus olhos começaram a se encher de lágrimas, mas me esforcei para contê-las. Não era hora de entregar os pontos.

— É só por dois anos... Quando acabar a universidade, você pode vir ficar comigo — tentou, em tom de súplica. — Nós vamos nos reencontrar logo. Você também vai adorar Tucson.

Meu abatimento aumentou ainda mais. Dois anos? Algumas semanas sem ele já tinham sido insuportáveis; como eu iria conseguir suportar dois longos anos... mais tempo até do que já estávamos juntos?

— Não, Denny.

Ele não respondeu logo. O silêncio foi ensurdecedor.

— Como assim?

— Não! Eu quero que você volte! Que fique comigo, que arranje outro emprego. Você é brilhante, na certa vai encontrar alguma coisa! — Agora era eu quem suplicava a ele.

— Mas isso é o que eu quero, Kiera... — sussurrou.

— Mais do que a mim? — Eu soube que não era uma pergunta justa no momento em que saiu dos meus lábios, mas a raiva me devorava por dentro.

— Kiera... — Ele disse meu nome com a voz trêmula. — Você sabe que não é isso...

— É mesmo? — Minha raiva tinha chegado ao auge agora. — Pois o que parece é que você está preferindo o seu emprego a mim, que está terminando comigo! — Uma parte minúscula de meu cérebro queria interromper essa conversa horrível, parar de magoá-lo, mas eu simplesmente não conseguia.

— Amor, são só dois anos. Eu vou te visitar sempre que puder... — tentou ele de novo, sem convicção, o sotaque forte de emoção.

Minha cabeça fumegava. Dois anos... dois malditos anos! Sem pensar, sem nem mesmo se dar ao trabalho de conversar a respeito comigo antes, ele tinha aceitado um emprego numa cidade a milhares de quilômetros de distância, e ainda por cima escondera essa informação de mim por dias! Eu estava presa aqui em Seattle. Meus pais tinham sido relativamente compreensivos em relação à transferência, principalmente por causa da bolsa de estudos. Eles não deixariam que eu me transferisse para mais outra universidade em mais outro estado! De todo modo, não pagariam por essa transferência, e eu não teria como arcar sozinha com os custos de dois anos de universidade. A bolsa que eu tinha ganhado era a *minha* oportunidade única, a oportunidade de uma vida. E eu não via o destino me favorecendo tanto assim uma segunda vez.

Eu estava presa aqui até me formar... e ele sabia disso.

Ele sabia disso! Em meio à fúria, minha mente logo chegou à conclusão mais provável: ele *queria* que eu ficasse. *Queria* que continuássemos separados. *Queria* me deixar. Ele estava terminando comigo. Um fogo ardeu nas minhas entranhas. Bem, eu é que não lhe daria o gostinho de passar à minha frente.

— Não se dê ao trabalho de me visitar, Denny! Você já fez a sua escolha! Espero que aproveite o seu *emprego*! — enfatizei a palavra com rispidez. — Eu vou ficar aqui, e você vai continuar aí. Está tudo acabado... Adeus.

Depois de bater com o telefone na cara de Denny, tratei de tirá-lo da tomada. Não queria que ele ligasse de volta. Estava com tanta raiva que não queria nunca mais falar com ele. Mas a ideia de não voltar a vê-lo logo me fez sentir um desespero tão enorme que eu mal podia respirar. Fiquei ofegante e minha cabeça começou a girar. Arriei o corpo no chão enquanto as lágrimas escorriam livremente, e eu não conseguia mais refrear os soluços.

Depois de horas de um sofrimento lancinante, eu me levantei. Fui até a geladeira para beber água, mas uma garrafa de vinho aberta que nunca tínhamos chegado a tomar estava bem lá na porta. Resolvi pegá-la, e dei um gole direto do gargalo. Sabia que era uma maneira idiota de lidar com o meu desespero, mas eu precisava de alguma coisa. Precisava que meus sentimentos me dessem uma trégua. Eu os enfrentaria mais tarde.

Apanhando um copo de vidro em vez de uma frágil taça de vinho, despejei nele o máximo de vinho possível e comecei a sorvê-lo em largos goles. Senti a ardência. O vinho certamente não era para ser bebido daquele jeito, mas eu estava desesperada para ter um pouco de alívio da dor.

Só levei alguns momentos para esvaziar o copo, e imediatamente tornei a enchê-lo. Os soluços tinham finalmente cessado, embora as lágrimas ainda escorressem. Eu podia ver o rosto de Denny em minha mente, seus lindos e amorosos olhos castanhos, seu sorriso bobo, seu sotaque cativante, o jeito como estava sempre pronto a dar uma risada, seu corpo, seu coração. Senti um aperto doloroso no peito, e dei outro longo gole de vinho.

Isso não é real, eu repetia sem parar a mim mesma. Não era possível que tudo tivesse acabado, não era possível que estivéssemos separados. Ele tinha dito que eu era seu coração, e não se deixa o próprio coração para trás. Não se vive sem o próprio coração.

Eu estava quase terminando o segundo copo e já enchendo o terceiro e, infelizmente, último, quando ouvi a porta da rua se abrir.

Devia ser muito tarde, ou muito cedo, dependendo do ponto de vista, e Kellan estava chegando em casa depois de passar a noite com os outros D-Bags no Pete's. Ele entrou tranquilamente na cozinha e jogou as chaves sobre a bancada, distraído, mas logo parou ao me ver ali. Eu não costumava estar acordada àquela hora nas noites em que não trabalhava.

— Oi.

Eu me virei para ele, sem em nenhum momento deixar de beber. Com o movimento, senti que minha cabeça começava a girar. Que ótimo.

Fiquei estudando-o em silêncio. Seus olhos azuis pareciam um pouco vidrados. Ele devia ter tomado umas duas cervejas, ou talvez até mais de duas, com o pessoal da banda. As roupas que usava compunham sua produção básica preferida — uma camiseta quase justa no corpo, uma calça jeans desbotada e botas pretas. Talvez fosse o vinho, talvez fosse minha dor, mas hoje ele estava arquifantástico. Seu cabelo, desarrumado e revolto, estava sexy até dizer chega. *Uau*, pensei, com a parte do cérebro que ainda conseguia pensar. Bebê-lo com os olhos tinha o poder de me distrair muito mais do que beber vinho.

— Você está bem? — Ele inclinou a cabeça e me deu um olhar de interrogação. O gesto foi incrivelmente atraente, e eu parei de beber por um momento.

— Não. — A palavra soou lenta aos meus ouvidos, o vinho surtindo efeito rapidamente sobre meu corpo. Mas ainda me senti sóbria o bastante para acrescentar: — Denny não vai voltar... Nós terminamos.

Na mesma hora, seu lindo rosto se encheu de simpatia e ele caminhou na minha direção. Por um segundo, achei que iria me abraçar. Meu coração começou a bater depressa ante essa ideia. Mas ele apenas se recostou na bancada, as mãos apoiadas às costas. Continuei a beber meu vinho, observando seus olhos, que, por sua vez, também me observavam.

— Quer conversar sobre isso?

Fiz uma pausa.

— Não.

Ele olhou para a garrafa de vinho vazia sobre a bancada e depois para mim e o copo que eu já arrematava.

— Quer um pouco de tequila?

Pela primeira vez no que pareceu anos, sorri.

— Quero.

Ele abriu o armário acima da geladeira e começou a vasculhar entre várias garrafas de bebida que eu nem sabia que estavam lá. Seus braços estendidos fizeram com que a camisa se suspendesse da maneira mais deliciosa, mostrando alguns centímetros de pele ao redor da cintura. As dolorosas lembranças de Denny logo começaram a evanescer enquanto eu observava aquele homem e seu absurdo poder de atração. Minha nossa, ele era sexy demais.

Kellan encontrou o que queria e tornou a se virar para mim. Suspirei quando sua camisa se abaixou. Um súbito sentimento de solidão inundou meu cérebro encharcado de vinho. Agora, eu estava sozinha. Tinha vindo de tão longe para ficar com Denny, e agora estava completamente sozinha. Observei o corpo de Kellan se mover sedutor sob as roupas quando ele apanhou os copos, o sal e os limões. Minha solidão evanesceu e começou a se transformar em algo totalmente diferente.

Ele terminou de servir a bebida e, com um meio sorriso atraente, me entregou o copo.

— Me disseram que é um bom remédio para a dor de cotovelo.

Estendi a mão para o copo e meus dedos roçaram os dele. O leve toque fez com que uma onda de calor se alastrasse por meus braços, e eu pensei, sonhadora, que talvez *ele* fosse o melhor remédio.

Eu já tinha visto várias pessoas no bar tomando shots de tequila; eu mesma já os tomara antes. Mas a maneira como Kellan fazia a coisa era de uma sensualidade tão extrema que cheguei a me sentir meio safada enquanto olhava. O vinho circulando por meu organismo revestia de erotismo cada gesto seu. Ele mergulhou um dedo na bebida e em seguida umedeceu as costas das nossas mãos, primeiro a dele, depois a minha. Então jogou um pouco de sal em cima delas, enquanto eu me surpreendia com o calor na minha mão onde os dedos dele tinham tocado. Observei sua língua lamber todo o sal, a mandíbula forte se movendo, enquanto ele rapidamente virava a dose de tequila, os lábios se curvando ao chupar o limão. Perdi o fôlego.

Tratando de me recompor, virei minha dose, e então a tequila me atingiu. Onde o vinho tinha queimado, a tequila abrasou. Fiz uma careta e Kellan achou graça de mim, o que tornava seu sorriso irresistível.

Ele imediatamente serviu outra dose. Não trocamos uma palavra. Eu realmente não precisava de uma conversa naquele momento, e ele pareceu intuir isso. Em silêncio, tomamos nossa segunda dose, e dessa vez consegui não fazer nenhuma careta.

Por volta da terceira dose, uma sensação de calor e formigamento se espalhou por todo o meu corpo. Eu tinha dificuldade para manter meus olhos em foco, mas ainda observava cada gesto de Kellan tão atentamente quanto podia. Se estivesse no lugar dele, teria me sentido extremamente constrangida por ser alvo de um olhar fixo daqueles, mas ele agia como se nem notasse. Eu me lembrei de suas fãs "apaixonadas" no bar, e pensei que talvez ele já estivesse habituado.

Na quarta dose, pude notar que os olhos de Kellan estavam ainda mais vidrados, seu sorriso relaxado e tranquilo. Ele entornou um pouco de tequila ao encher nossos copos, e riu ao morder o limão. Fiquei vendo-o chupá-lo e senti a mais louca e desesperada vontade de chupá-lo junto com ele.

Na quinta dose, todo o desespero, a solidão e a dor de horas antes já tinham se transformado em algo diferente... desejo. Mais especificamente, desejo por esse deus à minha frente. Relembrei a química entre nós dois algumas noites atrás e, tivesse sido real ou não, eu queria sentir aquela paixão novamente.

Sem pensar, fiz o que tinha desejado fazer desde a primeira dose. Quando ele se abaixou para lamber o sal, segurei sua mão. Pressionei minha língua de leve nas costas dela, o sal se misturando deliciosamente ao gosto da sua pele. Ele prendeu o fôlego enquanto me via esvaziar minha dose de tequila. Coloquei depressa o copo na bancada e encaixei o pedaço de limão em sua boca entreaberta. Em seguida, levei o lábios até ela, e fiquei meio chupando o limão, meio pressionando os lábios. Um fogo ardia por todo o meu corpo.

Quando me afastei devagar dele, o limão estava comigo. Sua respiração se tornou mais rápida e um pouco irregular. Com cuidado, retirei o limão da boca e o coloquei na bancada, lambendo os dedos ao fazê-lo. Kellan bebeu sua dose de tequila pura, sem tirar os olhos dos meus por um segundo. Colocou o copo de qualquer jeito na bancada, lambeu o lábio inferior, e então me pegou pelo pescoço, me puxando de volta para a sua boca.

Capítulo 7
ERROS

Meu primeiro erro foi a garrafa de vinho. Meu segundo erro foram as doses de tequila... Mas, no momento, apenas o latejar dilacerante de uma enxaqueca me preocupava. A luz cegante que inundava o quarto fazia meus olhos lacrimejarem, mas, quando os fechei, o quarto começou a girar tanto que tive de ficar olhando fixamente para um ponto no teto, mantendo a cabeça totalmente imóvel. Soltei um gemido. Meu Deus, será que eu ainda estava bêbada?

Sem virar a cabeça, tentei dar uma olhada no quarto desconhecido. Merda... esta não é a minha cama! Olhei para baixo e no ato me arrependi, quando minha cabeça pareceu prestes a explodir e o quarto girou feito um redemoinho. Notei que meu corpo estava despido, enrolado entre lençóis estranhos. Merda... estou nua!

Tentei manter o corpo perfeitamente imóvel e refletir, apesar do torpor, para me lembrar da noite passada. Ah... meu... Deus... não... De repente, eu soube exatamente onde estava. Olhei para o outro lado da cama, mas estava vazio; Kellan se fora. Minha cabeça, e agora meu estômago também, protestaram com veemência contra o movimento brusco.

Droga, droga, droga, pensei, subitamente irritada. Pressionei os dedos nas têmporas com força, tentando deter o latejar implacável. As lembranças inundavam minha mente, como um acidente sangrento que eu não queria presenciar, mas que não podia deixar de olhar.

Aquele primeiro beijo inacreditável – ávido, intenso e tão cheio de paixão. A mão apertando com força minha nuca quando ele me puxou para mais perto. A outra mão estreitando a parte inferior das minhas costas. Kellan lentamente me pressionando de volta para a bancada e então me levantando até ela. Minhas pernas rodeando sua cintura. Minhas mãos se emaranhando em seus cabelos. Seu cheiro intoxicante, o gosto de tequila na sua língua...

A lembrança momentânea da tequila fez meu estômago se revirar, agitado. Não querendo esvaziá-lo na cama de Kellan, desafiei a horrível vertigem e me sentei. Esperando um segundo até que as ideias clareassem, e logo compreendendo que isso não iria acontecer, olhei ao redor, à procura de minhas roupas. Só consegui localizar a regata, por acaso pendurada em cima da guitarra dele, ao lado da cama. Merda.

Depois de vesti-la bem devagar, eu me levantei, cambaleando um pouco. Francamente, a essa altura eu já não deveria estar me sentindo bem? Dei uma olhada no relógio... duas e meia da tarde. Já? Adeus, universidade... Minha aula de Sexualidade Humana já devia estar quase acabando. Com cautela, fui caminhando até a porta. Minha calcinha estava caída perto dela. Suspirei e me inclinei com cuidado para apanhá-la. Tratei de vesti-la depressa, e meu estômago se revirou, ameaçador.

Mais ou menos vestida, decidi que naquele momento o pudor era o menor dos meus problemas. De todo modo, eu não fazia ideia de onde Kellan estivesse, e sabia que meu estômago não estava para brincadeiras. Corri para o banheiro e foi bem em tempo de soltar a primeira golfada barulhenta no vaso.

Encostando a cabeça na louça fria, mais lembranças inundaram minha mente.

... A mão de Kellan envolvendo meu pescoço, seguida por seus lábios. Minha cabeça caindo para trás, os olhos se fechando. Respirando com força. Gemendo baixinho. Soltando o ar em haustos trêmulos. Arrancando a camisa dele. Seu peito de uma beleza deslumbrante. Os músculos rijos, a pele macia. O fôlego de Kellan se tornando mais forte enquanto meus dedos desciam pelo seu peito. Kellan gemendo levemente e me puxando para mais perto. Seus braços me arrebatando e me levantando no colo. Me levando pela escada...

Meu estômago expeliu outra golfada, as gotas de suor brotando na minha testa. Ugh, eu tinha nojo de tequila. Mais lembranças implacáveis...

... Tropeçando e caindo de bêbado nos degraus e nós dois rindo. Braços e pernas espalhados na escada, o peso de seu corpo em cima de mim, ele murmurando "me perdoa" enquanto passava a língua pelo meu pescoço. Ficando ofegante quando senti a pressão do seu corpo excitado contra o meu. Chupando o lóbulo de sua orelha. Lábios quentes sobre os meus. Mãos arrancando com impaciência minha calça jeans...

Ah, pensei, distraída, enquanto meu estômago tornava a entrar em erupção, *então é lá que a calça está.*

... Eu tentando desabotoar a calça jeans dele e rindo porque meus dedos dormentes não acertavam fazer isso. Kellan chupando de leve meu lábio inferior. Eu alisando seu peito. Uma mão acariciando meu seio por baixo da regata. Mordendo seu ombro de leve. Dedos deslizando pela minha calcinha, traçando círculos na pele molhada antes de entrarem em mim. A paixão nos olhos dele ao me ver perder o fôlego. Implorando para que ele fizesse amor comigo no seu quarto...

Ah, meu Deus, gemi, estremecendo. Eu implorei a ele, eu literalmente implorei a ele... Alguém por favor me mate neste exato momento! Com essa, meu estômago lançou mais uma golfada.

...Sendo levantada no colo. Minha calcinha sendo arrancada. Kellan descalçando e jogando longe os sapatos, e em seguida tirando a calça jeans enquanto eu ria, pois ainda não tinha conseguido fazer isso. Uma língua macia percorrendo meu mamilo, provocando, degustando. Sendo empurrada para a cama dele. Puxando sua cueca. Apreciando a visão de seu maravilhoso corpo nu. Os risos emudecendo quando de repente as coisas se tornaram muito intensas. Os olhos dele percorrendo meu corpo, seus lábios em cada centímetro da minha pele. Meus dedos em cada centímetro dele, contornando cada músculo perfeitamente definido. Beijando seu queixo forte e macio... seu pescoço... garganta... peito... barriga... O jeito como ele gemeu quando minha língua se pôs a dar voltas sobre o extremo do seu corpo...

Sentindo meu estômago se acalmar um pouco, eu me agachei e me obriguei a lembrar o resto.

... Kellan me deitando de costas e me penetrando até o fundo. Eu ofegando de prazer. Nossos quadris se movendo juntos. A sensação dos corpos subindo e descendo. Os gemidos deliciosos que ele dava. Os gemidos incríveis que eu dava. O tempo aparentemente longo que tudo levava, enquanto nossos corpos embriagados absorviam cada sensação. O calor do seu hálito no meu pescoço. Segurando sua cabeça e abraçando-o com força quando nos aproximamos do momento final... tão intenso, tão inacreditável. Gritando em uníssono quando gozamos juntos. Sentindo seu sêmen quente quando ele ejaculou dentro de mim. Arquejando sem fôlego junto com ele quando nossos corações começaram a bater mais devagar. Olhando nos olhos um do outro. Perdendo a consciência nos braços dele...

Fiquei de pé, ainda trôpega mas um pouco mais firme, lavei o rosto e escovei os dentes. Surpresa, percebi que a noite passada com ele fora... fantástica.

Voltei para o quarto, profundamente pensativa, e parei mal atravessei a porta, olhando para a cama ainda feita. Todos os sentimentos da noite passada em relação à minha ruptura com Denny, que eu reprimira com a bebida e, por que não dizer, com Kellan, voltaram com força esmagadora. Caí de joelhos e chorei.

Não me lembro exatamente de quando, mas, em algum momento do dia, desci a escada e apanhei a calça jeans caída nos degraus. Tornei a vesti-la e fiquei lá parada, ao pé da escada, sem saber o que fazer. Sentia uma sede desesperada e minha cabeça ainda latejava, mas, principalmente, meu coração doía.

Sentei num degrau e segurei a cabeça entre as mãos. As lágrimas recomeçaram, e eu senti o estranho desejo de que Kellan voltasse para casa. Apenas queria que meu amigo me abraçasse e dissesse que tudo iria ficar bem. Que eu não cometera um erro monumental na noite passada ao terminar com Denny... aliás, dois erros monumentais. Kellan... Eu não sabia o que dera em mim. Bem, a tequila certamente tivera culpa, mas será que havia sido só isso? Rita adoraria ouvir essa fofoca, embora eu não pretendesse jamais contar nada a ela. Fizera tantas advertências, e eu ignorara todas. Só não via quem não quisesse, o cara era um mulherengo que dormia com todo mundo. E também tinha havido aquele... mal-entendido... com a roommate dele, Joey. Pelo visto, isso era *mesmo* um padrão com ele.

Ótimo. Agora, eu não apenas estava completamente sozinha, como também, numa reprise do que acontecera com Joey, ele iria me pedir para ir embora. Eu ficaria sem um teto. Se bem que isso não parecesse fazer muito sentido para mim. Eu nunca o tinha visto ser outra coisa senão gentil com as pessoas. Bem, ele gostava de implicar comigo o tempo todo, mas não de um jeito cruel. Eu não podia imaginá-lo me expulsando de uma maneira implacável, sem eu ter para onde ir. Mas poderia me deixar tão constrangida que eu mesma quereria ir embora. Eu já queria ir embora... A lembrança do seu sorrisinho extremamente presunçoso e debochado fez meu estômago dar voltas. *Mais um risquinho na cabeceira da cama dele*, pensei, sombria. E, afinal, onde é que ele estava? Será que me ver era tão horrível assim que ele estava deliberadamente se mantendo a distância?

Que idiota que eu era. Jurei nunca mais beber tequila na vida.

Finalmente, tratei de levantar meu corpo destroçado e fui pegar o copo d'água que a sede tão desesperadamente pedia. Acabei tomando três. Tornei a ligar o telefone e passei uns vinte minutos olhando para ele. Queria tanto telefonar para Denny, dizer que precisava dele e que cometera um erro enorme na noite passada... um erro ainda maior do que Denny estava sabendo. Mas não podia. Meu sentimento de culpa era grande demais para falar com ele. Depois de mais cinco minutos olhando para a droga do telefone, me obriguei a tornar a subir a escada e entrar no chuveiro, pensando que poderia lavar meu desespero. Mas não fez qualquer diferença. Depois, fiquei deitada na cama, olhando para o retrato de Denny comigo na mesa de cabeceira, e tornei a romper em lágrimas.

Por fim, fui obrigada a passar do velho desespero para um novo em folha. Eu tinha que ir trabalhar. Embotada, fui me vestir, prendi o cabelo num rabo de cavalo malfeito, frouxo, e me maquiei de qualquer jeito. Eu estava com uma aparência horrível, eu me sentia horrível, mas pelo menos meu quarto e meu estômago tinham parado de dar voltas. Agora, se pelo menos eu pudesse fazer alguma coisa pelo meu coração...

Cheguei tarde ao Pete's – ainda não estava habituada a dirigir um carro de marchas, e as colinas não ajudavam em nada –, e passei apressada por Rita. Não precisava dela fazendo deduções a partir da minha aparência naquele momento. Não fazia ideia se Kellan iria aparecer por lá ou não. Será que não ia ser estranho vê-lo agora... depois de ver tanto dele? Essa ideia me fez corar quando eu entrava no bar. Dei uma olhada nas mesas, mas ele não estava por lá, nem qualquer dos outros D-Bags. Respirei fundo e tratei de tirar Denny e Kellan da cabeça.

Consegui chegar à metade do meu turno numa espécie de embotamento tranquilo. Só perdi a cabeça quando Jenny me levou para um canto e perguntou o que havia de errado. Na mesma hora as lágrimas começaram a escorrer, e eu repeti a conversa que

Denny e eu havíamos tido na noite passada. Na mesma hora ela me abraçou – o que me trouxe ainda mais lágrimas aos olhos – e disse que tudo ficaria bem, que Denny e eu éramos perfeitos um para o outro e que as coisas se resolveriam. Ela sorriu para mim de um jeito tão animador que senti uma pequena centelha de esperança de que talvez tudo se ajeitasse. Então, eu me lembrei da segunda parte daquela noite. Quando Jenny me abraçou uma última vez, cheguei a pensar em me abrir com ela.

– Jenny...

Ela se afastou e ficou olhando para mim com uma expressão afetuosa, esperando. Seu rosto era tão aberto e honesto. Ela era um ser humano da melhor qualidade, e olhar para ela fez com que eu me sentisse ainda mais horrível. Provavelmente ela não compreenderia... Passaria a me ver com outros olhos. Talvez até pensasse o pior de mim e deixasse de ser minha amiga. Uma parte de mim duvidava que ela fosse me julgar com tanta severidade, mas eu me sentia extremamente severa em relação a mim mesma naquele momento, por isso não queria me arriscar a que outros pensassem o mesmo de mim. Não, eu não podia contar a ninguém sobre Kellan.

– Obrigada por me ouvir.

– Sempre que precisar, Kiera. – Ela sorriu e me abraçou de novo, e em seguida retomamos o trabalho.

Por volta de uma hora mais tarde, um som vindo da porta me fez perder o fôlego: a risada sonora de Evan quando ele entrou no bar. Matt apareceu logo em seguida, se esgueirando pela porta e passando por Evan, rindo tanto quanto ele. Embotada, fiquei olhando para eles. Dois já tinham entrado... ainda faltavam os outros dois. Griffin chegou poucos segundos depois, parecendo injuriado. Olhava com raiva para Evan e Matt, que ainda riam às gargalhadas... dele, pelo visto. Mostrando o dedo médio para os dois, ele deu as costas e se dirigiu à mesa de sempre da banda. Fiquei olhando para a porta feito uma boba, enquanto Evan e Matt, sempre às gargalhadas, seguiam Griffin.

Agora só faltava um.

Continuei olhando para a porta, mas nada aconteceu. Abanando a cabeça e me sentindo um tanto idiota, compreendi que ele não viria. Será que estava me evitando no bar também? De algum modo, isso parecia ainda pior do que ele me evitar em casa. Senti as lágrimas voltarem a brotar nos olhos.

Jenny veio até mim, pousando a mão no meu ombro.

– Você está com um ar meio estranho... Está se sentindo bem?

Pisquei os olhos, tentando conter as lágrimas.

– Estou sim, estou ótima. – A montanha-russa das emoções recentes começava a me afetar; eu me sentia exausta.

Jenny pareceu perceber isso.

– Vai para casa, Kiera.

Fiz que não com a cabeça. Eu podia segurar as pontas.

– Estou ótima, Jenny... só tive um dia cansativo. Eu me aguento.

Ela começou a me empurrar em direção à sala dos fundos.

– Vai, sim... O bar está quase vazio... Eu cubro a sua saída. – E manteve as mãos nos meus ombros até eu chegar ao corredor que levava aos fundos do bar.

– Jenny, sinceramente, não precisa.

– Eu sei, eu sei... Você é durona, pode segurar a onda... – Sorriu para mim, brincalhona. – Vai para casa... Você pode cobrir a minha saída amanhã, se quiser, e aí eu saio mais cedo.

Ri um pouco. De repente, eu me senti muito cansada, e ir para casa pareceu uma ótima ideia.

– Tá... Tudo bem, combinado.

Não me lembro do trajeto para casa; um minuto eu estava no estacionamento me despedindo de Jenny, que disse que daria um pulo lá em casa para me ver no dia seguinte, e no outro estava me aproximando da entrada para carros, olhando para a vaga vazia onde costumava ficar o Chevelle de Kellan. Ele ainda não tinha chegado. Isso me irritou um pouco, e em seguida me entristeceu, e então me fez sentir ainda mais cansada. Eu me arrastei para a casa e depois para o meu quarto. Vesti meu pijama depressa e despenquei na cama. Mais algumas lágrimas fugiram antes de eu finalmente adormecer.

Passos leves na escada me acordaram, como se apenas segundos tivessem se passado. Kellan devia ter finalmente chegado em casa. Dei uma olhada no relógio – onze e dez da noite. Talvez ele imaginasse que a essa altura eu estaria dormindo a sono solto, e assim não teria que me ver. Tentei conter as súbitas lágrimas de solidão que brotaram em meus olhos. Eu devia ter ficado no trabalho...

Para meu espanto, a porta do quarto se entreabriu. Ótimo, ele ia *mesmo* me pedir para ir embora, e ia ser agora. Bem, esse seria o desfecho perfeito para o meu dia perfeito. Toma aqui, Kellan, meu coração já está partido, será que poderia triturá-lo em pedacinhos para mim? Talvez ele fosse embora e esperasse até o dia seguinte, se achasse que eu estava dormindo. A ideia me deu uma centelha de esperança e eu me mantive perfeitamente imóvel, cuidando para que minha respiração se mantivesse baixa e regular.

Isso não ia dar certo. Agora ele estava sentado na cama ao meu lado. Palhaço. Será que não podia mesmo esperar até o dia seguinte para me destroçar? Resisti ao ímpeto de suspirar e dizer a ele que voltasse para o seu quarto, que eu iria embora amanhã, que não iria criar um inconveniente para ele com minha presença. Mas ainda estava esperando que ele fosse embora, de modo que continuei fingindo dormir.

A mão dele pousou no meu ombro e eu tive que fazer um esforço enorme para não recuar bruscamente do seu toque.

– Kiera?

Um sotaque já meu velho conhecido rompeu a névoa sombria de meus pensamentos.

O choque abriu meus olhos e eu virei o corpo para a figura sentada ao meu lado na cama.

— Denny...? — No mesmo instante as lágrimas me afloraram aos olhos. Será que eu ainda estava dormindo? Será que ele era mesmo real?

Ele sorriu, seu olhar afetuoso também começando a brilhar.

— Oi — sussurrou.

— O que... Por que... Como? — Na minha confusão, eu não conseguia articular uma pergunta coerente.

Ele pousou a mão no meu rosto e secou uma lágrima.

— Você é o meu coração — foi tudo que disse.

Soluçando, eu me sentei e atirei os braços em volta do seu pescoço.

— Denny... — tentei falar entre soluços. — Eu lamento tanto... — No íntimo, lamentava mais por Kellan do que por nossa discussão, mas não ia dizer isso a ele.

— Shhhh... — Ele me abraçou com força, embalando meu corpo de leve e afagando meus cabelos. — Estou aqui... está tudo bem.

Eu me afastei para observar seus olhos e vi as lágrimas em seu rosto também.

— Você voltou... por minha causa?

Ele suspirou, prendendo uma mecha de meus cabelos atrás da orelha.

— É claro. Você achou que eu não voltaria? Que aceitaria perder você? Eu te amo... — Sua voz falhou um pouco no fim.

Engoli o nó na garganta.

— E o seu emprego?

Ele tornou a suspirar.

— Eu recusei.

De repente, senti um desespero avassalador pelo meu egoísmo. Dois anos... tinha parecido uma eternidade na noite passada, mas agora, com ele nos meus braços, parecia um espaço de tempo ridiculamente curto.

— Me perdoe. Eu fiz uma tempestade em copo d'água. É claro que você devia aceitar o emprego. Liga para eles! Dois anos... não são nada. Esse é o seu sonho... — O pânico se infiltrava por meu sentimento de culpa.

— Kiera... — ele me interrompeu. — Eles já ofereceram o cargo para outra pessoa.

— Ah. — Mordi o lábio. — E o seu estágio?

Ele tornou a suspirar.

— Não, esse eles ofereceram para uma outra pessoa quando eu aceitei o emprego.

Não pude dizer mais nada quando minha cabeça finalmente assimilou os fatos. Ele abrira mão de tudo... por mim. O estágio dos seus sonhos, que tinha sido a razão de virmos para cá, uma oferta de emprego única na vida, que nenhum estagiário jamais recebera. Tudo perdido, porque eu não podia esperar dois curtos anos, e ele não queria me perder.

Lágrimas de dor e culpa tornaram a me assaltar.

— Me perdoe. Me perdoe, Denny. Me perdoe... — repetia eu sem parar enquanto ele me mantinha abraçada ao seu ombro. Quando as lágrimas por meu egoísmo finalmente cederam, as lágrimas por ficar com Kellan na noite anterior, durante nossa breve temporada separados, voltaram a me despedaçar.

Denny apenas me abraçou, dizendo uma vez atrás da outra que tudo ficaria bem, que estávamos juntos e isso era tudo que importava. Por fim, acho que mais para me distrair do que por qualquer outro motivo, ele segurou meu queixo de leve e me puxou para um longo e doce beijo.

O calor, a familiaridade e o conforto daquele beijo silenciaram minha mente atormentada pela culpa por um momento. Então, quando as bocas se entreabriram e sua língua encontrou a minha, outra parte de minha mente despertou. O desejo me inundou e eu o beijei com sofreguidão. Mas não pude conter as últimas lágrimas que me escorreram pelo rosto, e ele as secou gentilmente com o polegar.

Ele me fez deitar sobre os travesseiros e beijou meus lábios, meu queixo, minha testa, o tempo todo acariciando meu rosto. Passei a mão pelos seus cabelos, pelo seu rosto, seu queixo — os pelos macios sob as pontas dos meus dedos —, por seus lábios. Mal podia acreditar que ele realmente estivesse ali.

Fiz um esforço para esquecer a dor, a culpa e o horror pelo que fizera na noite passada. Eu os enfrentaria depois. Esse momento era tudo em que eu podia me concentrar agora. Puxei seus lábios famintos de volta aos meus e o beijei com ferocidade. Sua garganta deixou escapar um grunhido delicioso, e sua respiração acelerou.

Afastei-o um pouco e empurrei as cobertas para o lado. Ele tinha estado longe demais, por tempo demais. Eu precisava dele muito mais perto.

— Vem cá.

Ele se levantou por um minuto e se despiu rapidamente, e em seguida engatinhou para baixo das cobertas ao meu lado e me envolveu em seus braços, se aninhando para beijar meu pescoço.

— Senti saudades... — Seu hálito se espalhou pela minha pele.

Prendi a respiração e pisquei para me livrar de uma rápida lágrima. *Mais tarde*, repreendi a mim mesma.

— Senti tantas saudades de você, Denny. — Suspirei, puxando-o de novo para minha boca. Era como se seus lábios fossem oxigênio e eu estivesse sufocando; não podia parar de beijá-lo. Era tudo que eu queria. Tudo de que precisava eram seus lábios macios sobre os meus, sua língua roçando a minha de leve. Minha mente começou a relaxar sob o efeito dele, pouco a pouco parando de pensar.

Suas mãos puxaram minha calça de pijama devagar, com toda a delicadeza. Suspirei e o beijei com mais força. Ele a jogou longe e começou a puxar minha calcinha. Minha mente despertou de súbito, quando senti um medo inesperado de que ele soubesse, de que algum sexto sentido lhe dissesse que eu fora infiel. Mas ele despiu minha calcinha sem a menor hesitação. Seus lábios em nenhum momento se afastaram dos meus, sua respiração ainda ofegante. Ele não estava com raiva de mim. Ele ainda me queria.

Seus dedos deslizaram para dentro de mim, e minha cabeça saiu totalmente do ar. Eu não me importava mais.

Tirei a regata, precisando sentir toda a minha pele pressionada contra a dele. Seus lábios finalmente se afastaram dos meus e percorreram meu pescoço, meu peito. Seus lábios roçaram e mordiscaram meu seio, seus dedos deslizando por minha pele suada. Gemi seu nome, *Denny*...

Ele parou de girar a língua no meu mamilo e olhou para o meu rosto. Tornei a puxá-lo para os meus lábios.

— Preciso de você... — sussurrei. Eu queria dizer, em todos os sentidos em que a palavra podia ser interpretada.

Com delicadeza ele passou para cima de mim, e seus dedos foram substituídos por algo muito mais prazeroso. Soltei uma exclamação e fechei os olhos quando o senti entrar em mim. Um arrepio percorreu meu corpo quando ele começou a se mover. A dor de minha solidão nas últimas semanas retornou inesperadamente, e uma lágrima solitária fugiu de meus olhos.

— Meu Deus, como senti saudades de você...

Logo, meu desejo por ele começou a crescer junto com o seu. Eu não podia conter os gemidos, e nem queria. Durante aquele momento perfeito, não fazia diferença onde eu estava, ou quem mais estivesse ali. Só me importava que Denny finalmente estivesse comigo. Alcançamos o orgasmo juntos. Depois, ele ficou me abraçando por muito tempo, afagando meus cabelos e beijando minha têmpora, até o sono finalmente tomar conta dele.

Mas, de repente, eu me senti totalmente desperta.

O quarto, onde se ouvia apenas o leve ressonar de Denny, me pareceu subitamente sufocante. O sentimento de culpa e a dor, que de algum modo eu conseguira reprimir, estavam voltando à tona. Não querendo acordar Denny, não querendo que ele me interrogasse sobre o meu desespero, voltei a me vestir e saí do quarto, fechando a porta atrás de mim com todo o cuidado. Sem olhar para a porta de Kellan, desci as escadas. Tive o cuidado de ir até o fim da sala antes de permitir que as primeiras lágrimas começassem a escorrer.

Foi a visão das sacolas de Denny atrás da poltrona e de sua jaqueta atirada sobre o encosto que finalmente rompeu as comportas que represavam minhas lágrimas de culpa.

Afundei na poltrona, encostando a cabeça na manga fria da jaqueta, e solucei. Horas depois – ou assim parecia –, eu ainda estava sentada na poltrona, imersa em pensamentos, desespero e culpa, quando uma batida leve à porta me arrancou da depressão. Imaginando quem poderia ser àquela hora, e esperando que não tivessem acordado Denny, sequei as lágrimas e fui em silêncio atender.

Encontrei Sam, com ar exausto, apoiando Kellan, que parecia estar muito bêbado.

– Acho que isso pertence a você. – Sem esperar que a expressão de choque saísse do meu rosto, ele entrou, arrastando Kellan até a sala, e o soltou na poltrona. – Pronto, é todo seu.

Fiquei olhando para Kellan, incrédula. Ele realmente estava um pouco bêbado na noite anterior, mas eu nunca o tinha visto em tão mau estado quanto agora. Ele se sentou curvado na poltrona, com a cabeça baixa, como se tivesse perdido a capacidade de ficar reto.

– O que aconteceu? – perguntei.

– Hum, uísque, com certeza. Sei lá, já encontrei o cara assim. – Sam encolheu os ombros musculosos.

– Você o encontrou?

– Encontrei, não foi nada difícil. Quase tropecei nele, esparramado como estava na soleira da minha porta. – Ele se virou para ir embora, passando a mão na cabeça raspada e no rosto cansado. – Bom, eu já trouxe o idiota para casa. Tenho que dormir um pouco. Estou pregado.

– Espera aí! E o que é que eu vou...? – Me interrompi ao ver Sam já saindo pela porta afora. – Que ótimo.

Voltei para a poltrona onde Kellan ainda estava arriado, imaginando o que acontecera com ele. Provavelmente andara farreando com algumas garotas. Esse pensamento me irritou, mas então me irritei por ter me irritado. Dei um tapa na coxa dele.

– Kellan...?

Ele levantou a cabeça devagar, seus olhos franzidos à luz fraca do abajur.

– Ei, é a minha *roomie*... – Enfatizou a última palavra de uma maneira estranha, e mordeu o lábio inferior. Trôpego, ele se levantou... ou tentou, pelo menos. Voltou a despencar na poltrona, parecendo surpreso.

Suspirei, estendendo a mão.

– Vem, me deixa ajudar você.

A raiva brilhou nos seus olhos quando ele levantou o rosto para mim.

– Não preciso da sua ajuda. – Quase cuspiu as palavras.

Alarmada, abaixei a mão e fiquei observando enquanto ele finalmente conseguia ficar de pé... para logo começar a perder o equilíbrio. Ajudei-o a se equilibrar, escorando seu ombro com o meu, minha mão pousada no seu peito, sustentando o seu peso...

quer ele quisesse minha ajuda, quer não. Ele se apoiou um pouco no meu corpo, sem fazer menção de me afastar.

Estava cheirando horrivelmente mal, a uísque e vômito. Mais uma vez me perguntei que diabos ele andara fazendo.

– Vamos lá. – Arrastei-o para a escada. Ficar tão perto assim dele trouxe à mente lembranças da noite passada. Eu ainda não sabia ao certo o que sentir em relação ao que acontecera, além de culpa. Mas tratei de não pensar nela. Ainda não estava pronta para enfrentá-la.

Aos trancos e barrancos, consegui levá-lo para o andar de cima. Para cada dois passos à frente que ele dava, trôpego, parecia dar um para trás. Já no meio da escada, ele começou a arriar o corpo, e por um momento tive medo de que despencasse em cima de mim. Isso me trouxe à mente uma lembrança tão vívida que corei e dei um tapa no seu peito para que continuasse andando. Ele não disse nada, apenas me olhou de relance, parecendo dividido entre a irritação e alguma outra emoção que eu nem podia imaginar.

Quando já estávamos quase chegando, demos uma trombada barulhenta na parede e eu fiquei paralisada, olhando para minha porta e rezando para que Denny não acordasse. Kellan seguiu meu olhar mas não pude ver sua expressão, porque estava muito ocupada vigiando a porta. Não ouvindo qualquer movimento, suspirei de alívio e dei uma espiada em Kellan, que olhava com ar aparvalhado para o chão.

Eu queria ajudá-lo de algum modo. Achei que, talvez, se ele entrasse no chuveiro e se livrasse do mau cheiro que impregnava seu corpo, isso amenizaria seu mal-estar pela manhã. De um jeito ou de outro, seu despertar não seria nada agradável, mas acordar naquele estado repulsivo seria um duro desafio para o seu estômago. Arrastei-o para o banheiro e fiz com que sentasse no vaso. Ele me observava em silêncio, com os olhos fora do ar.

Abri a torneira, imaginando se ele conseguiria tomar um banho sem se afogar. De repente, corei, me perguntando se teria que despi-lo. Ele se incumbiu de descartar essa possibilidade ao ficar de pé, oscilante, e transpor a borda da banheira para entrar no chuveiro... totalmente vestido. Encostou-se na parede dos fundos e foi deslizando até a banheira, fechando os olhos e permitindo que a água o encharcasse. Filetes escorriam pelo seu rosto. Seus cabelos molhados se grudavam à pele. Sua boca estava entreaberta e seu fôlego, curto. A camisa ensopada acentuava os músculos do seu peito. Ele era lindo, mesmo estando bêbado feito um gambá.

Suspirei de novo. Suas botas e meias estavam longe o bastante da água para eu poder retirá-las antes de ficarem encharcadas. Pensei o que mais poderia fazer por ele. Levei as mãos de volta ao seu rosto e passei os dedos pelos seus cabelos, deixando a água ensopá-los totalmente. Ele suspirou, os olhos ainda fechados. Não pude repelir a lembrança de minhas mãos agarrando seus cabelos na noite passada. Amargurada, engoli o nó na garganta.

Ele tinha ficado tão imóvel que cheguei a temer que tivesse desmaiado. Carregá-lo sozinha seria impossível, eu teria que chamar Denny. E se Kellan deixasse escapar alguma coisa? E se lhe contasse tudo à queima-roupa? Eu não queria por nada no mundo que Denny soubesse. Ele tinha voltado por minha causa. Abrira mão de tudo e voltar... somente por minha causa. Ele morreria se descobrisse.

Fechei a torneira, mas Kellan não se moveu. Afastei alguns fios de cabelo dos seus olhos. Nem assim ele fez qualquer movimento.

— Kellan... — Dei um tapinha leve no seu rosto. Nada. — Kellan... — Bati com mais força. Ele gemeu baixinho, e então abriu os olhos embriagados. Tentou fazer com que meu rosto entrasse em foco, e piscou com uma lentidão insuportável, meneando um pouco a cabeça.

— Vamos lá. — Dei uma sacudida no seu ombro, imaginando se conseguiria tirá-lo do chuveiro. Eu tinha tentado tornar a manhã seguinte um pouco mais suportável para ele, mas agora esse plano já não parecia tão bom assim. Por fim, minhas sacudidas surtiram efeito, e ele se levantou devagar e saiu do chuveiro, tropeçando e respingando água em toda parte. Enxuguei-o (e a mim mesma) o melhor possível, e por fim esfreguei seus cabelos um pouco e passei meus dedos por eles. Ele pareceu sentir um pouco de dor quando fiz isso, de modo que parei.

Segurei sua mão e o levei para o quarto. Eu tinha tantas perguntas para lhe fazer, mas ele não parecia nem um pouco ansioso por falar. Até as coisas se tornarem... intensas... entre nós na noite passada, ele tinha respeitado o meu silêncio. Era o mínimo que eu podia fazer por ele agora.

Voltar ao quarto de Kellan trouxe à tona ainda mais lembranças que eu não queria reviver. E elas se tornaram ainda mais vívidas quando Kellan tirou a camisa. Dei as costas e me dirigi para a porta quando ele começou a desabotoar a calça jeans. Mas não resisti a ficar espiando por uma fresta na porta. Ele começou a tirar a calça, cambaleando, o tecido molhado dificultando seus movimentos. Cheguei a pensar em voltar para ajudá-lo, mas ele finalmente conseguiu se despir sozinho. Apenas de cueca, ele ficou lá, parado, olhando para a cama.

De repente, ele passou a mão pelos cabelos molhados e se virou para a porta. Eu não sabia se tinha me visto pela fresta. Achei que não, considerando como tivera dificuldade em manter meu rosto em foco no chuveiro. Senti uma pontada de culpa por ficar espiando-o sem que ele soubesse, mas estava tão curiosa para saber o que ele estava fazendo que não pude resistir.

A expressão em seu rosto era insondável. Ele simplesmente olhou para a porta, e então de novo para a cama, e mais uma vez para a porta. Por fim, lançou um último olhar para a cama e, então, parecendo perder a batalha contra a gravidade, despencou pesadamente sobre os lençóis.

Fiquei observando por mais alguns momentos. Quando a respiração dele se tornou lenta e regular, imaginei que tinha finalmente apagado, e tornei a entrar no seu quarto pé ante pé. Fiquei imóvel, observando a contundente perfeição de seu rosto adormecido. Por fim, ajeitei o bolo de lençóis desarrumados ao seu redor até ele estar coberto. Sentei na beira da cama, suspirando baixinho, e me inclinei para dar um beijo na sua testa. Afastei o cabelo para trás e acariciei seu rosto, ainda me perguntando por onde ele tinha andado hoje... e se em algum momento tinha chegado a se lembrar da nossa noite juntos. Será que eu devia ter contado a ele que Denny voltara? Será que ele contaria tudo a Denny? Será que as coisas mudariam?

Ele se remexeu e afastou minha mão do rosto. Seus olhos embotados encontraram os meus, e eu fiquei paralisada.

– Não se preocupe – murmurou. – Não vou contar a ele. – Em seguida seus olhos se fecharam e ele apagou.

Sentei na beira da cama, refletindo sobre suas palavras. Será que ele realmente não contaria nada a Denny? Como sabia que Denny tinha voltado? O que aconteceria no dia seguinte?

Capítulo 8
O BABACA

Na manhã seguinte, acordei me sentindo baqueada. Tinha sido muito difícil voltar para a cama com Denny, principalmente quando, em seu sono, ele soltou um suspiro satisfeito e estendeu a mão para me tocar. O sentimento de culpa que tomara conta de mim quase me levou a sair correndo do quarto. Mas eu me obriguei a fechar os olhos e permanecer lá.

Por isso, ao contornar a parede e entrar na cozinha aquela manhã, a surpresa interrompeu meus passos na entrada. Embora estivesse totalmente bêbado na noite anterior, ainda assim Kellan acordara antes de mim. Mas, ao contrário de todas as manhãs desde que eu me mudara para lá, aliás pela primeira vez que eu tivesse visto, Kellan estava um lixo. Ele tinha vestido a mesma camiseta da noite passada, mas ainda estava de cueca. Seu cabelo, embora ainda alvoroçado daquele jeito lindo, parecia acentuar o cansaço em seu rosto, realçando as olheiras fundas e a chocante palidez da pele. Ele estava sentado à mesa da cozinha, com os ombros caídos e a cabeça entre as mãos, respirando pela boca de modo lento e cauteloso.

— Você está bem? — sussurrei.

Ele fez um esgar de dor, levantando os olhos para mim.

— Estou — sussurrou. Mas não parecia nada bem.

— Café? — Praticamente soprei a palavra, para lhe poupar um pouco de sofrimento.

Ele estremeceu mesmo assim, mas balançou a cabeça. Fui preparar uma jarra de café, olhando para ele com curiosidade. Tendo passado recentemente pelo mesmo que ele sentia agora, eu podia compreender seu sofrimento, embora a culpa por se embebedar daquele jeito fosse dele. Tentei fazer o mínimo de barulho possível, mas cada tinido, cada pancada, até mesmo a água correndo o fazia estremecer um pouco. Ele parecia estar sofrendo muito.

Não pude deixar de me perguntar quem, ou o que, o tinha levado a cometer aquele excesso. Onde ele tinha passado o dia de ontem, enquanto eu estava sofrendo? Tentei relembrar nossa limitada conversa na noite anterior, mas ele não dissera mais do que duas frases, de modo que eu não tinha qualquer dica sobre o que ele andara fazendo. No entanto, um comentário que ele *de fato* fizera se destacava entre os outros.

Sem pensar, soltei no meu tom de voz normal:

— Como você sabia que Denny tinha voltado? — A cabeça dele se abaixou até a mesa com um gemido e, arrependida, tapei a boca.

— Eu vi a jaqueta dele — murmurou Kellan.

Pisquei os olhos, surpresa. Ele não parecia consciente de nada na noite anterior, muito menos de um detalhe tão insignificante como uma jaqueta pendurada nas costas da poltrona.

— Ah. — Sem saber que outra coisa dizer diante dessa resposta, e preocupada porque de repente sua palidez se acentuara, tornei a perguntar:

— Tem certeza de que está se sentindo bem?

Seus olhos brilharam de irritação quando ele os levantou de relance para mim.

— Estou ótimo — afirmou com frieza.

Confusa, terminei de preparar o café e fiquei esperando que fervesse, encostada na bancada. Quando ficou pronto, apanhei duas canecas no armário. De repente, ele rompeu o silêncio:

— Você está... bem? — perguntou devagar.

Olhei para Kellan. Ele me observava com uma expressão estranha no rosto. Desejando que ele se sentisse um pouco melhor, sorri para tranquilizá-lo.

— Hum-hum, estou ótima.

Uma náusea violenta pareceu acometê-lo. Ele cruzou os braços sobre a mesa e enterrou a cabeça neles. Sua respiração era forçada, como se ele estivesse se controlando muito para mantê-la regular. Comecei a encher nossas canecas de café, esperando que de algum modo isso fizesse bem a ele.

— Põe uma dose de Jack aí. — Ele se virou um pouco na minha direção, para que eu pudesse compreendê-lo. Dei um sorrisinho debochado. Ele não estava falando sério, estava? Ele levantou a cabeça para mim, sem qualquer vestígio de humor nos olhos. — Por favor.

Suspirei, dando de ombros.

— Você é quem manda.

Fazendo o mínimo de ruído possível, procurei por uma garrafa de Jack Daniel's no armário acima da geladeira. Coloquei a garrafa na mesa diante dele. Kellan não levantou a cabeça dos braços. Preparando meu café com açúcar e creme, não adicionei nada ao da outra caneca, apenas pousando-a em silêncio à sua frente. Nem assim ele se moveu. Despejei um fiozinho de uísque no café, e então comecei a fechar a garrafa.

Kellan tossiu e fez um gesto com os dedos indicando que eu servisse mais, a cabeça ainda apoiada nos braços. Suspirando, entornei uma quantidade absurda de uísque na caneca. Ele levantou a cabeça um pouquinho e me deu um breve olhar.

— Obrigado.

Guardei a garrafa e fui me sentar diante dele à mesa. Ele deu um longo gole no café, inalando um pouco pelos dentes em seguida. Provavelmente tinha ficado forte demais. Torci para que pelo menos melhorasse sua dor de cabeça.

Fiquei bebendo meu café em silêncio, sem saber o que dizer a esse homem de cuja intimidade eu compartilhara havia tão pouco tempo. Eu tinha um milhão de perguntas, a maioria sobre se eu tinha significado alguma coisa para ele ou não... se o nosso relacionamento ainda estava intacto... e por onde, diabos, ele tinha andado ontem? Finalmente, decidi que só havia um assunto urgente que eu precisava discutir com ele agora, enquanto Denny ainda estivesse no quarto.

— Kellan... — Eu não queria mesmo ter essa conversa. — Ontem à noite... — Ele me observou por sobre o café. Não pude perceber o que estava pensando, nem ele deu uma palavra.

Pigarreei.

— Eu apenas não quero um... mal-entendido — concluí em voz baixa. Não tinha certeza do que quisera dizer com isso. Não sabia como me sentia em relação a esse homem que tinha sido só bondade comigo durante a ausência de Denny. E nem eu podia refletir sobre isso, agora que Denny estava de volta. Eu simplesmente não queria que a nossa amizade mudasse. Kellan era... importante para mim.

Ele deu outro longo gole no café antes de responder.

— Kiera... não há mal-entendidos entre nós. — Sua voz era fria e inexpressiva. Tive um calafrio. Senti um aperto no estômago ao me perguntar se já era tarde, se nossa amizade já tinha mudado demais.

Continuamos em silêncio e terminamos de tomar nossos cafés. Servi outro preto para Kellan e fiquei aliviada quando o vi tomá-lo sem uísque. Pouco depois, Denny desceu, cumprimentando Kellan e encarando-o com um ar perplexo, já que ele realmente estava com uma aparência horrível.

— Você está bem, companheiro? — perguntou, educado, enquanto passava o braço pelos meus ombros e eu me sentava à mesa. Fiquei tensa, de repente me sentindo muito pouco à vontade com Denny e Kellan no mesmo aposento.

Ele estremeceu um pouco.

— Não, aliás vou voltar para a cama. Que bom que você voltou, Denny. — Em seguida passou por ele, evitando seus olhos, e eu ouvi seus passos na escada.

Denny ficou vendo-o se afastar, com o cenho franzido.

— Nossa, ele está com uma cara horrível. Que será que aconteceu com ele?

— Provavelmente, alguma mulher.

Havia uma ponta de irritação na minha voz ao dizer isso, o que fez com que Denny olhasse para mim.

— Ficou tudo bem entre vocês dois durante a minha ausência? — Ele sorriu ao dizer isso, de modo que não pude ter certeza se suspeitava de algo ou não.

Um sentimento de pânico fez meu estômago dar voltas, mas consegui sorrir e passar meus braços pela sua cintura.

— Tirando a saudade de você, ficou tudo ótimo. — Eu me sentia horrível. Talvez devesse simplesmente contar a ele.

Seus olhos brilharam, cheios de carinho e amor, quando ele olhou para mim. No ato compreendi que não poderia contar a ele, mesmo que quisesse. Não poderia suportar vê-lo olhando para mim de nenhum outro modo. Ele se inclinou e me deu um beijo carinhoso.

— Também senti saudades, mas...

Na mesma hora eu me afastei e olhei para ele, ressabiada.

Ele suspirou baixinho.

— Eu agora estou desempregado, Kiera. Nós não podemos continuar aqui apenas com a sua renda. Preciso ir me encontrar com um pessoal hoje, para ver se consigo arranjar alguma coisa. — Deu de ombros e olhou para mim, otimista.

Contive a irritação ao lembrar tudo de que ele abrira mão por minha causa, e o quanto deveria estar zangado comigo... se soubesse.

— Neste exato momento? — perguntei, na esperança de que ele decidisse sair em campo no dia seguinte e eu pudesse tê-lo por um dia inteiro, depois de tanto tempo separados. Eu podia faltar à aula. Diabos, podia até mesmo faltar ao trabalho para ficar com ele.

— Desculpe, mas preciso cuidar disso imediatamente. Conheço uma meia dúzia de pessoas com quem eu poderia falar hoje. — Ele me puxou da cadeira para me abraçar e eu fechei os olhos, desejando que ele ficasse, mas sabendo que precisava sair...

— Tudo bem... — Levantei a cabeça e dei um beijo no seu pescoço. — Tenho certeza de que você vai encontrar alguma coisa... Brilhante do jeito que é, talentoso e tudo o mais. — Esbocei um sorriso para ele. — Sem problemas, certo?

Ele começou a rir:

— Certo... vai ser *maçãzinhas*.

Franzi o cenho.

— Essa eu nunca entendi direito, mas... tudo bem.

Ele sorriu, olhando para mim.

— Como fui dar tanta sorte assim? — perguntou com voz doce.

Não pude conter as pequenas lágrimas de culpa que já me brotavam nos olhos. Se ele soubesse... não me teria em tão alta conta. Pensando que minhas lágrimas fossem de felicidade, ele me deu um beijo no rosto e me levou para o quarto, onde se vestiu para sair e tentar encontrar um emprego. Fiquei sentada na cama, observando-o, em silêncio. Tentei não me preocupar se ele iria encontrar algo... e tentei não me sentir culpada por isso também. Mas o sentimento de culpa voltou do mesmo jeito. Culpa por ele ter perdido o emprego, por Kellan, pelos segredos que teria de esconder de Denny de agora em diante. E eu nunca tivera segredos com ele. Não gostava disso.

Ele me deu um beijo de despedida na cama, ansioso e motivado para dar a partida no seu dia. Beijei-o de volta e lhe desejei boa sorte. Fiquei escutando-o descer a escada, a porta bater e o carro se afastar. Um sentimento de solidão se abateu sobre mim. Como quarenta e oito horas podiam ter mudado... tudo? Continuei sentada na cama por algum tempo, refletindo sobre isso. Então, com um suspiro, fui me vestir para ir à universidade.

Não tornei a ver Kellan enquanto me penteei e me maquiei, apanhei minha mochila de livros, uma jaqueta e saí de casa. Olhei para a entrada de carros, que estava vazia. Kellan teria que ir apanhar seu Chevelle na casa de Sam mais tarde, pensei, distraída. Olhei de novo para casa, na direção da janela da cozinha. Para minha surpresa, Kellan estava parado diante dela, me vendo sair. Sua expressão era insondável. Comecei a acenar em despedida, mas ele se virou quase na mesma hora e entrou. Contive a súbita emoção. Até que ponto eu estragara a nossa amizade?

Foi impossível prestar atenção durante a aula. Minha felicidade pela volta de Denny dava lugar ao sentimento de culpa por ele ter aberto mão de tantas coisas por mim, culpa essa que intensificava a de ter sido infiel a ele, mas era logo substituída pelo sofrimento por perder minha amizade com Kellan, e então trocada pela irritação por não significar tanto para ele quanto eu imaginara, e em seguida pela irritação comigo mesma por querer significar algo mais para ele, e, finalmente, pelo sentimento de culpa por ser ele, e não Denny, que ocupava a maior parte dos meus pensamentos, o que recomeçava o círculo vicioso.

Denny ainda estava na rua procurando um emprego quando voltei para casa. Ao passar pela porta, decidi que assistir a alguma bobagem na tevê poderia me distrair daqueles pensamentos sombrios. Ao olhar para a sala, vi Kellan, ainda de cueca, esparramado no sofá. Tinha os olhos fixos na tevê, mas, provavelmente, não a estava nem enxergando. Considerei a hipótese de ir para o quarto e me esconder até que Denny voltasse. Fiz que não com a cabeça, pus a mochila no chão e pendurei a jaqueta. Com a maior naturalidade possível, entrei na sala e sentei na poltrona que ficava em frente ao sofá. Em algum momento, as coisas teriam que voltar ao normal, esse clima de estranheza teria que passar, e eu não queria prolongá-lo evitando Kellan.

Ele me olhou de relance quando sentei, e então voltou a assistir em silêncio ao seu tedioso programa na tevê. Subitamente pouco à vontade, e pensando que talvez essa fosse uma má ideia, engoli em seco e dei uma olhada na sala. As duas peças de arte que Jenny e eu havíamos escolhido tinham realmente levantado o ambiente. E também as fotos que eu tinha tirado de todos nós e espalhado aqui e acolá. Elas deixavam o ambiente muito mais alegre. Eu sei que os homens geralmente não ligam para decoração, mas estava muito desolado, até mesmo para a casa de um solteiro. Talvez ele tivesse um senhorio severo. Ah, que ótimo, talvez eu tivesse criado um problema muito maior do que ele admitira, quando pendurara todos aqueles quadros...

De olhos fixos num retrato de nós três, sorridentes e felizes, quando as coisas ainda eram simples, fiz a ele uma pergunta sem parar para refletir:

— De quem você aluga essa casa?

Do sofá, ele respondeu, com uma voz fria e inexpressiva, sem tirar os olhos da tevê:

— Eu não alugo. É minha.

— Ah — disse eu, surpresa. — Mas como foi que você conseguiu comprar... — Eu não sabia se a pergunta soava grosseira ou não, por isso não terminei de fazê-la.

Tornando a me olhar de relance, ele respondeu:

— Meus pais. — Seus olhos voltaram para a tevê. — Eles morreram num acidente de carro dois anos atrás. E me deixaram este... palácio. — Indicou a casa com um gesto. — Filho único, etcetera e tal. — O modo como ele disse isso sugeria que seus pais não teriam deixado o imóvel para ele, se houvessem tido escolha.

— Ah... Sinto muito.

Desejei voltar alguns momentos no tempo e ter ficado de boca fechada. Ele ainda parecia indisposto, e essa conversa provavelmente não era do que precisava naquele momento. Mesmo assim, eu estava um pouco surpresa por ele ter me respondido. Dei mais uma olhada na sala, relembrando o quanto parecera vazia poucas semanas antes. Certamente nunca tinha me dado a impressão de ser um lar de infância.

— Não precisa. São coisas da vida.

Ele poderia estar falando da morte de um bicho de estimação em vez da dos pais. Relembrei o comentário de Denny sobre a vida familiar de Kellan. Tive vontade de perguntar a ele a respeito, mas não me pareceu certo, não depois da noite que tínhamos passado juntos. Aquilo certamente fora íntimo, mas, por algum motivo, perguntar a ele sobre a família me pareceu ainda mais íntimo.

— Mas então, por que você aluga aquele quarto? Quero dizer, se a casa é sua? — Por que eu ainda estava tendo essa conversa com ele?

Ele virou a cabeça e ficou me olhando, pensativo. Já ia começando a dizer algo, quando de repente se calou e fez que não com a cabeça. Voltando a olhar para a tevê, respondeu friamente:

— Um dinheirinho extra é bem-vindo.

Não caí nessa, mas também não o pressionei.

Subitamente arrependida por ter tocado num assunto que só podia ser doloroso para ele, fui me sentar na beira do sofá ao seu lado. Ele me lançou um olhar ressabiado.

— Eu não tive a intenção de bisbilhotar. Me desculpe.

— Não tem problema. — Ele engoliu com força e eu observei o movimento de sua garganta.

Pretendendo simplesmente lhe dar um abraço, pois ele parecia precisar muito de um, eu me inclinei sobre seu peito, passando as mãos pelas suas costas. Seu corpo irradiava calor, mas ele estava trêmulo, com o fôlego curto. Mantendo os braços no sofá, sem retribuir meu abraço, seu corpo se retesou ligeiramente. Suspirando baixinho, relembrei como costumava ser fácil e natural tocá-lo... Pelo visto, isso também tinha acabado. Recuei um pouco, para lhe perguntar se precisava de alguma coisa.

Prendi a respiração quando notei seu rosto, seu olhar. Ele parecia sentir dor, como se eu o estivesse machucando. Seus olhos se dirigiam a algum ponto às minhas costas, atentos e fixos em algo para além de mim, e estavam franzidos de raiva. Sua respiração estava curta e rápida pela boca entreaberta. Na mesma hora eu o soltei.

— Kellan...?

— Com licença... — disse ele, ríspido, endireitando-se no sofá.

Segurei seu braço, sem saber o que dizer, apenas não querendo que ele sentisse raiva de mim.

— Espera... Fala comigo, por favor...

Seus olhos voltaram para os meus, frios e zangados.

— Não há nada a dizer. — Ele abanou a cabeça, irritado. — Tenho que ir. — Afastou minha mão bruscamente e se levantou.

— Ir? — perguntei em voz baixa, ficando onde estava no sofá.

— Tenho que ir pegar meu carro — explicou, saindo da sala.

— Ah... Mas... — Parei de falar quando ouvi o estrondo da porta do seu quarto sendo batida.

Mentalmente, dei um tapa em mim mesma. *Que maneira brilhante de tocar num assunto doloroso, sem o menor desconfiômetro, e magoar o seu roommate, com quem você ainda por cima fez sexo, também sem o menor desconfiômetro, há apenas dois dias. Genial, Kiera.* Cara, eu andava mesmo inspirada.

Continuei sentada no sofá, olhando para a tevê sem enxergar uma cena, minha mente absorta em pensamentos. Kellan desceu as escadas um pouco depois, já tendo tomado um banho e se vestido, seus cabelos ondulados ainda úmidos e naquele alvoroço irresistível. Seu rosto estava pálido e seus olhos pareciam cansados, mas sua aparência melhorara um pouco. Ele não olhou para mim, apenas pegou sua jaqueta como se estivesse de saída.

— Kellan... — chamei seu nome sem pensar. Por alguma razão, não queria que ele saísse ainda. Ele olhou para mim. Os olhos que estavam tão frios antes pareciam um pouco tristes agora.

Levantei e fui até ele. Comecei a corar quando me aproximei, me sentindo muito idiota por nossa conversa daquela tarde e pela noite passada. Na hora abaixei os olhos, mas não antes de vê-lo franzir o cenho para mim. Quando vi suas botas, parei, imaginando que já devia estar perto o bastante.

Ainda de olhos no chão, murmurei:

— Eu lamento sinceramente pelos seus pais. — Arrisquei olhar para o seu rosto.

Ele relaxou visivelmente. Eu não tinha notado o quanto seu corpo se retesara com a minha aproximação. Ele olhou para mim com ar pensativo por um segundo antes de responder.

— Está tudo bem, Kiera — disse num fio de voz, os olhos ainda tristes.

Nós estamos bem? Ainda somos amigos? Você gosta de mim? Eu gosto de você? Eu tinha tantas perguntas, mas ao ver seus tristes olhos azuis fixos em mim, não pude forçar minha boca a articulá-las. Sem saber o que mais fazer, eu me inclinei para ele e lhe dei um beijo no rosto. Ele desviou os olhos, engolindo em seco. Então, dando as costas para mim, saiu pela porta.

Fui para a cozinha e, dessa vez, fui eu que fiquei olhando para ele pela janela. Ele estava parado na calçada com os dedos apertando o espaço entre os olhos, como se estivesse novamente com dor de cabeça. Por um momento, me perguntei o que iria fazer, mas então lembrei que seu carro não estava lá. Em alguns momentos, faróis banhavam de luz a vidraça enquanto Griffin estacionava sua VW Vanagon, o que em qualquer outro dia eu teria achado engraçado. Kellan contornou o carro até o outro lado e olhou para trás, em direção à janela da cozinha, antes de entrar. Ele se assustou um pouco ao me ver à janela olhando para ele. Em seguida me encarou com uma expressão intensa, que fez meu coração bater mais rápido. Abanando a cabeça, ele se virou e entrou no carro. Segundos depois, Griffin deu a partida e arrancou.

Com um ar desolado, Denny chegou em casa uns vinte minutos depois. Sua procura por um emprego não devia ter ido bem. Um novo sentimento de culpa me invadiu enquanto eu engolia um nó na garganta, infeliz. Será que aquele sentimento de culpa esmagador iria me deixar algum dia? Exibindo o seu sorriso forçado mais convincente, ele sentou na bancada do banheiro, conversando comigo sobre amenidades enquanto eu me aprontava para o trabalho. Ele sempre tentava me fazer feliz, sempre tentava me poupar da dor.

Ele me deu uma carona até o trabalho, perguntando o que eu fizera durante a sua ausência. Eu já tinha lhe contado quase tudo durante os nossos inúmeros telefonemas, e, é claro, uma parte eu jamais contaria, mas consegui me lembrar de algumas histórias engraçadas que ainda não tinha mencionado. Ficamos aos risos enquanto eu as rememorava durante nosso percurso até o Pete's. Estávamos de mãos dadas e ainda achando graça de algum comentário estúpido que Griffin fizera um dia desses, quando ele me conduziu para o bar.

Assim que vi o queixo caído de Jenny, lembrei quanta coisa tinha mudado desde o meu meio turno na noite passada. Ela se recompôs e caminhou até nós, sorrindo de orelha a orelha.

— Denny! Estou tão feliz por te ver! — E se atirou nos braços dele para lhe dar um abraço de urso.

Um pouco surpreso com o entusiasmo dela, ele piscou os olhos e, um tanto sem graça, retribuiu o abraço. Não pude deixar de rir um pouco. Obviamente, ela estava tão feliz assim por vê-lo porque estava feliz por mim, por Denny e eu termos reatado, mas Denny, não compreendendo isso direito, estava com uma expressão de perplexidade muito fofa no rosto.

Jenny se afastou e deu um tapinha brincalhão no rosto dele.

— Nunca mais obrigue a minha amiga a terminar com você de novo... Ela ficou um caco! — Então deu um beijinho rápido no rosto ainda espantado de Denny, e se virou para me abraçar. — Está vendo só? Eu disse a você que as coisas se ajeitariam — sussurrou no meu ouvido.

Agradecida, retribuí seu abraço.

— Muito obrigada, Jenny. — Eu me afastei. — Ainda devo a você meio turno. Não se esqueça, hoje à noite você vai sair mais cedo.

Ela sorriu e segurou meus braços.

— Eu não me esqueci. — Indicou com a cabeça um rapaz bonito sentado ao balcão do bar. — Aquele é o meu paquera... — Denny e eu nos viramos para olhar, enquanto ela prosseguia: — Nós vamos àquela boate nova que abriu na Square assim que eu terminar aqui.

Sorrindo, eu me virei para ela.

— Por que não vão agora? Janta antes, ou come alguma coisinha. O movimento é muito fraco às segundas... e eu realmente te devo uma.

Ela olhou mais uma vez para o rapaz, depois para mim, seu lindo rosto ficando um pouco sério.

— Tem certeza? Não me importo de ficar algumas horas... pelo menos até depois da hora do jantar, quando o movimento cai um pouco.

Denny ficou animado:

— Eu ajudo a Kiera. — Sorriu para mim. — Eu passando um pano numa mesa sou um espetáculo.

Caí na risada e me virei para Jenny.

— Está vendo só, nós fazemos a dobradinha perfeita. Pode ir... e divirta-se.

Ela riu e me abraçou de novo.

— OK...obrigada. — Deu outro beijo no rosto de Denny. — E obrigada, Denny. É bom ver você de novo, sinceramente.

Sorrindo, ela se dirigiu para o balcão do bar e começou a bater papo com seu paquera, indo em seguida trocar de roupa na sala dos fundos. Eu me virei para Denny, que sorria tranquilamente para mim.

— Um caco, hein? — perguntou ele baixinho.

Balancei a cabeça à lembrança de tudo por que aquela ruptura tinha me feito passar... e de todas as burrices que eu fizera para aliviar a dor.

— Você não faz nem uma ideia, Denny. — *E, por favor, deixe que continue assim...*

Seu sorriso se desfez e ele me puxou para um abraço apertado e um beijo carinhoso. Alguém no bar soltou um gemido teatral e, aos risos, nós nos separamos.

— Vamos lá... — Dei uma sacudida no seu braço, puxando-o para a sala dos fundos. — Você tem trabalho a fazer!

Na manhã seguinte, desci para a cozinha e parei na entrada. Kellan já estava lá, é claro. Esperando que a água na cafeteira fervesse, estava recostado na bancada, a cabeça levantada para o teto, parecendo profundamente pensativo. Mais uma vez, sua aparência era de uma perfeição assombrosa, como se o dia anterior jamais tivesse acontecido. Seus olhos buscaram os meus, assim que ele notou minha entrada. Ele esboçou um meio sorriso, mas seu olhar estava frio, distante. Que ótimo, o mesmo clima de constrangimento.

— E aí? — sussurrei.

— 'dia. — Ele meneou a cabeça para mim, sem tirar os olhos dos meus.

Finalmente desviei o rosto do seu olhar intenso e apanhei uma caneca no armário. Esperei em silêncio até que a água fervesse, desejando que as coisas não estivessem tão estranhas entre nós, e me sentindo culpada por estarem. Finalmente, o café ficou pronto e ele encheu sua caneca, em seguida estendendo a jarra para mim.

— Gostaria que eu a enchesse? — A maneira estranha como ele formulou a pergunta fez com que eu tornasse a levantar o rosto para os seus olhos. Ainda estavam frios, mas ele agora sorria com um ar malicioso. O que me deixou extremamente constrangida.

— Hum... gostaria. — Não consegui pensar em nenhuma outra resposta para dar àquela pergunta que soara quase indecente.

Minhas palavras o levaram a abrir um sorriso malicioso.

— Creme?

Engoli em seco, não gostando nada da expressão no seu rosto, nem daquelas perguntas esquisitas. Que bicho o mordera? Eu teria preferido seu silêncio.

— Quero, por favor — finalmente sussurrei.

Ele continuou sorrindo e foi até a geladeira pegar um pouco para mim. Por um momento considerei a hipótese de deixar meu café ali mesmo e voltar para o quarto, mas ele já estava de volta antes que eu pudesse me mexer. Ergueu a cremeira.

— É só dizer quando estiver satisfeita. — Sua voz era baixa e macia, e mesmo assim glacial.

Ficou me olhando fixamente enquanto despejava o creme, e apenas uma gota do que eu geralmente punha no café saiu, quando eu lhe disse para parar. Ele se inclinou para muito perto de mim e sussurrou:

— Tem certeza de que quer que eu pare? Pensei que você gostasse.

Engoli em seco e lhe dei as costas. Ele soltou uma risada fria enquanto eu me atrapalhava para pôr o açúcar e remexia o café. Falando sério, que diabos dera nele?

Sem em momento algum tirar os olhos de mim, ele finalmente perguntou:

— Quer dizer que você e Denny... "voltaram"? — Pronunciou a última palavra de modo bastante irônico.

Corei.

— Voltamos.

— Simples assim... — Ele inclinou a cabeça, o que geralmente era irresistível, mas no momento ele parecia quase ameaçador. — Sem maiores perguntas? — Fiquei em pânico por um segundo, imaginando o que ele queria dizer com isso. Será que mudara de ideia em relação a contar a Denny? Analisei seus olhos frios, mas eles não deixavam transparecer nada. Com um sorriso perplexo, ele perguntou: — Você vai contar a ele sobre... — Fez um movimento obsceno com as mãos, e eu corei mais ainda.

— Não... é claro que não. — Abaixei o rosto, logo voltando a olhar para ele. — E você?

Ele deu de ombros.

— Não, eu disse a você que não iria contar. De um jeito ou de outro, não faz muita diferença para mim. — A voz dele era fria como gelo, e me dava calafrios. — Eu só estava curioso...

— Bem, não, eu não vou... e obrigada por não contar a ele... acho — sussurrei. Minha irritação com essa conversa bizarra subitamente explodiu. — O que aconteceu com você na noite passada? — disparei.

Ele pegou sua caneca de café e sorriu, malicioso, os olhos penetrantes nos meus. Deu um longo gole sem responder. Seu sorriso já era uma resposta bastante clara. Decidi que não queria saber o que, ou quem, tinha "acontecido" na sua noite. Sem conseguir mais suportar sua hostilidade, dei as costas com a caneca para voltar ao meu quarto. Pude sentir os olhos dele me seguindo por todo o caminho até eu contornar a parede.

Tentei esquecer a antipatia de Kellan e afogar meus problemas nos estudos. Eu estava em uma das bibliotecas, uma das mais impressionantes que já tinha visto — bem ao estilo de Harry Potter. Estava estudando um pouco durante a hora vaga entre a aula de Literatura e a de Sexualidade Humana, quando uma ruiva que não me era estranha se aproximou da minha mesa. Ela franziu o cenho ao me ver e eu também, me perguntando por que ela parecia tão familiar. Demorei um segundo até identificar aqueles cachos vermelhos.

Candy... A garota atirada que tivera um caso com Kellan. Estremeci, logo abaixando os olhos ao perceber o quanto tinha em comum com ela agora. Com um andar cerimonioso, ela voltou para a mesa à qual duas amigas a esperavam. Imaginei que Kellan não tinha lhe telefonado; a garota parecia bastante despeitada. Ela apontou para mim e as amigas ficaram me encarando, boquiabertas. Tentei não prestar atenção. Fosse como fosse, não via como eu pudesse ser tão interessante assim para elas...

Mais tarde, durante a aula de Sexualidade Humana, as duas garotas com quem ela tinha conversado – e que eu nem notara que estavam naquela classe – chaparam os traseiros em duas carteiras ao meu redor.

– Oi – disse a loura, animada. – Eu sou a Tina. Essa é a Genevieve. – A morena sorriu e acenou.

– Olá – respondi tranquilamente, com vontade de desaparecer.

– Nossa amiga Candy contou que viu você aqui na universidade com Kellan Kyle um tempo atrás... Isso é verdade? – perguntou Tina, vibrando, mal contendo sua empolgação.

OK, direto ao ponto.

– Hum... é.

Ela ficou exultante, e a amiga deu uma risadinha.

– Ahhh! Você o conhece?

Fiquei morta de vergonha. Cara, como eu conhecia!

– Conheço, eu moro num quarto alugado na casa dele.

A morena, Genevieve, deu um tapa no meu ombro.

– Ah, para com isso!

Achei que Tina iria ter um ataque do coração. Recompondo-se, ela se inclinou para mim, como se de repente fôssemos grandes amigas.

– Como você disse mesmo que é o seu nome?

Não o tendo dito antes, respondi em voz baixa:

– Kiera. Kiera Allen.

– Então me conta, Kiera, você e Kellan estão... enrolados? – perguntou Genevieve, em tom malicioso.

Estremecendo por dentro, dei uma olhada no relógio de parede, maldizendo o professor por se atrasar logo hoje. Sem olhar para ela, respondi:

– Não. Ele é amigo do meu namorado. – O que era uma declaração essencialmente honesta, na minha opinião. Eu não sabia o que Kellan e eu éramos... principalmente agora, mas, certamente, nós não estávamos "enrolados".

Isso pareceu deixar as duas ainda mais eufóricas, como se aquela declaração me removesse completamente como obstáculo do caminho delas. O que me irritou, e estranhamente também me fez relaxar um pouco. Acho que eu devia ter esperado que esse pseudoestrelato me seguisse, mas não esperara, e eu não queria saber de ninguém esmiuçando o nosso relacionamento. Nem eu mesma conseguia fazer isso. Quanto menos elas pensassem em mim, melhor.

– Putz! O cara é um tremendo tesão! – exclamou Genevieve. – Conta tudo pra gente... nos seus mínimos e picantes detalhes!

– Não há muito a contar... Ele é um cara normal. – É verdade, um cara muito sensual, que tinha bancado o palhaço comigo aquela manhã, mas, ainda assim, um cara normal. Eu não fazia ideia do que mais dizer a elas, e os detalhes picantes que conhecia, ah, esses eu não iria contar àquelas duas mesmo.

Eu teria preferido mil vezes ficar sentada lá, em silêncio, ouvindo o professor, que tinha finalmente aparecido e estava se preparando para dar a aula, mas as duas não pareciam se importar com a sua presença. Não comigo, uma espiã do seu ídolo do rock, sentada bem ao lado. Elas até abaixaram a voz, mas continuaram me fazendo perguntas durante a aula inteira.

No começo, eu apenas as ignorei. Nem assim elas pararam. Então tentei responder a algumas das perguntas mais simples, esperando que se dessem por satisfeitas. Ele tem namorada? Não, acho que não. Pelo menos, ninguém que eu já tenha visto. Ele toca guitarra o tempo todo? Toca. Ele canta no chuveiro? Canta. Corei um pouco ao dar essa resposta, e elas ficaram às risadinhas. Ele tem um irmão? Não. Franzi um pouco o cenho. Não, na verdade ele é totalmente sozinho. Onde você mora? Em Seattle. Essa eu respondi com uma ponta de sarcasmo. Eu não ia dar a elas mais do que isso. Ele usa cueca justa ou samba-canção? Não faço a menor ideia. É claro que fazia, mas não ia deixar as duas saberem disso. Ele é um tesão o tempo *todo*? É, suspirei, pensando em como ele parecia perfeito todas as manhãs, enquanto eu estava um lixo... bem, com exceção daquela vez. Mais risadinhas das garotas. Você já o viu nu? Nem amarrada eu responderia a isso, e elas ficaram dando suas risadinhas ante o meu silêncio, provavelmente interpretando-o como um sim... o que, é claro, era o que ele queria dizer.

Tornei a olhar para o relógio. Droga, a aula ainda estava na metade. Foi então que me dei conta do meu erro. Eu tinha esperado que respondendo a algumas perguntas inocentes elas se dessem por satisfeitas e me deixassem em paz. Mas, agora que haviam conseguido me fazer falar, elas não tinham a menor intenção de encerrar seu implacável interrogatório. Parecendo gostar do meu silêncio em reação à pergunta sobre a nudez, começaram a levar as indagações para esse terreno. Ele tem um corpo maravilhoso? Não dei qualquer resposta, mas as palavras "além de maravilhoso" me vieram à mente. Ele beija bem? Novamente não respondi, mas na minha cabeça revivi alguns beijos e... sim, meu Deus, sim, o cara sabia beijar. Você transou com ele? Decididamente sem resposta, e eu rezei para não corar também.

De repente, compreendi, pela intensidade das perguntas, que elas não as estavam fazendo em proveito próprio. Bem, tenho certeza de que se sentiam curiosas também, mas na verdade estavam me sondando por causa de Candy... sondando o que meu relacionamento com Kellan representava para ela. Comecei a me perguntar se elas sequer estavam nessa turma, ou se apenas tinham me seguido até aqui.

Irritada, ignorei cada pergunta que fizeram depois disso... tanto as insignificantes quanto, principalmente, as íntimas e chocantes que me fizeram corar. Francamente, ninguém devia fazer uma pergunta *daquelas* a alguém que acabou de conhecer. Senti um alívio enorme quando a aula finalmente acabou e as pessoas começaram a sair. Recolhi minhas coisas às pressas enquanto elas ainda me bombardeavam com as últimas perguntas, nenhuma das quais mereceu resposta.

Pedindo licença calmamente – quer dizer, quase calmamente –, eu me dirigi afobada para a porta. Ao sair, ainda ouvi, *Ei, você vai reunir amigos para estudar na sua casa?*, e em seguida mais risadinhas. Isso sim é que foi um desperdício de aula. Não era a esse tipo de perguntas sobre sexualidade humana que eu queria responder.

Na manhã seguinte, tratei de me preparar para mais um ataque de idiotice de Kellan, mas ele não estava na cozinha... Na verdade, não estava nem em casa. Também não estava em casa na véspera, quando eu voltara da faculdade. Pensando bem, ele não estava em casa quando Denny e eu fomos nos deitar. Fiquei meio triste quando desci a escada e ele não estava lá, tomando seu café, lendo o jornal e me dando um de seus sorrisos carinhosos. Durante a ausência de Denny, eu tinha começado a acordar mais cedo do que o necessário, apenas para apreciar aquela vista todas as manhãs. A consciência desse fato me preocupou um pouco, mas procurei não pensar nisso. Agora já não importava. Aquela amizade não era mais a mesma... praticamente acabara. Pisquei os olhos para afastar as lágrimas enquanto preparava o café.

Denny acordou um pouco mais tarde e se vestiu rapidamente para sair à procura de um emprego. Ele me deu um beijo de despedida enquanto eu me vestia para a faculdade. Não que eu esperasse que Kellan continuasse me dando carona para lá desde a volta de Denny, ou desde a nossa estranha e fria conversa na cozinha, mas me bateu uma tristeza imensa enquanto eu esperava o ônibus. Sentia saudade de nossas idas de carro. Talvez a frieza de Kellan fosse uma boa coisa. Talvez eu tivesse me apegado demais a ele. Agora que Denny estava de volta, não seria certo. É claro, tinha rolado muita coisa com Kellan que também não fora certo.

Se eu mal o via em casa, por outro lado não conseguia escapar de vê-lo no Pete's. Aquela noite, meu turno já começara fazia algumas horas, quando o quarteto entrou no bar e se encaminhou tranquilamente para a sua mesa. Kellan me ignorou e foi direto até Rita a fim de pegar algumas cervejas para os D-Bags. Isso me ofendeu. Será que eu não podia nem mesmo servi-lo? Rita brincou com os cabelos dele, que se inclinou sobre o balcão com um sorrisinho maroto para ela. O que também me irritou, quando me lembrei que agora eu também tinha mais em comum com ela. Ugh, essa ideia me deixou meio enojada, e eu tive que desviar os olhos da paquera dos dois.

Caminhei até Jenny, que terminava de atender a um cliente. Tirando os problemas da cabeça, perguntei a ela sobre sua saída na noite passada.

— E aí, Jenny? Não cheguei a perguntar como foi o seu encontro.

Jenny pôs as mãos nos quadris e caminhou até o balcão do bar. Dei um suspiro mental ao perceber para onde ela estava indo. Como eu tinha começado uma conversa com ela, não podia fazer outra coisa senão segui-la, embora Kellan ainda estivesse lá, paquerando Rita. Na boa, que é que aqueles dois tanto conversavam? Ah, meu Deus, será que tinha sido com ela que ele passara aquela noite? Será que eles estavam namorando?

— Foi um desastre. — Jenny falava sobre seu encontro, e eu me obriguei a prestar atenção nela e não em meu último pensamento aterrorizante. Jenny se postou bem ao lado de Kellan e eu fiquei um pouco atrás dela, me esforçando para não encarar aquelas costas esculturais que se debruçavam sobre o bar. — Ele era tão chato, Kiera! Menina, por pouco eu não caio no sono no meio do meu risoto.

Kellan virou um pouco a cabeça à menção do meu nome. Deu um olhar de relance para Jenny e outro para mim. Jenny o olhou brevemente.

— Oi, Kellan. — Ele meneou a cabeça com educação, mas sem fazer qualquer menção de reconhecer minha presença. Jenny continuou com sua história: — Depois disso, resolvi encerrar a noite ali mesmo e nem me dei ao trabalho de esticar na boate.

Jenny se virou e repassou rapidamente o seu pedido para Rita. Parecendo um tanto aborrecida por não ter mais as atenções de Kellan, Rita foi repassar o pedido com ar de má vontade. Jenny se virou para mim, enquanto Kellan mantinha os olhos fixos no balcão, a cabeça ainda inclinada em nossa direção, como se prestasse atenção à conversa.

— Cara bonito, mas... — Jenny apontou para a cabeça: — ... do tipo que não tem muito no andar de cima.

Kellan sorriu, como se estivesse tentando não rir do comentário dela. Tive uma centelha se esperança de que talvez seu mau humor já tivesse passado, de que talvez fosse me tratar bem. Tornando a me concentrar em Jenny, disse:

— Sinto muito, Jenny... — E parei por aí, sem saber o que mais dizer. Eu não tinha muita experiência no terreno afetivo.

Pegando as bebidas que Rita lhe entregou, ela deu de ombros.

— Não tem problema... O homem da minha vida está por aí, em algum lugar. — Sorriu e voltou para os seus clientes.

Me sentindo melhor em relação a Kellan após ver seu sorriso, continuei onde estava. Rita foi chamada por um cliente no outro extremo do balcão, e eu resolvi arriscar.

— Kellan — chamei baixinho às costas dele.

Ele se virou com uma expressão presunçosa no rosto. Senti um certo desânimo ao ver aquele olhar que beirava o desprezo.

— Kiera. — Sua voz era inexpressiva, sem qualquer vestígio de bom humor.

De repente, eu não sabia mais o que dizer. Acabei apontando para as quatro garrafas de cerveja que ele segurava entre os dedos.

— Eu poderia ter pegado as cervejas para você.

Ele se endireitou e, de repente, eu me senti minúscula ao perceber o contraste entre sua altura e a minha.

— Eu posso fazer isso... Obrigado. — E passou por mim com um safanão ao voltar para a mesa.

Engoli em seco e suspirei. Por que eu o irritava tanto? Por que não podíamos mais ser amigos? Por que eu sentia tanta falta dele...?

Na manhã de sexta, quando Denny e eu estávamos abraçados no sofá, ele suspirou pela centésima vez e se remexeu, inquieto. Sua procura por um emprego não estava indo nada bem. Não havia vagas na sua área e, de todo modo, os estágios eram raros. Ele tinha ido à luta todos os dias e noites essa semana, e exaurira todos os seus recursos. Tinha até começado a dizer, meio que brincando, que talvez acabasse precisando se empregar no McDonald's, para podermos pagar o aluguel. Kellan tinha dito a ele para não se preocupar com isso, o que me deixou curiosa. Ele parecia não precisar do dinheiro; então, por que alugava o quarto?

Olhando para Denny, pensei por uma fração de segundo que ele poderia arranjar um emprego no Pete's, mas concluí que, com Kellan bancando o difícil nos últimos tempos, tão frio e insensível, provavelmente não seria uma boa ideia. E também, a hipótese de ter os dois juntos debaixo do mesmo teto me deixava extremamente desconfortável. Já bastava o clima estranho na nossa casa, embora Kellan quase não desse mais as caras. Mas, quando aparecia, seus olhos observavam cada gesto meu e de Denny, cada toque. Eu não precisava dessa vigilância no trabalho também, pelo menos não mais do que já estava rolando.

As coisas no bar andavam... tensas. Ninguém parecia notar a mudança na atitude de Kellan em relação a mim. Mas eu notei, e com a maior clareza. Os D-Bags ainda implicavam comigo sem dó nem piedade, só que agora, na maioria das vezes, era Kellan quem os instigava. Ele não interrompia mais as histórias indecentes de Griffin quando eu me aproximava. Na verdade, parecia se deliciar ainda mais com elas, e dava um jeito de fazer a pergunta certa no momento em que eu estava chegando à mesa deles, para que eu tivesse que escutar cada detalhe sórdido. *Quantas garotas, Griff? Não, nunca ouvi falar nessa posição. Espera aí, o que foi mesmo que ela fez com aquele bastão de alcaçuz?*

Mas ainda pior era quando ele pedia minha opinião sobre uma das historinhas de Griffin. Eu corava até a raiz dos cabelos e me afastava o mais rápido possível, sem chegar a responder. Evan ficava sério e dizia a ele para me tratar bem, enquanto Matt ria baixinho. Kellan e Griffin soltavam altas gargalhadas, como se fosse a coisa mais engraçada que eles já tivessem visto. A risadaria dos dois me seguia até o balcão do bar, onde eu sinceramente ansiava por conversar com Rita em vez deles.

Durante todo o meu turno, Kellan fez comentários sarcásticos e maliciosos. Ele me observava com fria atenção aonde quer que eu fosse. E estremecia sempre que eu o tocava — mesmo que por acaso. Ele me deixava tão constrangida.

Me entristecia um pouco que um único erro estúpido cometido a dois tivesse transformado o que fora uma amizade maravilhosa. Eu sentia saudades do Kellan que batia papo comigo durante o café, que me abraçava com carinho, que me deixava encostar a cabeça no seu ombro, que sentava ao meu lado quando eu chorava, que uma vez até me pusera para dormir. E, nas raras ocasiões em que consegui relembrar a noite de embriaguez que tínhamos compartilhado, sem o terrível sentimento de culpa habitual, foi uma lembrança agradável, até mesmo feliz. Me magoava que Kellan obviamente não sentisse o mesmo, que em uma única noite eu tivesse destruído tudo que havia entre nós.

Mas, principalmente, isso me dava raiva.

Franzindo o cenho ao que as lembranças me afloravam à mente, desviei o rosto de Denny no sofá para que ele não pudesse ver minha frustração. Agora eu entendia por que Joey tinha fugido. O comportamento de Kellan depois do sexo era... não, *ele* era um babaca! Só que eu não podia me dar ao luxo de simplesmente mudar de cidade. Não depois de ter feito aquele estardalhaço por causa da ausência de Denny, não quando isso daria margem a muitas suspeitas aos olhos de Denny. Eu estava começando a tomar aversão por Kellan, ao mesmo tempo em que sentia saudades dele. Gostaria que *ele* fosse embora. Isso simplificaria muito as coisas para mim. Mas essa hipótese me dava uma sensação tão estranha no estômago.

Denny não deixou de notar minha expressão séria.

— Você está bem?

Forcei um sorriso, dando de ombros.

— Hum-hum, só estou preocupada com você. — Eu odiava mentir para ele. Bem, na verdade era apenas uma meia mentira. Eu estava *realmente* preocupada com ele. Só que estava ainda mais preocupada com o comportamento de Kellan. E o fato de Kellan me preocupar mais era algo que me incomodava muito.

Denny passou o braço ao meu redor e me apertou contra o ombro. Ele parou de suspirar. Estava sempre tentando me agradar... O que só me fazia sentir pior. Minha culpa aumentava dez vezes cada vez que Denny sorria para mim. Ele me deu um beijo carinhoso na testa e eu olhei para ele, que sorriu com doçura e pôs a mão no meu rosto, percorrendo-o com o dedo.

— Vai dar tudo certo, Kiera. — Sua ternura alegrava e partia meu coração ao mesmo tempo.

Ele se inclinou, seus lábios pressionando os meus com suavidade. Suspirando, aninhou meu rosto em sua mão, acariciando minha pele com o polegar, e me beijou mais fundo. Eu me abandonei no seu conforto, calor e ternura, retribuindo o beijo apaixonado. Suas mãos deslizaram até meus quadris, me puxando para o seu colo. Sorri, pensando no quanto estava gostando que ele passasse a manhã em casa comigo, e que ainda faltava uma hora inteirinha até as aulas começarem na faculdade...

Eu me aconcheguei em seu colo, passando os dedos pelos seus cabelos. Ele sorria para mim, entre um beijo e outro. Minha respiração já começava a acelerar quando ouvi a porta da rua sendo aberta. Kellan não tinha voltado para casa na noite passada, outra vez. Aliás, ele não tinha passado uma única noite em casa nos últimos dois dias. Bastou eu me perguntar quem ele estaria namorando, para sentir uma irritação irracional. Quem quer que fosse, só agora ele estava voltando. No ato fiquei paralisada, olhando para a porta.

Os olhos de Kellan e os meus se encontraram no mesmo instante. Ele me deu um sorriso de desprezo, seus olhos subitamente cruéis. Mas, quando Denny se virou para olhar, sua expressão logo se abrandou. Ele sorriu para Denny, embora isso não tenha diminuído a frieza em seu olhar.

— 'dia.

— Chegando em casa, companheiro? — perguntou Denny, com naturalidade, as mãos afagando de leve as minhas coxas.

Kellan nos observou por uma fração de segundo, e então tornou a sorrir, olhando apenas para Denny.

— Pois é... — Ele me lançou um olhar gélido. — Dei uma saída.

Denny não notou o olhar dele. Apenas deu de ombros e tornou a olhar para mim. Fui logo saindo do seu colo e ele riu um pouco, passando o braço pela minha cintura. Eu estava sentada de um jeito que podia ver Denny e Kellan ao mesmo tempo. Era estranho ter os dois juntos no meu campo visual. Fazia meu estômago dar voltas. Denny ainda olhava para mim com ar carinhoso; Kellan ainda nos observava com frieza, seu cenho agora levemente franzido. Eu queria que um buraco se abrisse no sofá e me tragasse.

Por fim, Kellan murmurou uma desculpa qualquer e foi para o andar de cima. Relaxei um pouquinho ao ouvir a porta de seu quarto se fechar. Denny arqueou a sobrancelha para mim, insinuante, e fez menção de me puxar de volta para o seu colo, mas fechei a cara para ele. Rindo, ele continuou me abraçando até a hora de eu ir me vestir para ir à faculdade.

Denny me levou de carro até lá e finalmente deu uma volta comigo pelo campus. Tentei ser uma guia tão eficiente para ele quanto Kellan fora para mim. A lembrança daquele dia fez com que eu sentisse um aperto doloroso no coração ao apontar vários prédios de tijolos a caminho da aula de Sexualidade Humana. Denny, é claro, quis conversar sobre as aulas de Microeconomia e, sorrindo enquanto caminhávamos de mãos dadas pelas alamedas asfaltadas que se entrecruzavam nos gramados caros, contei o máximo que pude durante o pouco tempo que tínhamos.

Entramos no prédio, e Denny ficou tão impressionado com a beleza da universidade quanto eu tinha ficado. Era verdadeiramente notável, como se voltássemos a um tempo em que a arte, o detalhismo e a intrincada beleza da arquitetura floresciam, no lugar da praticidade formal e da funcionalidade. Ele abriu a porta da sala onde eu teria minha aula de Sexualidade Humana e, com uma risada, disse que queria ouvir tudo a respeito quando viesse me buscar depois da aula. Rindo também, eu me inclinei e lhe dei um longo beijo. Uma pessoa a caminho da sala esbarrou em nós, fazendo com que nos separássemos, e a contragosto eu me despedi dele e fui me sentar.

Foi estranho ter aquela aula no momento em que minha vida estava tão conflituada. A matéria tinha mais a ver com os aspectos psicossociais do comportamento sexual do que com a mecânica do sexo propriamente dita. O curso abrangia diversidade e saúde sexual, abuso e estupro. No entanto, ainda parecia muito relevante para a minha situação atual, e, em mais de uma ocasião, tive que forçar minha mente a parar de analisar os *meus* problemas e se concentrar no que o professor dizia. Quando a aula acabou, fiquei um tanto aliviada.

Sorri ao ver o velho Honda de Denny no estacionamento, na mesma vaga em que ele o estacionara antes da aula. Ele desceu do lado esquerdo e caminhou até mim com um largo sorriso.

— E aí? — disse quando nos encontramos, e então, com meu sorriso bobo favorito no rosto, me abraçou e rodopiou comigo. Caí na risada e passei meus braços pelo seu pescoço. Ele parou de me rodopiar e, me colocando no chão, se inclinou para me dar um beijo longo e apaixonado.

Quando consegui recobrar o fôlego, olhei para os seus olhos brilhantes.

— Alguém está de bom humor...

Sorrindo de orelha a orelha, ele me deu um beijinho.

— Recebi um telefonema agora à tarde... um dos meus contatos finalmente rendeu frutos. — Ele se empertigou quando retribuí seu sorriso. — Você está olhando para o mais novo membro da SLS Propaganda.

— Amor... — Dei um abraço apertado nele e um beijo no seu rosto. — Isso é maravilhoso! — Eu me afastei para olhá-lo nos olhos. — Eu sabia que você encontraria alguma coisa. Afinal, você é brilhante.

Ele suspirou, olhando carinhoso para mim.

— É o que você sempre diz. — Ainda me observou por mais um momento. — Eu te amo... tanto. Lamento demais...

O sentimento de culpa tomou conta de mim. *Eu* era a idiota, e ele é que lamentava?

— Não lamente... não importa. Agora tudo está de volta ao normal, do jeito que era antes. — Bem, quase tudo voltara ao normal. Sorri para ele, meus olhos subitamente úmidos. — Eu também te amo.

Ficamos nos beijando apaixonadamente na calçada por mais um minuto, enquanto as pessoas iam e vinham ao nosso redor. Nós as ignoramos, curtindo o nosso momento juntos. Finalmente Denny se afastou e, sorrindo, segurou minha mão e me levou para casa.

Denny também me deu uma carona até o trabalho aquela noite. Eu não estava nem um pouco ansiosa para assistir à apresentação dos D-Bags. Não sabia ao certo a razão, apenas intuía que Kellan daria um jeito de levar sua hostilidade em relação a mim para o palco, para que todo mundo visse. Denny deu um beijo no meu rosto quando me dirigi à sala dos fundos para guardar a bolsa e a jaqueta. Quando eu já estava de saída, dei de cara com Jenny e Kate.

Kate geralmente trabalhava no turno da manhã. Eu raramente a via, e nunca tinha chegado a conversar muito com ela. Era uma moça razoavelmente bonita, com cabelos castanho-claros e compridos presos num rabo de cavalo perfeito, olhos de um castanho tão claro que chegavam quase a ser cor de âmbar, e os cílios mais longos e cheios que eu já tinha visto. Era alta e um pouco magra demais, mas extremamente graciosa, como se tivesse sido membro de alguma companhia de balé antes de se juntar à equipe do Pete's.

— Oi, Kiera!- cumprimentou Jenny, me dando um abraço rápido. — Kate vai pegar o turno da noite, já que na sexta passada o bar ficou lotado. Os Douchebags estão mesmo atraindo o pessoal, agora que as aulas recomeçaram.

Sorri educada para Kate, enquanto retribuía o abraço de Jenny.

— É... acho que sim. — Relembrando a sexta passada, estava *mesmo* lotado. Eu mal tivera tempo para prestar atenção na banda aquela noite. Mesmo assim, tinha prestado atenção em Kellan. Meus olhos o observavam sempre que os clientes me davam uma trégua. Tanta coisa mudara desde então. Nosso relacionamento mudara tanto desde o fim de semana passado. Eu não sabia o que esperar dessa noite.

Que, por sinal, começou bastante agradável. A presença de outra garçonete ajudou. Pude passar mais tempo namorando Denny, que resolveu ficar para jantar e assistir ao show. Levei sua comida e lhe dei um beijo. Levei seu refrigerante e lhe dei um beijo. Levei mais guardanapos e lhe dei um beijo. Jenny sorria ao ver nosso chamego. Eu estava feliz demais por ele ter voltado para mim.

Mas, a certa altura, e com grande pompa e circunstância, as portas se abriram e Griffin entrou com os braços estendidos, como um rei entrando na sala do trono. As fãs que já estavam no bar foram à loucura, é claro, e correram na sua direção. Ele passou os braços por duas delas e se dirigiu à mesa de sempre, parando no meio do caminho para roubar um beijo de Kate, que na mesma hora o empurrou, suspirando e revirando os olhos. Pelo visto, estava acostumada às liberdades de Griffin.

Matt e Evan entraram de modo muito mais discreto atrás de Griffin. Sorrindo com educação, Matt seguiu Griffin até a mesa deles. Evan deu um grande abraço em Jenny e passou o braço por uma garota afoita que tinha lhe sapecado uma beijoca no rosto, e então seguiu Matt.

Senti um sobe-e-desce no estômago enquanto espiava a porta discretamente, sabendo quem entraria em seguida. Segundos depois ele apareceu, e eu prendi a respiração. Ele estava lindo de morrer. O cabelo ondulado estava perfeito. A camisa de mangas compridas, por baixo de uma camiseta preta, enfatizava seu peito espetacular. A calça jeans, desbotada e puída pelos anos de uso, delineava lindamente as suas pernas. Seus lábios estavam curvos num sorriso sexy, e seus penetrantes olhos azuis encontraram os meus.

Sabendo que Denny estava ali e podia estar me observando, me obriguei a conter um suspiro e desviei os olhos. Virei para Denny, mas ele estava trocando um aperto de mão com Matt e batendo papo com os outros D-Bags à mesa deles. Meus olhos voltaram para Kellan, que agora caminhava em minha direção, com um olhar enigmático. Cheguei a pensar em me virar para ir embora, mas ele estava na minha seção, de modo que eu era a sua garçonete. Pegaria mal se eu não atendesse a ele. Esperei que me tratasse normalmente aquela noite, não com a personalidade antipática e idiota que se tornara habitual.

Ele veio direto até mim.

— Kiera — chamou, calmamente.

Engoli em seco, me obrigando a olhá-lo nos olhos.

— Sim, Kellan?

Ele sorriu, inclinando a cabeça.

— Nós vamos querer o de sempre. — Meneou a cabeça em direção à mesa. — Traz uma para o Denny também... já que ele faz parte disso.

A maneira estranha como ele formulou a frase me fez franzir o cenho, mas assenti, e ele se virou e voltou para a mesa com os amigos. Quase na mesma hora, duas garotas se penduraram nos braços dele, passando os dedos por aqueles cabelos extremamente sexy. Engoli em seco e me obriguei a ir até o balcão para apanhar suas bebidas.

Rita piscou para mim com ar cúmplice quando peguei as cervejas de todos. Ela parecia pensar que estava sabendo de alguma coisa. É claro, ela achava que eu andava me atirando na cama de Kellan desde o começo. Suspirei e ignorei-a ao apanhar as bebidas da banda.

O bar começou a encher de uma maneira assustadora depois que os D-Bags apareceram, e já não tive mais tempo para namorar Denny. Sinceramente, com Kellan ali, eu não teria mesmo me sentido à vontade para namorá-lo, ainda mais com todos eles sentados juntos à mesma mesa. Mas notei que Kellan ocupava a cabeceira oposta à de Denny. Kellan estava virado para a galera, paquerando umas garotas na mesa ao lado. Não olhou para Denny uma única vez. Eu não entendia bem qual era o problema de Kellan com Denny... culpa, talvez?

Finalmente, chegou a hora de eles se apresentarem. A galera, como sempre composta principalmente por mulheres, foi ao delírio e se aglomerou diante do palco. Parada entre as mesas, fiquei vendo a banda começar a desfiar seu repertório. Eles foram impecáveis, é claro. As músicas eram empolgantes, a voz de Kellan era sexy, os olhares que ele dava para a multidão eram para lá de indecentes, e não demorou muito até a metade da multidão que ocupava os fundos do bar estar dançando e agitando também, curtindo aos montes a diversão. Parei de observar Kellan e seu... número... e voltei aos clientes que ainda estavam sentados.

A banda começou a tocar uma música que eu já tinha ouvido antes, mas à qual nunca prestara atenção. Não sei se foi porque eu estava me esforçando tanto para ignorar Kellan que pude me concentrar mais em ouvi-lo, ou se foi por causa do fiasco de nossa noite de embriaguez, mas o fato é que de repente as palavras ficaram muito claras na minha cabeça. Parei ao lado de uma mesa e olhei para ele, de queixo caído. Por estranho que pareça, o que notei primeiro foi a expressão no rosto de Griffin, que deveria ter sido o primeiro sinal. Ele parecia eufórico... empolgado demais por tocar a música; obviamente, ele a adorava. Em seguida meus olhos passaram para Kellan, incrédulos.

A letra era um amontoado de metáforas sexuais, e não apenas para qualquer tipo de sexo – fortuito, irrelevante, de uma noite só. A música insinuava com a maior clareza que, embora o sexo tivesse sido ótimo... eu já estou noutra, e espero que você se lembre de mim, porque eu já me esqueci de você. Eu já tinha ouvido essa música antes e nunca a interpretara desse jeito, até agora. Talvez a estivesse interpretando errado, mas, com aquela expressão no rosto de Griffin e o olhar de aço de Kellan, achei que não era o caso.

O mais chocante de tudo era o fato de que Kellan dirigia seu olhar glacial para mim. Eu me sentia como se ele estivesse alardeando a nossa noite para o bar inteiro. Não conseguia me mexer. Não conseguia dar meia-volta. Estava paralisada de choque, sentindo as lágrimas começarem a brotar nos olhos. Por que ele estava sendo tão frio, tão deliberadamente cruel? Levei um susto ao sentir um braço passando por minha cintura.

— E aí, amor? – sussurrou Denny ao meu ouvido. – Estou ficando pregado... Acho que vou para casa. Você descola uma carona na volta? – Ele me virou para que eu o olhasse e notou minha expressão. – Você está bem?

Engoli em seco e tentei abrir um sorriso, esperando que as lágrimas não escorressem.

— Estou, eu... — me interrompi quando um trecho ainda mais venenoso da letra invadiu meus ouvidos. Kellan estava praticamente urrando o verso *O que você pensa de mim agora?* A multidão foi ao delírio com a sua intensidade. Os olhos de Kellan ainda estavam fixos na minha direção.

Denny deu uma olhada na reação da galera.

— Uau, essa música é muito boa... É nova?

Consegui soltar com muito esforço:

— Não, ele já tocou antes. — Forçando o sorriso de antes, me virei totalmente para ele. — Jenny me dá uma carona. Vai para casa. Estou ótima... apenas cansada.

Esboçando um sorriso para mim, ele disse:

— Tudo bem... me acorda quando chegar em casa. — Em seguida, me deu um beijo rápido e saiu do bar. Eu não queria outra coisa senão ir com ele. Mas não podia, estava presa ali por mais algum tempo, ouvindo Kellan me torturar...

Na manhã seguinte, decidi que estava na hora de matar a charada do comportamento bizarro de Kellan de uma vez por todas. Sinceramente, eu podia entender que ele se sentisse culpado e se comportasse de um jeito estranho na presença de Denny, mas por que estava sendo tão ruim comigo? Me preparando tanto para a hipótese de vê-lo quanto para a de não vê-lo, já que ultimamente ele não passava muito tempo em casa, contornei a parede e o encontrei sentado à mesa lendo o jornal e tomando café.

Ele levantou a cabeça e me olhou com frieza quando entrei, e minha determinação foi abalada ao ver seus olhos sombrios. Fechei os meus e respirei fundo. Resolvendo me dar um tempo, servi uma caneca de café antes de me sentar à mesa com ele.

— 'dia — disse finalmente, sem levantar os olhos do jornal.

— Kellan... — Minha boca ficou seca e eu tive que engolir.

Ele olhou para mim.

— Que é? — Seu tom era quase ríspido, e eu cheguei a pensar em ir embora da cozinha.

Não seja idiota, Kiera... Apenas fale com ele. Depois de tudo que tínhamos feito juntos, eu deveria ser capaz de falar com ele...

— Por que você está tão zangado comigo? — sussurrei, sem coragem de encará-lo.

— Eu não estou zangado com você, Kiera. Eu fui maravilhoso com você. A maioria das mulheres me agradece por isso. — Dava para perceber a arrogância no seu tom de voz.

Senti uma irritação enorme, e o fuzilei com os olhos.

— Você está se comportando feito um babaca! Desde que...

Ele arqueou uma sobrancelha, esperando que eu concluísse a frase. Mas não fiz isso. Por fim, ele voltou a olhar para o jornal e deu outro gole no café.

— Não faço a menor ideia do que você quer dizer, Kiera...

Olhei para ele, boquiaberta. Será que ia ter a cara de pau de negar que andava se comportando feito um palhaço nos últimos tempos?

— É por causa de Denny? Você se sente culpado...?

Seus olhos pularam para os meus:

— Não fui eu quem traiu Denny — declarou em voz baixa e fria, e eu não coube em mim de vergonha, mordendo o lábio, rezando para que meus olhos não ficassem úmidos.

— Nós éramos amigos, Kellan — sussurrei.

Voltando a olhar para o jornal, ele soltou, com a maior naturalidade:

— Éramos? Eu não estava sabendo disso.

Sentindo as lágrimas de raiva começarem a brotar, rebati, irritada:

— Éramos sim, Kellan. Antes de nós...

Ele levantou os olhos para mim, me interrompendo:

— Denny e eu é que somos amigos. — E me dirigiu um olhar de alto a baixo que beirava o desprezo. — Você e eu somos... roommates.

Por um momento, a raiva sustou as lágrimas que já brotavam, e eu olhei boquiaberta para ele.

— Nesse caso, você tem uma maneira muito estranha de demonstrar amizade. Se Denny soubesse o que você...

Ele tornou a me interromper com um olhar a um só tempo gélido e feroz:

— Mas você não vai contar a ele, vai? — Olhou de novo para o jornal e eu achei que já tinha acabado de falar, mas então prosseguiu num tom de voz mais brando: — Seja como for, isso é entre vocês dois... não teve nada a ver comigo. Eu simplesmente... fiquei... à sua disposição.

Tornei a olhar boquiaberta para ele, sem conseguir mais dar uma palavra. Kellan manteve os olhos fixos no jornal por um segundo, e então suspirou.

— Já acabamos? — perguntou, tornando a me olhar.

Fiz que sim com a cabeça, sentindo que tínhamos acabado de várias maneiras. Ele se levantou e saiu da cozinha. Momentos depois, ouvi a porta se abrir e seu carro se afastar. Ele não tornou a aparecer em casa pelo resto do fim de semana.

Capítulo 9
O QUIOSQUE DE CAFÉ ESPRESSO

O novo emprego de Denny era numa pequena agência de publicidade, cuja clientela consistia principalmente em internautas. Estava a anos-luz do estágio prestigioso para uma das maiores agências da atualidade de que ele tinha aberto mão. Sua inteligência brilhante, tão bem recebida e incentivada no emprego anterior, era quase alvo de desprezo nesse. As pessoas mesquinhas ao seu redor se sentiam intimidadas por suas ideias, e acabaram por transformá-lo em pouco mais do que um office boy glorificado, executando serviços avulsos para eles e massageando seus egos.

Ele odiava cada minuto. Nunca admitiu isso com todas as letras, como sempre querendo me poupar da dor e da culpa, mas, mesmo assim, eu sabia, podia ver nos seus olhos quando se demorava na cozinha antes de sair para o trabalho, nos seus ombros caídos quando ia ao bar à noite depois que finalmente saía do emprego. Ele estava extremamente infeliz.

Uma noite, no Pete's, depois de um longo dia de trabalho, Denny estava sentado sozinho a uma mesa dos fundos bebendo sua cerveja, profundamente pensativo. Eu queria ir até lá e conversar com ele, mas não restara nada para dizer. Eu já tinha lhe garantido que com o tempo as coisas melhorariam. Essas palavras conseguiram arrancar um pequeno sorriso dele, mas não muito mais do que isso. Eu já até mesmo sugerira que se demitisse e procurasse outro emprego, mas não havia vagas em parte alguma. Ele ainda estava batalhando, mas, por ora, se quisesse continuar na área que escolhera, e se quisesse continuar em Seattle... ele não tinha opção.

Suspirei, observando-o. Olhei para Kellan, que relaxava com seus companheiros de banda algumas mesas atrás de Denny. Torci para que ele finalmente sentasse e conversasse com Denny, para que tentasse animá-lo. Mas Kellan estava batendo papo com Matt, sentado de costas para Denny. Para quem visse a cena de fora, provavelmente isso não significaria nada, mas eu sabia que Kellan ainda estava evitando Denny. Nem mesmo olhava mais para ele, e raramente lhe dirigia mais do que algumas palavras educadas. Eu queria tanto que Kellan parasse com isso e voltasse a ser seu amigo, como ele afirmava ser. Até compreendia seu sentimento de culpa – que também era meu –, mas havia um limite; Denny precisava de nós naquele momento.

O celular pousado ao lado da cerveja de Denny tocou e, com um suspiro, ele atendeu. A agência queria ter acesso a ele vinte e quatro horas por dia, e lhe dera o celular com instruções para que só o usasse para falar com eles e, caso tocasse, não se atrevesse a ignorá-lo. Toda essa palhaçada me encheu de irritação. Estava muito aquém das atribuições de um estagiário.

Ele falou num tom abatido por alguns minutos, fechou o celular, levantou e se dirigiu até mim.

– E aí? – Tentou abrir um sorriso, mas pude ver como era forçado.

– Oi. – Sorri para tranquilizá-lo, embora começasse a me sentir irritada com a conversa que pressentia estar prestes a acontecer.

– Desculpe – pediu ele bruscamente. – Era Max. Tenho que ir. – Max era um homenzinho irritante e ardiloso, que parecia não ter outro prazer na vida além de dar trabalhos inúteis para Denny, de preferência fora do expediente. Sua última incumbência importantíssima tinha sido mandar lavar um terno a seco e buscar um café no Starbucks.

– Outra vez? Mas Denny... – Eu não queria parecer agitada, mas estava, e minha voz deixou isso transparecer. Já começava a ficar farta das tarefas infindáveis que ocupavam tanto de seu tempo e de sua mente, e que estavam tão aquém de sua inteligência brilhante.

– Kiera – a raiva brilhou nos olhos dele –, eu tenho que fazer isso. É o meu emprego...

Dessa vez, a irritação em minha voz foi intencional:

– Mas não era.

– Não, não era...

O sentimento de culpa se entremeou à raiva, aumentando-a. Afastando-me com brusquidão, comecei a recolher copos vazios em uma mesa próxima.

– Tudo bem, vejo você mais tarde, então.

A raiva deu um rumo sinistro aos meus pensamentos. Fora ele quem largara tudo para voltar correndo para mim. Se tivesse me dado tempo, eu teria me acalmado e nós poderíamos ter acertado os ponteiros... provavelmente. Eu odiava me sentir culpada pela decisão *dele*. Já me sentia bastante culpada pela minha decisão... em relação a Kellan.

Sem dar mais uma palavra, ele se virou e saiu do bar. Fiquei vendo-o desaparecer pelas portas duplas, e já estava prestes a retomar meu trabalho quando notei Kellan me observando. Sabia que ele tinha acompanhado nossa conversa atentamente. *Ótimo, mais um prato cheio para ele*, pensei, a cabeça ainda atolada em negatividade.

Ele se levantou devagar e se dirigiu até mim. O que fez com que minha irritação chegasse ao auge. Sinceramente, naquele momento eu não estava nem um pouco a fim de ser agredida por Kellan. Ele nunca tinha chegado a admitir que estava sendo cruel comigo, e sua atitude em relação a mim não mudara muito desde a nossa breve conversa na cozinha. Só a lembrança daquele diálogo bastou para me irritar de novo. Pelo visto, de acordo com ele, nós nunca tínhamos chegado a ser nem mesmo amigos.

Tentando me concentrar em empilhar os copos, decidi apenas ignorá-lo.

Ele se aproximou às minhas costas, pressionando o corpo contra o meu e me encarando. O gesto era inequivocamente íntimo, e eu fui dominada por uma sensação estranhíssima. Embora o bar estivesse lotado, não estava *tão* lotado assim. Ia parecer estranho para alguém que o visse tão perto de mim. Num gesto instintivo, eu me afastei e olhei para ele com raiva. Foi nisso que deu tentar ignorá-lo.

— Denny deixou você de novo? Posso arrumar outro companheiro de copo, se estiver se sentindo... sozinha? — perguntou ele, antes de abrir um sorriso diabólico. — Que tal Griffin desta vez?

— Não estou com paciência para as suas palhaçadas hoje, Kellan!

— Você não parece estar feliz com Denny — respondeu ele, uma nota estranhamente séria na voz.

— Como é que é? E por acaso eu estaria mais feliz com você? — Olhei feroz para o seu rosto encantador, seu meio sorriso sexy, seus olhos estranhamente frios. Ele não respondeu, apenas mantendo aquele sorriso intragável, hipnótico no rosto. De repente, eu não estava mais só um pouco zangada. Não, eu disparei em alta velocidade de zangada para totalmente furiosa.

Inclinando-me para ele, de modo que ninguém pudesse ouvir, sussurrei:

— Você foi o maior erro da minha vida, Kellan. Você tinha razão... Nós não somos amigos, nunca fomos. Gostaria que você fosse embora.

Na mesma hora desejei poder retirar o que dissera. Ele estava sendo um idiota, mas eu não queria magoá-lo menosprezando o que tínhamos compartilhado. E eu ainda pensava nele como um amigo, mesmo que ele não pensasse em mim desse jeito. Seu sorriso o abandonou na mesma hora. Seus olhos passaram de frios para glaciais, e ele se afastou com um safanão que quase me fez deixar cair a pilha de copos.

Ele foi embora do bar pouco depois disso.

Quando voltei para casa do meu turno, encontrei Denny à minha espera. Ele estava sentado na cama, vendo tevê e parecendo muito cansado. Seu rosto, e o fato de estar esperando para falar comigo, abrandaram minha raiva pela conversa de horas atrás, e eu sorri para ele.

— Oi...

— Me perdoe — disse ele na mesma hora, desligando a tevê. — Eu não quis ser grosseiro. Você não tem culpa por eu não estar feliz naquele lugar.

Fui sentar ao lado dele na cama. Ele nunca tinha admitido que detestava seu emprego antes. Pousei a mão no seu rosto.

— Me perdoe também. Não quis ser grosseira. Eu só... sinto saudades de você.

— Eu sei. — O sotaque dele ao pronunciar essas palavras me fez sorrir. — Também sinto saudades de você. Vou passar a me esforçar mais. Eu prometo, está bem? Chega de mau humor. — Sorriu pela primeira vez no que pareceu semanas.

Achei graça e lhe dei um beijo carinhoso.

— Está bem. Se é assim, também vou tentar não ficar de mau humor.

Na manhã seguinte, me sentindo melhor depois de ter conversado com Denny, tive a esperança de poder fazer o mesmo com Kellan. Ele seguia a rotina de sempre, tomando café e lendo o jornal, mas não levantou os olhos quando entrei. Constrangida por meu rompante na noite passada, fiquei sem saber o que fazer. Em silêncio, preparei meu café. Então, amarelei e decidi ir tomá-lo no quarto. Eu simplesmente não suportava aquele clima mal resolvido.

Mas o sentimento de culpa deteve meus passos antes que eu terminasse de contornar a parede. Sem olhar, apenas disse *Me perdoe, Kellan* por sobre o ombro. Pensei ter ouvido um longo suspiro ao me afastar, e nada mais.

Denny realmente pareceu virar a página. Se por um lado ainda estava bastante infeliz em sua situação, por outro se queixava muito menos, e nós conversávamos muito mais. Eu ainda não o via tanto quanto gostaria, e ele recebia telefonemas depois do expediente demais para o meu gosto, mas tentei também não me queixar. Nós dois teríamos que nos esforçar para que desse certo.

Kellan também estava diferente. Enquanto Denny e eu fazíamos o possível para não nos queixarmos, Kellan compensava isso. Ele evitava a nós dois a maior parte do tempo. Nas raras ocasiões em que estávamos todos juntos, ele não dizia mais do que algumas palavras educadas. Até deixou de se comportar feito um idiota, pelo que fiquei agradecida, mas seu silêncio fazia meu estômago dar voltas. Eu sentia que algo estava para acontecer, apenas não sabia o quê. Era perturbador.

Um sábado pela manhã, Denny e Kellan estavam conversando na cozinha quando entrei. Não deu para perceber sobre o que tinham falado até então, mas, quando contornei a parede, Kellan estava sorrindo para Denny, que pousara a mão no seu ombro. Eu não fazia a menor ideia do que estava acontecendo, mas a visão dos dois juntos, daquele jeito, me fez sentir tão enternecida quanto culpada.

Denny olhou para mim quando entrei.

— Será que você arranja alguém para ficar no seu lugar? Nós vamos sair hoje à noite... programa de velhos amigos.

Tentei sorrir, mas senti um desânimo mortal. Isso não era nada bom.

– Ahhhh, que ótima ideia, amor. Aonde nós vamos?

– A banda de um amigo meu vai tocar no Shack hoje à noite – informou Kellan em voz baixa, olhando para mim pela primeira vez em dias. Seu olhar era de tristeza, e meu estômago recomeçou a doer.

– OK, parece ótimo. Vou trocar com a Emily. Normalmente ela trabalha de dia, mas há pouco tempo perguntou à Jenny se podia trabalhar algumas noites. Gorjetas melhores...

– Maravilha! – Denny caminhou até mim e me deu um longo beijo. – Está vendo só? Ainda posso ser um cara divertido. Eu prometi que o mau humor ia acabar. – Ele me deu um abraço rápido e saiu da cozinha. – Vou tomar um banho, e depois preparo o café para você – disse por sobre o ombro, com uma piscadela.

Fiquei rindo, mas então olhei para Kellan e parei. Ele tinha desviado os olhos, o rosto pálido. Não parecia se sentir nada bem.

– Você está bem? – sussurrei, embora não quisesse realmente saber, pois havia o risco de o Kellan Babaca dar as caras outra vez.

Ele olhou para mim, com os olhos tristes, mas um sorriso no rosto.

– Claro. Isso vai ser... interessante.

Subitamente preocupada, eu me aproximei dele.

– Tem certeza? Você não é obrigado a nos acompanhar. Denny e eu podemos ir sozinhos.

Seu rosto adquirindo uma expressão séria, ele me deu um olhar intenso.

– Eu estou ótimo, e gostaria de passar uma... noite... com os meus roommates. – Ele se virou e atravessou a sala em direção à escada. A dor em meu estômago aumentou dez vezes. Ele tinha dito aquilo num tom que me aterrorizou.

A noite começou... em um clima de constrangimento. Kellan desapareceu pouco depois do anúncio de nosso programa. Saiu de casa soltando um "Encontro vocês lá", e Denny e eu não o vimos pelo resto do dia. Sinceramente, por mim, estava de bom tamanho. Seu novo comportamento triste e quieto estava causando complicações no meu estômago que eu nem tinha coragem de analisar.

Em vez disso, voltei minha atenção para Denny, tentando me concentrar em me divertir com ele, como costumávamos fazer. Ele parecia mais bem-humorado do que de costume. Talvez tivesse notado que as coisas andavam tensas em casa com Kellan e estivesse tentando compensar. Ele parecia empolgado por todos nós sairmos e fazermos algo juntos aquela noite. Eu não estava tão empolgada assim, mas fingi para agradar a ele.

O dia passou lenta e tranquilamente, mas por fim chegou a hora de nos aprontarmos para sair. Ainda estava bem quente para aquela época do ano, por isso escolhi uma saia preta godê e uma camisa rosa de manga curta com um cardigã levinho. Deixei os cabelos soltos, naturais, um pouco ondulados. Denny sorriu para mim e me deu um beijo no rosto enquanto eu passava o batom. Ele escolheu minha camisa Henley azul favorita, que eu adorava sobre a sua pele bronzeada. Muito fofo, estendeu um vidrinho de gel modelador para mim e me deixou pintar o sete com o seu cabelo, balançando a cabeça quando me dei por satisfeita. Estava tentando me agradar, e deu certo. Fiquei muito enternecida com seus gestos.

Quando chegamos ao Shack, o carro de Kellan já estava lá. Estacionamos perto do seu Chevelle, num estacionamento lateral. Dirigindo-nos para a entrada, notei que o bar era mais ou menos da metade do tamanho do Pete's. Fiquei imaginando o que a banda iria tocar. Em seguida vi as portas escancaradas no fundo do bar e a multidão do lado de fora. Saímos pelos fundos para uma ampla cervejaria cercada, ao ar livre. Havia mesas ao longo da cerca e da parede do bar, com uma seção aberta na frente de um amplo palco diante do bar. Uma banda montava o seu equipamento, e Kellan conversava com um dos músicos. Ele nos viu e apontou para uma mesa rente à cerca, onde já havia uma jarra e três copos.

Denny e eu acenamos de volta e fomos até a mesa reservada para nós. Denny puxou minha cadeira como se fosse o nosso primeiro encontro, e eu sorri para ele.

— Obrigada, senhor — brinquei.

— Tudo por uma bela moça. — Ele sorriu e, galante, beijou minha mão.

Brincando com ele um pouco, respondi, fingindo surpresa:

— Ah, o senhor é australiano? Eu adoro os australianos!

— *Super! Dá um biquinho no zé antes de virar um goró com ele, amásia?* — devolveu ele, exagerando ao máximo o sotaque.

Caí na risada, me inclinando para lhe dar o beijo que ele tinha pedido.

— Você é um bobo.

— Sou, mas você me ama mesmo assim. — Ele retribuiu o meu beijo.

— Hummm... pois é. — Sorri, e então me virei, ao sentir um olhar às minhas costas.

Kellan se postara atrás de mim, me observando com um olhar apático. Eu estava tentando fazer com que as coisas voltassem ao normal, e gostaria que ele pelo menos tentasse também. Sua melancolia já começava a me fazer mal. Ele sentou e serviu cerveja para todos, sem olhar para nenhum de nós.

Denny pareceu não notar seu estado de espírito.

— Quando o seu amigo vai se apresentar? — perguntou, animado.

Kellan olhou brevemente para ele.

— Daqui a uns vinte minutos, mais ou menos. — Ele estava dando um longo gole na sua cerveja quando uma mulher passou e, sem muita sutileza, olhou-o de alto a baixo. Para minha surpresa, ele apenas lhe deu um olhar sumário, sua atenção logo voltando para a cerveja. Sem disfarçar o despeito, ela saiu pisando duro.

Os vinte minutos que a banda demorou até finalmente se apresentar pareceram vinte horas. Nosso pequeno trio estava bastante quieto. Toda vez que Denny tentava começar uma conversa com Kellan, este o brindava com respostas monossilábicas. Por fim, Denny desistiu. Minha irritação com Kellan crescia a cada minuto, cada um mais insuportavelmente longo que o outro.

Finalmente a banda começou a tocar, e Denny e eu deixamos o emburrado Kellan sentado à mesa enquanto ríamos e dançávamos perto do palco. Entre rodopios e mergulhos, eu lançava olhares de relance para a mesa, apenas para ver Kellan nos observando com uma expressão insondável no rosto. De tempos em tempo alguma garota tentava tirá-lo para dançar também, mas ele parecia recusar todas. Minha irritação com ele tornou a crescer. Qual era a daquele cara?

Durante o intervalo, voltamos para a mesa a fim de arrematar nossas cervejas às pressas e relaxar alguns minutos. Notei que estava começando a esfriar, mas eu estava encalorada de dançar com Denny. Kellan continuava calado, de olhos no copo vazio em sua mão, quando, de repente, o celular de Denny começou a tocar. Alarmada, olhei para ele, que já atendia, sem graça. Eu não tinha percebido que ele o trouxera. Mas tentei não me irritar com isso. Afinal, era o seu emprego. Ele falou com alguém por alguns segundos, até que começou a dizer *Alô? Alô?*.

— Droga — resmungou Denny, fechando o celular. — A bateria acabou. — Olhando brevemente para mim, meneou a cabeça, como que se desculpando. — Desculpe, mas eu preciso mesmo ligar de volta para o Max. Vou ver se eles me deixam usar o telefone lá dentro.

Sorri para ele, contendo a irritação. Essa era uma noite para eu me divertir, não me amargurar.

— Sem problemas, vamos estar aqui. — Meneei a cabeça indicando a cadeira de Kellan. Ele ainda não estava olhando para nós. Continuava com ar constrangido, os olhos fixos no copo entre as mãos, o cenho um pouco franzido.

Denny se levantou e me deu um beijo no rosto antes de se virar e entrar no bar. Kellan soltou um suspiro baixo e se remexeu na cadeira. Fiquei vendo Denny desaparecer em meio à multidão e me virei para Kellan. Uma súbita irritação com seu comportamento bizarro e, para ser totalmente honesta, com o telefonema de Denny me fez finalmente estourar.

— Você disse que não se importava com isso. O que é que há com você?

Kellan olhou para mim, seus olhos azuis muito intensos.

— Eu estou me divertindo muito. Não faço a mais pálida ideia do que você quer dizer. — Sua voz era inexpressiva, fria. Virei o rosto e me esforcei por manter a respiração constante e pausada, contendo a raiva. Não queria estragar a noite de Denny discutindo com Kellan.

— Nada, acho.

Kellan colocou o copo na mesa e se levantou sem mais nem menos.

— Diz ao Denny que eu não estava me sentindo bem... — Ele se interrompeu como se fosse dizer mais alguma coisa, mas então abanou a cabeça e apenas disse: — Para mim, já chega. — Sua voz ainda era extremamente fria, e as palavras saíram num tom irrevogável que deu um nó no meu estômago. De repente, senti que ele não estava se referindo apenas àquela noite.

Levantei lentamente e o olhei nos olhos. Os dele se estreitaram um pouco ao me observar. Sem mais uma palavra, ele deu as costas e se dirigiu ao portão que levava ao estacionamento lateral, onde tínhamos deixado nossos carros horas atrás. Fiquei vendo-o se afastar. Alto, esguio e musculoso na proporção certa, ele era além de bonito, beirando a perfeição. Não pude deixar de experimentar uma intuição poderosa ao observá-lo abrir o portão. Eu sabia que, no momento em que ele fechasse aquela porta, eu nunca mais o veria. Algo começou a se romper dentro de mim ao pensar isso.

Eu deveria deixá-lo ir embora. Ele era temperamental, sempre frio e ruminando calado. E antes disso tinha sido um perfeito idiota, debochando do meu relacionamento com Denny, fazendo comentários maliciosos sobre nossa única noite juntos e o segredo que guardávamos de todo mundo. Imagens fugazes daquela noite me passaram pela cabeça — seus braços fortes, suas mãos carinhosas, seus lábios macios. Tentei me lembrar de antes disso, de quando ele fora um amigo, um bom amigo. Lutando contra as súbitas lágrimas que brotavam em meus olhos, corri até o portão atrás dele.

Ele já estava a meio caminho do carro quando fechei o portão atrás de mim.

— Kellan! — Minha voz soou alta e apavorada demais. *Cai na real*, pensei, irritada. *Diz adeus, deixa o cara ir embora e volta ao bar para esperar por Denny.* — Por favor, espera...

Ele diminuiu o passo e se virou para me olhar. Não pude ter certeza por causa da distância, mas os ombros dele pareceram se curvar num suspiro.

— O que é que você está fazendo, Kiera? — A pergunta parecia carregada de duplo sentido.

Finalmente o alcancei e segurei seu braço para virá-lo na minha direção.

— Espera... Fica, por favor.

Ele empurrou minha mão, quase zangado, e passou os dedos pelos cabelos cheios. Olhou para o céu por um breve momento antes de me encarar fixamente.

— Não posso mais fazer isso.

Esperando mais um de seus comentários levianos e maliciosos, a súbita seriedade em sua voz me pegou desprevenida e transformou a ansiedade que embrulhava meu estômago em puro pânico.

— Não pode fazer o que... ficar? Você sabe que Denny iria querer se despedir de você. — As palavras soavam fracas e erradas. Isso não tinha nada a ver com Denny... ou talvez tivesse tudo a ver.

Ele fez que não com a cabeça e olhou por sobre o meu ombro antes de voltar a observar meus olhos.

– Não posso continuar aqui... em Seattle. Estou indo embora.

As lágrimas que antes apenas tinham ameaçado agora brotavam com força total. Droga, o que havia de errado com o meu corpo? Não era exatamente aquilo que eu tinha esperado que Kellan fizesse? Eu deveria dar um tapinha nas costas dele e dizer "Ótimo, divirta-se". As coisas seriam tão mais fáceis se ele fosse embora e levasse consigo sua frieza, seus comentários irritantes, a fila interminável de mulheres paparicando-o, seus olhos de um azul insano me seguindo por toda parte, as lembranças íntimas que volta e meia me assaltavam...

Tornei a segurar seu braço. Ele se retesou, mas não me empurrou como antes.

– Não, por favor, não vai embora! Fica... fica aqui com... com a gente. Não vai... – Minha voz falhou no fim e eu não pude entender por que estava lhe dizendo essas coisas. Minha intenção era dizer adeus. Por que as palavras estavam saindo tão erradas?

Ele olhou para as lágrimas que escorriam pelo meu rosto como se tentasse resolver um problema que não compreendia.

– Eu... Por que você está...? Você disse... – Engoliu em seco e ficou olhando por sobre meu ombro, como se não aguentasse mais ver aquilo. – Você não... Você e eu não somos... Eu pensei que você... – Soltou o ar lentamente, se recompondo, e seus olhos voltaram aos meus. – Me desculpe. Me desculpe por ter sido frio, mas não posso ficar, Kiera. Não posso mais assistir a isso. Eu *preciso* ir embora... – Sua voz foi ficando cada vez mais baixa, até se tornar um sussurro.

Pisquei os olhos, incrédula, ainda esperando para acordar desse sonho bizarro. Sentindo por meu silêncio que a conversa acabara, ele fez menção de dar as costas. Um pânico de revirar as entranhas fez meu corpo reagir mais rápido do que minha mente podia acompanhar.

– Não! – Praticamente gritei com ele e, segurando seu braço com ainda mais força do que antes, puxei-o para perto de mim. – Por favor, me diz que isso não é por minha causa, por causa de nós dois...

– Kiera...

Levei a mão até o seu peito e me aproximei ainda mais.

– Não, não vai embora só porque eu fui burra. Você levava uma vida tão boa aqui antes que eu...

Ele recuou meio passo, mas deixou minha mão pousada sobre o seu peito.

– Não é... não é por sua causa. Você não fez nada de errado. Você pertence a Denny. Eu nunca deveria ter... – Ele deu um suspiro triste. – Você... você e Denny são...

Tornei a me aproximar e pressionei meu corpo contra o dele, as lágrimas ainda escorrendo leves pelo rosto.

— Somos o quê?

Ele ficou imóvel e soltou um suspiro trêmulo. Olhando para mim intensamente, sussurrou:

— Vocês dois são... importantes para mim.

Inclinando-me em sua direção, aproximei minha cabeça da dele, que olhou para mim, respirando lentamente pela boca entreaberta.

— Importantes... como?

Ele abanou de leve a cabeça, recuando mais meio passo.

— Kiera... me deixa ir embora. Você não quer isso... — sussurrou. — Volta lá para dentro, volta para o Denny. — Ergueu a mão para me fazer soltar seu braço, mas eu a empurrei.

A palavra me fugiu antes que eu pudesse contê-la:

— Fica.

— Por favor, Kiera, vai embora — sussurrou ele, seus lindos olhos subitamente brilhando, a hesitação estampada em seu rosto perfeito.

— Fica... por favor. Fica comigo... não me deixa — implorei baixinho, minha voz falhando ao pronunciar a última palavra. Eu não sabia o que estava dizendo. Apenas não podia suportar a ideia de nunca mais voltar a vê-lo.

Uma única lágrima escorreu pelo seu rosto, e as comportas romperam totalmente dentro de mim. Sua dor e sofrimento despertaram sentimentos em mim que eu nunca tinha experimentado. Eu queria protegê-lo, curá-lo, daria tudo para fazer sua dor passar. A frieza, a irritação, as mulheres, Denny, o certo e o errado — a dor nos olhos dele fez tudo mais evanescer.

Em voz baixa, ele ainda implorou, mas para mim ou para si mesmo?

— Não. Eu não quero...

Sem pensar, pousei minha outra mão no rosto dele e sequei a lágrima com o polegar. Na mesma hora soube que havia cometido um erro. O toque fora íntimo demais. O calor da sua pele pareceu se irradiar por todo o meu braço, acendendo meu corpo inteiro. Ele prendeu a respiração quando nossos olhos se encontraram, e eu soube que precisava me virar e correr de volta para o bar o mais depressa possível. Mas também sabia que era tarde demais.

— Kiera, por favor... me solta — sussurrou ele.

Ignorando-o, pousei a outra mão na sua nuca e o puxei para mim até meus lábios roçarem os seus. Não podia suportar olhar para seu rosto e ver o que ele estava pensando — eu não sabia nem o que eu mesma estava pensando —, por isso fechei os olhos com força e tornei a pressionar o corpo suavemente contra o dele. Seu corpo ficou tenso, mas seus lábios não me resistiram.

— Não faça isso... — sussurrou ele, quase baixo demais para eu ouvir. Eu ainda não sabia com qual de nós dois ele falava. Pressionei meus lábios com mais força contra os seus e ele soltou um gemido, quase como que de dor. – O que está fazendo, Kiera? – tornou a sussurrar a pergunta, seu corpo ainda rígido.

Não respondi logo, meus lábios roçando muito de leve os dele.

– Não sei... mas não me deixa, por favor não me deixa – sussurrei sem fôlego, mantendo os olhos firmemente fechados, não querendo ver sua reação à minha súplica.

Ele soltou o ar e sussurrou:

– Kiera... por favor... – Então, finalmente e com um calafrio percorrendo seu corpo inteiro, ele pressionou com força os lábios nos meus, me beijando intensamente.

Passando os braços firmes pela minha cintura, ele me puxou com força contra si. Seus lábios se separaram e sua língua roçou a minha. Soltei um gemido ao experimentar aquela sensação, o gosto dele, e tornei a buscá-lo com avidez. Em meio à névoa mental causada pela sensação de meus lábios se movendo contra os dele e meus dedos se emaranhando nos seus cabelos cheios, eu tinha a vaga consciência de estarmos nos movendo. Ele me empurrava devagar para a frente. Eu não sabia para onde ou por que, e nem me importava, contanto que ele não parasse de me tocar. Senti que ele esbarrou em algo sólido e aproveitei a oportunidade para imprensá-lo contra o obstáculo, me apertando tanto contra seu corpo quanto era fisicamente possível. Sua respiração se acelerou junto com a minha, e ele gemeu ao me puxar contra si.

Suas mãos deslizaram sob a minha camisa e enlaçaram a base de minhas costas, e eu suspirei ao sentir sua pele acariciando a minha. Uma de suas mãos se estendeu para trás, na direção do que quer que lhe servisse de apoio. Ouvi um clique e finalmente entreabri os olhos, para ver onde estávamos.

Ele se encostava na porta fechada do quiosque de café espresso, que ficava no meio do estacionamento. Eu tinha uma vaga consciência de que o quiosque ficava por perto, apenas não tinha me dado conta de que havíamos nos aproximado tanto assim dele. A mão que ele afastara das minhas costas estava virada atrás de si, girando a maçaneta. A parte de minha mente que ainda conseguia raciocinar se perguntou o que ele teria feito se a porta estivesse trancada, mas a maior parte não dava a mínima. Eu apenas preferiria estar em algum lugar um pouco mais privado do que aquele estacionamento aberto.

Ele se afastou da porta para poder abri-la. Nossos lábios pararam por um momento e eu observei seus olhos por um segundo. A paixão que vi neles me fez prender a respiração. Eu não conseguia pensar. Não conseguia me mexer. Tudo que conseguia era olhar no fundo daqueles olhos azul-escuros, ardentes. Uma de suas mãos contornou minhas costas, e então as duas mãos foram descendo. Me segurando pelo alto das coxas, ele me levantou sem o menor esforço, e nós entramos de costas no quiosque às escuras.

Com cuidado, ele me pôs de pé no chão e fechou a porta. Ficamos parados no escuro por um momento, meus braços envolvendo com força seu pescoço, uma das suas mãos ao redor da minha cintura, a outra encostada de leve na porta fechada. Estava tudo muito quieto, e o silêncio parecia ampliar o som da nossa respiração. Alguma coisa na escuridão, na sensação do meu corpo apertado contra o dele e na intensidade da nossa respiração, rompeu algo em minha mente, e a última parte de mim que ainda era capaz de raciocinar me abandonou. Tudo que restou foi a paixão... não, a *necessidade*... uma necessidade intensa, ardente.

Então, ele se moveu. Devagar, me apertando com muita força, ele fez com que nos abaixássemos até ficarmos de joelhos.

Minhas mãos voaram para a sua jaqueta, arrancando-a apressadas antes de atacarem sua camisa e quase frenéticas rasgarem o tecido que envolvia seu corpo. Meus olhos já tinham se acostumado bastante bem à luz fraca que entrava pelas janelas altas para me permitirem ver seu peito escultural. Seus músculos eram de uma rigidez incrível, e ainda assim sua pele era extremamente macia. Perfeito. Passei os dedos por aquela pele, correndo as pontas dos dedos pelas linhas fundas, enquanto seu peito subia e descia com a respiração ofegante. Percorri cada vinco definido do abdômen, me demorando no longo V na base. Ele soltou um gemido fundo, e então inspirou depressa. Senti meu corpo responder na mesma hora, senti a ânsia por ele crescer, e gemi de prazer quando ele encostou a boca quente no meu pescoço. Seus lábios percorreram a minha pele enquanto ele tirava meu cardigã e desabotoava minha camisa. Eu começava a me sentir transtornada, quase impaciente, tamanho era o meu desejo por ele. Arranquei a camisa de uma vez assim que ele chegou ao último botão, para poder sentir nossas peles coladas.

Ele soltou o ar, ofegante, e, com os olhos percorrendo meu corpo de alto a baixo de um jeito que me arrepiou, passou a palma da mão pelo meu pescoço, pelo meu peito, até a cintura, minha pele queimando de prazer onde quer que ele me tocasse. Eu gemia tão alto que, se ainda tivesse me restado um único pensamento consciente, eu teria me sentido extremamente constrangida. Ele tornou a expirar e passou a mão pela minha pele, parando para segurar meu seio e brincar com o mamilo através do tecido leve do sutiã. Meu fôlego era quase um arquejo, e eu arqueei as costas ao encontro de sua mão. Não podia mais suportar isso. Eu precisava dele, e já. Encontrei seus lábios de novo; seu fôlego estava tão rápido quanto o meu.

Estendendo um braço, ele nos abaixou até o chão. Nem me importei que estivesse imundo. O aroma do café me assaltou. Ele se misturava ao cheiro maravilhoso de Kellan de uma maneira tão deliciosa que eu soube que minha mente fundiria os dois para sempre. Passei os dedos de leve pelas costas dele, e sua garganta deixou escapar um gemido fundo que me eletrizou.

Afastei seus quadris de mim com avidez para poder encostar na sua calça jeans. Ele gemeu de desejo e inalou por entre os dentes enquanto eu desabotoava e puxava o zíper. Puxei a calça até abaixo dos quadris e parei um momento para observá-lo. Ele estava mais do que pronto para mim, sua ereção se projetando na calça, e a consciência de que fora meu corpo que fizera aquilo com ele quase me levou à loucura. Eu também estava mais do que pronta, estava desesperada. Meus dedos percorreram de leve toda a sua ereção e com delicadeza ele empurrou os quadris contra os meus, abaixando a cabeça até nossas testas se encostarem. Minha mão rodeou sua ereção por cima da cueca, relembrando a sensação de tê-lo dentro de mim, precisando senti-la de novo. Os lábios dele atacaram os meus e de repente suas mãos ficaram muito ocupadas, empurrando minha saia para cima e puxando minha calcinha com força para baixo. Eu não conseguia pensar. Eu o queria tão desesperadamente que chegava a doer.

— Ah, meu Deus... por favor, Kellan... — gemi no seu ouvido.

Ele abaixou a calça depressa e me penetrou antes que minha cabeça embotada pudesse assimilar o que acontecera. Tive que morder seu ombro de leve para não gritar de prazer. Ele enterrou o rosto no meu pescoço, parando para recobrar o fôlego. Na minha impaciência, levantei os quadris ao encontro dos seus e ele gemeu, empurrando fundo dentro de mim. Eu queria mais forte. Para minha surpresa, cheguei a dizer isso a ele, que, com força e sofreguidão, me satisfez.

— Meu Deus, Kiera... — Ouvi um débil "Meu Deus... isso", e então ele murmurou algo incompreensível no meu pescoço. Suas palavras, seu tom de voz e seu fôlego quente na minha pele fizeram com que uma onda de choque percorresse meu corpo inteiro, e eu o apertei com ainda mais força.

Um calor violento se alastrava por meu corpo, e eu cheguei a tremer com tanta intensidade. Era uma sensação familiar, mas nova. Era muito diferente da primeira vez — mais intenso, mais pesado e mais violento, e, ainda assim, inexplicavelmente mais doce, tudo ao mesmo tempo. Ele mergulhava forte e fundo, e eu ia com avidez ao seu encontro a cada golpe, nenhum de nós se importando em prolongar aquele momento, apenas precisando satisfazer a ânsia que crescia a cada segundo. Quando cada sensação em meu corpo começou a crescer, quando senti o clímax se aproximando, perdi o pouco do controle que ainda me restara. Não podia calar os sons que meu corpo exigia que eu fizesse, e senti um um prazer enorme ao ver que ele também desistira, seus gemidos e gritos ecoando os meus.

No momento final de puro êxtase, quando senti meu corpo se contrair ao redor de sua ereção dentro de mim, meus dedos mais uma vez percorreram suas costas... mas, dessa vez, com força... muita, muita força. Senti a umidade do sangue dele ao arranhar sua pele, e ele soltou uma exclamação de... dor? Prazer? Apenas intensificou o momento para mim e eu soltei um longo grito, ao experimentar a quente sensação que se expandia no fundo das minhas entranhas. Ele respondeu com um gemido fundo, e apertou minha coxa com tanta força que eu soube que ficaria roxa, enquanto ele investia contra mim mais algumas vezes e gozava.

No momento seguinte, no próprio instante em que toda a paixão se esvaiu do meu corpo, o lado racional da minha mente despertou. Com uma rajada glacial que fez todo o meu corpo estremecer, eu me dei conta, horrorizada, do que tínhamos acabado de fazer. O que *eu* tinha acabado de fazer. Fechei os olhos. Era um sonho, apenas um sonho intenso. A qualquer momento, eu acordaria. Só que... não era um sonho. Levei as mãos trêmulas à boca e tentei em vão calar os soluços que agora tinham se tornado incontroláveis.

Kellan desviou os olhos. Afastando-se um pouco, ele tornou a ajeitar a calça jeans antes de sentar de cócoras. De olhos fixos no chão, apanhou a camisa e ficou segurando-a, enquanto todo seu corpo tremia de frio.

Senti um aperto no estômago e tive medo de vomitar ao ajeitar a saia e tornar a vestir a calcinha. Encontrei a camisa e consegui vesti-la, abotoando-a com uma só mão, enquanto cobria a boca com a outra. Tinha medo de que, se a retirasse, perderia a batalha contra meu estômago. Meu corpo inteiro tremia de soluços desconsolados. Afora seu tiritar, Kellan não se movia, e nem por um momento tirou os olhos do chão, ou fez menção de me ajudar de qualquer jeito.

Minha mente não conseguia processar nada. Eu não podia entender o que havia acontecido, como meu corpo fora capaz de trair minha mente de modo tão radical. Por que eu o deixara me tocar daquele jeito? Por que eu o tocara, desejara e implorara a ele com tanta avidez? E, meu Deus... Denny... Não pude nem concluir esse pensamento.

Fungando, murmurei:

— Kellan...?

Ele ergueu o rosto. Brilhantes, seus olhos encontraram os meus, a paixão que os acendera havia tão pouco tempo totalmente extinta.

— Eu tentei fazer o que era certo. Por que você não me deixou ir embora? — sussurrou ele, a voz rouca.

Sua pergunta estilhaçou meu coração em mil pedaços, e os soluços recomeçaram. Tremendo, apanhei o cardigã no chão, levantei e me dirigi à porta fechada. Kellan tornou a olhar para o chão e não fez qualquer menção de me impedir. Abri a porta em silêncio e lancei um último olhar para ele, ainda ajoelhado, com a camisa nas mãos. De repente, notei nas suas costas as listras finas, de um vermelho vivo, que iam terminar em filetes de sangue. Soltei uma exclamação e avancei em direção a ele.

— Não — murmurou ele, sem virar a cabeça. — Vai lá. A esta altura Denny já deve ter dado por sua falta. — Seu tom era inexpressivo e glacial.

Em lágrimas, escancarei a porta e corri para o ar frio da noite.

Capítulo 10
CADA VEZ MAIS QUENTE

Foram três as coisas que notei à medida que a consciência ia pouco a pouco me voltando pela manhã. A primeira foi que meu corpo estava dolorido. Pelo visto, a noite anterior fora mais intensa do que eu me lembrava. Ah, meu Deus... será que eu tinha mesmo pedido a ele para pegar pesado comigo? Que diabos era tudo aquilo? Contra minha vontade, lembranças das mãos e lábios de Kellan inundaram minha cabeça. Engoli em seco e me obriguei a mudar o rumo de meus pensamentos.

A segunda coisa que notei foi que meu estômago ainda parecia prestes a expulsar o que ainda restara de líquido no seu interior. Mas meus olhos estavam finalmente secos, pensei, aliviada. Convencer Denny de que eu tinha ido para o estacionamento porque estava passando mal e não queria vomitar o jantar na frente de uma multidão fora mais fácil do que jamais imaginara que pudesse ser.

Ele nem hesitou, nem por um momento duvidou da minha história, apenas me ajudou com todo o carinho e me levou direto para casa. Não conseguiu deixar de lançar um olhar amargurado para o quiosque de café espresso quando passamos de carro por ele. Não pude deixar de me perguntar se Kellan ainda estava lá, ajoelhado no chão, esperando que o sangue em suas costas secasse. Tive que apertar o estômago com força para impedir que entrasse em erupção. Denny me deu uma olhada, preocupado, e então pôs o pé na tábua. Ele só tinha perguntado por Kellan en passant. E eu tinha dito que o deixara na mesa e não sabia para onde ele tinha ido. Para minha surpresa, minha voz se mantivera normal. Rouca, mas normal. Ele não notou o meu tom. Ou isso, ou o atribuiu ao meu mal-estar.

Já em casa, ele me ajudou, solícito, a trocar de roupa e me pôs na cama. Mal pude suportar sua bondade e o ar de adoração com que olhava para mim. Queria que ele gritasse, que fosse cruel. Eu merecia isso e muito mais. As lágrimas recomeçaram, por isso me virei de lado, dando as costas a ele, e fingi estar dormindo. Ele beijou meu ombro, carinhoso, antes de deitar ao meu lado, e eu passei as horas seguintes chorando baixinho no meu travesseiro.

Eu tinha presumido, ao acordar, que Kellan fora direto do bar para qualquer que fosse o seu destino. Obviamente, ele nunca mais iria querer me ver ou ficar cara a cara com Denny. Não depois do que ele, do que *nós* tínhamos feito. Nossa primeira vez fora um erro causado pela embriaguez enquanto Denny e eu estávamos brigados, embora por pouco tempo. Dessa vez, era diferente. Isso era uma óbvia traição.

Para meu sobressalto, essa reflexão me levou à terceira observação. Pude ouvir as vozes de Denny e Kellan conversando, até mesmo rindo, no andar de baixo. Sentei de um pulo na cama e prestei mais atenção. Nenhum grito. Nenhum tipo de hostilidade. Seria possível que ele estivesse mesmo passando uma tranquila manhã de domingo batendo papo com o melhor amigo, quando ainda ontem o apunhalara pelas costas?

Levantei depressa e corri para o banheiro. Estava com uma cara horrível. Meus olhos estavam empapuçados e vermelhos, meu cabelo um ninho de nós. Passei uma escova pelas mechas emaranhadas, joguei um pouco de água fria no rosto e escovei os dentes de qualquer jeito. Minha aparência não ficou nenhuma maravilha, mas melhorou e, de todo modo, eu estava fingindo ter passado mal. Dei uma olhada rápida na minha coxa, e ora se não havia uma mancha roxa lá! Mordi o lábio, e meu estômago tornou a se embrulhar diante daquela visão. Ajeitando as roupas às pressas, decidi continuar de pijama. Não era mesmo incomum eu usar a calça do pijama durante o dia, e eu estava sentindo uma curiosidade mórbida tamanha que não dava mais para esperar.

Desci a escada correndo e quase caí ao parar bruscamente no último degrau. Respirando fundo de modo consciente, me esforcei para desacelerar os pulmões agitados e o pulso disparado. Quem sabe Kellan não estava aqui porque a noite passada fora apenas um sonho horrível que nunca chegara a acontecer? Se meu corpo não estivesse com manchas roxas e deliciosamente dolorido, e se essa consciência não tivesse desandado meu estômago, eu teria sido capaz de acreditar nisso.

Lentamente, eu me dirigi à cozinha e contornei a parede pé ante pé. Sim, tinha que haver algum jeito de a noite passada ter sido apenas um sonho. Ou isso, ou eu estava sonhando agora.

Denny estava encostado na bancada, bebendo tranquilamente uma caneca de chá. Ele sorriu para mim ao notar minha entrada silenciosa.

— Bom dia, dorminhoca. Está se sentindo melhor? — Seu sotaque encantador estava extremamente forte aquela manhã, mas não o curti nem um pouco, porque havia outra pessoa olhando para mim.

Kellan estava sentado com naturalidade à mesa da cozinha, uma mão alisando distraída a caneca de café cheia, a outra calmamente pousada no colo. Seus olhos já deviam ter se voltado na minha direção antes mesmo de eu entrar na cozinha, porque na mesma hora encontraram os meus. Estavam de um azul totalmente tranquilo aquela manhã, calmos e serenos, mas ainda estranhamente frios. Um dos cantos de sua boca se curvou num leve sorriso que em nada alegrou seu olhar.

Finalmente lembrando que Denny tinha me feito uma pergunta, olhei depressa para ele e respondi:

— Estou, sim, muito melhor. — Sentei numa cadeira diante de Kellan, seus olhos acompanhando todos os meus gestos. Mas que diabos ele tinha na cabeça? Será que estava tentando ser óbvio? Será que queria que Denny soubesse? Dei uma espiada rápida em Denny. Ele ainda estava encostado na bancada, tomando seu chá e assistindo ao noticiário que a tevê na sala exibia. Já estava acordado fazia algum tempo; já tinha tomado banho e se vestido, sua calça jeans detonada envolvendo suas pernas com perfeição, sua camisa cinza simples realçando cada músculo. Ele realmente era um cara lindo, pensei, com tristeza.

Suspirei, me sentindo culpada, e abaixei os olhos. Infelizmente, eu tinha esquecido que Kellan ainda estava sentado diante de mim, me encarando, e olhei para ele. Não pude fugir do seu olhar dessa vez. Seus olhos se estreitaram ao estudar os meus, o sorriso abandonando seu rosto. Ele parecia o mesmo da noite passada. Exatamente o mesmo, percebi, um pouco chocada. Ele não tinha trocado de roupa. Ainda estava vestindo a mesma camisa branca, as mangas compridas arregaçadas até um pouco abaixo dos cotovelos, a mesma calça jeans desbotada. Até seu cabelo alvoroçado estava exatamente como quando meus dedos se emaranharam neles. Ele parecia ter acabado de chegar em casa. Tive vontade de gritar com ele, de lhe perguntar por que diabos ainda estava aqui! Por que me devorava com os olhos quando Denny estava a apenas alguns passos de distância?

Kellan finalmente desviou os olhos de mim, apenas um átimo de segundo antes de Denny se virar na minha direção. Não fui rápida o bastante e Denny me apanhou encarando Kellan, com um olhar que, imagino, deve ter sido de raiva. O sorrisinho de Kellan voltou assim que me virei para Denny. Sorriso idiota, irritante.

— Quer que eu prepare alguma coisa para você comer? — perguntou Denny, me observando para ver se eu ainda dava mostras de estar doente.

— Não, não precisa. Não estou a fim de comer hoje. — Eu realmente ainda me sentia nauseada, só que não pelas razões que ele imaginava.

— Café? — Ele apontou para uma jarra quase cheia ao seu lado.

Nesse instante o cheiro chegou até mim, e eu achei que poderia perder o precioso controle sobre meu estômago bem ali. Nunca mais seria capaz de pensar em café do mesmo jeito, muito menos bebê-lo.

— Não — sussurrei, meu rosto pálido.

Denny não notou minha lividez. Colocou a caneca vazia na bancada e, se endireitando, caminhou até mim.

— Tudo bem. — Ele se inclinou para me dar um beijo na testa, e, com o canto do olho, tive a impressão de ver Kellan se remexer. — Me avisa quando estiver com fome. Eu preparo o que você quiser. — Denny sorriu e passou por mim, indo para a sala. Recostando-se tranquilamente no sofá, ele passou para o canal de esportes.

Prendi a respiração. Queria ir me sentar com Denny no sofá, me aninhar nos seus braços e cochilar enquanto ele via tevê. Parecia tão aconchegante e convidativo, tão confortante. Mas o sentimento de culpa me manteve sentada na cadeira. Eu não o merecia, não merecia seu calor e carinho. Eu merecia a fria dureza da cadeira da cozinha. Engoli com dificuldade e fiquei olhando para a mesa, aliviada por não ter mais lágrimas para derramar.

Kellan pigarreou baixinho. Levei um susto. Em minha tristeza, tinha esquecido que ele estava ali. Ele olhou brevemente para Denny no sofá, e então seus olhos se fixaram nos meus. Tive a impressão de ver um lampejo de dor percorrer seu rosto, que passou antes que eu pudesse ter certeza. Sem querer, mas incapaz de me controlar, tornei a pensar na noite passada. Revivi o último momento em que o vira, suas costas arranhadas e sangrando das minhas unhas. Meus olhos correram para sua camisa. Eu não podia ver muito daquele ângulo, mas, até onde dava para perceber, a camisa estava limpa... pelo menos não exibia nenhuma mancha de sangue.

Ele me deu um sorrisinho maroto, seus olhos se humanizando pela primeira vez, e eu tive a clara impressão de que ele sabia exatamente o que eu estava procurando. Corei e tentei desviar a cabeça, sem virá-la na direção de Denny.

— É um pouco tarde para esses pudores, não acha? — sussurrou ele para mim, ainda dando aquele sorrisinho tão irritante quanto irresistível.

No ato meus olhos voltaram para os dele, novamente chocados. Será que nós íamos mesmo ter aquela conversa ali? Naquele momento? Tentei verificar se ele tinha falado alto o bastante para sua voz chegar até a sala e se fazer ouvir acima da tevê. Mas isso não parecia possível.

— Você perdeu a cabeça, seu louco? — tentei devolver no mesmo tom, mas a irritação estava levando a melhor sobre todas as outras emoções na minha cabeça, e as palavras soaram altas demais aos meus ouvidos. — O que está fazendo aqui? — consegui dizer bem mais baixo.

Ele inclinou a cabeça para o lado de um jeito encantador.

— Eu moro aqui... lembra?

Eu poderia ter dado um tapa nele. Vontade não me faltava, mas a ideia de chamar a atenção de Denny e, ainda mais provável, provocar sua desaprovação, paralisou minha mão. Olhei para os dedos unidos, resistindo à tentação.

— Não, você ia embora... lembra? Uma partida grandiosa, sombria, dramática... Será que isso lhe soa familiar? — Pelo visto, minha irritação estava me deixando sarcástica.

Ele riu uma única vez, baixinho.

— As coisas mudaram. Alguém me pediu para ficar de uma maneira *muito* convincente. — Deu um sorriso malvado e mordeu o lábio.

Prendi a respiração, fechando os olhos por um momento para não ver seu rosto perfeito.

— Não. Não, não há qualquer razão para você continuar aqui. — Abri os olhos e ainda o encontrei sorrindo sedutor para mim. Ele devia ter perdido a cabeça na noite passada; era a única explicação possível para sua súbita mudança de comportamento. Arrisquei um olhar para Denny, mas ele ainda assistia ao canal de esportes na mais santa paz.

Quando tornei a olhar para Kellan, ele parou de sorrir e se inclinou para mim, intenso:

— Eu estava errado antes. Talvez você queira fazer isso. Para mim, vale a pena ficar e descobrir. — Ele estava sussurrando, mas me senti como se tivesse gritado as palavras do outro lado da cozinha.

— Não! — soltei, por um segundo sem fazer a menor ideia do que mais dizer. Tratando de me controlar, acrescentei: — Você tinha razão. Eu quero Denny. Eu escolho Denny — implorei a ele em voz baixa, não me atrevendo a olhar nem mesmo de relance para a sala, para o caso de Denny ouvir seu nome sendo mencionado.

Kellan esboçou um sorriso e estendeu a mão para o meu rosto. Tive o instinto de recuar para finalmente lhe acertar um tapa, mas não pude fazer meu corpo obedecer. Por que meu corpo já não me obedecia mais? Corpo idiota, prepotente. As pontas dos dedos de Kellan traçaram uma linha do meu maxilar até os lábios. Na mesma hora em que senti seu toque, o fogo da paixão relembrada se alastrou pelo meu corpo. Minha boca se entreabriu enquanto seus dedos deslizavam por entre eles, e eu semicerrei os olhos de prazer, para abri-los de estalo ao ouvir o som de sua risadinha.

— Veremos — disse ele tranquilamente, recolhendo a mão para o colo e se recostando na cadeira com uma expressão arrogante e vitoriosa. Corpo idiota, mil vezes idiota e prepotente.

— E ele? — Meneei rispidamente a cabeça em direção a Denny.

O sorriso de Kellan se desfez e seus olhos se abaixaram até a mesa. Sua voz saiu amargurada, mas firme:

— Eu tive muito tempo para pensar nisso ontem à noite. — Tornou a me olhar nos olhos. — Não vou magoar Denny desnecessariamente. Não vou contar a ele, se você não quiser que eu conte.

— Não, eu não quero que ele saiba — sussurrei, mais uma vez aliviada por não terem me restado mais lágrimas. — O que você quer dizer com... desnecessariamente? O que acha que nós somos agora?

Seu sorriso reapareceu e ele estendeu a mão sobre a mesa para segurar a minha. Recuei, mas ele a segurou com força e acariciou meus dedos.

— Bem... neste exato momento, nós somos amigos. — Ele me deu um olhar de alto a baixo que me fez corar. — Bons amigos.

Fiquei olhando boquiaberta para ele, sem saber como responder a isso, quando então minha raiva voltou.

— Você disse que nós não éramos amigos. Apenas roommates, lembra? — Eu não conseguia manter minha língua livre de veneno.

Ele inclinou a cabeça de um jeito tão atraente que chegou a distrair minha atenção.

— Você me fez mudar de ideia. Você sabe ser muito... persuasiva. — Abaixou a voz, sensual. — Gostaria de me persuadir de novo qualquer hora dessas?

Levantei bruscamente, a cadeira arranhando o chão com um guincho quando a afastei. Kellan soltou minha mão calmamente e ficou me observando, enquanto Denny perguntava alto da sala:

— Você está bem?

— Estou — respondi no mesmo tom, me sentindo idiota em último grau. — Vou subir para tomar um banho. Tenho que me vestir para o trabalho... para o turno da Emily. — Sentia o súbito ímpeto de lavar cada vestígio de Kellan do meu corpo. Dei uma olhada rápida em Denny. Ele já tinha se virado de novo para a tevê, totalmente alheio ao clima na cozinha.

— Quer que eu vá com você? Nós poderíamos continuar a nossa... conversa — sussurrou Kellan com um sorriso diabólico, e, para minha irritação, meu pulso acelerou. Lancei um último olhar feroz para ele, e então saí da cozinha a passos largos, recusando-me a me render.

Fiquei ruminando sobre o problema que era Kellan enquanto demorava horrores para me vestir para o trabalho. O que é que eu tinha feito? Que diabos estava pensando? Devia tê-lo deixado ir embora... Por que não conseguira fazer isso? Por que tinha me sentido incapaz de deixá-lo entrar no carro, mas tinha sido capaz de deixá-lo entrar em...

Suspirei. Não estava nem um pouco a fim de pensar *nisso* naquele momento. Meu estômago já estava doendo demais.

Ele também tinha dito uma coisa muito estranha na cozinha. Quais foram mesmo as suas palavras...? *Talvez você queira fazer isso?* Isso? Mas o que ele achava que nós estávamos fazendo... além de cometer um erro desastroso? Bem, pelo visto agora nós éramos amigos, segundo ele. Fiquei um pouco irritada por ver que fora *isso* que fizera com que Kellan passasse a me considerar uma amiga. Na minha cabeça, nós tínhamos sido amigos o tempo todo. E agora, éramos *bons* amigos? E, embora ele talvez não tivesse chegado a dizer com todas as letras, eu ouvi, como se ele tivesse gritado a plenos pulmões: uma amizade... colorida. *Bem, sinto muito*, pensei, escovando o cabelo e fazendo um rabo de cavalo sem a menor paciência, *nossa amizade não é desse tipo. Bem, pelo menos não de novo.*

Denny me deu uma carona para o trabalho, mas recebeu um telefonema de Max enquanto estacionava o carro para entrar comigo. Abanando a cabeça, irritado, ele suspirou e disse que teria que ficar fora por algumas horas, mas que viria me buscar quando meu turno acabasse. Assenti e disse que não havia problemas. O que eu tinha feito com ele neutralizou qualquer ressentimento que Max poderia me inspirar por tirá-lo de mim dessa vez. O que eu tinha feito com ele era muito pior. Eu ainda me sentia doente. Apertei o estômago ao ver os faróis de seu carro se afastando do estacionamento. Uma parte de mim ficou aliviada por ver as luzes morrerem a distância; eu precisava enfrentar minha culpa sozinha.

E no Pete's, dando início ao turno da tarde, eu estava praticamente sozinha. Não fisicamente, é claro; o bar tinha uma clientela bem movimentada na hora do almoço, mas eu não conhecia nenhuma dessas pessoas. Se o Pete's era como uma grande família, o turno do dia e o da noite eram primos distantes. Pois é, nós nos víamos nos feriados, mas não tínhamos muito contato.

O barman daquele turno era um cara bonitão que me cumprimentou com um educado aceno de cabeça quando entrei no bar. Eu achava que o nome dele era... Troy... mas não tinha tanta certeza assim a ponto de chamá-lo por esse nome, de modo que, por ora, um "oi" daria conta do recado. As duas outras garçonetes da equipe eram mais velhas, e pelo visto já trabalhavam ali havia séculos. As duas tinham cabelo grisalho e chamavam todo mundo de "fofinho" e "gracinha", por isso decidi que elas não se ofenderiam se eu me dirigisse a elas nesses termos. Mas ambas eram muito simpáticas, e logo me senti à vontade.

A clientela que apareceu também era diferente. De noite os que pintavam eram mais amigos do copo. Já esse pessoal era mais... amigo da mesa. Enfiei a cabeça na cozinha mais vezes durante aquela tarde do que durante todo o tempo em que trabalhara no Pete's. À noite a cozinha ficava a cargo de um cara tímido chamado Scott. Ele era alto, longilíneo e estranhamente magro para um cozinheiro, mas, caramba, como sabia pilotar um fogão! O responsável pelos talentos culinários de Scott se encarregava da cozinha durante as manhãs – era o pai dele. Sal era igualmente alto e magro, e um cozinheiro tão talentoso quanto o filho (se não mais). Era um cara bastante divertido, sempre me brindando com uma piada e uma piscadela quando eu chegava com um pedido.

As coisas estavam indo bem, eu curtia meu turno com a família postiça, quando seria capaz de jurar que senti as moléculas no ar incharem. Eu soube antes mesmo de ver; soube no exato instante em que Kellan Kyle entrou no bar.

Ele se aproximou às minhas costas, mas não me virei para atendê-lo. Ele que sentasse e esperasse como todo mundo... de preferência, em alguma outra seção que não a minha. Mas ele não fez isso. Apenas continuou atrás de mim, enquanto eu esperava por alguns refrigerantes em frente ao balcão. Notei que Troy estava aceso, olhando para ele com um sorrisinho, o que me irritou um pouco. Seria possível que todo mundo se sentisse atraído por esse homem? Finalmente, senti uma mão pousar no alto da minha coxa... no alto da minha coxa ainda machucada. Meu corpo se retesou e eu me virei para ele. Tinha planejado lhe dar um tapa, mas vê-lo fez com que eu perdesse o fôlego e meu pulso disparasse, e eu abaixei a mão.

Ele tinha tomado banho antes de sair, seu cabelo revolto e alvoroçado, mas ainda úmido nas pontas. Estava usando uma black jeans de um preto meia-noite que acentuava o contraste com o vermelho da camiseta superjusta, que exibia, tentadora, cada músculo escultural dos seus ombros largos e realçava os peitorais maravilhosos que qualquer modelo daria tudo para ter. Mas não foi esse corpo incendiário que prendeu minha atenção. Foram os olhos. Eles estavam praticamente... fervendo... enquanto ele apertava minha coxa. Tinha um sorriso malicioso fixo nos lábios ao me estudar.

Empurrei depressa sua mão para longe da minha perna, esperando que essa interrupção no nosso contato acalmasse meu coração, que palpitava violentamente. O que até poderia ter funcionado, se ele não tivesse segurado meus dedos. Com o canto do olho, vi que Troy nos observava com curiosidade. Quer dizer, observava *Kellan* com curiosidade.

— O que é que você está fazendo aqui? — perguntei em voz baixa, tentando desentrelaçar meus dedos dos dele.

— Eu estava com fome. Ouvi dizer que a comida daqui é ótima, e que os funcionários são... muito *dados*. — Seu sorriso se alargou, e ele conseguiu tornar a entrelaçar nossos dedos.

Soltei uma exclamação chocada ao ouvir esse comentário.

— Muito dad... — Nem consegui terminar de pronunciar a palavra, começando a gaguejar e a enrubescer. Ele deu uma risada e afastou uma mecha de cabelo que se soltara do meu rabo de cavalo para trás da orelha. O toque de sua mão era tão delicioso que cheguei a fechar os olhos, mas logo os abri bruscamente e de um tranco soltei minha mão. — Então vai sentar! Sua garçonete já vai atender você.

Ele sorriu, dando de ombros.

— Tudo bem. — Lançou um breve olhar para Troy, cumprimentando-o com um educado aceno de cabeça e um sorrisinho nos lábios, e em seguida caminhou em passos gingados até a mesa de sempre. Santo Deus, será que havia alguém com quem aquele cara *não* flertasse?

Evitei-o o máximo possível. Atendi a todo mundo no bar, enquanto Kellan me observava com um sorriso presunçoso no rosto, os braços cruzados. Estava simplesmente se deliciando com minha relutância em me aproximar dele. Mais para enxotá-lo do bar do que de fato para ajudá-lo, ou, como ele colocara, para me mostrar "muito dada", finalmente me aproximei de sua mesa.

– O que posso fazer por você?

Ele arqueou uma sobrancelha ao ouvir isso, e eu corei até a raiz dos cabelos. Concentrando a atenção no bloco à minha frente, tentei reprimir a lembrança íntima que ele acabara de me trazer à mente. Droga, por que meu cérebro era atraído para essa lama quando ele estava por perto? E por que ele passava o tempo todo nessa lama?

– Vou querer um hambúrguer... Batatas fritas... Uma cerveja... – Ele abaixou a voz ao fim da frase, como se houvesse mais, e eu tenho certeza de que meu rubor se acentuou.

– Ótimo. Vou passar seu pedido – sussurrei.

Já ia me virando às pressas para bater em retirada, quando sua voz me deteve:

– Kiera? – A contragosto, tornei a me virar para ele. – Será que tem uma aspirina aqui no bar? – Ele fez uma expressão de dor, levando a mão a uma das espáduas. – Minhas costas estão me matando. – Abriu um sorriso maldoso ao fim da frase, e eu senti um tranco no coração.

A imagem das minhas unhas se cravando fundo na sua carne saltou em minha mente com tanta nitidez que achei que iria perder o equilíbrio. Ofegante, levei a mão à boca num gesto tipicamente feminino, e então me virei e fugi sem responder. Senti um constrangimento avassalador, e em seguida culpa, e em seguida... desejo? Tratei de passar seu pedido às pressas, rezando para que ele fosse embora logo.

Por fim, depois de um almoço insuportavelmente longo, que poderia ter rivalizado com uma refeição de sete pratos, tanto em termos de duração quando de atenção pessoal (não apenas Fofinha lhe trouxe um copo d'água e Gracinha se incumbiu de tornar a enchê-lo, já que ficara claro que eu não iria mais chegar perto da mesa dele, como Troy em pessoa levou mais uma cerveja para ele, com um sorrisinho tímido nos lábios ao entregá-la, e Kellan com um sorrisinho malicioso nos seus ao aceitá-la), finalmente, eu dizia, ele se levantou para sair do bar. Toda essa cena me fez revirar os olhos. Se havia alguém que precisava de *menos* atenção pessoal, esse alguém era Kellan.

Chegando até mim, ele colocou em silêncio uma nota no meu bolso. Eu ainda nem tinha levado a conta para ele. Sinceramente, a essa altura ele já podia mandar pôr tudo na conta e pedir para o Pete lhe apresentar uma fatura mensal, do jeito como vivia batendo ponto naquele bar. Ele apenas sorriu ao me pagar e então se virou para sair, o que, juro, fez Troy soltar um suspiro. Retirei a nota do bolso e comecei a contornar o balcão em direção ao caixa, suspirando de alívio por ele ter finalmente ido embora, quando então percebi a nota que tinha me dado. De cinquenta.

De cinquenta? Ah, é? Irritada, saí do bar a passos duros.

O ruído áspero das minhas pisadas no chão fazia eco à raiva que eu sentia, e minha coragem aumentava a cada passo. Caminhei até ele, que já estava com a mão na maçaneta do seu Chevelle preto absurdamente sexy. Ou ele ouviu que eu me aproximava, ou já esperava por isso, e se virou para mim, um sorrisinho se esboçando nos cantos dos lábios. Sorrisinho esse que se desfez quando ele notou minha expressão, que de sorridente não tinha nada. Ele se empertigou e esperou, com um olhar insondável.

Parei quando nossos pés já quase se encostavam.

— O que é isso? — Levantei a nota insultuosa.

O sorrisinho reapareceu nos seus lábios.

— Bem... hum... é uma nota de cinquenta. Para ser trocada por bens e/ou serviços.

Respirei fundo para me acalmar. Espertinho. Quantas vezes eu iria sentir vontade de dar um tapa naquele cara hoje?

— Eu sei — respondi entre os dentes. — Mas por quê?

Ele inclinou a cabeça, abrindo um largo sorriso.

— É para você... e para pagar a minha despesa. Obviamente.

Tornei a respirar fundo.

— Por quê? Eu mal atendi você. Nem mesmo levei seu pedido. — Tinha deixado que a Fofinha se encarregasse disso, alegando uma necessidade urgente de ir ao banheiro.

Ele franziu um pouco o cenho, se recostando no carro, os braços cruzados.

— Às vezes, uma gorjeta é só uma gorjeta, Kiera.

Sei... tá legal. Não com ele... não aquele dia, não depois da noite passada. Ignorando seu poder de atração, rebati, ríspida:

— Mas por quê?

Com a voz estranhamente séria, mas uma expressão tranquila e sorridente no rosto, ele respondeu:

— Por tudo que você fez por mim.

Na mesma hora atirei a nota em cima dele, e entrei no bar a passos furiosos. Ele podia até ter dito aquilo com um sorriso sincero no rosto, mas eu senti o insulto nas entrelinhas. E me magoou que ele sentisse a necessidade de... me compensar.

Denny veio me buscar quando saí do trabalho e me contou sobre a tal incumbência fundamental que não podia esperar até segunda-feira. Tinha a ver com flores e um restaurante onde era praticamente impossível conseguir uma reserva para uma garota que Max andava tentando conquistar. Denny parecia tão satisfeito com isso quanto eu. Mesmo assim fingi um sorriso para ele e, para confortá-lo, disse que, pelo menos, o dia tinha chegado ao fim. O sentimento de culpa se misturou com a tensão quando me dei conta de como o meu dia continuaria a ser horrível. Estávamos voltando exatamente para onde Kellan estava.

Mas ele não estava em casa quando chegamos. E, como ainda não tinha chegado quando já trocávamos de roupa para ir dormir, comecei a ficar irritada. Ele tinha saído com os D-Bags, ou com alguma mulher? Tratei de esquecer minha irritação. Será que fazia diferença? Foi quando eu já estava prestes a ir lavar o rosto, e, se Deus quisesse, junto com ele o meu estresse, que encontrei o papelzinho escondido atrás do vidro de loção de limpeza. Era um bilhete escrito com a letra certinha de Kellan, dizendo apenas, *Não quis ofender*, e uma nota de vinte dólares enfiada na dobra.

Uau... um pseudopedido de desculpas. Essa era nova.

Na manhã seguinte, consegui refletir sobre o episódio da nota com a cabeça um pouco mais fria. E me senti meio idiota por ter feito todo aquele auê. Talvez ele só tivesse tido a intenção de ser simpático me dando uma gorjeta maior, e não fora de modo algum uma referência à nossa noite juntos. Às vezes era muito difícil ter certeza com ele, ainda mais considerando como fora cruel depois que dormimos juntos pela primeira vez. Droga, eu detestava o fato de agora ter uma primeira e uma segunda vez como parâmetro. Pelo menos, não haveria uma terceira. Não mesmo, nada de tri.

Fui para o andar de baixo, ressabiada, imaginando qual dos dois Kellans iria encontrar hoje. Como sempre, ele já estava sentado à mesa, tomando café, com um sorriso tranquilo e me observando em silêncio quando entrei. Fiquei grata por seu silêncio, e aliviada porque ele também não iria mencionar o episódio da véspera. No entanto, ele me olhava de um modo que fez com que eu me sentisse totalmente nua. Era irritante. Era excitante. E fazia com que eu me sentisse culpada.

Ele deu um longo gole no café e não pude deixar de pensar no quiosque de café espresso. Meu rosto pegou fogo e ele sorriu, diabólico, como se soubesse exatamente o que eu estava pensando. Colocou a caneca na mesa e se aproximou calmamente por trás de mim. Afastando os cabelos do meu pescoço num gesto sensual, de um ombro ao outro, ele deu um beijo rápido na minha nuca.

— 'dia — sussurrou bem no meu ouvido. Fiquei toda arrepiada. Droga, por que as mãos dele tinham que me deixar nesse estado? Ele passou os braços pela minha cintura e me puxou para si.

— Para com isso, Kellan — sussurrei, girando o corpo para o lado e afastando-o com delicadeza.

Ele riu baixinho.

— Parar com o que, Kiera? Nós fazíamos isso o tempo todo durante a ausência de Denny... lembra? — E tornou a me apertar contra si.

Suspirei e tratei de afastá-lo com mais firmeza, tentando ignorar o prazer de sentir seus braços ao meu redor.

— As coisas mudaram.

Novamente ele me apertou contra si, respirando com força no meu ouvido ao sussurrar:

— É verdade... As coisas mudaram muito.

Tornei a empurrá-lo, sentindo meus braços fracos. De repente, fiquei irritada.

— Você é tão... volúvel. — Meu olhar de raiva se abrandou, e eu me perguntei se o deixara com raiva.

Mas ele apenas me deu um sorriso com o canto da boca.

— Eu sou um artista... e não volúvel.

— Bem, nesse caso você é um artista volúvel... — Concluí o pensamento sussurrando para mim mesma: — Você é praticamente uma mulher.

Ele me ouviu. E me virou bruscamente para encará-lo, me imprensando na bancada, seu corpo contra o meu. Soltei uma exclamação quando uma de suas mãos levantou minha pobre coxa machucada e a encaixou ao redor do quadril, a outra mão deslizando por minhas costas e me puxando com força contra o peito. Mais uma vez ele sussurrou com voz rouca no meu ouvido:

— Posso garantir a você... que não sou. — Seus lábios percorreram o meu pescoço, e eu tornei a me arrepiar. Droga... não, decididamente ele não era uma mulher.

— Por favor... para... — consegui sussurrar, fazendo outra débil tentativa de afastá-lo.

Ele me beijou uma última vez, um beijo intenso no pescoço, e por um segundo tive medo de que fosse ficar marcado, mas então ele se afastou, suspirando.

— Tudo bem... mas só porque você pediu. — A voz dele era tão suave que era praticamente um ronronar de gato. — Adoro quando você faz isso — sussurrou, em seguida saindo da cozinha, rindo consigo mesmo.

Eu estava no chuveiro, relaxando num longo banho depois daquele breve encontro, tentando pôr as ideias e emoções em ordem. A sensação do corpo de Kellan pressionado contra o meu não me saía da cabeça... e menos ainda do meu corpo. O beijo de despedida dado em Denny antes de ir para o trabalho deixara meu coração em péssimo estado. Não havia jeito de me livrar do sentimento de culpa, e Kellan não estava ajudando em nada. Suspirei, inclinando a cabeça para trás sob o jato d'água. Ele era tão estranho. Da primeira vez que transamos, ele tinha ficado frio feito gelo, e agora estava pegando fogo. Meu Deus, o que *aconteceria* se nós chegássemos a...? Não, eu não queria nem pensar nisso. O que quer que estivesse acontecendo entre nós, *aquela* parte estava morta e enterrada! Eu não iria trair Denny... mais uma vez.

Eu já começava a me sentir um pouco melhor sobre a situação, quando a maior aranha conhecida pela humanidade se pendurou bem na frente do meu rosto. Eu gostaria de pensar que sou bastante objetiva em relação ao mundo dos roedores, insetos e aracnídeos: entendo perfeitamente que eles servem a um propósito e que têm um lugar no ciclo da vida. Mas uma dessas criaturas despencando bem diante do meu nariz, com, juro por Deus, umas pernas de meio palmo de comprimento, provocou em mim a reação mais feminina possível — eu soltei um grito. E não foi um gritinho qualquer, nada disso; foi um senhor grito, daqueles de filme de terror.

Saltei fora do chuveiro e imediatamente comecei a dança do pavor, sabe qual?, aquela que acompanha o pensamento "Ai meu Deus, eu sei que deve ter mais uma meia dúzia desses monstros no meu corpo". Foi nesse momento que Kellan irrompeu pela porta do banheiro adentro. Como, em nome de tudo que é mais sagrado, eu fora me esquecer de trancá-la? Fiquei paralisada ao vê-lo. E ele ficou paralisado ao me ver... nua em pelo.

Devo ter ficado vermelha *dos pés à cabeça* enquanto apanhava a toalha mais próxima que encontrei.

— Você está bem? — Ele olhou ao redor como que à procura de um assassino com um machado na mão e um rio de sangue nos ladrilhos, por causa da gritaria que eu fizera.

— Aranha — confessei, morta de vergonha. Será que eu não podia dar um rewind naquele dia?

Seus olhos voltaram para mim, e ele a custo conteve o riso. Teve que morder os lábios, mas o sorriso que acabou se delineando neles era desastrosamente sexy.

— Uma aranha? — conseguiu dizer, com uma voz quase normal. — Você não está... morrendo?

Fiquei séria, e os olhos dele perderam o humor e foram descendo lentamente pelo meu corpo mal coberto e ainda gotejante.

— Acho que eu deveria fazer uma vistoria mais completa, só para verificar se não há mais nenhuma... em você. — Deu dois passos na minha direção e, de repente, o banheiro pequeno me deu claustrofobia.

Senti uma onda de calor e fraqueza. Dando um tapa no ombro dele, empurrei-o para a porta.

— Não... Cai fora!

— Tudo bem. — Ele inclinou a cabeça, ao se virar para sair. — Vou estar no meu quarto, se mudar de ideia. — Deu um sorriso malicioso, e então desfechou: — Ou se aparecer mais alguma aranha.

Quando ele saiu, bati a porta com força e tive o cuidado de trancá-la. Minha nossa, as coisas quase tinham pegado fogo... eu precisava tomar alguma providência... mas não fazia a menor ideia de qual.

Ele sabia despistar como ninguém quando tirava suas casquinhas, sempre encontrando momentos em que Denny estava fora do aposento ou de costas para nós. Da primeira vez que ele beijou meu pescoço com Denny *no* aposento, eu soltei uma exclamação de surpresa. Ele deu um risinho e se afastou depressa quando Denny me lançou um olhar de interrogação. Murmurei alguma desculpa idiota sobre ter visto uma aranha e dei um olhar zangado para Kellan, que riu e ergueu as sobrancelhas à menção de mais uma aranha. Fiquei sentindo uma quentura deliciosa no pescoço onde ele me beijara.

Cada vez mais, eu curtia a solidão da universidade. Era o único espaço onde podia ficar livre de Denny e de Kellan. Por algumas horas, eu conseguia pensar em outras coisas que não a massa de confusão que era a minha vida doméstica. É claro, alguns dias depois, durante uma aula sobre as ideias de Sigmund Freud a respeito da repressão sexual, os pensamentos voltaram mesmo assim.

Eu não sabia o que fazer. Por um lado, tinha um namorado lindo e amoroso que eu adorava, por quem tinha me mudado para o outro lado do país, mas o fato de ele ter me abandonado por causa de um emprego tinha deixado cicatrizes em mim. Eu não gostava de pensar no assunto. Na verdade ele não tinha tido culpa pela minha reação abusiva, e *era fato* que tinha mudado de ideia e voltado para mim quase que imediatamente, e à custa de um grande sacrifício pessoal... mas não depressa o bastante. Durante sua breve ausência, Kellan tinha entrado de mansinho na minha vida, e agora parecia preso no centro dela.

Suspirei. Não fazia a menor ideia de como devia me sentir a esse respeito. Quer dizer, além de tremendamente culpada. Eu tinha sido avisada tantas vezes sobre Kellan. Sabia como ele era, e mesmo assim tinha caído... duas vezes. Odiava o jeito como me sentia fraca na presença dele e como ele tinha todo aquele poder, quando eu não tinha nenhum. Era tão irritante.

Naturalmente, nos últimos dias ele tinha se tornado ainda mais atrevido, seus toques muito mais íntimos, seus dedos sempre conseguindo encontrar aqueles ínfimos centímetros de pele que apareciam entre minha blusa e a calça jeans quando ele passava por mim no corredor. Ele acariciava meu rosto quando eu abria a geladeira. Seus lábios roçavam meu ombro nu quando eu preparava o jantar. Ele mordiscava minha orelha quando Denny saía para dar uma olhada na caixa de correio. Ele chegava por trás de mim no trabalho e pousava a mão nas minhas costas quando não tinha ninguém olhando.

Droga, ele estava me levando à loucura, e eu odiava cada segundo. Não odiava?

Levantei o rosto. A aula que tinha levado minha mente a divagar acabara, e eu não ouvira uma única palavra. Nem mesmo notara que os alunos já começavam a sair em fila da sala, agora quase vazia. Aquele filho da mãe do Kellan, com seus dedos maravilhosos, com seus dedos insuportáveis.

Agora eu teria que ir ver aquele sujeito odioso naquele bar odioso, pois meu turno começaria dentro de duas horas. É claro que ele estaria lá, bebendo com os companheiros de banda. Eles tinham ensaio quase todos os dias, e quase sempre chegavam ao bar antes ou depois. E é claro que Kellan não iria perder uma oportunidade de me atormentar na ausência de Denny. Ele sempre tomava cuidado para que ninguém testemunhasse a sedução, mas eu sentia que era mais fácil para ele quando não tinha que enfrentar os olhos de Denny.

Saí em meio à chuva fina e me dirigi ao ponto de ônibus. Não estava nem um pouco ansiosa por ter que ficar esperando o ônibus debaixo d'água. Não estava chovendo muito forte, mas em algum momento eu acabaria ficando ensopada. As pessoas em Seattle pareciam não se importar de se molhar. Ninguém se dava ao trabalho de carregar um guarda-chuva, a menos que estivesse chovendo a cântaros. Eu, pessoalmente, preferia me manter seca, mas não estava chovendo quando saí, e eu também não gostava de ficar carregando um guarda-chuva de um lado para o outro, parecendo uma idiota à espera de que chovesse.

Decidi tomar um ônibus direto para o bar. Preferia chegar mais cedo a ficar em casa sozinha com Kellan. Com Denny ainda no trabalho, quem poderia saber o que ele tentaria fazer comigo? Não que eu fosse deixar. Estava plenamente convicta de que não deixaria... Mas, enfim, eu poderia fazer o meu dever de Literatura na sala dos fundos.

Enquanto caminhava, ouvi alguém atrás de mim exclamar "Ai meu Deus, olha só para aquele cara... Ele é lindo!" Por instinto, eu me virei para olhar, e prendi a respiração. Kellan estava ali? Por que Kellan estava ali? Parado diante do seu carro, ele já estava bastante molhado, e, como os demais habitantes da cidade, não parecia se importar. Ele me deu um de seus sorrisinhos sexy quando o notei. Revirei os olhos e nem me dei ao trabalho de olhar para a pessoa que fizera aquela constatação. Tinha certeza de que era apenas uma garota qualquer, babando no decote ao ver a... perfeição dele.

Eu não estava nem um pouco a fim de me molhar à espera de um ônibus, de modo que, a contragosto, caminhei em direção a Kellan. A chuva já estava deixando seus cabelos revoltos um tanto úmidos, filetes de água escorrendo pelo seu rosto. Usando sua jaqueta de couro preta, ele estava encostado no carro, com os braços cruzados. Quem quer que fosse a dona do decote babado, tinha toda razão... ele era lindo.

— Achei que talvez você quisesse uma carona. — Ele praticamente ronronou as palavras.

— Claro, obrigada. Estou indo para o Pete's. — Eu esperava que meu tom soasse tão indiferente quanto eu gostaria de me sentir. Meu coração já disparava ante a ideia de ficar num espaço fechado a sós com ele, mas a tentação de manter as roupas secas era grande demais.

Ele sorriu, como se de algum modo já soubesse qual seria a minha resposta. Sentou atrás do volante depois de abrir a porta do meu lado, fazendo um floreio teatral com o braço. Eu estava tensa quando nos afastamos da universidade, esperando que ele fizesse... alguma coisa. Não tinha a menor ideia do que ele poderia tentar numa situação dessas, minha cabeça atulhada de possibilidades as mais diversas. Talvez prender meus braços contra o assento e tentar... Dei uma olhada no banco traseiro. De repente, ele me pareceu enorme, e bastante confortável. Na mesma hora compreendi que o carro de Kellan era a sua "segunda cama", por assim dizer. Essa constatação me fez corar e prender a respiração.

Ele olhou para mim, rindo um pouco.

— Você está bem?

— Estou — menti, totalmente inconvincente.

— Ótimo. — Paramos diante de um sinal vermelho, e ele me observou com os olhos brilhantes, divertidos, passando a mão pelos cabelos deliciosamente úmidos.

Percebi que tinha começado a respirar meio ofegante ao observá-lo. *Ah, pelo amor de Deus*, pensei, irritada. Ele ainda nem tinha encostado em mim. A expectativa estava começando a me fazer mal. Eu queria que ele acabasse com aquilo logo de uma vez. Espera aí... não. Senti a velha raiva de sempre. Eu não queria que ele encostasse em mim... certo?

O carro voltou a se pôr em movimento, mas eu estava olhando pela janela, perdida em minha confusão, e mal notei. Eu amava Denny, então por que desejava tão intensamente que Kellan me tocasse? Isso não fazia sentido. Mas eu não podia mais refletir a respeito. Kellan tinha finalmente decidido encostar em mim. Ele simplesmente pousou a mão no meu joelho, deslizando-a até o lado de dentro da minha coxa. Foi o bastante. Fechei os olhos, a sensação daquele toque incendiando todo o meu corpo. Mantive os olhos fechados durante todo o percurso até o bar.

Chegamos ao Pete's rápido demais e, ainda assim... não foi rápido o bastante. Kellan estacionou o carro sem tirar a mão da minha coxa. Eu podia senti-lo me encarando, mas mesmo assim mantive os olhos fechados. Ele deslizou pelo banco, vindo pressionar o meu corpo. O calor da sua pele, o cheiro da chuva nela, fizeram minha respiração acelerar. Ele levou a mão até o alto da minha coxa, e eu quase gritei, minha boca se abrindo em um arquejo pesado. De repente, eu queria muito mais... e odiava isso. Ele esfregou o rosto no meu queixo, e eu tive que fazer um esforço para manter a cabeça reta e não me virar na sua direção. Ele beijou o cantinho da minha face, e então sua língua correu de leve até minha orelha, enquanto eu começava a tremer. Ele mordiscou minha orelha por um segundo antes de finalmente sussurrar:

— Está pronta?

O pânico fez com que eu abrisse os olhos de estalo. Olhei-o depressa antes mesmo de virar o rosto, agora ofegando de um jeito constrangedor. Ele sorria para mim com tanta sensualidade que não pude deixar de virar o rosto para o dele. Agora separados por apenas alguns milímetros, senti sua mão subir pela minha coxa e depois pelo meu quadril. Em seguida ouvi um tênue clique, e meu cinto de segurança se abriu.

Ele se afastou de mim e começou a rir. Irritada, empurrei a porta e a bati atrás de mim. Quando me virei para dar uma olhada no seu Chevelle ainda mais sexy com as gotas de chuva, vi seu rosto deliciado na janela ao me observar entrando a passos duros no bar. Na verdade eu agora estava dando graças a Deus pela chuva, que refrescava minha pele encalorada a caminho das portas duplas. Droga, o cara era bom no que fazia.

Na manhã seguinte, escorei Kellan na cozinha quando servia uma caneca de café.

— 'di...

Na mesma hora interrompi seu cumprimento simpático, ainda irritada com o trajeto de carro na véspera.

— Você — pus um dedo no seu peito, o que o fez abrir um sorriso bem-humorado enquanto colocava a jarra de café na bancada — precisa parar com isso!

Ele segurou minha mão e me puxou para um abraço.

— Eu não fiz nada com você... recentemente — completou, com a maior inocência.

Tentei me desvencilhar do seu abraço, mas ele me apertava com força.

— Hum... e isso? — Tentei indicar os braços dele ao meu redor, mas quase não podia me mexer.

Ele riu, beijando meu queixo.

— Nós fazemos isso o tempo todo. Às vezes fazemos mais coisas...

Irritada, eu me afastei e soltei num tom extremamente agitado:

— Como no carro?

Ele riu ainda mais alto.

— Ali foi só você, Kiera. Você estava ficando toda... excitada, só de me olhar. — Ele se inclinou um pouco para me olhar nos olhos. — Você queria que eu apenas ignorasse isso? — Corei até a raiz dos cabelos; ele tinha razão. Soltei um suspiro sonoro, desviando os olhos dele.

Kellan riu baixinho da minha reação.

— Hum... você quer que eu pare? — Enquanto falava foi passando os dedos do meu cabelo ao rosto, descendo pelo pescoço, por entre os seios, e finalmente pela cintura até pararem na calça jeans. Segurando o cós, ele me puxou para perto.

Na mesma hora, e para minha irritação, meu corpo reagiu — a respiração ficou ofegante, o pulso disparou e eu fechei os olhos, tentando resistir à tentação de virar o rosto para os seus lábios.

— Quero — disse sem fôlego, imaginando se estaria respondendo direito à sua pergunta.

— Você não parece ter tanta certeza assim... Eu te deixo pouco à vontade? — A voz dele era rouca e sedutora, e eu mantinha os olhos fechados para não ter que ver sua expressão. Seus dedos agora contornavam de leve o interior do cós da calça, mal roçando a minha pele.

— Deixa. — Minha cabeça girava... O que fora mesmo que ele perguntara?

Ele se inclinou para sussurrar no meu ouvido:

— Quer me sentir dentro de você de novo?

— Quero... — Soltei a resposta antes mesmo de minha mente assimilar o sentido da pergunta. Seus dedos pararam de se mover. Meus olhos se abriram de estalo quando percebi o lapso, e se fixaram em seu rosto surpreso. — Não! Eu quis dizer não! — Ele esboçou um sorriso, parecendo prestes a cair na gargalhada a qualquer momento, enquanto tentava manter a expressão sob controle.

Senti uma raiva enorme. Ótimo, agora eu o deixara ainda mais excitado e conseguira fazer papel de idiota, os dois de uma só vez.

— Eu quis dizer não, Kellan.

Ele se permitiu rir uma única vez.

— Hum-hum, eu sei... sei exatamente o que você quis dizer.

Empurrei-o com rispidez e voltei para o meu quarto. O confronto não tinha corrido nada bem.

Aquela tarde, eu ainda tinha algumas horas livres depois da universidade, antes de Denny voltar para casa do trabalho. Eu estava morta de cansaço. Não andava dormindo bem. Denny, Kellan, o sentimento de culpa e a paixão — todos eles giravam na minha cabeça, tornando o sono quase impossível. Se alguma coisa não mudasse em breve, eu iria implodir de estresse.

Estava sentada no meio do sofá, olhando para a tevê sem de fato assistir, totalmente perdida em pensamentos, quando senti um peso comprimir a almofada ao lado. Sabendo quem era, na mesma hora tentei me levantar, sem nem mesmo olhar na sua direção. Segurando meu braço, ele me puxou de volta. Olhei para Kellan, que estava com uma expressão extremamente divertida no rosto, um largo sorriso pela minha recusa em sentar ao seu lado. Eu estava cansada demais para isso agora...

Irritada com seu sorriso, teimei em ficar no sofá, imóvel, e cruzei os braços. Ele abrandou o sorriso ao me observar, e eu desviei os olhos. Sentindo seu braço passar pelos meus ombros, retesei o corpo mas me recusei a arredar dali. Não queria diverti-lo ainda mais hoje. O constrangimento daquela manhã ainda estava muito vivo na minha memória. Com delicadeza, ele começou a me puxar para o seu colo.

Chocada e furiosa com sua insinuação grosseira, eu me desvencilhei com um safanão e lhe dei um olhar gelado. Ele ficou surpreso, franzindo o cenho antes de relaxar e rir da minha reação. Apontando para o colo, ele disse:

— Deita aí... você parece cansada. — Arqueou uma sobrancelha para mim e sorriu, malicioso. — Mas, se você estivesse a fim, eu não te impediria.

Fiquei séria, constrangida com a minha suposição, e dei uma cotovelada nas costelas dele pelo comentário. Ele soltou um resmungo e continuou a rir.

— Como é teimosa... — debochou, novamente me puxando para o colo.

Ainda me sentindo boba pelo que achara que ele queria que eu fizesse, deixei que me deitasse no seu colo. Ele ficou olhando para mim enquanto eu me acomodava de barriga para cima. Seu colo era confortável demais, e eu estava extremamente cansada. Ele ficou fazendo cafuné de leve nos meus cabelos, o que na mesma hora me relaxou.

— Está vendo? Não foi tão difícil assim, foi? — Seus olhos azuis me observaram quase melancólicos. Ele ficou me olhando em silêncio por alguns minutos antes de tornar a falar. — Posso te perguntar uma coisa, sem que você fique zangada?

Na mesma hora eu me retesei, mas assenti. Olhando para os dedos que passava por meus cabelos, ele perguntou:

— Denny foi o único homem com quem você já esteve?

A pergunta me irritou. Por que ele haveria de querer saber uma coisa dessas?

— Kellan, eu não vejo como isso seja...

Os olhos dele encontraram os meus e ele me interrompeu:

— Só responde à pergunta. — Seu olhar era quase triste, sua voz baixa de emoção.

Confusa, respondi sem pensar:

— Foi... quer dizer, antes de você. Ele foi o primeiro homem que tive...

Ele assentiu, refletindo sobre o que eu dissera enquanto continuava a fazer cafuné nos meus cabelos. Eu me sentia como se devesse ter ficado constrangida, mas não ficara. Acho que não havia muito sobre meu corpo que Kellan já não soubesse ou não pudesse adivinhar.

— Por que cargas d'água você quis saber isso? — perguntei.

Ele parou de brincar com meus cabelos por um momento e então continuou, com um sorriso tranquilo, mas sem responder. Continuou me fazendo cafuné e, algum tempo depois, voltei a relaxar. Ele parecia perdido em pensamentos, apenas olhando para mim com aquele sorriso. De repente, fui inundada por uma enchente de lembranças de nós dois assim, na maior inocência, enquanto Denny viajava. A doçura daqueles dias me trouxe lágrimas aos olhos quando os ergui para ele.

Franzindo um pouco o cenho, ele secou uma lágrima.

— Estou magoando você? — perguntou em voz baixa.

— Todos os dias... — respondi no mesmo tom.

Ele ficou em silêncio por alguns minutos, e então finalmente tornou a falar:

— Não estou tentando magoar você. Me perdoe.

Confusa, soltei:

— Então, por que está me magoando? Por que não me deixa em paz?

Ele tornou a franzir o cenho.

— Você não gosta disso... de estar comigo? Nem que seja... só um pouquinho?

Senti um pequeno aperto no coração diante dessa pergunta extremamente complicada. Finalmente, decidi apenas lhe dizer a verdade.

— Gosto, sim... mas não posso. Não devo. Não é certo... fazer isso com Denny.

Ele assentiu, o cenho ainda franzido.

— É verdade... — Suspirou, parando de alisar meus cabelos. — Não quero magoar vocês... nenhum dos dois. — Ficou em silêncio por vários minutos, olhando para mim, pensativo. Não pude falar. Só pude ficar observando seus olhos fixos nos meus. Finalmente, ele disse: — Vamos deixar as coisas como estão. Só paquera. Vou tentar não passar dos limites com você. — Suspirou. — Só uma paquera amigável, como era antes...

— Kellan, eu acho que nós não deveríamos nem mesmo... enfim, depois aquela noite. Não depois de termos...

Ele sorriu, talvez porque as lembranças tivessem voltado em peso, como acontecera comigo, e acariciou o meu rosto.

— Eu preciso ficar perto de você, Kiera. Esse é o melhor acordo que posso te oferecer. — De repente abriu um sorriso safado, e meu coração tornou a disparar diante da força bruta do seu poder de atração. — Ou eu poderia apenas pegar você bem aqui, neste sofá. — Eu me retesei toda no seu colo, e ele suspirou. — Estou brincando, Kiera.

— Não, não está, Kellan. Esse é que é o problema. Se eu dissesse que sim...

Ele abriu um sorriso encantador.

— Eu faria o que quer que você pedisse — sussurrou.

Engoli em seco e desviei os olhos, me sentindo pouco à vontade com essa conversa. Ele percorreu meu rosto com o dedo, e então meu pescoço, meu colo e novamente minha cintura. Minha respiração acelerou e eu lhe dei um olhar veemente.

— Opa... desculpe. — Ele deu um sorriso sem graça. — Vou tentar...

Voltou a afagar meus cabelos, o que era bem mais seguro, e, por fim, os movimentos repetitivos terminaram por fazer com que eu pegasse no sono. Acordei horas mais tarde no meu quarto, aconchegada sob as cobertas. Torci para que estivesse vestida e senti, com profundo alívio, que estava. Kellan ainda queria me paquerar, mas nada além disso? Será que ele era capaz? Será que eu era? Será que isso era trair Denny... se fosse uma coisa inocente? Eu não tinha certeza se era possível, mas passar aqueles momentos deitada no sofá com Kellan trouxera à tona tantas lembranças maravilhosas de como as coisas tinham sido. Será que nós não poderíamos dar um jeito de fazer com que voltassem a ser assim? Mas a ideia de poder voltar a tocar nele com toda a liberdade me entusiasmou tanto que cheguei a ficar preocupada.

Denny entrou no quarto quando eu ainda estava pensando em Kellan e seu projeto de paquera. Eu me assustei um pouco ao vê-lo, ainda perdida em meus devaneios e sem me dar conta de que horas eram. Ele olhou para mim com ar de interrogação enquanto descalçava os sapatos e tirava a camisa.

— O que está fazendo? — perguntou, com um sorrisinho e um brilho nos olhos enquanto vestia uma camiseta mais confortável.

Normalmente a visão de Denny trocando de roupa, e o olhar que ele tinha me dado, teriam me feito sorrir, mas, considerando por onde meus pensamentos tinham andado, eu fiquei vermelha. Era uma reação estranha da minha parte, o que o levou a franzir o cenho ao sentar na beira da cama.

— Você está bem? — Pousou a mão na minha testa, e então afastou uma mecha de cabelos do meu rosto. — Não está se sentindo bem de novo?

O gesto foi tão meigo que me relaxou e eu sentei na cama, passando os braços pelo seu pescoço. Suspirei e fiquei abraçada a ele com um pouco mais de força do que o habitual. Ele esfregou minhas costas, me apertando com a mesma intensidade.

— Estou ótima... Só estava dando um cochilo.

Ele se afastou para me dar um olhar carinhoso, e foi nesse momento que notei o quanto parecia cansado.

— Você está bem? — Senti um início de pânico, mas tratei de controlá-lo.

Ele suspirou, negando com a cabeça.

— Max. Meu Deus, ele é um idiota, Kiera. Se o tio dele não fosse o dono da agência, ele não trabalharia lá nem em um milhão de anos. Eles estão fazendo uma campanha para uma loja que... — Ele se interrompeu, tornando a negar com a cabeça. — Argh, não quero nem pensar nisso. — Passou a mão pelos meus cabelos e me puxou para um beijo carinhoso. — Só quero pensar em você...

Também passei a mão nos cabelos dele, enquanto nosso beijo se tornava mais profundo. Ele se afastou depois de um minuto.

— Está com fome? Se quiser ficar aqui descansando mais um pouco, eu preparo alguma coisa para a gente comer.

Sorrindo ao ouvir essa oferta tão doce, passei a mão pelo seu rosto.

— Não, eu desço com você. — Ele segurou minhas mãos e, sorrindo, me ajudou a levantar. Fiquei apreciando a cor escura dos seus cabelos e a bela silhueta de seu corpo enquanto o seguia pela escada. Como eu pudera ter sido infiel a Denny? Ele era maravilhoso. Engolindo o nó na garganta, relembrei a mim mesma que não iria acontecer de novo. Eu nunca mais o trairia. Kellan tinha concordado em voltar atrás. Kellan e eu iríamos voltar aos tempos da nossa amizade. Tudo ficaria bem.

Decidi deitar no sofá, e, por fim, os sons de Denny preparando o jantar me fizeram pegar no sono. Ótimo, pensei, embotada, antes de finalmente entregar os pontos, *agora não vou conseguir dormir de noite*. Mas fui despertada por um par de lábios macios. Fiquei em pânico. Por uma fração de segundo durante o delírio do sono, não fiz ideia de quem fossem aqueles lábios.

Mas minha mão foi automaticamente para o rosto dele e, ao sentir a maciez dos pelos, relaxei. Denny. Era isso mesmo. Aquela noite eu estava de folga do trabalho, Denny tinha voltado para casa depois de um longo dia na agência, e Kellan iria tocar com os D-Bags no Razors. Provavelmente eles já deviam estar lá, relaxando antes do show.

Como no passado eu nunca tinha perdido uma oportunidade de ficar a sós com ele, Denny já estava... hum, pronto para mim. Achei um pouco estranho no começo, porque não tínhamos estado juntos desde que eu o traíra com Kellan, e eu ainda me sentia extremamente culpada, mas, depois de trocarmos alguns beijos profundos no sofá e de as mãos dele deslizarem para dentro da minha calça jeans, tratei de esquecer minha culpa e desfrutei cada centímetro daquele homem lindo, lindo.

O jantar maravilhoso que ele tinha preparado já estava frio quando finalmente nos sentamos para comer.

Capítulo 11
REGRAS BÁSICAS

Dormi feito uma pedra aquela noite, quando finalmente consegui pegar no sono depois dos múltiplos cochilos ao longo do dia. Pelo visto, o estresse de nunca saber o que Kellan iria fazer comigo, combinado com o sentimento de culpa que isso provocava, fora a causa da minha insônia. Agora que eu sabia de que jeito ele iria me tocar e de que jeito não iria, eu me sentia bem de novo. Quem sabe não poderíamos retomar nossa amizade? Quem sabe eu não poderia parar de trair Denny? Nunca poderia desfazer o que já tinha feito com ele, e me sentiria eternamente culpada por isso, mas saber que não faria mais nada para aumentar essa culpa me fez sentir eufórica ao descer a escada bem cedo na manhã seguinte.

E, é claro, recuperar minha liberdade com Kellan me fez sorrir de prazer quando observei a perfeição contundente de sua figura se virar para falar comigo na cozinha. Seu cabelo, rebelde e revolto, parecia combinar exatamente com o seu sorriso.

— 'dia. Café? — Ele apontou para a jarra que acabara de ficar pronta.

Com um largo sorriso, fui até ele e passei os braços pela sua cintura. Ele se espantou por um momento, e em seguida também passou os braços pela minha. Sua pele estava quente e tinha um cheiro maravilhoso. Senti um alívio enorme. Era tão fácil tocar nele desse jeito, ainda mais sabendo que não passaria disso.

— Bom dia. Quero, por favor. — Indiquei a jarra com a cabeça. Essa seria a primeira caneca de café que eu tomaria desde o nosso encontro aquela noite. Finalmente eu me sentia bem o bastante para voltar a bebê-lo... e tinha sentido muita falta.

Ele sorriu, olhando para mim, seus olhos azuis perfeitos parecendo calmos e serenos.

— Não vai ficar brava comigo por causa disso? — perguntou, me puxando para mais perto.

Retribuí seu sorriso carinhoso.

— Não... Eu senti falta. – Ele se inclinou para mim como se fosse beijar meu pescoço e eu o empurrei, franzindo o cenho. – Mas nós precisamos definir algumas regras básicas...

Ele riu baixinho.

— Tudo bem... Manda.

— Bem, além da regra óbvia, de que você e eu jamais iremos... – Corei profundamente com a ideia que não conseguia sequer formular, e ele riu.

— Fazer... sexo... intenso... e alucinante? – concluiu por mim, arqueando uma sobrancelha perfeita e pronunciando cada palavra lentamente. – Tem certeza de que não quer reconsiderar? Nós dois juntos somos simplesmente sensacio...

Olhei para ele com ar severo e o interrompi, dando-lhe um tapa no peito pelo comentário.

— Além da regra óbvia, nós também não vamos nos beijar... nunca mais.

Ele franziu o cenho.

— E se o beijo não encostar nos seus lábios? Beijo de amigos.

Franzi o cenho também, a súbita lembrança de sua língua percorrendo meu pescoço fazendo com que eu me arrepiasse.

— Não do jeito como você faz.

Ele suspirou.

— Está certo... Mais alguma coisa?

Sorri e me desvencilhei do seu abraço, fazendo a mímica das duas partes de um biquíni.

— Zonas proibidas... Não invadir.

Ele voltou a franzir o cenho.

— Putz, você está tirando toda a graça da nossa amizade. – Ele logo sorriu ao dizer isso. – Tudo bem... Mais alguma regra de que eu deva ficar a par?

Voltei para o seu abraço quando ele estendeu os braços para mim.

— Isso deve continuar inocente, Kellan. Se você não aceitar, vai estar tudo acabado entre nós. – Prestei atenção nos seus olhos, mas ele fez com que eu deitasse a cabeça no seu ombro e me abraçou.

— Está certo, Kiera. – Suspirou. Então, me afastando, começou a rir. – Mas isso vale para você também, entende? – Apontou para os próprios lábios, e então para as calças. – Não encoste – debochou. Dei um tapa no seu peito. – A menos que esteja com muita, muita vontade de fazer isso... – acrescentou com uma risadinha. Dei um tapa ainda mais forte no seu peito e ele tornou a rir, me abraçando com força.

Suspirando, relaxei no seu abraço, pensando que poderia passar a manhã inteira entre seus braços confortantes, quando de repente levei um susto ao ouvir o telefone tocando. Ainda era muito cedo. Olhei depressa para o andar de cima, onde Denny ainda dormia, e corri até o telefone, não querendo que o barulho o acordasse. E senti uma pontada de culpa ao pensar que a razão para não querer acordá-lo era o desejo de ficar mais tempo a sós com Kellan.

— Alô? — Atendi, me debruçando sobre a bancada. Uma risadinha divertida atrás de mim fez com que eu me virasse. Kellan estava sorrindo com a cara mais safada do mundo ao me ver debruçada daquele jeito sobre a bancada. Tratei de me endireitar na mesma hora e pus a mão no quadril, olhando séria para ele.

— E aí, mana! — veio a voz animada de Anna do outro lado do telefone, mas continuei a olhar séria para Kellan. Ele desenhou num gesto rápido um halo sobre a cabeça — *Eu vou me comportar!* —, e eu finalmente sorri.

— Oi, Anna. — Voltei a me debruçar sobre a bancada, vendo Kellan servir uma caneca de café para si, e então preparar outra para mim. — Não é um pouco cedo para telefonar? — Minha irmã era notívaga, e geralmente não acordava antes do meio-dia.

— Ah, é que eu acabei de chegar em casa e pensei em te dar uma ligada antes de ir para a faculdade. Acordei você?

Franzi o cenho e olhei para o relógio — eram sete e cinco em Seattle, então em Ohio deviam ser dez e cinco da manhã. E ela tinha acabado de chegar em casa?

— Não, eu já estava acordada. — Fiquei olhando para o relógio, imaginando o que Anna teria andado aprontando.

— Ótimo! E será que eu acordei o Tesão? — Dava para sentir o humor na voz dela ao pronunciar o apelido que dera para Kellan.

Caí na risada.

— Não, o Tesão também já está acordado. — Fiquei morta de vergonha ao me lembrar de que o "Tesão" estava escutando a conversa, e dei uma olhada no seu rosto extremamente divertido. Ele arqueou uma sobrancelha e pronunciou "Tesão" por mímica labial, apontando para si mesmo. Fiz que sim com a cabeça e revirei os olhos, enquanto ele ria baixinho.

— Aaaaaahhh... e o que vocês dois estavam fazendo tão cedo agora de manhã? — provocou ela.

Curiosa para ver qual seria a reação de Kellan, decidi brincar um pouquinho com ele e minha irmã.

— Nós estávamos trepando em cima da mesa, esperando o café ficar pronto. — A reação facial dele combinou tão bem com a reação verbal da minha irmã que não pude deixar de rir.

— Que é isso, Kiera! — exclamou Anna, enquanto Kellan cuspia fora o café e, tossindo um pouco, me dava um olhar incrédulo. Tornei a rir e tive que me virar para não ver o rosto de Kellan quando ele começou a abrir um sorriso indecente.

— Por favor, Anna. Eu estou brincando. Nunca faria nada desse tipo com ele. Você devia ouvir sobre todas as garotas com quem ele já andou. Ugh, o cara é nojento... e

Denny está dormindo no andar de cima, entende? — Dei uma olhada para onde Denny dormia, esperando que minhas risadas não o tivessem acordado. Em seguida meus olhos tornaram a descer até Kellan. Ele segurava sua caneca de café, com um estranho olhar fixo no chão.

— É mesmo? Eu gosto dos caras nojentos. Espera aí... Ele voltou? — Anna estava se referindo a Denny, mas minha atenção se voltava para Kellan e sua estranha expressão.

— Um telefonema para mamãe ou papai de vez em quando não vai te matar, sabia? — Fiquei séria ao ver Kellan colocar a caneca ainda cheia na bancada e se dirigir para o corredor, como se estivesse de saída. Na mesma hora, percebi o que eu, em minha pressa de mentir para Anna, tinha dito com ar arrogante: *Ele é nojento.*

Anna suspirou.

— Poderia matar, sim. Quer dizer então que você e Denny voltaram às boas depois das férias prolongadas que tiraram um do outro?

Segurei o braço de Kellan quando ele passou por mim. Eu o tinha ofendido *mesmo*. Seria possível que ele não tivesse percebido que eu estava mentindo?

— Está tudo bem. — Agora eu estava me dirigindo tanto a ele quanto a Anna. Ele me deu um olhar triste quando puxei seu braço para envolver minha cintura. Seu sorriso lentamente voltou e ele me abraçou com força, inclinando a nós dois na bancada.

— Ótimo... Se fosse eu, na certa teria pulado a cerca com o Tesão enquanto Denny estava viajando. Que bom que você não é eu, hein?

Corei ao pensar o quanto o comentário inconsequente de Anna fora certeiro, e Kellan me olhou com curiosidade.

— Pois é, que bom que você e eu somos totalmente diferentes, Anna. — Levantei o rosto para os seus incríveis olhos azuis quando ele me puxou para perto.

— E então... Que tal se eu pintar por aí esse fim de semana?

Alarmada, eu me retesei, olhando para a frente.

— Não!

Kellan tentou me olhar nos olhos, sussurrando:

— Que foi?

— Ah, por favor, Kiera. Eu estou louca para conhecer o Tesão. — Evitei o olhar de Kellan. As coisas finalmente tinham se acertado entre nós, e eu não precisava que a minha irmã estragasse tudo... ou tentasse levá-lo para a cama. Até porque eu não tinha tanta certeza assim de que ele recusaria.

— Ele tem nome, Anna! — disparei, mais irritada com meu último pensamento do que com o apelido que ela lhe dera.

— Está certo: Kellan. Meu Deus, até esse nome é quente. — Soltou um suspiro sonoro. — Você não pode ficar com todo ele só para si, sabia?

— Nem eu estou fazendo isso! — Eu começava a me enfezar. Finalmente vi os olhos preocupados de Kellan e me obriguei a me acalmar, relaxando no seu abraço. Sorri e abanei a cabeça para ele, tentando tranquilizar a nós dois.

— Nas férias de inverno, Anna... está lembrada? Você pode vir então. No momento eu estou ocupada demais. — Fiquei observando os olhos calmos dele, que sorria para mim. Não conseguia suportar a ideia dos dois juntos.

— Férias de inverno? Mas nós estamos em outubro! — Ela ainda parecia um pouco irritada.

— Eu estou ocupada, Anna — falei em voz baixa, tentando apaziguá-la.

— Ah, para com isso... Um finzinho de semana só não vai te matar, Kiera.

Suspirei, sabendo que, se continuasse batendo de frente com ela, acabaria por levantar suas suspeitas.

— Está bem. — Quebrei a cabeça, tentando encontrar um jeito de pelo menos adiar um pouco a sua viagem. Observando a perfeição contundente do rosto de Kellan, a solução me ocorreu tão depressa que eu cheguei mesmo a dizer *Ah!*.

— O quê? — Minha irmã e Kellan perguntaram ao mesmo tempo.

Abri um sorriso e Kellan fez o mesmo, levantando as sobrancelhas, curioso.

— Bem, Anna... Kellan tem shows todas as sextas e sábados à noite. Ele não vai estar livre até... — Arqueei uma sobrancelha para ele, que pensou por uma fração de segundo e então disse por mímica labial: *O dia sete.* — ... o dia sete. Por isso, se quiser que ele saia com a gente, vai ter que esperar até lá.

Ela suspirou.

— Sete de novembro? Isso é daqui a três semanas, Kiera...

Abri um largo sorriso, com vontade de cair na risada.

— Eu sei. Se quiser vir antes, é bem-vinda. Kellan não vai estar por aqui, mas você pode sair comigo e com Denny. Nós podemos pegar um cineminha, ou...

— Não, não... tudo bem, eu vou no dia sete. — Então, ela se animou. — Nós vamos nos divertir tanto, Kiera! — Anna riu, e eu não soube quem ela estava mais animada para ver, a mim ou a Kellan. — Posso dormir no quarto de Kellan? — perguntou, voltando a dar risadinhas.

Tá legal... roommate, então. Soltei um suspiro alto.

— Tenho que me vestir para ir para a universidade. Falo com você mais tarde, Anna. Vai dormir! E toma um banho frio.

Ela começou a rir de novo.

— Tchau, Kiera. Até breve!

— Tchau. — Desliguei o telefone. — Merda.

Kellan ficou rindo baixinho de mim, e eu levantei os olhos para ele.

— Não conta para o Griffin... por favor.

Ele deu de ombros e continuou rindo.

— Que foi que aconteceu? — Esboçou um sorriso para mim, ainda tentando conter o riso.

— Minha irmã quer vir me visitar. — Meu tom de voz não soou nada satisfeito.

Ele olhou para mim, sem compreender.

— Sei... e você não gosta dela?

Abanei a cabeça, esfregando de leve o braço dele.

— Não, não, eu gosto, sim. Eu amo a Anna, muito mesmo, mas... — Desviei os olhos.

— Mas o quê? — Ele tentou fazer com que eu o olhasse.

Voltei a olhar para ele e suspirei.

— Você é doce com sabor de homem para a minha irmã — expliquei, sombria.

Ele caiu na risada.

— Ahhh... quer dizer então que eu vou ser vorazmente atacado, é isso? — Ele parecia bastante animado diante dessa perspectiva. Já eu não estava nem um pouco.

— Isso não tem graça, Kellan. — Fiz beicinho.

Ele parou de rir e me deu um sorriso afetuoso.

— Até que tem, Kiera.

Desviei os olhos, sentindo as lágrimas começarem a brotar e não querendo que ele as visse. Ele não compreenderia. Eu mesma não compreendia. Sabia como Anna se comportaria com ele, e como ele provavelmente se comportaria com ela... Só essa ideia já me dava repulsa. Não queria que ele tocasse nela, mas sabia que não tinha o direito de lhe pedir que não o fizesse. Ele não era meu.

Ele afastou uma mecha de meus cabelos para trás da orelha.

— Ei... — Com delicadeza, levantou meu queixo, para que eu o olhasse. — O que você quer que eu faça? — perguntou baixinho.

Eu não tinha a menor intenção de pedir a ele, mas o pedido escapou mesmo assim:

— Não quero que você "coma" a minha irmã. Não quero que nem mesmo toque nela. — Disse isso num tom ríspido, acompanhado por um olhar de raiva.

— Tudo bem, Kiera — concordou ele depois de alguns momentos, acariciando meu rosto de leve.

— Promete, Kellan. — Deixei de olhar para ele com raiva, mas ainda o olhava fixamente, meus olhos cheios de lágrimas.

— Prometo, Kiera. Eu não vou dormir com ela, OK? — Sorriu para me tranquilizar e eu finalmente fiz que sim, deixando que ele me envolvesse em um abraço apertado.

Kellan e eu nos despedimos de Denny quando ele saiu para trabalhar. Com um bom humor inesperado, Kellan deu um tapinha nas costas de Denny, desejando-lhe boa sorte com o palhaço que ele tinha por patrão. Denny agradeceu a Kellan e me deu um beijo rápido no rosto antes de sair. Também parecia estar mais bem-humorado, e por um momento fiquei eufórica por ver que as coisas entre nós três estavam um pouco mais tranquilas. Quando Denny saiu, Kellan me puxou pela mão até o sofá e nós nos aconchegamos para ver um pouco de tevê. Quase suspirei de alívio; era tão maravilhoso sentar no sofá e encostar a cabeça no ombro dele, como costumávamos fazer antes de as coisas ficarem intensas entre nós. Ele passou o braço pelos meus ombros e passamos o resto da manhã curtindo o calor um do outro.

Eu só tinha uma aula, e depois dela pretendia estudar um pouco antes de ir trabalhar. Kellan me levou de carro até a universidade, o que me deu um friozinho no estômago – meu velho vício voltava a se manifestar com força total. Agradeci a ele, mas convenci-o a ficar no carro em vez de me acompanhar até a sala de aula. Não precisava de outro interrogatório com cinquenta perguntas, se alguém mais me visse com o ídolo do rock. Ele ficou sério, mas fez como eu pedira, e eu sorri ao ver seu carro se afastar.

Nunca mais voltei a ver Tina e Genevieve na aula de Sexualidade Humana depois do massacre a que me submeteram aquela tarde, por isso imaginei que deviam ter me excluído como possível rival para Candy. Isso me fez sorrir um pouco, quando pensei no quanto eu desfrutava da atenção de Kellan. Mas na mesma hora fiquei séria. Por que ele estava tão interessado em uma mulher sem atrativos como eu? Enfim, não querendo esbarrar de novo em nenhuma daquelas três, tentei evitar a biblioteca de Harry Potter depois daquele episódio. Não muito tempo atrás, eu tinha encontrado ali perto um parque que era uma delícia, perfeito para a pessoa sentar com seus livros. Depois da aula, decidi que o dia estava bonito o bastante para estudar lá.

Respirei o ar fresco e revigorante do outono, olhando para o pequeno espaço bucólico. As folhas das árvores exibiam tons intensos de laranja e vermelho, tremendo ligeiramente na brisa suave. Puxei o zíper de minha jaqueta leve. A temperatura ainda estava relativamente alta – eu começava a acreditar no aquecimento global, mas havia uma pureza, uma limpeza no ar mais frio que era refrescante e clareava minhas ideias. Realmente, aquele era o lugar perfeito para estudar um pouco antes de ir trabalhar. Eu me estendi na grama e, depois de vasculhar minha mochila, peguei um saquinho de passas e comecei a comê-las.

Havia várias pessoas reunidas em grupos no parque, aproveitando o perfeito dia de sol. Poderia ser o último que veríamos em muito tempo. Algumas jogavam coisas para os cachorros irem buscar, outras, como eu, estudavam, e outras ainda faziam um piquenique vespertino.

Notei um grupo de garotas adolescentes aos risinhos, não muito longe de mim, e me virei para ver o que chamara sua atenção. Um homem, que estava de costas para nós, tinha tirado a camisa e fazia abdominais num banco do parque. Fiquei olhando para ele, distraída por um momento, enquanto as garotas continuavam a murmurar. Quando ele terminou, pegou uma garrafa de água no banco e, virando-se um pouco na minha direção, deu um gole. Seu corpo era de uma perfeição inacreditável... e muito familiar. Comecei a rir, revirando os olhos.

É claro, pensei. É claro que eu tinha que escolher logo o parque onde Kellan malhava depois de suas corridas. É claro que ele tinha que estar lá naquele exato momento, enquanto eu tentava estudar. Ele se virou e na mesma hora me localizou sentada na grama, enquanto eu ainda observava seu corpo sem a menor cerimônia. Um sorriso lento e sexy se abriu no seu rosto e ele inclinou a cabeça para o lado daquele jeito enlouquecedor, já começando a caminhar na minha direção, segurando a garrafa de água numa das mãos e a camisa na outra. As garotas por quem ele passou deram risadinhas ainda mais altas ao ver seu sorriso atraente, e se viraram para mim, curiosas. Eu me recostei para trás na grama e fiquei vendo-o se aproximar, meu coração batendo um pouco mais rápido.

Ele sentou na grama a pouca distância, e eu soltei um suspiro alto.

— Será que eu não posso mais ir a parte alguma sem esbarrar em você? — provoquei-o.

Ele riu e estendeu as pernas à sua frente, apoiando-se nos braços estendidos para trás.

— Este parque é meu. É você quem está me seguindo. — Ele me deu um sorrisinho.

Abri um sorriso e comi outra passa, olhando para ele. Comecei prestando atenção naqueles cabelos extremamente sensuais, meio úmidos nas pontas por causa da malhação, mas por fim meu olhar foi descendo até as maçãs do rosto perfeitas, o contorno do queixo forte e liso, e depois pelo pescoço até o peito nu, ainda um pouco suado. Foi onde meu olhar se demorou, seguindo cada linha, indo desde o alto e lentamente traçando em imaginação cada uma delas até as mais fundas no fim do abdômen, que desapareciam, provocantes, por baixo de suas calças de malhar. Não pude impedir que a lembrança do conhecimento íntimo que eu tinha do contato com aquele corpo me assaltasse. Mordi o lábio.

— Ei. — A voz de Kellan me arrancou de meu quase transe, e eu voltei a olhar para sua expressão divertida. Arqueando uma sobrancelha, ele perguntou:

— Está me vendo como um objeto? — Corei, desviando os olhos, enquanto ele ria baixinho. — Tudo bem, se estiver. Eu só me perguntei se você estaria pensando em renegociar aquelas nossas regras básicas. — Ele me olhou nos olhos e abriu um sorriso. — Já posso beijar você?

Dei um sorriso altivo para ele, o que o fez rir ainda mais. Tomando a camisa de suas mãos, atirei-a em cima dele.

— Veste isso aí...

Ele franziu o cenho para mim.

— Eu estou com calor...

Sorri para ele.

– Você está indecente... e as pessoas estão olhando. – Apontei para as adolescentes que ainda o encaravam de queixo caído.

Ele olhou para elas, o que as fez soltar risadinhas, e então abanou a cabeça, lançando um olhar para seu corpo seminu, e murmurou:

– Indecente? – Suspirou. – Está certo. – Pegou a garrafa de água e molhou um pouco a camisa antes de tornar a vesti-la. – Pronto... melhorou?

Olhei para ele, de boca aberta, até recobrar o autocontrole e poder fechá-la.

– Hum-hum, obrigada. – Não, não tinha melhorado em nada. A camisa molhada se colava a cada um daqueles músculos deliciosos. Daria no mesmo se ele tivesse continuado sem ela. Mas eu não queria lhe dar o gostinho de saber como estava gostoso. Até porque tinha certeza absoluta de que ele já sabia.

Endireitando-me, peguei a mochila e tirei duas passas. Dei um sorriso irônico para ele.

– Fique à vontade... Sirva-se.

Ele sorriu ao colocá-las na boca.

– É o que eu costumo mesmo fazer – respondeu, arqueando uma sobrancelha, com um sorriso travesso.

Suspirei, revirando os olhos para ele, que se levantou e veio sentar bem ao meu lado.

– E o que estamos estudando? – perguntou.

Sorri e corei até a raiz dos cabelos ao olhar para ele.

– A sexualidade humana.

– Ahhh... é mesmo? – Deu um empurrãozinho brincalhão no meu ombro. – Uma das matérias em que sou melhor. – Eu me encolhi ao sentir o contato com sua camisa molhada e fria. Ele riu da minha reação, e então, sem aviso, me agarrou, apertando a camisa molhada com força contra mim, aos risos.

– Pelo amor de Deus, Kellan! Você está gelado! Me solta! – gritei, tentando me desvencilhar e rindo tanto que me saíam lágrimas dos olhos. Ele continuou rindo, sem se afastar um milímetro. Segurando meus pulsos para que eu não pudesse empurrá-lo, ele me deitou imobilizada na grama.

Por fim, nossos risos foram se tornando mais esparsos enquanto mergulhávamos nos olhos um do outro. Ele sorriu de um jeito lindo para mim e abaixou a testa até encostar na minha. Achei que isso não afrontava especificamente as minhas regras. Ficamos respirando baixinho no rosto um do outro por um momento, e então ele levou as mãos até as minhas, para que nossos dedos se entrelaçassem.

Sentindo que estávamos começando a ultrapassar um limite, eu já estava prestes a dizer alguma coisa, quando as garotas que estavam a pouca distância gritaram *Beija ela!*.

Ele se afastou e, engolindo em seco, riu um pouco.

– Viu só? – Meneou a cabeça em direção ao grupo de adolescentes. – Elas querem que nós renegociemos. – Ele me deu um sorriso malicioso, e eu o afastei de mim.

— Você. — Apontei para o seu peito. — Vai lá terminar a sua corrida. — Apontei com um gesto vago na direção da nossa casa. — Eu preciso mesmo estudar... e você me desconcentra demais. — Corei, abaixando os olhos.

Rindo, ele se levantou.

— Tudo bem, você é quem manda. — Sorriu e, virando-se para as garotas, deu de ombros e piscou um olho. Elas soltaram risadinhas e então gemeram quando ele se virou para ir embora do parque.

Revirei os olhos mais uma vez e espanejei minha blusa, que tinha ficado úmida. Tornei a puxar o zíper da jaqueta, pois a umidade me fazia tiritar um pouco. Quer dizer, eu tinha certeza de que era a umidade.

Minha cabeça mergulhou num vaivém de pensamentos agradáveis sobre o corpo de Kellan durante todo o resto da sessão de estudos. Em algum momento percebi que estava sonhando acordada e olhando distraída para o mesmo parágrafo já fazia uns dez minutos. Suspirei; ele tinha o poder de me desconcentrar até quando não estava presente. Tiritei um pouco, relembrando seu corpo apertado contra o meu, sua testa encostada na minha, seu hálito na minha pele...

Tiritando de novo, eu me levantei. Não era desse tipo de estudo que eu precisava. Daria no mesmo se fosse trabalhar. Pelo menos a movimentação intensa serviria para mudar o rumo dos meus pensamentos.

Mas o trabalho não mudou meus pensamentos em absoluto. Eu me pegava espiando a porta, esperando que a banda chegasse para a sua apresentação. Parecia uma coisa meio boba que eu estivesse tão ansiosa para vê-lo, quando o via o tempo todo. Na verdade, parecia que eu não conseguia me afastar dele. Essa ideia me fez sorrir. Acho que foi com um sorriso bobo colado no rosto que passei a noite inteira lançando olhares furtivos para a porta.

— Muito bem, o que foi que ele fez? — perguntou Kate, chegando por trás de mim algum tempo depois.

— Quem? — perguntei, inconvicta.

— Denny. Você passou a noite inteira sorrindo de orelha a orelha. Geralmente isso quer dizer que o namorado fez alguma coisa boa. — Ela e Rita se debruçaram sobre o balcão, em expectativa. — Anda, desembucha! Flores? Joias? Ah, meu Deus, ele pediu você em casamento? — Os olhos castanho-claros de Kate brilharam ante essa ideia. Ela segurou a cabeça entre as mãos ao se recostar no balcão, parecendo perdida naquele devaneio por um momento.

Corei até a raiz dos cabelos. Denny e eu ainda não tínhamos nem falado em casamento. Ele era do tipo prático, que não tocaria no assunto até ter se firmado na carreira. E nem era ele que estava me fazendo sorrir de orelha a orelha.

— Não, nenhum pedido de casamento. Não é nada especial, só estou me sentindo feliz.

Rita e Kate trocaram olhares de decepção; então Kate jogou os longos cabelos por cima do outro ombro.

— Tudo bem, fique com os seus segredos. — Com uma piscadela, levantou-se agilmente e voltou ao trabalho.

Quando ela saiu, Rita me deu um olhar cúmplice:

— Tudo bem... ela já foi, pode me contar.

Corei novamente.

— Não há mesmo nada para contar, Rita. Desculpe, mas a minha vida é um tédio. — Sorri no meu íntimo ao pensar o quanto isso era mentira.

Não muito depois, o pessoal da banda começou a chegar, e eu juro que meu coração deu um pulo quando vi Kellan. Pelo jeito como meu corpo reagia, qualquer um pensaria que eu não o via há dias, e não há umas poucas horas desde nosso encontro no parque. Ele caminhou até mim, sexy demais na sua camiseta de manga comprida preta por baixo de uma camisa cinza-clara, e perguntou como tinha sido o resto do meu estudo. Corei e disse a ele que tinha ido muito melhor depois que ele fora embora... o que, naturalmente, era mentira. Ele me deu um sorrisinho presunçoso, e então caiu na risada.

Depois de pedir sua cerveja, ele se dirigiu à mesa de sempre, onde os outros D-Bags discutiam algum assunto que, pelo visto, devia ser muito engraçado — mesmo do balcão dava para ouvir a risadaria. Kellan deu um tapinha no ombro de Sam ao passar, e eu senti um calorzinho gostoso no meu próprio ombro. Então lembrei que fora porque ele tinha pousado a mão ali quando pedira sua cerveja. Meu sorriso bobo continuou onde estava durante o resto da noite.

Na verdade, meu sorriso bobo continuou onde estava durante o resto do fim de semana.

Pensar em como o fim de semana tinha sido maravilhoso me fez sair meia hora antes de a aula acabar na tarde de segunda. Não consegui me conter. Estava ansiosa e queria ver Kellan. E saber que ele estava lá em casa, sozinho, talvez entediado, talvez pensando em mim... ai, isso me deixou doida durante toda a aula.

Nosso fim de semana tinha sido divertido, embora um pouco torturante. Nós tínhamos nos abraçado pela manhã, na hora do café, e dado as mãos quando Denny estava no chuveiro. Ficamos os três de bobeira em casa a maior parte do tempo e, toda vez que Denny pegava no sono enquanto assistia tevê, Kellan e eu íamos para a cozinha e ficávamos abraçados, conversando. Ainda bem cedo na manhã de domingo, Denny foi chamado por Max, e nós aproveitamos esse tempo para ficarmos juntinhos no sofá. Eu adorei... Amava ficar perto dele. Era um clima de paquera divertido e tão inocente quanto eu conseguia mantê-lo, embora geralmente meu coração começasse a bater um tiquinho de nada mais rápido quando ele tocava em mim.

Entrei na sala e sorri para Kellan, que estava espichado no sofá vendo tevê, um braço pousado sobre o peito, o outro estendido sobre a cabeça. Ele se virou para me olhar quando entrei na sala, e eu prendi a respiração ao vê-lo dar um daqueles sorrisos irresistíveis para mim.

— Oi! Voltou cedo — disse ele, sonolento. — Eu ia te buscar.

Caminhei até ele, que se endireitou e chegou mais para trás no sofá, colocando a almofada entre as pernas.

— Você parece cansado... Está tudo bem? — perguntei, sentando entre suas pernas e me recostando sobre seu peito. Ele me abraçou com força e ficou brincando com os meus cabelos. Paquerar tinha as suas vantagens.

— Estou ótimo... É que cheguei tarde em casa e não dormi bem.

— Ah. — Virei a cabeça e olhei para ele com um sorriso irônico. — Está se sentindo culpado por alguma coisa?

Ele riu um pouco, me abraçando com mais força.

— Em relação a você? Todos os dias. — Suspirou, e então me empurrou para a frente, me afastando de si. Eu já ia me virando para protestar, mas ele pôs as mãos nos meus ombros e me fez olhar para a frente. Em seguida, começou a massageá-los.

— Hummmm... Bem que eu poderia me habituar a essa nossa paquera. — Relaxei nas suas mãos fortes, que ele passava para as minhas espáduas. Ele riu baixinho.

— Você teve um sonho ruim? — perguntei, minha própria cabeça se sentindo meio sonhadora.

— Não... — murmurou ele. — Na verdade, tive um sonho bom. — Sua voz era baixa e suave. Eu poderia ter me envolvido nela como uma manta.

— Hummmm... sobre o quê? — Seus dedos passaram para a minha coluna, e um gemido baixinho escapou da minha garganta.

— Você — contou, distraído. Seus dedos permaneceram onde estavam quando soltei o gemido. Ele fez um pouco mais de pressão, e eu gemi mais forte.

— Hummmm... Espero que não tenha sido nada impróprio para menores. Nós vamos *mesmo* manter a inocência, não vamos? — Seus dedos desceram até a base da minha coluna, pressionando com força, e eu soltei o ar sonoramente ao sentir a dor abandonando meu corpo.

Ele tornou a rir baixinho.

— Não... nada minimamente escandaloso, juro. — Suas mãos foram subindo pelas minhas costas, e eu soltei outro gemido profundo ao sentir mais tensão saindo de meu corpo; os dedos dele eram mágicos.

— Hummm... Que bom. Não preciso de você pensando em mim daquele jeito — murmurei.

Ele não respondeu, apenas continuou avançando até o alto das minhas costas, que formigavam de um jeito delicioso. Soltei um longo suspiro e relaxei ainda mais nas mãos dele, soltando gemidos ainda mais satisfeitos. Ele se remexeu um pouco às minhas costas, mas não disse nada. Relaxada demais para manter uma conversa, fiquei apenas curtindo o silêncio confortável. Os dedos dele começaram a descer de novo, avançando em direção às costelas. Foi o paraíso. Eu estava quase rosnando de prazer. Ele parava por mais um minuto sempre que eu gemia, por isso comecei a gemer mais vezes.

Por fim, ele foi voltando para a base da coluna, trabalhando mais em direção aos quadris. Então trocou de posição atrás de mim, e me puxou para perto de si. Pensando que ele estava desconfortável, sentado de lado no sofá comigo entre as pernas, deixei que me pusesse na posição que lhe parecesse melhor, mas ele apenas tornou a puxar meus quadris na sua direção. Achando que ele já tinha acabado, suspirei, relaxando de encontro ao seu peito. Fiquei surpresa por perceber como ele estava rígido. Já ia me virando para ele, quando suas mãos, que ainda estavam nos meus quadris, deslizaram para a frente das minhas coxas. Suas mãos percorreram minhas pernas e então subiram até o interior das coxas, ao mesmo tempo em que ele pressionava o corpo com força contra o meu. Foi então que notei que sua respiração já não estava mais tão lenta e regular como a minha.

Eu me virei para olhá-lo. Ele estava sentado muito tenso e empertigado no sofá. Seus olhos estavam fechados, e sua boca, entreaberta. Dava para perceber que sua respiração estava mais rápida. Ele engoliu em seco e abriu lentamente os olhos para me ver. Seu olhar diante do meu fez com que na mesma hora a tensão voltasse ao meu corpo. Os olhos dele ardiam de desejo. Seu olhar incandescia em cima de mim. Ele levou uma das mãos ao meu rosto e, com a outra, me puxou com força contra si.

Engoli em seco e me obriguei a abanar a cabeça.

— Não, Kellan... — sussurrei, a um só tempo assustada com a expressão no rosto dele e orgulhosa de mim mesma por pronunciar a palavra *não*.

Ele tornou a fechar os olhos e, com delicadeza, me afastou de si.

— Desculpe. Me dá só um minuto...

Passei para o outro lado do sofá e o observei, me perguntando que diabos eu tinha feito. Ele recolheu as pernas, abraçando-as com força, e respirou fundo três vezes para se acalmar. Em seguida, lentamente tornou a abrir os olhos. Ainda parecia estranho, mas um pouco mais controlado. Ele sorriu, mas não muito.

— Desculpe... Eu estou me esforçando. Mas, da próxima vez, será que daria para você não... hum, ficar soltando aqueles gemidos?

Corei até a raiz dos cabelos e desviei os olhos, o que o levou a rir baixinho. Eu não tinha me dado conta... talvez a ideia não fosse tão boa assim. Talvez não houvesse paquera inocente.

Capítulo 12
INOCÊNCIA

Passei a acordar cada vez mais cedo. Agora, geralmente eu já estava acordada antes de Denny e, considerando que ia dormir muito tarde da noite, isso também geralmente queria dizer que eu precisava tirar um cochilo à tarde depois das aulas, mas eu não conseguia me conter. A ideia de Kellan estar acordado e sozinho lá embaixo parecia funcionar como um despertador natural para mim. Isso me preocupou um pouco, mas a atração de seus braços quentes era forte demais. E eu já estava viciada demais. Não podia me impedir de descer as escadas correndo para vê-lo todas as manhãs.

Uma manhã, enquanto esperávamos que o café ficasse pronto, os braços de Kellan deslizaram pela minha cintura, e minhas mãos se curvaram sobre as dele. Minhas costas se recostaram no seu peito, e minha cabeça se apoiou no seu ombro. Completamente relaxada nos seus braços, fiz a ele uma pergunta familiar:

— Promete que não fica zangado se eu te perguntar uma coisa?

Girei nos seus braços para encará-lo, pousando as mãos no seu peito. Ele riu baixinho e assentiu, sorrindo tranquilamente para mim. Hesitei, imaginando se eu realmente queria ouvir a resposta àquela pergunta.

— Você ficaria chateado se Denny e eu dormíssemos juntos?

Seu rosto empalideceu, mas ele manteve o sorriso.

— Você dorme com ele todas as noites.

Dei um soquinho brincalhão nas costelas dele.

— Você sabe o que eu quero dizer — falei, corando.

— Se eu vou ficar chateado se você fizer sexo com o seu namorado? — repetiu ele em voz baixa.

Corei novamente, fazendo que sim. Ele esboçou um sorriso, mas continuou em silêncio.

— Responde à pergunta. — Sorri e arqueei uma sobrancelha ao usar sua própria frase contra ele.

Kellan riu, desviando os olhos. Suspirando, finalmente respondeu:

— Vou, vou ficar chateado, sim... mas vou compreender. — Ele se virou para me olhar de novo. — Você não é minha — disse, em tom melancólico.

Uma súbita emoção tomou conta de mim. Senti uma enorme compaixão por ele e uma vontade desesperadora de abraçá-lo com força, de acariciar seu rosto e beijar seus lábios. Mas me afastei do seu abraço e ele ficou sério, tentando me manter junto de si.

— Só um minuto... — sussurrei.

Ele me soltou e ficou olhando para mim, sem entender.

— Eu estou bem, Kiera.

Olhei para ele, triste.

— Sou *eu* que preciso de um minuto, Kellan.

— Ah... — disse ele baixinho, parecendo surpreso.

Mas acabei tendo que passar um bom tempo longe dele — o ímpeto de beijá-lo era forte demais. Isso me preocupou. Estávamos nos entreolhando, de cantos opostos da cozinha, debruçados sobre nossas respectivas bancadas e bebendo nossos cafés, quando ouvi a água do chuveiro começar a correr. Dei uma olhada no ponto do teto que correspondia ao banheiro, e então tornei a olhar para Kellan. Ele estava com uma expressão estranha no rosto. Eu não fazia a menor ideia do que significasse. Por fim, terminei de tomar meu café e, pousando a mão no braço dele, coloquei a caneca na bancada. Ele olhou para mim quando toquei nele, e prendi o fôlego ao ver seu olhar. Forçando-me a respirar, dei um apertãozinho rápido em seu braço e me dirigi para o quarto, onde Denny se vestia para ir trabalhar.

Denny sorriu ao sair do chuveiro e me encontrar sentada na cama.

— Oi, bom dia! — disse carinhoso, beijando meu rosto.

Sorri, mas ainda estava pensando na conversa que Kellan e eu tínhamos acabado de ter na cozinha. Denny sentou ao meu lado, ainda enrolado numa toalha. Ele olhou para mim com um sorriso bobo. Isso fez com que meu sorriso se abrisse mais ainda. Em seguida ele ficou sério, e eu também.

— É provável que eu chegue tarde hoje à noite.

Fiquei um pouco assustada ao ouvir isso.

— Ah, é...? E por quê?

Ele suspirou e se levantou para se vestir. Jogou a toalha na cama e eu fiquei observando-o com um sorrisinho nos lábios. Notando minha atenção, ele tornou a suspirar.

— Gostaria de passar mais tempo com você — disse, com ar abatido. Desviei os olhos e mordi o lábio, enquanto ele ria baixinho. — Max. Ele quer que eu termine esse projeto para ele, que, pelo visto, o tio queria para hoje, mas ele passou o fim de semana ocupado demais com... hum... garotas de programa para poder fazer isso.

De queixo caído, eu me virei para olhá-lo. Ele estava de cueca, vestindo uma calça preta. Ele me deu um olhar irônico, abanando a cabeça.

— Acho que eu deveria ficar grato por termos podido passar o fim de semana juntos, sem que ele me chamasse à casa dele para terminar o projeto. — Suspirou e tornou a abanar a cabeça, enquanto abotoava a calça.

Senti uma pontada de culpa ao pensar no que o novo emprego dele implicava, mas me obriguei a reprimi-la. Ele notou minha expressão e forçou um sorriso, enquanto pegava uma camisa na cômoda.

— Eu não tive a intenção de me queixar, Kiera. Me desculpe.

E ele ainda se desculpava. Reprimi outra pontada de culpa.

— Não... você tem todo o direito de se queixar. Max é um babaca.

Ele riu, vestindo a camisa. Caminhando até ele, interrompi suas mãos que a abotoavam. Ele sorriu carinhoso para mim, enquanto eu terminava de abotoá-la para ele. Quando terminei, enfiei-a para dentro da calça, e ele sorriu ainda mais.

— Eu te amo tanto por aturar aquela porcaria de emprego e ficar aqui comigo — disse a ele, ao terminar.

Ele sorriu, passando os braços pela minha cintura.

— Eu aturaria coisas muito piores para ficar aqui com você.

Eu sabia que ele tinha dado um tom elogioso àquelas palavras, mas elas foram uma punhalada no meu coração. Se ele soubesse... Fiquei em silêncio enquanto ele terminava de se vestir. Continuei em silêncio quando lhe dei um beijo de despedida. E ainda estava em silêncio quando decidi que não iria me aconchegar no sofá com Kellan, e sim me vestir mais cedo para ir à universidade.

A água quente clareou minhas ideias, e o turbilhão de emoções desceu pelo ralo junto com a espuma do banho. Escolhi minha blusa favorita, justa, de manga comprida, um par de calças cargo cáqui, e demorei fazendo baby liss nos cabelos já ondulados. Não sabia ao certo por quê... talvez porque estava com tempo. Talvez porque melhorar a aparência fosse um jeito de melhorar meu estado de espírito. Fosse como fosse, depois do banho relaxante e de caprichar ao máximo no visual, que, falando sério, só deve ter ficado um pouquinho acima de passável, eu me senti bem de novo.

E fui recompensada por um sorriso deslumbrante de Kellan quando desci as escadas. Isso quase me fez ganhar o dia. Ele também parecia já ter se recuperado totalmente da nossa conversa de horas atrás. Segurou minha mão e minha mochila, me levando até o carro. Pediu que eu o deixasse me acompanhar até a sala, e eu concordei. Sinceramente, não havia necessidade, mas quem era eu para dizer não a um cara lindo daqueles, que estava me pedindo? Achei que caminhar ao lado dele pelos corredores até valia o risco de mais uma sessão de perguntas e respostas.

Ele segurou meus dedos de leve ao me acompanhar até a sala onde eu teria aula de Microeconomia, e ficamos conversando sobre meus pais e o último telefonema que eu a, contragosto, lhes dera. Eles não ficaram nada satisfeitos ao saber que Denny estava tão ocupado, e eu passando tanto tempo sozinha. Eu fizera a besteira de contar para eles que Kellan passava muito tempo em casa, o que deu margem ao papo de "Ele não trabalha?", o que levou ao papo de "Ele toca numa banda?", que por sua vez se transformou no papo de "Não gosto nada da ideia de você morar com um cantor de rock". Kellan estava às gargalhadas quando finalmente chegamos à minha sala e ele abriu a porta. O som de seus risos ficou comigo durante a aula inteira.

Depois, Kellan se encontrou comigo no corredor, segurando um copo extragrande de espresso para mim. No ato atirei os braços em volta do seu pescoço, tomando cuidado para não entornar minha preciosa bebida.

— Ahhh... café! Eu te amo!

Fiquei imóvel ao me dar conta do que acabara de dizer, mas ele começou a rir, e ainda estava sorrindo carinhoso para mim quando me afastei.

— O que é que eu e o café temos em comum que faz você perder a cabeça? — perguntou, brincalhão, mordendo o lábio e levantando as sobrancelhas com ar malicioso.

Corei, dando um tapa no ombro dele, sabendo exatamente a que incidente ocorrido num certo quiosque de café ele se referia. Peguei meu copo e saí a passos duros pelo corredor afora. Ele me alcançou em dois tempos, ainda rindo.

Olhei zangada para ele, o que o fez rir ainda mais.

— Ah, por favor... até que aquilo teve a sua graça.

Revirei os olhos.

— Você é meio tarado.

— Você não faz nem uma ideia...

Arqueei a sobrancelha ao ouvir isso, e ele tornou a cair na risada, até que, por fim, eu o imitei. Segurando minha mão, ele entrelaçou nossos dedos quando saíamos do prédio, e caminhamos tranquilamente até seu carro. Tentei ignorar os olhares que ele atraía: nenhuma daquelas pessoas conhecia Denny... certo?

Denny realmente trabalhou até tarde aquela noite, e Kellan foi fazer um show num barzinho de que eu nunca tinha ouvido falar, de modo que passei a noite sozinha e aproveitei o fato de ser minha folga no Pete's para fazer uma coisa que raramente conseguia: dormir mais cedo.

Na manhã seguinte, acordei cedo, me sentindo bastante descansada. Para minha surpresa, eu me vi sozinha na cozinha, despejando café e creme na minha caneca, e imaginando, distraída, se Kellan iria entrar com seu passo gingado e passar os braços pelo meu corpo. Era muito raro eu chegar lá antes dele. Na minha expectativa, eu já quase podia sentir o cheiro dele. Perdida em meio a esses doces devaneios, de repente senti dois braços rodeando minha cintura, e me aconcheguei naquele abraço, remexendo meu café.

— Chegou, Ke...

No ato interrompi minhas palavras ao sentir um par de lábios começar a percorrer o meu pescoço – lábios quentes e macios, seguidos pela lambida de uma língua quente e macia e, roçando minha pele vez por outra, os pelos ralos que recobriam seu queixo. Meu coração disparou. Eu estivera prestes a pronunciar o nome de Kellan, quando não era Kellan que estava me abraçando.

Meu coração subiu à garganta, atalhando todo o meu discurso. Denny murmurou *Bom dia* no meu pescoço, pelo visto sem perceber meu quase lapso desastroso. Minha respiração acelerou num ataque de pânico quando os lábios dele começaram a subir pela minha face. Eu não conseguia me acalmar; tinha sido por um triz.

Os lábios dele deslizaram até a minha orelha, chupando um dos lóbulos.

— Senti saudades – disse com voz rouca, me puxando com força contra o corpo. — Nossa cama fica tão fria sem você. — Seu sotaque enrolava as palavras de um jeito delicioso.

Minha respiração começou a acelerar por outro motivo, e eu me virei nos seus braços para beijá-lo. Sua boca se colou à minha com avidez e eu me forcei a afastar da mente todas as lembranças de Kellan – o que, para minha surpresa, foi extremamente difícil.

De repente, os lábios de Denny pararam de se mover e, suspirando, ele se afastou de mim. Senti uma pontada de culpa, e o pânico tornou a fechar minha garganta. Tentei impedir que meu rosto deixasse transparecer qualquer sinal do meu tumulto interior quando ele passou alguns dedos pelo meu rosto.

— Quem dera que eu pudesse ficar. — Soltou um suspiro pesado. — Max quer que eu chegue bem cedo hoje. Tenho que ir me vestir.

De repente, ele deu o meu sorriso bobo favorito, e na mesma hora comecei a relaxar. Brincalhão, ele segurou minha mão e me conduziu da cozinha para as escadas. Rindo baixinho ao segurar minhas duas mãos, ele me puxou para o banheiro.

— Pensei que você tinha que se vestir. O que exatamente vamos fazer? – perguntei.

Aos risos, ele fechou a porta do banheiro.

— Eu *vou* me vestir. — Passou por mim e abriu a água do chuveiro. — E você vai me ajudar. — Piscou o olho para mim de um jeito irresistível.

— Ah, é mesmo? – Caí na risada, já me sentando sobre o tampo do vaso para observá-lo.

Ele me segurou no momento em que eu me sentava, fazendo-me levantar.

— É, sim – concordou, insinuante, com um brilho nos olhos que eu conhecia muito bem.

— Ah — disse eu, subitamente entendendo o que ele queria. E ele deixou suas intenções ainda mais claras no instante seguinte, ao tirar minha regata. Tornei a rir quando ele beijou meu pescoço e começou a abaixar minha calça, levando a calcinha junto.

Ele se afastou um pouco e começou a tirar as próprias roupas, e então ficamos nos entreolhando por um momento. Fui tomada por um amor intenso pelo meu lindo, lindo homem, o que dissolveu o enorme sentimento de culpa represado em meu coração. Ele sorriu, afastando uma mecha do meu cabelo para trás da orelha. Passei os braços pelo seu pescoço e o beijei apaixonadamente.

Ele pôs a mão no chuveiro para sentir a temperatura da água, e então me levantou no colo, o que me fez rir de novo quando entramos no box. Foi um paraíso... A água estava quente, as mãos dele eram macias, seus lábios provocantes. A água jorrava sobre seu lindo corpo bronzeado, e eu relaxei por saber que era certo estar com ele. Era uma coisa natural, fácil e boa, e, por apenas alguns momentos, eu me permiti desfrutar dele sem culpa ou sentimentos de traição.

Passei os dedos pelos seus cabelos escuros, até que a água os encharcasse. Ele sorriu, fechando os olhos igualmente escuros. Peguei nosso xampu e condicionador baratinho e o massageei nos seus cabelos, o que o fez suspirar de prazer. Ele girou meu corpo, saindo de baixo do jato de água quente, para poder fazer o mesmo por mim. Entre risos, relaxei ao sabor de seus dedos maravilhosos. Ele enxaguou meus cabelos, beijando minha testa enquanto o fazia, e em seguida enxaguou os dele, enquanto eu beijava seu peito e pegava o sabonete.

Enquanto ele tirava a espuma, ensaboei cada centímetro do seu peito e abdômen, as bolhas de espuma escorrendo por seu corpo numa trilha muito sugestiva. Mordi o lábio ao vê-las deslizar pelas suas coxas e ele sorriu, tirando o sabonete da minha mão e o recolocando na prateleira. Em seguida me puxou com força contra si, a espuma em seu corpo passando para o meu. Ele usou as duas mãos para espalhá-la até que cada centímetro da minha pele estivesse coberto, demorando-se nos meus seios e mamilos rígidos antes de passar para as minhas costas. Soltei uma exclamação quando a mão dele deslizou entre minhas coxas.

Ele sorriu para mim de um jeito tão sedutor que meu fôlego acelerou na mesma hora. Seus lábios se entreabriram quando ele observou minha reação aos seus dedos massageando em círculos minha parte mais sensível, antes de colocá-los dentro de mim. Gemi e arqueei as costas ao seu encontro quando enfiou primeiro um, depois dois dedos, movendo-os com languidez dentro de mim durante alguns momentos celestiais antes de voltar a massagear minha pele molhada, provocante. Quase soltei um gemido e chupei seu lábio inferior, enquanto ele retirava a mão e, com cuidado, empurrava minhas costas contra a parede do box. A água jorrava ao nosso redor, a maior parte espirrando nas costas largas dele, de modo que apenas uma bruma fina atingia meu corpo. Ele pressionou o corpo com firmeza contra o meu, a espuma ainda entre nós tornando-o escorregadio contra a minha pele. Ele se inclinou para me beijar profundamente e eu retribuí com avidez, gemendo na sua boca.

Sentindo a rigidez de sua virilidade contra o meu corpo, fui abaixando a mão, insegura, até envolvê-la entre os dedos. Ele gemeu no meu ouvido quando minha mão apertou a base da ereção. Deslizei a mão para cima e para baixo por todo o volume algumas vezes, enquanto ele ofegava com força no meu ouvido. Com o peito subindo e descendo colado ao meu, de repente ele me ergueu um pouco contra a parede e me penetrou num movimento perfeito. Ele era tão forte que o gesto não lhe custou o menor esforço, e foi inesperadamente confortável para mim. Gemi alto com o prazer que senti. Com as pernas trançadas ao seu redor, eu o empurrava cada vez para mais fundo dentro de mim.

Minhas mãos seguraram seu pescoço, enquanto ele usava as dele para imprimir aos meus quadris um ritmo eufórico ao encontro dos seus. Minha mente mergulhou numa névoa agradável e Denny se tornou meu mundo inteiro – cada cheiro, cada toque, cada respiração e cada movimento. Foi uma coisa inebriante, linda, alentadora... e talvez, se naquele momento eu tivesse me permitido sentir isso também, um pouco triste.

Em alguns momentos, a respiração dele acelerou até se tornar uma série de arquejos rápidos, e ele agarrou meus quadris com prazer, soltando um gemido profundo ao gozar. Mas não diminuiu o ritmo nem um segundo, e momentos depois eu arqueava o corpo contra o dele e gritava ao sentir a intensidade se irradiando por mim. Ficamos recobrando o fôlego enquanto a água começava a esfriar em nossos corpos, e então ele me pôs com delicadeza no chão e se afastou para que a água quente pudesse enxaguar o resto de espuma que ainda nos cobria.

– Eu te amo – disse ele, fechando a torneira.

Ele saiu do box e me entregou uma toalha para eu me secar. Dei um sorriso carinhoso para ele ao sair do chuveiro e me postar ao seu lado, sobre o úmido tapete do banheiro.

– Eu também te amo.

Ele me ajudou a me enxugar um pouco com a sua toalha, me fazendo cair na risada, e então se enxugou e nós saímos do nosso aconchegante banheirinho envaporado para terminarmos de vesti-lo para o trabalho. Não muito tempo depois, Denny, vestindo sua calça cáqui e a camisa social azul (ele ficava lindo de azul), com os cabelos ainda um pouco úmidos que, é claro, deixou que eu modelasse, finalmente desceu para a cozinha. Eu o segui, vestindo minha blusa e jeans básico, o cabelo também úmido mas penteado, o que Denny tinha feito para mim com todo o carinho.

Kellan finalmente tinha aparecido na cozinha, bebendo seu café, exibindo a beleza e o ar tranquilo de sempre, embora parecesse um pouco pálido. Denny o cumprimentou com um aceno de cabeça, sorrindo, bem-humorado.

– Bom dia, companheiro.

Kellan, embora pálido, conseguiu sorrir sem o menor esforço.

— 'dia... companheiro.

Denny me beijou uma última vez, segurando meu rosto entre as mãos.

— Agora eu vou me atrasar mesmo. — Abriu um sorriso malicioso que me fez corar. — Mas você vale a pena — sussurrou.

Dei uma olhada em Kellan. Ele empalideceu mais um pouco mas continuou bebendo seu café, com uma calma estudada, e eu soube que ele sabia o que isso queria dizer. Talvez até tivesse nos ouvido no chuveiro. Eu não me lembrava se tinha ficado quieta ou não... provavelmente, não. Denny me deu um último abraço, se despediu animado e saiu para trabalhar. Fiquei lá parada no meio da cozinha, com ar de idiota, sem saber o que fazer.

— Coloquei seu café no micro-ondas — sussurrou Kellan da mesa. Olhei para seu rosto pálido, seus olhos mansos. — Estava frio... — concluiu.

Engoli o bolo que sentia na garganta e fui até o micro-ondas, ajustando-o para um minuto. Tornei a me virar para Kellan enquanto o café esquentava.

— Kellan... Me perd...

— Não se perdoe — interrompeu ele em voz baixa, olhando com ar apático para a própria caneca.

Olhei para ele, sem entender.

— Mas...

Ele se levantou e caminhou até mim. Parou a uma boa distância, sem fazer menção de me tocar.

— Você não me deve explicações... — olhou para o chão — ... e muito menos desculpas. — Voltou a olhar para mim. — Por isso... não diga nada, por favor.

Sentindo-me cheia de culpa e compaixão, abri os braços para ele.

— Vem cá. — Ele hesitou por um momento, uma expressão conflituada no rosto; então passou os braços pela minha cintura e enterrou o rosto no meu pescoço. Abracei-o com força, afagando suas costas. — Me perdoe — sussurrei no seu ouvido. Ele podia não querer ouvir essas palavras, mas eu precisava dizê-las.

Ele suspirou baixinho e balançou a cabeça encostada no meu ombro, me abraçando um pouco mais forte.

Ainda estava pálido e um tanto calado quando me levou de carro até a universidade. Voltei a me sentir culpada. Ele tinha ficado chateado. Eu não sabia ao certo por quê; não sabia ao certo o que eu significava para ele, mas ele tinha dito que ficaria chateado, e ficara mesmo. Eu me senti muito mal por isso. Mas eu não era dele. Nós éramos apenas amigos... e Denny *era* o meu namorado, por isso iria acontecer de novo. Fiquei observando o rosto calado dele durante o curto trajeto de carro até a universidade. E esperei que ele não estivesse magoado demais.

Mais uma vez ele me acompanhou até a sala de aula e pareceu se animar a caminho de lá. Quis discutir minha aula de Literatura, e tinha algumas teorias divertidas sobre a visão de Jane Austen sobre a sociedade... a maioria delas relacionada à minha aula anterior sobre repressão sexual. Dessa vez, era eu que estava rindo às gargalhadas quando ele abriu a porta da sala, e tenho certeza de que meu rosto estava vermelho feito um pimentão.

Decidi matar a aula de Sexualidade Humana. Eu sei, essa não era a melhor ideia do mundo, mas eu estava ansiosa para chegar em casa e passar um pouco do meu tempo livre com Kellan antes de ir trabalhar. Além disso, a aula era mais sobre Freud, e naquele dia eu não estava nem um pouco a fim. Quando atravessei a porta, encontrei Kellan tocando guitarra, sentado no sofá. A música era linda, e eu sorri para ele, afetuosa, quando ele levantou a cabeça e me deu um olhar que fez meu coração acelerar. Ele parou de tocar, já fazendo menção de pôr a guitarra no chão.

— Não, não para — pedi, indo me sentar ao seu lado. — É linda.

Ele abaixou os olhos, com um meio sorriso, e balançou a cabeça. Então, colocou a guitarra no meu colo.

— Toma... Tenta de novo.

Fiz uma careta. Da última vez que ele tentara me ensinar a tocar, eu tinha dado um vexame horrível.

— É lindo quando você toca. Acontece alguma coisa com a guitarra quando eu tento.

Ele riu e girou meu corpo no sofá, de modo a poder passar os braços ao meu redor e colocar as mãos sobre as minhas.

— Você só precisa segurá-la direito — sussurrou no meu ouvido. Seu hálito fez com que um calafrio me percorresse a espinha e eu fechei os olhos por um segundo, inspirando fundo o seu aroma, enquanto ele ajustava os nossos dedos na guitarra.

— Tudo bem... Ei. — Ele me deu um cutucãozinho no ombro, ao notar meus olhos fechados. Constrangida, corei e abri os olhos, e ele tornou a rir. — Olha aqui... seus dedos estão perfeitos, bem debaixo dos meus. — Ele colocou meus dedos de leve numa posição meio sem jeito no braço da guitarra. — Agora... — mostrou a palheta na outra mão — ... você varre as cordas de leve, assim... — Ele fez uma vez. As cordas soaram lindamente.

Ele colocou a palheta entre meus dedos e eu tentei imitar seu movimento. Mas as cordas não soaram como um canto bonito. Nada bonito mesmo. Ele riu e segurou minha mão direita, praticamente tocando as cordas por mim. Com ele fazendo todo o trabalho, a guitarra voltou a soar lindamente. Ele movia distraído nossos dedos esquerdos pelo braço do instrumento, enquanto fazia nossas mãos direitas superpostas varrerem as cordas sobre a caixa acústica, num ritmo simples. Por fim, acabei pegando o jeito e relaxei nas suas mãos.

Ele sorriu, contemplando meus olhos, ainda tocando por nós dois sem nem olhar.

— Não é tão difícil assim. Eu aprendi a tocar essa quando tinha seis anos. — Ele piscou para mim, e eu tornei a corar.

— Bem... é que você tem mais talento com os dedos — soltei, deixando que seu sorriso tranquilo me distraísse por um momento.

Ele parou de tocar, rindo. Revirei os olhos e ri junto com ele.

— Você tem uma mente suja. Aliás, você e o Griffin se parecem muito.

Ele fez uma careta, e então recomeçou a rir.

— Não posso deixar de ter, se é assim que eu me sinto quando estou perto de você. — Ele me encarou fixamente, e então tirou as mãos da guitarra. — Agora é sua vez.

Voltei a posicionar as mãos onde estavam antes e mais uma vez tentei tocar como ele tinha feito. Por incrível que pareça, da terceira ou quarta vez o som saiu direitinho. Olhei para ele, aos risos. Ele sorriu e aprovou com a cabeça, em seguida me mostrando um acorde diferente, e então, depois de algumas tentativas, consegui fazer com que aquele acorde também soasse razoável. Depois de várias tentativas meio sem jeito, finalmente consegui, mais ou menos, tocar a canção que ele tinha aprendido quando era apenas um garotinho.

Fiquei tocando durante algum tempo, com ele ajeitando meus dedos de vez em quando ou me ensinando um novo acorde quando eu já tinha conseguido aprender o anterior. Por fim, recostei o corpo contra o dele, flexionando os dedos. Ele riu e colocou a guitarra no chão, me puxando para o seu peito e segurando minha mão para massageá-la. Tomei o cuidado de não soltar nenhum gemido para não tirá-lo do sério. Foi um paraíso.

— Você tem que desenvolver a força nas mãos para tocar — murmurou, esfregando meus dedos doloridos.

— Hummmm... — Fechei os olhos, curtindo sua proximidade.

Por fim, ele parou e me abraçou contra o corpo. Eu me sentia como se fosse capaz de passar a noite inteira ali, no calor dos seus braços.

— Será que a gente pode experimentar uma coisa? — perguntou ele baixinho.

Na mesma hora eu me retesei entre seus braços, e ao me virar vi que ele sorria para mim.

— O quê? — indaguei, cautelosa.

Ele riu da minha relutância.

— É uma coisa inocente... Juro.

Sem mais nem menos ele se deitou no sofá e abriu os braços para mim. Olhei para ele, confusa, e então me aconcheguei ao seu ombro, me aninhando no espaço livre entre seu corpo e o sofá. Ele suspirou, satisfeito, e passou os braços ao meu redor, afagando de leve o meu braço.

Eu me afastei, olhando para ele, sem entender.

— Era isso que você queria fazer?

Ele deu de ombros.

— Era. Pareceu... agradável... quando você fez isso com Denny...

Assenti e deitei a cabeça no seu peito, lutando com o súbito sentimento de culpa provocado pela menção ao nome de Denny, e pela simples afeição que Kellan queria de mim. Com cuidado, pousei a perna sobre a dele e um braço sobre o seu peito. Ele tornou a suspirar, encostando a cabeça na minha. As batidas do seu coração eram fortes e regulares. Tive a impressão de que as minhas latejavam por todo o corpo.

— Isso está bem para você? — sussurrou ele nos meus cabelos.

Eu me forcei a relaxar. Essa simplicidade era tudo que ele queria, e eu estava *mesmo* curtindo nossa proximidade.

— Hum-hum... É gostoso. Você está bem? — Distraída, tracei um círculo com o dedo no seu peito.

Ele riu baixinho.

— Estou ótimo, Kiera. — Ele afagou suavemente as minhas costas.

Suspirei e relaxei totalmente, apertando-o um pouco mais com o braço e a perna. Ele me enlaçou com mais força em resposta, e ficamos ali, apenas nos abraçando. Fiquei observando sua camisa subir e descer com sua respiração regular. Olhei a pele do seu pescoço. Observei seu pomo-de-adão se mover quando ele engoliu. Meu olhar se demorou no ângulo reto formado pelo forte contorno do seu queixo. Finalmente, fechei os olhos e aninhei a cabeça no seu pescoço, deixando que o calor da sua presença tomasse conta de mim.

Cedo demais, ele se remexeu debaixo de mim, e eu compreendi que tinha pegado no sono entre seus braços.

— Desculpe... não quis acordar você.

Na mesma hora eu me sentei e olhei para a porta da rua, aquelas palavras já minhas conhecidas trazendo uma viva lembrança à mente.

— Denny — sussurrei, olhando para o seu rosto confuso.

Ele sentou e afastou uma mecha do meu cabelo para trás da orelha.

— Você não dormiu por muito tempo. Ainda é cedo. Ele só vai chegar em casa daqui a uma hora ou mais. — Kellan desviou os olhos, a expressão pensativa. — Eu não o deixaria... — Tornou a olhar para mim. — Não vou deixar que ele veja isto, se você não quer que ele veja.

Na mesma hora assenti. Não, Denny não compreenderia. Eu nem tinha certeza se eu mesma compreendia. Kellan assentiu e ficou me olhando fixamente. Precisando dar um tempo na sua intensidade, disparei uma pergunta que vinha dando voltas na minha cabeça havia algum tempo:

— Aonde você foi naquelas noites em que desapareceu? Aquelas noites que passou fora de casa? — Eu me recostei no sofá, sentada ao seu lado. Ele sorriu para mim, mas não respondeu. Fiquei séria diante dessa reação. — Se você estava... se *está* saindo com alguém, devia me contar. — Na verdade ele não tinha a menor obrigação de me contar nada, mas eu estava morta de curiosidade.

Ele inclinou a cabeça para o lado, num gesto encantador.

— É isso que você pensa? Que quando não estou com você, é porque estou com alguma mulher?

Fiquei extremamente sem graça e me arrependi por ter feito a pergunta. Num fio de voz, me obriguei a dizer:

— Você *não* está comigo, e tem todo o direito de... — segurei seus dedos e apertei sua mão, evitando seu olhar — ... namorar.

— Eu sei — disse ele em voz baixa, passando o polegar nas costas da minha mão. — Você ficaria chateada se eu estivesse saindo com alguém? — perguntou, a voz ainda baixa.

Engoli em seco e virei a cabeça para não ter que olhá-lo, pois não queria responder. Mas a resposta escapou mesmo assim:

— Ficaria — sussurrei. Ele suspirou e, quando voltei a olhar, ele estava com os olhos fixos no chão. — O que foi? — perguntei, cautelosa.

Ele passou o braço pela minha cintura e me puxou para perto, afagando minhas costas.

— Nada.

— Eu não estou sendo justa, estou? — perguntei, me sentindo derreter no calor do seu abraço. — Eu estou com Denny. Você e eu somos... apenas amigos. Não posso pedir a você para nunca...

Ele mudou de posição, desconfortável, e então riu baixinho.

— Bem, nós poderíamos resolver esse probleminha se você relaxasse aquelas regras básicas. — Ele me deu um sorriso endiabrado. — Principalmente a primeira.

Mantive o rosto sério e ele parou de rir. Em voz baixa, falei:

— Eu vou compreender. Não vou gostar, não mais do que provavelmente você gosta de me ver com Denny... mas vou compreender. Apenas não esconda nada de mim. Não me passe para trás. Nós não deveríamos ter segredos...

Compreendi o quanto isso devia soar absurdo, mas, embora uma parte de mim não quisesse saber, não quisesse enxergar, eu também não queria ficar no escuro. Tinha consciência de que éramos quase amigos, de vez em quando passando para alguma coisa além disso. E me dei conta de que o que estávamos fazendo — paquerando, passando o tempo todo juntos —, era estúpido e perigoso, como se estivéssemos provocando o destino. Eu sabia disso; mas simplesmente não podia parar. Não podia parar de pensar nele, de querer estar perto dele, de querer tocá-lo, de querer abraçá-lo. Mas não podia ser nada além disso, e não era certo pedir a ele que negasse... o que quer que fosse a si mesmo, em troca desse pedacinho de mim que eu permitia que ele tivesse. Isso não era justo.

Ele ficou me olhando com um ar melancólico durante um minuto inteiro, antes de finalmente concordar com a cabeça uma única vez.

Observei seus olhos tristes.

— Então, aonde você vai? — sussurrei.

A expressão dele mudou, se tornou mais calorosa, seus olhos brilhando para mim.

— Aonde eu vou? Bem, depende. Às vezes vou para a casa do Matt e do Griffin, outras vezes para a do Evan. Às vezes eu afogo as mágoas na porta do Sam. — Abriu um sorriso endiabrado e começou a rir baixinho.

— Ah... — A resposta foi tão simples que deveria ter sido óbvia para mim. Eu tinha achado que ele saía para "cair na gandaia", como dizem por aí. Levei a mão ao seu rosto e o acariciei, sentindo que agora podia finalmente fazer a pergunta para a qual realmente queria uma resposta.

— Aonde você foi depois da nossa primeira vez? Para eu não ver você o dia inteiro, a noite inteira? E você voltou para casa... — *Caindo pelas tabelas*, pensei, mas não disse.

Ele se levantou bruscamente e estendeu a mão para mim.

— Vamos lá. Eu te dou uma carona até o Pete's.

Levantei também, segurando sua mão.

— Kellan, você pode se abrir comigo. Eu não vou...

Ele sorriu para mim, embora seus olhos não deixassem transparecer qualquer humor.

— Você não deve se atrasar.

Eu sabia que nossa conversa tinha acabado, e isso me irritou. Sua resistência também fez meu estômago se apertar de medo. Nós não deveríamos ter segredos, mas, pelo visto, tínhamos.

— Você sabe que não precisa ficar me dando carona para tudo quanto é canto. — Ele arqueou uma sobrancelha e me deu um sorrisinho. — Eu consigo me virar muito bem sem você — afirmei, fazendo beicinho.

Ele revirou os olhos e, sorrindo, me levou pelas escadas para que eu pudesse me vestir para ir trabalhar. Depois, passou a maior parte da noite comigo no bar. Chamei sua atenção por perder o ensaio com os amigos, mas ele apenas riu e tornou a revirar os olhos para mim. O fato de ele preferir passar seu tempo comigo me fazia sentir a um só tempo feliz e preocupada.

Durante um de meus intervalos, ele tentou me ensinar a jogar bilhar um pouco melhor. O que foi muito divertido, já que estávamos praticamente no mesmo nível de habilidade. Para ser franca, acho que ele apenas gostava de me ajudar a calcular as tacadas e, para ser ainda mais franca, eu gostava de sentir o corpo dele debruçado por cima do meu quando ele me ajudava. Jogamos uma partida rápida, enquanto beliscávamos umas comidinhas. Depois de perdermos uma tacada atrás da outra, meu intervalo acabou, meu lanchinho também, e eu voltei para o trabalho, deixando que ele terminasse a partida com Griffin, de quem levou uma surra homérica.

Enfiei a cabeça na sala de bilhar quando a partida deles estava quase no fim. Rindo porque, conforme o previsto, ele tinha perdido, brinquei:

— É melhor ficar com o emprego diurno, Backstreet Boy.

Ele arqueou uma sobrancelha e torceu os lábios, com ar de pouco caso.

— Backstreet Boy?

Sorrindo, fiz que sim com a cabeça e me afastei. Às minhas costas, ouvi sua voz, um tanto alta:

— Backstreet Boy? Fala sério, o que é que nós somos, alunos da quinta série?

Seu comentário me fez cair na risada, enquanto eu me dirigia para o balcão a fim de repassar um pedido. Jenny sorriu ao se aproximar de mim.

— Você e Kellan parecem estar se dando um pouco melhor.

Olhei para ela com o cenho franzido depois de repassar meu pedido para Rita, que foi para o outro extremo do balcão, a fim de atendê-lo.

— Como assim?

Kate apareceu do meu outro lado e sentou num tamborete, graciosa, esperando que Rita voltasse.

Jenny inclinou a cabeça, franzindo um pouco o cenho.

— Bem, ele pareceu meio frio com você algum tempo atrás.

Kate se intrometeu:

— Foi, é? Por que, você acabou com o xampu dele, ou coisa que o valha? – Suspirou, com ar sonhador. – Ai, meu Deus, ele tem uns cabelos lindos.

Sorri nervosamente para as duas.

— Pois é... Foi só uma briguinha de roommates. Está tudo bem entre nós agora. – Felizmente, não precisei me estender, pois Rita já voltava com meu pedido. Deixei as três discutindo as virtudes do cabelo de Kellan ao terminar meu turno. Precisava passar a tomar mais cuidado na presença de Jenny. Ela tinha um olho de lince.

Capítulo 13
UMA PÉSSIMA IDEIA

A noite seguinte foi muito movimentada para um dia de semana, e, pelo visto, Griffin estava novamente... entediado. Tinha subido em cima da mesa de sempre e cantava a altos brados junto com a música que saía da jukebox – mais especificamente, "Baby Got Back", do Sir Mix-A-Lot. Ficava fazendo gestos obscenos e girando os quadris de um jeito que com certeza ia me dar pesadelos. Algumas mulheres ao redor da mesa riam e estendiam notas de dinheiro para ele, que as aceitava, no maior bom humor, enfiando-as em lugares em que não quero nem pensar.

Evan, Matt e Kellan tinham se afastado da mesa e riam histericamente do idiota. Kellan deu uma olhada para mim, que, do meio do corredor, assistia àquela exibição de vulgaridade, e piscou o olho, ainda às gargalhadas. Achando graça, sorri para ele.

— Desce dessa bosta de mesa, Griffin! — Pete tinha saído da cozinha, onde ficava seu escritório, enfurnado num velho armário do tipo despensa, e olhava com uma cara zangada para o baixista.

Na mesma hora Griffin saltou para o meio do harém de adoradoras que se aglomerava ao seu lado.

— Foi mal, Pete. — Ele sorriu, sem parecer nem um pouco arrependido. Sacudindo a cabeça e resmungando em voz baixa, Pete voltou para a cozinha.

Isso me fez rir ainda mais, até que senti alguma coisa às minhas costas. Alguém tinha enfiado a mão na minha saia larga, e agora apertava o alto da minha coxa. Dei um grito e me afastei. Um cara de meia-idade, com uma aparência imunda, me devorava com os olhos castanhos de fuinha e um sorriso de dentes amarelados. Ele piscou um dos olhinhos minúsculos de um jeito nada simpático, enquanto seu companheiro, que também tinha uma pinta braba, caía na risada. Tratei de dar o fora dali depressa, indo me refugiar na segurança do balcão.

Não reconheci nenhum daqueles homens. Não eram frequentadores, e nem bem-encarados. Também estavam sentados a uma certa mesa da minha seção que me obrigava a passar por eles toda vez que me dirigia ao balcão, e o cara safado sempre fazia menção de agarrar minhas pernas, não importava quão longe eu passasse dele. Tentei ignorá-lo o máximo que pude, mas chegou uma hora em que não pude deixar de levar a conta para eles. O cara mais corpulento, que tinha passado a mão na minha coxa, levantou e apertou meu traseiro na maior cara de pau, me puxando contra o corpo, enquanto o outro segurava meu peito.

Com um tapa zangado, afastei sua mão e tentei empurrá-lo para longe de mim, o que só serviu para fazê-lo cair na risada. O cara exalava um fedor que eu só poderia classificar como sendo "Eau de Bandalha". Era uma mistura repulsiva de cigarro velho, uísque de três dias atrás e, juro, estrume. E olha que essa mistura não incluía o bafo dele, que fazia todo o resto cheirar maravilhosamente bem em comparação. Olhei em volta à procura de Sam, mas então lembrei que era seu dia de folga, e que Pete achava que o bar não enchia o suficiente para contratar outro segurança em tempo integral. Pois naquele momento, eu discordava dele em gênero, número e grau.

Não sabia direito o que fazer, e estava achando que não iria mais aguentar aquele cara, quando, sem mais nem menos, ele foi afastado de mim.

Evan tinha se postado atrás dele, imobilizando os braços do cara ao longo do corpo. Na mesma hora Kellan apareceu na sua frente. E com uma expressão de fúria.

— Não é uma boa ideia. — Sua voz era baixa e fria como aço.

Matt se adiantou até o cara mais baixo, que tinha levantado para defender o amigo. Griffin chegou até mim e, como quem não quer nada, passou o braço pelos meus ombros.

— É isso aí, essa bunda é nossa — declarou, com um grande sorriso no rosto.

Irritado, o cara grandalhão se desvencilhou de Evan e empurrou Kellan para trás com a maior grosseria.

— Cai fora, mauricinho.

Kellan segurou a camisa dele com as duas mãos e falou na cara do sujeito:

— Tenta... Por favor...

O sujeito ficou encarando Kellan, como se quisesse achatá-lo com um soco vertical. Kellan também o encarava, sem uma gota de medo. O bar inteiro estava em silêncio, assistindo ao duelo de olhares. Kellan finalmente soltou o grandalhão, as mãos tremendo um pouco do esforço.

— Sugiro que vocês vão embora agora mesmo. Eu não voltaria aqui se fosse vocês. — Sua voz era fria de dar medo.

O sujeito menor segurou o outro pelo ombro.

— Vamos lá, cara. Ela não vale a pena.

Dando um muxoxo e encarando Kellan de alto a baixo, o cara piscou mais uma vez para mim, e então se virou para ir embora. Relaxando, Kellan me olhou, a preocupação estampada no rosto. O homem já tinha dado as costas para Kellan quase totalmente, quando, de repente, enfiou a mão no paletó. Só pude ver um brilho de metal e ouvir um som de estalo, antes que ele se virasse agilmente e avançasse para Kellan.

Gritei o nome de Kellan. Ele olhou para o homem e girou o corpo, pondo-se fora do seu alcance. O canivete que o cara sacou por pouco não acertou o corpo de Kellan. Na mesma hora Griffin me arrastou para trás, quando eu já ia me precipitando na direção de Kellan para ajudar. Matt empurrou o cara menor para longe do amigo, quando ele pareceu prestes a entrar na briga. Evan fez menção de tomar o canivete da mão do cara maior, mas Kellan foi mais rápido e acertou um soco violento no queixo do sujeito, que o fez se estatelar no chão, com um gemido. A lâmina do canivete tiniu ao cair debaixo de uma mesa próxima.

Kellan avançou para levantar o cara, mas este sabia quando se dar por vencido. Tratando de se afastar afobado de Kellan, ele girou o corpo, se levantou e saiu correndo, o amigo seguindo-o depressa. Todo mundo no bar ficou em silêncio por um longo minuto; em seguida, o vozerio retornou, e as pessoas voltaram a se ocupar da própria vida.

Respirando fundo e flexionando um pouco os dedos, Kellan olhou para mim.

– Você está bem? – perguntou, com o cenho franzido.

Suspirei, relaxando pela primeira vez desde o confronto.

– Estou, obrigada, Kellan... Pessoal. – Sorri e olhei para Kellan, depois para Evan, e então para Matt. Por fim, olhei para Griffin, que estava ao meu lado. – Pode tirar a mão do meu traseiro agora, Griffin.

Kellan, parecendo pálido, riu baixinho, enquanto Griffin retirava a mão e a levantava.

– Desculpe. – Apontou para a mão. – Ela tem vida própria. – Piscou para mim, e então ele e Matt, que ria com ar satisfeito, voltaram ao que quer que estivessem fazendo antes do confronto.

Evan e Kellan continuaram perto de mim. Evan deu uma olhada em Kellan, o rosto sério.

– Você está bem, Kell? Ele te acertou?

Assustada, olhei para ele com mais atenção. Será que estava ferido?

Kellan estremeceu e, finalmente virando o rosto para mim, enfiou a mão debaixo da camiseta. Quando a retirou, estava coberta de sangue.

– Ah, meu Deus... – Segurei a mão dele, e então levantei sua camiseta. Um talho horizontal de seus dez centímetros na altura das costelas mostrava o quanto o corpo a corpo fora intenso. O corte não parecia muito fundo, mas estava sangrando bastante.

– Kellan, você devia ir a um hospital!

Ele vistoriou o corte com um olhar sumário, e então soltou um risinho de desdém.

– Ele mal me acertou. Estou ótimo. – Deu um meio sorriso e arqueou uma sobrancelha para mim, que ainda mantinha sua camiseta levantada.

Tratei de abaixá-la e tornei a segurar sua mão.

– Vem comigo.

Evan deu um tapinha nas costas dele enquanto eu o levava dali. Com Kellan sorrindo e parecendo muito orgulhoso de si, nós nos dirigimos ao corredor nos fundos do bar, enquanto um ou outro sujeito o parava, querendo falar sobre o que acontecera. *Homens*, pensei, puxando-o para longe dos curiosos e das garotas que só faltavam babar. Reboquei-o pela mão até a sala dos fundos, onde apanhei uma toalha limpa e um Band-Aid extralargo na caixa de primeiros-socorros que ficava em um dos armários que nunca eram usados. Esperei que fosse o bastante, que o corte não fosse tão fundo que precisasse de pontos. Puxando-o de volta para o corredor, parei diante do banheiro das mulheres.

– Fica aqui. – Apontei para o seu peito, e ele abriu um de seus sorrisos irresistíveis, desenhando com o dedo um X sobre o meu coração.* Abrindo a porta, dei uma espiada rápida nos reservados e, não vendo ninguém, voltei para o corredor, onde Kellan esperava por mim com toda a paciência, encostado à parede. Agora dava para ver a mancha de sangue vermelha na camiseta, colando-se à pele úmida. Engoli com dificuldade.

– Não há a menor necessidade – disse ele, quando segurei sua mão e o puxei para o banheiro. – Eu estou ótimo – insistiu.

Recebi sua teimosia com uma cara brava.

– Tira a camiseta.

Ele me deu um sorriso malicioso:

– Sim, senhora.

Revirei os olhos, tentando não notar como seu corpo era fabuloso enquanto ele se esticava para despi-la. Ele a segurou em uma das mãos e esperou pacientemente ao lado da pia, com um leve sorriso no rosto. O corte não estava sangrando tanto assim, mas ainda escorria um filete em direção ao quadril. Senti um sobe-e-desce no estômago ao pensar no que poderia ter acontecido se ele não tivesse se virado e ficado fora do alcance do cara.

Abri a torneira de água fria e ensopei a toalha. Ele prendeu um pouco o fôlego quando comecei a limpar a ferida, o que me fez abrir um sorriso.

– Você é uma sádica – murmurou, e eu lhe dei um olhar furioso. Ele me brindou com uma risada deliciosa.

– Que ideia foi essa de partir para cima de um cara armado com um canivete? – perguntei, tentando limpar o talho com mais delicadeza. Era mais fundo do que eu tinha pensado e voltou a sangrar quando toquei nele.

---

* Alusão à expressão de língua inglesa *to cross one's heart*, literalmente "cruzar o próprio coração", significando jurar solenemente. (N. da T.)

— Bem — ele tornou a prender a respiração —, obviamente, eu não sabia que ele tinha um canivete. — Terminei de limpar a ferida e pressionei a toalha com firmeza contra ela, o que o fez soltar um gemido. — Eu não ia deixar o cara encostar em você daquele jeito — disse em voz baixa, e eu levantei o rosto para observar seus brilhantes olhos azuis. Fiquei segurando a toalha ali por um momento, enquanto nos entreolhávamos. Por fim, retirei a toalha e vi que o corte não estava mais sangrando. Abri o grande envelope do Band-Aid e franzi o cenho, com medo de que o corte voltasse a sangrar no momento em que ele se mexesse. Abrindo um sorriso, Kellan disse: — Ele não podia encostar em você daquele jeito, se eu mesmo não posso. É contra as regras. — Soltou uma risada e eu dei um tapa nada delicado no curativo, fazendo com que ele gemesse e estremecesse. Na mesma hora me arrependi, porque na certa *eu* tinha feito com que o corte voltasse a sangrar.

Com mais delicadeza, passei os dedos sobre o curativo, achatando-o contra o seu corpo musculoso.

— Pois bem, foi o tipo da coisa burra... Você podia ter se ferido gravemente, Kellan. — Tive que engolir o nó na garganta ao pensar nessa hipótese.

Segurando meus dedos, ele levou minha mão até seu peito.

— Antes eu do que você, Kiera — sussurrou. Ficamos presos nos olhos um do outro por um momento, até que ele disse: — Obrigado... por ficar atenta a mim. — Alisou meus dedos com o polegar. Prendi a respiração ao ver seu olhar e sentir sua pele nua sob as pontas dos dedos.

Corei, desviando os olhos.

— Pode colocar a camiseta agora.

Ele sorriu e a vestiu. Estremeci ao ver a mancha de sangue num dos lados e o rasgão no tecido; o golpe fora por um triz. Lágrimas brotaram em meus olhos e Kellan notou, me puxando para um abraço apertado. Ele inspirou com força e eu relaxei os braços, compreendendo que o estava machucando.

— Desculpe — sussurrei. — Você devia deixar que um médico desse uma olhada nisso.

Ele assentiu, me apertando com mais força. Suspirei e relaxei entre seus braços. Estávamos abraçados daquele jeito quando Jenny abriu a porta.

— Opa... Só vim dar uma olhada para saber como o seu paciente está passando.

Na mesma hora eu me afastei dele.

— Nós só estávamos... Ele está bem — murmurei.

Kellan riu baixinho e passou por Jenny, a caminho do corredor. Parando assim que atravessou a porta, ele se virou e olhou para mim.

— Mais uma vez, obrigado, Kiera. — Meu coração teimoso deu um tranco. Ele meneou a cabeça para Jenny, educado. — Eu devia ir lá tomar aquele canivete do Griffin.

Ela olhou para ele, perplexa.

— Griffin ficou com o canivete? — Kellan arqueou uma sobrancelha para ela, que revirou os olhos e suspirou. — Griffin... É, você devia ir lá pegá-lo. — Ele olhou para mim uma última vez, e então, rindo baixinho, se afastou pelo corredor.

Jenny olhou para mim pela porta ainda aberta.

— Você vem?

Suspirei, desejando que minhas mãos subitamente trêmulas e o coração disparado se acalmassem.

— Vou... Me dá só um minuto.

Acabei demorando dez.

Dei um tapa brincalhão no estômago de Kellan quando me aproximei dele na cozinha, na manhã seguinte. Ele soltou um gemido, curvando-se um pouco, e, tarde demais, eu me lembrei do ferimento.

— Ah... Desculpe... — pedi, com uma expressão horrorizada no rosto.

Ele riu baixinho e me puxou para um abraço.

— Estou só implicando com você. Não dói tanto assim.

Passei os braços ao redor do seu pescoço e o olhei com o cenho franzido.

— Isso não teve a menor graça.

Ele me deu um sorriso endiabrado.

— Não... mas consegui fazer com que você me abraçasse — concluiu, com uma piscadela.

Revirei os olhos, sorrindo para ele.

— Você é impossível.

— É verdade, mas você gosta de mim mesmo assim. — Ele me abraçou com mais força.

Dei um suspiro teatral.

— Não faço a menor ideia da razão.

Ele abriu um sorriso e inclinou a cabeça de lado, o que por um momento me fez perder o fôlego.

— Quer dizer então que você gosta *mesmo* de mim. Eu estava curioso...

Dando um tapa com mais cuidado no peito dele, eu me afastei do seu abraço.

— Deixa eu ver. — Fiz um gesto indicando que ele levantasse a camiseta.

Com um sorriso presunçoso, ele a levantou.

— Está tentando fazer com que eu fique nu de novo?

Ri mesmo contra minha vontade, e examinei o curativo. Havia uma mancha vermelha onde o sangue atravessara o adesivo; ele tinha sangrado mais. Olhei séria para ele.

— Era para você ter ido ao hospital ontem para que um médico desse uma olhada nisso. — Eu até mesmo o tinha feito sair do bar pouco depois do incidente, mas, pelo visto, ele não sentira necessidade de procurar ajuda profissional.

Ele deu de ombros.

— Bem, você precisa de um novo curativo. Tem Band-Aid em casa? — Ele fez que sim e foi buscar um, enquanto eu preparava meu café. Quando já estava dando um gole, ele voltou com o Band-Aid.

Recostando-se na bancada, ele o entregou para mim.

— Quer fazer as honras, já que você parece gostar tanto de me machucar?

Abri um sorriso e ele balançou a cabeça, sorrindo. Levantou a camiseta de novo e fez um gesto de "vai nessa" com a mão. Com cuidado, puxei uma pontinha e dei uma olhada para ter certeza de que nada estava grudado no Band-Aid. Vendo que estava limpo, relanceei seus olhos e arranquei o adesivo bruscamente.

— Merda! — exclamou ele, afastando o corpo de mim. Aos risos, fiz *shhh!*, apontando para o andar de cima, onde Denny ainda dormia. Com uma careta de dor, olhou para cima, e então de novo para mim.

— Desculpe, mas também, que droga, mulher...

Ainda aos risos, sorri, abanando a cabeça.

— Bebezão... — Inspecionei a ferida. Eu não era nenhuma enfermeira, mas estava com boa aparência, não parecia infeccionada ou algo assim. Limpei-a com cuidado e sorri ao ver que nenhum sangue saiu; devia ter fechado na noite passada. Ótimo, nesse caso ele não precisaria de pontos.

Descolei as abas do Band-Aid lentamente, curtindo o longo suspiro que Kellan deu, pois sabia que esse também teria que ser retirado. Pressionei-o no corpo dele com delicadeza, rindo comigo mesma. Meus dedos começaram a se afastar um pouco da área ferida, e ele riu baixinho.

— Droga, cara!

Eu me virei para a entrada da cozinha, onde Denny estava parado, bocejando e olhando para o ferimento de Kellan.

— Que foi que aconteceu com você?

— Uma fã... Ficou doidona, quis um pedaço de mim... literalmente. — Kellan sorriu. — Felizmente, Kiera é uma boa enfermeira. — Meneou a cabeça para mim.

Denny também sorriu.

— É, mas não das mais delicadas. — Seu sorriso se alargou. Fiz uma cara zangada, e Kellan riu. Denny entrou na cozinha, franzindo o cenho para Kellan. — Foi isso mesmo que aconteceu?

Kellan fez que não com a cabeça. Eu fiquei olhando para ele, pasma de ver como conseguia brincar e se comportar com tanta naturalidade com Denny, quando ele e eu estávamos sendo... enfim, nada naturais.

— Não, estou brincando. Um bêbado idiota me atacou com um canivete ontem à noite.

— Droga. — Denny caminhou até mim e passou o braço pela minha cintura, o que, estranhamente, me fez corar. — Você anda transando com a namorada dele, ou algo assim?

Olhei para Denny. Tinha um sorriso no rosto, por isso eu soube que estava brincando, mas Kellan lhe deu um olhar enigmático antes de voltar a exibir o sorriso tranquilo de antes.

— Talvez. Às vezes é difícil saber quem pertence a quem. — Seus olhos relancearam os meus quando ele disse isso, mas Denny não notou; estava ocupado demais beijando meu pescoço.

Rindo baixinho, Denny voltou a olhar para Kellan e deu um tapa no ombro dele.

— Bem, espero que você tenha dado uma boa lição no cara. — Kellan abriu um breve sorriso para Denny, assentindo. — Parabéns. Fico feliz por você estar bem, companheiro. — Denny me deu um beijo rápido no rosto e disse: — Eu tenho tempo. Está com fome?

— Claro. — Ele se virou para me beijar mas eu o interrompi com um selinho, dando uma espiada furtiva em Kellan, que olhava fixamente para o chão.

Denny foi até a geladeira e se inclinou para a frente, procurando alguma coisa nos fundos. Kellan chegou por trás de mim e segurou meus dedos entre os dele, puxando minha mão para trás. Olhei para ele, mas sua expressão era insondável. Seus olhos observavam Denny atentamente. Ele acariciou meus dedos por um segundo, e então apertou minha mão na sua, soltando-a no momento exato em que Denny deu às costas à geladeira.

— Aaahhh, que bom... Panquecas de morango? — perguntou, solícito, me mostrando a caixa de morangos que tinha encontrado na geladeira.

Fiz que sim e abaixei os olhos, enquanto Kellan saía em silêncio da cozinha. Um sentimento de culpa avassalador tomou conta de mim, e eu não fazia ideia de quem o inspirava — Denny ou Kellan?

Jenny e Kate vieram falar comigo assim que cheguei ao trabalho aquela noite. Elas queriam saber mais sobre a briga da véspera, pois ambas estavam muito longe para poder vê-la. Perguntaram como Kellan estava passando, e eu corei um pouco ao lhes dizer que estava bem, até mesmo meio orgulhoso do seu ferimento de guerra. Como eu, as duas se mostraram preocupadas porque fora por um triz, e Kellan poderia ter se dado mal. Senti um aperto no coração ao pensar nisso e dei uma olhada na sua mesa, onde ele estava lanchando e esperando que o pessoal da banda aparecesse. Algumas garotas à sua frente olhavam para ele como se fossem abordá-lo, mas ele as ignorava, preferindo conversar com Sam. É, fora por um triz.

Nós três voltamos a atender nossos clientes, e eu sorri ao olhar para Kellan mais uma vez. Ele notou meu olhar e sorriu em resposta. Meu coração deu um salto e eu tive que desviar os olhos. Por fim, quando a noite avançou, ele já não era mais o único D-Bag à mesa. Pete me alcançou quando eu saía da cozinha e me pediu para avisar a Kellan que estava na hora do show. Sorrindo, assenti e me dirigi à mesa dele.

Kellan sorriu ao ver que eu me aproximava. Estava recostado na cadeira e um pouco recuado da mesa, o que tornava seu colo um "point" quase irresistível. Por um momento, desejei ser como suas fãs mais atiradas e me jogar no colo dele para um amasso. Imaginei seus braços se cruzando ao meu redor. Imaginei meu corpo sendo envolto pelo seu cheiro. Imaginei o calor de sua pele quando eu beijasse seu pescoço...

— Kiera? — Ele inclinou a cabeça e me olhou com curiosidade, e eu me dei conta de que meus pensamentos indecentes tinham me levado a ficar encarando-o sem dizer uma palavra.

Corando, desviei os olhos.

— Está na hora do show! — Lancei o aviso na direção da mesa da banda, sem me dirigir a ninguém em particular.

Ouvi as cadeiras arranhando o chão quando os D-Bags se levantaram. Matt e Evan me agradeceram e subiram ao palco, para histeria geral da galera. Griffin apenas subiu ao palco. Às vezes certas sutilezas básicas escapavam a ele. Kellan terminou sua cerveja e então se levantou devagar. Ficou parado diante da mesa por um segundo, sorrindo para mim, como se estivesse à espera de alguma coisa. Franzi o cenho e olhei para ele, tentando compreender.

— E então... Não vai me desejar boa sorte? — perguntou, aproximando-se até ficar bem ao meu lado. Ele se recostou na mesa e esperou.

Deixei que meu rosto relaxasse e sorri para ele.

— Você não precisa que eu lhe deseje sorte para bombar naquele palco.

Ele abriu um largo sorriso, e eu me senti meio tonta.

— É verdade, mas eu gosto.

Rindo, dei um abraço rápido nele.

— Bem, então, boa sorte.

Ele fez um beicinho fofo.

— Geralmente eu recebo mais do que um abraço de avó das garotas quando elas me desejam boa sorte. — Arqueou uma sobrancelha para mim, malicioso.

Ri de novo, dando um tapa no ombro dele.

— Bem, mas eu não sou uma garota qualquer.

Ele me deu um sorriso irresistível, abanando a cabeça.

— Não... não é mesmo. — Então se virou e subiu no palco, e eu voltei a me sentir tão tonta que tive de me apoiar na mesa por um segundo.

Como sempre, a banda arrasou. A galera pareceu dobrar de tamanho à medida que os D-Bags iam tocando, e eu não tive tanto tempo quanto gostaria para ver Kellan se apresentar. Mesmo assim, entre um pedido e outro, consegui dar uma ou outra espiada nele. Ficava eufórica quando o pegava olhando para mim. E isso também me preocupava um pouco, mas eu logo tratava de tirar a preocupação da cabeça. Era obrigada a reconhecer que gostava da atenção dele.

Cantei baixinho junto com as músicas que conhecia enquanto servia às muitas pessoas com sede no bar. Perto do fim do show, a banda tocou uma nova música que chamou minha atenção. Eu nunca tinha ouvido aquela canção intensa antes, mas a galera estava cantando junto, de modo que devia ser antiga. Dei uma olhada em Jenny e ela também estava cantando. A letra era extremamente séria, e a expressão de Kellan também. Ele parecia quase furioso.

"Eu vi o que você fez com ela... Conheço o seu segredo. Você pode arrasá-la, mas não vai durar, você não vai durar. Ela aguenta calada, espera a dor passar. Não vai demorar muito, até a legião de anjos chegar."

Ele se concentrava mais na guitarra do que na galera ao tocar, e não pude me livrar da impressão de que a música não tinha nada a ver com uma mulher.

"Você tomou tudo, deixou-a sem nada. Ela devia ter sido amada. Qual é a sua? Ela vai encontrar força, vai ser livre. Não vai demorar... para ela... para mim..."

Senti uma necessidade súbita e inexplicável de abraçá-lo, de confortá-lo. Fiquei observando-o com o canto do olho enquanto atendia aos meus clientes. Por fim, a música terminou, e ele começou a tocar outra mais animada, alto astral. Qualquer vestígio de emoção da canção anterior se evaporou do seu rosto, mas não pude me livrar da impressão de sua ira.

— Desculpe, amor. — Denny olhava para mim com ar desolado, sentado na beira da cama. Estava retirando os sapatos e esfregando os pés.

— Está tudo bem, Denny. É só um fim de semana. Eu aguento, sinceramente.

— Na verdade, nós só vamos passar uma noite separados. Eu vou chegar tarde amanhã à noite, provavelmente antes de você chegar em casa do trabalho. — Ele suspirou, pondo os pés no carpete. — Mas eu lamento. — Revirou os olhos. — É ridículo. A única razão por que Max me obrigou a ir a essa conferência no seu lugar é que ele vai a uma despedida de solteiro em Las Vegas. — Abanou a cabeça, irritado. — Se o tio soubesse, ele iria para o olho da rua.

Dei de ombros.

— Por que não conta a ele?

Ele olhou para mim com um sorriso irônico.

— Se há uma coisa de que não preciso é tornar meu emprego pior do que já é. — Fiquei um pouco constrangida, lembrando por que ele estava nesse emprego, e, ao notar, ele imediatamente disse: — Desculpe.

Sacudi a cabeça, enxotando a lembrança.

— Então, você vai viajar na manhã de sexta e voltar na madrugada de sábado, certo? Ele veio sentar ao meu lado na cama.

— É, é isso. Vou sentir saudades. — Sorriu para mim e se inclinou para beijar meu pescoço.

Meus pensamentos começaram a divagar enquanto os lábios dele percorriam minha pele. Eu teria uma tarde inteira a sós com Kellan. De repente, poderíamos ir a algum lugar... pegar o carro e ir a algum canto onde ninguém nos conhecesse, onde nossa paquera não tivesse que ficar confinada entre quatro paredes. Ele tinha passado o último fim de semana quase inteiro comigo e Denny. Nós três tínhamos ido explorar o centro da cidade, Kellan nos mostrando todos os seus lugares favoritos. Ele apertava minha mão quando Denny não estava olhando, ou me dava um abraço rápido. Nós nos entreolhávamos discretamente e sorríamos... toda hora.

Os lábios de Denny iam descendo para além do meu pescoço. Isso estava perturbando minhas lembranças agradáveis, e eu o afastei um pouco.

— Está com fome? Posso fazer o jantar, desta vez. — Eu tinha a impressão de que não era esse o tipo de "fome" que ele estava sentindo, mas eu não estava nem um pouco a fim.

Ele franziu um pouco o cenho, mas se afastou.

— Hum-hum... Claro.

— OK — disse eu, animada, ficando de pé e dando-lhe um beijo na testa.

Dei uma espiada no quarto de Kellan ao sair do nosso quarto, mas ele não estava lá. Aquela noite sua banda ia tocar numa boatezinha em Pioneer Square. Eu tinha quebrado a cabeça, tentando arranjar uma desculpa para ir sem provocar suspeitas em Denny. Era minha noite de folga, e eu raramente via Kellan tocar em outros lugares além do Pete's. Lembrei-me da única vez em que o tinha visto tocar no Razors. Ele tinha arrasado num ambiente menor e mais intimista como aquele... não que ele não arrasasse sempre quando cantava.

Suspirei, descendo o último degrau da escada, e atravessei a sala vazia. A casa ficava tão silenciosa sem ele. Kellan estava sempre tocando, cantarolando ou cantando. Ele enchia nossa casa de música, com sua presença. O lugar parecia meio vazio quando ele não estava. Eu tinha pensado em dizer a Denny que iria passar a noite com Jenny... mas isso seria mentir demais. Até porque Jenny estava realmente no trabalho e, se Denny se entediasse e fosse até o Pete's... bem, isso não seria legal.

Suspirando de novo, entrei na cozinha e comecei a procurar alguma coisa para comer. Fosse como fosse, eu não queria ser uma mentirosa. Isso não se parecia nem um pouco comigo. Eu podia esperar. Veria Kellan em breve. Franzi um pouco o cenho, ao me dar conta de que nós também teríamos uma noite inteira a sós. Abanei a cabeça. Isso não importava. Nós éramos apenas amigos. E disso não passaríamos.

Meu sorriso voltou quando relembrei os últimos dias com Kellan. Resolvi fazer um prato complicado para o jantar, e deixei a mente divagar por aquelas lembranças enquanto começava a preparar nossa refeição. Não apenas nosso fim de semana fora maravilhoso, como ele tinha sido gentil e simpático durante a semana inteira. Nunca deixava de me levar para a faculdade e me acompanhar até a sala de aula. As mulheres agora ficavam olhando para a porta, na expectativa de vê-lo entrar comigo, o que me fazia rir um pouco. Geralmente ele ia me buscar também, e então me levava para casa ou para o Pete's, se eu quisesse chegar mais cedo para estudar. Geralmente eu não queria. Preferia estudar com ele no sofá, embora às vezes me desconcentrasse demais ficar deitada no colo dele tentando ler *Orgulho e Preconceito* enquanto ele fazia cafuné nos meus cabelos. Então eu entregava o romance para ele e lhe pedia para ler. Ele fazia isso com o maior prazer, a voz quase me embalando de tão suave e, às vezes, juro, calculadamente sensual.

Denny entrou quando eu tinha acabado de aprontar tudo, e jantamos juntos à mesa da cozinha. Ele me contou mais alguns detalhes da conferência a que tinha de comparecer, e eu lhe falei sobre as minhas aulas. Ficamos conversando sobre as aulas de Microeconomia por uma eternidade — eu nem cheguei a precisar estudar para aquela matéria, pois aprendi mais conversando com Denny do que lendo meus livros e notas. Depois do jantar, ele começou a tirar a mesa, e eu fui atender o telefone. Era minha irmã, e nossa conversa varou a madrugada. Ela estava eufórica por vir me visitar e queria ter certeza de que Kellan também viria quando saíssemos todos juntos. Suspirei e engoli minhas frustrações em relação à sua visita — daria tudo certo —, e então passamos a falar dos seus namorados atuais.

Eu ainda estava batendo papo com ela no telefone quando Denny se aproximou, beijou meu rosto e me deu boa-noite. Não sei se eu estava esperando que Kellan chegasse em casa do bar ou não, mas continuei no telefone com minha irmã durante horas depois que Denny foi dormir. Por fim, Kellan chegou em casa e eu finalmente desliguei, derretendo no calor do seu abraço.

— Quer dizer então que Denny não vai estar aqui hoje à noite? — perguntou Kellan, segurando minha mão sobre a mesa da cozinha enquanto tomávamos café.

Olhei para ele, desconfiada.

— É... Ele vai ficar em Portland até amanhã à noite. Por quê?

Ele abaixou os olhos, refletindo sobre alguma coisa, e então falou, sem olhar para mim:

— Fica comigo hoje à noite.

— Eu fico com você todas as noites — respondi, confusa. Afinal, nós morávamos na mesma casa.

Ele levantou os olhos para mim, divertido.

— Não... Eu quis dizer, dorme comigo hoje à noite.

— Kellan! Isso não vai...

Ele me interrompeu:

— Eu quis dizer literalmente... dormir ao meu lado, na minha cama.

Corei e desviei os olhos, o que o fez rir mais um pouco. Por fim meu constrangimento passou, e eu voltei a olhar para ele.

— Não acho que seja uma boa ideia, Kellan.

Ele inclinou a cabeça, com um sorriso radiante.

— Por que não? Uma coisa totalmente inocente... Eu não vou nem me enfiar debaixo das cobertas.

Arqueei uma sobrancelha.

— Totalmente vestido também? — Por que eu estava sequer levando essa ideia em consideração? Era péssima.

— Claro. — Ele tornou a rir. — Se é assim que você prefere. — Acariciou minha mão com o polegar.

Achei graça, e então abri um sorriso ante a ideia de adormecer nos seus braços.

— É, sim. — Franzi o cenho. Mas não era mesmo uma boa ideia... tantas coisas podiam dar errado. — É só me avisar quando achar que a coisa está ficando muito dura.

Ele olhou para o outro lado, mal contendo o riso. Na mesma hora, percebi o duplo sentido involuntário, e fiquei vermelha feito um pimentão.

— Você entendeu o que eu quis dizer — sussurrei, morta de vergonha.

Rindo baixinho, ele disse:

— Entendi o que você quis dizer, sim... E pode deixar que eu aviso. — Suspirou. — Você é mesmo uma graça... sabia? — Seu rosto pareceu sincero quando ele disse isso, o que me fez sorrir e desviar os olhos.

— Tudo bem... Vamos tentar — sussurrei, ainda achando que essa era uma péssima ideia.

Denny apareceu na cozinha algum tempo depois, recém-saído do banho e segurando uma de suas sacolas de viagem. Seus olhos castanhos, normalmente bem-humorados, estavam inexpressivos de tristeza. Ele parecia relutante por partir, e eu lhe dei um longo beijo de despedida, esperando que isso o animasse um pouco. E ele me deu um meio sorriso quando finalmente saiu da casa. Por estranho que parecesse, meu estômago não se manifestou quando vi seu carro se afastar. Decidi que era porque ele só iria passar uma noite fora. Era um período definido, ao contrário da última vez que ele se separara de mim. Mas então Kellan chegou por trás, passando os braços pela minha cintura, olhando pela janela da cozinha junto comigo. Derreti no seu abraço e me perguntei por que eu *realmente* não me importava com a partida de Denny.

Mais tarde, no Pete's, parei de esfregar uma mesa e fiquei só escutando, sem olhar para o palco, uma música que eu nunca tinha ouvido os D-Bags tocarem. Era o mais perto de uma canção de amor que eu já tinha ouvido no repertório da banda. Era cativante e otimista, com uma letra que falava em "não estar mais sozinho" e "me sinto feliz quando você está aqui". Fiquei me perguntando se a música era nova, e meu coração acelerou um pouco ante a ideia de Kellan compor alguma coisa só para mim. Sorrindo toda satisfeita, continuei esfregando a mesa, perdida em devaneios.

– Hum. – Jenny apareceu ao meu lado e eu levei um susto, olhando para ela. Estava observando a banda com ar de curiosidade. Dei uma olhada neles também, com medo de que talvez Kellan tivesse olhado para mim de um jeito indecente e ela estivesse desconfiada. Kellan olhou de relance na nossa direção, mas estava sorrindo mais para a mulherada perto dele, como costumava fazer.

Relaxei.

– O que foi?

Jenny se virou e sorriu para mim.

– Evan deve estar apaixonado de novo.

– Ah... Por quê? – perguntei, curiosa.

Ela riu um pouco e meneou a cabeça em direção ao palco.

– Essa música... Eles sempre a tocam quando ele está caído por alguma garota. – Ela deu uma geral na galera. – Quem será a felizarda?

Isso me decepcionou um pouco.

– Hummm... Não sei. – Certo, então Kellan não a tinha composto para mim. Mas, de repente, fora melhor assim. Eu realmente não precisava dele rasgando seda para mim. Já era bastante difícil para ele se sentir atraído por mim (por algum motivo estranho), não precisava que o amor viesse complicar ainda mais as coisas. E, de todo modo, nós éramos apenas amigos. Amigos que se paqueravam, amigos que iriam se aconchegar juntinhos na cama mais tarde. Franzi o cenho. Não era mesmo uma boa ideia.

– Quer uma carona para casa hoje? – perguntou Jenny, amável.

– Não, Kellan vai me levar de volta. – Sorri e me esforcei para não parecer entusiasmada demais com isso. – Mas obrigada mesmo assim.

– Tudo bem. – Alguém acenou para Jenny do outro lado do bar e ela pediu licença, educada.

Anotei mais alguns pedidos. Um casal a uma mesa próxima deixava claro que aquele era seu primeiro encontro. O cara estava extremamente nervoso e a mulher, tímida, uma gracinha. Eles me fizeram sorrir. Enquanto eu esperava suas bebidas diante do balcão, a canção de Kellan terminou e, ao ouvi-lo falando, dei uma olhada no palco.

– Senhoras... – A galera foi ao delírio, e ele sorriu. – E, obviamente, vocês também, caras. – Alguns vivas estridentes ao fundo. – Obrigado por virem aqui hoje. – Kellan abriu um sorriso e levantou um dedo. – Nós vamos tocar mais uma para vocês, e, depois, pé na estrada. – Lançou um olhar discreto para mim. – Compromissos, sabem como é. – Caiu na risada, e as garotas na frente do palco gritaram alto.

Ele piscou para elas e, segurando a camiseta, usou a barra para enxugar o suor do rosto; estava o maior calor no bar lotado. O gesto expôs uma boa parte do seu abdômen superdefinido, e as garotas ao redor dele ficaram totalmente histéricas! A gritaria foi tamanha que eu cheguei a estremecer.

Bem atrás de mim, Rita gritou entre as mãos em concha:

– Tira! Uuuuuu!

Ele parou, abrindo um largo sorriso para ela, e então olhou para mim. A galera gritou mais ainda diante dessa perspectiva e Kellan começou a rir. Deu uma olhada nos companheiros ao lado por um segundo. Griffin sorria, Matt fechou a cara e Evan estava aos risos. Kellan deu de ombros e... tirou mesmo a camiseta! Fiquei olhando de queixo caído para ele, que, com a maior tranquilidade, tirava a camiseta pela cabeça, como se estivesse sozinho no seu quarto e não num palco, na frente de uma multidão enorme.

A gritaria no bar foi ensurdecedora! O berreiro de antes não era nada em comparação com esse. Rita urrava atrás de mim, e eu fiquei um pouco surpresa por ver que Jenny e Kate tinham vindo até o balcão e estavam recostadas à minha esquerda e direita, berrando e assoviando junto com ela.

Eu ainda assistia à cena boquiaberta, quando Jenny começou a rir de mim e me deu um cutucão no ombro.

– Ah, vamos lá. Até *você* tem que reconhecer que o cara é um tesão! Você pode estar com Denny, mas não está morta. – Ela abriu um sorriso e recomeçou a gritar.

Voltei a olhar para o palco. Kellan tinha enfiado a camiseta atrás de si, no cós da calça jeans. Estava de costas para a galera, os ombros largos reluzindo sob os refletores do palco; agradeci ao destino pelo fato de os arranhões que eu tinha deixado nas suas costas terem cicatrizado completamente e não estarem visíveis. Corei com a lembrança.

Kellan se virou para o microfone, e a galera voltou a perder a cabeça ante a visão daquele peito sarado espetacular. Ele segurou o microfone com uma das mãos e passou a outra pelos cabelos, o movimento realçando seus músculos de um jeito irresistível. Griffin começou a tocar, e eu automaticamente dei uma olhada nele. Não pude conter o riso; ele também não tinha hesitado em tirar a camiseta. Qualquer coisa que Griffin podia fazer para ficar nu...

O corpo de Griffin era razoável, suas tatuagens intrigantes, mas ele não chegava nem aos pés da perfeição de Kellan. Rita, Kate e Jenny estavam todas olhando para Kellan fixamente e, por ora, ignorando todos os clientes, por isso relaxei e decidi que não pareceria estranho se eu o observasse também. Kellan começou a cantar com uma voz baixa e rouca. Sua voz fez um arrepio me percorrer a espinha... bem, tenho certeza de que foi a voz dele. A canção logo ganhou intensidade. A galera adorava aquela canção – e o seu ídolo seminu –, e logo estava dançando e cantando junto com ele. No refrão, Kellan se inclinava com o microfone para o lado e estendia a mão para o público, o gesto surtindo os efeitos mais maravilhosos sobre o seu corpo, levando a galera a gritar ainda mais.

Vez por outra, Kate ou Jenny gritavam e, como ambas estavam dançando no bar, resolvi imitá-las, nós três caindo na risada. Pete pôs a cabeça fora da cozinha, e achei que poderia ficar zangado com Kellan por estar sem camisa, mas ele apenas deu uma olhada na galera delirante, depois em Kellan e, sorrindo, voltou para a cozinha.

Kellan chegou a um ponto da canção em que a letra perguntava *"É só isso que você quer?"*. Brincando, levou a mão à orelha e a galera voltou a delirar em resposta. Kellan riu durante as duas letras seguintes; estava tendo uma noite excepcional. Sorri ao ver sua felicidade.

Meus olhos vagaram distraídos até o ferimento no seu tronco. Mesmo àquela distância, dava para ver a linha rosada ao longo das costelas; provavelmente ele ficaria com uma cicatriz naquele lugar. De repente, ele passou a mão pelo abdômen até a frente da calça jeans, o que me distraiu totalmente dessa ideia. Foi um gesto natural, em que de repente ele nem tinha pensado, mas... que droga, aquilo foi sensual. Ele era sensual demais. Corei de novo, mais lembranças íntimas daquele corpo sensacional me assaltando a mente.

Ele chegou à última parte e Matt e Griffin ficaram de fora, de modo que eram só ele e Evan. Sua voz ficou mais baixa, suas palavras mais intensas, e ele me olhou fixamente. *"Eu sei que há algo entre nós... Eu sei que você quer mais. É só me dizer... e será seu."*

Ele só cantou esses versos uma vez naquela voz baixa e intensa, e então Matt e Griffin entraram e ele cantou mais alto, correndo os olhos por sua legião de fãs. Olhei furtivamente para Kate e Jenny, mas elas estavam rindo e dançando, por isso não notaram que aquela parte tinha sido dirigida somente a mim. Pensei na letra por um momento. Será que eu devia cancelar nosso plano para aquela noite? Não era mesmo uma boa ideia, ainda mais depois de eu ter visto seu corpo maravilhoso se movimentando pelo palco. Dei umas risadinhas, mordendo o lábio. Minha irmã devia ter vindo esse fim de semana; ela teria adorado isso. De repente, fiquei muito aliviada por ela não ter vindo.

Finalmente a canção terminou, e Kellan fez uma pequena reverência, para gritaria da multidão. Rindo, tornou a vestir a camiseta, enquanto Griffin continuou sem a dele. A galera vaiou quando o seu ídolo voltou a se vestir, principalmente Rita, que estava bem atrás de mim, e Kellan riu de novo, abanando a cabeça. Às risadinhas, Kate e Jenny voltaram para os seus clientes. Fiquei observando Kellan por mais um momento, longo o bastante para ele me olhar e me dar um sorriso de tirar o fôlego antes de saltar do palco e na mesma hora ser cercado por uma legião de fãs. Meu coração batia duas vezes mais rápido quando finalmente levei as bebidas para aquele casal que se encontrava pela primeira vez.

No fim do turno, apanhei minha bolsa na sala dos fundos e me despedi de Kate e Jenny, que acabavam de entrar. Ao passar para a parte principal do bar, avistei Kellan sentado numa cadeira virada ao contrário, conversando com Sam. Meu coração subiu até a garganta; de repente, eu me sentia muito nervosa ante a ideia de ficar sozinha com aquele homem deslumbrante. Ele olhou para mim quando notou minha presença e sorriu, simpático. Seu sorriso me relaxou o bastante para poder caminhar com calma até sua mesa.

— Pronta? – perguntou ele com toda a naturalidade, mas um enorme sorriso no rosto.

— Estou – consegui responder num guincho de voz.

Ele levantou, rindo um pouco, e, se virando, despediu-se de Sam. Colocando a mão nas minhas costas, me levou até a porta da frente e acenou para Rita, que exibia um sorriso vaidoso no rosto.

— O show foi o máximo, Kellan – disse ela, num tom insinuante. Ele meneou a cabeça em agradecimento, e juro que a ouvi murmurar: — Vou pensar em você mais tarde.

Corei, mas Kellan não a ouviu, ou decidiu ignorá-la. Ele segurou minha mão assim que ficamos a sós fora do bar, e me levou para o seu carro, cantarolando a canção que acabara de apresentar. Sua versão *a cappella* era linda, mas eu franzi o cenho para ele.

Ele olhou para mim e parou de cantar, com um sorriso simpático no rosto.

Fiz o melhor beicinho do meu repertório.

— Nós não conversamos um dia desses sobre o seu estilo de cantar?

Ele riu e tentou bancar o inocente:

— Que foi que eu fiz de errado? – Apontou para o bar. – Passei o show *quase* inteiro totalmente vestido. – Ele se afastou depressa quando tentei dar uma cotovelada nele. Ainda rindo, correu até mim e me levantou por trás, eu gritei e me contorci, mas ele me apertava com força. Por fim ele me pôs no chão, mas manteve os braços com força ao redor dos meus enquanto caminhávamos enlaçados, até onde seu carro estava, do outro lado do estacionamento. – Eu fiz aquilo pelo Pete – cochichou no meu ouvido, aos risos.

Parei de caminhar, levando-o a dar um encontrão em mim. Virei a cabeça para olhá-lo, surpresa.

— Ah... AH! – Eu não tinha me tocado que o Pete iria... curtir ver Kellan daquele jeito.

Ele pareceu confuso por um segundo, então percebeu a expressão no meu rosto e, me soltando, recuou, segurando o estômago de tanto rir.

— Ah, meu Deus, Kiera. Não, não foi isso que eu quis dizer. — Secou uma lágrima do olho, suspirando. — Meu Deus, mal posso esperar para contar essa para o Griffin. — E caiu na gargalhada de novo.

Corei até a raiz dos cabelos, me sentindo meio burra, e um pouco irritada por ele se divertir à custa do meu mal-entendido. Ele notou minha expressão e tentou se recompor, mas então começou a rir de novo, sem conseguir se controlar.

— Ahhh... E você acha que *eu* é que tenho uma mente suja. — Continuou rindo, passando os braços ao meu redor. Quando franzi o cenho, ele inflou as bochechas e expirou devagar, tentando conter o riso.

Já podendo falar normalmente, ele disse:

— Você não viu a reação da galera quando eu fiz aquilo? Pode observar, amanhã o público vai dobrar. O Pete vai ter que barrar gente. Eu fiz aquilo para ajudá-lo, Kiera. — Deu de ombros e balançou o corpo para a frente e para trás, comigo em seus braços.

— Ah... Bem, acho que faz sentido. Você atrai mais gente, o Pete fatura mais alto, você ganha mais publicidade, e, presumo eu, mais grana também...

Ele abriu um sorriso:

— É, é por aí.

Dei um sorrisinho para Kellan, e ele literalmente perdeu o fôlego.

— Acho que, nesse caso, vou ter que dar a minha permissão. — Sem pensar, beijei o rosto dele, que imediatamente beijou o meu também.

Pisquei os olhos, surpresa, mas ele apenas me deu um sorriso altivo.

— Se você pode infringir uma das regras... eu também posso. — Então, piscou um olho e me puxou para o carro.

— Você está muito assanhado hoje — observei, enquanto entrávamos no carro.

Ele abriu um largo sorriso para mim.

— Não é toda noite que eu tenho a chance de dormir com uma linda mulher.

Corei, tanto por ele me chamar de linda outra vez, como por saber que poderia escolher à vontade entre uma meia dúzia de mulheres realmente lindas e, provavelmente, mais disponíveis do que eu. O que ele tinha na cabeça, para desperdiçar seu tempo comigo?

Ele deu a partida no carro, e então notou minha expressão estranha, enquanto eu tentava decifrar esse enigma.

— Ei, eu disse dormir, não fo...

— Kellan! — interrompi-o, olhando para ele com ar severo.

Ele se enrolou com a palavra, tratando rapidamente de pensar em outra:

— Fooooor... ni... car? — Deu de ombros, com um olhar que dizia *Sou inocente, não fique com raiva de mim*.

Comecei a rir, chegando mais perto para me aninhar contra seu corpo e recostar a cabeça no seu ombro. Ficamos em silêncio por um momento enquanto ele saía do estacionamento. Por fim, fiz a ele uma pergunta que não saía da minha cabeça havia horas:

— E aí... Por quem Evan está apaixonado?

Um sorriso de tirar o fôlego iluminou o seu rosto.

— Putz, quem sabe, pode ser qualquer mulher. — Ele olhou para mim. — Por quê? Quem disse a você que ele está apaixonado?

Franzi o cenho, intrigada com sua aparente ignorância sobre o assunto.

— Jenny comentou horas atrás.

— Ah. Vou ter que perguntar a ele. — Voltou a prestar atenção no trânsito. — Ainda não ouvi nada a respeito.

Fiquei séria e pensei no assunto durante todo o percurso de volta para casa.

Deitei na cama dele totalmente vestida. Aliás, eu tinha vestido mais um suéter, por via das dúvidas, o que ele achou muito engraçado. Então, ele estendeu o corpo, também totalmente vestido, por cima das cobertas ao meu lado. Eu me sentia meio idiota com toda essa história. Era estranho deitar numa cama totalmente vestida, e ainda mais estranho ele ficar de fora das cobertas. Pensei em lhe dizer para se enfiar debaixo delas também, quando, de repente, ele rolou até ficar cara a cara comigo, pousando a perna tranquilamente sobre a minha e um braço por cima do meu estômago. Decidi então que, quanto mais camadas de tecido houvesse entre nós, melhor. Essa não era mesmo uma boa ideia.

Ele estendeu o braço sobre mim e apagou o abajur na mesa de cabeceira. A súbita escuridão foi atordoante, e a tensão entre nós imediata. Tudo que eu podia ouvir era sua respiração suave, e meu coração, que palpitava de um jeito odioso. Senti que ele se ajeitava sobre os travesseiros ao meu lado, seu braço e perna me apertando com força, sua cabeça bem ao lado da minha enquanto ele respirava baixinho no meu ouvido. Isso era... íntimo demais. Eu precisava de um minuto.

— Kellan...

— Sim? — A voz dele soou baixa e rouca no meu ouvido. Senti um arrepio na espinha.

Resisti ao impulso de me virar para ele, de procurar seus lábios. Não, não era mesmo uma boa ideia.

— Será que dava para acender a luz de novo?

Senti que ele ria baixinho, mas ainda não conseguia vê-lo. Seu braço tornou a se estender sobre mim, e então de repente o quarto ficou iluminado demais, e eu pisquei os olhos. De volta ao normal, não senti mais aquela alta tensão entre nós dois de momentos atrás, apenas a agradável sensação de sua proximidade.

— Melhorou? — perguntou ele, num tom quase brincalhão, voltando a se acomodar sobre os travesseiros e se aconchegando perto de mim outra vez.

Continuei deitada de costas e olhei para ele, que se apoiou sobre um cotovelo para me observar. Seus olhos eram de um azul-escuro afetuoso e tranquilo, o tipo de olhar em que a pessoa podia se perder por horas. Tentei me concentrar em alguma outra coisa, e soltei a primeira que me passou pela cabeça:

— Com quem foi a sua primeira vez?

Ele olhou para mim, com ar de interrogação.

— Como é? Por quê?

Engoli meu constrangimento por lhe fazer aquela pergunta, e, no tom mais calmo possível, disse:

— Bem, você perguntou sobre mim e Denny. É no mínimo justo.

Ele sorriu, olhando para os lençóis.

— É, acho que perguntei, não foi? — Voltou a me olhar. — Me desculpe por aquilo... Não era mesmo da minha conta.

Retribuí o sorriso.

— Responde à pergunta. — Estava muito satisfeita por ele tê-la feito, já que estava sendo tão útil agora.

Ele riu e ficou pensando por um momento. Arqueei uma sobrancelha; como então, ele precisava pensar a respeito? Ele tornou a rir da minha expressão.

— Bem... Ela era uma garota da minha vizinhança, tinha dezesseis anos, acho... Muito bonita. Parecia gostar de mim... — Sorriu, dando de ombros. — Foi só duas vezes, um verão.

— Ah... Por quê? O que aconteceu? — perguntei baixinho.

Ele passou os dedos pelos meus cabelos.

— Eu a engravidei e ela foi obrigada a ir morar com a tia para ter o bebê.

Eu me virei de lado, para poder olhá-lo.

— Como é que é?!

Ele caiu na risada, encostando o dedo no meu nariz.

— Estou brincando, Kiera.

Empurrei-o de volta para os travesseiros, soltando um resmungo.

— Brincadeira besta.

Ele voltou a se apoiar sobre o cotovelo.

— Mas você caiu. Deve pensar o pior de mim. — Suspirou baixinho, parecendo triste por um momento. — Não sou nenhum monstro, Kiera. — Seu tom era sério.

Como ele, eu me apoiei sobre o cotovelo.

— Também não é nenhum anjo, Kyle. — Sorri para ele, irônica, o que fez com que seu sorriso voltasse. — E então, o que aconteceu realmente com a garota?

— Nada de tão dramático. Ela voltou para a escola dela, eu para a minha. — Deu de ombros. — Caminhos diferentes...

Olhei para ele, confusa.

— Eu entendi você dizer que ela era uma vizinha. Por que vocês estavam em escolas diferentes?

Ele olhou para mim, perplexo.

— Nós não estávamos na mesma série.

Tentei compreender o que isso queria dizer.

— Mas ela tinha dezesseis anos... Que idade você tinha?

Ele me deu um olhar enigmático.

— Eu não tinha dezesseis... — sussurrou.

— Mas...

— Você devia dormir um pouco, Kiera... Já é tarde. — Pude literalmente ouvir a pedra sendo posta sobre aquela conversa. Ainda estava tentando matar a charada na minha cabeça. Se ele não era aluno do ensino médio como ela, então devia ter, no máximo, uns quatorze anos. O que me entristeceu um pouco.

Tirando a mão de baixo das cobertas, segurei a dele, e, por fim, seu sorriso bem-humorado voltou. Tornamos a nos acomodar nos travesseiros e ele estendeu a mão para me puxar para o seu peito. Suspirei de contentamento enquanto ouvia as batidas lentas e regulares do seu coração. Ele realmente não estava se importando com isso; talvez não fosse tão má ideia assim, afinal de contas.

Ele passou os braços ao meu redor, uma das mãos alisando meus cabelos, a outra afagando minhas costas. Era quente e gostoso. Sorri, me aconchegando mais no seu peito. Senti quando ele beijou o alto da minha cabeça. Bem, achei que isso era aceitável, e relativamente seguro... ainda bastante inocente. Passei os dedos pelo local em seu torso onde ele fora ferido, e então os deslizei lentamente em direção ao seu peito. Mesmo de camiseta, pude sentir as linhas dos seus músculos definidos. E também as batidas do seu coração acelerado, e ele suspirando baixinho ao me apertar com mais força contra si.

Ergui o corpo um pouco para poder olhá-lo; seu rosto ainda estava sereno, e ele me contemplava com ar de adoração.

— Kellan, talvez nós não devêssemos...

— Eu estou bem, Kiera... Dorme um pouco — sussurrou, ainda sorrindo suavemente.

Voltei a me deitar, mas me aninhei no seu ombro, não no seu peito. Segurei a mão com que ele afagava minhas costas e entrelacei nossos dedos, e então levei nossas mãos unidas até o meu rosto e pousei a cabeça sobre elas. Ele deu um suspiro feliz e tornou a beijar minha cabeça.

— Kellan...?

— Sério, eu estou bem, Kiera...

Olhei para o seu rosto.

— Não, é que eu estava aqui pensando... Por que você quer fazer isso comigo? Quer dizer, você sabe que o nosso relacionamento não vai dar em nada; então, por que desperdiçar o seu tempo?

Ele trocou de posição para poder me ver melhor.

— O tempo que eu passo com você nunca é desperdiçado, Kiera. — Sua voz era suave, a maneira como pronunciara meu nome, leve como uma carícia. — Se é só isso... — Ele sorriu com um ar triste, e se calou.

Não pude deixar de ficar contemplando aquele rosto de uma perfeição contundente. Comecei a me lembrar de cada toque, cada palavra... Se era só isso que tínhamos, ele aceitava. Será que fora o que ele quisera dizer? Isso me entristecia. Ele tinha se perguntado se estava me magoando — mas e eu, será que o estava magoando? Será que ele apenas me desejava, ou gostava de mim? Desentrelacei nossos dedos e me pus a acariciar seu rosto. Ele parecia tão triste. Eu não suportava quando ele ficava triste assim...

De repente, ele se inclinou sobre mim e beijou o canto da minha boca, mal roçando o meu lábio de baixo. Deixou sua cabeça ali, respirando de leve sobre meu pescoço. Fiquei chocada demais para reagir; meu polegar ainda acariciava seu rosto. Prendi a respiração. Ele levou os lábios até meu queixo e me beijou com suavidade. Em seguida, me beijou debaixo do queixo. Sua mão deslizou sob as cobertas e se dirigiu para a minha cintura, me puxando para mais perto. Sua respiração ficou mais rápida e ele soltou um som gutural, seus lábios descendo pelo meu pescoço. Sua mão apertava e soltava minha pele, e ele parou de beijar meu pescoço, afastando-se para pousar a testa na minha. Seu fôlego estava curto, seu rosto parecia conflituado; obviamente, isso infringia as minhas regras.

— Kiera...? — Ele se esforçava por se controlar.

A expressão no seu rosto e a duradoura sensação dos seus lábios na minha pele me paralisaram. Ele estava me dando uma chance, naquele exato momento, mas tudo que eu podia fazer era olhar nos seus olhos, que rapidamente se enchiam de paixão, seus lábios se aproximando dos meus. Seus olhos relancearam os meus, e então os meus lábios, e de novo meus olhos. Ele estava totalmente dividido, e eu hipnotizada por isso.

Minha mão, ainda no seu rosto, se moveu, para que eu pudesse passar os dedos pelos seus lábios entreabertos, incrivelmente macios. Ele gemeu e fechou os olhos, o fôlego curto e rápido. Deixei os dedos sobre sua boca e ele comprimiu os lábios, meus dedos entre eles, como se estivéssemos nos beijando, mas sem de fato nos beijarmos. Estávamos indo *muito* além da inocência agora. Eu precisava dar um basta nisso. Precisava me levantar e ir para meu quarto. Aquela ideia tinha sido horrível...

Mas não conseguia me mover. Minha respiração acelerou em resposta à dele. Ele beijou meus dedos de leve, os olhos ainda fechados, a respiração intensa. Só mais alguns segundos não iam fazer mal, eu me convenci. Não estávamos fazendo nada de tão errado assim. Sua mão passou da minha cintura para o meu pulso. Ele começou a afastar meus dedos de seus lábios.

– Quero sentir você...

Ele os abaixou, pressionando-os com força contra o meu lábio superior. Foi então que despertei. Empurrei-o para o mais longe possível e saí estabanadamente da cama. Ele sentou, sem fôlego, e fiquei alarmada ao perceber que eu também estava sem fôlego.

– Kiera, me perdoe. Não vou... – Engoliu em seco algumas vezes, tentando controlar a respiração.

– Não, Kellan... Essa ideia foi péssima. Vou para o meu quarto. – Apontei o dedo para ele: – Sozinha.

Ele começou a se levantar.

– Espera... Eu estou bem, me dá só um minuto. Vai passar...

Levantei os dois braços.

– Não... Por favor, fica aqui. Não posso... não posso fazer isso. Essa foi por pouco, Kellan. Isso é difícil demais. – Fui recuando em direção à porta.

– Espera, Kiera... Eu vou me esforçar mais. Não... não acaba com tudo... – Na mesma hora seus olhos ficaram tão tristes que eu parei.

– Preciso ficar sozinha hoje. Nós conversamos amanhã, OK?

Ele assentiu, sem dizer mais nada, e então eu me virei e saí do quarto. Dei uma bronca mental em mim mesma. O que eu tinha achado que iria acontecer? Aquela ideia tinha sido muito burra... tudo isso era uma péssima ideia. Por mais agradável que fosse, não era justo com nenhum de nós três.

Passei a noite quase toda olhando para o teto, me perguntando o que ele estaria pensando, o que estaria fazendo, se estaria dormindo, se eu poderia apenas voltar para a cama com ele, se deveria... Quando finalmente peguei no sono, sonhei com ele em detalhes vívidos, maravilhosos. No meu sonho, eu não tinha chegado a sair da sua cama. No meu sonho, nós nem chegamos a dormir, aliás.

Ele bateu à minha porta bem cedo na manhã seguinte, e a abriu quando respondi. Entrou no quarto e sentou na beira da cama. Estava vestindo roupas diferentes, já arrumado para passar o dia.

– 'dia – disse em voz baixa. – Ainda está zangada comigo?

– Não... – A presença dele na minha cama era demais. A lembrança da noite passada, além do meu sonho vívido, ainda estava me deixando de pernas bambas.

– Você não devia estar aqui, Kellan. Isso é desrespeitoso para com Denny.

Ele deu uma risadinha, desviando os olhos.

– Você acha mesmo, dentre todas as coisas que nós fizemos juntos, que eu sentar na cama dele é a que ele acharia mais ofensiva? – Ele voltou a me olhar, e eu o fuzilei com um olhar gelado. – Desculpe... Tá legal. – Recuou com as mãos levantadas e parou na soleira da porta. – Melhorou?

Sentei na cama, me sentindo uma idiota. É claro que ele tinha razão, mas, mesmo assim...

– Melhorou, obrigada.

Ele suspirou e eu ergui os olhos para ele, ainda parado na soleira.

– Não posso conversar com você daqui – disse em voz baixa, estendendo a mão para mim.

Suspirando, fui até ele e a segurei. Ele sorriu e me levou para a escada. Enquanto descíamos, ele disse, em tom manso:

– Me perdoe pela noite passada. Você tinha razão, não foi uma boa ideia. Mas eu tentei. – E olhou para mim, esperançoso, como se devesse ganhar um prêmio por ter pelo menos tentado.

Suspirei de novo, olhando para ele.

– Isso não é um jogo, Kellan.

Ele se deteve no último degrau e se virou para me olhar no degrau anterior.

– Eu sei, Kiera. – Seu tom e expressão estavam mais sérios.

Passei os braços pelo seu pescoço, e ele relaxou.

– Então, não vá tão longe de novo. – Eu também não estava pronta para que isso acabasse. – Lembre-se... inocente.

Ele sorriu e me transpôs do degrau até o chão, ao seu lado.

– Certo, inocente. Deixa comigo.

Ainda sorrindo, ele segurou minha mão e me levou para a cozinha. Suspirei mentalmente. Esse não era um bom plano. Eu estava sendo uma idiota.

Capítulo 14
O PONTO DECISIVO

Resolvemos passar nosso sábado livre juntos, tomando um Amtrak para o Norte. Como eu nunca tinha andado de trem antes, no começo fiquei um pouco nervosa, até que Kellan segurou minha mão. Então relaxei, recostando-me nele no assento, e ficamos vendo o mundo passar em alta velocidade com o balanço do trem. A vista era espetacular, ainda mais com as montanhas de picos nevados a distância e o verdor das abundantes árvores perenes voando pela janela. Eu estava adorando o estado de Washington. Só estava ali havia alguns meses, mas já o amava. Descemos numa cidadezinha turística e saímos passeando de mãos dadas. Sem o medo de que alguém que conhecêssemos pudesse nos ver, nós nos tornamos muito mais íntimos e muito menos cautelosos do que costumávamos ser um com o outro.

Parávamos toda hora para contemplar o rio estuante que corria ao nosso lado ou para explorar alguma lojinha pitoresca pela qual passávamos, e ele me estreitava com força contra o peito. Eu me virava para ele e me deliciava em seu calor e ternura. Algo havia mudado entre nós (de novo) depois do episódio da noite passada na sua cama. Eu não sabia o que era exatamente, apenas que nossos olhares estavam mais longos, e nossos toques, embora ele se esforçasse por não infringir mais nenhuma das minhas regras, um pouco mais íntimos. Os limites começavam a se embaçar. O que me perturbava. E excitava.

Por fim, voltamos para o Sul, para que eu pudesse ir trabalhar. Suspirei quando a vista de Seattle apareceu à minha frente. Tinha sido tão libertador passar algum tempo com ele abertamente, sem medo de sermos apanhados. Eu tinha curtido o nosso passeiozinho... e sabia que, provavelmente, não se repetiria por muito tempo. Olhei para o rosto dele, que olhava pela janela. Seus lábios carnudos estavam ligeiramente franzidos, e eu me perguntei se estaria pensando o mesmo que eu. Observei a luz do sol refletida nos seus olhos, alterando o azul-escuro para um tom mais claro. Sorri, pensando no quanto seus olhos eram lindos. Ele olhou para mim, e retribuiu meu sorriso. Um súbito impulso de beijá-lo tomou conta de mim, e tive que olhar para a frente, fechando os olhos.

— Você está bem? — perguntou ele.

— Enjoada por causa do balanço do trem... Vai passar. Só preciso de um minuto. — Eu não sabia por que tinha mentido. Ele teria compreendido se eu tivesse lhe dito a verdade. Bem, na verdade teria compreendido coisas demais, e eu não tinha certeza absoluta de que, depois da noite passada, ele não abusaria dessa vantagem em vez de me dar espaço. E, no momento, eu precisava de um pouco de espaço.

Tive que manter os olhos fechados até o trem parar. Sinceramente, era ridículo o quanto eu me sentia atraída por ele. Assim que chegamos, ele me levou direto para o Pete's. Ficou no bar comigo até os D-Bags chegarem, e então eles começaram o show. Kellan tinha razão sobre seu "desempenho" da noite anterior – o lugar estava apinhado de gente, e eu passei a noite inteira pulando de um cliente para o outro. No fim da noite, estava exausta. Em vez de Kellan, Jenny me deu uma carona para casa, o que, a julgar pela sua expressão séria quando participei isso a ele, talvez o tivesse magoado um pouco. Mas Denny estaria em casa e, embora provavelmente fosse estar dormindo, eu não queria que Kellan e eu chegássemos juntos. Depois de nosso fim de semana maravilhoso, eu tinha a sensação de que isso seria como um letreiro de néon anunciando o que acontecera entre nós, e não podia correr esse risco. Esperei que Kellan não tivesse ficado magoado demais.

Denny já estava em casa quando cheguei. Mas Kellan não, o que me levou a franzir o cenho enquanto subia a escada. Denny estava sentado na cama, vendo tevê, como se estivesse esperando por mim.

— Oi, amor – disse ele, carinhoso, seu sotaque ainda mais acentuado por causa do cansaço, estendendo os braços para mim.

Ignorei o abatimento por saber que meu tempo livre com Kellan tinha acabado (e, aliás, onde é que ele estava?) e, contendo um suspiro, subi na cama para me aconchegar nos braços de Denny. Ele ficou afagando minhas costas enquanto me contava sobre sua viagem. Acabei por adormecer no seu peito, totalmente vestida, enquanto ele falava sobre a conferência e o cretino do patrão. Enquanto o sono tomava conta de mim, tive a impressão de ouvi-lo chamar meu nome num tom de incerteza, mas estava exausta demais do fim de semana para resistir à natureza, e logo sucumbi a ela. Esperei que Denny não ficasse muito magoado comigo.

Dois dias depois, Kellan e eu aproveitamos um tempinho depois das minhas aulas, antes de eu ter que ir trabalhar. Sentamos juntinhos na grama, em uma área separada que agora considerávamos como sendo o "nosso" parque, perto da universidade. Nós nos encontrávamos lá com frequência entre uma aula e outra, ou, às vezes, depois delas. Ficávamos no carro dele ouvindo rádio quando estava chovendo, ou pegávamos um cobertor no porta-malas e sentávamos na grama se o tempo estivesse bom. Hoje fazia sol, mas estava frio, e nosso parque, quase deserto. Kellan e eu sentamos juntos no cobertor em cima da grama fresca, encorujados nas nossas jaquetas depois de tomarmos nossos espressos, curtindo o friozinho e o calor da presença um do outro.

Kellan ficou brincando com meus dedos, um sorrisinho nos lábios. A curiosidade levou a melhor sobre o bom senso, e eu perguntei a ele, baixinho:

— Aquela música que você cantou no fim de semana passado, com uma letra meio forte... Não é realmente sobre uma mulher, é? — Ele olhou para mim, surpreso. — Denny — expliquei. — Ele me contou o que aconteceu quando estava morando com a sua família. A música é sobre você mesmo, não? Você e seu pai?

Kellan assentiu, lançando um olhar para o parque silencioso, e continuou calado.

— Quer conversar sobre isso? — perguntei, tímida.

Ainda sem olhar para mim, ele disse em voz baixa:

— Não.

Senti uma tristeza enorme ao ver a expressão atormentada em seus olhos. E me detestei pelo que eu estava prestes a dizer, mas queria tão desesperadamente que ele se abrisse comigo.

— Mas vai conversar?

Ele fungou, e então olhou para a grama. Colheu um talo e ficou girando-o entre os dedos, distraído. Lentamente, ele se virou para mim. Fiquei tensa, imaginando se estaria zangado. Mas, quando seus olhos encontraram os meus, tudo que vi neles foram anos de tristeza.

— Não há nada para conversar, Kiera. — Sua voz era calma, mas carregada de emoção. — Se Denny contou a você o que viu e o que fez por mim, então você sabe tanto quanto qualquer um.

Não me sentindo disposta a desistir ainda, falei:

— Não tanto quanto você. — Ele me observou em silêncio, seus olhos me implorando para que não perguntasse mais nada. Mas eu perguntei mesmo assim, me odiando por isso: — Ele batia sempre em você?

Sem desviar os olhos dos meus, ele engoliu em seco e assentiu com a cabeça uma única vez.

— Com muita força? — *Como se um tapinha já não fosse bastante ruim*, pensei, irritada com minha própria pergunta. Ele permaneceu imóvel por tanto tempo que achei que não ia me responder, mas então meneou a cabeça um pouco, só uma vez.

— Desde que você era pequeno? — Um único meneio de novo, seus olhos brilhando agora.

Engoli em seco, tentando me obrigar a parar de lhe fazer perguntas dolorosas a que ele obviamente não queria responder.

— Sua mãe nunca tentou impedi-lo... e socorrer você?

Ele fez que não com a cabeça, uma lágrima escorrendo por seu rosto.

Meus olhos ficaram úmidos, as lágrimas ameaçando se derramar. *Por favor, pare com isso*, implorei a mim mesma. *Você o está magoando.*

— E isso acabou quando Denny foi embora? — sussurrei, me odiando ainda mais.

Ele engoliu em seco, tornando a fazer que não com a cabeça.

— Ficou ainda pior... muito pior — sussurrou, finalmente. Outra lágrima escorreu de seu olho, cintilando à luz do sol.

Imaginando como um pai pode fazer uma coisa dessas com o filho, e como uma mãe pode permitir, em vez de dar a própria vida para proteger seu único filho, sussurrei, inadvertida:

— Por quê?

Com um olhar mortiço, Kellan respondeu:

— Você teria que perguntar a eles.

Agora era no meu rosto que as lágrimas se derramavam, e ele ficou vendo-as escorrer. Passei os braços pelo seu pescoço e lhe dei um abraço apertado.

— Eu lamento tanto, Kellan — sussurrei no seu ouvido, enquanto ele passava os braços frouxamente por mim.

— Está tudo bem, Kiera — disse, num tom abatido. — Isso foi há anos. Já faz muito tempo que eles não podem me machucar.

Por sua reação, não achei que isso fosse verdade. Apertei-o com força, sentindo seu corpo tremer contra o meu. Suas faces estavam úmidas quando me afastei. Eu as sequei e segurei seu rosto entre as mãos, olhando para ele e tentando visualizar como sua infância fora horrível, tentando imaginar sua dor. Mas não consegui. Minha infância fora feliz e deixara lembranças maravilhosas. É verdade, meus pais eram superprotetores, mas humanos e amorosos.

Ele voltou a olhar para mim com tristeza, uma nova lágrima brotando de seu olho e escorrendo pelo rosto. Eu me inclinei para ele e a beijei. Quando já ia me afastando, ele se virou e nossos lábios se roçaram.

Extremamente comovida com sua dor, intoxicada por sua súbita proximidade, deixei que seus lábios permanecessem sobre os meus. Minhas mãos ainda estavam no seu rosto, nós ainda nos sentávamos próximos na grama, e nossos lábios fechados se pressionavam com força, mas nenhum de nós se movia. Eu nem mesmo sabia se estávamos respirando. Devíamos estar parecendo muito estranhos aos olhos de qualquer um que passasse e olhasse na nossa direção.

Por fim, ele inspirou pelos lábios, o que fez com que se entreabrissem ligeiramente, ainda contra os meus. Minha reação foi involuntária, instintiva e imediata — eu o beijei. Movi os lábios contra os dele, sentindo seu calor, sua maciez, seu hálito.

Ele não hesitou. Na mesma hora retribuiu meu beijo, movendo os lábios com ternura contra os meus. No entanto, a paixão logo o dominou e ele me puxou pelo pescoço para me dar um beijo de verdade. Sua língua se estendeu ao encontro da minha uma única vez. Gemi de tão bom que era, do quanto eu queria aquilo, mas me obriguei a me afastar. E não me permiti ficar zangada. Dessa vez, fora eu quem começara.

Na mesma hora, ele começou a se desculpar:

— Me perdoe. Me perdoe mesmo. Eu achei... achei que você tinha mudado de ideia. — Seus olhos pareciam assustados.

— Não... A culpa foi minha. — As coisas iam se tornando cada vez mais intensas entre nós; os limites iam ficando cada vez mais indefinidos. Mesmo naquele momento, enquanto eu observava seu rosto ansioso, meu coração batia com força, meus lábios ardendo com a lembrança dos dele.

— Me desculpe, Kellan. Isso não está dando certo.

Ele se inclinou para mim, segurando meu braço.

— Não, por favor. Eu vou melhorar, vou ser mais forte. Por favor, não acabe com tudo. Por favor, não me deixe...

Mordi o lábio, meu coração doendo com suas palavras sofridas, sua expressão desesperada.

— Kellan...

— Por favor. — Seus olhos observavam meu rosto. Eu queria chegar mais perto e beijá-lo de novo, qualquer coisa que fizesse sua dor passar.

— Isso não é justo. — Uma lágrima escorreu por meu rosto, mas não deixei que ele a secasse. — Isso não é justo com Denny. Nem é justo com você. — Senti um soluço escapar. — Eu estou sendo cruel com você.

Ele ficou de joelhos e segurou minhas mãos entre as suas.

— Não... não está. Você está me dando mais do que... Não acabe com tudo.

Fiquei olhando para ele, aturdida.

— O que é "tudo" para você, Kellan?

Ele abaixou os olhos, sem responder à minha pergunta.

— Por favor...

Por fim, sua voz e expressão me venceram. Eu não podia suportar a ideia de lhe causar sofrimento.

— Está bem... Está bem, Kellan.

Ele levantou os olhos e me deu um sorriso radiante. Também fiquei de joelhos, passei os braços por seu pescoço e lhe dei um abraço apertado, na esperança de saber o que estava fazendo.

Procurei tirar da cabeça todas as lembranças do parque durante meu turno no Pete's. Quer dizer, procurei tirar a do beijo, embora ainda sentisse um formigamento delicioso nos lábios, o que me preocupava. Mas não, eu não iria pensar nisso.

No entanto, não consegui esquecer totalmente a conversa horrível que havíamos tido. Minha necessidade egoísta de saber tudo sobre ele tinha aberto algumas de suas velhas feridas. Fiquei observando-o durante todo o meu turno, me perguntando se ele estaria mesmo bem. Parecia estar ótimo, rindo com os companheiros de banda, bebericando uma cerveja, com um pé apoiado no joelho. O mesmo Kellan descontraído de sempre. Franzi o cenho, imaginando até que ponto sua tranquilidade era autêntica, e até que ponto era uma resposta condicionada à dor de uma vida inteira.

Estava pensando nisso quando o vi se aproximando do balcão para conversar com Sam. Ele se recostou para trás, e Rita lhe passou outra cerveja. Ele a olhou brevemente e abriu um sorriso simpático, com um meneio de cabeça. Sam se afastou alguns momentos depois e Kellan continuou lá, bebendo sua cerveja em silêncio, recostado tranquilamente no balcão. Ele olhou para mim quando me aproximei para repassar um pedido rápido para Rita.

— E aí, aonde nós vamos levar sua irmã sábado que vem? — Ele recuou ainda mais os cotovelos no balcão, o que fez maravilhas no seu peito e expôs alguns centímetros da pele acima do cós da calça. Tive o súbito desejo de passar os dedos por sua camisa e sentir aquela pele nua. Rita o devorava com os olhos, demorando o máximo possível para preparar os drinques, seus pensamentos na mesma linha que os meus, a julgar pela expressão no seu rosto superbronzeado. Eu odiava aquela expressão.

O olhar de Rita, combinado com a menção à visita cada vez mais próxima de minha irmã, estragou a visão agradável dele na minha frente.

— Não faço ideia — respondi, mal-humorada. Tinha esquecido totalmente que o fim de semana da visita dela estava se aproximando. Minha cabeça andava um pouco... ocupada nos últimos tempos.

Kellan riu da minha expressão.

— Vai dar tudo certo, Kiera. Nós vamos nos divertir, prometo. — Arqueei uma sobrancelha para ele, com a expressão fechada. — Não tanto assim... Prometo. — Ele me deu um sorriso provocante para implicar comigo.

De repente, Griffin apareceu atrás de mim, passando os braços pela minha cintura. Dei uma cotovelada com força nas suas costelas, o que o levou a gemer, e Kellan a rir.

— Pô, Kiera... Mais amor, por favor! — cobrou Griffin, indignado. Revirei os olhos e o ignorei.

— Griff, você conhece alguma boate legal aqui por perto? — perguntou Kellan. No ato meus olhos pularam para ele, alarmados. A ideia de Griffin do que fosse uma boate legal na certa não era a minha.

— Aaaaahhhh... E quem vai cair na balada? — Ele sentou num tamborete ao lado de Kellan, com uma expressão ávida no rosto. Seus olhos claros quase brilhavam de expectativa. Ele afastou os cabelos para trás das orelhas. — Tem uma boate de striptease em Vancouver, onde eles fazem um número com...

— Não, não. — Kellan se apressou em interrompê-lo, para meu alívio. — Não é para nós. — Indicou a Griffin e a si mesmo, e então apontou para mim. — A irmã da Kiera vem aí. Nós precisamos de uma boate para dançar.

Griffin sorriu, balançando a cabeça para mim com ar de aprovação:

— Irmã à vista... Irado!

— Griff...

Ele se virou para Kellan e simplesmente disse:

— O Spanks.

Kellan parecia conhecer o lugar a que Griffin se referira. Ele assentiu e olhou para mim, pensativo.

— É, de repente pode ser uma. — Virou-se de novo para Griffin e deu um tapa no braço dele: — Valeu.

Griffin sorria de orelha a orelha.

— E quando é que nós vamos?

Eu já começava a protestar, mas Kellan abriu um sorriso tranquilo e disse:

— Tchau, Griffin. — O outro armou a maior tromba, mas se afastou.

Comecei a sentir um mal-estar no estômago ao ver Griffin se dirigir para uma garota e enfiar a mão na saia dela, o que lhe valeu um tapa no braço. Eu não estava a fim de ir a qualquer lugar que ele considerasse divertido. E o Spanks tinha pinta de ser extremamente... antidivertido.

— Spanks? Eu não vou pôr os pés em nenhuma boate sadomasô — declarei em voz baixa, corando um pouco quando vi o olhar divertido de Kellan.

Ele riu, abanando a cabeça para mim.

— Adoro as conclusões automáticas que você tira às vezes. — Caiu na risada de novo. — É só uma boate. — Dei um olhar desconfiado para ele, que fez um X sobre o coração: — Juro.

Ele riu de novo e, por um momento, só consegui ficar olhando para o seu sorriso atraente. Rita deu um tapinha no meu braço, pelo visto já tendo tentado chamar minha atenção antes.

— Olha aqui... Seu pedido está pronto. — Ela olhou para Kellan enquanto eu corava, apanhava minha bandeja e voltava às pressas ao trabalho.

Kellan tinha o dom de me desconcentrar. Eu precisava ficar esperta em relação a isso.

Os dias que se seguiram ao nosso encontro no parque passaram tranquilos e, felizmente, sem mais incidentes emocionais, mas a sensação dos lábios de Kellan nos meus não me abandonava. Eu precisava ficar esperta em relação a isso também. A coisa estava ficando muito idiota. Eu estava sendo idiota. Precisava dar um basta nisso. Mas ele era tão... suspirei. Não, eu não podia acabar com tudo ainda. Gostava demais do que tinha. Meu vício era forte demais.

Como na maioria das noites, tentei não ficar de olho em Kellan enquanto desempenhava minhas funções, e, como na maioria das noites, não pude deixar de dar uma ou outra espiadinha nele. Hoje, ele estava recostado tranquilamente na sua cadeira, girando uma garrafa entre as mãos. Matt estava lhe contando alguma coisa, e Kellan ria junto com ele. Seu sorriso espontâneo e descontraído era maravilhoso. Ele realmente era lindo de doer. Algumas mulheres ao seu redor estavam tomando coragem para ir falar com ele, e, por pura curiosidade, eu me perguntei qual delas iria. Será que ele se interessaria? Será que entraria no clima da paquera? Ele realmente tinha dado uma maneirada na azaração das tietes desde que o nosso lance de... paquerar... tinha começado. Esse pensamento me preocupou um pouco. Ele deveria paquerar. Deveria ter mais do que o pouco que eu lhe dava. Mas essa ideia me abatia profundamente.

Percebi que estava olhando para ele com o cenho franzido no exato momento em que ele olhou para mim. Tentei mudar de expressão, mas ele já tinha visto. Ele se levantou devagar e caminhou até onde eu limpava uma mesa. As mulheres, que pareciam finalmente prontas para tomar uma iniciativa, ficaram com um ar extremamente decepcionado.

Ele veio caminhando até mim pelo bar superlotado.

– E aí? – Pousou a mão na mesa perto da minha, fazendo com que nossos dedos roçassem.

Abriu um sorriso para mim, seu dedo tocando de leve a perna da minha calça, enquanto eu, contrariando o hábito, continuava perto dele.

– Você me deu a impressão de estar pensando em algo... desagradável. É alguma coisa sobre a qual queira conversar? – De repente, seus olhos pareceram quase tristes e quase... esperançosos. Era estranho. Eu não fazia ideia de como interpretar aquilo.

Eu já começava a responder quando Griffin deixou o balcão e se aproximou de nós, dando um tapa no ombro de Kellan. Na mesma hora Kellan se afastou de mim.

– Ah, cara, você precisa ver só aquela coisinha gostosa no bar! – Mordeu o nó de um dedo. – Ela está afinzona de mim... Será que tem como eu dar umazinha na sala dos fundos? – Pareceu refletir sobre a hipótese por um momento, enquanto eu fazia uma expressão de nojo, dando uma olhada na garota. Era bonita, mas parecia estar olhando mais para Kellan do que para Griffin.

Griffin também pareceu notar isso.

– Ah, que merda, cara! Você já comeu a garota? Droga, detesto ficar com as suas sobras. Elas não param de falar sobre... – Mas ele não teve uma chance de explicar sobre o que as mulheres não paravam de falar, pois Kellan deu um tapa forte no seu peito.

— Griff!

— Que é, cara? — Griffin pareceu confuso.

Kellan apontou as mãos na minha direção. Senti uma pontada de irritação. Será que ele tinha *mesmo* estado com aquela mulher? Então, me senti culpada. Nós éramos apenas amigos. Que importância isso tinha?

— Ah, oi, Kiera. — Griffin me cumprimentou como se não tivesse notado minha presença até então, e como se o que dissera não fosse nem um pouco indecente ou ofensivo, o que, na sua cabeça, provavelmente era o caso. Ele tornou a dar um tapa no ombro de Kellan e voltou para a mulher, pelo visto disposto a arriscar a sorte de qualquer jeito.

Kellan pareceu sinceramente encabulado. Sem dar mais uma palavra, ele se virou e voltou para a mesa.

Passei o resto do meu turno me perguntando se Kellan já tinha saído com aquela garota. Se eu era só mais uma numa longa sucessão de mulheres. Sobre o que elas nunca paravam de falar. Por que Kellan ficara em silêncio depois que Griffin se afastara. Por que exibira aquela expressão estranha no rosto antes mesmo de Griffin aparecer. Se eu estava sendo uma imbecil completa por permitir que a nossa paquera continuasse. Por que aquela noite inteira me deixara com uma sensação indefinível de angústia. Por que eu tinha passado tanto tempo pensando em Kellan...

Me sentindo muito estranha no fim da noite, deixei que Jenny me desse uma carona em vez de Kellan, que, é claro, tinha se oferecido, com a maior boa vontade, para esperar até que eu terminasse. No entanto, ele tinha bocejado algumas vezes ao sair do bar, me olhando de relance com um sorrisinho, por isso imaginei que já estaria dormindo quando eu chegasse em casa. Qual não foi minha surpresa quando Kellan me puxou depressa para o seu quarto quando passei por sua porta aberta. Pelo visto, ele tinha ficado acordado para me ver.

Ele fechou a porta sem fazer barulho e, bem-humorado, me encurralou contra ela, num único gesto ágil. Em seguida, apoiando as mãos de cada um dos meus lados, ele se inclinou para a frente até nossos lábios ficarem a centímetros de distância. Ele manteve essa posição, a boca ligeiramente entreaberta, respirando suavemente no meu rosto.

— Desculpe pelo Griffin — sussurrou. — Ele às vezes é... meio... enfim... babaca. — E abriu um sorriso de tirar o fôlego.

Eu não podia falar. Não podia nem pensar em responder a ele. Queria perguntar sobre a garota, mas o desejo paralisava meu corpo. Eu não podia nem mover os braços para empurrá-lo. Estava imprensada contra a porta, presa pelo seu corpo sensual, e meu corpo estava em curto-circuito. Era como se tomasse uma overdose da droga em que era viciada. Ele estava muito perto... perto demais. Eu precisava de um tempo. Mas não pude encontrar as palavras para dizer isso.

— No que você estava pensando aquela hora? — sussurrou ele, alheio, seu rosto ainda a centímetros do meu.

Tentei falar, dizer a ele para se afastar e me dar um espaço para que eu pudesse pensar de novo, mas estava paralisada, muda. Ele estava tão perto... e cheirava tão bem. Minha respiração acelerou, e ele percebeu.

— Kiera, no que você está pensando neste exato momento? — Seu hálito, tão leve sobre a minha pele, me fez estremecer. — Kiera?

Ele me olhou de alto a baixo, e então pressionou o corpo com firmeza contra o meu. Soltei uma exclamação, mas nem assim as palavras saíram. Suas mãos percorreram meus ombros e foram descendo pela cintura até finalmente pararem nos quadris. Seus lábios se entreabriram e sua respiração acelerou enquanto ele observava meus olhos com paixão crescente. Meus lábios também se entreabriram e eu lutei para acalmar minha respiração. Precisava dar um basta nisso, precisava falar...

— Kiera... diz alguma coisa. — As palavras dele ecoaram meus pensamentos com exatidão.

Seus olhos pareceram relutar contra algo por uma fração de segundo. Então ele encostou a testa na minha, respirando baixo mas com intensidade sobre mim. Ele pressionou um joelho entre os meus, com isso fechando cada lacuna que havia entre nós. Um gemido teimou em me escapar dos lábios, mas nem então quaisquer palavras se formaram. Com um som gutural profundo, ele mordeu o lábio e começou a mover as mãos para cima sob a minha regata. Isso não era mais uma paquera inocente. De inocente isso não tinha nada.

— Por favor, diz alguma coisa. Você... você quer que eu...

Bruscamente, ele soltou o ar com força e inclinou um pouco a cabeça, para passar a língua por dentro do meu lábio superior. Seus dedos deslizaram sobre o meu sutiã, desviando-se para as costas. Dei um suspiro entrecortado e fechei os olhos. Soltando outro gemido fundo, ele beijou meu lábio superior, enfiando a língua na minha boca. Tremi e prendi o fôlego, e ele perdeu o controle. Levou a mão ao meu pescoço e, soltando o ar com força, me beijou para valer, me apertando contra o corpo.

Seus lábios totalmente sobre os meus agiram como uma injeção de adrenalina direto no coração; finalmente eu estava livre para me mover de novo. Ofegante, eu o empurrei com força para longe de mim. Isso estava além das minhas regras e sem a menor dúvida não era mais inocente. Além disso, era tarde demais. O que quer que isso fosse agora, eu queria mais.

Ele levantou as duas mãos, como se eu fosse bater nele.

— Desculpe. Eu pensei... — sussurrou.

Caminhando até ele, pousei uma das mãos no seu peito e a outra no seu pescoço, puxando-o para mim. Ele parou de falar, parou de respirar. Até mesmo recuou meio passo, confuso, antes que eu tornasse a puxá-lo para perto. Respirei com força em seu rosto, mordendo o lábio. Vi seus olhos passarem do pânico para a confusão, e então para um desejo tórrido. Ótimo, ele me desejava. Eu me senti poderosa ao ver sua boca se entreabrir, sua respiração recomeçar e acelerar até ficar no ritmo da minha. Sabia que podia empurrá-lo na cama e fazer o que quisesse com ele.

Deslizei as mãos pelos músculos rijos do seu peito e puxei as presilhas da sua calça jeans até nossos quadris encostarem.

— Kiera...? – disse ele com a voz falha, olhando de relance para o meu quarto, onde Denny dormia. Suas mãos ainda estavam um pouco levantadas, como se ele estivesse se rendendo a mim.

O tom hesitante de sua voz balançou um pouco a minha determinação. Nossa "paquera" inocente ia pouco a pouco se tornando mais intensa, e eu tinha chegado ao meu limite. Ou eu o possuía agora e traía Denny, que dormia no quarto ao lado, ou finalmente dava um basta nisso.

Recorrendo a cada gota de força de vontade que eu tinha, sussurrei contra a sua boca, num sopro rouco de voz:

— Não toque em mim de novo. Eu não sou sua. — Então o empurrei com força na cama e fugi do quarto, antes que mudasse de ideia.

Denny me tocou quando finalmente subi na cama alguns momentos depois. Sonolento, ele tentou me puxar para si, mas eu me retesei e o empurrei com força, não querendo contato com ele, nem com ninguém. Pelo menos, era o que não parava de repetir para mim mesma.

— Ei... Você está bem? — sussurrou ele, desorientado, no escuro.

— Estou ótima. — Esperei que minha voz tivesse saído calma. Aos meus ouvidos, soara trêmula.

— Tudo bem – disse ele, aproximando-se para beijar meu pescoço. Tornei a me retesar, afastando a cabeça. — Kiera... — sussurrou com voz rouca e sensual, seus dedos subindo pelo meu corpo, sua perna se enroscando na minha, seus lábios contornando minha orelha.

Reconheci seu tom, reconheci seus movimentos. Sabia o que ele queria de mim, mas eu simplesmente... não podia. Minha cabeça girava. Lembranças de Kellan e de como tínhamos ficado a um triz de... O quanto eu ainda queria que ele... Eu simplesmente não podia transar com Denny naquele momento. Não era por Denny que meu corpo implorava.

— Estou muito cansada, Denny. Volta a dormir, por favor. — Tentei manter a voz suave e sonolenta, não irritada e hostil, como eu realmente me sentia.

Ele suspirou, deixando-se arriar sobre mim. Seus dedos pararam de se mover pelo meu corpo, descansando sobre a minha barriga. Fechei os olhos e esperei poder pegar no sono depressa, antes que minha força de vontade fraquejasse e eu corresse de volta para o quarto de Kellan.

Denny ficou respirando baixinho no meu pescoço e pensei que ele tivesse dormido de novo, mas então ele se remexeu de um jeito sensual e enfiou a mão na minha regata, me puxando com força contra si. Comecei a me debater, irritada com sua insistência.

— Denny, estou falando sério... hoje não.

Ele suspirou e se deitou de costas.

— Quando foi que eu ouvi isso antes? — murmurou, irritado.

Aborrecida, rebati:

— Como é que é?

Ele olhou para mim, suspirando.

— Nada.

Ainda aborrecida, não deixei que ele enterrasse o assunto. Mas, provavelmente, deveria.

— Não... Se tem alguma coisa para me dizer, então diz. — E me apoiei sobre um cotovelo, olhando zangada para ele.

Ele devolveu meu olhar.

— Nada... É só que... — Desviou os olhos. — Você não se dá conta de quanto tempo faz que nós não...? — Voltou a olhar para mim e deu de ombros, encabulado.

Contendo uma resposta quente, tentei me lembrar quanto tempo fazia. Eu até já esquecera...

Denny compreendeu meu olhar vazio.

— Você nem se lembra, não é? — Tornou a abaixar os olhos, irritado. — Foi no chuveiro, Kiera. Geralmente nós não... — Voltou a olhar para mim e interrompeu o que dizia, enquanto eu sentia meu rosto pegar fogo. — Não é porque já faz algum tempo. Nós já passamos até mais tempo do que isso... e eu não me importei. — Seus olhos observavam meu rosto. — É que você parece não dar a mínima. Parece não sentir a menor falta de mim.

Ele olhou para o teto.

— Eu achei que, quando voltasse de Portland, as coisas seriam diferentes. — Ele me deu um breve olhar. — Sinceramente, pensei que você fosse me atacar quando eu chegasse em casa. Mas você não fez isso... pelo contrário. Você tem andado tão... sei lá, distante.

Sua irritação passou e ele ficou me olhando com ar melancólico, seus dedos afagando meu braço.

— Eu sinto sua falta. — Seu sotaque arrevesou as palavras.

Na mesma hora, fui invadida pelo remorso e me aconcheguei perto dele, tentando beijá-lo, abraçá-lo, fazer amor com ele... mas ele me empurrou. Surpresa, só pude lhe lançar um olhar de incompreensão.

— Não. — Ele voltou a abanar a cabeça, novamente irritado. — Não quero que você faça sexo comigo só porque se sente culpada. Eu quero que você... — seus olhos percorriam meu rosto — ... me deseje.

— Mas eu desejo, Denny. Eu... Eu só... — Não fazia ideia de como explicar a ele o que eu andava sentindo ultimamente. Não tinha me dado conta de que já fazia algum tempo que nós não... Nem tinha me dado conta de que o tratara de um jeito frio ou distante. Eu andava *mesmo* preocupada, e não tinha me dado conta de que ele notara. Nem podia lhe dizer por quê. Não podia lhe dizer *quem* andava ocupando meus pensamentos.

Sentei na cama, me apoiando num braço estendido, e olhei para ele, ainda deitado.

— Me perdoe.

Ele ficou me olhando por um momento, e então suspirou e deu um tapinha na cama ao lado do ombro. Eu me aninhei junto dele e fiquei só apreciando seu sotaque forte, tentando acalmar a mente e o coração.

— Eu te amo, Kiera — sussurrou ele, beijando minha cabeça.

Assenti e me aconcheguei no seu peito, passando os braços e as pernas pelo seu corpo. Uma lágrima rolou pelo meu nariz, pingando sobre a camiseta dele.

— Eu também te amo, Denny. — Apertei-o com mais força, torcendo para que as coisas melhorassem entre nós. Eu estava certa ao acabar com Kellan. Finalmente, estava fazendo a escolha certa.

Mesmo assim, e talvez apenas para me atormentar, sonhei com Kellan aquela noite. Isso é, quando finalmente consegui pegar no sono em meio ao meu conflituado carrossel de emoções, sonhei que tinha ficado com ele, que tinha arrancado suas roupas, que o empurrara na cama e transara com ele. Foi um sonho maravilhoso... foi um sonho horrível.

Kellan me encontrou na entrada da cozinha na manhã seguinte, e logo pôs a mão no meu braço.

— Kiera, me perdoe. Eu fui longe demais. Vou me comportar.

Eu o empurrei com brusquidão. Devia ter ficado na cama com Denny, mas precisava acabar com isso de uma vez. Kellan precisava saber... e aceitar que tinha finalmente acabado.

— Não, Kellan. Nós já passamos da paquera inocente há muito tempo. Não podemos voltar àquela época. Não somos mais aquelas pessoas. Foi uma estupidez da nossa parte tentar.

— Mas... Não acaba com tudo, por favor. — Ele estremeceu, olhando para meu rosto.

— Eu tenho que fazer isso, Kellan. Denny sabe que há alguma coisa errada. Não acho que ele suspeite o que seja... ou de você... mas ele sabe que eu tenho andado distraída. — Mordi o lábio, abaixando os olhos. — Denny e eu não... temos nada... há muito tempo, e ele está magoado. Eu o estou magoando — sussurrei.

Kellan também abaixou os olhos.

— Você não precisa magoá-lo. Eu nunca pedi a você para não... estar com ele. Eu sei que vocês dois fazem... — Ele se remexeu, pouco à vontade. — Eu disse a você que compreendia.

— Eu sei, Kellan, mas é que eu tenho andado tão preocupada, totalmente obcecada com você... — soltei um suspiro pesado — ... que estou ignorando Denny.

Na mesma hora ele segurou meus braços e me puxou para si. Seus olhos se fixaram nos meus com uma ansiedade quase frenética.

— Ah, você está obcecada comigo. O que isso te diz, Kiera? Que você quer estar comigo. Que quer ser mais do que minha amiga. Alguma parte de você também me quer.

Fechei os olhos, tentando apagar seu rosto suplicante.

— Por favor, Kellan, você está me rachando em duas. Eu não posso... não posso mais fazer isso. — Tentei normalizar minha respiração. Tentei impedir que as lágrimas brotassem em meus olhos. Tive que mantê-los fechados com força. Se eu os abrisse, se visse o rosto perfeito dele, seus olhos suplicantes, na certa cederia de novo.

— Kiera, olha para mim... por favor. — Sua voz falhou no fim, e eu tive que apertar os olhos com ainda mais força.

— Não, não posso, está entendendo? Isso não está certo, não parece certo. Você não parece certo. Por isso, por favor, não toque mais em mim.

— Kiera, eu sei que não é assim que você realmente se sente. — Ele me abraçou com força, sussurrando com voz rouca no meu ouvido: — Eu sei que você sente que há alguma coisa...

Abri os olhos, mas os mantive fixos no peito dele ao empurrá-lo para trás com firmeza. Precisava que ele me deixasse em paz, e teria que magoá-lo para ser capaz de fazer isso.

— Não. Eu não quero você. Quero ficar com ele. Sou apaixonada por *ele*. — Levantei os olhos até os seus e na mesma hora desejei não ter feito isso. Ele estava magoado. Seus olhos se enchiam de dor. Quase cedi, mas precisava acabar logo com isso. Então, eu me forcei a dizer... e me odiei por isso:

— Eu me sinto atraída por você... mas não sinto nada por você, Kellan.

Ele imediatamente abaixou os braços e se afastou, sem dar mais uma palavra.

Não o vi pelo resto do dia. Não o vi no trabalho. Não o vi quando voltei para casa do trabalho. Na verdade, não o vi até a manhã seguinte. Fui invadida por sentimentos de alívio e culpa quando finalmente o vi. Alívio por ele não estar mais se escondendo, e culpa por tê-lo magoado tanto que sentira a necessidade de se esconder de mim.

Ele estava sentado à mesa, dando goles no seu café, quando entrei na cozinha. Parecia cansado. Perfeito... mas cansado. Ele me deu um breve olhar, mas não disse nada quando sentei diante dele. Fiquei me perguntando se voltaria a me tratar bem, como tratara tanto tempo atrás.

— Oi — disse eu baixinho.

Só as pontas de seus lábios se curvaram.

— Oi — sussurrou.

Bem, pelo menos ele estava falando comigo. Resisti ao impulso de entrelaçar nossos dedos quando ele colocou a caneca de café na mesa. Tínhamos sido tão íntimos um do outro durante tanto tempo, que para mim era mais natural tocar nele do que não tocar. Seus dedos se retorceram sobre a mesa, e ele pôs as mãos debaixo do tampo. Fiquei tentando ler seus olhos, me perguntando se ele também estava tendo que fazer um esforço para não tocar em mim.

Um súbito clima de tensão encheu o aposento, com nosso esforço conjunto para evitar qualquer contato, e eu disparei:

— Minha irmã vai chegar amanhã. Denny e eu vamos apanhá-la no aeroporto pela manhã.

— Ah... está certo — disse ele em voz baixa. — Eu posso dormir na casa do Matt. Ela pode ficar no meu quarto.

— Não... não precisa fazer isso. Não há necessidade. — Senti uma tristeza enorme. — Kellan, não gostei nada do jeito como as coisas ficaram entre nós.

Ele inclinou a cabeça e ficou olhando para a mesa com ar apático.

— Hum-hum... nem eu.

Mais uma vez tive que resistir ao impulso de tocá-lo, de pôr a mão no seu rosto.

— Eu não quero essa... estranheza... entre nós. Será que... que ainda podemos ser amigos? De verdade, apenas amigos?

Ele levantou os olhos para mim, com um sorriso irônico.

— Você vai mesmo fazer o discurso "vamos ser amigos" para mim?

Abri um sorriso para ele.

— É... acho que vou.

Sua expressão ficou extremamente séria e meu estômago se contorceu de dor. De repente, eu não queria ouvir a resposta dele à minha pergunta, por isso o interrompi quando ele pareceu prestes a falar:

— Preciso avisar você sobre minha irmã.

Ele piscou e olhou para mim, confuso. Então, seu rosto relaxou e ele sorriu, tranquilo.

— Eu me lembro... Doce com sabor de homem. — Apontou para si mesmo.

— Não... Quer dizer, sim, mas não era nisso que eu estava pensando.

— Ah! — disse ele, curioso.

Desviei os olhos, um pouco constrangida.

— Ela é, tipo assim... Enfim... — Suspirei. — Ela é simplesmente linda. — E namoradeira, confiante, atraente, interessante...

— Eu imaginei que fosse — limitou-se ele a dizer, e meus olhos voltaram de estalo para os seus. Acrescentou em voz baixa: — Ela é sua irmã, não é?

Ele me comparar à minha irmã era além de ridículo, mas, também, ele ainda não a tinha visto. Suspirei. Ele não devia mesmo olhar para mim daquele jeito.

— Kellan...

— Já sei — murmurou ele. — Amigos.

Fiquei morta de pena ao ver a expressão em seu rosto.

— Você ainda vem à boate com a gente?

Ele desviou os olhos.

— Você quer que eu vá?

Juntei as mãos, pois assim não poderia estendê-las para ele.

— É claro que quero. Ainda somos amigos, Kellan, e minha irmã está contando com... — Não completei a frase.

Ele tornou a olhar para mim e pareceu compreender aonde eu queria chegar.

— Entendi, nós não queremos que ela faça as perguntas erradas. — Sua voz tinha um toque de dureza.

— Kellan...

— Vou estar lá, Kiera. — Ele terminou de tomar seu café e se levantou.

— Obrigada — sussurrei. Quando ele já ia saindo, me bateu uma súbita sensação de pânico. — Kellan! — Minha voz suave também tinha um toque de dureza, e ele parou na entrada da cozinha para me olhar. — Não se esqueça da sua promessa.

Ele olhou pensativo para mim por um segundo, e eu me perguntei se me daria uma resposta ríspida. No entanto, seus olhos deixaram transparecer ainda mais cansaço e, negando com a cabeça, ele disse em voz baixa:

— Não me esqueci de nada, Kiera.

Capítulo 15
BALADA

— Puta... que... pariu! — murmurou Griffin, dando um tapa no peito de Matt, que, por acaso, estava sentado perto dele à mesa dos D-Bags. — Cara, estou apaixonado. Olha só para aquele pedaço de mau caminho!

Conhecendo os *tipos* de Griffin, tratei de ignorá-lo enquanto distribuía as cervejas do pessoal. Passei o tempo todo espiando Kellan com o canto do olho. Ele também ficou me espiando com o canto do olho. Parecia... resignado. Eu tinha me preocupado com o jeito como ele me trataria hoje, depois de nossa conversa na cozinha pela manhã. Mas ele me dera uma carona para a faculdade como sempre, depois fora me buscar como sempre e me trouxera para o trabalho, tudo como sempre... só que com um pouco mais de reserva. Eu dissera a ele que não precisava, e ele me dera aquele olhar – você sabe, aquele que obviamente diz, *Não seja ridícula, é claro que eu vou te levar aonde você precisar ir... afinal, somos amigos etcétera e tal.* Bem, pelo menos foi isso que o olhar dele pareceu dizer.

Eu me perguntava o que ele estaria pensando quando notei Griffin se empertigar na cadeira com um sorriso idiota. Olhei para ele, curiosa, quando, de repente, um par de mãos cobriu meus olhos.

— Adivinha quem chegou?

Retirei as duas mãos e me virei.

— Anna? — Dei um abraço na minha irmã. — Ah, meu Deus! Era para a gente ir te buscar no aeroporto amanhã. O que está fazendo aqui?

Seus olhos mal se demoraram nos meus, logo passando para Kellan, que estava sentado tranquilamente à mesa ao lado dela, nos observando.

— Não aguentei esperar... Tomei um avião antes.

Ignorando para quem o olhar dela se dirigia, e a tosse impaciente de Griffin – que, obviamente, estava querendo uma apresentação –, dei um passo atrás para observá-la.

Minha louca e impulsiva irmã... estava exatamente a mesma. Nossos rostos em formato de coração, com maçãs altas e o nariz arrebitado de nossa mãe, eram quase idênticos, mas as semelhanças acabavam aí. Ela era alta, quase tão alta quanto Denny, e realçava sua estatura com elegantes saltos pretos. Anna era voluptuosa, enquanto eu era mais... atlética, e ela também realçava isso com um vestido vermelho extremamente justo. Soltei um suspiro mental; ela parecia ter acabado de descer de uma passarela, não de um avião.

Seus perfeitos lábios carnudos estavam pintados de um vermelho vivo, no mesmo tom do vestido. Seus olhos eram de um verde escuro e constante, enquanto os meus, cor de mel, pareciam estar sempre mudando de cor. Enquanto meu cabelo castanho-escuro era ondulado e rebelde, o dela, de um castanho tão fechado que beirava o negro, tinha um brilho tão deslumbrante que ondulava como água quando ela se movia. No momento, ela estava com metade dele preso por uma travessa, o que não parecia ter lhe dado qualquer trabalho. Os cabelos que se derramavam fartos sobre os ombros eram raiados com um vermelho tão intenso quanto o do vestido.

Pesquei um fio dentre as mechas vermelhas.

– Gostei da novidade. – Sorri para ela.

Ela deu de ombros, ainda olhando para Kellan, que, para minha irritação, retribuía seu olhar.

– Eu namorei um cabeleireiro... – disse para mim com um sorriso bem-humorado no rosto – ... tipo assim, por uma hora. – Ouvi Griffin soltar um gemido indecente atrás de mim.

Dei outro suspiro mental. Minha irmã era aventureira e provocante. Era tudo que eu não era. De nós duas era aquela que meus pais pareciam ser incapazes de mencionar sem acrescentar adjetivos elogiosos como "linda", "belíssima" e "deslumbrante", embora suas frases sempre terminassem com "Que foi que ela aprontou agora?". Anna era atraente e sedutora demais, e agora eu ia ter que apresentá-la ao meu roommate igualmente atraente e sedutor.

– Pessoal, essa é a minha irmã...

– Anna – interrompeu ela, estendendo a mão para Kellan, simpática. Minha irmã era tudo, menos tímida.

– Kellan – respondeu ele, educado, dando ao aperto de mão dos dois uma duração irritante.

Griffin se levantou bruscamente e tirou a mão dela da de Kellan. No meu íntimo, agradeci a ele.

– Griffin... Oi. – Minha irmã sorriu, atraente, e o cumprimentou.

Matt e Evan se apresentaram, educados, e eu me senti meio idiota ao perceber que Anna não precisava que eu fizesse as apresentações para ela; estava indo muito bem por conta própria. Kellan ficou me olhando com ar curioso quando corei. Anna sorriu e cumprimentou Matt e Evan, totalmente à vontade com aquele grupo de caras bonitos que acabara de conhecer.

Griffin passou a mão numa cadeira, roubando-a na maior cara de pau de um cliente próximo, e a chapou na cabeceira da mesa, ao seu lado. Deu um tapinha no assento e Anna sorriu, agradecendo. Então ela arrastou a cadeira para o outro lado da mesa e sentou ao lado de Kellan. Matt e Evan riram baixinho. Griffin e eu fechamos a cara exatamente da mesma maneira, mas minha irmã não notou. Sua atenção estava toda voltada para Kellan enquanto ela empurrava sua cadeira até encostar na dele. Por fim ela sentou, graciosa, e, com um sorriso simpático, se recostou no corpo dele. Ele abriu um sorriso irritante para ela.

Eu já estava furiosa com aquilo. Não fazia nem dez minutos que ela estava ali, e eu já desejava que fosse embora. E me sentia um pouco culpada por isso. Sim, eu amava minha irmã. Apenas não queria vê-la se atirando em cima de Kellan. Nós podíamos ter terminado a nossa... paquera, mas, enfim... aquilo estava me incomodando. Eu achava bom que ele cumprisse com a sua promessa.

— Bem, tenho que voltar ao trabalho. Eu trago uma bebida para você, Anna.

— Tudo bem — disse ela, sem olhar para mim. — Ah, um cara chamado Sam guardou meu blazer e minha bolsa na sala dos fundos.

Suspirei, pensando no que minha irmã conseguia que os caras fizessem por ela.

— Está certo, vou ligar para Denny. Ele pode levar você para casa.

Ela olhou para mim e deu uma piscadela.

— Acho que posso me virar. — Voltou a olhar para Kellan. — E aí... Você é cantor, não? — Ela o mediu de alto a baixo. — O que mais você sabe fazer? — Deu uma risada rouca e sensual quando Kellan abriu outro sorriso.

Tratei de sair dali às pressas. Gostasse ela ou não, eu *ia* ligar para Denny, e ele iria levá-la para casa. Dei um telefonema rápido para ele e expliquei o que havia acontecido. Ele riu da exuberância de minha irmã e disse que poderia dar um pulo no Pete's dentro de duas horas; primeiro, tinha que terminar um projeto de Max. Tive certeza absoluta de que esse "projeto" era alguma coisa totalmente irrelevante para uma madrugada de sexta — arquivar papéis, ou algo do gênero.

Minha irmã estava enfronhada em uma conversa com Kellan quando voltei com uma vodca-cranberry, seu drinque favorito. Eles batiam o maior papo, enquanto Griffin tentava se intrometer o máximo possível. Ela me olhou e agradeceu pelo drinque, para logo em seguida voltar a olhar para Kellan, enquanto eu fechava a cara. Kellan me espiou com o canto do olho. Parecia achar graça do fato de eu *não* estar achando graça.

Durante meu turno, fiquei de olho na paquera de Anna e Kellan. Ele não pareceu fazer quaisquer avanços ou encorajar os dela, mas também não os desencorajou. Enquanto conversavam, ela tirava os cabelos da testa dele, tocava no seu ombro, roçava o braço na sua perna. Ela era sutil sem ser sutil ao mesmo tempo. Ele dizia alguma coisa engraçada e ela ria, inclinando a cabeça de lado; então mordia o lábio, sensual, e passava o dedo de leve pelo decote cavado, continuando a dar sua risada rouca. Griffin estava tão irritado com aquela exibição quanto eu. E eu nunca tinha achado que algum dia me sentiria do mesmo jeito que Griffin em relação a nada.

Quando voltei, um pouco mais tarde, para avisar à banda que estava na hora de subir ao palco, a mão de Anna estava pousada com o maior atrevimento na parte interna da coxa de Kellan, e ele parecia não se importar nem um pouco com isso.

— Está na hora, Kellan. — As palavras saíram com rispidez, e minha irmã me deu um olhar de incompreensão. Congelei o rosto no que me pareceu um sorriso passável e expliquei: — Eles tem que ir para o palco e tocar agora. — Kellan sorriu ao notar meu tom forçado, deliciando-se.

— Ah... Que ótimo! — Minha irmã abriu um sorriso radiante, e eu desejei que Denny se apressasse e chegasse logo.

Enquanto os D-Bags subiam ao palco, minha irmã abria caminho à força por entre a multidão que crescia cada vez mais, até um lugar bem na frente do microfone de Kellan. Do alto do palco, ele deu um sorriso irritante para ela, enquanto o pessoal fazia os preparativos. Fechei a cara mas não pude mais ficar olhando, pois os clientes começaram a exigir minha atenção. Onde diabos estava Denny?

Denny finalmente chegou ao bar, na metade da apresentação dos D-Bags. Anna estava curtindo o show um pouco demais para o meu gosto, e Kellan passava a maior parte do tempo com seu olhar de hora H em cima dela... e na meia dúzia de mulheres ao seu redor. Eu não estava de bom humor quando Denny finalmente entrou no bar.

— Onde é que você estava? — cobrei, ríspida.

Denny me deu um olhar perplexo e passou a mão pelos cabelos escuros.

— Eu disse a você que tinha que terminar um trabalho primeiro. — Deu uma olhada na direção de Anna, que estendia a mão para Kellan, o qual, para minha irritação, também estendia a mão para ela.

— Ela parece estar se divertindo. — Ele deu uma risada e ficou sorrindo, com ar irônico.

Fechei os olhos e engoli a irritação. Reabrindo-os, eu o peguei me observando com ar de curiosidade.

— Por que não a leva para casa agora? As coisas dela estão na sala dos fundos.

Ainda olhando para mim com uma expressão de curiosidade, ele deu de ombros e disse:

— Tudo bem. — Sua expressão relaxou, e ele passou os braços pela minha cintura. — Senti saudades. — Seus olhos brilharam e um sorriso carinhoso apareceu no seu rosto.

Relaxei e sorri para ele.

— Também senti saudades. — Dei um beijinho nele. Ele me abraçou com mais força e intensificou o beijo. Eu me afastei. — Desculpe, o bar está muito cheio. Será que dava para levá-la para casa agora, por favor? Tenho certeza de que ela está cansada da viagem. – Dei de ombros, sem jeito, me desvencilhando do seu abraço.

Denny deu mais uma olhada no palco, onde Anna estava aos pulos com as outras garotas ao seu redor, gritando pelo ídolo do rock à sua frente.

– É mesmo, ela parece... pregada. – Ele abriu um sorriso para mim, mas eu fechei a cara em resposta. Ele suspirou. – Tudo bem, vou colocar as coisas dela no carro, e depois a arrasto para casa.

Sorri e dei outro beijinho nele.

Denny se dirigiu para os fundos do bar e apanhou as coisas de Anna, e em seguida voltou e foi abrindo caminho por entre a multidão cada vez maior. Chegando até ela, vi quando pousou a mão no seu ombro. Minha irmã olhou para ele, e então, com um largo sorriso, se atirou nos seus braços. Não pude conter uma risada ao ver a expressão de Denny. Ele parecia estar meio em dúvida se pegava bem retribuir o abraço daquela linda mulher (que se colara a cada centímetro do seu corpo). Sua fidelidade me fez sorrir... e isso, é claro, me levou a ficar séria, quando olhei para Kellan no palco. Ele estava observando Anna e Denny com um sorriso divertido. De repente seus olhos se voltaram para mim, e eu fiquei presa nas suas profundezas azul-escuras e na sua voz cativante.

Aprisionada pelo seu olhar, sem conseguir desviar o rosto, de repente senti uma mão pousar de leve no meu ombro. Levei um susto, e então vi Denny. Pelo visto, ele voltara do palco durante os segundos que eu passara enfeitiçada por Kellan.

– Desculpe, mas ela não quer vir para casa comigo. – Deu de ombros, como se não estivesse muito surpreso com isso.

– Ela o quê? – Respirei fundo algumas vezes para me acalmar, torcendo para que Denny não tivesse notado o que capturara minha atenção por tanto tempo.

– Ela quer assistir ao resto do show. – Ele tornou a dar de ombros. – Você quer que eu fique? E leve vocês para casa depois? – Afastou uma mecha de cabelo que tinha se soltado do meu rabo de cavalo para trás da orelha.

Suspirei, ao mesmo tempo irritada e aliviada.

– Quero... Obrigada. – Pelo menos, ela não iria para casa com Kellan.

Naturalmente, eu tinha esquecido como minha irmã podia ser persistente quando queria uma coisa... e, obviamente, ela queria Kellan. O que não era de surpreender. Eu tinha certeza absoluta de que ela partiria para o ataque quando o conhecesse. Ele era difícil de resistir. Suspirei ao vê-la entrando na maior no carro dele ao fim da noite. Denny riu baixinho ao observá-la comigo. Eu tinha ficado ocupada demais terminando meu trabalho para impedi-la de sair do bar com Kellan. Eles estavam entrando no carro no exato instante em que eu finalmente passava pela porta com Denny. O que eles tinham ficado fazendo lá fora por tanto tempo? Minha irritação voltou quando vi o carro se afastar do estacionamento com os dois. Eu achava bom Kellan levá-la direto para casa.

Felizmente para ele... foi exatamente o que fez. Seu Chevelle estava na entrada para carros quando estacionamos o nosso ao seu lado. Fui logo entrando pela porta adentro e os encontrei sentados juntos no sofá, inclinados, conversando. Que tanto aqueles dois tinham para conversar? Eles olharam para mim quando entrei na sala. Minha irritação voltou quando vi a mão de Anna no alto da coxa dele. Francamente, por que ela não conseguia ficar com as mãos quietas?

Denny entrou um momento depois, e passou os braços ao meu redor.

— E aí... — Anna sorriu sedutora para Kellan —, onde é que eu vou dormir?

Kellan deu um sorrisinho para ela e já ia começando a responder, quando eu me intrometi:

— Você vai dormir comigo, Anna. — Olhei para Denny, enquanto Anna fechava a cara e Kellan prendia o riso. — Você se importa de dormir no sofá?

Denny torceu os lábios, descontente.

— No sofá? — Deu um olhar ainda mais descontente para o sofá careca e encaroçado. — Sério?

Com um olhar tão frio quanto minha voz, respondi:

— Bem, se você preferir, pode dormir com Kellan. — Meu tom deixava claro que essa era a sua única opção. Anna iria dormir comigo, onde eu pudesse garantir que ela ficaria a noite inteira.

Denny arqueou uma sobrancelha para mim, e Kellan riu, dizendo:

— Vou logo avisando... eu chuto.

— O sofá venceu — resmungou Denny, e subiu para apanhar um cobertor.

Anna se animou:

— Olha só, eu poderia dormir com...

Segurei a mão dela e a puxei do sofá.

— Vamos. — Arrastei-a pelas escadas comigo, deixando Kellan, deliciado, a me ver rebocando-a para longe dele.

Não preguei o olho. Minha irmã tinha trocado de roupa para dormir depois de mim e, como eu não tinha propriamente uma justificativa para ficar plantada no corredor, vigiando-a como um pai superprotetor de olho na virtude da filha, tive que deitar na cama e trincar os dentes, enquanto ficava com o ouvido o mais atento possível. Pude jurar que em algum momento ouvi Kellan aos risos, e tive que fazer um esforço enorme para não correr até seu quarto e arrastar Anna para a cama, aos gritos e esperneios.

Por fim, ela entrou no quarto escuro e se acomodou no lado de Denny, me dando boa-noite com o maior bom humor. Eu a ignorei, fingindo dormir. Não sei bem por quê. Desnecessário dizer que foi impossível conciliar o sono. Eu estava hiperconsciente de cada movimento que ela fazia. Estaria se revirando em seu sono, ou se virando para se levantar e ter um encontro secreto com Kellan no quarto dele, enquanto todos dormiam? Isso me deixou louca a noite inteira, e eu não soube como conseguiria aguentar mais uma noite dessas. Talvez convencesse Kellan a ir para a casa do Matt, afinal.

Mas a manhã finalmente chegou e, ao ouvir a porta de Kellan se abrir, como eu estava totalmente desperta, levantei logo em seguida e fui ao encontro dele na cozinha para tomar café. Parei no último degrau e dei uma olhada em Denny, deitado no sofá. Estava dormindo a sono solto, mas não parecia nada confortável. Senti uma pontada de culpa por tê-lo obrigado a dormir lá. Mas deixei isso para lá; eu podia compensá-lo de algum jeito depois.

Kellan não pareceu nem um pouco surpreso ao me ver quando contornei a parede e entrei na cozinha. Ele me brindou com um sorriso cúmplice ao olhar para mim, enquanto enchia a jarra da cafeteira de água.

— 'dia. Dormiu bem? — O tom divertido da pergunta foi evidente para mim.
— Dormi muito bem. — Tá legal. — E você?

Ligando a cafeteira, ele se virou e se recostou na bancada.

— Como um anjo.

Trinquei os dentes e me obriguei a sorrir, sentando à mesa e esperando que o café fervesse.

— Sua irmã é... interessante — declarou ele, alguns momentos depois.

Fechei a cara para ele mas não disse nada, me perguntando se ele iria se estender sobre o assunto. Mas não foi o caso. Corei até a raiz dos cabelos, e ele ficou observando minha reação com curiosidade.

— É, é sim — concordei, mas também não me estendi.

O café terminou de ferver e ele encheu nossas duas canecas. Sentados, nós as bebemos em silêncio... um silêncio que não era totalmente tranquilo. Quer dizer, ele estava totalmente tranquilo e com a desastrosa beleza de sempre, mas eu me sentia agitada... e agitada por estar agitada. Precisava mesmo me acalmar.

Ao terminar meu café, eu me recostei no arco à entrada da cozinha e, quase em transe, fiquei olhando para a forma adormecida de Denny no sofá. Só voltei a mim quando minha irmã entrou na cozinha, usando uma camiseta dos Douchebags... e mais nada. Agradeci em silêncio ao destino por Kellan ter voltado para o quarto pouco depois de terminar seu café. Ela estava atraente demais por ter acabado de acordar.

— Onde é que você arranjou essa camiseta? — perguntei, atônita. Kellan tinha levado semanas para... enfim, literalmente me dar a roupa do corpo. Será que Anna só tinha precisado bater aquelas pestanas odiosas de tão compridas, para que ele lhe mostrasse o peito também? Eu me sentia... sei lá, traída por aquele gesto.

— Griffin me deu... depois do show. Ele tem uma caixa cheia na van dele. Você quer uma? — Ela sorriu para mim com a melhor das intenções, e na mesma hora me senti culpada por pensar mal dela.

— Não... Eu tenho uma. — Uma que ainda retinha o cheiro maravilhoso de Kellan, por isso eu jamais usara. Não que eu fosse contar isso para ela algum dia. — Você devia se vestir direito. Daqui a pouco Denny vai acordar. — Mas não era Denny que eu tinha medo que colasse os olhos nela ao vê-la naquela camiseta mais que tentadora.

— Ah, desculpe, pode deixar! Mas e aí... O Kellan já acordou? — perguntou, num tom quase recatado.

Dei um suspiro.

— Já. Acho que ele voltou para o quarto.

— Ah. — Ela sorriu e olhou para o teto, onde ficava o quarto dele. — Ele falou alguma coisa sobre mim?

Odiei me sentir como se de repente bancasse o Cupido, mas disse a verdade a ela mesmo assim:

— Hum-hum, ele disse que você é interessante.

Ela franziu um pouco o cenho.

— Hummm... Não é exatamente o que estou habituada a ouvir. Mas acho que podia ter sido pior. — Sorriu e deu as costas para voltar para o quarto. — Vou ter que agilizar a minha estratégia. — Piscando um olho, saiu da cozinha.

Sentando pesadamente à mesa, tornei a suspirar. Já era domingo?

Anna resolveu fazer umas comprinhas enquanto estava em Seattle, por isso pegamos o carro de Denny e ela mesma nos levou até Bellevue Square, já que dirige um carro de marchas muito melhor do que eu. Estávamos dando uma volta pela Macy's quando ela encontrou um vestido preto minúsculo e decidiu experimentá-lo, pensando em estreá-lo à noite. Como não poderia deixar de ser, o vestido ficou maravilhoso nela. Era um tubinho tipo regata, que contornava cada centímetro do seu corpo à perfeição... e era muito, muito curto. Eu nunca seria capaz de envergar um modelito daqueles. Só a ideia de o mundo inteiro ver minha calcinha já me envergonhava o bastante para que eu sequer tentasse. No entanto, minha irmã pareceu totalmente à vontade ao dar uma volta no provador. Era como se ela estivesse usando sua calça de moletom favorita, tão natural era o resultado.

A caminho do caixa, demos uma volta pela seção de perfumes. Parei ao encontrar a colônia que Denny gostava de usar. Pegando a amostra, inspirei fundo... o que na mesma hora me trouxe sua presença à mente. Minha irmã revirou os olhos mas sorriu para mim, pegando algumas amostras e cheirando-as.

— Que colônia Kellan usa? — perguntou, farejando vidro após vidro, com o cenho ligeiramente franzido.

Fiquei paralisada ao ouvir aquele nome. Por que ela haveria de achar que eu sabia?

— Não sei... Por quê? — Na verdade, eu mesma já tinha me perguntado isso.

Ela abriu um largo sorriso ao olhar para mim.

— Ele tem um cheiro maravilhoso. Você nunca notou?

Já.

— Não.

Ela soltou um bufo, o que nela era estranhamente atraente.

— Kiera, eu sei que você está felicíssima com Denny... — ela me deu um olhar irônico — ... mas, em nome de todo o sexo feminino... quando a vida atirar uma coisa deliciosa no seu colo... — novamente abriu um largo sorriso e pegou outro vidro, inspirando-o — ... dá uma cheirada. — Colocando o vidro de novo no balcão, ela caiu na risada e abriu um sorriso endiabrado, de um jeito que me trouxe uma dolorosa lembrança de Kellan à mente. — E, se for preciso... uma ou duas lambidinhas.

Fiz uma careta. Se ela soubesse o quanto eu já tinha feito... das duas coisas.

Encerramos nossa sessão de compras com minha irmã encontrando o par perfeito de sapatos altos em estilo coquete e um delicado colar de prata. Suspirei em pensamento. Ela ia ficar deslumbrante... Aliás, ela já era deslumbrante, só usando jeans e uma blusa justa. Eu não tinha dinheiro para torrar com roupas no momento, de modo que ia ter que vasculhar o armário atrás de alguma coisa decente para vestir. Mas não faria diferença. Eu não poderia mesmo chegar aos pés dela. E nem precisava, relembrei a mim mesma. Denny *me amava*, e era isso que importava. Denny, e não...

Nem sequer me permiti concluir esse pensamento.

Fizemos uma refeição leve, com Anna falando pelos cotovelos sobre os vários homens com quem tinha "saído" desde que dera um fora bastante cruel em Phil, a julgar pelo modo como contou a história. Por um momento, senti pena dele. Ela devia tê-lo magoado muito, sem nem se dar conta. Senti um estranho vínculo de simpatia com ele.

Depois do jantar, fomos a outras lojas, onde minha irmã escolheu mais algumas coisas, e então voltamos para casa, a fim de nos prepararmos para a nossa... noite.

Anna colocou o novo vestido com a maior rapidez e desceu correndo para o andar de baixo, enquanto eu ainda revirava cabides e gavetas, à procura do que vestir. Denny ofereceu algumas sugestões, até eu lhe dar um olhar venenoso. Ele parou depois disso, abanando a cabeça, enquanto abotoava a camisa. Fiquei observando-o por um momento, um pouco aborrecida com a facilidade com que os caras se vestem. Sua camisa branca, que ele usava para fora da calça jeans desbotada favorita, se ajeitava ao corpo à perfeição. Ele estava ótimo. Se eu estivesse num estado de espírito diferente, talvez não o deixasse terminar de abotoar a camisa...

Mas não era esse o caso; eu estava irritada. Finalmente, encontrei algo que servia e, um tanto desanimada, comecei a me vestir.

Desci momentos depois, e parei bruscamente no último degrau. Minha irmã e Kellan estavam sentados no sofá. Kellan estava na beirinha da almofada, com os cotovelos fincados nos joelhos, e minha irmã com as pernas abertas às suas costas, de joelhos sobre a almofada, seu corpo pressionado firmemente contra o dele. O exíguo tubinho preto que vestia era tão curto que suas coxas estavam totalmente à mostra, mas ela não parecia dar a mínima. Aliás, nem Kellan. Ela estava brincando com os cabelos dele, enquanto ele assistia à tevê tranquilamente. Franzi o cenho, irritada.

Anna olhou para mim e sorriu.

— Ei... Você está ótima! — Olhando para sua beleza, eu me sentia tudo, menos ótima — mais provavelmente, passável. Kellan também me olhou e deu um pequeno sorriso de aprovação.

— Você está linda — sussurrou Denny no meu ouvido, descendo as escadas atrás de mim. Ele beijou meu pescoço, e eu relaxei um pouco. Fiquei *mesmo* feliz que ele tivesse gostado das roupas que eu tinha demorado tanto para escolher. Sabia que não podia competir com minha irmã, por isso finalmente decidi apenas vestir alguma coisa confortável. Eu tinha escolhido meus sapatos pretos pesados, uma black jeans Saint-Tropez e uma regata vermelha justa e decotada; costumava esquentar muito nas boates. Meu cabelo já estava preso num rabo de cavalo baixo. Eu estava preparada para o calor que sabia que iria enfrentar.

— Ela não vai fazer isso comigo, vai? — perguntou Denny com o cenho um pouco franzido, vindo ficar do meu lado e observando Anna e Kellan no sofá. Finalmente superei minha irritação por vê-los sentados daquele jeito e prestei mais atenção ao que estavam fazendo. Anna não estava só brincando com os cabelos dele, ela os estava modelando.

Denny e eu entramos na sala. Denny sentou na poltrona e, dando um tapinha no colo, me encorajou a sentar nele. Depois de um breve olhar para Kellan, eu me sentei.

— O que está fazendo, Anna? — perguntei, tentando soar natural.

Ela abriu um sorriso radiante para mim.

— Ele não tem o cabelo mais *foderástico* do mundo? Não dá vontade de...? — Apanhou duas mechas largas, uma de cada lado da cabeça, e as puxou um pouco, fazendo com que Kellan estremecesse, e então abrisse um sorriso. — Uuuu! — Deu um rosnado sensual.

Corei até a raiz dos cabelos, sabendo exatamente o que ela queria dizer, e não falei absolutamente nada.

Anna voltou a modelar os cabelos de Kellan, enquanto ele sorria mansamente, com os olhos baixos.

— Ele está me deixando dar um jeito de balada nos cabelos dele. Vai ser o cara mais sexy da boate. — Olhou para Denny: — Sem querer ofender.

Denny achou graça.

— Não ofendeu, Anna.

— Ah — disse eu em voz baixa, pensando que o cabelo de Kellan já era um espetáculo antes de Anna começar a mexer nele. Mas, vendo-a trabalhar... não sei como, mas ele estava mesmo mais sexy. Ela pegava algumas das partes mais longas e as modelava com gel, para definir a massa revolta em mechas aleatórias, grossas, parecendo lanças espalhadas pela cabeça.

O efeito era extremamente sexy, e ele ficou me vendo observá-lo. Comecei a corar e fui obrigada a desviar os olhos. Senti uma pontada de ciúme por ela estar fazendo uma coisa tão íntima para ele, logo seguida por uma pontada de desejo, que tratei de reprimir.

– Que tal? – perguntou Kellan.

– Hum... Ficou ótimo, cara – disse Denny, rindo um pouco.

– Ah, você não entende as mulheres, Denny. Elas vão ficar doidas quando virem isso. Não vão, Kiera? – perguntou Anna, animada.

Kellan riu baixinho, e eu corei ainda mais.

– Vão, Anna, claro. Ele vai ser...

– Doce com sabor de homem? – completou Kellan, muto divertido, os olhos sem em nenhum momento saírem dos meus.

– Ahhh... Gostei! – exclamou Anna, passando os braços pelo pescoço dele, pelo visto tendo terminado. Fiquei irritada ao ver a proximidade dos dois.

– Estamos prontos para ir? – soltei com uma rispidez um pouco ostensiva demais.

Kellan assentiu e se levantou, e finalmente notei o que vestia. Ele estava de preto da cabeça aos pés – botas pretas, black jeans e uma camisa preta justa, abotoada, de manga curta. Combinada com seu cabelo, agora todo espetado e supersexy, tive que fechar os olhos para dar um tempo em tanta beleza.

Aquela noite ia ser... interessante.

Chegamos à boate chamada Spanks, que Griffin tinha recomendado para Kellan. Conhecendo Griffin e seus... gostos, eu estava me sentindo muito insegura em relação a esse lugar. Kellan nos garantiu que era só uma boate normal com um nome estranho, e que a música era ótima. Naturalmente, Kellan acharia muito divertido nos convencer a ir a uma boate de sadomasoquismo. Pensando bem, Anna também acharia divertido. Sob alguns aspectos, eles formavam o casal perfeito. Essa constatação me entristeceu um pouco.

A música era alta, mesmo do lado de fora, o que achei ótimo. Denny segurou minha mão e, com um largo sorriso, me ajudou a descer do carro. Kellan tinha vindo no seu Chevelle. Como era de se esperar, Anna tinha pulado no carro dele antes que eu pudesse dizer qualquer coisa. Ele tinha conseguido encontrar uma vaga um pouco adiante da nossa, e ajudou Anna a descer do carro também. Parecendo top models, os dois se dirigiram para mim e Denny.

Minha irmã ajeitou o vestido curtíssimo e verificou os elegantes sapatos altos pretos antes de me dar um rápido abraço. Não pude conter a inveja que sua beleza me despertou. Os lábios estavam novamente pintados de vermelho vivo, os olhos verdes um escândalo, realçados pelo rímel aplicado com habilidade, e os cabelos brilhantes enrolados em perfeitos cachos largos que balançavam naturais com o seu andar, as mechas vermelhas aparecendo por entre as camadas mais baixas, realçando-as. Se a perfeição de Kellan pudesse se metamorfosear numa mulher... seria a minha irmã. Por uma fração de segundo, não pude deixar de pensar que, se ela e Kellan tivessem filhos, eles seriam de uma beleza divina. Um pensamento que na mesma hora me irritou.

Anna segurou a mão de Kellan e o levou para a porta da boate. Ele sorriu, passando o braço pelos ombros dela. Denny passou o dele pelos meus, e nós os seguimos pelo estacionamento. Fiquei grata por isso. De repente, eu estava sentindo muito frio.

O cara corpulento que vigiava o cordão diante da boate lotada só precisou dar uma olhada em Kellan e Anna se aproximando, para na mesma hora levantar o cordão. É claro. Os supersexy não precisavam esperar na fila. Kellan parou diante do cordão e esperou por mim e Denny, os menos sexy, para garantir que entrássemos também.

Na realidade, o nome bizarro do Spanks era só uma esperteza para atrair a clientela. Felizmente, o interior era de uma boate genérica típica. Alguns sofás aqui e ali, longas mesas com tamboretes, alguns quadros razoavelmente interessantes espalhados pelas paredes, um bar comprido se estendendo ao longo da parede ao fundo, oposta à da entrada e, perto de uma aresta, a multidão de corpos se movendo na pista de dança... que era gigantesca. A música era ensurdecedora. Fiquei feliz com isso, e pela massa confusa de corpos. Eu estava a fim de desaparecer.

Denny, Anna e eu encontramos lugares vagos numa das longas mesas, enquanto Kellan enfrentava a multidão de quatro corpos de profundidade para ir buscar nossas bebidas no bar. Ele voltou em tempo recorde, e não pude deixar de notar que a barwoman lhe dava uns olhares nojentos de tão indecentes. O que me enfureceu.

Kellan entregou a cada um de nós uma dose de... sei lá o quê. Farejei-a e na mesma hora fiz uma careta. Abri os olhos de estalo e vi que ele me olhava com um largo sorriso e uma sobrancelha arqueada. Tequila? Ele tinha mesmo trazido tequila para todos nós? Ele colocou na mesa um recipiente com os limões e o sal, e eu lhe dei um olhar incrédulo. Todos ao meu redor começaram a preparar suas bebidas, ninguém desaprovando o drinque escolhido por Kellan. Tomei coragem e preparei o meu também.

— Você está bem? — perguntou Denny, inclinando-se para o meu ouvido.

Abri os olhos e vi sua expressão preocupada.

— Estou... — Olhei possessa para Kellan. — Só não sou muito fã de tequila.

Kellan sorriu ainda mais.

— É mesmo? Você me pareceu ser do tipo que... adoraria.

Minha irmã se intrometeu, enquanto Kellan ria e eu franzia o cenho:

— Bem, eu adoro... Tin-tim!

Levantando uma sobrancelha e o copo, Kellan brindou com Anna; tomaram suas doses juntos. Ambos riram ao chupar os limões. Denny ergueu o copo e eu, teimosa, ergui o meu também, e nós brindamos e viramos nossas doses juntos. Me sentindo um tanto atrevida, tirei o limão de Denny... da sua boca, me demorando num longo beijo.

Enquanto beijava Denny, que se mostrou surpreso mas satisfeito, ouvi minha irmã gritar:

— Uhuuu... Assim é que eu gosto!

Eu me afastei, arriscando um olhar para Kellan. Ele não parecia mais estar achando graça. Trincou os dentes. Então, com um sorrisinho sexy, olhou para Anna e estendeu a mão.

— Que tal? — Meneou a cabeça em direção à pista de dança, e ela assentiu com entusiasmo. Eles desapareceram em meio à multidão, a mão dele nas costas dela... quer dizer, no fim das costas dela. Ele virou a cabeça para mim de relance, um brilho enigmático nos olhos, enquanto os dois eram engolfados pela multidão.

Engoli minha ira e me concentrei no meu namorado.

— Eles formam um casal bacana — comentou Denny, também olhando os dois quando se afastaram.

Tornando a engolir em seco, tratei de pôr a irritação de lado, me obrigando a relaxar completamente pela primeira vez em muito tempo. Denny olhava para mim com um ar apaixonado, um grande sorriso fofo no seu lindo rosto. Meneou a cabeça em direção à pista de dança, e eu concordei com entusiasmo.

"Dançar" era um termo aproximado numa boate lotada daquelas. Era mais propriamente um movimento coletivo rítmico, altamente compacto. Denny segurou minha mão para não nos separarmos no formigueiro humano, e então nos puxou mais para o centro. Já estava começando a esquentar, e dei graças a Deus por ter escolhido uma roupa fresquinha. Não conhecia a música que tocavam, nem me importei com isso. A batida pesada abafou todos os pensamentos na minha cabeça sobrecarregada.

Denny me segurou pela cintura, e nós começamos a nos mover juntos. Aos risos, passei os braços pelo seu pescoço. Às vezes eu me esquecia de como Denny era atraente. Ele estava com os três primeiros botões da camisa abertos, o que deixava sua pele à mostra de um jeito tentador. Seu cabelo estava o máximo, estruturado à perfeição e modelado em mechas, e eu passei os dedos pelas camadas mais curtas perto do pescoço, o que o fez sorrir.

Ele certamente não passou despercebido entre as mulheres ao nosso redor. Quando nos aproximamos do lugar escolhido, elas mal me notaram antes de se virarem para olhá-lo com uma expressão indisfarçada de interesse. Denny não prestou a menor atenção nelas; só tinha olhos para mim. Ele se inclinou para me beijar, os olhos brilhando, carinhosos. Passei o dedo nos pelinhos de uma leveza deliciosa que contornavam seu queixo e suspirei, satisfeita, deixando que a música e seu corpo levassem meus problemas para longe.

Não voltamos mais a ver Anna e Kellan. Não me permiti pensar em que parte da boate eles tinham se metido, e o jeito provocante como deviam estar se esfregando. Não me permiti pensar que talvez tivessem nos abandonado para procurar algum canto mais discreto. Por fim, consegui bloquear tudo na minha cabeça, e a música alta, os corpos que giravam e o baixo implacável eram tudo que importava para mim. Isso e ter Denny a meu lado. Meu êxtase durou pelo que pareceu horas.

O calor estava aumentando, pois estávamos perto do centro da multidão. Denny fez um gesto de bebida com a mão, já que ouvir alguém em meio àquela barulheira era praticamente impossível, indicando que estava pronto para a próxima rodada. Eu o empurrei, brincalhona, abanando a cabeça, nem um pouco a fim de sair do meu santuário induzido pela música. Dei um beijo rápido nele e apontei o chão, para que ele soubesse que eu ficaria bem ali.

Ele saiu abrindo caminho pela multidão, as mulheres olhando para ele à sua passagem. Suspirei ao vê-lo contornar uma parede em direção ao bar. Sim, meu homem era lindo, e não tinha a menor consciência disso. Fechei os olhos e me concentrei na música, feliz e contente. Com a mente vazia.

Fiquei paralisada quando uma mão forte que eu já conhecia se insinuou por baixo da minha regata justa, às minhas costas, e foi subindo até parar no meu estômago nu. Meus olhos se abriram de estalo, e eu não precisei me virar para olhar. Conhecia o toque dele bem demais, e na mesma hora reconheci o fogo ardendo nas minhas entranhas. Na minha felicidade, quase tinha esquecido que Kellan ainda estava lá. Será que ele tinha ficado me observando? Eu estava extremamente chocada por ele tomar essa iniciativa depois de termos acabado, ainda mais com Denny e Anna presentes. Ele me puxou para o seu quadril e nós nos movemos juntos, sensuais, ao som da música. O que fora inocente e divertido com Denny, agora era muito mais intenso. Eu me sentia nua.

O calor no aposento parecia ter dobrado. Senti uma gota de suor se formar entre minhas espáduas e começar a escorrer sobre a pele exposta das minhas costas. Com a mão livre, ele afastou alguns fios de cabelo do meu pescoço que tinham se soltado do rabo de cavalo, o que fez com que um choque elétrico me percorresse a espinha. Ele se inclinou e lentamente passou a língua na gota de suor, seguindo a trilha salgada, desde minhas espáduas até a nuca, mordiscando minha pele muito, muito de leve. Inspirei com força; minha visão se turvou. Droga...

Pelo visto, como tínhamos acabado com tudo, todas as pretensões de inocência tinham ido por água abaixo. O que não era nada bom. Eu precisava dar um basta nisso.

No entanto, contra a minha vontade, tornei a fechar os olhos e apenas me fundi no seu abraço. Uma de minhas mãos descansava sobre a que ele apoiava no meu estômago, a outra o abraçava por trás, pousada no seu quadril. Minha respiração acelerou quando reclinei a cabeça no seu peito. A mão dele no meu estômago desceu apenas um milímetro, o polegar pousando no botão da calça jeans. Foi o bastante para me fazer soltar uma exclamação, e eu entrelacei nossos dedos e apertei nossas mãos. Eu queria fugir, queria abrir caminho pela multidão e encontrar Denny, voltar para o meu santuário, fugir da sensação escaldante que Kellan espalhava por todo o meu corpo. Mas isso era só na minha cabeça. Meu corpo tremia, minha mão no seu quadril escorregou pela frente da sua coxa, e minha cabeça... lentamente se virou para ele.

Sua mão livre segurou meu queixo, puxando com força meus lábios para os dele. Dei um gemido, o som se perdendo em meio à batida da música. Semanas de paquera cada vez mais intensa, tentando um ao outro com nossos toques, corpos e lábios, sem jamais ceder à nossa lascívia, tinham intensificado meu desejo por ele muito mais do que eu me dera conta. Toda força com que eu pressionava seus lábios agora parecia pouca, meu corpo inteiro ardia de pura necessidade. Eu não podia nem pensar em parar agora.

Seus lábios se entreabriram, sua língua tocou o céu da minha boca. O fogo irrompeu e se espalhou por todo o meu corpo. Perdi ainda mais meu frágil controle. Girei entre suas mãos, virando-me para ele, e me fundi completamente no seu abraço, sem jamais romper o contato entre nossos lábios, sem jamais abrir os olhos. Com o coração batendo ainda mais forte, cruzei as mãos atrás dos seus cabelos cheios. Suas mãos subiram pelas minhas costas nuas, por baixo da regata, e me puxaram para ainda mais perto. Já estávamos ambos ofegantes entre as breves tréguas que dávamos aos nossos lábios.

O calor, a batida techno implacável, suas mãos fortes, seu fôlego curto, seu cheiro, seu gosto, seus lábios macios e sua língua atrevida – tudo isso estava me deixando louca. Uma das suas mãos desceu pelo meu traseiro e segurou o alto da minha coxa, puxando minha perna um pouco para o seu quadril. Por aquela posição, ficou óbvio o quanto Kellan me queria. Gemi, desejando-o naquele exato momento também. Meus olhos se abriram e eu me afastei dos seus lábios, recostando a cabeça na dele e ofegando baixinho. Num gesto automático, minhas mãos começaram a desabotoar sua camisa, pela primeira vez sem me importar onde estávamos. Os olhos dele ardiam, fixos em mim.

Algumas mulheres ao nosso redor notaram Kellan, e lhe lançaram olhares lascivos. Até agora, ninguém parecera se importar com as intimidades a que tínhamos nos entregado, ou estávamos prestes a nos entregarmos. Ele fechou os olhos e soltou o ar com força quando cheguei à metade da sua camisa. Segurou meu corpo com avidez e voltou a pressionar os lábios contra os meus. Não podíamos continuar ali daquele jeito por muito mais tempo. Era como se eu fosse outra pessoa, sendo absorvida pela sua paixão. Não sabia o que fazer, não sabia como impedir que as coisas ficassem indecentes demais para um lugar público. Queria que ele me levasse para algum lugar... qualquer lugar...

Só faltavam dois botões da sua camisa quando, sem mais nem menos, ele me afastou bruscamente de si. Então, deu as costas para se misturar à multidão, seu rosto ofegante, mas insondável. Eu arquejava, confusa, tentando recobrar o fôlego.

Foi quando senti Denny segurar minha mão e me puxar para si. Eu não tinha percebido que ele estava de volta. Será que vira alguma coisa? Será que eu parecia diferente para ele? Observei seus olhos, mas pareciam apenas felizes por me ver. Devia ter atribuído meu suor e fôlego rápido à dança.

Então, fiz uma coisa que mais tarde não pararia de me atormentar. Apertei o corpo contra o de Denny, segurando seu rosto bruscamente entre as mãos e o beijando com força. A excitação corria pelo meu corpo, pois, na minha cabeça, eu imaginava estar novamente com Kellan. Denny reagiu com surpresa por uma fração de segundo, e então retribuiu meu beijo com avidez. Mesmo enojada comigo mesma, eu não podia parar de beijá-lo, de desejá-lo, de precisar dele – sabendo muito bem que, enquanto Denny estava fisicamente comigo, não era por ele que eu ansiava. De algum ponto da boate, senti um olhar me queimando.

— Me leva para casa – gemi no ouvido de Denny.

Muito, muito mais tarde, sentei na cama, nua, e dei uma olhada no corpo adormecido de Denny ao meu lado. O sentimento de culpa tomou conta de mim. Se ele algum dia soubesse o que eu fizera... por quem minha fantasia o substituíra... Tentei engolir, mas minha garganta estava seca demais. Sentindo uma sede súbita, desesperada, apanhei a primeira roupa em que pus a mão e levantei para vesti-la. A camisa de Denny estava mais perto do meu lado da cama. Ainda estava impregnada com seu cheiro delicioso quando a vesti.

Ansiando pela água fria e limpa da geladeira, me dirigi para a escada. Parei por uma fração de segundo ao passar pela porta de Kellan. Uma pequena parte de mim esperou que ele não tivesse ouvido o que acabara de acontecer. Não podia imaginar o que ele pensaria ouvindo a Denny e a mim. Eu não tinha sido exatamente discreta. Visualizar Kellan na minha cabeça daquele jeito me fizera perder todo o controle. Franzi o cenho, nem um pouco satisfeita com essa constatação.

Fui para a cozinha, pensando em Kellan, no que acontecera na boate, no jeito como as coisas tinham ficado intensas entre nós, no quanto eu o tinha desejado, no quanto ele tinha me desejado. As coisas estavam se tornando perigosas entre nós. Eu não sabia ao certo o que fazer.

Dei uma olhada pela janela e parei. O carro dele não estava lá. Kellan ainda não tinha chegado? Voltei para a sala. Anna não estava lá? Ah, meu Deus, eles ainda estavam na rua, juntos... sozinhos. Na mesma hora pensei em meia dúzia de lugares – e posições – em que eles poderiam estar. Esse pensamento me fez sentir enojada, e depois culpada. Por fim, resolvi ficar zangada. O que quer que estivesse acontecendo entre mim e Kellan, ele tinha prometido – prometido! – que não dormiria com Anna.

Minha sede tendo passado, dei as costas e voltei para a cama.

CHUVA

Ouvi o som do Chevelle de Kellan na entrada para carros por volta da hora do almoço. Ele não desligou o motor e, depois de uma porta se abrir e fechar, tornou a arrancar a toda velocidade. Alguns momentos depois, Anna entrou pela porta, ainda vestindo as roupas da noite passada. Parecia feliz e extremamente satisfeita.

Tratei de engolir a raiva quando ela sentou no sofá ao meu lado. Ela não tinha culpa por ter sucumbido ao fascínio de Kellan. Não, toda a minha raiva estava reservada para ele... porque tinha prometido.

— Passou uma boa noite? — perguntei, com voz inexpressiva.

Ela se jogou de costas no sofá e, com um largo sorriso, recostou a cabeça nas almofadas.

— Ah... Meu Deus, você não faz nem uma ideia.

Na verdade, fazia, sim.

— Kellan me levou para a casa de Matt e Griffin, e...

Eu não queria *mesmo* ouvir a respeito.

— Ai, por favor, não me conta.

Ela olhou para mim de cenho franzido; adorava uma boa história de sexo.

— Tudo bem. — Abrindo outro largo sorriso, inclinou-se na minha direção. — Você e Denny se mandaram na maior pressa. — Arqueou uma sobrancelha, maliciosa. — Kellan disse que vocês precisavam de privacidade. — Deu uma risadinha. — Como foi a sua noite?

Senti um misto de culpa, raiva e constrangimento. Kellan tinha dito a ela que Denny e eu precisávamos de *privacidade*?

— Também não quero falar sobre isso, Anna — respondi em voz baixa.

Ela se jogou de novo no sofá, emburrada.

— Tudo bem. — Deu uma olhada em mim. — Posso te contar só uma coisa...?

– Não!

Ela soltou um suspiro alto.

– Tudo bem. – Ficamos ambas em silêncio por algum tempo. – Você está bem, mana? – Ela me olhou com o cenho franzido.

Recostei a cabeça na almofada, tentando suavizar minha expressão.

– Estou... só cansada, não dormi muito bem. – Na mesma hora me arrependi de ter dito isso.

Ela abriu um sorriso cúmplice.

– Ahhh, tá! Assim é que se fala!

Denny preparou o almoço para nós três, e Anna ficou só assistindo, com ar de aprovação. Acho que as habilidades culinárias dele fizeram com que subisse no conceito da minha irmã. Ela mordeu o lábio várias vezes durante a refeição, e eu soube que estava pensando na tal historinha que parecia louca para me contar. Rezei para que ficasse de boca bem fechada – não queria ouvi-la. Tinha certeza absoluta de que morreria se a ouvisse. O quadro a quadro mental que eu fantasiara já era bastante ruim.

Em vez disso, mantive os olhos em Denny, enquanto comia o salpicão de frango com castanha de caju que ele preparara. Estava mesmo uma delícia; ele era um cozinheiro de mão cheia. Denny sorriu carinhoso para mim, seus olhos castanho-escuros calmos e serenos. Nossa noite passada fora... intensa. Senti um certo mal-estar, consciente de que suas lembranças eram diferentes das minhas. Para ele, aqueles momentos deviam ter significado nossa reaproximação depois de um longo período de afastamento. Já para mim... a coisa não era tão simples assim.

Anna e Denny se encarregaram de noventa e nove por cento da conversa, e eu fiquei só assistindo, em silêncio. Meus pensamentos estavam conflituados demais para serem formulados em frases coerentes. Depois de uma longa tarde vendo os dois terem as conversas descontraídas que eu gostaria de ter com a minha encantadora irmã, chegou a hora de fazer suas malas e levá-la para o aeroporto.

Anna me deu um carinhoso abraço de despedida.

– Obrigada por me deixar finalmente visitar você. – Ela sorriu, tímida. – Foi... divertido. – Estremeci por dentro, mas sorri por fora. – Da próxima vez, a gente faz mais coisas juntas... está bem? – Ela me deu um sorriso afetuoso, e eu tornei a abraçá-la.

– Está bem, Anna.

Ela se afastou e me olhou fixamente. Falando depressa, acrescentou:

– Por favor, agradece ao Kellan por mim. – Segurou meu braço e, ainda falando depressa para que eu não a interrompesse, disse, entusiasmada: – Eu sei que você não quer ouvir, mas, meu Deus, a noite passada foi uma surpresa maravilhosa! Maravilhosa tipo assim, a melhor noite da minha vida. – Abriu um sorriso radiante.

– Ah – foi tudo que consegui dizer num guincho de voz.

— Pois é. — Ela deu uma risadinha, mordendo o lábio. — Os melhores... enfim, múltiplos... se é que você me entende.

Entendia... e realmente preferia não ter entendido.

Ela suspirou.

— Ah, meu Deus, como eu gostaria de poder ficar...

Anunciaram o início do embarque de seu voo, e ela olhou para o portão e depois para mim.

— Vou sentir saudades suas. — Tornou a me abraçar e então se afastou, sorrindo. — Eu volto em breve. — Deu um beijo no meu rosto. — Te amo.

— Também te amo...

Anna se dirigiu para Denny, que estava parado a alguns metros de nós, para nos dar privacidade. Ela passou os braços pelo pescoço dele e sapecou uma beijoca no seu rosto.

— Vou sentir saudades suas também. — Deu um beliscão no traseiro dele antes de se afastar. — Garanhão — murmurou, fazendo com que Denny e eu corássemos.

Em seguida, minha louca e impulsiva irmã embarcou no avião e voltou para casa em Ohio, sem saber que tinha deixado meu mundo um pouco mais confuso do que quando chegara.

Kellan ainda não estava em casa quando voltamos do aeroporto. Na verdade, não cheguei a ver Kellan aquela noite. Não o vi até bem tarde da noite seguinte, quando ele e os D-Bags chegaram ao Pete's durante o meu turno. Lancei um olhar breve e ressabiado para ele quando entrou. Não fazia ideia do que esperar dele. Estava vestindo roupas diferentes das que usara na boate, uma camiseta cinza fina que contornava seus músculos de um jeito tentador sob a jaqueta de couro preta, e sua calça jeans desbotada favorita. Parecia ter saído do banho, sem as lindas mechas espetadas da véspera, o que significava que, em algum momento, devia ter dado uma passada em casa. Olhando para mim, ele me deu um sorriso minúsculo e um aceno de cabeça. Bem, então ele não ia me ignorar.

Já eu não tinha tanta certeza assim se não ia ignorá-lo — o cretino tinha prometido! Quanto mais eu pensava nisso, e quanto mais vívidas aquelas imagens horríveis se tornavam na minha cabeça, mais eu o ignorava. Quase não fui à mesa dos D-Bags. Por fim, Evan acabou acenando para mim e, sem perguntar o que eles queriam, apenas levei suas cervejas. Era só o que eles sempre pediam mesmo. Não disse uma palavra ao colocar as garrafas na mesa. Não ouvi uma palavra. Fiz o possível para fugir mentalmente do meu corpo. Não queria ter que enfrentar Kellan.

Ele não parecia o mesmo. Alguns momentos depois do meu atendimento silencioso, ele me escorou no corredor quando eu saía do banheiro. Ao vê-lo no fim do corredor, pensei em me esconder na sala dos fundos. Mas logo descartei essa ideia, pois a tranca da porta estava quebrada e, se ele quisesse realmente falar comigo, o que parecia ser o caso, bastaria me seguir até lá. E ficar sozinha no mesmo aposento que Kellan era algo que eu queria evitar. Tentei passar bruscamente por ele, mas ele segurou meu cotovelo com força quando o fiz.

— Kiera...

Com os olhos franzidos, olhei para seu lindo rosto. O que me fez franzir os olhos mais ainda. Aquele rosto insuportavelmente perfeito, com aqueles olhos azul-escuros, assustadores, inumanos, olhos que faziam calcinhas irem ao chão por toda parte... inclusive as minhas. Isso me deixava uma fera! Arranquei meu braço com um tranco, sem dizer uma palavra.

— A gente precisa conversar...

— Não há nada para conversar, Kellan! — soltei, ríspida.

— Discordo — rebateu ele em voz baixa, os lábios um pouco franzidos.

— Bem... Pelo visto, você pode *fazer* o que quer. — Nem tentei evitar o tom de desprezo em minha voz.

— Que diabos você quer dizer com isso? — Seus olhos se estreitaram, e seu tom de voz endureceu.

— Quero dizer que não temos nada para conversar — desfechei, finalmente passando por ele com um safanão e me afastando a passos duros.

Terminei trabalhando até mais tarde do que tinha esperado, e com minha cabeça aérea de raiva e distração, nem me dera ao trabalho de arranjar uma carona para casa. Na verdade, quando comecei a pensar no assunto, quase todo mundo já tinha ido embora. Jenny estava de folga. Kate tinha pegado uma carona com o namorado. Sam e Rita tinham ido embora pouco depois dela, enquanto eu me ocupava chamando um táxi para um cliente bêbado. No momento, Evan estava saindo com uma loura bonita. Matt fora embora horas atrás. E Kellan — não que eu o considerasse uma opção — estava debruçado numa mesa com um sorriso divertido no rosto, me vendo tentar arranjar uma carona para casa. Deu para ver a chuva leve molhando as calçadas quando Evan cruzou a porta. Isso não era nada bom. Talvez eu devesse ligar para Denny. Mas já era tão tarde. Talvez algum dos frequentadores?

Notei que Griffin ainda estava lá e, por acaso, sozinho aquela noite. Talvez... Ugh, essa opção também estava longe de ser boa... mas ainda era melhor do que Kellan, e melhor do que voltar para casa a pé debaixo de chuva. Esperançosa, eu me aproximei dele. Notei que o sorriso de Kellan se alargou ao ver minha escolha.

— Oi, Griffin — tentei, como quem não quer nada.

Ele ficou desconfiado. Geralmente eu não era nem simpática nem espontânea com ele.

— Sim? Que é que você quer? — Tendo uma ideia que provavelmente eu não queria ouvir, ele arqueou uma sobrancelha loura para mim e sorriu de um jeito que me deu calafrios.

Ignorando meus instintos, falei, simpática:

— Estava esperando que você talvez pudesse me dar uma carona.

Ele abriu um sorriso.

— Bem, Kiera... Nunca achei que você iria pedir. — Ele me olhou de alto a baixo. — Eu adoraria te dar uma carona... até o paraíso.

Com um sorriso altivo, retruquei, imperturbável:

— Eu quis dizer uma carona literal, para casa, Griffin.

Ele franziu o cenho.

— Nada de sexo?

Negando com a cabeça categoricamente, respondi:

— Não.

Ele deu uma fungada.

— Bem, nesse caso... não. Vai pedir uma carona assexuada para o Kyle. — E com essa, deu as costas e foi embora. Kellan agora estava rindo baixinho. Olhei ao meu redor, mas todo mundo tinha ido embora. Pete ainda estava no escritório, talvez ele...

— Gostaria que eu te desse uma carona? — perguntou Kellan com voz suave.

Abanando a cabeça com raiva para aquele rosto perfeito, caminhei depressa para a porta da rua. Cruzei os braços, me preparando para a chuva, e saí. Ele não me seguiu, o que me fez sentir um estranho misto de raiva, tristeza e alívio. A chuva não estava forte, mas sim fria. Na pressa de fugir de Kellan, eu tinha me esquecido de apanhar a bolsa e a jaqueta. Lamentei a afobação, já que após alguns passos pelo estacionamento vazio eu estava tiritando, gotas d'água escorrendo pelo meu rosto. Suspirei, pensando em voltar para buscar minhas coisas, mas então, teimosa, decidi que não queria mais ver Kellan aquela noite. Estava fumegando de raiva por ele e minha irmã – o calhorda tinha prometido!

Um quarteirão depois do bar, eu já estava farta da chuva, que começava a piorar. Comecei a me perguntar quantos quarteirões faltariam para nossa casa. De carro não era longe... mas a pé? Tremendo convulsivamente, pensei que talvez devesse procurar um telefone e ligar para Denny. Estava olhando ao meu redor, tentando localizar uma cabine telefônica, quando notei que um carro em baixa velocidade se aproximava de mim. Comecei a entrar em pânico. Aquela zona não era das mais bem frequentadas. De repente, a consciência de estar sozinha e ensopada na rua em plena madrugada me fez sentir muito vulnerável.

O carro se aproximou da calçada onde eu caminhava e começou a acompanhar meu ritmo. De repente, eu me senti ainda mais vulnerável ao fixar os olhos no Chevelle preto já meu conhecido. É claro que ele viria atrás de mim. Inclinando-se sobre o assento, Kellan abaixou a vidraça. Com um olhar incrédulo para mim, ele meneou a cabeça.

– Entra no carro, Kiera.

Olhei furiosa para ele.

– Não, Kellan. – Os dois sozinhos num espaço exíguo não era uma boa ideia depois daquele momento intenso na boate, ainda mais com a raiva que eu estava sentindo.

Ele suspirou, olhando para o teto do carro. Seus olhos voltando para os meus, ele disse, com paciência forçada:

– Está caindo o maior toró. Entra no carro.

Num ímpeto de teimosia, tornei a olhar furiosa para ele:

– Não!

– Então, vou seguir você até em casa. – Ele ergueu as sobrancelhas, com um sorrisinho arrogante.

Parei de caminhar.

– Vai para casa, Kellan. Eu vou ficar bem.

Ele parou o carro também.

– Você não vai caminhar sozinha até em casa. Não é seguro.

É mais seguro do que andar de carro com você, pensei, irritada.

– Eu vou ficar bem. – E voltei a caminhar.

Com um suspiro exasperado, ele se afastou e dobrou uma esquina. Achei que a coisa tinha acabado por aí, mas ele parou depois de dobrar a esquina, e eu o vi sair do carro. Parei de caminhar outra vez. *Droga... Por que ele não me deixa em paz?*

Ele ainda vestia a jaqueta de couro, mas, quando finalmente chegou aonde eu tinha parado, estava encharcado até os ossos. A chuva pingava por entre seus cabelos, que lhe caíam sobre o rosto e as têmporas, e escureciam a parte exposta da camiseta cinza. De repente, isso me lembrou da chuveirada que ele tinha tomado totalmente vestido, tanto tempo atrás. Minha respiração acelerou diante do seu poder de atração. Decididamente, isso não era nada bom. Minha irritação aumentou. Eu não precisava disso naquele momento.

– Entra na droga do carro, Kiera. – Ele também estava começando a se irritar.

– Não! – Empurrei-o para longe de mim.

Ele agarrou meu braço e começou a me arrastar para o carro.

– Não, Kellan... Para! – Tentei soltar o braço, mas ele era mais forte. Ele me puxou para o lado do carona. Ver a chuva escorrendo pela sua nuca me fez tremer mais do que o frio... o que me deixou furiosa. Eu não precisava disso – eu não *queria* querê-lo! Em fúria, arranquei o braço no momento em que ele abria a porta. Já ia me afastando, quando ele me segurou por trás e me levantou no colo. Comecei a espernear e me debater, mas ele me segurava com força. Por fim, ele me pôs no chão ao lado da porta aberta, me encurralando com o corpo.

— Para, Kiera, e entra na porcaria do carro!

Seu corpo, molhado e pressionado contra o meu, me fez perder a cabeça. Eu estava com tanta raiva dele por causa do que acontecera na boate, por minha irmã, por Denny, por tudo que ele me fazia sentir... por existir simplesmente. Ainda assim, eu também me sentia mais excitada do que jamais me sentira em toda a minha vida. Cheia de raiva, enfiei as mãos nos seus cabelos molhados e o puxei bruscamente para mim, meus lábios parando a um milímetro dos seus. Meus olhos o fuzilavam, minha respiração saía em arquejos furiosos enquanto eu mantinha nossos rostos juntos. Com sofreguidão, apertei os lábios contra os dele, frios da chuva. E então... dei um tapa nele.

Ele me empurrou de volta com força para o carro gelado; na minha raiva, mal senti o frio. Seu rosto estampou uma expressão chocada por um momento, e então seus olhos espelharam a raiva dos meus. Ótimo, agora ele também estava furioso. Eu ouvia a chuva martelando ao nosso redor, fustigando o metal do capô, os bancos de couro. Ele me agarrou pela cintura e curvou meu corpo, me obrigando a entrar no carro. Tudo que eu podia ver eram seus olhos cheios de raiva e paixão, de um azul tão escuro que beirava o negro.

Senti a beirada do banco sob meu corpo, mas ele me empurrou para o meio, sentando atrás de mim. Soltou minha cintura para poder se virar e bater a porta. Livre de seu olhar de raiva, comecei a me afastar dele, achando que poderia chegar ao outro lado do banco, querendo fugir de novo. Ele se virou para mim e, puxando minhas pernas, me arrastou para si. Então se pôs em cima de mim, me forçando a deitar no banco. Furiosa, empurrei seu peito, mas ele não se afastou.

— Sai de cima de mim — arquejei, enquanto ele me olhava fixamente.

— Não. — Seus olhos pareciam furiosos e confusos.

Segurei seu pescoço e o puxei com força para mim.

— Eu te odeio... — sibilei.

Suas mãos forçaram minhas pernas a se encaixar entre seus quadris, e ele me pressionou com força, antes que eu pudesse sequer reagir. Mesmo através do jeans, a intensidade do movimento, a sensação do seu corpo, de como estava excitado também, me fizeram soltar um arquejo, fizeram minha respiração ficar mais forte.

— Não é ódio que você sente... — Sua voz era dura. Furiosa, eu o encarei com um olhar gelado. Ele me deu um sorriso perverso, também respirando mais forte, seus olhos sem o menor vestígio de humor. — E também não é amizade.

— Para... — Eu me contorcia debaixo dele, tentando me libertar, mas ele segurou meus quadris e me manteve no lugar. Novamente pressionou meu corpo para se apoiar. Gemi, começando a deixar a cabeça pender para trás. Ele segurou meu rosto, me obrigando a olhar nos seus olhos.

— Isso era para ser inocente, Kellan! — cuspi as palavras na sua cara.

— Nós nunca fomos inocentes, Kiera. Como você pode ser tão ingênua? – rebateu ele no mesmo tom, pressionando o corpo contra o meu.

— Meu Deus, como eu te odeio... – sussurrei, meus olhos ardendo de lágrimas de fúria.

Igualmente furioso, ele me encarava fixamente.

— Não, não odeia...

E tornou a investir, mas não tão devagar dessa vez, mordendo o lábio e soltando um grunhido que espalhou eletricidade pelo meu corpo. Eu mal podia recobrar o fôlego. A água pingava dos seus cabelos nas minhas faces molhadas, o cheiro da chuva se misturando com o seu aroma de um jeito inebriante. Uma lágrima escorreu pelo meu rosto, fundindo-se com a chuva que pingava dos seus cabelos.

— Odeio, sim... Eu te odeio... – voltei a sussurrar entre arquejos.

Ele voltou a investir contra mim e gemeu, estremecendo com a intensidade. Um fogo ardia nos seus olhos.

— Não... Você me quer... – arquejou para mim, seus olhos se estreitando. – Eu vi você. Senti você... na boate, você me queria. – Ele aproximou a boca até ficar acima da minha, quase tocando-a, respirando com força sobre mim. Era enlouquecedor. Tudo que eu podia fazer, tudo que podia sentir, e agora tudo que podia respirar, era ele. Isso me excitava; isso me enfurecia.

— Pelo amor de Deus, Kiera... Você estava tirando a minha roupa. – Deu um sorriso perverso. – Você me queria, bem ali, na frente de todo mundo. – Passou a língua da minha face à orelha. – Meu Deus, eu queria você também...

Emaranhei meus dedos nos seus cabelos molhados, afastando-o com brusquidão. Ele inspirou com força, mas apenas tornou a investir contra mim.

— Não, eu escolhi Denny. – Meus olhos se reviraram quando ele fez de novo. – Eu fui para casa com ele... – Abri os olhos de estalo para os dele, voltando a sentir raiva. – Quem você escolheu?

Ele parou de mover os quadris por um momento e ficou me encarando cruelmente.

— O quê? – perguntou com voz inexpressiva.

— Minha irmã, seu babaca! Como você pôde dormir com ela? Você me prometeu! – Dei um tapa com força no seu peito.

Os olhos dele se estreitaram, ameaçadores.

— Você não pode ficar com raiva de mim por causa disso. Você foi embora para trepar com *ele*! Me deixou lá... com ela... excitado, querendo você. – Deu um sorriso de desprezo e passou as mãos nos quadris, insinuante. – E ela estava muito a fim. Foi tão fácil pegá-la... entrar nela – sussurrou intensamente.

Enfurecida ao ouvir isso, tentei enxotá-lo a tapas, mas ele me imobilizou com força.

— Seu filho da puta.

Ele me deu um sorriso cruel.

— Eu sei com quem trepei, mas me diz... — Mal conseguindo falar em meio à raiva, ele abaixou a cabeça até meu ouvido e arquejou sem fôlego: — ... quem fodeu você aquela noite? — Pressionou meu corpo com força ao dizer isso. A intensidade do movimento e a crueza da pergunta me eletrizaram, me fizeram gemer, inspirar por entre os dentes.

— Ele foi melhor... do que eu? — Voltou a me olhar nos olhos, abaixando a boca até quase roçar a minha, por um segundo contornando meu lábio com a língua. — Não existe substituto para o original. Eu vou ser ainda melhor...

— Eu odeio o que você faz comigo. — E odiava que ele soubesse o que eu tinha feito com Denny. Odiava que tivesse razão — fora a melhor transa que eu já tivera com Denny. E realmente odiava saber que ele tinha razão — ele seria tão melhor...

Ele observava meus olhos fixamente.

— Você adora o que eu faço com você. — Passou a língua pelo meu pescoço, lambendo a chuva da pele ainda úmida. — Seu corpo implora por isso — sussurrou. — Sou eu que você quer, não ele — insistiu.

Passei os dedos por entre seus cabelos quando ele tornou a investir contra mim. Comecei a levar os lábios ao encontro dos seus. O que só tornou o nosso desejo mais intenso, e ele gemeu exatamente na mesma hora e exatamente do mesmo jeito que eu. As janelas se embaçavam com o vapor da nossa respiração ofegante. Meu Deus, eu o odiava. Meu Deus, eu o desejava.

Comecei a tirar sua jaqueta pelos ombros, dizendo a mim mesma que só queria que ele sentisse tanto frio e tanta tristeza quanto eu. Ele terminou de despir o resto, com um olhar ávido, e a atirou no banco traseiro. Um incêndio se alastrou pelo meu corpo à vista da perfeição daquele peito tão próximo do meu. Um incêndio de fúria, como lava incandescente.

Tentei trazer seus lábios para os meus, mas ele se afastou. Isso me irritou. Tentei enfiar a língua na sua boca aberta, mas ele se afastou. Isso me enfureceu, e eu passei as unhas pelas suas costas com força. Ele soltou um estranho gemido que mesclava dor e prazer, e abaixou a cabeça até meu ombro, afundando os quadris em mim com mais força ainda. Soltei um gemido alto e segurei os bolsos traseiros da sua calça, puxando-o ainda mais contra o corpo, enrolando minhas pernas ao redor dos seus quadris.

— Não, é ele que eu quero... — gemi, apertando-o contra mim.

— Não, sou eu que você quer... — murmurou ele no meu pescoço.

— Não, ele nunca tocaria na minha irmã — disparei. — Você prometeu, você prometeu, Kellan! — Minha raiva voltou à tona e mais uma vez tentei empurrá-lo, tentei me contorcer para sair de baixo dele.

— O que está feito, está feito. Não posso mudar o passado. — Ele segurou minhas mãos e as prendeu de cada lado da minha cabeça, enterrando os quadris em mim de novo. Soltei um gemido, e um som gutural escapou da minha garganta. – Mas isso... Para de lutar, Kiera. Diz que quer isso. E diz que me quer... como eu quero você. – Abaixou a boca até ficar a um milímetro da minha de novo, seus olhos em brasa. – Eu já sei que você quer...

Então, ele finalmente me beijou...

Gemi na sua boca, abraçando-o com avidez. Ele soltou minhas mãos e eu as emaranhei nos seus cabelos. Ele me deu um beijo profundo, apaixonado. Suas mãos se reviraram nos meus cabelos molhados, arrancando o elástico. Seus quadris continuavam a avançar contra os meus.

– Não... – Passei as mãos pelas suas costas. – Eu... – Segurei seus quadris e o puxei para dentro de mim. – ... te odeio. – Nos beijamos com força e violência por uma eternidade. Entre arquejos, continuei afirmando o quanto o odiava. Perto dos meus lábios, ele continuava afirmando que não era verdade.

– Isso está errado – gemi, minhas mãos passeando por baixo da camiseta para sentir a rigidez maravilhosa do seu corpo.

Suas mãos percorriam cada parte do meu corpo – meu cabelo, meu rosto, meus seios, meus quadris.

– Eu sei...– sussurrou. – ... mas, meu Deus, como você é gostosa.

O contínuo movimento de fricção aumentava. Eu precisava que mais alguma coisa acontecesse... ou que isso parasse. Então, como se lesse meus pensamentos, ele deixou de me beijar e se afastou. Arquejando de desejo, levou as mãos à minha calça jeans. *Não... Sim... Não...*, pensei, frenética, sem conseguir decifrar minhas emoções, que não paravam de se alternar. Ele começou a desabotoá-la, me encarando com intensidade, com ferocidade – assim como eu o encarava. Havia tanto calor entre nós, que tive certeza de que iríamos pegar fogo.

No último dos quatro botões, segurei seus pulsos e levei suas mãos até acima da minha cabeça, contra a porta, mantendo-o junto a mim. Meus dedos ficaram segurando os seus com força, e ele gemeu quando nossos corpos tornaram a se pressionar.

– Para, Kiera – rosnou. – Eu preciso de você. Me deixa fazer isso. Eu posso fazer com que você o esqueça. Posso fazer com que você esqueça a si mesma.

Estremeci, sabendo que ele tinha toda razão.

Ele soltou uma das mãos, pois eu não tinha a sua força, e percorreu meu peito, de volta à calça jeans, seus lábios no meu pescoço com um fervor intenso.

– Meu Deus, como eu quero entrar em você... – rosnou intensamente no meu ouvido.

Uma onda de eletricidade percorreu meu corpo inteiro em reação às suas palavras; meu corpo queria desesperadamente a mesma coisa. Minha cabeça, no entanto, não conseguia afastar a imagem dele sendo tão íntimo com minha irmã.

— Para, Kellan! — sibilei para ele.

— Por quê? — sibilou também, o roçar de seus lábios no meu pescoço me dando arrepios. — É isso que você quer... É por isso que você implora! — rosnou, deslizando a mão por baixo da minha calça jeans, sobre a minha calcinha.

A intimidade foi demais. Seu toque me prometia um prazer inimaginável. Gemi alto, fechando os olhos. Abrindo-os depressa, segurei seu pescoço e puxei seu rosto de volta para o meu. Eu sentia tanta raiva... A respiração pesada dele estava entrecortada, e ele inspirou por entre os dentes e gemeu. Meu Deus, ele estava tão excitado quanto eu.

— Não... Não quero que você faça isso. — Eu dizia que não, mas o dedo dele percorria o contorno da calcinha ao longo da minha coxa, e minha voz falhou no meio da frase. Soou como qualquer coisa, menos uma recusa. Tirei a mão do pescoço dele, para tentar afastar seus dedos de mim, sabendo que, se ele chegasse a me tocar, bem, o jogo acabaria, mas ele era mais forte, e seus dedos continuaram em mim, tentadores.

— Eu posso sentir o quanto você me quer, Kiera. — Seus olhos fixos em mim ardiam com um desejo profundo, férvido. Dava para ver o quanto isso era difícil para ele, porque queria muito mais. Ele soltou um gemido pesado, seu rosto um misto de dolorosa necessidade e raiva prolongada. Era a coisa mais sensual que eu já tinha visto.

— Eu quero você... *agora*. Não aguento mais — disse sem fôlego, soltando a outra mão que eu ainda prendia e levando as duas à minha calça jeans. Começou a puxar depressa o tecido molhado para baixo.

— Meu Deus, Kiera, eu preciso disso...

— Espera! Kellan... Para! Me dá um minuto. Por favor... Eu só preciso de um minuto...

Nosso velho código para "Estou excitada demais, por favor, para" pareceu atravessar a sua paixão. Ele parou de mexer as mãos. Ficou olhando para mim com aqueles olhos intensos, ardentes, e eu prendi o fôlego ao ver sua beleza. E me obriguei a repetir, com grande esforço:

— Preciso de um minuto — arquejei as palavras.

Ele me olhou fixamente por mais um segundo.

— Merda! — exclamou de repente. Estremeci, mas não disse nada. Não conseguia mais falar mesmo.

Ele sentou, seus olhos ainda ferozes de paixão, e passou a mão pelos cabelos úmidos. Engoliu com força e me olhou com raiva, o fôlego curto e entrecortado.

— Merda! — repetiu, batendo a porta atrás de nós com raiva.

Observando-o, ressabiada, abotoei minha calça e sentei, tentando acalmar a respiração e o pulso disparado.

— Você... é... — Na mesma hora ele se calou e meneou a cabeça. Antes que eu pudesse responder, abriu a porta e saiu para a chuva torrencial e gelada. Fiquei olhando para ele pela porta aberta do carro, me sentindo muito burra e totalmente sem saber o que fazer.

— Porra! — berrou ele, dando um pontapé no pneu do carro. Agora estava chovendo a cântaros, e a chuva o atingia em cheio, logo tornando a encharcar seus cabelos e seu corpo. Ele deu mais alguns pontapés no pneu, berrando outros palavrões. Eu assistia boquiaberta ao seu escândalo. Finalmente, ele se afastou do carro e, fechando as mãos em punhos, berrou a plenos pulmões para a rua inteira ouvir: — POOOORRRRAAA!!

Ofegando num misto de paixão e fúria, levou as mãos ao rosto, e então as passou por entre os cabelos. Deixando-as emaranhadas entre eles, inclinou a cabeça para o céu, fechando os olhos e permitindo que a chuva o encharcasse completamente, que o esfriasse. Pouco a pouco, sua respiração foi se tornando mais regular e ele deixou os braços penderem ao longo do corpo, as palmas das mãos viradas para cima, acolhendo a chuva.

Ele permaneceu daquele jeito por um tempo insuportavelmente longo. Fiquei só assistindo, de dentro do carro relativamente seco e quente. Sua beleza era de tirar o fôlego — os cabelos molhados penteados para trás pelos dedos, o rosto relaxado e inclinado para o céu, os olhos fechados, os lábios entreabertos, a respiração regular afastando gotas d'água, a chuva escorrendo pelo seu rosto, a água descendo pelos seus braços nus até suas mãos viradas para cima, sua calça jeans ensopada se colando às pernas. Ele era mais que perfeito. E também começava a tremer de frio.

— Kellan? — chamei, minha voz tentando se sobrepor ao som da chuva.

Ele não respondeu. Não fez qualquer gesto além de erguer a mão na minha direção, com um dedo levantado — pedindo um minuto.

— Está muito frio... Por favor, entra no carro — pedi.

Ele fez que não com a cabeça devagar.

Eu não sabia ao certo o que ele estava fazendo, mas tinha certeza absoluta de que iria congelar até a morte se continuasse lá fora.

— Me perdoa... Volta, por favor.

Ele trincou os dentes e tornou a fazer que não com a cabeça. Ainda zangado, pelo visto.

Suspirei.

— Droga — resmunguei, e então, tomando coragem, voltei a sair do carro para a tempestade.

Ele abriu os olhos e me encarou com o cenho franzido quando me aproximei. Ainda muito zangado, pelo visto.

— Volta para o carro, Kiera. — Destacou cada palavra, uma frieza tão glacial quanto a da chuva tomando o lugar da paixão em seus olhos.

Engoli em seco sob seu olhar intenso.

– Não sem você. – Ele não podia continuar ali daquele jeito. Todo o seu corpo tremia convulsivamente de frio agora.

– Entra na droga do carro! Uma vez na vida, faz o que eu digo! – gritou comigo.

Dei um passo atrás diante do seu rompante, e então meu gênio estourou.

– Não! Fala comigo. Não fica se escondendo aí, fala comigo! – Eu também estava ficando ensopada na chuva glacial, mas não me importava.

Ele avançou um passo zangado na minha direção.

– O que é que você quer que eu diga? – gritou.

– Por que você não me deixa em paz? Me diz isso! Eu já tinha dito a você que estava acabado, que eu queria ficar com Denny. Mas você continua me atormentando... – Minha voz falhou de raiva.

– Atormentando você? É você quem... – Ele se interrompeu, desviando os olhos de mim.

– Sou eu o quê? – gritei também.

Deveria tê-lo deixado em paz. Nunca deveria ter pisado nos seus calos...

De estalo, seus olhos se abriram para os meus. Ardiam de fúria, mas ele deu um sorriso gelado.

– Quer mesmo saber o que estou pensando neste exato momento? – Avançou mais um passo, e eu involuntariamente recuei. – Estou pensando... que você... é desse tipo de mulher que gosta de ficar provocando os homens, e que eu devia ter fodido você de qualquer maneira! – Fiquei olhando boquiaberta para ele, meu rosto pálido, enquanto ele dava mais um passo feroz, até ficar bem na minha frente. – Aliás, eu deveria foder você neste exato momento, como a puta que você realmente...

Não pôde concluir a frase porque eu lhe dei um tapa violento no rosto. Qualquer compaixão que já sentira por ele se evaporou na hora. Qualquer ternura que já sentira por ele se evaporou na hora. Qualquer amizade que ainda sentisse por ele se evaporou na hora. Eu queria que ele se evaporasse também. Lágrimas brotaram nos meus olhos.

No auge da fúria, ele me empurrou pela porta aberta para dentro do carro.

– Foi você quem começou isso! Tudo isso! Para onde você pensa que a nossa paquera "inocente" estava indo? Quanto tempo você pensou que poderia ficar me atiçando? – Segurou meu braço com brutalidade. – Eu ainda... atormento você? Você ainda me quer?

As lágrimas que escorriam pelo meu rosto se perdiam em meio à chuva que despencava. Gritei:

– Não... Agora eu realmente te odeio!

– Ótimo! Então entra na porra desse carro! – gritou ele, me empurrando pela porta aberta.

Sentei de qualquer jeito no banco, começando a chorar, e ele bateu a porta atrás de mim. Estremeci com a violência do som. Queria ir para casa. Queria a segurança e o conforto de Denny. Nunca mais queria ver Kellan.

Ele ainda ficou andando de um lado para o outro diante do carro durante um bom tempo, provavelmente tentando se acalmar, enquanto eu chorava do lado de dentro, observando-o e desejando estar muito longe dele. Então ele caminhou a passos duros até o lado do motorista e entrou, batendo a porta atrás de si.

— Droga! — exclamou de repente, batendo com a mão no volante. — Droga, droga, droga, Kiera. — Batia as mãos sem parar no volante e eu me encolhi, recuando.

Ele abaixou a cabeça no volante e a deixou lá.

— Droga, eu nunca devia ter ficado aqui... — murmurou. Ergueu a mão e apertou o espaço entre os olhos com os dedos. Eu estava muito molhada, mas ele estava encharcado, a água pingando de seu corpo por toda parte. Ele fungou e tremeu de frio, seus lábios quase azuis, seu rosto muito pálido.

Desviei os olhos dele, ainda chorando amargamente, quando ele finalmente deu a partida no carro. Esperamos em constrangido silêncio enquanto ele ligava o aquecimento. Ficamos naquele silêncio por um segundo, e então ele fungou e disse em voz baixa:

— Desculpe, Kiera. Eu não devia ter dito aquilo para você. Nada disso devia ter acontecido.

Só pude continuar chorando em resposta.

Ele suspirou, e então estendeu a mão para trás e pegou minha jaqueta no banco traseiro. Dei uma olhada e vi que minha bolsa também estava lá; ele tinha ido buscá-las para mim. Engoli o bolo na garganta quando ele me entregou a jaqueta em silêncio. Eu a vesti, agradecida, mas também em silêncio. Sem que nenhum de nós dois desse mais uma palavra, ele me levou para casa.

Parando o Chevelle na entrada para carros e desligando o motor, ele imediatamente saiu sob a chuva torrencial e entrou em casa, me deixando sozinha, a olhar para ele. Engolindo em seco de novo, entrei e subi a escada. Parei diante da sua porta. Ele estava lá — dava para ver as pegadas úmidas no carpete. Senti ódio dele. Olhei para a porta do meu quarto, onde Denny estava à minha espera, provavelmente já adormecido, e então de novo para a porta de Kellan. Desejei que Denny e eu estivéssemos novamente em Ohio, novamente na segurança do ninho de meus pais. Então, em silêncio, ouvi um som que não esperava ouvir... jamais. Respirei fundo, abri a porta de Kellan e a fechei sem ruído atrás de mim.

Kellan estava sentado no meio da cama, molhando tudo ao redor, seus sapatos enlameando os lençóis. Seus braços rodeavam as pernas com força, sua cabeça enterrada nos joelhos. Todo o seu corpo tremia... mas não de frio. Ele tremia porque estava chorando.

Não disse uma palavra quando me sentei ao lado de seu corpo gotejante; não olhou para mim, nem parou de chorar. Fui inundada por um caos de emoções — ódio, culpa, dor... até mesmo desejo. Optando pela compaixão, passei o braço pelos seus ombros. Um soluço escapou dele e, virando-se para mim, ele passou os braços pela minha cintura e encostou a cabeça no meu colo. Perdera todo o pudor. Ele me estreitava como se eu pudesse desaparecer a qualquer momento. Soluçava com tanta força que mal conseguia respirar.

Eu me inclinei para ele, alisando seus cabelos e afagando suas costas, enquanto novas lágrimas me brotavam nos olhos. A mágoa causada por suas palavras se evaporou de minha mente diante da sua dor. Senti uma culpa imensa pelo estado a que o levara. Ele tinha razão... de uma maneira torpe, vulgar, eu *era* uma provocadora. Eu *realmente* o atiçava. Eu estava sempre levando-o até o limite, para então trocá-lo por outro. Eu o tinha magoado. Eu o *estava* magoando. Ele tinha estourado comigo, e, até um certo ponto, eu merecera... e agora ele estava com ódio de si mesmo por causa disso.

Ele tremia convulsivamente. O frio começava a passar de seu corpo para o meu, de modo que seu tremor em parte se devia ao fato de ele estar encharcado. Tateei às minhas costas e ele me apertou com mais força, como se tivesse medo de que eu fosse embora. Puxando a beira do cobertor que já quase caía da cama desarrumada, enrolei-o ao redor de nós dois. Deitei às costas dele, passando os braços ao seu redor. Algum tempo depois, meu corpo começou a se aquecer, com isso aquecendo o dele, e seu tremor diminuiu.

Depois do que pareceu uma eternidade, seus soluços se tornaram um choro brando, que aos poucos também foi passando. Continuei a abraçá-lo em silêncio, surpresa ao perceber que o estava embalando levemente, como se ele fosse uma criança. Depois de um momento, seus braços começaram a se afrouxar ao meu redor, sua respiração se tornou suave e regular, e eu percebi que, também como uma criança, ele tinha chorado até dormir no meu colo.

Meu coração sofria com tantas emoções. Eu não conseguia nem distinguir todas. Tentei esquecer nossa noite horrível, mas minha memória começou a repassá-la. Sacudi a cabeça para afastar as más lembranças e dei um beijo leve nos seus cabelos, alisando suas costas. Com delicadeza, fui saindo de baixo dele. Ele se remexeu, mas não acordou. Quando comecei a me afastar, ele instintivamente segurou minhas pernas, apertando-as com força, ainda adormecido. Isso me deu um novo aperto no coração, e, engolindo em seco, procurei me desvencilhar com toda a delicadeza. Ele estremeceu, dizendo *Não*, e, por um momento, achei que tinha acordado, mas, depois de alguns momentos observando-o, ele não tornou a se mexer ou falar.

Suspirei, passando a mão pelos seus cabelos. As lágrimas brotaram, mais uma vez, e senti uma necessidade desesperadora de sair daquele quarto. Ajeitei o cobertor ao redor dele para mantê-lo agasalhado, e então saí pé ante pé do seu quarto e entrei no meu.

Capítulo 17
COMO AS COISAS DEVERIAM SER

Na manhã seguinte, Kellan entrou na cozinha depois de mim. Ainda estava usando as mesmas roupas, e seu cabelo tinha o formato em que secara durante a noite. Seus olhos estavam exaustos e ainda um pouco vermelhos. Ele chorara muito na noite passada. Olhei para ele, insegura. Ele parou na entrada da cozinha e hesitou, olhando para mim com a mesma insegurança. Por fim, suspirou e se dirigiu à cafeteira, diante de onde eu estava, esperando que o café terminasse de ferver.

Ele levantou as mãos à frente:

— Trégua?

Balancei a cabeça devagar:

— Trégua.

Ele se recostou na bancada com as mãos estendidas para trás.

— Obrigado... por ficar comigo na noite passada — sussurrou, os olhos fixos no chão.

— Kellan...

Ele me interrompeu:

— Eu não deveria ter dito o que disse, você não é assim. Me perdoe se te assustei. Eu estava com muita raiva, mas jamais machucaria você, Kiera... não intencionalmente. — Ele me encarou. Sua voz estava calma, mas seus olhos pareciam preocupados. — Eu estava totalmente fora de mim. Nunca deveria ter posto você naquela posição. Você não é... Você não é de modo algum uma... — desviou o rosto, constrangido — ... uma puta — concluiu num fio de voz.

— Kellan...

Ele voltou a me interromper:

— Eu nunca teria... — Suspirou e, num sussurro quase inaudível, disse: — Eu nunca forçaria você, Kiera. Isso não é... Eu não sou... — Ficou imóvel e parou de falar, voltando a olhar para o chão.

— Eu sei que você não faria isso. — De repente, eu não sabia o que mais dizer. Eu era igualmente responsável, e me sentia horrível por minha participação no que acontecera. — Me perdoe. Você tinha razão. Eu... eu atiquei você. — Segurei o rosto dele de leve e o forcei a olhar para mim. Seu lindo rosto estava extremamente triste, e igualmente arrependido. — Me desculpe por tudo, Kellan. — Seus olhos sofridos partiam meu coração.

Ele olhou para mim, sem compreender.

— Não... Eu só estava furioso. *Eu* é que estava errado. Você não fez nada. Não precisa pedir perdão por...

Eu o interrompi:

— Preciso, sim. — Abaixei minha voz, que já estava baixa. — Nós dois sabemos que eu fiz tanto quanto você. Fui tão longe quanto você.

Ele franziu um pouco o cenho.

— Você disse "não" com todas as letras... várias vezes. E eu não dei a mínima... várias vezes. — Soltou mais um suspiro e afastou minha mão do seu rosto. — Eu fui horrível. Fui muito longe, longe demais. — Passou a mão pelo rosto. — Eu... eu lamento tanto.

— Kellan... não, eu não estava sendo clara. Minhas mensagens foram muito contraditórias. — Minhas palavras podiam estar dizendo a ele que não, mas meu corpo certamente estava lhe dizendo outra coisa. Como ele podia se sentir responsável por isso?

Sua voz se tornou mais enfática:

— "Não" é claro, Kiera. "Para, Kellan" é claríssimo.

— Você não é nenhum monstro, Kellan. Você nunca teria...

Ele tornou a me interromper:

— Nem sou nenhum anjo, Kiera... lembra? E você não faz ideia do que eu sou capaz — concluiu em voz baixa, me olhando com ar ressabiado.

Não entendi o que ele quis dizer com isso, mas me recusei a acreditar que algum dia fosse *capaz* de... me forçar.

— Nós dois nos comportamos mal, Kellan — sentenciei, voltando a segurar seu rosto. — Mas você nunca se imporia a mim.

Ele ficou me olhando com uma expressão conflituada, e então me puxou para o peito num abraço apertado. Passei os braços pelo seu pescoço e, por apenas um momento, me permiti acreditar que ainda estávamos no passado, que éramos apenas dois amigos confortando um ao outro. Mas... não éramos. Nossa amizade se inflamara em paixão e, uma vez acesa, era impossível abaixar aquela chama.

— Você tinha razão. Nós temos que acabar com isso, Kiera.

Levando a mão a uma das minhas faces, ele secou uma lágrima, e depois fez o mesmo com a outra; eu nem mesmo me dera conta de que estava chorando. Então ele segurou meu rosto com a mão em concha, acariciando-o com o polegar. Foi um gesto tão terno que meu coração disparou, mas eu soube que ele tinha razão. Já sabia havia algum tempo.

— Eu sei.

Fechei os olhos, e mais lágrimas pingaram no meu rosto. Os lábios dele roçaram os meus de leve. Soltei um meio soluço e o puxei com ainda mais força para mim. Ele retribuiu meu beijo, mas não do modo que eu esperava. Foi tão diferente, tão manso e meigo, de um jeito que nossos beijos nunca tinham sido. Isso me eletrizou e horrorizou. Seu polegar continuava a acariciar meu rosto de leve.

Ele me beijou com ternura por mais um minuto, e então, suspirando, se afastou. Retirando a mão do meu rosto, passou os dedos por meus cabelos e minhas costas.

— Você tinha razão. Você fez sua escolha. — Ele me puxou para si, quase tocando meus lábios. — Eu ainda te quero — disse com intensidade, e então sua voz se abrandou e ele tornou a se afastar. — Mas não enquanto você for dele. Não desse jeito, não como ontem à noite — disse num tom melancólico, seu olhar parecendo ainda mais cansado. — Isso — passou um dedo de leve pelos meus lábios, enquanto mais lágrimas caíam no meu rosto — acabou. — Soltou um suspiro pesado, os olhos brilhando. — Parece que eu não levo muito jeito para deixar você em paz. — Afastou a mão dos meus lábios e engoliu em seco. — Não vou deixar que a noite passada se repita. Não vou tocar em você de novo. Dessa vez... eu prometo. — Sua voz sugeria uma decisão irrevogável.

Então, com um sorriso triste, ele deu as costas para ir embora. Parou diante da porta, e então se virou de novo para mim.

— Você e Denny são perfeitos um para o outro. Você devia ficar com ele. — Tornou a abaixar os olhos, deu dois tapinhas no batente da porta e então, meneando a cabeça, tornou a olhar para mim, uma lágrima pingando no seu rosto. — Eu vou consertar as coisas. Elas vão ser do jeito que deveriam.

Em seguida, ele se virou e saiu. Fiquei vendo-o se afastar, confusa, lágrimas escorrendo dos meus olhos. Quando já não podia mais ouvi-lo, suspirei, segurando a cabeça entre as mãos. Não era exatamente isso que eu queria? Mas então, por que me sentia tão triste, como se, de uma hora para a outra, tivesse perdido tudo?

Kellan cumpriu sua palavra — jamais voltou a fazer um gesto impróprio em relação a mim. Na verdade, ele em nenhum momento tentou tocar em mim. Tomava a maior distância possível, sem ser de um jeito óbvio. Cuidava para que nunca sequer roçássemos um no outro, e até pedia desculpas quando nos encostávamos sem querer. Mas ainda observava cada gesto meu. Eu sempre podia sentir seu olhar intenso sobre mim. Sob alguns aspectos, teria preferido seu toque à intensidade daqueles olhares.

Tentei me concentrar nos estudos, mas não me sentia motivada. As aulas, embora ainda me parecessem interessantes e convidassem à reflexão, não eram mais tão cativantes como no passado, e minha mente divagou em mais de uma ocasião. Tentei me concentrar mais em Denny. Ele tinha se animado um pouco desde nossa noite na boate, o que fez com que eu me sentisse muito culpada, mas seu dia de trabalho ainda era um tormento para ele. Eu ficava escutando enquanto ele falava horas a fio sobre Max e as tarefas irrelevantes que era obrigado a executar, mas, para ser honesta, não ouvia uma palavra, minha mente divagando o tempo todo. Tentei me concentrar em Jenny e Kate, em aprofundar minha amizade com elas. Às vezes nos encontrávamos para tomar um café antes do trabalho, e elas falavam sobre os caras que estavam namorando. Não tendo muito que acrescentar àquela conversa, eu só escutava, desanimada, e minha mente divagava... até Kellan.

Tentei me concentrar até mesmo na minha família, em telefonar para eles mais vezes. Minha mãe percebeu meu desânimo e na mesma hora quis que eu voltasse para casa. Meu pai culpou Denny por me magoar quando viajara, o que garanti a ele que não acontecera. Na verdade, fora eu que o magoara, quando rompera com ele por me abandonar, embora essa jamais tivesse sido sua intenção. E minha irmã... Bem, eu ainda não podia nem mesmo falar com ela. Até tinha perdoado Kellan no meu íntimo, meio a contragosto, mas tinha. Quer dizer, talvez não perdoado, mas me recusava terminantemente a pensar no assunto. E ainda não me sentia pronta para falar com Anna. Não podia nem suportar a ideia de ouvir o nome dele sendo pronunciado por ela. Ainda não... ou talvez nunca.

À medida que os dias passavam, eu sentia cada vez mais saudades de Kellan — saudades do seu toque, das nossas conversas à meia voz enquanto sentávamos abraçados na cozinha à hora do café, do seu riso ao me contar alguma história engraçada enquanto me dava uma carona para todos os lugares. Comecei a me perguntar se deveríamos tentar de novo. De repente, dessa vez encontraríamos um jeito de fazer com que desse certo...

— Kellan — chamei baixinho uma manhã ao descer para tomar café, quando ele passou por mim. — Por favor, não vai embora. Nós deveríamos poder ficar a sós.

Ele parou e virou a cabeça, seus olhos azuis cheios de tristeza.

— É melhor não ficarmos, Kiera. É mais seguro.

Franzi o cenho.

— Mais seguro? Você fala como se nós fôssemos uma bomba-relógio.

Ele esboçou um sorriso, erguendo as sobrancelhas.

— E não somos? — Seu sorriso se desfez e, de repente, ele pareceu exausto. — Olha só o que aconteceu. Nunca vou me perdoar por ter falado com você daquele jeito.

Corei com aquela terrível lembrança, abaixando os olhos.

— Não diga isso. Você tinha razão. Foi extremamente grosseiro, mas tinha razão. — Ousei lançar um breve olhar para ele, com o rosto ainda baixo.

Ele estremeceu e deu um passo na minha direção.

— Kiera, você não...

Eu o interrompi, não querendo recomeçar aquela conversa horrível:

— Será que nós não podemos ter pelo menos uma parte da nossa amizade de volta? Não podemos conversar? — Também avancei em direção a ele, até ficarmos a um passo de distância. — Não vamos poder nos tocar nunca mais?

Na mesma hora Kellan recuou dois passos e engoliu em seco, negando com a cabeça.

— Não, Kiera. Você tinha razão. Nós não podemos voltar àquele ponto. Foi estupidez nossa até tentar.

Senti as lágrimas brotarem em meus olhos. Sentia tanta falta das coisas como eram antes.

— Mas eu quero. Quero tocar em você, abraçar você... só isso. — Eu estava tendo uma recaída no meu vício. Queria que seus braços se cruzassem ao meu redor. Queria encostar a cabeça no seu ombro. Era só isso que eu queria.

Seus olhos cansados se fecharam, e ele respirou fundo antes de reabri-los.

— Mas não deveria. Você só deve abraçar Denny. Ele é o cara certo para você... Eu não sou.

— Você também é um cara legal. — Não pude conter a lembrança dele soluçando em meus braços. Nunca tinha visto alguém sentir tanto remorso.

— Não sou mesmo — sussurrou, saindo da cozinha.

As palavras de Kellan ficaram ecoando pela minha mente enquanto, sentada na cama, eu observava Denny se vestir para o trabalho. Animado, ele me deu um beijo enquanto vestia a camisa. Tive vontade de recuar, e então me senti culpada por me sentir assim. Denny não tinha culpa por eu estar tão infeliz. Com exceção do tempo enorme que era obrigado a dedicar ao trabalho, o que eu vivia repetindo para mim mesma que também não era culpa dele, Denny não fizera nada de errado desde que voltara para mim. Era carinhoso, gentil, divertido, simpático, e estava sempre tentando me fazer feliz. Seu estado de espírito era quase sempre constante, seu amor e lealdade inabaláveis. Eu tinha sempre certeza do que ele sentia por mim... ao contrário de Kellan. Então, por que me sentia tão deprimida por perder Kellan? Aliás, será que é possível perder algo que nunca foi nosso? Eu estava pensando nisso quando Denny sentou ao meu lado e me deu um beijo no rosto.

— Olha só, eu estava pensando...

Levei um susto ao perceber que ele estava falando comigo.

— No quê? — perguntei, obrigando minha cabeça a voltar ao presente.

Ele esboçou um sorriso.

— Você ainda não está cem por cento acordada, está? — Abanou a cabeça, calçando os sapatos. — Isso pode esperar. Por que não volta a dormir? — Olhou para mim e sorriu, carinhoso. — Olha, você não precisa acordar junto comigo todos os dias. Eu sei que você chega tarde. — Ele se inclinou para mim e me beijou de novo. — Você também precisa dormir.

Estremeci, sabendo que Denny não era a razão pela qual eu acordava cedo todos os dias. Tentando lutar contra os pensamentos dolorosos que não deveria estar tendo, fiz com que Denny concluísse seu curso de ideias anterior.

– Não, pode falar, eu estou acordada... No que você estava pensando?

Ele amarrou os sapatos e então sentou na cama, apoiando os cotovelos nos joelhos. Olhou para mim com um ar meio encabulado e passou a mão no queixo. Louca de curiosidade para saber o que o estava deixando tão sem graça, e um pouco preocupada com o que ele poderia saber para ficar daquele jeito, perguntei, hesitante:

– O que é?

Sem notar o tom relutante de minha pergunta, ele perguntou, tímido:

– Você já pensou no feriadão do mês que vem?

Na mesma hora relaxei.

– Não, para ser franca, não. Eu imaginei que a gente iria para casa na véspera de Natal e passaria o fim de semana por lá. – Olhei para ele, preocupada. – Você não vai poder folgar no fim de semana?

Ele abriu um largo sorriso para mim:

– Na verdade, eu exigi a semana inteira de folga.

Olhei para ele, desconfiada. Denny não era do tipo que faz exigências.

– Você exigiu? – Arqueei uma sobrancelha para ele.

Ele riu da minha expressão.

– Tudo bem... Pelo que eu soube, o escritório fecha na semana de Natal. Ninguém vai trabalhar... nem mesmo Max. – Voltou a sorrir com jeito encabulado. – Então, eu vou ficar totalmente livre durante uma semana... E... – abaixou os olhos, entrelaçando os dedos – ... gostaria de levar você para casa.

Pisquei os olhos, confusa. Não fora isso que eu acabara de dizer?

– Ah, tá, eu tinha achado que...

Ele olhou para mim, o rosto sério.

– Minha casa, Kiera... na Austrália. Gostaria que você conhecesse meus pais.

Abaixei os olhos, surpresa.

– Ah. – Eu sempre tinha querido conhecê-los, embora essa ideia me aterrorizasse. Mas tanta coisa tinha mudado desde então. Eles saberiam. De algum modo o sexto sentido de seus pais entraria em ação e, com um único olhar, eles me declarariam uma ordinária e me denunciariam diante dele. Eu simplesmente sabia disso. Não podia ir. Mas Denny não compreenderia.

– Mas logo no Natal, Denny? Eu nunca deixei de passar um Natal com a minha família. – Soltei um suspiro desolado, tanto por meu pensamento anterior quanto pela perspectiva de passar o Natal longe da minha família. – Não daria para a gente ir em alguma outra ocasião?

Ele suspirou, observando suas mãos, e eu olhei para elas.

— Eu não sei quando isso vai ser, Kiera. Quem sabe quando vou poder me livrar de Max de novo? — Suspirou de novo, passando a mão pelos cabelos antes de virar a cabeça para mim. — Não quer pelo menos pensar no assunto?

Só pude assentir. Ótimo, mais uma coisa para eu pensar. Como se minha cabeça já não estivesse bastante cheia. Denny olhou para mim, pensativo, e então se levantou e terminou de se vestir. Eu ainda estava sentada na cama, refletindo, quando ele me deu um beijo de despedida.

Em grande parte eu me preocupava com o que os pais dele pensariam de mim, mas ver Kellan no bar aquela noite trouxe à tona um sofrimento diferente. Eu sentiria saudade dele... uma saudade insuportável. Vendo-o sentado à mesa com os amigos, olhando para mim, pensei que deveria falar com ele sobre isso. Mas não falei. Até porque já sabia qual seria sua resposta — "vai com o Denny, passar um tempo afastados vai ser bom para nós, você deve ficar com ele, é o cara certo para você", etc etc etc. A maior parte era o que a minha própria cabeça já me dizia, mas e o coração? Contando os fins de semana, daria para esticar a folga de Denny até quase duas semanas, e duas semanas longe dos penetrantes olhos azuis de Kellan... enfim, a simples ideia fez meus sintomas de abstinência atingirem seu paroxismo.

Dois dias depois da proposta de Denny, acordei de um sono profundo, me sentindo confusa. Eu me sentia estranha, e não sabia por quê. Devia estar sonhando de novo. Tinha passado a semana inteira sonhando com aquele sofrido último beijo que compartilhara com Kellan. Nosso beijo de uma ternura imensa, que eu nunca quisera que acabasse. Mas depois, surgira aquela tristeza nos olhos dele, aquela lágrima final devastadora escorrendo pelo seu rosto ao sair da cozinha, e suas sinistras últimas palavras. Suspirei baixinho, conflituada.

Dedos leves desceram pelos meus cabelos e minhas costas. Eu me encolhi um pouco. Sempre me sentia muito culpada quando Denny me tocava enquanto eu pensava em Kellan, e, nos últimos tempos, eu quase sempre pensava nele. Ainda estava estudando a hipótese de viajar com ele. Mesmo que não fôssemos para a Austrália, ainda assim iríamos para a casa dos meus pais, e Anna estaria lá. Eu estava num beco sem saída. Ou iria para outro país e enfrentaria pessoas que na certa enxergariam a farsa em que eu mantinha seu filho, ou teria de enfrentar Anna, que durante uma semana inteira não conseguiria esconder o caso horrível que tivera com Kellan. Isso me levava de volta ao fato de que, de um jeito ou de outro, eu teria que me afastar de Kellan durante algum tempo. E, meu Deus, eu ia sentir tanta saudade dele, mesmo estando tudo acabado entre nós...

— 'dia. — Uma voz familiar, sem sotaque, varou meu coração.

Na mesma hora despertando de meus pensamentos, girei o corpo e fiquei cara a cara com um Kellan muito sexy e parecendo muito satisfeito, que também me encarava.

No ato tomei consciência de onde eu estava. Dei uma olhada no lençol estranho que mal cobria meu peito nu, pouco acima da cintura de Kellan. Olhei o quarto ao meu redor... o quarto dele. Meu coração disparou quando vi a luz do meio-dia atravessando as persianas.

— Ah, meu Deus... – sussurrei, e ele levou a mão com naturalidade ao meu rosto, me abraçando para me beijar.

Ele soltou um riso fundo, gutural.

— Não... sou eu – brincou, me dando um beijo suave.

Tratei de afastá-lo, hiperconsciente do seu peito nu sob as pontas dos meus dedos, o resto de seu corpo despido a apenas centímetros do meu.

— O que aconteceu? Eu não me lembro. Por que estamos...? Nós...? – Que ótimo, agora eu não conseguia formar frases inteiras.

Kellan se afastou ainda mais, parecendo confuso.

— Você está bem? – Abriu um sorriso travesso. – Eu sei que a nossa manhã foi muito intensa, mas será que eu quebrei você ou algo assim? – Piscou para mim e se aproximou para me beijar de novo.

Entrei em pânico.

— Ah, meu Deus, então nós transamos. Kellan, nós tínhamos acabado com tudo. Nós não somos... Não podemos...

— Kiera, você está começando a me assustar. – Sua testa se franziu de preocupação.

— Só me diz o que está acontecendo! – Minha voz soou esganiçada e alta demais. Com grande esforço, consegui acalmá-la. – Onde está Denny?

— No trabalho, Kiera. Nós sempre fazemos isso quando ele está no trabalho. – Ele se apoiou sobre um cotovelo e olhou para mim, com o cenho franzido. – Você realmente não se lembra?

— Não... – sussurrei. – O que você quer dizer com... "sempre"?

Ele se inclinou sobre mim, acariciando meu rosto de leve com o dedo.

— Kiera, Denny sai para o trabalho, nós subimos para o meu quarto e fazemos... – mordeu o lábio e sorriu, sedutor – ... sexo quente e selvagem... antes de você ir para a faculdade. – Passou os dedos pelos meus cabelos. – Às vezes, como hoje, você mata aula e passa a maior parte do dia na cama comigo. – Ele me deu um beijo suave, terno. – Nós estamos fazendo isso há semanas. Como você pôde esquecer uma coisa dessas?

Fiquei olhando para ele, chocada.

— Mas... Mas... Não. Depois da briga no carro, nós acabamos com tudo. Você acabou com tudo. Você prometeu...

Ele deu um sorriso maroto:

— Eu também disse que não levava jeito para ficar longe de você. Nós fomos feitos um para o outro, Kiera. Precisamos um do outro. Não conseguimos ficar afastados.

As coisas melhoraram tanto desde que assumimos. – Tornou a me beijar, lentamente, com uma ternura ainda maior. – Vou mostrar a você...

A confusão me dominava, me paralisava. Não tinha lembrança de qualquer intimidade, além do nosso sofrido abraço na cozinha. Será que eu não me lembraria mesmo de dormir com ele todos os dias? Será que ele andava me drogando, ou coisa parecida?

Não pude mais refletir sobre o assunto porque ele me beijou com carinho, aninhando meu rosto em sua mão. Retribuí o beijo plena e avidamente. Sentia tanta falta disso. Ele se inclinou sobre mim, me forçando a deitar de costas, e deslizou a mão por meu pescoço, peito, cintura. Minha respiração acelerou, meu pulso disparou.

Ele sorriu e beijou meu rosto, meu queixo, meu pescoço.

– Está vendo... Você se lembra...

Fechei os olhos, tentando lembrar como fora parar ali. Ele passou para cima de mim, seu joelho se encaixando entre os meus. Seus lábios voltaram à minha boca e seu beijo se intensificou. Fiquei ofegante com as sensações que percorriam todo o meu corpo. Não sabia como parar com aquilo. Nem sabia se deveria. Pensei em ceder, em me render àquilo a que, pelo visto, eu já vinha mesmo me entregando sempre, quando, de repente, a porta se escancarou.

Denny estava parado na soleira, olhando horrorizado para nós, com uma expressão de ódio.

– Kiera?

Sentei depressa e empurrei Kellan, que estava muito calmo, de cima de mim.

– Denny... espera, eu posso explicar. – Não fazia a menor ideia de como explicar aquilo.

Ele avançou a passos largos para a cama, os olhos alucinados de fúria.

– Explicar? – Ele se inclinou sobre mim. – Não há a menor necessidade de explicar que você é uma puta! Posso ver isso com meus próprios olhos!

Comecei a soluçar. Kellan sentou lentamente na cama e olhou para mim, divertido.

Denny me sacudiu pelo braço.

– Kiera? – Sua voz era baixa e mansa, mas seu olhar ainda estava enfurecido. Ele tornou a me sacudir, e eu lá, olhando de queixo caído para ele, confusa. Sua voz suave já não condizia mais com sua expressão feroz. – Kiera?

Acordei com um sobressalto. Era de noite. Eu estava de pijama. No meu quarto... com Denny calmamente deitado ao meu lado na cama, sacudindo meu braço de leve.

– Você está tendo um pesadelo, está tudo bem. – Seu sotaque era carinhoso e confortante.

Pisquei os olhos para conter as lágrimas. Ah, Graças a Deus... que era só um sonho. De repente, as lágrimas que eu tentava conter eram de tristeza. Só um sonho...

– Quer conversar a respeito? – perguntou ele, sonolento.

Fiz que não com a cabeça.

— Eu... não me lembro. — Olhei para ele, ressabiada. — Eu disse alguma coisa?

— Não... Você estava só gemendo e tremendo. Parecia assustada.

Senti um alívio enorme.

— Ah. — Sentei na cama, e ele fez menção de se levantar também. — Não, volta a dormir. Vou só pegar um copo d'água.

Ele fez que sim e voltou a deitar na cama, fechando os olhos. Eu me debrucei sobre ele e dei um beijo na sua testa, o que o fez sorrir, e então levantei e me dirigi em silêncio até a porta. Aquele sonho fora para lá de intenso. Não pude nem olhar para a porta de Kellan ao passar por ela. O que teria causado aquele sonho? Não fazia a menor ideia, e isso me preocupava...

Caminhei em silêncio até a cozinha, ainda pensando no sonho, quando parei bruscamente diante da soleira. Kellan estava lá e, para minha surpresa, acompanhado. Estava dando uma prensa numa morena de pernas compridas contra a geladeira. Uma perna feminina nua se enroscava em volta de uma das pernas dele, e uma das mãos de Kellan subia pela sua saia curta. Os dois se beijavam com voracidade, a mulher totalmente perdida na euforia de estar com ele. Kellan estava mais consciente; deu uma olhada em mim quando entrei na cozinha.

Seu rosto pareceu chocado por um segundo, enquanto a mulher voltava sua atenção para o pescoço dele, seu queixo, sua orelha. A mão dela desceu pelo seu peito, indo parar na calça jeans. Ela esfregou com força a frente da calça, gemendo alto. Senti engulhos e quis sair dali, mas não conseguia parar de olhar os dois.

Recompondo-se, Kellan se virou para a mulher. Ela tentou beijá-lo, mas ele se esgueirou com agilidade.

— Amor... — chamou com voz derretida. Ela deu um olhar apaixonado para ele, mordendo o lábio. — Será que você podia esperar por mim lá em cima? Preciso dar uma palavra com a minha roommate.

Em nenhum momento ela olhou para mim. Não tirou os olhos dele nem por um segundo, apenas assentiu e soltou uma exclamação quando ele se debruçou sobre ela para lhe dar outro beijo apaixonado. Parecia pronta para se perder em seus braços de novo, mas ele se afastou e a conduziu com firmeza até a porta da cozinha.

— É a porta da direita. Eu subo em um segundo — sussurrou na mesma voz derretida. Ela deu um risinho e saiu praticamente correndo da cozinha para se enfiar na cama dele.

Senti vontade de vomitar. Pensei em me debruçar sobre a pia e deixar que rolasse ali mesmo. Kellan ficou parado por um momento na soleira, de costas para mim.

— Você acha que Denny ficaria intrigado ou aborrecido se ela abrisse a porta errada? — perguntou com a maior naturalidade, sem se virar.

Fiquei olhando para ele, boquiaberta. Finalmente ele se virou para mim, um olhar enigmático por uma fração de segundo, antes de a calma se estampar em suas feições. Avançou alguns passos em minha direção. Tive vontade de recuar, mas aguentei firme.

– Você disse, algum tempo atrás, que queria saber quando eu estivesse... vendo alguém. Pois bem... Acho que estou vendo alguém.

Nem então consegui encontrar as palavras, por isso ele continuou:

– E eu vou namorar. Eu disse a você que não faria segredo, então... – Ele se interrompeu e respirou fundo. – Agora vou subir, e...

Fiz uma careta que só podia ser de horror e nojo, e na mesma hora ele desistiu de explicar o que iria fazer. De todo modo, eu já tinha deduzido muito bem.

– Eu disse que não esconderia nada. E não estou escondendo. Total transparência, certo?

Fiquei irritada. Quando havíamos conversado sobre o assunto, eu não tinha exatamente esperado que ele fosse trazer uma estranha para eu ficar ouvindo pelas paredes finas. Acho que o que eu quisera dizer era que, se ele conhecesse alguma garota de quem gostasse, e a namorasse por muitos meses, de repente eles poderiam ir para um quarto de hotel muito, muito longe de mim, e eu iria... compreender. Mas acho que esse cenário fora meio fantasioso.

– Você ao menos sabe o nome dela? – sussurrei, furiosa.

Ele me olhou sem compreender por um segundo antes de responder:

– Não, e nem preciso, Kiera – sussurrou. Lancei um olhar gélido para ele. Kellan devolveu meu olhar e soltou, ríspido: – Não me julgue... e eu não julgo você. – Dito o que, deu as costas e saiu da cozinha.

Já não sentindo mais sede, subi as escadas praticamente correndo assim que consegui me mover. Os risos e sons eróticos que mais tarde vieram do quarto dele embrulharam meu estômago pelo resto da noite...

Na manhã seguinte, continuei na cama, esperando que Denny acordasse. A imagem das mãos daquela mulher subindo e descendo pela frente da calça de Kellan não me dava trégua, os sons ainda ecoando na minha cabeça. Engoli as lágrimas ao relembrar o que ouvira durante a noite; ela não fora nem um pouco discreta. Eu a ouvira sair de madrugada (pelo visto, ele não encorajava as mulheres a passarem a noite inteira), mas não sentia a menor vontade de ficar sozinha com Kellan aquela manhã. Não sabia o que era mais surrealista para mim, aquele estranho sonho sobre nós dois, ou vê-lo com aquela mulher. Será que era mesmo aquilo que ele tinha na conta de namorar?

Denny acordou um pouco depois e sorriu ao ver que eu ainda estava na cama com ele; geralmente, eu saía de fininho enquanto ele ainda estava dormindo. Ele me abraçou e começou a beijar meu pescoço. Na mesma hora eu me retesei, e ele parou, com um suspiro. Eu não estava a fim naquele momento. Esperei pacientemente que ele sentasse, se espreguiçasse e levantasse, e então levantei e fui até ele, com o maior sorriso que consegui abrir.

— Você está bem? Parece cansada — comentou ele, passando a mão pelos meus cabelos, carinhoso.

Fiz que sim com a cabeça, tentando dar mais força ao meu sorriso.

— É que eu não dormi muito bem... Mas estou ótima.

Em seguida, fomos nos vestir. Demorei o máximo que pude, sem atrasar Denny, e ele ficou me vendo me aprontar com um sorriso tranquilo nos lábios, sempre paciente, sempre disposto a passar um tempinho comigo quando podia. Descemos juntos para a cozinha. Kellan já estava acordado, claro, assistindo tevê na sala. Ao nos ouvir, ele a desligou e foi para a cozinha. Denny sorriu para ele, enquanto eu revirava os olhos e soltava um suspiro.

Kellan nos cumprimentou, e então, com um olhar enigmático para mim, perguntou a Denny:

— Eu estava pensando em receber uns amigos hoje à noite. Tudo bem por vocês?

Denny respondeu por nós dois:

— Claro, companheiro, tudo bem... A casa é sua. — Denny sorriu e bateu no ombro dele, enquanto ia até a geladeira a fim de preparar alguma coisa rápida para nós.

Kellan olhou brevemente para mim, que estava em silêncio ao lado da mesa.

— Tudo bem por você... se eu receber meus amigos?

Corei e abaixei os olhos, percebendo a pausa na pergunta e o que ele estava realmente me perguntando.

— Claro... Tudo bem. — Quando relembro aquele dia, vejo que provavelmente devia ter sido honesta e dito que não.

Passei o resto do dia fora do ar. Durante as aulas, e durante todo o meu turno, minha mente não parou de oscilar entre nosso último beijo terno na cozinha, o sonho em que eu tinha um caso com ele e a morena de pernas compridas levando uma prensa na geladeira.

No meio do meu turno no Pete's, os D-Bags apareceram, mas Kellan não estava com eles. Já devia estar em casa, recebendo os amigos. Se não ia receber o pessoal da banda, eu não sabia quem iria encontrar quando chegasse. A expectativa fazia meu estômago doer de ansiedade. Honestamente, eu não fazia ideia do que esperar. Não fazia ideia do que Kellan quisera dizer com "alguns amigos".

Eu estava servindo as cervejas do pessoal da banda, quando Evan notou meu ar ensimesmado.

— Você está bem, Kiera? — perguntou, amável. — Está parecendo meio distraída...

Griffin não foi tão educado:

— É, está de paquete, ou o quê?

Matt deu um tapa no peito dele, num gesto tão parecido com o que Kellan teria feito, que engoli em seco.

— Não, estou ótima... só meio cansada. — Olhei para eles por um segundo, pensativa, e então disparei: — Vocês vão ao lance do Kellan na nossa casa?

Matt olhou para Griffin, surpreso.

— Kellan vai dar uma festa?

Franzi o cenho.

— Ele não disse a vocês?

Griffin fez um ar afrontado:

— Nossas vidas não giram em torno de Kellan Kyle, sabia?

Corei, e Evan se apressou a responder:

— Não. Eu, pelo menos, não vou. Tenho um encontro. — Piscou para mim, seus simpáticos olhos castanhos brilhando ante a perspectiva de um novo amor.

Matt também fez que não com a cabeça, passando a mão pelos cabelos espetados.

— Não, não estou a fim das tietes de Kellan hoje. — Olhou para Griffin. — E você?

Para surpresa de todos, Griffin fechou a cara.

— Nem pensar! Fodam-se Kellan e suas festinhas de merda.

Matt riu dele.

— Cara, você ainda está zangado por causa daquilo? Já faz séculos...

Griffin cruzou os braços, fazendo beicinho feito um menino de cinco anos, e olhou com raiva para Matt.

— Eu disse com todas as letras: "Primeirinho!"

Evan suspirou.

— Esse lance de dizer "primeirinho" não vale para seres humanos, Griffin.

Griffin lançou um olhar para ele, e eu corei até a raiz dos cabelos ao me dar conta do que os dois estavam falando.

— Vale, sim... E foi o que eu disse, e ele me ouviu muito bem. Ele até falou "Tá, Griffin", concordando plenamente. Mas quem foi que o puto acabou levando para o quarto mais tarde? — Apontou para o próprio peito, furioso: — A minha gata!

Matt caiu na risada de novo.

— E desde quando "tá" é sinal de plena concordância?

Griffin deu um gole na cerveja que eu tinha acabado de lhe entregar.

— Cara, não é legal passar a mão numa coisa quando outro disse "primeirinho". Não jogo mais no campo dele. — Armou a maior tromba, enquanto Matt soltava gargalhadas histéricas.

Evan riu baixinho e comentou:

— Tá certo... Foi por isso que o Kellan abriu o placar, porque estava jogando em casa.

Griffin bufou com força, e olhou zangado para os dois.

– Calem a boca, seus putos. – E se pôs a beber sua cerveja.

Arrependida por ter tocado no assunto, tratei de me afastar depressa da mesa. Agora eu estava sentindo pavor de voltar para casa.

Aquela noite, Jenny me deu uma carona após o meu turno.

– Quer entrar? – perguntei de repente, quando ela virou na rua lotada de carros e manobrou o carro pela entrada. – Kellan está dando... uma reuniãozinha. – Encolhi os ombros. Minha intuição me dizia que eu precisaria do apoio dela, mesmo que ela não soubesse disso.

– Ah... Claro, posso entrar um pouquinho. – Ela sorriu e, conseguindo se esgueirar por trás do Honda de Denny, estacionou o carro, e nos dirigimos para a porta.

Prendi a respiração ao abri-la. A primeira coisa que notei foram Denny e Kellan sentados no sofá, rindo e batendo o maior papo. Entrei no vestíbulo, coloquei minha mochila no chão e pendurei a jaqueta, me sentindo mais relaxada. Era maravilhoso vê-los se dando tão bem de novo. Parecia fazer séculos que eles tinham realmente conversado. Quando me dirigia para deles, no entanto, meu ânimo despencou. Uma garota de pele e cabelos escuros, de uma beleza de chamar a atenção, se jogou no colo de Kellan e o beijou. Ele riu, retribuindo o beijo. Denny sorriu e, virando o rosto, olhou para mim. Com um sorriso carinhoso, acenou, mas logo em seguida ficou sério. Percebi que eu estava olhando com raiva para Kellan e sua periguete, e tentei abrandar minha expressão.

– Caramba... Você conhece todas essas pessoas? – perguntou Jenny, caminhando até meu lado.

Foi só então que me dei conta de que havia bem uma dúzia de convidados na sala, e ainda mais vozes vindas da cozinha. *Alguns amigos, hein?* Olhei para ela.

– Não.

Ela acenou para Kellan no sofá, rindo um pouco.

– Bem, Kellan certamente parece conhecê-las.

A contragosto, tornei a olhar para o sofá. Kellan ainda beijava a garota com voracidade, passando a mão pela sua coxa. Dei as costas para a cena, quando vislumbres de sua língua naquela boca me encheram de náusea, fazendo com que um incêndio se alastrasse pelo meu corpo. Olhei para Denny, que ainda me observava com curiosidade. Ele se levantou e veio até nós quando entramos na sala.

– Oi, Jenny – cumprimentou-a, amável. Então, se virou para mim. – Você está bem? Eu sei que está um pouco cheio demais aqui, mas Kellan disse que era só dar um toque, e ele mandaria o pessoal embora. – Sorrindo, ele me abraçou.

Consegui dar um tênue sorriso ao retribuir seu abraço. Por sobre o ombro de Denny, podia ver Kellan. Ele dera um tempo no amasso, e agora apenas passava os dedos pelos cachos escuros da garota, enquanto conversava com uma loura arruivada que tinha sentado no lugar de onde Denny acabara de levantar. Para minha surpresa, ele se inclinou e deu um selinho na loura, e a que estava no seu colo não pareceu se importar nem um pouco.

— Não... Tudo bem. Mas preciso de uma bebida. — Esperei que não houvesse veneno demais na minha voz. Meu gênio começava a ferver, o que eu não entendia totalmente.

— Claro, vamos lá. — Ele me puxou por entre os convidados, e Jenny nos seguiu.

Denny apanhou uma cerveja num kit aberto em cima da bancada e me entregou. Agradeci a ele e a abri depressa, dando um longo gole. Eu estava mesmo precisando relaxar. E se Kellan estivesse... espalhando seus genes por aí? Não que isso fosse me surpreender. Eu já sabia que ele era assim.

Me obrigando a enfrentar as duas horas seguintes sem fazer uma cena constrangedora, o que daria margem a perguntas, sentei em uma cadeira à mesa e fiquei trocando amabilidades com Jenny e Denny. Observei a meia dúzia de estranhos ao nosso redor. Fiquei um pouco surpresa que o pessoal da banda não tivesse aparecido. Na certa teriam curtido um agito desses. Mas o grupo, noventa por cento composto por mulheres, estava cheio de gente que eu nunca vira antes. Na verdade, agora que observava com mais atenção, duas delas me pareceram vagamente familiares... Fãs, talvez?

Eu estava ouvindo Denny conversar com um dos poucos caras na cozinha e observando a multidão, quando me virei para observar os convidados na sala. Os corpos tendo se afastado, pude ver Kellan. Estava dançando com a loura arruivada enquanto a morena os observava do sofá. Meu queixo caiu quando, pasma, eu me lembrei. Ele estava dançando com ela exatamente do mesmo jeito como tinha dançado comigo na boate. Estava atrás dela, o braço em volta da sua cintura, a mão na sua calça jeans, puxando-a para os quadris, e eles se moviam juntos de um jeito que me fez corar. Sorrindo, ele abaixou a cabeça até o ouvido dela e sussurrou alguma coisa, o que a fez morder o lábio e se aninhar contra ele. Ver nosso momento de intimidade sendo vivido com outra mulher me deixou furiosa.

Ainda sorrindo, ele arriscou um breve olhar para mim e, pela primeira vez, chamou minha atenção. Seu sorriso se desfez por uma fração de segundo e ele me deu um olhar estranho, quase triste. Em seguida seu sorriso voltou e seus olhos se alegraram. Ele me cumprimentou com um meneio gentil de cabeça, logo voltando sua atenção para a morena, que se aproximara às suas costas e agora pressionava o corpo contra o seu. Ele abriu um largo sorriso para ela e, inclinando-se para trás, beijou-a com paixão. Desviei o rosto, enojada.

Jenny, que me vira olhando para ele, notou.

— Você está bem? — Olhou para Kellan, que dançava com as duas vadias, e de novo para mim. — Isso está incomodando você? — sussurrou.

Em pânico, fiquei sem saber como explicar por que estava zangada. Neguei com a cabeça, olhando para a minha garrafa.

– Não, claro que não. Só acho... nojento. – Olhei para ela, tentando bancar a puritana. – Duas mulheres, francamente! Isso é que é procurar encrenca.

Ela riu um pouco, olhando para ele.

– É... Acho que sim. – Balançou a cabeça, como se não fizesse muita diferença para ela. – Mas enfim, ele diz que toma suas precauções, então acho que tem mais que viver do jeito que gosta, não é?

Isso me surpreendeu um pouco.

– Você perguntou a ele... sobre isso?

Ela tornou a rir.

– Nãããããão... A vida amorosa de Kellan *não* é algo que eu queira discutir com ele. – Ela riu da minha expressão confusa. – Evan perguntou a ele uma vez, e eu ouvi a resposta. Evan... está sempre tomando conta de Kellan. – Sorriu ao dizer isso.

– Ah – disse eu baixinho. Não pude deixar de pensar nas vezes em que Kellan e eu tínhamos estado juntos. Ele não tomara qualquer precaução. Da primeira vez estávamos bêbados demais para sequer pensar nisso. Da segunda, fomos... arrebatados... pelo desejo. Ambas as ocasiões foram tão intensas que mandamos qualquer medida de segurança para o espaço. Fiquei um pouco magoada por constatar que ele não se dera ao trabalho de tomar precauções comigo. Esse pensamento aumentou minha raiva pelo número de garotas com quem ele *estava* sendo "precavido".

Mantive a cabeça baixa, recusando-me a pisar na sala durante o resto da festa. Não muito depois, as pessoas começaram a ir embora; já era bastante tarde para um dia de semana. Jenny me deu um abraço e disse que ligaria no dia seguinte. Em seguida ela abraçou Denny e, olhando para a sala, sorriu e acenou para Kellan. Resisti ao impulso de olhar para ver se as vagabundas de Kellan já tinham ido embora. Por fim, todos os outros convidados se foram.

Quando todos já tinham saído da cozinha, Denny bocejou e olhou para mim.

– Pronta para ir dormir?

Levantei, me espreguiçando.

– Estou. – Por instinto, estiquei o corpo para o lado e dei uma olhada na sala. Fiquei imóvel. As duas garotas ainda estavam lá. Na verdade, eram as únicas duas "amigas" que ainda estavam lá com Kellan. Sentadas no sofá, elas o ladeavam, ambas com as mãos no seu peito. A morena beijava seu pescoço, enquanto a loura entretinha seus lábios. Ela se afastou, sem fôlego, e Kellan sorriu para a outra garota. A morena parou de chupar seu pescoço, olhou para a loura e então se inclinou e a beijou, enquanto Kellan mordia o lábio e observava as duas com um olhar guloso.

Eu me forcei a desviar os olhos de volta para Denny, sentindo um incêndio nas entranhas. Denny sorria feito um idiota para eles, o que aumentou minha raiva.

— Vamos lá. — Segurei sua mão e o reboquei com raiva pela cozinha e as escadas. Ele riu da minha reação, e me puxou para um beijo quando chegamos à cama. Mal-humorada, eu o repeli e vesti meu pijama. A lembrança do que estava acontecendo no andar de baixo me queimava com a intensidade da minha raiva.

Denny notou meu estado de espírito.

— Que foi, Kiera?

— Nada — rebati, ríspida.

— Ei... Você está zangada comigo?

Eu me virei para ele.

— Não sei. Você pareceu adorar ver aquilo. Será que nós devíamos convidar as garotas quando Kellan acabar... para darem um pulo na nossa cama? — Eu sabia que ele seria incapaz de tocar em qualquer uma delas, mas estava furiosa e precisava de um bode expiatório.

Ele empalideceu.

— Não, amor. Eu não sou desse tipo de homem, você sabe disso.

— Ah, é? E o que é que você estava fazendo nessa orgiazinha antes de eu chegar em casa? Será que trouxe uma dupla aqui para cima e deu uma rapidinha?

Ele me encarou com um olhar entre perplexo e chocado.

— Eu fiquei sentado no sofá conversando com Kellan. Só isso, Kiera. — A voz dele soou um pouco irritada. — Eu não fiz nada.

— Tudo bem. — Zangada, deitei na cama, afastando-o da minha frente, e puxei as cobertas ao meu redor. — Estou com dor de cabeça. Quero ir dormir agora.

Ele suspirou.

— Kiera...

— Boa noite, Denny.

Ele se virou de lado, e então se despiu e se ajeitou sob as cobertas.

— Tudo bem... Boa noite. — Ele me deu um beijo carinhoso na cabeça, e eu me afastei um pouco. Sabia que não estava sendo justa. Denny não tinha feito nada de errado, mas minha raiva só aumentava, não diminuía. Minha imaginação ia à loucura, formando imagens de Kellan com suas putas. Denny suspirou e virou de lado.

Fiquei lá deitada, fumegando e prestando atenção aos sons que vinham do andar de baixo. Por fim, a respiração de Denny se tornou mais lenta e regular... Ele tinha pegado no sono. Pouco tempo depois, risos e passos leves — três pares de pés — subiram a escada, e eu ouvi a porta de Kellan se fechar com cuidado e o som ser ligado.

Sentei na cama. Não podia suportar isso. Saí do quarto depressa, fazendo o mínimo de barulho possível, e desci as escadas. Pensei em sair... mas não tinha ideia de para onde ir, ou como explicar isso a Denny pela manhã. Em vez disso, fui para a cozinha e peguei um copo d'água. Bebi-o de um gole só, me apoiando na bancada, implorando ao meu corpo para que se acalmasse. Kellan tinha todo o direito...

Minha cabeça estava baixa, ambas as mãos na bancada e as lágrimas começando a brotar, quando senti a presença de mais alguém na cozinha. Não pude me virar para olhar. De um jeito ou de outro, eu estava ferrada. Denny não compreenderia meu transtorno. Kellan... bem, eu simplesmente não queria que ele visse o quanto me perturbava.

— Kiera? — A voz de Kellan atravessou meus pensamentos sombrios.

É claro. Tinha que ser ele.

— Que é, Kellan?

— Você está bem? — Sua voz era suave, preocupada.

Irritada, eu me virei para ele, e apenas o encarei. Ele estava seminu, com o peito descoberto e a calça jeans desabotoada. Seu cabelo, parecendo recém-alvoroçado a quatro mãos, estava de uma sensualidade hipnótica. Engoli o nó na garganta ao ver sua beleza e lembrar para quem ele estava seminu.

— O que está fazendo aqui na cozinha? Você não deveria estar... dando atenção às suas visitas? — Eu podia sentir as lágrimas nos olhos. Torci para que não escorressem.

Ele sorriu, tímido.

— As meninas queriam... — Apontou para a geladeira, e então abriu a porta e pegou um spray de chantilly. Deu de ombros e não disse mais nada.

Revirei os olhos, soltando um suspiro sonoro. É claro que as vadias iriam querer fazer a coisa do jeito mais asqueroso possível para me atormentar. Fechei os olhos, desejando que ele me deixasse em paz e voltasse para o seu filme pornô.

— Kiera... — Ele pronunciou meu nome com tanto carinho que eu abri os olhos. Ele me deu um sorriso triste. — Isso sou eu. Antes de você chegar... eu já era assim. — Apontou para o andar de cima, onde Denny dormia. — *Aquilo* é você. É assim que as coisas devem ser...

Ele se aproximou como se fosse me abraçar ou beijar minha testa, mas no último momento pareceu mudar de ideia e deu as costas para sair da cozinha. Já na porta, tornou a se virar e disse:

— Boa noite, Kiera.

E saiu, sem esperar por minha resposta. As lágrimas que brotavam em meus olhos finalmente escorreram. Passei o resto da noite no sofá, com a televisão ligada num volume tão alto quanto achei que não acordaria Denny.

Capítulo 18
HOMEM GALINHA

Passadas algumas noites de insônia, uma manhã desci para a cozinha com Denny. Nos últimos tempos, eu sempre esperava que ele se vestisse antes de ir tomar café. Denny insistia que eu podia dormir até mais tarde, que não precisava me levantar junto com ele, mas, honestamente, semanas levantando cedo para passar um pouco de tempo com Kellan pelas manhãs tinham alterado meu relógio biológico de um jeito que agora eu não conseguia mais mudar.

O fato de Kellan ter desorganizado minha fisiologia me irritou, mas, ao entrar na cozinha com Denny, ver Kellan me irritou ainda mais. Não foi por causa dos seus olhos azuis de uma perfeição odiosa que se viraram para nos olhar quando entramos, nem por causa do seu odioso cabelo revolto, alvoroçado do jeito mais natural do mundo, nem por causa do seu odioso corpo escultural, nem por causa do odioso sorrisinho de canto de boca com que nos recebeu. Foi por causa da sua odiosa camisa!

Ele estava recostado na bancada, esperando que o café fervesse, com as mãos estendidas para trás, o que realçava ainda mais as letras em negrito na camiseta vermelha. Os dizeres eram simplesmente: "Canto em troca de sexo." Parecia estranha nele. Era o tipo de coisa que faria mais o gênero de Griffin, o que me deu uma vaga suspeita de onde ele devia tê-la arranjado. Era uma coisa descarada. Cafajeste. E me deixou pê da vida!

Denny abriu um sorriso quando a viu.

— Muito maneira. Você...

Na mesma hora eu o interrompi:

— Se pedir uma dessas a ele, vai dormir no sofá durante um mês. — Meu tom saiu um pouco mais enfezado do que uma camiseta grosseira justificava, mas não pude me conter.

Mas Denny achou minha reação engraçada. Com um grande sorriso bobo, inclinou a cabeça.

— Eu não ia pedir, amor. — Ele me deu um beijinho no rosto e se aproximou de Kellan, dando um tapa no ombro dele antes de pegar as canecas para meu café e seu chá no armário. Virou-se para dar mais uma espiada em mim, que ainda olhava zangada para ele, e, rindo baixinho, disse: — Você sabe que eu não canto xongas, mesmo.

Kellan, que observava nosso diálogo em silêncio com um sorriso divertido, deixou escapar uma risadinha, contendo-se para não cair na gargalhada.

Agora furiosa com os dois, fechei a cara e disse em tom gélido:

— Vou estar no quarto quando o café ficar pronto. — Dei as costas e saí a passos duros, as gargalhadas dos dois, agora incontroláveis, me seguindo pela escada. Homens!

Horas mais tarde, eu estava no trabalho, ainda cheia de irritação pelo que acontecera aquela manhã, quando fui interrompida por uma voz afetuosa:

— Você está fazendo de novo, Kiera. — Jenny se inclinou sobre uma mesa, sorrindo para mim.

— Fazendo o quê? — perguntei, sacudindo um pouco a cabeça para sair do transe.

Eu estava tendo problemas para me concentrar. Kellan estava fazendo uma coisa que nunca fizera durante todos os meses em que eu e Denny tínhamos morado com ele. Ele estava, para usar sua própria palavra, namorando. Kellan tinha trazido uma garota diferente para casa toda santa noite, e toda santa noite eu tivera que ouvir a sua "namorada" pelas paredes finas. Eu só podia usar o termo "namorada" de modo aproximado, já que essas mulheres pareciam muito pouco interessadas em Kellan como pessoa. Estavam muito mais apaixonadas pela sua pequena fatia de fama e, é claro, pela beleza excepcional dele. As mesmas mulheres nunca cruzavam nossa soleira mais de uma vez, e parecia haver uma sucessão infinita delas. Isso me deixava doente. Dormir era impossível. A certa altura, comecei a desmaiar de exaustão todas as noites. Mas isso, e o fogo que não dava trégua às minhas entranhas, estava começando a me afetar.

— Você está fuzilando Kellan com os olhos de novo. Vocês dois andam brigando ou algo assim? — Ela me olhava com curiosidade.

Assustada, percebi que já o olhava daquele jeito abertamente havia vários minutos, desde que me perdera no devaneio. Esperei que ninguém mais tivesse notado. Fiz um esforço para corrigir minha expressão com um sorriso sincero.

— Não, está tudo bem entre nós... Tudo perfeito.

— Você não está mais chateada por causa das mulheres na festa, está? — Um incêndio devorou minhas entranhas quando ela trouxe à tona aquela horrível lembrança. Tive vontade de me dobrar em duas e apertar o estômago, de tanto que doía. Mas continuei onde estava e tratei de me aguentar, tentando manter o sorriso fingido. — Ele é assim, entende?, só isso. Sempre foi, sempre vai ser. — Deu de ombros.

— Não... Eu não me importo com *o que* ele faz. — Dei uma ênfase às palavras "o que" maior do que poderia se passar por natural, e Jenny notou. Já ia começando a me

dizer algo, quando soltei a primeira coisa que me passou pela cabeça para interrompê-la:
— Você e Kellan já...? — Freei a língua ao me dar conta das consequências da pergunta. Eu não queria mesmo saber.

Mas ela compreendeu e, abrindo um sorriso, negou com a cabeça.

— Não, não mesmo. — Deu uma olhada nele, que estava sentado à sua mesa. Tinha por companhia uma garota asiática muito bonitinha, empoleirada na beira, e sussurrava ao ouvido dela, entre uma mordiscada e outra na sua orelha, para enorme prazer da garota. Kellan tinha vindo para o bar com a porcaria daquela camiseta, e dera certo. Horas atrás, um pequeno grupo de tietes tinha se reunido ao seu redor, e ele as brindara com alguns versos. Pelo visto, ele fizera uma triagem entre as candidatas até chegar àquela. Meu rosto pegou fogo, quando me dei conta de que a veria — e ouviria — mais tarde.

Jenny voltou a olhar para mim, ainda sorrindo.

— Mas não porque ele não tenha tentado.

Pisquei os olhos, surpresa, e então me lembrei de que não havia por que me surpreender. Jenny era uma linda garota.

— Ele deu em cima de você?

Ela fez que sim, vindo até o meu lado da mesa.

— Hum-hum... Sem parar, durante a primeira semana que trabalhei aqui. — Cruzou os braços e ficou ao meu lado, observando-o com sua periguete. — Um dia, tive que dar um fora nele sem rodeios, mas disse que nós podíamos ser amigos, se ele parasse de ficar tentando me levar para a cama. — Ela riu e olhou para mim. — Ele achou isso muito hilário e parou, e desde então nós nos damos superbem.

Tive que me esforçar para não deixar transparecer minha incredulidade. Ela o rejeitara... várias vezes? Eu fora tão incapaz disso que achava espantoso que alguém tivesse conseguido.

— Por que você não...?

Ela olhou para mim, pensativa.

— Porque sabia como ele era, desde o começo. Não estou interessada em um cara que só quer saber de noitadas, e não acho que ele seja capaz de mais do que isso. — Abanou a cabeça. — Pelo menos, ainda não. Talvez algum dia amadureça, mas — deu de ombros —, para mim, não valia a pena.

Corei e desviei os olhos, me sentindo muito burra. Ela tinha razão. Era isso que Kellan era — um sedutor. Não do tipo de cara que está a fim de um relacionamento. Nunca fora, nunca seria. Cheia de tristeza, fiquei olhando para ele e sua garota. Jenny olhou para mim, curiosa.

— Por que pergunta, Kiera?

Percebi que não tinha um bom motivo para perguntar a ela sobre Kellan.

– Nenhuma razão em especial. Pura curiosidade.

Ela me encarou fixamente por um segundo, e eu me perguntei como poderia me afastar sem ofendê-la.

– Ele... deu em cima de você?

Empalideci e me esforcei por manter a compostura.

– Não, não, é claro que não. – Isso era a mais pura verdade... bem, pelo menos a metade do tempo.

Ela não caiu na minha resposta.

– Se precisar conversar comigo, Kiera, sobre qualquer assunto, é só falar. Eu compreenderia.

Fiz que sim e abri um sorriso, como se fosse a mulher mais despreocupada do mundo.

– Eu sei. Obrigada, Jenny. É melhor eu voltar para o trabalho, estou vendo uns clientes com cara de sede. – Tentei rir, mas o riso saiu forçado e artificial.

Ela ficou olhando enquanto eu me afastava, claramente desconfiada, e então se virou e olhou para Kellan, com a mesma expressão. Meu Deus, eles eram amigos... Será que ela falaria com ele? Será que ele contaria alguma coisa para ela?

Se no começo eu não o vira fazer outra coisa além de dar em cima das mulheres, e mesmo isso tinha diminuído quando nós estávamos... paquerando, agora eu o via com muito mais frequência do que jamais quisera. Ele parecia estar em toda parte. Eu não podia fugir. Se era minha noite de folga, ele trazia uma mulher para casa, e eu tinha que suportar o som dos dois se beijando na cozinha antes de se enfiarem no andar de cima. Nas noites em que eu trabalhava, geralmente ele já estava... profundamente envolvido com a amiga quando eu subia a escada em passos exaustos. E essas mulheres não estavam nem um pouco preocupadas com o fato de Kellan ter roommates. Na verdade, acho que não estavam nem mesmo preocupadas com o fato de ele ter vizinhos. Talvez estivessem partindo do pressuposto absurdo de que Kellan distribuía prêmios para a que gritasse mais alto... a que demonstrasse mais entusiasmo... a que dissesse "Ah meu Deus!" mais vezes. Por outro lado, era bem capaz de o palhaço realmente distribuir prêmios.

E eu já estava ficando farta de ouvir o nome de Kellan sendo chamado. Fala sério... ele sabia qual era o nome dele. Na verdade, era provável que seu nome fosse o único no quarto que ele soubesse.

Nem no trabalho eu podia fugir. Ele parecia estar sempre metido em algum canto, enfiando a língua na garganta de alguém. Uma vez, até mesmo o vi tentar ajudar uma garota a jogar bilhar, o que me fez dar um risinho presunçoso, pois sabia que ele não jogava xongas. Mas vê-lo curvar o corpo de outra mulher sobre a mesa... confesso, isso doeu um pouco. Ver a tacada que os dois deram juntos passar a léguas das outras bolas, e a garota na mesma hora se virar nos braços dele e tomar liberdades que beiravam o abuso sexual... isso doeu muito.

Quando ele já estava no quinto "encontro" consecutivo, e isso em apenas uma semana, finalmente perdi a cabeça. Tentando ignorar os risos e sons íntimos que vinham pelo corredor, eu me remexi na cama, zangada.

— Denny! — chamei, ríspida.

Ele se virou para mim, desviando os olhos da tevê barulhenta a que tentava assistir com um pouco de atenção demais.

— Que é?

Olhei com raiva para ele.

— Isso é além de ridículo! Faz alguma coisa! Eu preciso dormir, pomba! — *E que Kellan pare de se comportar como um galinha!* Nosso último beijo na cozinha tinha sido tão doce e meigo, mas agora parecia tão falso diante daqueles sons histéricos que vinham do quarto dele.

Denny pareceu alarmado, e um pouco constrangido.

— O que você quer que eu faça? Que bata na porta dele e peça para abaixar o volume?

Isso mesmo! Era exatamente o que eu queria que ele fizesse... de repente, até mesmo pôr a periguete na rua!

— Sei lá... Faz alguma coisa!

— Olha só, ele também tem que aturar a gente. — Denny riu. — Talvez esteja se vingando.

Virei o rosto antes que meus olhos, de súbito magoados, pudessem me trair. Realmente era uma vingança, mas não pelo motivo que Denny imaginava.

Denny refletiu sobre algo por um momento.

— É meio estranho. Kellan nunca teve problemas com as mulheres, mas, quando nós viemos morar aqui, ele parecia estar passando por uma fase de abstinência. — Abanou a cabeça. — Bem, pelo visto, as coisas voltaram ao normal. — Olhou para mim, sem graça. — Não que eu aprove isso. É só que... enfim... Kellan é Kellan, entende? — Deu de ombros.

Mais irritada do que deveria ter ficado com esse comentário, rebati, agressiva:

— O que é que você quer dizer com "nunca teve problemas com as mulheres"? Você conviveu com ele durante um ano no ensino médio, quando ele estava em que série, na sétima, na oitava? Quão ativo ele poderia ser naquela época?

Parecendo um pouco curioso com minha reação, ele deu de ombros.

— Bem, digamos apenas que Kellan... começou cedo. — Riu da lembrança. — Uma vez, quando os pais dele tinham viajado, ele trouxe umas gêmeas para casa... — Parou de contar a história ao ver que eu o fuzilava com os olhos. — Não para mim. Elas foram para o quarto dele. Eu não vi nada. Nem toquei nelas... juro. – Deu um sorriso encabulado, e não disse mais nada.

A fúria não saiu dos meus olhos. Eu não tinha achado que *Denny* tocara nelas. Não fora isso que me enfurecera. Então, por que estava com tanta raiva? Como então, Kellan sempre tinha sido um galinha. Será que o jeito como ele se comportava com as mulheres era alguma surpresa? Ele não era meu, nem eu dele. Eu precisava mesmo enterrar essa história...

Procurei conter as súbitas lágrimas, tentando desesperadamente manter a voz normal.

– Dá só uma palavra com ele, por favor.

Denny me encarou por um segundo, antes de finalmente dizer:

– Não.

A fúria voltou ao meu olhar.

– Por que não?

Ainda me olhando com ar pensativo, ele calmamente respondeu:

– Me desculpe, mas você está fazendo uma tempestade em copo d'água.

Eu me apoiei sobre os cotovelos, irritada com ele. Denny não costumava me recusar nada.

– Uma tempestade em copo d'água?

Denny também se recostou.

– Detesto ter que dizer não para você, Kiera, você sabe disso, mas... o fato é que a casa é dele, e se ele quer... receber amigas todas as noites, tem todo o direito de fazer isso. Ele nos deixa morar aqui por uma ninharia. É o melhor que podemos fazer no momento. Sinto muito, mas você vai ter que ignorar o que está acontecendo.

Seu tom de voz, embora carinhoso, não admitia réplicas. Ele não ia ceder em relação a isso. Não era um tom que eu estivesse habituada a ouvir dele. E não gostei nem um pouco.

– Tudo bem – respondi, enfezada, tornando a afundar nos travesseiros.

Ele se apoiou sobre um cotovelo, inclinando a cabeça de lado, a me observar. Com um jeito insinuante, passou os dedos pelo meu braço.

– Taí... Nós poderíamos tentar abafar o som deles.

Nem um pouco a fim, bati no peito dele com o travesseiro e me virei de lado, para não ter que vê-lo. Ele suspirou, irritado, e trocou de posição para voltar a ver tevê, aumentando um pouquinho o volume já alto demais, quando os sons no corredor conseguiram a proeza de se tornar ainda mais intensos.

– Tudo bem... Nesse caso, posso terminar de ver meu programa?

– Como quiser. – Mordi o lábio, torcendo para pegar no sono logo.

Alguns dias depois, nada tinha mudado. Denny não ia mesmo falar com Kellan sobre um assunto que julgava não ser da nossa conta. Eu discordava, mas não podia lhe explicar a razão. Minha irritação começava a passar dos limites. Estava à beira de ir "falar" *eu mesma* com Kellan a respeito… e sem uma gota da diplomacia de Denny.

Depois de dar um beijo de despedida em Denny, um selinho rápido para o qual nem me dei ao trabalho de levantar da cama, e que, embora carinhoso, dizia com a maior clareza "Não estou nada satisfeita com você, companheiro", eu me vesti e fui para o banheiro a fim de me aprontar para o dia. Eu estava horrível. Meus olhos tinham olheiras fundas por causa da falta de sono, e meu cabelo estava um ninho de nós por passar a noite inteira me revirando. O novo comportamento de Kellan ia me levar direto para um hospício. Comecei a passar o pente com raiva pela gaforinha, pensando no rosto perfeito de Kellan a cada nó.

Bem antes do que teria desejado, vi o rosto real dele… e era mais perfeito do que na minha imaginação, um fato de que, no momento, eu me ressentia profundamente.

– ' dia.

Não respondi, na mesma hora irritada com seus olhos brilhantes, cumprimento simpático e cabelos revoltos. Prometi a mim mesma não dar uma palavra com ele aquele dia. Se eu era obrigada a ouvir… demais… dele, então ele não podia ouvir absolutamente nada de mim.

– Kiera?

Obstinada, apanhei uma caneca e comecei a enchê-la de café, ignorando sua voz suave e o cheiro maravilhoso que ele tinha, até mesmo a distância.

– Você está… zangada comigo? – A voz dele parecia achar graça dessa ideia.

Rompendo meu voto de silêncio, olhei com raiva para ele:

– Não. – Bem, a infração foi bastante curta.

– Ótimo, porque não é para estar mesmo. – Seu sorriso oscilou quando ele falou.

– E nem eu estou… – Sabia que meu tom era petulante, mas não podia me conter. Se ele ia *mesmo* me ouvir aquela manhã, então, no mínimo, eu podia cuidar para que meu tom fosse antipático. – Mas por que não deveria estar?

– *Nós dois* terminamos com tudo, quando as coisas começaram… a sair de controle. – Ele inclinou a cabeça, estreitando os olhos.

– Eu sei disso. Eu estava lá. – Havia uma óbvia frieza na minha voz ao dizer isso, e ele franziu o cenho ao notá-la.

– Só estou fazendo o que você pediu. Você *queria* ficar sabendo se eu namorasse alguém. – Seu tom também estava começando a ficar petulante. Ele não estava gostando da minha atitude.

Por mim, tudo bem. Eu também não estava gostando do seu… comportamento.

– Eu não queria que houvesse segredos entre nós… mas – abanei a cabeça com raiva, fuzilando-o com os olhos – também não pedi para assistir!

Seus olhos ficaram frios e se estreitaram ainda mais.

— E onde é que você queria que eu...? — Ele se interrompeu, respirando fundo para se acalmar. — Eu também tenho que ver... e ouvir. Você não é exatamente discreta. Acha que eu gosto disso? Que alguma vez gostei... — Respirou fundo outra vez e se levantou, enquanto meu rosto inteiro ficava vermelho de vergonha. — Eu tento ser compreensivo. Você poderia fazer o mesmo. — Sem voltar a olhar para mim, ele saiu da cozinha.

Tomei o ônibus para a universidade, como fazia desde que Kellan começara com os seus... encontros. Ah, é mesmo? Ele queria que eu fosse compreensiva? Eu devia concordar com sua... galinhagem generalizada? É verdade, ele tinha que ouvir a mim e meu *namorado*, mas... bem, eu não sabia exatamente como isso se aplicava, mas o que Denny e eu tínhamos — temos — é muitíssimo diferente de transar por transar. Aquilo era repulsivo. Eu odiava cada segundo de cada dia.

Suspirei ao atravessar o campus em direção à minha sala, o ar frio levando os estudantes ao meu redor a se apressarem em direção ao calor dos prédios. Eu também sentia saudades de Kellan todos os dias. Até naquele momento... eu sentia saudades dele. Minha abstinência não era menos dolorosa por eu estar zangada com ele. Aliás, era até pior. Ser... substituída... tornava tudo pior. Suspirei mais uma vez ao entrar no prédio onde teria a aula de Literatura, e no ato fiquei imóvel. Alguns metros à frente no corredor vi uma cabeleira ruiva de cachos encaracolados. Cachos que eu não queria ver mais perto, cachos que já caminhavam na minha direção, cachos que, mesmo a distância, pareciam agitados.

Candy parou bem diante de mim, ao que eu já fazia menção de me afastar da porta.

— Você é namorada de Kellan?

Ah, então ia ser à queima-roupa. Sem nem um "como vai" antes. Eu nunca tinha sido sequer apresentada àquela garota.

Suspirei, contornando-a para me dirigir à minha sala. Ela me seguiu de perto, ao meu lado, seu cabelo parecendo tão incandescente quanto seu ânimo.

— Não, e eu já disse isso às suas espiãs meses atrás. Ele é só um roommate.

— Bem, as pessoas não param de me dizer que viram vocês dois juntos no campus... no maior love. — Seu tom era de uma petulância insuportável.

Por "pessoas" presumi que se referisse às duas amigas. Corei, consciente de que ele e eu tínhamos sido um tanto espontâneos no campus... mas em hipótese alguma ficamos "no maior love". Apertei o passo, esperando conseguir me livrar dela na sala de aula. Mas ela acompanhou meu andar sem esforço, olhando para mim com uma expressão gelada, obviamente esperando uma explicação.

— Bem, não sei o que lhe dizer. Eu tenho um namorado, e *não é* Kellan. — Um namorado a quem eu estava decidida a me manter fiel. Um namorado que não abaixava as calças para qualquer mulher interessada que passasse. Com o estômago dando voltas de irritação, soltei uma coisa que não deveria ter dito: — Se quer tanto assim ter alguma coisa com ele, devia ir ao Pete's Bar. Ele está sempre por lá.

Ela parou de me seguir, no momento em que eu alcançava a porta do meu santuário.

— Talvez eu faça isso — respondeu, um tanto altiva, quando atravessei a porta.

Ah, que ótimo...

Como que para tornar aquele dia odioso ainda pior, a porcaria do ônibus quebrou quando eu voltava para casa. O motorista nos obrigou a esperar no ônibus até que chegasse outro para nos apanhar. Nem nos deixou sair para voltarmos a pé se quiséssemos. Pessoalmente, achei que ele estava tendo um dia tão ruim quanto eu e exercendo seu poder sobre nós, formas de vida indefesas. Claro, algumas pessoas mais agressivas simplesmente saíram do ônibus na marra, mas eu não era tão furona assim, e também o motorista me deu um pouco de medo, de modo que fiquei sentada onde estava, resmungando o tempo todo.

Eu já tinha ficado até mais tarde na universidade, estudando — fazendo hora para não ter que ir para casa, se fosse ser honesta —, de modo que agora estava ficando muito atrasada para o trabalho. Devia ter ido direto para lá, mas tinha contado em dar um pulo em casa antes para tomar uma boa chuveirada. Fora um dia longo e estressante.

O Chevelle de Kellan já estava na entrada para carros quando passei apressada por ele em direção à porta. Eu odiava ter que pedir a ele para fazer qualquer coisa, e não precisava mesmo de mais uma cena constrangedora no seu carro, mas quem sabe ele não poderia me dar uma ajudinha e me levar para o Pete's? Meu turno começaria em dez minutos. Se eu fosse ter que tomar mais um ônibus, iria me atrasar demais...

Fui depressa para o quarto e coloquei a mochila na cama. Tirando a blusa, apanhei a camiseta do Pete's no chão, onde a atirara na noite passada depois do meu turno. Vesti-a rapidamente, e comecei a revirar o quarto atrás de um elástico. Encontrando um entre a cama e a mesa de cabeceira, prendi o cabelo às pressas num rabo de cavalo frouxo. Tornei a vestir a jaqueta, peguei a bolsa e me dirigi para o corredor.

Eu já me perguntava onde Kellan poderia estar quando ouvi uma música baixa vinda do seu quarto, e notei que a porta estava entreaberta. Só conseguindo pensar que estava atrasadíssima e precisava de sua ajuda, fui até a porta e, num gesto automático, pousei a mão nela, empurrando-a mais alguns centímetros. Fiquei paralisada de choque ao espiar pela fresta. Senti um aperto violento no estômago que me deixou à beira da náusea. Minha mente não conseguia assimilar o que estava vendo.

Kellan estava sentado na beira da cama. Tinha a cabeça baixa, os olhos fechados e mordia o lábio inferior, uma das mãos apertando os lençóis. Minha mente resistia, mas o resto do quadro entrou em foco com chocante nitidez. Uma mulher de cachos louros estava de joelhos diante dele, a cabeça no seu colo. Observando a cena como um todo, não restava qualquer dúvida sobre o que ela estava fazendo.

Totalmente absortos no que obviamente os deliciava, não achei que sequer tivessem tomado conhecimento da minha presença por trás da porta entreaberta. Eu estava nauseada. Queria mais do que tudo fugir para o mais longe possível, antes que meu estômago se despejasse ali mesmo. Mas não conseguia me mover, não conseguia parar de olhar, horrorizada.

A mulher deve ter finalmente sentido outra presença no quarto, e começou a se afastar de Kellan. Ele não teve a mesma percepção – ou isso, ou não se importou. Boca entreaberta, respiração visivelmente mais rápida e um ligeiro esgar no rosto, num reflexo sua mão a reteve com firmeza no lugar. A mulher foi à loucura; ela simplesmente adorou aquilo. Já eu senti a bílis no meu estômago ameaçando subir.

Finalmente conseguindo me mover, me afastei correndo do quarto e desci as escadas. Pensando apenas em fugir, minha resposta de luta-ou-fuga em plena ação, apanhei apressada as chaves do carro de Kellan na mesinha do vestíbulo, onde ele as atirara. Bati a porta da rua às minhas costas – se ele ainda não tinha notado que eu estava em casa, agora notaria!

Revirei o chaveiro enquanto me dirigia às pressas para o seu carro, e logo encontrei a da ignição. Ele nunca trancava o seu... *bebê*, por isso apenas abri a porta e entrei, dando a partida imediatamente. Senti um prazer cruel quando o motor roncou, sabendo que ele ouviria e na mesma hora entenderia o que eu tinha feito. Olhei para a porta por um segundo, mas ele não saiu correndo por ali. Dei marcha a ré e tirei um fino do muro em minha pressa para me afastar dele. Fiquei de olho na casa pelo espelho retrovisor, mas em nenhum momento a porta da rua se abriu. Talvez ele estivesse ocupado demais curtindo o seu "encontro" para se importar com o carro.

Avancei uma meia dúzia de sinais vermelhos para chegar ao trabalho a tempo, mas consegui. Estava sorrindo quando desliguei o carro no estacionamento do Pete's. Dirigir daquele jeito fora superdivertido, e eu estava me deliciando por saber que Kellan ficaria uma fera ao dar por falta do seu precioso Chevelle. Ótimo. Eu não deveria ser a única a ficar furiosa naquela casa. Com um sorriso cruel, liguei o rádio numa estação que estava tocando o que parecia ser uma polca, e girei o volume ao máximo antes de fechar o carro. Sei que era uma travessura infantil, mas fez com que eu me sentisse melhor, e eu atravessei o estacionamento sorrindo de orelha a orelha.

– Ei, está com um ar animado hoje! – exclamou Jenny ao me ver entrar a passos lépidos pela porta, ainda um pouco excitada por ter puxado o carro de Kellan.

– Estou? Não tenho nenhum motivo em especial... – Dei um largo sorriso para ela ao enfiar as chaves no bolso da calça jeans.

No entanto, ao longo do turno minha euforia pela travessura passou, e a tristeza pela cena que eu inadvertidamente testemunhara tomou conta de mim. Uma coisa era ouvir falar dos encontros de Kellan, outra coisa totalmente diferente era presenciar um deles. Estava me sentindo bastante melancólica quando as portas do Pete's foram empurradas com raiva, por volta de uma hora depois.

Estremeci, olhando para elas. Kellan já estava entrando a passos largos, parecendo muito mais composto do que eu o vira nos últimos tempos. E também furioso. Seus olhos azuis ferozes encontraram os meus na mesma hora. Matt, que vinha logo atrás dele, tentou pôr a mão no seu ombro. Kellan virou a cabeça bruscamente para ele, afastando o corpo, e disse algo em tom esquentado. Na mesma hora Matt levantou as mãos, pelo visto tirando o corpo fora.

Meu coração disparou, em pânico. Recuei alguns passos. Roubar o carro dele não tinha sido uma boa ideia. Onde eu estava com a cabeça? Será que devia atirar as chaves para ele e sair correndo? Então me senti irritada, e respirei fundo. Não! Ele nunca me agrediria fisicamente. Se o palhaço queria suas chaves, ele que viesse até aqui buscá-las!

Ele avançou a passos largos até onde eu estava. As pessoas entre nós trataram de sair do caminho depressa ao ver a expressão no seu rosto. Com os olhos franzidos de raiva, os lábios apertados numa linha fina, as mãos fechadas em punhos, o peito subindo e descendo... Kellan era incrivelmente atraente quando estava zangado.

Ele caminhou até mim e simplesmente estendeu a mão.

Esperando uma reação mais dramática, respondi, petulante:

— Que é?

— As chaves — sibilou ele.

— Que chaves? — Eu não sabia bem por que o estava provocando. Quem sabe a cena que eu tinha testemunhado finalmente me destravara?

Ele respirou fundo para se acalmar.

— Kiera... meu carro está bem ali. — Apontou para a vaga no estacionamento onde eu deixara o Chevelle. — Eu ouvi quando você o levou...

— Se me ouviu levar o carro, por que não tentou me impedir? — rebati.

— Eu estava...

Enfiei o dedo no peito dele, interrompendo-o:

— Estava tendo... — desenhei um par de aspas no ar — ..."um encontro".

O rosto dele empalideceu visivelmente. Pelo visto, ele não sabia que eu tinha presenciado aquela cena. Franzindo o cenho, sua cor voltou.

— E daí? Por acaso isso lhe dá o direito de roubar o meu carro?

Ele tinha razão, é claro, mas eu não iria admitir isso para ele.

— Eu peguei emprestado. Amigos emprestam as coisas, certo? — perguntei, com ar altivo.

Ele tornou a respirar fundo, e então enfiou a mão no bolso da frente da minha calça jeans.

— Ei! — Tentei empurrá-lo, mas ele já tinha pegado as chaves.

Exibindo-as diante de mim, ele falou entre os dentes:

— Nós não somos amigos, Kiera. E nunca fomos. — Em seguida, deu as costas e saiu a passos duros do bar.

Meu rosto ardeu ante as palavras contundentes e, me virando, fugi para o corredor, e então para a segurança do banheiro. Encostei-me numa parede e fui escorregando até o chão, respirando ofegante pela boca, tentando não chorar. Eu me sentia pálida e fraca. Meu coração parecia estar despedaçado.

O som da porta se abrindo entrou na minha consciência, enquanto eu continuava lá sentada, inspirando e expirando com força.

— Kiera? — perguntou a voz baixa de Jenny. Não consegui lhe responder, apenas encará-la com um olhar apático. Ela se aproximou e ficou de joelhos ao meu lado. — Que foi isso? Você está bem?

Fiz que não com a cabeça, sem forças. Então comecei a soluçar, soluços sentidos, torturados. Ela na mesma hora sentou ao meu lado, passando o braço pelos meus ombros com delicadeza.

— Kiera, qual é o problema?

Entre soluços, consegui dizer com voz engasgada:

— Eu cometi um erro terrível...

Ela alisou meus cabelos, me abraçando com mais força.

— E que erro foi esse?

De repente, senti vontade de contar a ela não apenas sobre o roubo do carro — mas sobre tudo. No entanto, me calei; como poderia fazer isso? Ela me odiaria, não compreenderia...

Jenny olhou para mim.

— Pode me contar, Kiera. Não vou falar nada para Denny, se você não quiser que ele saiba.

Meus soluços diminuíram e eu pisquei os olhos para ela, surpresa. Será que ela já sabia? A verdade saiu de um jorro antes que eu pudesse me conter:

— Eu dormi com Kellan. — Prendi a respiração, chocada comigo mesma.

Ela suspirou.

— Era o que eu temia. — Ela me rodeou com ambos os braços. — Vai ficar tudo bem. Me conta o que aconteceu.

Fiquei tão chocada que só consegui perguntar:

— Você já sabia?

Ela se recostou na parede, pondo a mão no colo.

— Eu desconfiava. — Ficou olhando para a própria mão em silêncio por um segundo, girando um anel no dedo. — Eu vi certas coisas, Kiera. Olhares que você deu para ele, quando achou que ninguém estava prestando atenção. Sorrisos que ele deu para você. Eu o vi tocar em você de um jeito discreto, como se não quisesse que ninguém notasse. Vi seu rosto quando ele cantava. O jeito como você reagiu na festa dele... E fiquei pensando nisso por um tempo.

Fechei os olhos. Ela realmente tinha visto demais. Será que mais alguém também vira? Em voz baixa, ela perguntou:

— O que aconteceu?

Os soluços recomeçaram e, finalmente, entre um e outro, eu me abri com ela e lhe contei tudo. Foi um alívio enorme poder finalmente conversar sobre isso com alguém. Ela ouviu em silêncio, vez por outra balançando a cabeça, sorrindo ou me dando um olhar compreensivo. Contei a ela sobre os primeiros toques inocentes. Sobre nossa primeira vez embriagada quando Denny estava fora. A frieza de Kellan depois disso. Minha reação de pânico quando ele quase fora embora, o que levara à nossa segunda vez. Nossa paquera não tão inocente assim. A boate, embora eu tenha omitido o que fiz com Denny e o que Kellan fez com minha irmã – eu ainda não me sentia capaz de falar sobre isso. A briga no carro, o que levou Jenny a soltar uma exclamação chocada e dizer "Ele falou isso!". Meus ciúmes das mulheres dele... sendo que a lembrança da última ainda ardia na minha memória. Seu último comentário contundente...

Jenny me puxou para si, os dois braços ao meu redor.

— Meu Deus, Kiera... Eu lamento tanto. Sabia que ele era assim com as mulheres. Talvez devesse ter avisado você antes. Ele simplesmente é *desse* tipo de homem.

Relaxei o corpo contra o dela, cansada das emoções da noite, e ela ficou me abraçando até meus soluços passarem.

— O que vai fazer agora? – perguntou, se afastando.

— Além de matá-lo? – Eu não tinha certeza se estava brincando ou não. – Não sei... O que posso fazer? Eu amo Denny. Não quero que ele jamais saiba, não quero magoá-lo. Mas Kellan... Não aguento as mulheres dele, aquilo me mata. Eu me sinto...

— Você ama Kellan? – perguntou Jenny.

— Não!

— Tem certeza, Kiera? Se não estivesse com raiva, qual seria a sua resposta?

Não respondi. Nem podia, não tinha certeza. Às vezes eu sentia... alguma coisa por ele.

Sem aviso, a porta do banheiro se escancarou. Kate apareceu na soleira, olhando para nós duas no chão.

— Ah, oi... vocês estão aí. Está ficando uma loucura aqui fora. Vocês não vão voltar... por favor?

Jenny respondeu:

— Claro, já estamos indo. Dá só mais uns minutinhos para a gente.

Kate me deu um olhar compreensivo quando algumas lágrimas me fugiram dos olhos e eu me apressei a secá-las.

— Ah, claro... sem problemas. – Sorriu carinhosa para mim, e então saiu do aposento.
— Obrigada, Jenny. – Olhei para ela, grata por ter me ouvido sem me julgar.
Mais lágrimas me escorreram pelas faces, e ela as secou.
— Vai ficar tudo bem, Kiera. Tenha fé.

Passei o resto do meu turno em silêncio, me concentrando em ajudar a resolver os problemas simples dos meus clientes. Isso ajudou. Quando chegou a hora de o bar fechar, pelo menos eu já não estava mais com vontade de chorar. Mas também não sentia nenhuma vontade de voltar para casa. Não sabia se Kellan já tinha tido... encontros o bastante por um dia. Quem sabe, ele poderia ver que o leite tinha acabado e dar um pulo no mercado, apenas para apanhar outra periguete por lá... Eu tinha certeza de que, para gente como ele, mulheres desse tipo eram como mercadorias numa prateleira, enfiadas entre o balcão dos frios e o estande dos pães de fôrma. Sim, vou levar meio quilo de presunto e a morena peituda.

Suspirei e me aproximei do bar, onde Kate e Jenny conversavam com Rita. Pete tinha ido embora mais cedo. Geralmente ele era o último a sair, coisa que provavelmente fazia horas depois de nós, mas hoje tinha pegado seu casaco bem na hora de fechar e dito a Rita que trancasse o estabelecimento. Ela estava se aproveitando da ausência dele para servir drinques para as garotas. Colocou uma dose de uma bebida escura na minha frente quando cheguei ao lado de Jenny. Tornei a suspirar. Pelo menos, não era tequila.

— Muito bem, senhoras – disse, levantando alto seu copo –, uma saideira. – Todas levantamos os copos, tocando-os num brinde, e então entornamos as doses depressa. Kate e Jenny riram ao me ver fazer uma careta horrível. O que quer que aquilo fosse, queimava feito fogo. Rita não fez qualquer careta, e começou a servir uma segunda dose. — OK, mais uma.

Kate e Jenny trocaram caretas, mas deixaram que ela servisse outra dose. Não me importei, não ia dirigir mesmo, e fora um dia longo e exaustivo. Dei uma olhada em Jenny, que sorriu de um jeito reconfortante, seus olhos azul-claros brilhando carinhosos para mim. Jenny era mesmo uma pessoa maravilhosa. Toda noite me oferecia uma carona para casa e, embora eu me sentisse constrangida por aceitar, ela não admitia recusas se eu não tivesse mais ninguém para me levar. Insistia que iria passar mesmo pela minha rua, de modo que não era trabalho algum. Isso fazia com que eu me sentisse um pouco melhor com a situação.

Rita terminou de servir nossa segunda rodada e olhou para cada uma de nós com um sorrisinho maroto.

— Se vocês pudessem passar uma noite... com qualquer homem... sem nenhum compromisso, nenhuma complicação... quem seria? – Olhou ostensivamente para mim. – E não vale escolher o namorado.

Olhou para cada uma de nós, enquanto Kate e Jenny davam risadinhas. Pensando em minha resposta, embora não tivesse a menor vontade, comecei a corar. Rita suspirou.

— OK. Bem, essa é fácil para mim... Kellan. — Soltou um suspiro sonhador, e eu empalideci. — Meu Deus, eu transaria com aquele garoto de novo sem pensar duas vezes...

Kate soltou uma risadinha, e então me deu um olhar estranho. Por uma fração de segundo, cheguei a me perguntar se desconfiava do mesmo que Jenny tinha desconfiado, e empalideci ainda mais. Ela balançou a cabeça, toda charmosa, e deu de ombros.

— Kellan... sem a menor sombra de dúvida.

Ela e Rita trocaram um olhar cúmplice e se viraram para mim, esperando pela minha resposta. Minha garganta ficou seca, e eu me senti nauseada. Tentei pensar em outra pessoa, qualquer pessoa... alguém inócuo, mas tinha me dado o maior branco, e apenas um nome gritava na minha cabeça. E era o único nome que eu não me atrevia a pronunciar... pelo menos ali.

Jenny veio em meu socorro:

— Denny — declarou, animada.

Tanto Kate quanto Rita se viraram para encará-la, e então a mim e de novo a ela, como se Jenny tivesse acabado de cometer o ato de que falara. Tive vontade de dar um beijo nela. Com uma única palavra, ela desviara todo o foco de mim e da droga da minha resposta, que, é claro, também seria Kellan. Elas ainda olhavam para Jenny com um ar incrédulo — bem, o olhar de Kate era incrédulo. Rita parecia mais divertida e talvez até impressionada, enquanto eu fazia uma expressão aborrecida.

— Tim-tim — disse Jenny com sua voz ainda animada, e viramos nossa segunda dose, todas esquecendo que eu não tinha chegado a responder à pergunta idiota de Rita. — Pronta para ir, Kiera? — perguntou ela calmamente.

— Estou — respondi num tom contrariado, embora sentisse vontade de abraçá-la.

Rita riu, enquanto Kate me dava um abraço para me consolar. Quando atravessamos a porta e elas já não podiam mais nos ouvir, agradeci a Jenny efusivamente.

Desci para a cozinha alguns segundos antes de Denny na manhã seguinte. Nossa casa tinha estado quieta na noite passada. Pelo visto, uma vez por dia era o bastante para Kellan. Bem, pelo menos ele tinha limites. No entanto, o silêncio aumentou a mágoa em meu coração. Fiquei séria quando o vi sentado com os cotovelos fincados sobre a mesa e os dedos emaranhados nos cabelos. Estava com os olhos fixos na mesa, parecendo profundamente pensativo. Ele lançou um olhar para mim ao notar minha entrada e abriu a boca como se fosse dizer algo, mas logo tratou de fechá-la quando Denny apareceu atrás de mim, segundos depois.

Eu ainda estava irritada com o último comentário agressivo que ele fizera e, me sentindo um pouco petulante, disse para Denny:

– Sei que você já está vestido – passei a mão pela sua camisa, pousando os dedos sobre o cinto –, mas será que não quer dar uma subidinha e tomar um banho? – Inclinei o rosto de modo a que Kellan pudesse me ver erguendo as sobrancelhas com um ar malicioso e mordendo o lábio.

Dei uma olhada furtiva em Kellan, enquanto Denny ria baixinho. Kellan não parecia nada satisfeito, os olhos prestando excessiva atenção à superfície da mesa. Ótimo.

Denny me deu um beijinho.

– Quem dera que eu pudesse, amor, mas não posso me atrasar hoje. Max está frenético com a proximidade do feriadão.

– Ah. – Exagerei minha decepção. – Nem um banhinho rápido? – Tornei a morder o lábio e dei outra olhada furtiva em Kellan. Seus dentes estavam trincados, e eu resisti ao impulso de sorrir.

O sorriso de Denny se abriu ainda mais.

– Não posso mesmo. Mas hoje à noite sem falta, OK? – sussurrou a última parte, mas tive certeza de que Kellan o ouvira.

Dei um beijo apaixonado nele, passando as mãos por cada centímetro de seu corpo. Denny pareceu um pouco surpreso com meu entusiasmo, mas correspondeu ao beijo com avidez. Fiquei só observando Kellan com o canto do olho enquanto Denny e eu nos beijávamos. Ele se levantou e, sem olhar para mim, fungou uma única vez e saiu da cozinha a passos duros. Eu me afastei de Denny, sorrindo amorosa para ele ao ouvir a porta de Kellan sendo batida... com força. Secretamente, meu sorriso era de vingança. Para marreco, marreco e meio...

Capítulo 19
VOCÊ É MEU

O feriado de Ação de Graças chegou e passou, com Denny preparando um jantar fantástico e Kellan tirando o corpo fora com um "Bom jantar para vocês", sem se dignar de nos acompanhar. Não voltamos a vê-lo pelo resto da noite. Denny tinha preparado um peru glaçado a partir de uma receita que vira num programa de culinária, com recheio de mirtilo e acompanhamento de purê de batatas. Eu fiz a salada... que foi tudo com que ele me deixou ajudar. Mas sentei na bancada e lhe fiz companhia durante o dia inteiro, enquanto ele cozinhava. Ele sorria muito e me beijava toda hora, parecendo sinceramente feliz. Tentei retribuir seu bom humor. Procurei não me preocupar com o paradeiro de Kellan... nem com quem ele poderia estar.

Enquanto Denny recolhia os pratos depois do jantar (sinceramente, ele podia ser um namorado melhor?), liguei para minha família, desejando-lhes tudo de bom... e evitando qualquer conversa direta com minha irmã. Ainda não podia enfrentar o assunto. Sabia que isso era ridículo. Cedo ou tarde eu teria que falar com ela de novo, mas não agora, em que as coisas ainda estavam tão estranhas entre mim e Kellan. Meus pais quiseram saber se eu iria passar o Natal com eles. Já tinham até comprado nossas passagens – uma tremenda indireta –, e preparado meu quarto para nós dois. Eles nunca tinham permitido que ficássemos juntos debaixo do seu teto antes. Deviam ter sentido muitas saudades de mim. Com o coração pesado, disse a eles que Denny queria que eu fosse para a Austrália com ele, e que eu ainda não decidira. E, conhecendo Denny como eu conhecia, provavelmente ele também já tinha comprado as passagens... por desencargo de consciência.

Eles ficaram muito aborrecidos ao ouvir isso e, embora a conversa tenha passado para outros temas, eu sabia que iriam discutir o assunto durante os próximos dias. Foi com o coração apertado que desliguei o telefone. Eu também não tinha dado uma resposta a Denny sobre o que queria fazer, e ele voltara a me perguntar em diversas ocasiões. Mas eu ainda não sabia. Não sabia que caminho escolher, a quem magoar... Odiava esse tipo de decisão. Não havia vitória possível, alguém se magoaria, meus pais ou Denny. E também Kellan... Embora sua mais recente crueldade para comigo certamente tornasse a ideia de deixá-lo mais fácil, isso também apertava meu coração.

Minha irritação com ele ia ficando cada vez mais forte, da mesma forma como nossa paquera fora se tornando cada vez mais intensa, não muito tempo atrás. Havia apenas algumas semanas, Kellan e eu tínhamos sido quase inseparáveis, mas agora ele se tornara "inseparável" de metade de Seattle... e Candy. Ela tinha resolvido aceitar minha sugestão idiota, e pouco depois do Dia de Ação de Graças deu as caras no Pete's. Reconhecendo-a, e me dando um olhar que obviamente dizia "Eu sei que você também a está reconhecendo", Kellan passou a noite inteira grudado nela. E por "a noite inteira"... quero dizer a noite *inteira*. Tive que ficar ouvindo a "apreciação" dela do talento de Kellan uma vez atrás da outra através de nossas paredes insuportavelmente finas.

Eu diria que foi seu olhar presunçoso, quando esbarrei com ela no corredor na manhã de segunda, que finalmente me quebrou. Aquele único olhar gritava para mim "Acabei de conseguir aquilo que sei que, no fundo, você quer – e simplesmente adorei cada segundo".

Para mim, bastava. Naquela mesma noite, finalmente perdi a cabeça.

Pete e, presumo eu, Griffin ou Kellan, tinham decidido promover uma Noite das Damas às segundas, com bebidas a dois dólares até a meia-noite. O resultado disso foi que o bar lotou de mulheres na faixa dos dezoito aos vinte e poucos, ficando mais bêbadas de minuto a minuto. A banda estava lá, é claro, se divertindo horrores com seu harém incrementado de ébrias.

Kellan estava se comportando... com o maior descaramento. Uma periguete com cabelos de elfo estava acomodada de jeito provocante no colo dele, dando um chupão no seu pescoço. Ele estava simplesmente adorando, alisando a coxa dela. Nenhum dos outros caras prestava a menor atenção aos dois; todos estavam com suas próprias garotas. Ela apontou para a sala dos fundos, com ar insinuante. Kellan sorriu e fez que não com a cabeça. Ora, é claro que não. Por que ele haveria de querer a periguete agora, quando poderia levá-la para casa e subir as escadas com ela mais tarde, me deixando louca a noite inteira? Essa ideia me enfureceu. Por que isso me incomodava tanto?

Eu estava esfregando um tampo de mesa, irritada, quando notei que ele passava por mim. Tarde demais, as palavras escaparam:

— Por que não tenta mantê-lo nas calças, Kyle?

Ele já tinha se distanciado alguns passos de mim quando finalmente assimilou a besteira que eu acabara de dizer. Ele se virou, os olhos subitamente cheios da mais intensa raiva.

— Essa é boa. — Soltou uma risada que me soou um tanto altiva.

— Que foi? — perguntei sem entender.

Ele caminhou até o lado da mesa vazia onde eu estava e se inclinou para perto de mim, pressionando o corpo contra o meu. Segurou meu braço e me puxou com força para si. Meu coração disparou ao sentir suas mãos. Fazia tanto tempo que ele não me tocava, que o inesperado do gesto me fez perder o fôlego.

Ele se inclinou ainda mais perto, sussurrando no meu ouvido:

— Será possível que a mulher que vive com o namorado, a mulher com quem *eu* fiz sexo em não menos de duas ocasiões, esteja realmente me passando um sermão sobre abstinência?

Meu rosto ardeu de raiva. Fuzilei-o com os olhos e tentei me desvencilhar, mas ele segurava meu braço com firmeza, e a mesa atrás de mim não permitia que eu fugisse. Não tendo sua súbita raiva passado de todo, ele encostou os lábios na minha orelha:

— Se você se casar com ele, ainda vou poder te foder?

O incidente que se seguiu ficou conhecido como "o tapa que o bar inteiro ouviu".

Agindo por conta própria, minha mão se afastou e estalou na cara dele com uma força estúpida, dez vezes maior do que eu jamais usara para lhe bater. Ele cambaleou um pouco para trás e soltou uma exclamação, chocado. Marcas vermelhas apareceram na sua pele na mesma hora onde minha mão o atingira. Ele parecia totalmente atordoado.

— Seu filho da puta idiota! — gritei, por um momento me esquecendo de que estávamos num bar lotado, cheio de testemunhas.

Apesar do formigamento intenso na mão, foi um alívio liberar as frustrações há tanto tempo reprimidas. Afastei-a para dar um segundo tapa, mas ele segurou meu pulso e o torceu de um jeito doloroso. Seus olhos pularam para os meus. Estavam cheios de raiva, espelhando os meus. Eu me debatia para me livrar de seu aperto firme e doloroso, desesperada para estapeá-lo de novo... querendo tanto machucá-lo.

— Que é que te deu, Kiera? Que é que te deu, porra! — gritou ele.

E segurou minha outra mão para que eu não pudesse bater nele, de modo que fiz um movimento com o joelho, esperando derrubá-lo. Mas ele viu o gesto e me empurrou para o lado. Minha mão latejou quando o sangue finalmente voltou a circular na pele. Minha raiva represada levando a melhor sobre a razão, na mesma hora voltei à carga e me lancei sobre ele. Um par de braços fortes ao redor da minha cintura me segurou e, irritada e confusa, lutei por me livrar deles.

— Calma aí, Kiera. — A voz mansa de Evan rompeu minha névoa de raiva.

Segurando-me por trás, ele me afastou de Kellan. Sam estava com a mão pousada no peito de Kellan, que fumegava de raiva, me fuzilando com os olhos. Matt e Griffin tinham aparecido às costas de Kellan. Matt parecia preocupado, Griffin extremamente divertido. Jenny se postara entre mim e Kellan, com os braços estendidos, como se de algum modo seu corpo mignon pudesse nos separar caso voltássemos a nos atacar. Salvo pelas risadinhas de Griffin, reinava um silêncio sepulcral no bar. Sam parecia não saber o que fazer. Normalmente apenas botava os arruaceiros para fora, mas nós dois trabalhávamos lá... e éramos seus amigos.

Por fim, foi Jenny que, correndo os olhos pelo bar cheio de circunstantes, segurou a mão de Kellan, e então a minha. Franzindo o cenho e sem olhar diretamente para nenhum de nós, ela murmurou "Vamos lá", e nos arrastou para a sala dos fundos. Kellan e eu ignoramos ostensivamente um ao outro e a massa de gente, enquanto deixávamos que Jenny nos puxasse. Notei Evan acenando com a cabeça para Matt, que retribuiu o aceno, e obrigando Griffin, muito insatisfeito, a ficar onde estava. Então, Evan seguiu atrás de nós.

Já no corredor, Evan passou à frente do nosso trio infeliz e abriu a porta da sala, tocando-nos para dentro. Dando uma última geral no corredor, ele fechou a porta às nossas costas e se postou diante dela, tanto para impedir que saíssemos da sala quanto para manter a distância qualquer frequentador mais curioso. Cruzou os braços tatuados ao barrar a porta com o cadeado ainda quebrado, um par de chamas se delineando à perfeição nos seus antebraços. Meu ânimo espelhava aquelas chamas.

— Muito bem – disse Jenny, soltando nossas mãos. – O que é que está havendo?

— Ela...

— Ele...

Kellan e eu começamos a falar ao mesmo tempo, e Jenny, ainda parada entre nós, levantou as mãos:

— Um de cada vez.

— Nós não precisamos de uma mediadora, Jenny – soltou Kellan, ríspido, voltando seu olhar de raiva para ela.

Sem se deixar intimidar por sua expressão feroz, ela disse com toda a calma:

— Não? Pois eu acho que precisam. – Apontou para o bar. – Metade das pessoas lá fora acha que vocês precisam. – Olhou-o de alto a baixo, ressabiada. – Estou sabendo das brigas de vocês. Não vou deixar você sozinho com ela.

Kellan ficou olhando para Jenny, boquiaberto, e então olhou por sobre seu ombro para mim, furioso.

— Você contou a Jenny... Ela sabe? – Dei de ombros e lancei um breve olhar para Evan. Ele ainda parecia confuso e preocupado. – Tudo? – perguntou, ainda atordoado.

Tornei a dar de ombros.

Kellan soltou um resmungo, passando a mão pelo cabelo.

— Bem... Não é interessante? E eu aqui pensando que nós não íamos conversar sobre isso. – Olhou para Evan. – Bem, já que o segredo foi para o espaço, por que não trabalhamos todos em grupo? – Estendeu as mãos para mim num gesto teatral, sem deixar de olhar para Evan. – Eu comi a Kiera... embora você tenha me avisado para não fazer isso. E então, por via das dúvidas, eu a comi de novo!

Todo mundo falou ao mesmo tempo: Jenny repreendeu Kellan pelo linguajar, Evan o xingou e eu gritei com ele para calar a boca. Kellan olhou zangado para todos e acrescentou:

– Ah... e também a chamei de puta!

– Você não passa de um palhaço! – exclamei, desviando os olhos. Lágrimas de raiva brotaram nos meus olhos, e meu rosto ficou vermelho de vergonha. Evan não estava sabendo de nada daquilo. E também não precisava ficar sabendo.

Kelan pareceu incrédulo quando dei um breve olhar para ele.

– Um palhaço? Eu sou um palhaço? – Zangado, avançou um passo na minha direção, e Jenny pousou a mão no seu peito. – Foi você que bateu em mim! – Fez um gesto indicando o rosto, onde as marcas vermelhas ainda eram visíveis. – De novo!

Evan se intrometeu, parecendo irritado com Kellan:

– Pelo amor de Deus, cara. Onde é que você estava, aliás *está*, com a cabeça?

Os olhos zangados de Kellan pularam para ele:

– Ela me implorou; eu sou apenas humano!

Soltei uma exclamação afrontada, incapaz de formar uma frase coerente. Será que a sala inteira precisava ficar sabendo de detalhes tão íntimos? Eu estava atônita com o jeito como ele estava me pintando... como se ele fosse algum inocente, e eu o tivesse seduzido. Tá legal!

Seus olhos voltaram para mim:

– Você me implorou, Kiera! As duas vezes, lembra? – Gesticulou irritado para mim, e Jenny o empurrou para trás. – Eu só fiz o que você pediu. Foi a única coisa que eu sempre fiz... o que você pediu! – Estendeu as mãos para os lados, num gesto de exaspero.

Isso afrouxou minha língua, a raiva e a vergonha tomando conta de mim. Ele raramente tinha feito coisas que eu "pedira". Eu tinha uma longa lista na memória, mas o que predominava na minha cabeça era a palavra que ele pronunciara poucos momentos atrás.

– Eu não pedi para ser chamada de puta!

Ele avançou na minha direção e Jenny pôs as duas mãos no seu peito.

– E nem eu pedi para apanhar de novo! Para de me bater, porra!

Jenny murmurou "Olha o linguajar", mas Kellan a ignorou. Evan lhe disse "Vai com calma", mas Kellan também o ignorou.

– Você pediu, seu palhaço! – Nenhuma mulher teria deixado passar uma ofensa daquelas. Ele praticamente tatuara a palavra na minha testa. – Já que estamos *compartilhando* – enfatizei a palavra com raiva –, por que não conta a eles o que você disse para mim? – Dei um passo em direção a ele, e Jenny pousou uma das mãos no meu ombro. A única coisa que mantinha nossas raivas separadas era aquela lourinha bonita.

– Se você tivesse me dado dois segundos, eu teria me desculpado por aquilo. Mas quer saber de uma coisa? Agora eu não me desculpo mais! – Deu de ombros, abanando a cabeça. – Não me arrependo por ter dito o que disse. – Apontou para mim, zangado: – Foi você quem saiu dos trilhos! Você simplesmente não suporta o fato de eu estar namorando!

Meus olhos arderam de fúria:

– Namorando? Trepar com qualquer coisa que tenha pernas não é namorar, Kellan! Você nem se dá ao trabalho de perguntar os nomes delas! Isso não está certo! Você é um canalha! – rosnei.

Evan tornou a se intrometer antes que Kellan pudesse responder:

– Ela tem razão, Kellan.

– O quê? – Kellan e eu olhamos boquiabertos para ele. – Tem mais alguma coisa para me dizer, Evan? – perguntou Kellan, ríspido, afastando-se de Jenny, que retirou a mão do seu peito.

O rosto normalmente jovial de Evan ficou sombrio.

– Talvez eu tenha. Talvez ela esteja certa. E talvez, apenas talvez, você também saiba disso. – Kellan empalideceu, mas não disse nada. – Por que não conta a ela a razão de você ser tão… promíscuo? Talvez ela entenda.

Kellan ficou furioso e deu um passo em direção a Evan.

– E que diabos você sabe sobre isso?

De repente, o olhar de Evan se encheu de simpatia, e ele respondeu em voz baixa:

– Mais do que você pensa que sei, Kellan.

Kellan parou de avançar, seu rosto empalidecendo.

– Cala a boca, Evan… Isso não é um pedido. Cala essa porra de boca. – Sua voz era baixa e gelada; ele realmente não estava brincando.

– Kellan… olha o linguajar – Jenny tornou a repreendê-lo.

Ao mesmo tempo, soltei:

– Do que é que vocês estão falando? – Eu estava extremamente irritada com o diálogo confuso dos dois.

Kellan ignorou a nós duas, encarando Evan com um olhar gelado. Evan o encarou do mesmo jeito, e então soltou um suspiro resignado.

– Tudo bem, cara… Você é quem sabe.

Kellan fungou.

– É isso aí. – Apontou para todos nós. – Como eu namoro ou deixo de namorar não é da conta de vocês. Se eu quiser trepar com o bar inteiro, todos vocês…

– Você praticamente fez isso! – berrei, interrompendo-o.

— Não! Eu trepei com você! – berrou ele também, e no súbito silêncio que se seguiu a essa declaração, ouvi Evan tornar a praguejar e Jenny suspirar baixinho. – E você se sente mal por trair Denny. – Ele se inclinou para Jenny, que voltou a pôr a mão no peito dele e a empurrá-lo. – Você se sente culpada por ter um caso, mas...

Eu o interrompi:

— Nós *não* estamos tendo um caso! Nós cometemos um erro, duas vezes... só isso! Ele soltou o ar com força.

— Ah, para com isso, Kiera! Meu Deus, você é *muito* ingênua. Nós podemos só ter feito sexo duas vezes, mas estávamos indiscutivelmente tendo um caso o tempo todo!

— Isso não faz sentido! – gritei com ele.

— É mesmo? Então por que você queria tão desesperadamente esconder tudo de Denny, hein? Se a coisa era mesmo tão inofensiva e inocente, então por que nós não éramos abertos em relação ao nosso... relacionamento... com qualquer um? – Ele ergueu o braço em direção à porta, para indicar o mundo exterior.

Ele tinha razão. Nós só deixávamos os outros verem uma fração do quanto realmente éramos íntimos um do outro. Não pude lhe responder.

— Eu... Eu...

— Por que não podemos mais nem tocar um no outro? – Prendi a respiração. Não tinha gostado da pergunta, nem da sensualidade da sua voz. – O que acontece quando eu toco em você, Kiera? – Seu tom, quase um rosnado baixo, estava se tornando tão sensual quanto suas palavras, e Jenny se afastou um passo dele, tornando a tirar a mão do seu peito.

Ele passou a mão pela camisa, respondendo à própria pergunta:

— Seu pulso dispara, sua respiração acelera. – Mordeu o lábio e começou a simular uma respiração ofegante, mantendo os olhos fixos nos meus. – Seu corpo treme, sua boca se entreabre, seus olhos ficam em brasa. – Fechou os olhos e soltou um gemido baixo, então os reabriu e inspirou por entre os dentes, lascivo. Simulando uma voz carregada de erotismo, continuou a me hostilizar. – Seu corpo se enche de desejo... por toda a parte.

Tornou a fechar os olhos e imitou com exatidão o gemido baixo que eu soltara com ele em tantas ocasiões. Enfiou a mão nos próprios cabelos, do jeito como eu fizera várias vezes, e passou a outra pelo peito, num gesto que me era tão conhecido. Estava com uma expressão íntima no rosto, e o efeito geral era tão erótico e familiar, que eu corei até a raiz dos cabelos. Ele engoliu em seco e fez um som horrível de tão atraente ao abrir a boca num arquejo.

— Ah... meu Deus... por favor... – imitou em um gemido baixo, as mãos percorrendo o corpo em direção à calça jeans...

— Chega! – soltei. Morta de vergonha, dei uma olhada em Jenny. Ela parecia tão pálida quanto eu estava vermelha. Olhou para mim, agora pousando a mão em meu ombro por simpatia, não mais para me conter. Ouvi Evan murmurar "Santo Deus, Kellan".

Os olhos de Kellan se abriram de estalo e ele disse com rispidez:

— Foi o que eu pensei! Isso parece inocente para você? — Correu os olhos pela sala. — Para qualquer um de vocês? — Tornou a me fuzilar com os olhos. — Você fez sua escolha, lembra? Denny. Nós acabamos com... tudo. — Indicou a si mesmo e a mim. — Você não tinha qualquer sentimento por mim. Não quis ficar comigo, mas agora também não quer que ninguém mais fique, certo? — Balançou a cabeça. — É isso que você quer? Que eu fique completamente sozinho? — A raiva fez sua voz falhar ao fim da frase.

Meu rosto, ainda vermelho de vergonha, ardeu de raiva.

— Eu nunca disse isso. O que disse foi que, se você namorasse outra pessoa, eu compreenderia... mas, pelo amor de Deus, Kellan, Evan tem razão, mostre um pouco de autocontrole! — Fez-se silêncio na sala, todos os presentes trocando olhares exaltados. Finalmente, não pude mais suportar. — Você está tentando me magoar? Tem alguma coisa para provar?

Ele me olhou de alto a baixo.

— A você...? Não... nada!

Ele se afastou um pouco de Jenny, e eu tentei passar por ela, que pôs as mãos nos meus ombros para me impedir.

— Você não está tentando me magoar de caso pensado? — cobrei.

— Não. — Ele tornou a passar a mão pelo cabelo, negando com a cabeça.

Meu sangue devia estar fervendo, tamanha a fúria que eu sentia. É claro que ele estava tentando me magoar! Por que outro motivo estaria naquela galinhagem desenfreada? Por que outro motivo teria rompido sua promessa?

— Nesse caso, como você explica o que aconteceu com a minha irmã?

Ele soltou um resmungo e olhou para o teto.

— Ah, meu Deus, essa história de novo não.

Evan avançou para ajudar Jenny, que começava a lutar comigo; eu estava uma fera, e empurrava-a para que me deixasse passar. Jenny olhou para Evan e, sem dizer nada, apenas fez que não com a cabeça. Ele continuou onde estava perto da porta.

— Essa história! De novo! Sim! Você prometeu! — berrei, apontando para ele.

— É óbvio que eu menti, Kiera! — berrou ele também. — Caso você ainda não tenha notado, eu faço isso! E, de todo modo, que diferença faz? *Ela* me quis, você não. Que importância tem para você se eu...

— Porque você é meu! — berrei para ele, sem a menor intenção. Claro, ele não era realmente meu...

O silêncio imediato que se fez foi ensurdecedor. O rosto de Kellan empalideceu, e então foi pouco a pouco ficando muito, muito zangado.

— Não, não sou! É EXATAMENTE ISSO QUE EU ESTOU TENTANDO PROVAR, PORRA!

— Kellan! — Jenny tornou a repreendê-lo, e ele finalmente olhou para ela, com a expressão furiosa.

Meu rosto ficou ainda mais vermelho de vergonha depois da minha declaração impensada.

— Foi por isso que você fez o que fez? Foi por isso que dormiu com ela, seu filho da puta? Para tentar provar o seu ponto de vista? — Minha voz falhou de raiva.

Jenny finalmente interveio:

— Ele não dormiu com ela, Kiera — declarou calmamente.

— Jenny! — Kellan lançou um olhar gelado para ela.

— Como é? — perguntei a Jenny, que então tirou as mãos dos meus ombros.

Ignorando o olhar glacial de Kellan, ela repetiu, com toda a calma:

— Não foi Kellan quem dormiu com ela.

Kellan deu um passo ameaçador em direção a Jenny, e Evan logo deu outro em direção a Kellan. Após uma breve espiada em Evan, Kellan parou.

— Isso não te diz respeito, Jenny, não se meta! — ordenou, ríspido.

Um tanto irritada com ele agora, ela enfrentou seu olhar sem se perturbar.

— Agora diz respeito, sim! Por que está mentindo para ela, Kellan? Conta a verdade! Pelo menos uma vez na vida, conta a ela a verdade.

Ele se calou, trincando os dentes. Evan olhou para ele com ar de censura, e Jenny franziu o cenho. Sem poder mais suportar, gritei:

— Alguém quer por favor me dizer... alguma coisa?!

Jenny olhou para mim.

— Você nunca ouve o que o Griffin diz? — perguntou, com voz mansa.

Irritado, Kellan respondeu por mim:

— Não, ela evita conversar com ele, quando pode. — Em voz mais baixa, acrescentou: — Eu já contava com isso.

Franzi o cenho, sem entender nada.

— Espera aí... Griffin? Minha irmã dormiu com o Griffin?

Jenny assentiu, revirando os olhos.

— Ele não para de falar nisso, Kiera. Fica contando para todo mundo... "Foi o melhor 'O' da minha vida!" — Fez uma expressão enojada.

Kellan tornou a trincar os dentes.

— Já chega, Jenny.

Fiquei olhando para ela, incrédula, e então olhei para Evan. Ele deu de ombros, assentiu e ficou olhando com ar curioso para Kellan. O mesmo fez Jenny. E eu também.

— Você mentiu para mim? — perguntei num sussurro.

Ele deu de ombros, evasivo.

— Você tirou a conclusão. Eu apenas... joguei lenha na fogueira.

Senti uma raiva enorme.

— Você mentiu para mim! — gritei.

— Eu já disse a você que faço isso! — rebateu ele.

— Por quê? — indaguei.

Evitando os olhos de todos na sala, Kellan não respondeu.

— Responde à pergunta, Kellan — ordenou Jenny. Ele olhou para ela, que arqueou uma sobrancelha. Kellan franziu o cenho, mas continuou em silêncio.

Lembranças me assaltaram.

— A briga no carro... a chuva... tudo aquilo começou porque eu estava com raiva de você por ter dormido com ela. Por que me deixou pensar que...

Ele me olhou, irritado:

— E por que você automaticamente presumiu que...

— Porque ela me contou. Bem, ela fez com que parecesse que... — Fechei os olhos. Eu não tinha querido ouvir. Não tinha chegado a deixá-la explicar direito o que acontecera aquela noite. Tudo que ela tinha dito sobre Kellan fora que queria que eu agradecesse a ele em seu nome. Eu tinha presumido que ela queria que eu lhe agradecesse por... aquilo. Mas talvez tivesse sido apenas pela saída agradável, por dançar com ela a noite inteira, por levá-la à casa de Griffin, por lhe dar uma carona de volta, ou... meu Deus, poderia ter sido por qualquer coisa.

Tornando a abrir os olhos, eu o observei, abrandando a expressão e a voz.

— Me desculpe por ter presumido que... Mas por que você me deixou pensar isso por tanto tempo?

O olhar e a voz dele também se abrandaram.

— Eu queria magoar você...

— Por quê? — sussurrei, dando um passo em sua direção. Vendo que ele e eu tínhamos nos acalmado, Jenny me deixou passar. Kellan desviou os olhos, sem responder. Caminhei até ele e pousei a mão no seu rosto. Ele fechou os olhos ao sentir meu toque.

— Por que, Kellan?

Ainda sem abrir os olhos, ele sussurrou:

— Porque você me magoou... tantas vezes. Eu queria magoar você também.

Minha raiva se extinguiu. Também sentindo a sua amainar, Kellan abriu os olhos lentamente, a dor se estampando nas suas feições. Ele me encarou em silêncio. Como que em meio a uma névoa, ouvi Jenny caminhar até Evan e lhe dizer que deviam nos deixar a sós. Então ouvi a porta se abrir e fechar, e Kellan e eu ficamos sozinhos.

— Eu nunca quis magoar você, Kellan... nenhum de vocês dois. — O silêncio do espaço reverberou aos meus ouvidos e eu fiquei de joelhos, bem ali, no meio da sala. A montanha-russa de emoções começava a me exaurir — a culpa, a excitação, a dor, o nervosismo, a raiva. Mal podia me lembrar de como tinha achado que as coisas eram perfeitas no começo, antes de eu estragar tudo.

Kellan se ajoelhou no chão diante de mim, segurando minhas mãos entre as suas.

– Agora não importa, Kiera. As coisas são como devem ser. Você está com Denny, e eu estou... estou... – Engoliu em seco.

Eu sentia tantas saudades de como as coisas eram, de como nosso relacionamento era doce, antes de Kellan esfriar, depois esquentar, e então... o que quer que ele estivesse sendo agora. Deixei escapar, antes que pudesse refletir:

– Sinto sua falta – sussurrei para ele.

Ele prendeu a respiração, e o ouvi engolir em seco.

– Kiera...

As lágrimas começaram a brotar, e eu apenas desejei ter meu amigo de volta. Kellan me puxou para um abraço, como costumava fazer havia tanto tempo. Eu o abracei com força, precisando sentir seu corpo. Ele ficou alisando minhas costas enquanto eu começava a soluçar no seu ombro. Só queria parar de sentir as coisas com tanta intensidade. Minha cabeça girava de culpa, raiva, desejo e dor.

Ele murmurou algo no meu ombro que soou quase como "Me perdoe, amor". Meu coração disparou ao som dessas palavras meigas vindo dele.

Ele sentou de cócoras, me mantendo apertada contra o corpo, de modo que eu me sentava no seu colo, meus joelhos de cada lado dele. Então começou a alisar meus cabelos, e eu a relaxar em seus braços. Ficou me abraçando desse jeito por muito tempo. Minhas lágrimas pouco a pouco cessaram, e eu me virei para olhá-lo.

Para minha surpresa, os olhos dele estavam fechados, e sua cabeça baixa. Ele parecia triste. Tentei me afastar, mas, sempre de olhos fechados, ele me apertou com mais força.

– Não, por favor... fica – sussurrou.

Na mesma hora eu me dei conta de como nossa posição era perigosa. Nossa respiração, o jeito como a sala estava silenciosa, a força com que ele me estreitava, quanto tempo fazia que não nos abraçávamos de verdade. Quando ele abriu os olhos devagar e me observou, vi que também estava consciente do perigo. Seus lábios se entreabriram, sua respiração se acelerou. Vi a dor melancólica do desejo por mim em seus olhos. Kellan estava certo – havia uma razão pela qual jamais deveríamos nos tocar.

Pensando apenas em lhe dizer que eu não podia mais fazer isso com Denny, sussurrei:

– Sinto tantas saudades de você. – Não era nada disso que eu ia dizer. O que havia de errado comigo?

Ele fechou os olhos e abaixou a testa até tocar na minha. Eu percebia com a maior clareza como estava tornando as coisas difíceis para ele, mas não tinha a menor intenção...

— Kiera, eu não posso... — Ele tornou a engolir em seco. — Isso é errado, você não é minha.

Senti um arrepio de prazer ao ouvir a palavra "minha" saindo de seus lábios, e me odiei por isso. Mentalmente concordando com ele, sussurrei:

— Eu *sou* sua. — Espera aí, também não era nada disso que eu ia dizer...

Ele vocalizou um som estranho, sua respiração ficando entrecortada por um momento.

— Você é...? — sussurrou tão baixinho que mal o ouvi. Ele olhou para mim, a paixão ardendo novamente em seus olhos. — Eu te quero tanto...

Eu sentia tanta tristeza pela perda da amizade simples que havíamos tido um dia, tanta culpa pelo que fizera inúmeras vezes para trair Denny, e uma necessidade tão extrema de estar nos braços de Kellan... e era essa última que estava vencendo. Tinha sentido tantas saudades suas que, agora que ele estava comigo, não queria que jamais me deixasse.

— Eu também te quero — sussurrei, e, pela primeira vez, foi o que tive a intenção de dizer.

Ele rolou, de modo que fiquei deitada no chão e ele pressionando o corpo contra o meu. Respirando baixinho, ele esperou, quase tocando meus lábios. Mas apenas se manteve nessa posição, e pude ver a hesitação em seus olhos. Ele não sabia se eu realmente queria isso.

Antes de me dar conta do que dizia, as palavras se derramaram num jorro:

— Senti tantas saudades de você. Há tanto tempo que quero tocar você. Há tanto tempo que quero abraçar você. Há tanto tempo que desejo você. Eu realmente preciso de você, Kellan... sempre precisei.

Ele ainda se mantinha na mesma posição, seus lábios pairando sobre os meus, seu olhar frenético observando meu rosto, procurando uma mentira em minhas palavras.

— Eu não vou mais... me deixar levar, Kiera. Prefiro acabar com tudo a ser magoado por você de novo. Não posso...

Procurei pela verdade em minha mente... mas tudo que encontrei em meu corpo foi um doloroso sentimento de solidão por sua ausência. Não podia suportar por mais um dia que ele dormisse com outra mulher. Não podia aguentar mais um segundo de seus lábios nos lábios de outra que não eu. Não estava nem pensando no que isso significava para Denny e para mim. Só estava pensando que precisava que Kellan fosse meu... só meu.

Segurei seu rosto com delicadeza entre as mãos.

— Não me deixe. Você é meu... e eu sou sua. Eu quero você... e você pode me ter. Mas pare de sair com todas aquelas...

Ele se afastou de mim.

— Não. Eu não vou ficar com você só porque você sente ciúmes.

Tornei a aproximar seu rosto do meu, e imitei um dos gestos dele que tinham me enlouquecido tanto tempo atrás. Passei a língua de leve por baixo e por cima de seu lábio superior. Teve o mesmo efeito sobre ele que tivera sobre mim. Ele fechou os olhos e estremeceu, respirando depressa.

— Kiera... não. Não faça isso comigo de novo...

Refleti.

— Não estou fazendo, Kellan. Lamento por ter rejeitado você antes, mas agora não estou mais fazendo isso.

Levei a língua de volta à sua pele intoxicante de tão deliciosa. Só consegui contornar metade do seu lábio antes de ele abaixar a boca até a minha. Ele interrompeu o beijo no meio e se afastou, o fôlego curto e rápido. Ficou olhando para mim, parecendo muito nervoso.

— Estou apaixonado por você — sussurrou, observando meus olhos. Parecia muito pálido e assustado, e um pouco... esperançoso.

— Kellan, eu... — Não sabia o que dizer. Meus olhos começaram a se encher de lágrimas de novo.

Ele não me deixou sequer tentar terminar o que dizia. Acariciou meu rosto e tornou a me beijar, mas com meiguice, com doçura, um beijo cheio de emoção.

— Estou tão apaixonado por você, Kiera. Senti tantas saudades suas. Lamento tanto. Lamento por ter dito coisas tão horríveis para você. Lamento por ter mentido sobre sua irmã... Jamais encostei um dedo nela. Juro a você que não faria isso. Eu não podia deixar você saber... o quanto te adoro... o quanto você me magoou.

Foi como se o ato de finalmente me dizer como se sentia libertasse o resto de suas emoções represadas, e ele não pudesse se conter.

Ele falava depressa, entre um beijo carinhoso e outro:

— Eu te amo. E lamento. Lamento tanto. As mulheres... Eu tinha tanto medo de te tocar. Você não me queria... Eu não podia suportar a dor. Eu tentei te esquecer. Todas as vezes em que estive com elas, estive com você. Lamento tanto... Eu te amo.

As lágrimas escorriam pelas minhas faces enquanto eu o escutava em chocado silêncio. Suas palavras sentidas, seus lábios ternos, me deixavam ainda mais fraca, faziam meu pulso disparar.

Seus lábios em nenhum momento paravam de se mover sobre os meus, suas palavras em nenhum momento paravam de fluir por entre eles.

— Me perdoe... por favor. Eu tentei te esquecer. Não deu certo... Só fez com que eu te quisesse ainda mais. Meu Deus, como senti sua falta. Me perdoe por ter magoado você. Jamais quis alguém como quero você. Cada garota é você para mim. Você é tudo que eu vejo... você é tudo que eu quero. Eu te quero tanto. Eu te quero para sempre. Me perdoe... eu te amo tanto.

Eu ainda não podia assimilar o que ele estava dizendo, seu olhar de medo e esperança. Mas suas palavras fizeram com que eu o quisesse ainda mais. Fizeram com que minha respiração ficasse ofegante e irregular. Seu beijo se intensificou em resposta.

— Meu Deus, eu te amo. Preciso de você. Me perdoa. Fica comigo. Diz que precisa de mim também... Diz que me quer também. Por favor... seja minha.

Na mesma hora ele parou de me beijar e ficou imóvel, me encarando com uma expressão aterrorizada, como se finalmente se desse conta exatamente do que dissera.

— Kiera...? — Sua voz soou trêmula. Seus olhos brilhavam ao escrutinar os meus.

Percebi que não dizia nada havia muito tempo. Ele estava abrindo seu coração para mim, e eu não dissera uma palavra. É claro, ele não tinha me dado uma oportunidade de falar, mas, pelo terror em seus olhos, acho que ele não se deu conta disso. Tudo que ele podia perceber eram minhas lágrimas e meu silêncio.

Com a emoção trancando minha garganta, fechei os olhos, me dando um tempo para absorver tudo. Ele me amava? Ele me adorava? Ele me amava? Ele me queria... para sempre? Ele me amava? Sentimentos por ele que eu me esforçara tanto por reprimir me invadiram. Tudo por que tínhamos passado, cada lágrima, cada alegria, cada ciúme — quer dizer então que ele tinha me amado o tempo todo?

Senti que ele se afastava de mim, e me dei conta de que ainda estava deitada, em silêncio, com os olhos fechados. Tratei de abri-los e observei seu rosto triste, aterrorizado. Segurei seu braço para impedir que ele se afastasse de mim. Ele me olhou fixamente, a lágrima no seu olho finalmente escorrendo pelo rosto. Eu a sequei com o polegar e segurei seu rosto. Puxei-o para mim e o beijei com ternura.

— Kiera... — murmurou ele entre meus lábios, se afastando um pouco.

Engoli o nó na garganta.

— Você sempre teve razão... Nós não somos amigos. Somos muito mais do que isso. Quero ficar com *você*, Kellan. Preciso ser sua. Eu *sou* sua. — Era tudo que eu sentia naquele momento, tudo em que podia pensar para dizer. Naquele instante, ele era o meu mundo inteiro. Nada mais existia para mim além dele, e eu não queria mais lhe resistir. Estava cansada de relutar contra tudo isso. Queria ser dele... em todos os sentidos.

Ele rolou para cima de mim e levou a boca de volta à minha. Soltou um suspiro baixinho e me beijou com paixão, como se não nos beijássemos há anos. A paixão que senti vindo dele era quase avassaladora, seu corpo inteiro tremendo com ela. Ele se remexeu e investiu contra mim, soltando um som gutural que me eletrizou.

Passei as mãos pelas suas costas, e ele estremeceu. Senti a barra de sua camisa e, levantando-a, passei os dedos por sua pele nua, puxando a camisa. Com delicadeza eu a retirei, olhando para sua perfeição incrível por um segundo, antes que seus lábios voltassem a descer sobre os meus.

Ele tornou a se remexer e passou as mãos lentamente pelo meu pescoço e meu peito, e então as enfiou sob a minha blusa. Suas mãos tremiam quando ele a puxou para cima e a retirou. Seu corpo ainda tremia quando ele me beijou. Ele estava se contendo, compreendi, se obrigando a ir devagar, se obrigando a permanecer no controle, para o caso de eu mudar de ideia. Pensar no quanto ele me queria mas se sentia inseguro em relação a mim fez com que um incêndio se alastrasse pelo meu corpo.

Passei as mãos pelas suas costas nuas, sentindo cada músculo, cada linha definida. Ele soltou um gemido leve quando minhas mãos contornaram o tronco até o peito e eu deslizei os dedos pela cicatriz pálida nas costelas, a cicatriz que ele tinha ganhado por minha causa... porque me amava. Seus lábios em nenhum momento deixando os meus, suas mãos desceram pelos meus ombros até os braços, até a cintura. Suspirei de prazer por sentir seu toque de novo; fazia tanto, tanto tempo. Ele tornou a se mexer e suas mãos trêmulas desceram até minha calça jeans. Seus dedos brincaram com o cós por um momento, quase como se ele refletisse se deveria...

Afastando-me de seus lábios, sussurrei no seu ouvido:

— Sou sua... não pare. — E me remexi sob seu corpo, sensual.

Suspirando e relaxando, Kellan me ouviu e não parou. Começou a desabotoar minha calça e eu, mordendo o lábio, comecei a desabotoar a sua. Ele se afastou para me observar fixamente. Parou de tremer. Parecia finalmente acreditar que eu não iria interrompê-lo. Terminei de desabotoar sua calça quando ele já começava a tirar a minha. Olhando para mim com uma expressão cheia de amor, ele disse baixinho "Eu te amo, Kiera", e começou a beijar meu pescoço.

Sua expressão e suas palavras me atingiram com tamanha intensidade que eu prendi a respiração. De repente, tudo isso me pareceu errado, sujo. Não combinava com suas palavras meigas, e eu simplesmente não pude mais ir em frente.

— Kellan, espera... só um minuto — arrisquei dizer.

— Kiera... — Ele parou de puxar minha calça e soltou um gemido forte. Seu corpo inteiro afundou sobre o meu, sua cabeça pousada no meu ombro. — Ah... Meu... Deus. Está falando sério? — Ele abanou a cabeça sobre meu ombro. — Por favor, não faz isso de novo. Eu não aguento.

— Não, não estou fazendo... Mas...

— Mas...? — Ele se afastou para me olhar, sem fôlego, seus olhos azuis ardendo de desejo e, agora, irritação. — Será que você se dá conta de que se continuar fazendo isso com o meu corpo, eu nunca vou poder ter filhos? — soltou, ríspido.

Comecei a rir da sua pergunta involuntariamente engraçada. Ele se afastou ainda mais e olhou para mim com o cenho franzido.

— Que bom que você acha isso engraçado...

Ainda rindo, passei o dedo por seu rosto, finalmente levando-o a sorrir.

— Se nós vamos fazer isso... se eu vou transar com você — olhei para o chão imundo em que estávamos deitados —, não vai ser no chão da sala dos fundos do Pete's.

Ele franziu o cenho, e então sua expressão se abrandou e ele me deu um beijo leve.

— Agora você faz restrições a transar comigo num chão sujo? — sussurrou.

Tornei a rir ao ouvir a referência ao nosso encontro no quiosque de café, e por ver seu humor voltar. Fazia tanto tempo que eu não o via dar quaisquer mostras dele.

Ele tornou a me beijar, e então, se afastando, forçou o rosto a ficar sério.

— Você... fez com que eu confessasse meus sentimentos... só para poder tirar minhas roupas? — Arqueou uma sobrancelha com ar brincalhão.

Caí na risada, segurando seu rosto entre minhas mãos.

— Meu Deus, como senti sua falta. Como senti falta disso.

— Disso o quê? — perguntou ele baixinho, olhando para mim e acariciando de leve a pele do meu estômago.

— De você... do seu senso de humor, do seu sorriso, do seu toque, de... tudo. — Olhei para ele, carinhosa.

Seu rosto ficou sério.

— Senti tanto a sua falta, Kiera.

Assenti, engolindo a emoção na garganta, e ele voltou a me beijar. De repente, ele se afastou e, olhando meu corpo seminu sob o seu, mordeu o lábio, arqueando uma sobrancelha.

— Sabe... Há outras opções nesta sala, além do chão.

— É mesmo? — perguntei, adorando seu tom brincalhão.

— É, sim... — Ele olhou para a sala, sorrindo. — Mesa... Cadeira... Prateleira... — Voltou a olhar para mim, seu largo sorriso agora endiabrado. — Parede?

Caí na risada e passei a mão pelo seu peito, espantada por ver o quão depressa minhas emoções em relação a Kellan podiam mudar. Fazia pouco estávamos quase apertando o pescoço um do outro, e agora trocávamos piadas íntimas.

— Me beija. — Meneei a cabeça para ele.

— Sim, senhora. — Ele sorriu e começou a me beijar com paixão. — Sua provocadora — resmungou, passando os lábios no meu pescoço.

— Seu galinha — resmunguei em resposta, abrindo um sorriso e beijando o rosto que eu estapeara com tanta dureza horas atrás. Ele soltou um riso rouco e passou os lábios para a base do meu pescoço.

O som de uma batida baixa e insistente à porta ecoou pela sala, mas Kellan e eu a ignoramos.

— Hummm... — Fechei os olhos enquanto ele passava a língua de leve pelo meu pescoço. Meu Deus, como eu adorava isso.

Sua língua já ia subindo para o meu queixo quando as batidas chatas que até então tínhamos ignorado de repente deram lugar a uma porta se escancarando. Soltei uma exclamação de susto e inclinei a cabeça, meu coração disparando. Kellan levantou a cabeça para olhar a porta.

— Pô, Evan... Você me deu um puta susto! — disse Kellan, rindo.

Não senti vontade de rir. Não era uma situação em que eu gostasse de ser flagrada. Mas, justiça fosse feita a Evan, ele estava cobrindo os olhos. Na mesma hora fechou a porta às suas costas e virou o rosto.

— Hum, desculpe, cara. Eu sei que vocês dois estão... Hum, preciso falar com você, Kellan.

Evan parecia muito constrangido, mas não podia estar mais constrangido do que eu. Kellan continuava em cima de mim, como que me protegendo dos olhos de Evan, embora este não olhasse na nossa direção.

— Escolheu uma hora ruim, cara. — Kellan franziu o cenho para ele.

Sem querer, Evan lançou um olhar de relance para nós, na mesma hora tratando de virar o rosto. Abracei Kellan com mais força, desejando estar em qualquer outro lugar que não ali.

— Desculpe... Mas você vai me agradecer pela escolha daqui a mais ou menos dez segundos.

Kellan abriu um largo sorriso:

— Sério, Evan, será que isso não pode esperar, tipo assim, uns dez... — Dei uma cutucada nas suas costelas e ele olhou para mim, e então de novo para Evan: — ... vinte minutos? — Dei risadinhas.

— Denny está aqui — declarou Evan.

Parei de rir.

— O quê? — perguntei em voz baixa.

Kellan sentou, as pernas ainda ao meu redor.

— Merda. — Entregou minha blusa, e eu me apressei a vesti-la. Ele continuou no meu colo, pensando.

Evan finalmente nos encarou sem desviar os olhos.

— A menos que você queira que esta noite se torne ainda mais... interessante, Kiera precisa voltar para o bar, e você precisa ficar aqui e conversar comigo.

Kellan assentiu e, encontrando sua camisa, tratou de vesti-la.

— Valeu... — disse, erguendo os olhos para Evan.

Evan deu um meio sorriso.

— Viu só? Eu sabia que você iria me agradecer.

Eu me senti gelada quando Kellan finalmente saiu do meu colo e me ajudou a levantar. Ajeitamos nossas roupas e eu comecei a sentir dificuldade de respirar. Kellan pôs a mão no meu ombro:

— Está tudo bem... Vai ficar tudo bem.

Eu estava em pânico.

— Mas o bar inteiro... todos viram aquilo, e vão falar. Ele vai saber alguma coisa.

Kellan negou com a cabeça:

— Ele vai saber que nós tivemos uma briga... só isso. — Olhou para Evan, que parecia impaciente para que eu saísse dali. — É melhor voltar logo, antes que ele apareça por aqui à sua procura.

— Tudo bem...

— Kiera... — Ele segurou meu braço quando eu já dava as costas para sair, e então me puxou para um último e longo beijo.

Eu estava sem fôlego quando saí para o corredor.

Capítulo 20
CONFISSÕES

Por sorte, o corredor estava vazio. Tratei de me enfiar depressa no banheiro, que também estava vazio. O pânico passou e eu deslizei pela parede até o chão, pousando a cabeça nos braços. Essa passara raspando. E se tivesse sido Denny em vez de Evan? Senti um aperto no estômago ao imaginar a cena. Se eu ia mesmo deixar Denny, não haveria de ser por ele descobrir desse jeito.

Mas será que eu ia mesmo deixar Denny por Kelan? Eu amava Denny, não queria deixá-lo... mas... tinha sido tão bom sentir os braços de Kellan ao meu redor de novo. Eu sabia que não iria mais rejeitá-lo. Precisava demais dele. Quem sabe não podia dar certo com os dois? Sorri e levei os dedos aos lábios, recordando o terno beijo de Kellan. Será que ele realmente me amava? Será que eu o amava? Essa ideia me excitava e aterrorizava. Será que eu conseguiria ter um caso assumido? Será que Kellan conseguiria? Será que Denny conseguiria?

Abrindo a porta, dei uma espiada no corredor. Ainda vazio... ótimo. Dei uma olhada no espelho e decidi que não estava com cara de ter quase transado com Kellan... de novo... e, suspirando, me virei e saí do pequeno aposento.

Por instinto, meus olhos foram direto para a mesa da banda quando voltei a entrar no bar. Franzi o cenho. Kellan não estava lá. Será que ainda estava com Evan na sala dos fundos? Mas não pude me preocupar com isso, pois já recebia olhares glaciais de vários clientes, que não pareciam nada satisfeitos com minha ausência prolongada. E Denny também se aproximava de mim, com um ar um tanto desconfiado.

Por um momento, esperei que ninguém ainda tivesse contado nada a Denny, mas, acima do murmúrio baixo de vozes no bar, ouvi a voz de Griffin gritando "*É isso aí, Kiera, uuuu! Uma puta bolacha!*". Vi Matt dar um tapa forte no seu peito, e ouvi Griffin murmurar: "*Que foi? Na certa o filho da mãe mereceu.*"

Fechei os olhos, maldizendo aquele babaca burro, linguarudo. Sinceramente, o que é que a minha irmã tinha visto naquele cara?

– Kiera? – O sotaque suave de Denny me fez abrir os olhos. – Está tudo bem? O bar inteiro não para de falar no tapa que você deu em Kellan... – Seu cenho estava franzido de preocupação, seus olhos refletindo o mesmo sentimento.

Passando por ele, segurei sua mão e me dirigi ao bar, tentando ganhar tempo. *O que vou falar para ele?* Kellan não chegou a me dizer o que falar. Minha irritação com Griffin acabou me dando uma ideia e, sem refletir muito a respeito, fui logo soltando:

– O babaca dormiu com Anna quando ela esteve aqui, e depois não ligou para ela uma vez sequer... Ela ficou na maior depressão.

Denny parou de me acompanhar, e eu parei de andar... e de respirar.

– Ah – foi tudo que ele disse. Seu cenho continuou franzido, e eu fiquei sem saber se ele tinha acreditado em mim ou não.

– Não aguentei vê-lo usando Anna desse jeito, e depois... todas aquelas mulheres que ele fica levando para casa. Uma tremenda falta de respeito com ela. E hoje ele estava com uma praticamente dançando no colo dele, e eu perdi a cabeça. Eu... defendi a honra dela, por assim dizer.

– Ah – tornou ele a dizer, e então sua expressão se abrandou e ele esboçou um sorriso. – Por que não me contou isso antes? Eu teria conversado com Kellan a respeito.

Relaxei, voltando a respirar normalmente.

– Eu... eu disse a ela que não contaria para ninguém.

– É mesmo? – perguntou ele, subitamente curioso. – Do jeito como Anna estava se atirando em cima dele, achei que ela mesma alardearia aos quatro ventos. – Deu de ombros. – Sua irmã é uma figura. – Inclinou-se e beijou meu rosto. – Será que dava para me deixar cuidar das discussões daqui por diante?

Dei uma risadinha nervosa, apertando a mão dele com mais força. Será que ele iria mesmo cair na minha mentira?

– Certo, certo, sem problemas. – Dei um beijo rápido nele. – Meus clientes devem estar chateados comigo. Preciso voltar para o trabalho.

Denny riu.

– Provavelmente eles apreciaram o show durante o jantar. E por falar em jantar... Estou morto de fome. Acho que vou comer alguma coisa por aqui mesmo. – Tornou a rir e me deu um abraço apertado. – Eu te amo, Kiera. – Ainda estava rindo quando voltou para a mesa... a mesa da banda.

Senti vontade de vomitar.

Não sabia sobre o que Evan estava conversando com Kellan na sala dos fundos, mas eles ficaram mais de uma hora por lá. Quando finalmente reapareceram, Kellan manteve a cabeça baixa e foi embora do bar com um ar encabulado. Não dirigiu sequer um olhar na minha direção. No começo fiquei ofendida com isso, mas, ao notar os cochichos do pessoal fofocando ao meu redor, decidi que, se havíamos tido a briga feia que os frequentadores do bar achavam que tivéramos – e acho que, de um certo modo, fora mesmo esse o caso – , então ele tivera a reação certa.

Kellan não voltou ao bar pelo resto da noite. Felizmente, Denny aceitou minha versão da história e não fez perguntas ao pessoal da banda a respeito. Quando, depois, servi seu jantar, já estavam todos batendo um papo animadíssimo sobre um jogo que tinham visto na tevê na noite anterior. Denny sorriu para mim e se inclinou para um beijo, que na mesma hora lhe dei. Não pude deixar de olhar para Evan ao fazê-lo, a posição comprometedora em que ele me encontrara ainda ardendo na minha memória – e, pelo visto, na dele também. Ele retribuiu meu olhar, corando um pouco. Evitei olhar para ele durante o resto da noite.

Denny foi embora pouco depois de jantar, e tive que suportar mais duas horas de cochichos abafados que logo se silenciavam à minha aproximação até o turno terminar. Torci para que ninguém ali estivesse montando o quebra-cabeça direito. Não precisava de ninguém deixando escapar algo com Denny.

Jenny me ofereceu uma carona para casa. Agradeci a ela por sempre fazer isso, e também pela força que me dera com Kellan horas atrás. Estávamos atravessando o estacionamento em direção ao seu carro quando parei bruscamente, com o coração na garganta. Jenny notou e olhou para o ponto onde meu olhar fascinado se fixara. O carro de Kellan estava estacionado do outro lado da rua, e ele encostado na porta, com os braços cruzados. Um largo sorriso se abriu em seu rosto quando ele viu que eu o notara.

Meu coração disparou quando o vi. Jenny suspirou, e eu lancei um olhar suplicante para ela.

– Tudo bem... vai lá. Se alguém perguntar, eu digo que fomos tomar um café depois do expediente, e acabamos perdendo a noção da hora.

Abri um sorriso, dando um abraço apertado nela.

– Obrigada, Jenny.

Ela segurou meu braço quando eu já me virava para ir.

– Só vou fazer isso desta vez, Kiera. – Abanou a cabeça, seus olhos azul-claros se estreitando um pouco. – Não vou ajudar a acobertar um caso.

Engoli em seco e fiz que sim, me sentindo extremamente culpada.

– Me desculpe. Eu não devia ter arrastado você para essa situação.

Ela me deu um olhar pensativo, soltando meu braço.

– Você deveria escolher um dos dois, Kiera. Escolha um, e liberte o outro. Você não pode ficar com os dois.

Assenti, engolindo o nó doloroso em minha garganta ao refletir sobre isso. Fiquei olhando para Jenny por um momento enquanto ela dava um breve aceno para

Kellan, e então se dirigiu para seu carro. Em seguida, atravessei a rua correndo em direção a ele.

Ele sorriu carinhoso quando me aproximei e, segurando minha mão, me levou para o outro lado do carro, onde me ajudou a entrar com toda a gentileza. Fiquei aliviada por constatar que sua saída do bar fora apenas uma encenação, já que ele estava se comportando com naturalidade na minha presença. Ao vê-lo passar pela frente do carro, comecei a recordar nossa terrível briga de horas atrás, um certo trecho dela recusando-se a sair da minha cabeça.

Forcei meu rosto a ficar sério quando ele entrou no carro, fechando a porta com delicadeza ao seu lado. Kellan olhou para mim, curioso.

— Que foi? Há horas que não nos vemos. — Deu um sorrisinho irônico. — O que eu poderia ter feito de errado? — perguntou, com voz macia e sensual.

Mantendo uma fria expressão de censura, declarei:

— Estou pensando numa coisa que você fez... há horas.

Ele inclinou a cabeça, bem-humorado.

— Eu fiz muitas coisas... Será que dava para ser mais específica?

Os cantos de minha boca já iam se erguendo, mas então uma irritação sincera me fez franzir o cenho.

— Ah... meu Deus... por favor. — Dei um tapa no braço dele. — Como você pôde me imitar daquele jeito na frente do Evan e da Jenny? — Eu dava um tapa atrás do outro no seu braço. — Aquilo foi tão constrangedor!

Ele se afastou de mim, aos risos.

— Ai! Desculpe. — Sorriu com ar malvado: — Eu estava ilustrando o meu ponto de vista.

Dei um último tapa no seu braço.

— E acho que conseguiu, seu babaca!

Ele tornou a rir.

— Acho que sou uma má companhia para você... Está começando a ficar tão desbocada quanto eu.

Dei um sorrisinho presunçoso para ele e me aninhei ao seu lado. Ele olhou para mim.

— Você pode me imitar qualquer hora dessas, se quiser. — Pareceu extremamente empolgado ante essa perspectiva, e não pude deixar de rir dele.

Corei, relembrando seu... desempenho.

— Você se saiu muito bem na sua... imitação.

Ele tornou a rir.

— Não foi a minha primeira vez.

Fiquei olhando incrédula para ele, que riu baixinho da minha expressão. De repente, um brilho estranho surgiu em seus olhos. Meu pulso acelerou.

— Hummm... — Inclinou a cabeça para o lado e deu um sorrisinho com o canto da boca. — Você tem razão... aquilo não foi muito justo da minha parte. — Abriu um largo sorriso e eu quase perdi os sentidos. — Agora vou interpretar a mim mesmo...

Eu já ia protestar que não chegava nem perto de ser a mesma coisa, com nós dois trancados no carro e eu sendo a única pessoa a vê-lo, quando ele cruzou os braços às minhas costas e me estreitou com força contra seu corpo, levando os lábios ao meu ouvido.

Meu argumento se evaporou. Minha consciência se evaporou.

Respirando cada vez mais rápido no meu ouvido, ele soltou um gemido baixo. Fechei os olhos, minha respiração acelerando também. O ar quente que passava por seus lábios fazia cócegas no meu pescoço, me dando arrepios enquanto ele deixava aqueles lábios macios roçarem minha orelha.

— Ahhh... — Alongou a palavra com a máxima sensualidade, e então inspirou com força. Fiquei chocada com a reação do meu corpo — na mesma hora uma descarga de eletricidade percorreu minhas entranhas.

— Meu Deus... — Então, ele passou a mão pela minha coxa. Eu me revirava no assento, o fôlego vergonhosamente curto.

— Isso... — sussurrou a palavra, acrescentando um rosnado ao fim que me fez perder todo o controle.

Girei o corpo para ficarmos cara a cara, segurando seu pescoço e puxando-o para mim, beijando-o com força. A excitação e a surpresa percorreram meu corpo à medida que nosso beijo se aprofundava. Ele cheirava tão bem... tinha um gosto tão bom... senti-lo seria tão bom. Talvez um carro não fosse tão ruim quanto um chão sujo...

Bruscamente, ele se afastou de mim.

— Será que dá para a gente fazer uma coisa? — perguntou calmamente, seus olhos brilhando, brincalhões.

— Dá... — praticamente gemi a palavra. Meu Deus, ele poderia fazer o que quisesse comigo...

Ele se afastou ainda mais, abrindo um sorriso.

— Precisa de um minuto? — O sorriso em seu rosto se tornou um pouco presunçoso, e ele riu quando dei outro tapa no seu braço.

Ele deu a partida no carro enquanto eu franzia o cenho para ele, meu rosto ardendo de um jeito constrangedor. Putz... ele era um tesão.

— O que você tinha em mente? — perguntei, um tanto emburrada.

Ele riu da minha expressão, abanando um pouco a cabeça.

— Desculpe, não tive a intenção de deixar você toda... excitada. — Arqueei uma sobrancelha para ele, que tornou a rir. — Tá legal... talvez eu tenha tido a intenção, sim. — Piscou o olho, e eu corei mais ainda. — Mas, no momento, o que quero é mostrar uma coisa a você. – Abriu um sorriso de tirar o fôlego para mim e só pude assentir, enquanto o carro deixava a rua para trás.

Com um suspiro contente, relaxei aninhada a ele, seu braço sobre meus ombros me estreitando com força. Eu contemplava seus olhos incríveis, vendo as luzes das ruas alterarem sua cor, quando notei que estávamos indo para o Seattle Center.

– Para onde você está me levando? – perguntei, curiosa.

– Lembra que eu prometi que nós iríamos ao Obelisco Espacial?

– Kellan... São duas da manhã, ele está fechado.

Ele sorriu para mim.

– Não tem problema... Sou bem relacionado. – Piscou o olho.

Estacionamos e, como da primeira vez que tínhamos estado ali, ele segurou minha mão. Um homem que obviamente trabalhava no local veio ao nosso encontro e nos deixou entrar. Olhei para Kellan, curiosa. O homem já estava esperando por nós. O que Kellan andara aprontando aquela noite? Ele passou um maço de notas altas para o homem, que, sorrindo, nos conduziu aos elevadores do Obelisco. Quando as portas se fecharam à nossa frente, eu me inclinei e sussurrei para Kellan:

– Quanto você deu a ele?

Ele sorriu, sussurrando também:

– Não se preocupe com isso. A casa não foi a única coisa que meus pais deixaram para mim.

Piscou o olho e eu já ia lhe fazer outra pergunta, quando o elevador começou a subir. Pelas portas de vidro, pude ver a cidade despencar rapidamente aos nossos pés. Soltei uma exclamação, pressionando as costas contra a parede dos fundos. Não era muito amiga de alturas, e de repente o elevador me pareceu minúsculo e frágil.

Notando minha palidez, Kellan virou meu rosto pelo queixo, fazendo com que eu o olhasse.

– Você está totalmente segura, Kiera – disse, me dando um beijo carinhoso, e eu me esqueci totalmente do elevador de aparência frágil.

Chegamos ao topo no momento em que minhas mãos já avançavam para se emaranhar entre seus cabelos, seus braços enlaçando minha cintura, nosso beijo agora já muito intenso. O homem que Kellan conhecia soltou um pigarro alto, e nós olhamos para ele. Corei, e Kellan riu.

– Acho que já chegamos – disse ele rindo baixinho, conduzindo-me para fora do elevador.

Deu um tapinha nas costas do homem, e então, segurando minhas duas mãos, caminhou de costas em direção ao mirante do observatório interno com vista para a cidade. Reinava a escuridão no edifício, pois estava fechado. Apenas duas luzes de emergência se encontravam acesas, e mal iluminavam o aposento. Mas parecia que cada luz do lado de fora estava acesa, e a cidade cintilava abaixo de nós.

– Kellan... Nossa... É lindo – disse baixinho, parando para observar todas as luzes que tremeluziam.

– É, sim – murmurou ele, embora se inclinasse contra a balaustrada de costas para a vista, olhando para mim, não para a cidade abaixo de nós. – Vem cá. – Estendeu os braços para mim.

Estávamos no interior do Obelisco, a uma distância segura da beira, de modo que não tive medo de caminhar em direção ao seu abraço e me inclinar na balaustrada junto com ele. Kellan virou a cabeça para contemplar a cidade, mas agora tudo que eu podia ver era ele. Estudei seus traços em meio à penumbra; sua beleza era mais deslumbrante do que a da vista. Não podia entender por que essa criatura perfeita tinha se apaixonado por mim.

– Por que eu? – sussurrei para ele.

Ele se virou para me olhar e, como era de se esperar, perdi o fôlego quando ele sorriu.

– Você não faz ideia do quanto me atrai. Eu gosto disso. – Inclinou a cabeça, observando minhas faces se tingirem de rubor. Ficou pensativo por um segundo, e então acrescentou em voz baixa: – Foi por causa de você e Denny... de seu relacionamento.

Passei os dedos pelos cabelos acima da sua orelha, franzindo o cenho.

– Como assim? – Ele voltou a olhar para a cidade, mas não disse nada. Segurei seu rosto, fazendo-o olhar para mim. – Como assim, Kellan? – repeti.

Ele suspirou, abaixando os olhos.

– Não posso explicar isso direito sem... sem esclarecer uma coisa que o Evan disse.

Tornei a franzir o cenho, recordando nossa briga de horas antes. Parecia ter sido séculos atrás, tanto as coisas tinham mudado desde então.

– Foi quando você disse a ele, aliás de um jeito um tanto grosseiro, para calar a boca? – perguntei.

Ele parecia não sentir vontade de falar sobre o assunto.

– Foi.

– Não estou entendendo... O que isso tem a ver comigo?

Ele sorriu, abanando a cabeça.

– Nada... Tudo.

Dei um meio sorriso para ele.

– Em algum momento você vai me dar uma resposta coerente, não vai?

Ele riu, voltando a olhar para a cidade.

– Vou... me dá só um minuto.

Eu o abracei com força, pousando a cabeça no seu ombro. Ele podia ter todo o tempo do mundo, se eu pudesse ficar abraçando-o daquele jeito. A cidade tremeluzia de um jeito hipnótico e eu inspirei fundo o seu aroma, me aconchegando ainda mais na sua jaqueta de couro.

Ele me abraçava com a mesma força, alisando minhas costas com uma das mãos e segurando minha nuca com a outra. Por fim, disse lentamente:

— Você e Evan estão certos em relação às mulheres. Eu... as uso... há anos.

Eu me afastei um pouco para poder olhá-lo.

— Há anos? Não foi só por minha causa? — Isso fez com que eu me sentisse estranhamente magoada.

Ele afastou uma mecha de cabelos para trás da minha orelha.

— Não... Embora isso certamente tenha piorado as coisas.

Franzi o cenho, me sentindo um tanto desconfortável com essa conversa.

— Você não deveria usar as pessoas, Kellan... por qualquer razão.

Ele arqueou uma sobrancelha para mim, sorrindo.

— Você não me usou para esquecer Denny, da nossa primeira vez? — Abaixei os olhos. É claro que eu o usara. Ele segurou meu queixo para fazer com que eu o olhasse. — Está tudo bem, Kiera. Eu já desconfiava disso. — Suspirou e voltou a olhar para as águas do estuário do outro lado. — Mas isso não me impediu de acreditar que nós poderíamos ter uma chance. Eu passei aquele dia horrível batendo pernas pela cidade, tentando pensar num jeito de dizer a você... o quanto eu te amava, sem parecer um idiota.

— Kellan... — Eu sempre tinha me perguntado por onde ele andara aquele dia.

Ele tornou a olhar para mim.

— Meu Deus... Quando você voltou para ele sem pensar duas vezes, como se eu e você não fôssemos nada, aquilo acabou comigo. Eu soube... — Ele abanou a cabeça, quase com raiva. — No minuto em que eu finalmente voltei para casa e ouvi vocês dois no quarto, eu soube que nós não tínhamos a menor chance.

Pisquei os olhos, surpresa.

— Você nos ouviu? — Eu estava confusa. Kellan tinha chegado em casa muito mais tarde... e bêbado.

Ele abaixou os olhos, como se não houvesse tido a intenção de tocar naquele assunto.

— Ouvi, sim. Eu voltei e ouvi vocês dois no quarto, fazendo... as pazes. Aquilo... foi o fim do mundo. Peguei o carro, fui para a casa do Sam e, enfim, você já sabe como a noite terminou.

Um estranho sentimento de culpa tomou conta de mim.

— Kellan, puxa, sinto muito. Eu não sabia.

Ele tornou a olhar para mim.

— Você não fez nada de errado, Kiera... — Abaixou os olhos por um segundo. — Eu fui um babaca contigo depois. Me perdoe por isso. — Ele me deu um sorriso encabulado, e eu fiz uma careta ao me lembrar daquele período; ele fora mesmo um idiota. – Me desculpe, eu tenho essa tendência a perder o controle do que digo quando fico furioso... e ninguém parece ter uma capacidade maior de me enfurecer do que você. – Sorriu para mim com ar arrependido.

Dei uma risada curta, arqueando uma sobrancelha para ele.

– Já notei isso. – Relembrei algumas de nossas discussões mais acaloradas. Ele riu baixinho, e eu voltei a me sentir culpada. – Mas você sempre tinha razão. E eu até que mereci a sua... rispidez.

Ele parou de rir e segurou meu rosto.

– Não mereceu, não. Você jamais mereceu as coisas que eu disse para você.

– Eu fui extremamente... ambígua com você.

– Você não sabia que eu te amava – disse ele baixinho, acariciando meu rosto.

Olhei para seus afetuosos olhos azuis, e tive certeza de que não merecia sua bondade.

– Mas sabia que você gostava de mim. Fui... insensível.

Ele deu um meio sorriso, e me beijou.

– É verdade – sussurrou. – Mas acho que estamos mudamos de assunto. – Sorriu de um jeito afetuoso, mudando o curso da conversa. – Se não me engano, estávamos conversando sobre a minha psique complicada.

Dei uma risada, olhando por sobre seu ombro e tratando de espantar o mau humor.

– Isso mesmo, a sua... galinhagem.

Ele riu.

– Ui! – Achei graça, passando a mão pelo seu peito, enquanto ele me observava por um momento. – Acho que eu deveria começar com o discurso da infância torturada.

– Nós já conversamos a respeito, você não tem que falar nisso de novo. – Dei um olhar triste para ele, não querendo reabrir aquele assunto doloroso sem necessidade.

– Kiera... Nós só tocamos a superfície daquela ferida muito funda – disse ele em voz baixa. – Há tantas outras coisas de que eu não falo... com ninguém.

– Você não tem que me contar, Kellan. Não quero magoar você com...

Ele olhou para além de mim, um olhar atormentado.

– Mas eu quero... Pode parecer estranho, mas quero que você entenda. Quero que me conheça. – Sentindo que a melancolia tomava conta dele, observei seus olhos e arqueei uma sobrancelha com ar malicioso. Deu certo, e ele riu. – Não apenas... no sentido bíblico do termo – murmurou, brincalhão.

Revirei os dedos entre os cabelos que roçavam sua nuca.

– Tudo bem, se você quer... Sou toda ouvidos para o que quiser me contar, e vou respeitar sua decisão se houver qualquer coisa que não queira me dizer. – Sorri para encorajá-lo, esperando que essa conversa não fosse fazê-lo sofrer ainda mais.

Mas ele me surpreendeu, soltando uma risada.

— Você vai achar engraçado.

Fiquei imóvel, olhando boquiaberta para ele. Nada que ele me contara sobre a infância até então era minimamente engraçado.

— Não vejo como isso seja possível — sussurrei, observando seus olhos.

Ele suspirou.

— Bem, está certo, talvez não engraçado... mas uma coincidência. — Deu um meio sorriso triste, e meu cenho se franziu de incompreensão. — Pelo que consta, minha mãe... se apaixonou pelo melhor amigo do meu pai.

Meu rosto empalideceu. *Coincidência mesmo.* Kellan sorriu ao observar minha reação e continuou:

— Enfim, quando meu querido paizinho teve que passar vários meses fora da cidade... uma emergência de família na Costa Leste —, qual não foi sua surpresa ao voltar para casa e encontrar sua noiva morta de vergonha... e grávida.

Meu queixo caiu, e Kellan abriu um sorriso sarcástico.

— *Surprise*, meu amor.

— O que seu pai fez? — perguntei em voz baixa.

— Ahhh... — Ele meneou a cabeça, abaixando os olhos, e seu sorriso se desfez. — Bem, essa foi a parte em que minha mãe demonstrou toda a sua genialidade. — Olhou para mim, que já olhava para ele, novamente sem compreender. Com o olhar extremamente sério, falou calmamente: — Ela lhe disse que tinha sido vítima de um estupro durante sua ausência... e ele acreditou.

Tive a sensação de que meu rosto perdera toda a cor ao encará-lo, sem poder crer naquela história que, no entanto, era cem por cento verdadeira. Que tipo de pessoa faria uma coisa dessas?

O rosto dele também empalideceu, e ele disse em voz baixa:

— Ele me viu como a semente de um monstro desde o começo. Já me odiava antes mesmo de eu nascer.

Seus olhos ficaram úmidos, mas nenhuma lágrima escorreu deles. Dei um beijo no seu rosto, desejando poder fazer mais.

— Eu lamento tanto, Kellan. — Ele assentiu e continuou a me fitar, pensativo. — Por que sua mãe fez isso?

Ele deu de ombros.

— Acho que ela não queria perder tudo. — Riu sem vontade. — Mas, depois de recorrer a essa manobra, foi obrigada a levá-la às últimas consequências. Tem até um boletim de ocorrência em alguma delegacia por aí, culpando um cara branco qualquer. — Tornou a rir sem vontade. — Minha certidão de nascimento diz John

Doe* no espaço para o nome do pai. Meu pai não me assumiu. – Ele sussurrou a última frase.

– Meu Deus, Kellan... – Uma lágrima escorreu pelo meu rosto. – E eles contaram tudo isso para você?

Ele olhou para as águas do estuário.

– Centenas de vezes. Era praticamente o conto de fadas da minha hora de dormir. Boa noite, garoto... e ah, sim, a propósito, você destruiu nossas vidas.

Outra lágrima escorreu pelo meu rosto.

– Como você ficou sabendo do seu... do melhor amigo?

Kellan olhou para mim e suspirou.

– Minha mãe. Ela me contou a verdade. – Secou uma lágrima do meu rosto. – Acho que... meu pai, o doador do esperma... deu o fora quando ela contou que estava grávida. Ela nunca mais viu o cara. O que a deixou na maior depressão... e ela me odiou por isso. – Ele inclinou a cabeça, observando o horror em meu rosto. – Acho que ela me odiava ainda mais do que meu pai – sussurrou.

Mais lágrimas escorreram e eu dei outro beijo nele, tornando a abraçá-lo. Ele retribuiu o abraço sem muita vontade.

– Você nunca contou a verdade ao seu pai? Talvez ele tivesse sido...

Ele me interrompeu:

– Ele nunca teria acreditado numa versão dos fatos que contradizia a dela, Kiera. Ele me odiava. Eu só teria sido brutalmente magoado, e isso era algo que eu sempre tentava evitar. – Eu me afastei para poder olhá-lo, empurrando alguns cabelos da sua testa, e ele continuou: – Mas, de todo modo, ele devia saber.

Pisquei os olhos, surpresa.

– Por quê?

Ele deu outro meio sorriso triste.

– Porque eu sou a cara do melhor amigo dele... um verdadeiro clone do sujeito. Quem sabe, talvez fosse por isso que ele realmente me odiava... e minha mãe também.

Senti uma raiva enorme dessas pessoas que o tinham criado num ambiente de tamanho desamor.

– Você era inocente. A culpa não era sua. – Não pude impedir de dar à minha voz um tom inflamado.

Suas mãos desceram dos meus cabelos até o rosto.

– Eu sei, Kiera. – Ele me beijou. – Nunca tinha contado isso para ninguém. Nem Evan, nem Denny... ninguém.

---

* Nome genericamente usado nos Estados Unidos nos casos em que a identidade de um homem é desconhecida. (N. da T.)

Fiquei comovida por ele me confidenciar algo tão pessoal, mas não chegava a compreender o que isso tinha a ver com todas aquelas mulheres... e comigo.

— Por que você me contou isso? — perguntei baixinho, esperando que a pergunta não soasse grosseira.

Mas ele apenas me deu um sorriso carinhoso.

— Porque quero que você entenda. — Abaixou os olhos e disse num fio de voz: — Será que você pode imaginar como seja crescer num lar tão cheio de ódio? — Voltou a olhar para mim com um sorriso triste e passou um dedo pelo meu rosto. — Não, imagino que você cresceu cercada de amor...

Sem poder suportar seu sorriso amargurado, eu me inclinei e lhe dei um beijo. Ele sorriu para mim, carinhoso, e então se endireitou e segurou minha mão.

— Vamos lá. — Meneou a cabeça em direção à balaustrada e nós começamos a caminhar em direção a ela, contemplando mais uma vez a linda cidade. No entanto, meus olhos se concentravam mais nele, que olhava pelas janelas com um ar apático. Obviamente, ainda estava perdido em pensamentos. Havia outras coisas que queria me contar.

Depois de alguns passos em silêncio, ele finalmente falou:

— Eu era muito introvertido em pequeno. Muito reservado. Não tinha ninguém que pudesse considerar como um amigo. — Deu um sorriso irônico. — Eu tinha meu violão... esse era meu amigo mais íntimo. — Abanou a cabeça, dando um riso curto. — Santo Deus, eu era ridículo.

Apertei sua mão e parei de caminhar, segurando seu rosto com a outra mão para que ele me olhasse.

— Kellan, você não era...

— Não, eu era, sim, Kiera — ele me interrompeu, beijando minha mão ao retirá-la de seu rosto. Voltando a caminhar, ele disse: — Preciso deixar isso claro... Eu era ridiculamente solitário. — Sorriu para mim e eu fiquei séria. — E então... de um modo totalmente acidental da minha parte, isso eu posso garantir... — com ar pensativo, olhou pelas janelas, agora quase que totalmente ocupadas pela vista do estuário escuro — ... eu descobri uma coisa que me fez sentir, pela primeira vez na vida... desejado, querido... quase... amado. — A última palavra saiu num fio de voz.

— Sexo? — sussurrei.

— Hum-hum... — ele assentiu. — Sexo. Eu era jovem da primeira vez... — sorriu, abanando a cabeça — ... coisa que, provavelmente, você já deduziu. — Corei um pouco ao relembrar a conversa que havíamos tido na cama. — Talvez até jovem demais, mas eu não sabia que não era... certo. A única sensação que eu tinha era a de que finalmente alguém se importava. Eu comecei... — abaixou os olhos — ... comecei a buscar aquela sensação sempre que podia. Mesmo naquela época era uma coisa facílima para mim. Havia sempre alguém, e não importava quem fosse, que queria transar comigo. Eu fiquei meio obcecado com isso... em sentir aquela conexão. Quem sabe, talvez eu ainda...

Parou de caminhar e olhou para mim, uma expressão subitamente preocupada no rosto:

— Isso me fez cair no seu conceito?

Eu não via como ele pudesse ser culpado por procurar qualquer tipo de amor, vivendo a vida que lhe era imposta. Pousei a mão no seu braço.

— Kellan, não há a menor hipótese de você cair no meu conceito.

Ele começou a rir, e eu me dei conta de como minha declaração soara desastrada. Abaixei os olhos, constrangida:

— Você entendeu o que eu quis dizer.

Ele riu baixinho.

— Você é mesmo uma graça.

— Que idade você tinha? — perguntei, mais para encobrir meu constrangimento do que por qualquer outro motivo.

Ele suspirou, e então admitiu:

— Eu tinha doze. Mas, justiça seja feita à garota, eu disse a ela que tinha quatorze. Ela acreditou. Mas não acho que estivesse se importando muito.

Olhei para ele, boquiaberta outra vez. Mas me obriguei a fechar a boca e sorrir para ele. A ideia de como ele devia estar precisando desesperadamente de um pouco de carinho me trouxe lágrimas aos olhos. Ele estudou meu rosto, um leve vinco de preocupação marcando sua testa perfeita. No afã de confortá-lo, eu me inclinei e lhe dei um beijo carinhoso. Ele sorriu e relaxou, me observando em silêncio por alguns minutos.

— Quer dizer então que você usa as mulheres para sentir... amor? — perguntei em voz baixa.

Ele abaixou os olhos, novamente constrangido.

— Eu não me dava conta disso na ocasião. Na verdade nunca sequer pensei no assunto, até conhecer você. Não conseguia entender por que você era tão diferente para mim. Agora sei que não era certo... — tornou a olhar para mim — ... mas era alguma coisa. E me fazia me sentir menos... sozinho. — Senti outra lágrima escorrer ao ouvir isso, e ele a secou. — Enfim... O que ninguém parece levar em consideração é que elas também me usam. Elas não ligam para mim. — Recomeçamos a caminhar e ele olhou para a cidade cintilante que tornava a aparecer do outro lado do estuário.

Observei seu rosto pensativo e não pude conter o sentimento de culpa por tê-lo, em algum momento, usado também. Mas, naturalmente, não era possível que todos os encontros que ele tivera houvessem sido tão vazios assim.

— Você nunca se apaixonou? — perguntei, tímida.

Ele me olhou com um meio sorriso que fez meu pulso disparar.

— Até conhecer você... não. Nem ninguém me amou.

Continuando a observá-lo enquanto caminhávamos em silêncio, eu tentava compreender como aquele homem de uma beleza impossível à minha frente podia jamais ter vivido o verdadeiro amor. Isso não fazia sentido. Aquele homem lindo, talentoso, divertido, sensual e simplesmente... fantástico... tinha que já ter conhecido o amor.

— Alguma garota tem que ter...

— Não — ele me interrompeu. — Só sexo... nunca amor.

— Alguma namorada no ensino médio?

— Não, porque geralmente eu... me associava... com mulheres mais velhas. Elas não estavam à procura de... amor. — Deu um sorriso irônico, e eu não tive certeza se queria saber o que ele quisera dizer com isso.

— Alguma... garçonete ingênua?

Ele sorriu para mim.

— Repito, antes de você... não, ninguém gostou de mim.

— Ah... Bem, então alguma de suas fãs — aventei, com humildade. Sabia por experiência o quanto ele fora "amado" por elas.

Ele riu com vontade.

— Não mesmo, esse é o sexo mais falso de todos. Elas não dão a mínima para quem eu realmente sou. Nem mesmo estão comigo, quando estão... comigo... e sim com essa imagem de ídolo do rock que têm de mim, mas isso não é... o que eu sou. Quer dizer, pelo menos não é tudo o que eu sou.

Sorri, dando um beijo no seu rosto. Não, ele era muito mais...

Me afastando, perguntei, hesitante:

— Roommates? — Eu também sabia muito bem que não fora a única com quem ele dormira. Não tinha certeza se queria ouvir os detalhes do caso dele com... Joey, mas estava curiosa.

Ele me espiou com o canto do olho e sorriu, encabulado.

— Eu preferia que Griffin não tivesse mencionado essa história. Você deve ter pensado que eu era um terror. Às vezes não sei por que você chegou a tocar em mim. — Franzi o cenho e já ia negando com a cabeça, mas ele suspirou e começou a explicar: — Não, nunca houve nada entre Joey e mim além de sexo. — Olhou para mim, como se estivesse tentando pensar na melhor maneira de se expressar. — Joey... queria ser idolatrada. Quando ficou claro para ela que seu corpo não era meu único... templo... bem, ela também era um tipo bastante dramático. — Fez uma careta, dando de ombros. — Tratou logo de ir dando o fora, com o escravo... número três, acho... a tiracolo.

Ele parou de caminhar novamente e se virou para me olhar, segurando minhas mãos entre as suas.

— Eu sei que passei dos limites com as mulheres, mas nunca senti por nenhuma o que sinto por você. E também nunca senti de ninguém o que sinto de você agora — sussurrou.

Engoli a emoção em minha garganta e dei outro beijo nele. Então me afastei, observando seus olhos cheios de amor.

— Você falou sobre... mim e Denny, sobre nosso relacionamento — relembrei, começando a me perder nas incríveis profundezas de seus olhos azuis.

— Certo... sobre o relacionamento. — Continuamos contornando a balaustrada circular, ele balançando de leve a minha mão, como se reorganizasse seu curso de pensamentos original. — Bem, acho que no começo eu apenas fiquei intrigado. Nunca tinha visto nada parecido. Tão carinhoso, tão meigo e... autêntico. E o fato de você se mudar para o outro lado do país só para ficar com o cara... Não consigo pensar em ninguém que fosse capaz de fazer isso por mim. As pessoas que conheço não têm relacionamentos desse tipo, e meus pais certamente nunca...

— Entendo... — comentei, vendo seu rosto se tornar sombrio por um momento.

Ele mordeu o lábio, olhando pelas janelas.

— Morar com você, ver você e Denny dia após dia... fez com que eu começasse a querer o que vocês tinham. Eu parei de... — olhou para mim e abriu um sorriso — ... me comportar como um galinha, como você disse. — Sorri e ele riu, para logo em seguida ficar sério. — Mas, infelizmente, comecei a gostar de você. No começo, eu não entendi isso. Só sabia que era errado pensar em você daquele jeito. Obviamente, você era de Denny. Nem sempre considerei meus relacionamentos com as pessoas... importantes, mas Denny significa muito para mim. Aquele ano que ele passou lá em casa... foi o melhor da minha vida. — Deu um sorriso carinhoso para mim e sussurrou: — Quer dizer, até este ano.

Retribuí seu sorriso, dando um beijo no canto do seu queixo. Senti um arrepio de prazer. Era tão maravilhoso poder beijá-lo com toda a liberdade, sempre que sentia vontade. Apertei sua mão e me aconcheguei contra seu corpo, contemplando a silhueta dos arranha-céus.

— Quando me apaixonei por você... não foi como nada que eu jamais tivesse conhecido. Foi quase instantâneo. Acho que comecei a me apaixonar por você no instante em que você apertou minha mão. — Riu baixinho ao relembrar aquele momento, e cutucou meu ombro, brincalhão, o que me fez corar. — Foi uma coisa tão poderosa. Eu sabia que era errado, mas era viciante. — Parou de caminhar e me rodopiou para longe dele, e então rapidamente me puxou de volta, passando os braços pela minha cintura e me abraçando com força. — Você é tão viciante para mim. — Ele me beijou com suavidade.

Sorriu para mim, seus olhos cheios de amor.

— Às vezes, eu tinha a impressão de que você também gostava de mim, e então tudo no mundo era perfeito. – Franziu o cenho. – Mas, a maior parte do tempo, você queria Denny, e uma parte de mim sentia vontade de morrer. – Ele se calou, observando minha reação alarmada ao que dissera. – Tentei de todos os modos ficar longe de você, mas não parava de inventar desculpas para te tocar, para te abraçar… – sorriu com ar encabulado, desviando os olhos – … para quase te beijar enquanto assistíamos àquele filme pornô. Meu Deus, você não faz ideia de como foi difícil me afastar de você.

Comecei a rir ao relembrar a cena, morta de vergonha.

Ele fechou os olhos, fazendo que não com a cabeça.

— Depois da primeira vez, eu te abracei durante horas… só sentindo seu calor, sua respiração na minha pele. – Abriu os olhos e observou meu rosto, novamente alarmado. – Você disse meu nome quando estava dormindo. Isso fez com que eu me sentisse… bem, foi quase tão bom quanto o sexo. – Deu um sorriso endiabrado e eu ri, sentindo meu rosto pegar fogo.

Ele suspirou, abaixando os olhos.

— Gostaria de ter sido forte bastante para ficar… mas não fui. Eu me acovardei. Não podia contar a você o que tinha acabado de descobrir. – Voltou a me observar com um olhar melancólico. – Que eu te amava desesperadamente.

Torci os dedos entre as mechas de cabelos sobre sua nuca, desejando ter alguma coisa profunda para dizer.

— Kellan… Eu…

Ele me interrompeu, impedindo que eu concluísse o pensamento que nem mesmo chegara a conceber:

— Eu quis ir embora quando você voltou para ele. Depois de ter você… foi muito difícil ver você com ele. Ver você amá-lo como eu queria que me amasse. Fiquei com tanta raiva. Eu lamento tanto.

Senti os olhos ficarem úmidos ao relembrar aqueles dias, e o abracei com força contra mim. Eu não sabia. Tinha presumido que eu era apenas mais uma conquista para ele. Eu o magoara… profundamente.

— Sou eu que lamento, Kellan… – Minha voz foi silenciando.

Ele suspirou e, sorrindo, abaixou os olhos.

— E então, quando finalmente tive forças para ir embora… você me pediu para ficar, e isso renovou minhas esperanças. Comecei a acreditar que… no mínimo você gostava de mim. – Ele me olhou por um segundo. – Você pareceu realmente querer que eu ficasse.

Meu rosto ficou vermelho de vergonha quando relembrei o quão "desesperadamente" eu tinha desejado que ele ficasse. Ele sorriu ao observar minha reação, mas seu humor logo deu lugar a uma expressão séria.

— Você não deve ter ouvido, mas eu disse que te amava aquela noite. Não consegui me conter, simplesmente escapou de mim.

— Kellan, eu...

Ele me interrompeu:

— E então você começou a chorar por causa de Denny, e eu quis morrer de novo. — Senti mais lágrimas escorrerem por minhas faces por tê-lo magoado mais uma vez. Ele observou minhas lágrimas com ar pensativo. — Aquela noite foi tão... intensa para mim. Eu queria tanto abraçar você depois, mas você estava tão transtornada... pareceu até passar mal. — Engoliu um nó na garganta. — Eu fiz com que você passasse mal. Você ficou com ódio do que nós tínhamos feito, e tinha significado tanto para mim. — Ele me deu um olhar de soslaio, quase abaixando os olhos. — Eu odiei você depois — sussurrou.

Mais lágrimas escorreram por minhas faces, e eu funguei um pouco. Ele suspirou, agora abaixando mesmo os olhos.

— Quase fui embora aquela noite. Minha vontade foi de... — Olhou de novo para mim, segurando meu rosto entre as mãos com delicadeza. Sua expressão se abrandou e seus olhos se fixaram nos meus com ar de adoração. Senti minhas lágrimas secarem, ao ver seu rosto perfeito me observar. — Mas não consegui deixar você. Lembrei a expressão no seu rosto quando eu disse que ia embora. Ninguém jamais tinha olhado para mim daquele jeito. Ninguém jamais tinha chorado por mim antes. Ninguém jamais tinha me pedido para ficar antes... ninguém. Eu me convenci de que você gostava de mim. — Abanou a cabeça, sorrindo. — E então soube que ficaria com você... mesmo que isso destruísse minha vida.

Ele me abraçou e me deu um beijo apaixonado. Retribuí com avidez, querendo compensá-lo pela mágoa que lhe causara, ainda que de uma maneira tão insignificante. Quando eu já estava quase sem fôlego, ele se afastou. Segurando minha mão, recomeçou a caminhar.

Ele olhou para mim, enquanto passeávamos dezenas de andares acima da serena cidade aos nossos pés.

— Me perdoe por ser tão... licencioso com você. Jamais tive a intenção de te magoar. Eu simplesmente... desejava você. — Ele me deu um sorrisinho com o canto da boca, e eu quase tropecei. Ele riu baixinho e continuou: — Quando você pediu, eu me esforcei para manter as coisas... Bem, você devia ter uma certa consciência de que nós nunca fomos inocentes, não? — Olhou para mim com uma sobrancelha arqueada e, a contragosto, eu assenti. Ele sorriu. — Bem, então digamos que eu tentei manter as coisas menos... pecaminosas.

Olhou com ar zangado para mim:

— Você tornou isso dificílimo.

— Eu? — perguntei, confusa. O prodígio de sensualidade era ele.

Kellan assentiu, fingindo exaspero:

— É, você, sim. Se não estava se vestindo de um jeito provocante, ou se atirando em cima de mim de um jeito provocante, ou — abriu um sorriso indecente — soltando gemidos muito provocantes... — Corei, e ele riu. — Se não estava fazendo tudo isso, então você é simplesmente adorável demais para se resistir. — Voltou a olhar para mim com ar de censura. — Sou apenas um homem, afinal de contas.

Abanei a cabeça para ele. Eu não tinha feito nenhuma daquelas coisas... quer dizer, com exceção daqueles gemidos desastrados.

— Você é doido, Kellan. — Revirei os olhos e ele abriu um sorriso bem-humorado.

— Repito... você não percebe o quanto me atrai. — Deu um sorriso irônico. — Depois de todo esse tempo, seria de esperar que já fosse o óbvio ululante — murmurou, e dei uma cotovelada brincalhona nele. Ele riu, e então, em tom mais sério, acrescentou: — Me perdoe por ter levado as coisas tão longe. — Olhei para seus olhos, novamente tristes, enquanto continuávamos a caminhar. — Eu deveria ter deixado você terminar com tudo. Você tinha razão em fazer isso. Tudo que aconteceu depois foi culpa minha. Eu deveria ter deixado você em paz. Mas simplesmente não pude...

— Kellan, não, as...

Ele me interrompeu novamente:

— Aquele momento na boate foi... intenso. Eu te queria tanto, e você também me queria. Cheguei a pensar em te arrastar para o banheiro e fazer amor com você lá mesmo. Acho que você teria até deixado, não? — Olhou para mim, e eu só pude assentir, sem palavras; ele podia ter feito amor comigo em qualquer lugar. Ele ia abrir um sorriso, mas logo franziu o cenho. — Eu vi Denny chegando. E não pude fazer isso. Eu te afastei, rezando com todas as forças para que você dissesse a ele que me queria. Que escolhia ir para casa comigo. Mas você... não fez isso, e eu fiquei arrasado.

Parei de caminhar novamente e ele ainda deu um passo, para em seguida se virar lentamente para mim. Parecia magoado outra vez. Caminhei até ele e pus a mão no seu rosto. Quão profundamente eu o magoara todas aquelas vezes? Eu me sentia péssima.

Ele olhava para mim, perdido em lembranças.

— Não pude nem ir para casa. Levei sua irmã para a casa do Griffin. Acho que eu a matei de tédio. Eu não estava sendo uma companhia nada divertida, encourajado no sofá a noite inteira. Por fim, ela desistiu de mim e passou a dar atenção para o Griffin. — Deu de ombros. — E, enfim, você já conhece o resto da história.

Engoli em seco. Eu tinha tirado tantas conclusões precipitadas em relação àquela noite.

— Eu fiquei... Eu *ainda* estou chocado com o que aconteceu... no carro — confessou ele num fio de voz. — O que eu disse. O que fiz. Até aquele momento eu não sabia que você pensava que eu tinha dormido com Anna, e estava com tanta raiva de você por causa de… Denny, que deixei você acreditar que era verdade. Até… aumentei um pouco a história. – Abaixou os olhos, constrangido. – Ficar com raiva de você quase fez com que eu te quisesse mais ainda.

Tive que engolir três vezes antes de ser capaz de falar.

– Kellan… você não faz uma ideia de como tudo aquilo foi difícil para mim. Como foi difícil pedir a você que parasse, quando meu corpo inteiro estava te implorando para fazer o contrário. – Acariciei seu rosto, pensando em beijá-lo. Ele engoliu em seco.

– E você não faz ideia de como foi difícil me conter. Eu não menti sobre o que tinha pensado em fazer. – Engoli em seco ao ver a expressão no seu rosto, e então me lembrei do que ele me dissera com palavras tão grosseiras. Ele observou meu rosto intensamente. – Agora eu caí no seu conceito?

Fiz que não com a cabeça, teimosa, e ele suspirou, desviando os olhos.

– Lamento por ter gritado com você, Kiera. – Seus olhos estavam brilhando quando ele voltou a me olhar, e eu passei a mão pelos seus cabelos.

Engolindo com força, consegui reencontrar minha voz.

– Eu sei disso… Eu me lembro.

– Ah, sim, quando eu chorei feito um bebê… não foi dos meus melhores momentos. – Tentou virar a cabeça novamente, mas voltei a segurar seu rosto e fiz com que olhasse para mim.

– Discordo. Se você não tivesse chorado, se eu não tivesse visto seu remorso, provavelmente nunca mais teria falado com você.

– Não foi só remorso. É verdade, eu me senti horrível por falar com você daquele jeito… mas, principalmente, eu não sabia se tinha cortado de vez o único vínculo de amor que já havia tido na vida. Eu soube que tinha perdido você. Soube que você era totalmente de Denny. Vi isso nos seus olhos, e então soube que nunca tinha tido chance com você… nenhuma chance. – Uma lágrima finalmente fugiu do seu olho, e eu a afastei com o polegar. – Nunca esperei que você… me confortasse. Ninguém jamais fez isso… jamais. Você não sabe o quanto aquilo significou para mim.

Engoliu em seco novamente, e novamente eu quis beijá-lo, mas ele se afastou um pouco, olhando fixamente para mim.

– Depois disso, passei a sentir muito medo de ficar perto de você. Até me permiti uma despedida na cozinha, mas não quis mais tocar em você. – Ele observou meus olhos, como se buscasse o perdão neles. – Me perdoe por ter magoado você, mas eu precisava te tirar da cabeça, dar um jeito de nunca mais levar as coisas tão longe. – Retirou minha mão do seu rosto e voltou a olhar para a cidade. As luzes cintilavam nos seus olhos demasiado úmidos. – Lamento tanto por todas aquelas mulheres, Kiera. Nunca devia ter magoado você desse jeito. Eu não queria… Bem, talvez uma parte de mim quisesse. Eu só…

Eu o interrompi:

— Você não... Você já se desculpou por isso, Kellan.

— Eu sei. — Tornou a olhar para mim, outra lágrima ameaçando se derramar. — É que eu sinto que estraguei tudo. Mas você não me queria, não do mesmo jeito como eu queria você... e eu não tive mais forças para te deixar. Então fiz a única coisa que conhecia na vida para bloquear a dor. — Abanou a cabeça, cheio de remorsos, e a lágrima escorreu pelo seu rosto. — Me sentir... desejado — sussurrou.

— Mulheres — falei, vendo o sofrimento tomar conta de suas feições.

— Exatamente. — Seu rosto parecia apático e desolado, como se ele tivesse acabado de confessar ser um serial killer, não um homem solteiro que dormira com mulheres mais do que dispostas.

— Mulheres e mais mulheres. — Dei uma nota de sarcasmo à frase, na esperança de levantar seu astral.

— Pois é... Me perdoe. — Ele ergueu não mais que as pontas dos lábios num sorriso.

— Não tem problema. Quer dizer, até tem, porque você não deveria usar as pessoas... mas acho que compreendo.

Ele me olhou, ressabiado, a cabeça ainda baixa, uma expressão encantadora de esperança no rosto. Não pude mais resistir. Eu me inclinei e o beijei por um momento.

— E então? — perguntou ele, afastando-se depressa demais.

— E então o quê? — perguntei, confusa e um tanto irritada. Eu não tinha terminado de beijá-lo. Nem achava que algum dia terminaria.

Ele me deu um meio sorriso bem-humorado.

— Eu tinha razão? Você me usou?

— Kellan... — O sentimento de culpa me assaltou, e desviei os olhos.

Seu sorriso se desfez, e ele disse, em tom extremamente sério:

— Tudo bem se tiver me usado, Kiera. Eu só... gostaria de saber.

Suspirei.

— Eu sempre senti... alguma coisa por você, mas... sim, da primeira vez eu realmente te usei, e peço desculpas, foi muito errado da minha parte. Se soubesse que você me amava, nunca teria...

— Está tudo bem, Kiera.

— Não, não está — sussurrei, e então acrescentei num fio de voz: — Da segunda vez, foi diferente. Não teve nada a ver com Denny. Teve a ver com nós dois. Aquilo foi real. Cada toque depois daquilo foi real.

— É maravilhoso ouvir isso — sussurrou ele, sem olhar para mim mas sorrindo calmamente, até que, de repente, franziu o cenho. — Você deveria ficar com o Denny... e não comigo. Ele é uma cara legal.

— Você também é um cara legal — respondi, estudando seu rosto perfeito, mas ainda contraído.

Ele fez que não, e eu passei os dedos pelos seus cabelos, suspirando.

— Não deixe que nosso relacionamento o leve a pensar que você não é um cara legal. Você e eu somos... complicados.

— Complicados... — repetiu ele, segurando meu rosto e passando o polegar pela minha face. — É, acho que sim. — Abaixou a mão. — A culpa é minha.

— Não, Kellan. Eu tenho tanta culpa quanto você. Cometi erros...

— Mas... — ele tentou me interromper.

— Não, nós dois agimos mal, Kellan. "Quando um não quer"... você conhece o ditado. Eu queria você tanto quanto você me queria. Precisava de você tanto quanto você precisava de mim. Queria ficar perto de você do mesmo jeito. Queria te tocar do mesmo jeito. Eu gosto de você... — Não consegui concluir a frase, deixando-a em suspenso entre nós, inacabada.

Lágrimas tornaram a encher seus olhos.

— Eu nunca fui muito claro com você. Talvez, se tivesse dito a você que te amava desde o começo... Eu lamento tanto, Kiera. Magoei você tantas vezes. Gostaria de poder apagar tantas coisas. Eu...

Eu o interrompi com um beijo apaixonado. Agora, compreendia melhor. Ainda doía, mas podia entender quão profundamente eu também o magoara. Ele fizera a única coisa que sabia para lidar com a dor. Certo ou errado, era tudo que ele conhecia. Ele tornou a pôr a mão no meu rosto e retribuiu meu beijo com a mesma paixão, nós dois esquecendo, por um momento, nossa conversa emocional.

Depois de uma eternidade que durou tão pouco, ele se afastou e disse em voz baixa:

— É melhor irmos andando.

— Espera aí, você se deu ao trabalho de me trazer até este lugar altamente romântico... e deserto... só para conversar? — Arqueei uma sobrancelha, insinuante.

Ele sorriu, abanando a cabeça.

— Minha nossa... olha só como eu corrompi você.

Dei um sorriso presunçoso, e caí na risada.

— Vamos lá, vamos para casa. — Já ia me conduzindo em direção aos elevadores, mas fiz beicinho. Notando minha expressão, ele disse:

— Kiera, já está ficando tarde... quer dizer, cedo, e você não quer chegar atrasada do baile. — Franziu o cenho, olhando para mim. — Não é a sua carruagem que vai se transformar numa abóbora.

Revirei os olhos ao ouvir sua analogia, mas ele tinha razão, eu realmente precisava ir para casa. Tratei de engolir a decepção, e a surpresa por ter ficado decepcionada. Eu tinha meio que esperado... Corei, não me dando ao trabalho de concluir o pensamento.

Terminamos nossa caminhada circular voltando aos elevadores, e dei uma última olhada na cidade espetacular abaixo de nós e no homem espetacular à minha frente. Sorri ao apertar o botão, e ficamos esperando que as portas se abrissem.

– Tudo bem. Mas é você quem sai perdendo. – Puxei-o pela camiseta pela porta recém-aberta do elevador. – Me disseram que nós dois juntos somos fantásticos – provoquei-o. Ele deu um sorriso maroto e me puxou para um beijo apaixonado, enquanto as portas se fechavam atrás de nós e o elevador descia.

Na saída do Obelisco, ele olhou para mim com uma expressão sombria. Olhei para ele, curiosa, sentindo um sobe-e-desce no estômago. Ele parou em meio à nossa caminhada para o carro e inclinou a cabeça, me observando.

– Tem mais uma coisa que eu queria conversar com você.

O sobe-e-desce no meu estômago se transformou numa volta alucinada de montanha-russa.

– O quê? – A palavra saiu pouco mais alta que um sussurro.

Bruscamente, sua expressão sombria deu lugar a um sorriso irônico e uma sobrancelha arqueada.

– Não posso acreditar que você tenha puxado meu carro... Fala sério!

Caí na risada ao me lembrar do furto... mas então me lembrei da razão de tê-lo cometido, e lhe dei um olhar azedo.

– Você bem que mereceu, aquele dia. – Cutuquei seu peito. – E tem sorte de o carro ter voltado intacto.

Ele franziu o cenho ao abrir minha porta.

– Hummm... No futuro, será que podia me dar apenas um tapa, e deixar meu bebê em paz?

Segurei-o pelo queixo, já pondo o pé no carro:

– No futuro, será que podia parar de ter "encontros"?

Ele tornou a exibir uma expressão sombria, mas por fim abriu um sorriso e me deu um beijinho.

– Sim, senhora. – Balançou a cabeça para mim, e eu me sentei. Sorri comigo mesma quando ele fechou a porta e deu a volta até o seu lado do carro.

Eu me aconcheguei ao seu ombro e, em silêncio, fomos para casa. O conforto do nosso silêncio era tão palpável para mim quanto o calor da sua pele ao segurar minha mão. Apenas agora, que podia tocá-lo com toda a liberdade, que podia me dar a ele com toda a liberdade, eu era capaz de compreender plenamente o quanto tinha sentido sua falta, o quanto meu vício era grave. Sorri em meu íntimo ao me lembrar dele dizendo que eu era seu vício. Minha satisfação era enorme por sentirmos a mesma atração um pelo outro. Embora eu ainda não entendesse o que ele via em mim.

Mesmo depois de estacionarmos na entrada para carros e ele desligar o motor, continuamos fechados no carro, minha cabeça no seu ombro e seu braço ao redor da minha cintura, me estreitando com força. Nenhum de nós queria enfrentar a fria realidade da vida fora daquele veículo aconchegante.

Beijando minha cabeça, Kellan rompeu nosso silêncio confortável.

— Eu sonho com você às vezes... como as coisas teriam sido se Denny não tivesse voltado, se você fosse minha. Sonho que seguro sua mão, que entro no bar de braços dados com você... sem ter mais nada para esconder. Que eu conto ao mundo que te amo.

Sorri, levantando os olhos para ele.

— Você comentou que sonhou comigo uma vez. Mas não chegou a dizer sobre o que foi o sonho. — Beijei seu rosto, sorrindo carinhosa para ele. — Eu também sonho com você às vezes. — Na mesma hora corei, relembrando alguns dos sonhos mais tórridos que tivera.

— É mesmo? Hum, nós somos meio ridículos, não somos? — Caiu na risada, e então, notando meu rubor, me deu um meio sorriso encantador. — E sobre o que são os seus sonhos?

Comecei a rir feito uma idiota.

— Honestamente, a maior parte deles é sobre transar com você.

Ele riu durante quase um minuto, e eu corei, rindo com ele.

— Santo Deus... É só isso que eu sou para você? — me provocou, segurando minha mão e entrelaçando nossos dedos.

Parei de rir, olhando para ele.

— Não... não, você é muito mais. — Meu tom ficou sério.

Ele assentiu, parando de rir também.

— Que bom... porque você significa tudo para mim.

Sentindo meu coração se inundar de sentimentos por ele, eu me aconcheguei mais ainda contra seu corpo, apertando sua mão na minha. Não queria jamais ter que sair daquele carro. Nem que ele jamais tivesse que sair. Mas eu sabia que não poderíamos ficar daquele jeito para sempre.

Kellan interrompeu meus devaneios com uma pergunta que eu preferia que não fizesse:

— O que você disse a Denny?

Estremeci um pouco, consciente de que minha mentira não devia ter sido tão boa quanto a dele teria sido. E a consciência de que ele mentia melhor do que eu não me agradou muito.

— Que você dormiu com a minha irmã, e depois deu um fora nela. É uma história verossímil. Todo mundo viu vocês juntos no bar. Acho que Denny acreditou.

Kellan olhava para mim com o cenho franzido.

— Isso não vai dar certo, Kiera — sentenciou com voz lenta.

Meu pulso começou a acelerar.

— Vai, sim. É só eu falar com Anna, que ela confirma a história. Eu já tive que mentir para ajudá-la antes. Não vou explicar a ela a razão, claro... e na certa Denny nunca vai perguntar mesmo.

Com o cenho ainda franzido, ele negou com a cabeça.

— Eu não estava pensando na sua irmã. Não é por isso que não vai dar certo.

Olhei para ele, confusa, até que, de repente, compreendi.

— Ah, meu Deus... Griffin.

Ele franziu ainda mais o cenho, assentindo.

— Exatamente... Griffin. Ele tem contado para Deus e todo mundo. — Sua expressão se abrandou e ele me deu um olhar divertido. — Não sei como você pode ter perdido isso. Pelo visto você ficou boa em se fazer de surda para o que ele diz. — Mas seu humor não durou, e ele voltou a franzir o cenho. — Quando Denny ficar sabendo que não é verdade...

— Mas o que você queria que eu dissesse para ele, Kellan? Eu tinha que inventar alguma coisa. — Olhei para minhas mãos. — Pode ser que vocês dois...

— Não. — Olhei para ele, que sorria carinhoso para mim. — Não pode ser. — Voltou a franzir o cenho. — Griffin é muito... específico... em relação ao que diz às pessoas. Ele não fala só que dormiu com ela, e sim que ele dormiu e eu não, como se tivesse roubado sua irmã de mim. Ele tem essa estranha mania de competir...

— Já notei — interrompi-o. Então, suspirei, recostando a cabeça no assento. — Meu Deus, eu nem tinha pensado nisso.

Kellan suspirou.

— Não posso prometer nada, mas vou tentar dar uma palavra com o Griffin. Talvez consiga convencê-lo a alterar a história. Provavelmente vou ter que ameaçar cortá-lo da banda. Aliás, pode ser que eu tenha que fazer isso de um jeito ou de outro.

— Não! — exclamei um pouco alto demais, logo tapando a boca e olhando apavorada para a porta.

Kellan me deu um olhar de estranheza:

— Você quer que eu o mantenha na banda?

Dei um olhar irônico para ele, um tênue sorriso se esboçando em meus lábios, até me lembrar de minha verdadeira objeção.

— Não, eu não quero que ele fique sabendo... nunca! Ele não ficaria calado. Contaria para todo mundo, nos mínimos detalhes. Contaria para Denny! Por favor, nunca...

— Tudo bem. — Ele pôs as mãos nos meus ombros quando eu já começava a entrar em pânico. — Tudo bem. Não vou contar nada a ele, Kiera. — Soltei um suspiro de alívio, e ele tornou a suspirar. — Mas não faria a menor diferença mesmo. Ele já contou para gente demais. – Olhou para mim, triste, afastando uma mecha de meu cabelo para trás da orelha. – Sinto muito, mas Denny vai descobrir que você mentiu para ele... e vai começar a se perguntar por quê.

Ergui os olhos para ele, engolindo com dificuldade.

– E depois? Depois que ele souber que eu menti, quanto tempo você acha que ainda vamos ter? – perguntei num fio de voz.

– Quanto tempo até Denny concluir que nós dormimos juntos? – Segurou minha mão, entrelaçando nossos dedos. – Bem, se você passar a noite inteira aqui comigo, é provável que pela manhã ele já tenha chegado a essa conclusão. – Riu baixinho, encostando o rosto na minha cabeça. Suspirando, disse: – Não sei, Kiera. Algumas horas, talvez? Uns dois dias, no máximo.

Eu me afastei e olhei para ele, alarmada.

– Horas? Mas... ele não tem nenhuma prova conclusiva. Ele não poderia pensar que...

– Kiera... – Ele soltou minha mão e acariciou meu rosto. – Ele tem todas as provas de que precisa, bem aqui. – Tornou a afastar uma mecha de cabelos para trás da minha orelha.

– O que vamos fazer, Kellan? – sussurrei, de repente morta de medo de que Denny, sabe-se lá como, pudesse ouvir nossa conversa no carro, mesmo estando em casa.

Ele olhou para mim por um momento, pensativo.

– Posso dar a partida no carro, e nós vamos estar no Oregon antes do amanhecer.

Fugir? Ele queria fugir comigo? Senti um aperto nas entranhas. Eu até podia me imaginar fugindo com ele na calada da noite para nunca mais voltar. Deixando tudo para trás, a faculdade, os amigos, tudo... mas não Denny. Senti uma dor aguda no estômago e cheguei a achar que iria vomitar ali mesmo, no carro. A ideia de nunca mais voltar a vê-lo, de nunca mais ver aqueles olhos castanhos tão amorosos brilhando para mim...

– Ei. – A mão de Kellan afagou meus cabelos. – Respira fundo, Kiera, está tudo bem... Respira fundo. – Segurou meu rosto, enquanto eu me esforçava por fazer o que ele dissera. – Olha para mim. Respira fundo.

Observei seus olhos azul-escuros e me concentrei apenas na minha respiração. Não tinha notado que estava começando a hiperventilar. Fiz que não com a cabeça, e as lágrimas começaram a escorrer.

– Isso não. Denny é parte de mim. Ainda não tenho condições de falar sobre isso. – Ele assentiu, seus olhos começando a brilhar de lágrimas. – Me perdoe, Kellan.

– Não se perdoe... – sussurrou ele. – Não se perdoe por amar alguém. – Ele me puxou para o seu ombro e beijou o alto da minha cabeça. – Não se preocupe, Kiera. Vou pensar em alguma coisa. Vou dar um jeito nisso, prometo.

Capítulo 21
EU TE AMO

Ele continuou me abraçando no interior frio do seu carro, nossa respiração formando pequenas nuvens de vapor, nenhum dos dois sentindo a menor vontade de abandonar a segurança e a solidão daquele veículo. Por fim, os primeiros raios da manhã vararam o céu. Havia uma neblina no ar pairando bem acima da calçada, fazendo com que o mundo parecesse etéreo e onírico. Eu queria que aquele momento fosse um sonho, um sonho de que eu jamais precisasse despertar, mas aqueles raios dourados da manhã trouxeram mais do que apenas luz para o meu mundo – trouxeram a realidade também.

– É melhor você entrar – sussurrou ele, me abraçando com força.

Eu me afastei, olhando para ele.

– E você? Não vem? – Tentei não permitir que o pânico transparecesse em minha voz ao dizer isso.

Ele olhou para mim, calmo.

– Preciso fazer uma coisa primeiro.

– O quê?

Ele sorriu, mas não respondeu à pergunta.

– Vai lá... Tudo vai ficar bem. – Beijou meus lábios de leve, e em seguida se debruçou sobre mim para destrancar a porta. Quando saí, sussurrou *Eu te amo*, e, se estendendo sobre meu lado de novo, empinou a cabeça, querendo mais um beijo.

Assenti e me curvei, pressionando os lábios nos dele, incapaz de dizer qualquer coisa por causa do nó na minha garganta. Então ele voltou para trás do volante, deu a partida no carro e se afastou. Sequei algumas lágrimas no rosto.

Denny dormia a sono solto quando entrei no nosso quarto. Morta de sentimento de culpa, apanhei uma muda de roupa e fui pé ante pé para o banheiro, a fim de me refrescar. Dei uma olhada na porta de Kellan quando terminei, e senti um estranho desejo de me deitar em sua cama. Mas não fiz isso. Seria impossível de explicar, se Denny acordasse e me descobrisse lá. Fui até a cozinha, preparei um café e sentei à mesa, refletindo sobre tudo que se passara nas últimas horas. Quanta coisa pode acontecer em um único dia... Fiquei bebendo meu café, olhando para a cadeira vazia onde Kellan costumava sentar. Onde estaria ele? Por que não quisera passar o dia comigo?

Denny se despediu de mim com um beijo carinhoso, quando desceu algum tempo depois, já vestido para enfrentar seu dia de trabalho. Voltei a me sentir culpada quando seus lábios roçaram os meus. Uma estranha sensação de traição, mas não traição por estar com Kellan, e sim por estar com Denny. Já tinha me sentido culpada antes, mas nada tão forte quanto uma traição consumada. Esse sentimento me pegou de surpresa, mas logo tratei de afastá-lo, decidida. Não podia pensar nisso ainda. Por ora, Denny era meu namorado, mas, pelo menos era o que eu achava... Kellan também era.

O que eu faço? De repente, essa decisão eclipsou minha dúvida em relação a onde passar o feriadão de inverno, que agora parecia bastante simples. Será que eu não podia apenas voltar a me preocupar com isso?

Deitei no sofá, a fim de pensar no assunto... e não acordei até já estar na hora de tomar o ônibus para o trabalho. Opa, a faculdade tinha dançado. Eu precisava tomar mais cuidado, ou acabaria perdendo minha preciosa bolsa de estudos. Felizmente, eu ainda era boa aluna, apesar de estar relaxando em termos de frequência.

Jenny me puxou para um canto, quando cheguei ao Pete's algum tempo depois.

— E aí, como ficaram as coisas entre você e Kellan...?

Sorri, secando uma súbita lágrima. Ele não voltara para casa a tempo de me dar uma carona para o trabalho, e eu já estava com saudades.

— Ele está apaixonado por mim, Jenny... profundamente apaixonado. — Até o fundo da alma. Uma paixão do tipo "jamais senti isso por alguém antes". Só de pensar nisso eu ficava tonta.

Ela me deu um abraço.

— Que bom que ele abriu o jogo ... você precisava saber a verdade... para poder tomar uma decisão bem refletida.

Eu me afastei e a encarei, horrorizada.

— O que é que eu faço? Eu amo Denny. Não suporto a ideia de magoá-lo. Mas também não suporto a ideia de magoar Kellan. Não sei o que fazer.

Jenny suspirou, dando um tapinha no meu braço.

— Isso eu não posso te dizer, Kiera. Você vai ter que decidir por si mesma. — Olhou para alguns clientes sentados na sua seção e deu um passo em direção a eles antes de parar e olhar novamente para mim. — Mas você tem que escolher. — Sorriu para me encorajar e me deu um tapinha nas costas, afastando-se em seguida.

Kellan não apareceu no bar aquela noite. Nem voltou para casa. Foi então que começei a me preocupar. Quando o ciclo se repetiu na noite seguinte, entrei em pânico. E quando o ciclo se repetiu mais uma vez na outra noite, entrei em total desespero.

Quatro dias insuportavelmente longos se passaram sem o menor sinal de Kellan...

Todas as manhãs eu ia para a cozinha, esperando encontrá-lo sentado à mesa, com a aparência impecável de sempre e tomando seu café, para me cumprimentar com um meio sorriso sexy e um ' dia. Mas em nenhuma dessas manhãs ele estava lá, e sua ausência fez com que meus olhos se enchessem de lágrimas. Antes de ir para a faculdade, eu pegava sua camiseta da banda (que nunca usara) e a apertava no rosto, inspirando seu cheiro, imaginando onde ele estava e o que estaria fazendo. Todas as noites que trabalhava, ficava esperando com impaciência o momento em que o pessoal da banda chegava, e toda noite, Matt e Griffin entravam, discutindo sobre alguma coisa, mas nunca com Kellan. De madrugada, assim que Denny pegava no sono, eu me levantava e ia me deitar na cama vazia de Kellan, abraçando seu travesseiro.

Meu pânico aumentava. Será que ele tinha ido embora? Será que tinha sido essa a sua solução? Simplesmente sair da cidade, fugindo sem mim? Eu nem mesmo podia perguntar ao pessoal da banda onde ele estava. Não conseguia formar as palavras na presença deles, que nunca falavam sobre Kellan... nem uma única vez. Eu me sentia tão vazia sem ele.

Todo dia, eu afundava cada vez mais na depressão. E tratava Denny com mais frieza. Ele tentou me animar, mas não adiantou. Tentou fazer com que eu me abrisse com ele, mas isso também não adiantou. Tentou me beijar, e eu dei as costas depois de um selinho obrigatório. Por fim, meu estado de espírito o contaminou, e ele desistiu de tentar me agradar. Não fazia mesmo sentido. Nada me agradaria. Mas Denny não chegou a me fazer nenhuma pergunta direta sobre a razão do meu estado de espírito... nem uma vez. Era quase como se ele estivesse com medo de perguntar, o que era bom, porque eu tinha medo de que perguntasse.

Era uma manhã tediosa de sexta e, com ar abatido, dei um beijo em Denny antes de ele ir trabalhar. Meu beijo foi automático, sem qualquer sentimento. Ele olhou para mim, triste, e engoliu em seco. Fiquei tensa, esperando pelas perguntas que estilhaçariam minha redoma.

— Kiera... eu... eu te amo. — Ele passou um dedo pelo meu rosto com ternura, e vi seus olhos brilharem de lágrimas. Sabia que ele sentia nosso distanciamento. Eu também sentia.

— Também te amo, Denny — sussurrei, implorando a meus olhos que não ficassem úmidos. Ele se inclinou e me beijou com ternura, passando os dedos pelos meus cabelos.

Passei as mãos pelo contorno do seu rosto, tentando ignorar minha decepção pelo fato de ser coberto por uma barba rala e não liso como o de Kellan. Passei as mãos pelos seus cabelos, tentando não me importar com o fato de serem mais curtos e eu não poder enrolar os dedos neles como nos de Kellan. Intensifiquei nosso beijo, desejando que meu fôlego ficasse ofegante, desejando que seus lábios, tão diferentes dos de Kellan, me eletrizassem, desejando que nossa velha paixão se reacendesse. Mas nada disso aconteceu.

Ele se afastou após um momento, sua respiração tão lenta e relaxada quanto a minha.

– Tenho que ir... Desculpe. – Seus olhos ainda me observaram por um segundo, e então ele deu as costas e se foi. Não pude conter as lágrimas que me escorreram pelo rosto. Será que era tarde demais para nós?

Já fazia tanto tempo que Kellan desaparecera, a falta que eu sentia dele era tão imensa, minha dor tão forte, que eu sentia como se uma cratera tivesse se aberto no meu estômago. Sabia que era errado. Sabia que estava pouco a pouco minando o espírito de Denny e nosso relacionamento. Mas não sabia como acabar com tudo. Kellan tinha ido embora... desaparecido. Sem que eu tivesse tempo de me preparar, sem qualquer despedida... qualquer desfecho. E isso estava me matando.

Deprimida, voltei para o quarto a fim de me vestir para a faculdade. Meu mundo podia estar acabando, mas minha vida continuava, mesmo que aos trancos e barrancos. Eu me vesti. Escovei os cabelos. Me maquiei. Fiz tudo que se esperaria de mim para parecer normal e enfrentar um dia normal na faculdade... odiando cada segundo. Só queria me enroscar na cama e chorar por horas. Chorar de saudades de Kellan. Chorar pelo que Denny e eu tínhamos nos tornado. Soltei um suspiro alto e tratei de conter as lágrimas que ameaçavam cair.

Sim, ele fora embora. *Segura a onda*, disse com rispidez a mim mesma. Ele estava certo em ir embora. *Em algum momento, as coisas vão ficar mais fáceis. Talvez Denny nunca pergunte... se Kellan nunca voltar.*

Abri a porta devagar, ainda atormentada por essa ideia, quando quase parei de respirar. Kellan tinha acabado de subir o último degrau, os olhos no chão. Ele ergueu o rosto ao ouvir a porta sendo aberta, e um meio sorriso foi pouco a pouco se desenhando em seus lábios, paralisando meu coração. Ele estava simplesmente espetacular. Quase uma semana sem vê-lo tinha embaçado minhas lembranças de como ele era atraente. Seus cabelos, ondulados e revoltos, pareciam pedir que meus dedos passeassem por eles. O jeito tentador como a camiseta de manga comprida se colava ao seu corpo pedia que meus dedos percorressem cada músculo fantástico. O contorno liso e forte do seu queixo era um convite despudorado à minha boca, e seus lábios carnudos, curvos num sorriso, ainda me faziam perder o fôlego. Mas o mais incrível de tudo eram seus olhos daquele azul-escuro impossível, que brilhavam de amor e adoração... por mim.

– 'dia – disse ele baixinho, seu cumprimento habitual.

Corri para ele quando já caminhava para mim, atirando meus braços ao seu redor. Enterrei a cabeça no seu pescoço e deixei que as lágrimas represadas corressem livremente.

— Pensei que você tinha ido embora — consegui dizer entre soluços, enquanto ele me abraçava com força. — Pensei que nunca mais fosse ver você de novo.

Ele alisava minhas costas enquanto eu chorava.

— Me perdoe, Kiera. Não quis fazer você sofrer. Eu precisava... cuidar de uma coisa — sussurrou, num tom confortante.

Eu me afastei, dando um tapa no seu peito.

— Nunca mais faça isso! — Ele sorriu, pondo a mão no meu rosto. — Não me deixe desse jeito... — Fui parando de falar ao perceber que seu olhar se enchera de tristeza.

— Eu não faria isso, Kiera. Não desapareceria assim, sem mais nem menos — disse, acariciando meu rosto.

Sem pensar nas consequências, soltei as palavras que vinha prendendo havia tanto tempo:

— Eu te amo. — Na mesma hora seus olhos ficaram úmidos. Ele os fechou, duas lágrimas gêmeas escorrendo pelo seu rosto. Eu as sequei com as pontas dos dedos. Provavelmente ele nunca tinha ouvido alguém dizer aquilo... com toda a sinceridade. E eu dissera. Com cada parte da minha alma, eu dissera. — Eu te amo... tanto.

Ele abriu os olhos, mais lágrimas escorrendo.

— Obrigado. Você não imagina o quanto eu queria... Há quanto tempo eu esperava...

Mas não pôde concluir a frase, porque me inclinei e lhe dei um beijo cheio de ternura e carinho. Na mesma hora ele retribuiu meu beijo, sua mão livre aninhando minha outra face. Ainda beijando-o com ternura, puxei-o com gentileza para o seu quarto. Nossos lábios mal se afastando, despimos um ao outro em silêncio. Quando fiquei nua, ele se afastou um pouco para me contemplar, seus olhos transbordando de amor e carinho.

— Você é tão linda — sussurrou, passando a mão pelos meus cabelos.

Seus lábios voltaram aos meus, que sorriam, e com delicadeza ele me levou até a cama. Exploramos o corpo um do outro sem pressa ou nervosismo, como se nunca tivéssemos estado juntos antes. Não havia muralhas entre nós, não havia barreiras para nos separar. Finalmente sabíamos como nos sentíamos em relação um ao outro. Sabíamos que, dessa vez, era por amor.

Nós nos demoramos, nossos dedos e lábios percorrendo e provocando, descobrindo novas maneiras de tocar um ao outro. Ouvi os sons que ele fez quando o beijei naquele ponto macio logo abaixo da orelha, quando meus dedos passaram pela cicatriz sobre suas costelas. O gemido delicioso que soltou quando minha língua foi descendo pelo V profundo do seu ventre. Ele estudou os sons que eu fiz quando beijou minha clavícula, quando sacudiu com delicadeza um mamilo preso entre os dentes. Meus gemidos quando passou a língua pela minha parte mais sensível, degustando o que estava prestes a possuir.

Quando não dava mais para segurar, ele passou para cima de mim e ajustou lentamente minhas coxas ao redor dos seus quadris. Seu olhar se demorou sobre minha pele, acompanhando as linhas e curvas, logo seguido pela sua mão. Quando seus olhos tornaram a encontrar os meus, estavam tão cheios de amor e paixão que não pude deixar de morder o lábio, aflita. Não por desejo, embora eu certamente também o sentisse, mas para ter certeza de que esse momento não era apenas um sonho vívido. Que aquela perfeição diante de mim era real... e minha.

Sem em nenhum momento tirar aqueles olhos maravilhosos dos meus, ele me penetrou, com uma lentidão quase insuportável. Ambos fechamos os olhos, dominados pela magnitude da emoção e do prazer por estarmos finalmente juntos outra vez. Abri os olhos primeiro e segurei seu rosto com carinho.

— Eu te amo — sussurrei.

Ele abriu os olhos também, para tornar a me contemplar.

— Eu te amo tanto — sussurrou.

Então, fizemos algo que jamais tínhamos feito antes, algo que talvez Kellan jamais tivesse feito — fizemos amor. Não era uma transa bêbada. Não era uma paixão ardente, uma urgência tórrida, feroz. Era muito mais do que isso. Ele segurou minha mão com força o tempo todo, enquanto experimentávamos algo maravilhoso e intenso juntos. Ele sussurrou o quanto me amava, quando conseguiu falar em meio à emoção do momento. Eu sussurrei o mesmo para ele, sempre que podia. Não havia dúvida, não havia medo, não havia culpa. Nossos quadris balançavam, se unindo e separando em perfeita sincronia, acelerando e desacelerando no mesmo instante, como se fôssemos uma só pessoa, e não duas. E, embora eu tenha percebido que ele ficou pronto antes de mim, ele conteve seu clímax até podermos gozar juntos. Quando isso aconteceu, foi glorioso, intenso, perfeito. Ele gritou meu nome e eu me vi respondendo com o dele.

Em seguida, ele me puxou para o seu peito, todo o seu corpo tremendo. Fiquei escutando o ritmo do seu coração pouco a pouco diminuir junto com o meu, enquanto algumas lágrimas me escorriam pelo rosto. Dessa vez, não eram lágrimas de culpa, mas de felicidade pelo amor imenso que eu sentia por ele, misturadas com lágrimas de tristeza por saber que nosso momento não iria durar, que só tínhamos mais alguns preciosos instantes juntos. Ele também sabia disso. Erguendo os olhos para seu rosto, vi exatamente o mesmo olhar de alegria e tristeza refletido em seus olhos úmidos.

— Eu te amo — disse ele baixinho.

— Também te amo — respondi prontamente, dando-lhe um beijo leve.

Ele fechou os olhos e uma lágrima fugiu, descendo pelo seu rosto. Eu a sequei.

— No que você está pensando? — perguntei, tímida.

— Nada — respondeu ele, mantendo os olhos fechados.

Levantei a cabeça para poder olhá-lo mais de perto. Ele abriu os olhos e me observou.

– Estou tentando não pensar em nada – disse em voz baixa. – Dói demais quando penso em...

Mordi o lábio, assentindo, arrependida por ter perguntado.

– Eu te amo – tornei a dizer.

Ele fez que sim, triste.

– Mas não o bastante... não o bastante para deixá-lo?

Fechei os olhos, contendo um soluço. Tinha esperado que ele não me fizesse essa pergunta... que *nunca* me fizesse essa pergunta. Ele passou a mão pelos meus cabelos.

– Está tudo bem, Kiera. Eu não devia ter dito isso.

– Kellan, eu lamento tanto... – comecei a dizer, mas ele pôs um dedo nos meus lábios.

– Hoje não. – Ele me deu um sorriso carinhoso e me puxou para um beijo. – Hoje não... está bem?

Assenti, e então o beijei também. Depois de um momento, me afastei.

– Você acha que...? Se daquela primeira vez nós não tivéssemos chegado a... será que nós três seríamos apenas bons amigos?

Ele sorriu ao compreender o que eu estava tentando dizer.

– Se você e eu nunca tivéssemos ficado bêbados e transado, nós agora estaríamos vivendo felizes para sempre? – Assenti e ele refletiu por um segundo, afastando uma mecha de meu cabelo para trás da orelha. – Não... Você e eu sempre fomos mais do que apenas amigos. – Acariciou meu rosto com o polegar, carinhoso. – De um jeito ou de outro, nós acabaríamos exatamente onde estamos.

Assenti e fiquei olhando para o seu peito, que se estendia abaixo do meu rosto. Ele ficou acariciando meu braço por um tempo, e então perguntou baixinho:

– Você se arrepende?

Voltei a observar seus olhos magoados.

– Eu me arrependo de estar sendo uma calhorda com Denny. – Ele assentiu, desviando os olhos. Pus a mão com delicadeza no seu rosto, forçando-o a olhar de novo para mim. – Não me arrependo de um só segundo passado com você. – Sorri para ele, brincalhona. – O tempo passado com você nunca é desperdiçado. – Ele sorriu ao se ver como objeto de sua própria frase, e me puxou para um beijo que logo foi se tornando cada vez mais intenso.

Não fui à faculdade aquele dia. Não saí da cama aquele dia. Não podia... não havia nenhum outro lugar onde eu precisasse estar.

Kellan se despediu de mim uma hora antes de Denny voltar para casa do trabalho. Na mesma hora meus olhos ficaram úmidos, e ele segurou meu rosto entre as mãos e beijou minhas pálpebras.

— Vou estar no Pete's hoje à noite. Te vejo lá, combinado?

Assenti, sem palavras, e ele me deu um último beijo carinhoso antes de sair. Senti um aperto doloroso no coração ao vê-lo ir embora. Nossa tarde juntos tinha sido... indescritível. Meu coração estava mais dividido do que nunca. As palavras de Jenny me voltaram à mente: *Você tem que escolher um deles. Não pode ficar com os dois.* Mas eu não fazia ideia de como deixar nenhum deles.

Denny chegou em casa um pouco mais cedo do que de costume, parecendo muito cansado. Caminhou até o sofá, onde eu estava sentada, assistindo a um programa de tevê com um olhar distraído. Ele sentou ao meu lado, e eu observei seu rosto tão lindo, tão triste. Na mesma hora me senti culpada, e o sentimento logo tomou conta de mim, me levando a romper em soluços.

Ele me abraçou.

— Vem cá. — Deitou no sofá comigo, um de frente para o outro, seus braços ao meu redor, me estreitando com força. Minha cabeça pousada no seu peito, as mãos segurando sua camisa, solucei até quase perder o fôlego. — Está tudo bem, Kiera. Qualquer que seja o problema, está tudo bem. — Sua voz estava trêmula, o sotaque forte de emoção, e eu soube que ele estava à beira das lágrimas. Ele engoliu em seco ao suspirar. — Amor... você é o meu coração. — Meus soluços se intensificaram. Sabia que o estava magoando, mas não conseguia me conter, as lágrimas eram implacáveis.

Por fim, elas cederam, e eu senti o sono tomar conta de mim enquanto ele me abraçava e alisava minhas costas. Ele se afastou, observando meus olhos semicerrados e exaustos.

— Kiera...? — O pânico fez com que meus olhos se abrissem de estalo, arregalados. Será que era isso? Será que ele ia finalmente me perguntar a respeito de Kellan? Não consegui pronunciar uma palavra em resposta.

— Você...? — Ele se calou por um segundo, abaixando os olhos. Parecendo amargurado, tentou de novo: — Você... quer uma carona para o trabalho? Senão, vai chegar atrasada. — Olhou para mim, e eu relaxei visivelmente.

Mas ainda não conseguia falar. Apenas assenti.

— Tudo bem. — Ele se levantou e me estendeu a mão. — Vamos lá, então.

Fizemos o trajeto até o bar em silêncio. Denny não me fez perguntas sobre a crise nervosa, nem eu lhe ofereci qualquer informação. Não havia mesmo nada que eu pudesse compartilhar com ele. Havia tantos segredos entre nós dois agora, que era difícil lembrar o tempo em que as coisas tinham sido simples e fáceis, em que tínhamos parecido dois adolescentes apaixonados. Mas acho que todo amor está fadado a um dia voltar à realidade.

Denny decidiu ficar um pouco no bar. Olhava para mim a toda hora, como que na expectativa de tornar a me perder. Minha reação de horas atrás fizera aflorar o seu lado protetor, e logo me dei conta de que ele iria passar a noite toda zelando por mim... enquanto Kellan estivesse aqui. Suspirei, indo cuidar de minhas obrigações. Devia ter dado um jeito de esconder minha dor. Não devia ter deixado que Denny a visse. Ele não precisava vê-la, e nem eu podia explicar por que tinha desmoronado. Era uma crueldade mantê-lo no escuro. E eu também fora muito cruel com ele durante a ausência de Kellan – sempre repelindo seus gestos de carinho, sempre me escondendo na minha dura redoma de solidão.

Kellan chegou um pouco antes do resto da banda, e Denny o encontrou na porta. Sem deixar nada transparecer, Kellan lhe deu um daqueles rápidos abraços de homem, e eles começaram a bater papo com a maior naturalidade enquanto caminhavam até a mesa habitual dos D-Bags. Mas flagrei um breve olhar de Kellan para mim, quando Denny deu as costas para investigar um barulho alto do outro lado do bar. O misto de paixão e melancolia naquele único e breve olhar de Kellan quase me levou a atravessar o salão correndo e me atirar nos seus braços. Mas não fiz isso. Pelo menos eu tinha bastante força de vontade para tanto.

Tendo chegado à mesa, os dois sentaram perto um do outro e se curvaram, enfronhados no que me pareceu ser uma conversa séria. Meu pulso acelerou um pouco quando me perguntei sobre o que poderiam estar falando. Então Kellan assentiu, e Denny pousou a mão no seu ombro. Na mesma hora, compreendi. Denny estava falando com ele sobre minha irmã. Fiquei feliz ao pensar nisso. Kellan não tinha nem tocado na minha irmã. Ele me fora fiel. Tudo bem, não exatamente fiel, já que ele tinha *comido* metade de Seattle enquanto se esforçava por "me esquecer", mas tinha sido ela que ele prometera não tocar... e cumprira a promessa... o que me deixou muito feliz.

Foi um tanto surpreendente ver os dois passarem a noite toda conversando. Não só por Kellan ser capaz de se comportar com tanta naturalidade diante do cara cuja namorada tinha levado para a cama não muito tempo atrás... e várias vezes... mas também pelo fato de a amizade dos dois não parecer ter sofrido nem um pouco depois da briga que Kellan e eu havíamos tido – o episódio do tapa. Eu tinha certeza de que Denny o repreendera por causa disso, e tinha a mesma certeza de que Kellan suportara a repreensão com estoicismo e confirmara totalmente minha história. Mas nenhum dos dois parecia deixar o incidente interferir na sua amizade descomplicada. Engoli em seco, sabendo que minha escolha, aquela que Jenny estava certa em dizer que eu teria de fazer, iria, sem sombra de dúvida, afetar a amizade dos dois. Eu seria o pivô da ruptura. E essa ideia me fazia mal.

Os outros D-Bagns finalmente chegaram, e Kellan recorreu ao seu jogo de cintura para manter Griffin longe de Denny pelo resto da noite. Os dois amigos tomaram suas cervejas, jogaram uma partidinha de bilhar e bateram papo com Matt. Evan pareceu um pouco constrangido com a situação, e passou a maior parte da noite paquerando um grupo de tietes perto da mesa. Kellan e Denny continuaram na maior amizade por horas a fio, até que, por fim, os D-Bags subiram ao palco para se apresentar.

Pelo resto da noite, tive que suportar os olhares melancólicos de Kellan e os olhares de preocupação de Denny, que, pelo visto, ainda pensava que eu iria entrar em crise de novo. Será que eu ainda estava com um ar tão triste assim? Denny continuou no bar até o último momento do meu turno, e, como não podia deixar de ser, me deu uma carona para casa. Kellan ainda estava lá, batendo papo (num tom um pouco animado demais) com Jenny, quando Denny e eu fomos embora. Torci para que ela o estivesse tratando bem.

Foi pensando nos olhares melancólicos e apaixonados de Kellan que subi cada degrau da escada. Foi pensando no calor de suas mãos que me despi. Foi pensando no seu corpo musculoso que vesti meu pijama. Foi pensando no seu cheiro intoxicante que escovei os dentes. Foi pensando naquele caos maravilhoso dos seus cabelos e na delícia de senti-los enrolados em meus dedos que me enfiei sob as cobertas ao lado de Denny. Mas o que me manteve acordada, num estado de ansioso desejo, foi sua boca, repetindo uma vez atrás da outra que ele me amava.

Continuei no meu quarto por muito mais tempo do que a maioria das mulheres na minha situação teria ficado – quer dizer, pelo menos foi disso que tentei me convencer –, mas, por fim, meu vício falou mais alto, e eu escapuli de mansinho da cama. Denny não se mexeu. Estava dormindo a sono solto quando fechei a porta sem fazer barulho. Abri a de Kellan, e ele se apoiou sobre os cotovelos ao ouvir o rangido. O luar entrava pela sua janela, e vi seu rosto perfeito me observando com curiosidade. Não havia qualquer sinal de exaustão no azul líquido de seus olhos. Ele também não conseguira conciliar o sono.

Esse pensamento me excitou, me deixou mais atrevida. Subi na sua cama e me enfiei sob as cobertas, logo enroscando as pernas ao redor das dele. Enlaçando seu pescoço entre os braços, atirei todo o peso do corpo sobre seu peito, derrubando-o de volta nos travesseiros.

– Será que estou sonhando? – sussurrou ele, antes de meus lábios descerem até os seus. Ele passou as mãos pelas minhas costas e embrenhou os dedos em meus cabelos. Puxando-me contra o corpo com mais força, ele intensificou nosso beijo.

– Senti saudade – murmurou, sua boca roçando meus lábios.

– Também senti saudade… – sussurrei. – Tanta saudade…

Beijei-o pelo máximo de tempo que pude até o fôlego ficar curto demais, e então me afastei. Tirei minha regata e ele ficou me observando, passando a mão com suavidade pelo meus seios. Com um suspiro pesado e relutante, ele disse:

– O que está fazendo, Kiera?

Em resposta, apertei o corpo contra o seu e beijei seu pescoço. Ele olhou para a porta.

— Kiera, Denny está logo...
— Eu te amo — interrompi-o —, e senti saudade. Faz amor comigo. — Olhei carinhosa para o seu rosto de uma beleza absurda, e então tirei o resto das minhas roupas.
— Kiera...
Tornei a beijá-lo e apertei o corpo nu contra cada centímetro do seu. Ele soltou um gemido baixo, e retribuiu meu carinho com avidez. Passei as mãos por toda a extensão do seu corpo fantástico, e comecei a puxar sua cueca.
— Eu te amo... Faz amor comigo — sussurrei de novo no seu ouvido.
Com a respiração mais rápida, os olhos cheios de paixão, ele olhou mais uma vez para a porta, e então para mim.
— Tem cert...
— Absoluta — interrompi-o sem fôlego, e então o beijei com sofreguidão.
Nosso beijo já começava a se tornar mais profundo quando, de repente, ele afastou os lábios.
— Espera... — Olhou para mim com ar triste. — Não posso fazer isso.
Surpresa, respondi:
— Ah... Bom, *eu* posso... — E passei a mão com timidez por dentro da sua cueca. O contorno da sua virilidade era uma delícia... mais do que uma delícia, na verdade.
— Ahhh — gemeu ele —, você está me matando, Kiera. — Afastou minha mão, dando um risinho. — Não foi isso que eu quis dizer. É óbvio que eu posso, mas... — olhou fixamente para mim —... acho que não devemos fazer isso.
— Mas, e o que aconteceu hoje à tarde...? Aquilo foi... Você não...? Eu... Você não me quer? — perguntei, confusa e um pouco magoada.
— Claro, é óbvio que quero. — Olhou para mim, depois ostensivamente para o próprio corpo, e de novo para mim. — Você já devia ter notado. — Corei, e ele continuou: — O que aconteceu hoje à tarde foi a coisa mais... Nunca experimentei nada igual na vida. Nem mesmo sabia que podia ser assim, o que, considerando a vida que levei, significa muito. — Deu um sorriso encabulado, e eu sorri para ele.
— E você não quer ter isso de novo? — perguntei, acariciando seu rosto.
— Mais do que qualquer outra coisa — sussurrou com voz rouca.
— Então faz amor comigo... — Beijei-o sem fôlego.
Ele gemeu baixinho.
— Meu Deus, Kiera. Por que você torna tudo...
— Tão duro? — sussurrei, logo corando quando ele começou a rir baixinho. — Eu te amo, Kellan. E sinto que o tempo está fugindo de nós. — Olhei no fundo de seus olhos. — Não quero perder um só minuto.
Ele suspirou baixinho e eu sorri, sabendo que tinha vencido.

— Só para registrar, ainda acho que é uma péssima ideia... — disse ele, e eu sorri ainda mais, beijando-o quando ele passou para cima de mim. — Você vai acabar me matando — murmurou, quando finalmente tirei sua cueca.

Fazer amor com Kellan sem emitir um som era extremamente difícil. Fomos obrigados a nos agarrar ao corpo um do outro com muita força — tanta força, na verdade, que tive certeza de que iríamos ficar com manchas roxas –, e trocar beijos profundos nos momentos mais críticos, mantendo as bocas unidas para conter a intensidade do que sentíamos. A certa altura, perto do fim, Kellan teve que tapar a minha boca. A lentidão e a contenção exigida por nossa tentativa consciente de ficar em silêncio parecia tornar tudo ainda mais intenso, e a experiência durou mais do que eu teria imaginado ser possível. Por mim, tudo bem. Poderia ter durado para sempre...

Depois, ficamos olhando um para o outro, nossos corpos apertados. Sua respiração empurrava meu corpo, e a minha o dele. Não dissemos uma palavra, apenas olhando nos olhos um do outro. Ele afagou meus cabelos e, por fim, me deu um beijo leve. Passei o dedo pelo seu rosto, o contorno do seu queixo e então seus lábios, me perdendo nos seus tranquilos olhos azuis. Ficamos quase imóveis, em total silêncio, em nossa nudez que quase chegava à alma, até que Kellan finalmente suspirou.

— Você devia voltar para o seu quarto — sussurrou.

— Não. — Não queria me afastar do seu calor.

— Já é quase de manhã, Kiera.

Dei uma olhada no relógio e levei um susto ao perceber que ele tinha razão, já estava quase amanhecendo. Mesmo assim, teimosa, apenas o abracei com mais força.

Ele me beijou.

— Espera na cama por uma hora, depois vai para a cozinha e toma café comigo, como sempre fizemos. — E me beijou de novo, logo em seguida me afastando com delicadeza. Fiz beicinho quando ele me entregou minhas roupas, e me recusei a sair de onde estava. Meneando a cabeça, ele começou a me vestir. Quando terminou, fez com que eu me sentasse e, então, me levantasse.

— Kiera... — Acariciou meu rosto. — Você precisa ir... antes que seja tarde demais. Nós demos sorte... não vamos abusar dela.

Deu um beijo no meu nariz, e eu soltei um suspiro resignado.

— OK, tudo bem. Te vejo daqui a uma hora, então. — Não pude deixar de lançar um último e longo olhar para o seu corpo nu, e então, suspirando de novo, saí do seu quarto.

Voltei pé ante pé para o meu e fechei a porta às minhas costas. Denny não se mexeu, ainda profundamente adormecido, e então virou para o outro lado, como costumava fazer quando dormia. Fiquei observando seu sono em distraída serenidade por um momento, antes de me deitar ao seu lado, virada para ele. Fiquei vendo sua camiseta subir e descer com a respiração regular. Não senti vontade de chorar, como antes. Ainda me sentia culpada, mas nem de longe tanto quanto me sentira até então. Estava começando a ficar mais fácil... E isso me irritou. Passei os dedos de leve nos cabelos mais curtos perto do seu pescoço, e soltei um suspiro satisfeito. Engoli o súbito nó na garganta e passei os braços pelo seu corpo, me aninhando às suas costas. Ele se mexeu e entrelaçou nossos dedos, tornando a dormir em seguida. Beijei sua nuca e encostei a cabeça no seu ombro. Foi então que as lágrimas começaram.

As coisas podiam estar mais fáceis... mas isso não queria dizer que não continuavam difíceis.

ESCOLHAS

K ellan estava diferente quando fui para a cozinha pela manhã. Não fisicamente: sob esse aspecto, ele ainda era de uma perfeição torturante. Bem, talvez seus olhos azul-escuros estivessem mais cansados do que de costume, mas também nenhum de nós tinha dormido na noite passada. Não, ele parecia diferente do ponto de vista emocional. Não olhou para mim quando entrei. Não me cumprimentou num tom alegre, apenas continuou olhando com ar apático para sua caneca de café, parecendo perdido em pensamentos.

Caminhei até ele e peguei a caneca ainda cheia, colocando-a na bancada para trazê-lo à realidade. Ele virou a cabeça e olhou para mim com ar abatido. Então me deu um beijo rápido e passou os braços pela minha cintura. Entrelacei os meus ao redor do seu pescoço e encostei a cabeça no seu ombro, puxando-o para um abraço apertado.

— Mal posso acreditar que vou dizer isso — sussurrou ele, e na mesma hora fiquei tensa. — O que aconteceu na noite passada não pode se repetir, Kiera.

Eu me afastei e olhei para ele, magoada, confusa e um pouco assustada.

Percebendo as emoções em meu rosto, ele suspirou.

— Eu te amo, e você compreende o que essa frase significa para mim. Eu nunca digo isso... para ninguém... jamais. — Retirando meus braços do seu pescoço com delicadeza, ele segurou minha mão e entrelaçou nossos dedos. — Houve uma época em que eu não teria me importado. Teria aceitado qualquer parte sua que você quisesse me dar e encontrado uma maneira de lidar com o resto...

Passou nossos dedos entrelaçados pelo meu rosto. Suas palavras fizeram minha expressão se abrandar. Mas eu ainda estava confusa e assustada. Ele suspirou, seus olhos percorrendo meu rosto.

— Quero ser o tipo de homem que você merece ter — disse, e eu já ia interrompê-lo quando ele pôs nossos dedos sobre meus lábios. — Quero ser um homem honrado...

— Você é — interrompi-o, afastando os dedos da boca. — Você é um bom homem, Kellan.

— Mas quero ser o melhor possível, Kiera... e não sou. — Tornou a suspirar, olhando na direção de onde Denny ainda dormia, e de novo para mim. — O que fizemos na noite passada não foi nada honroso, Kiera... não daquele jeito, na cara de Denny.

Fiquei séria, sentindo as lágrimas de culpa e vergonha brotarem em meus olhos. Ele reconheceu meu olhar e na mesma hora compreendeu.

— Não... Eu não quis dizer que... Você não é... Eu não tive a intenção de ofender você, Kiera. — E me estreitou nos braços, enquanto duas lágrimas me escorriam pelo rosto.

— Então o que você está tentando dizer, Kellan?

Ele fechou os olhos, respirando fundo.

— Eu quero que você termine com Denny... e fique comigo. — Abriu os olhos devagar. De repente, pareciam cheios de medo.

Fiquei olhando boquiaberta para ele, sem fazer a menor ideia do que dizer. Ele estava me dando um ultimato? Me obrigando a finalmente fazer uma escolha?

— Me desculpe. Eu ia bancar o estoico, ficar calado enquanto você me quisesses, mas então nós fizemos amor... e eu... nunca tinha tido aquilo... e não posso voltar a ser a pessoa que era antes. Eu quero você, só você, e não posso aceitar a ideia de te dividir com outro homem. Me desculpe. — Abaixou os olhos, triste. — Eu quero ficar com você do jeito que é certo, com tudo às claras. Quero entrar no Pete's de braços dados com você. Quero beijar você toda vez que te vir, sem me importar com quem está olhando. Quero fazer amor com você sem medo de que alguém descubra. Quero pegar no sono com você nos braços todas as noites. Não quero me sentir culpado em relação a alguém que me faz sentir tão... pleno. Me desculpe, Kiera, mas estou pedindo a você para escolher.

Continuei olhando boquiaberta para ele, lágrimas me escorrendo pelas faces. O retrato que ele tinha pintado era tão maravilhoso. Eu já podia até vê-lo — um futuro com ele, uma vida com ele. Uma parte de mim, uma grande parte de mim, queria isso. Mas outra parte pensava em olhos castanhos brilhantes, carinhosos, e um sorriso bobo.

— Você está me pedindo para destruí-lo, Kellan.

Ele fechou os olhos, engolindo em seco.

— Eu sei — sussurrou. Quando voltou a abrir os olhos, estavam brilhando de lágrimas. — Eu sei. É que... Eu não posso dividir você. A ideia de vocês dois juntos me mata, agora ainda mais do que antes. Eu preciso de você. De você inteira.

A ideia de perder um dos dois me deixou em pânico.

— E se eu não escolher você, Kellan? O que vai fazer?

Ele desviou os olhos, uma lágrima escorrendo pelo seu rosto.

— Eu vou embora, Kiera. Vou embora, e aí você e Denny podem viver felizes para sempre. — Olhou novamente para mim. — Você nem precisaria contar a ele sobre mim. Mais cedo ou mais tarde, vocês dois... — Sua voz falhou e outra lágrima escorreu pelo rosto. — ... vocês dois se casariam, teriam filhos, levariam uma vida maravilhosa.

Tentei conter um soluço.

— E você? O que aconteceria com você, nesse caso?

— Eu... me viraria. E sentiria saudades suas todos os dias — sussurrou.

Um soluço finalmente escapou de minha garganta e, para me convencer de que ele ainda estava na minha frente, de que o horror que tinha descrito ainda não acontecera, segurei seu rosto e o beijei com paixão. Senti mais lágrimas suas passarem para minha pele enquanto ele retribuía meu beijo com igual intensidade. Por fim nos separamos, sem fôlego, nossas testas encostadas, nossas lágrimas continuando a escorrer.

— Kiera... nós dois daríamos tão certo juntos — sussurrou.

— Eu preciso de mais tempo, Kellan... por favor — respondi, também num sussurro.

Ele me deu um beijo leve.

— Tudo bem, Kiera. Posso te dar um tempo, mas não a vida inteira. — Tornou a me beijar, e eu finalmente senti que meu coração começava a voltar ao normal e o aperto em meu estômago a melhorar. — Não quero passar o dia em casa com ele hoje. Vou para a casa do Evan.

Abracei-o com força, meu coração voltando a disparar. Vendo meu pânico, ele disse, para me tranquilizar:

— Eu te vejo no Pete's à noite. Vou estar lá. — Voltou a me beijar, e fez menção de se afastar de mim.

— Espera... agora? Você vai sair agora? — perguntei, num tom que beirava a lamúria.

Ele passou as mãos pelos meus cabelos, e então as levou ao meu rosto.

— Passa o dia com o Denny. E pensa no que falei. Talvez você consiga...

Decidir? Decidir qual dos dois corações eu devia partir? Eu não via mesmo como algum dia pudesse tomar uma decisão dessas.

Ele não concluiu a frase. Apenas levou os lábios aos meus e me beijou por um espaço de tempo que pareceu de horas até se afastar, quando então pareceu de meros segundos. Com um sorriso triste, deu as costas e saiu da cozinha e, alguns momentos depois, da casa. Fiquei olhando para sua caneca de café ainda cheia na bancada, pensando no que eu iria fazer.

Por fim, me estendi no sofá e chorei até o sono tomar conta de mim.

Horas mais tarde, acordei sem me sentir nem um pouco descansada. As palavras de Kellan me assaltaram quando entrei na cozinha para esquentar o café que ele tinha feito... antes de sair tão bruscamente.

Enchendo minha caneca, levantei os olhos quando ouvi Denny entrar na cozinha. Meu pulso acelerou ao ver seu rosto. Eu nunca o tinha visto com aquela expressão antes. Infeliz, torturada, derrotada. Seus olhos castanhos, normalmente tão alegres, pareciam baços e mortiços. Embora recém-saído do chuveiro e bem arrumado, isso não lhe dava um ar saudável e descansado. Ele parecia alguém que não dormia há semanas. Então, ele fechou os olhos, respirou fundo e, com um sorriso desanimado, entrou na cozinha.

Fiquei imóvel diante da bancada, olhando para ele. O que o deixara assim tão triste? Será que sabia que eu não dormira com ele na noite passada? Será que sabia para onde eu tinha ido? Será que Kellan e eu não tínhamos sido tão discretos quanto eu imaginara? Ele caminhou até mim, já quase estendendo os braços, mas então se conteve. O clima na cozinha era pesado. O nervosismo acelerou minha respiração. Eu sabia que ficaria estranho não perguntar a ele qual era o problema – nunca teria deixado de indagar a razão de um olhar arrasado daqueles antes –, mas eu simplesmente não tinha ar para emitir um som. E estava morta de medo de perguntar a ele.

Finalmente, ele falou.

— Você desapareceu, me deixou sozinho – declarou num fio de voz.

Minha frequência cardíaca triplicou, minha visão ficou turva. Ah, meu Deus, eu ia desmaiar bem ali, na frente dele.

— O quê? – gritei sem querer.

— Hoje de manhã. – Ele meneou a cabeça em direção ao sofá. – Eu desci horas atrás, e você estava dormindo no sofá. Eu não quis te acordar...

Meu pulso se acalmou um pouquinho.

— Ah.

Sua expressão arrasada reapareceu, e ele segurou minha mão.

— Eu... fiz alguma coisa, Kiera?

Na mesma hora comecei a negar com a cabeça, e tive que engolir em seco várias vezes antes de conseguir falar.

— Não... não, é claro que não.

— É mesmo? Porque eu me sinto como se houvesse uma muralha entre nós. Nós costumávamos falar sobre tudo. Eu sabia praticamente tudo que se passava na sua cabeça, e agora não faço a menor ideia do que você está pensando a maior parte do tempo.

Tornei a engolir em seco para conter lágrimas.

— Você não vai falar comigo? – Seus olhos castanhos cheios de tristeza percorreram meu rosto por um momento, e então ele me puxou pelo braço com delicadeza para a sala. Rezei para não voltar a chorar, como no dia anterior.

Sentamos lado a lado no sofá. Ele se inclinou na minha direção, os cotovelos fincados nos joelhos. Então, passou a mão pelos cabelos, mas interrompeu o gesto, olhando para mim.

— Você está feliz aqui? — perguntou, a emoção contida deixando seu sotaque mais forte.

Fiz que não com a cabeça, mas disse *Estou*. O rosto dele pareceu tão confuso quanto eu me senti com essa estranha resposta.

— É por causa de Kellan? — sussurrou, e senti um tranco no estômago, como se fosse vomitar. Será que ele estava finalmente me perguntando? Eu sabia que devia estar branca feito um fantasma, e me sentia como se fosse voltar a hiperventilar a qualquer momento.

— O estilo de vida dele te incomoda tanto assim? Você não está mais gostando de morar aqui com ele como roommate?

Relaxei. Ele não estava me perguntando sobre um caso entre nós, e sim sobre as amantes de Kellan. Aquele tapa no Pete's fora o último fato que me aborrecera de que Denny estava a par, mas muita coisa tinha mudado desde então. Kellan me amava... profundamente. E eu...

— Não, está tudo bem com ele. Eu mal o vejo mesmo — respondi em voz baixa, minha cabeça ainda dando voltas.

— É... Ele não tem parado muito em casa ultimamente, não é? — Denny me deu um olhar enigmático ao dizer isso, e eu me maldisse por fazer com que ele tomasse consciência do fato. Esperei pela pergunta lógica inevitável: *Você passou a semana inteira se sentindo profundamente triste por causa da ausência dele? Teve uma crise ontem porque ele voltou? Porque fez amor com ele... e depois se sentiu culpada nos meus braços?*

A pergunta que ele não fez, no entanto, me feriu mais do que qualquer uma das perguntas imaginadas:

— É por minha causa, então? Você não está feliz comigo? — perguntou em voz tão baixa que mal o ouvi.

Passei os braços pelo seu pescoço, tentando conter um soluço.

— Não, eu te amo. — Minha voz falhou mesmo assim. — Estou feliz com você. — *Não me faça mais perguntas. Não descubra o que fiz. Não me deixe...*

Ele retribuiu meu abraço, me estreitando contra si como se eu estivesse tentando me afastar e não apertando o corpo contra o seu.

— Então vem para Brisbane comigo...

Eu me afastei e, confusa, observei seus olhos ainda inexpressivos.

— O quê?

— Quando você se formar... vem para a Austrália comigo. — Ele observava meu rosto com uma expressão quase frenética, tentando antever minha reação.

Pisquei os olhos, incrédula. Nunca tínhamos falado em morar na sua terra natal, apenas em visitar seus pais no feriadão do fim de ano.

— Mas por quê?
— Eu dei alguns telefonemas. Tem um emprego maravilhoso à minha espera lá... a hora que eu quiser. Nós podíamos ir morar lá. Fica bem perto dos meus pais. Eles adorariam que morássemos perto deles. — Seu sotaque ia ficando mais forte à medida que ele falava de sua família e terra natal.
— Mas é tão longe, Denny... — Fisicamente, era o mais longe de Kellan que ele poderia me levar. — E quanto... à minha família?
— Nós podemos visitá-los quantas vezes você quiser, Kiera. Nos feriados. Nas férias. O que você quiser, e sempre que quiser. — Acariciou meu rosto com suavidade ao falar. Percebi o toque de desespero em seu tom. Ele queria muito isso.
— Austrália? Não sabia que você queria voltar para lá.
— É uma oferta fantástica... — Olhou para o chão, antes de olhar de novo para mim. — Nós poderíamos nos casar lá — sussurrou.
Meu coração começou a palpitar. Também nunca tínhamos falado sobre casamento. Não pude dizer nada. Um milhão de ideias me passaram pela cabeça ao mesmo tempo, algumas sobre uma vida em Seattle com Kellan, outras sobre uma vida a milhares de quilômetros de distância com Denny. Ele passou a mão pelos meus cabelos enquanto eu observava seu lindo e triste rosto.
— Nós poderíamos ser felizes... lá. — Engoliu em seco. — Eu poderia ser um bom marido para você. E, talvez, algum dia, um pai... — Sua voz foi silenciando, e meus olhos começaram a ficar úmidos. Eu podia ver o retrato que ele pintava também... e era tão maravilhoso quanto o de Kellan. Não sabia como escolher. Ele tornou a acariciar meu rosto e me puxou para um beijo carinhoso. Fechei os olhos, derretendo em seus braços, pensando em sua proposta... em ambas as propostas.
Ele levou as duas mãos ao meu rosto e me beijou com paixão. Retribuí com a mesma paixão. De repente, ele se levantou, e então se inclinou e me pegou no colo. Ele não tinha a menor dificuldade para me carregar — Denny era muito forte —, e me beijou durante o tempo que levou para me carregar pela escada até nosso quarto. Fechei os olhos ao passar pelo de Kellan.
Pela primeira vez no nosso relacionamento, fazer amor com Denny foi... estranho. Havia um desespero extremo no nosso sexo que nunca estivera lá antes. Vinha do mais fundo do coração, e ao mesmo tempo era uma punhalada no coração. Era a mais pura alegria, era a dor mais dilacerante. Era férvido, era glacial. Era verdadeiro amor que brotava... era verdadeiro amor que morria. Era como se ambos estivéssemos tentando nos apegar a algo que escapulia por entre os dedos, e não compreendíamos a razão. Obviamente, eu compreendia mais do que ele, mas não muito. Jamais compreenderia plenamente como fora capaz de me desligar de uma alma tão amorosa, sensível e humana.

Depois, ele ficou afagando meus cabelos enquanto eu me aninhava ao seu ombro. Morta de sentimento de culpa. Isso deixaria Kellan arrasado. Mas ele já devia saber, quando saíra pela manhã, que havia pelo menos uma possibilidade de Denny querer fazer...

Esse pensamento me fez sentir ainda pior. E então me senti culpada por meu prazer com Denny não ser completo. Irritada, sequei uma lágrima. Já estava ficando farta de me sentir culpada. Kellan tinha razão: de um jeito ou de outro, eu precisava fazer uma escolha.

— Você está bem, Kiera?

Fechei os olhos, começando a ficar tensa; será que ele estava finalmente me perguntando?

— Estou.

Ele beijou minha cabeça.

— É que você tem andado tão triste, e ontem pareceu tão...

Suspirei. Ele *ia* perguntar.

— Só tive um dia ruim, nada demais.

— Ah. — Percebi pelo seu timbre que não acreditara em mim. — Quer conversar sobre isso? — Seu sotaque estava ficando mais forte; geralmente era o que acontecia quando ele se emocionava. Eu precisava pôr um fim nessa conversa.

Olhei para ele, forçando um sorriso.

— Não... O que eu quero mesmo é ir para a Austrália com você. — Detestei dizer isso, mas precisava de mais tempo.

Ele abriu um largo sorriso e me beijou, qualquer vestígio de nossa conversa já esquecido.

Denny me levou de carro até o trabalho aquela noite, e decidiu ficar até o fim do meu turno. Estava com um ar feliz que destoava dos últimos tempos, o que só fez com que eu me sentisse ainda pior. Eu tinha lhe dado esperanças para nós... esperanças que talvez fossem falsas. Eu ainda não tinha certeza.

Trouxe alguns petiscos e uma cerveja para Denny, que sentara à mesa da banda. Meu estômago já estava tenso ante a perspectiva de Kellan e Denny sentados à mesma mesa. Pouco depois, os D-Bags chegaram ao bar. Evan e Matt entraram juntos. Evan avistou Denny à mesa da banda e me deu um olhar de curiosidade, fazendo com que eu abaixasse os olhos e corasse. Não cheguei a assistir à entrada de Griffin, mas a ouvi. Ele berrou assim que pôs os pés no bar: "O garanhão chegou... Agora a festa pode começar!"

Revirei os olhos e me virei para a porta no exato momento em que Kellan passava por ali. Prendi o fôlego ao vê-lo. Ele ainda me deixava totalmente paralisada com sua perfeição. Ele passou a mão pelos cabelos despenteados, e seus olhos de um azul absurdo encontraram os meus. Eu disse *oi* por mímica labial e ele me deu um meio sorriso sexy, assentindo. Começou a caminhar na minha direção, até eu menear de leve a cabeça. Ele inclinou a dele, confuso, e então, seguindo a direção de meus olhos ao me ver observar a mesa dos D-Bags, compreendeu. Seu sorriso se desfez e seus olhos ficaram sombrios. Ele olhou para mim, melancólico, e em seguida se virou para ir sentar com os outros à sua mesa.

Fiquei observando Kellan discretamente enquanto trabalhava aquela noite. O que foi bastante difícil. Minha vontade era ir até ele e abraçá-lo, beijá-lo e me aconchegar no seu colo... mas não podia. Mesmo que Denny não estivesse sentado bem na sua frente à mesa, eu não poderia. Nós não tínhamos esse tipo de relacionamento, e era exatamente o que ele queria de mim. Não queria mais se esconder. E nem eu, mas... Passei a prestar atenção em Denny. Não queria magoá-lo. Não podia magoá-lo. Também o amava.

Denny sorria, mais feliz do que eu o vira em dias. Minha melancolia durante a ausência de Kellan o afetara mais do que eu me dera conta. Ele estava entusiasmado com o fato de agora termos planos para o futuro. No momento estava absorto em uma conversa com Matt, por isso voltei a prestar atenção em Kellan.

Kellan me deu uma olhadela furtiva, nossos olhos se encontrando por não mais que uma fração de segundo, e então relanceou o corredor por um brevíssimo momento. Qualquer um que olhasse para ele não teria pensado duas vezes sobre o gesto, achando que ele apenas dava uma geral no recinto. Mas eu sabia mais – ele queria falar comigo. Terminou sua cerveja calmamente, e então levantou e se dirigiu ao corredor. Denny ficou olhando quando ele se afastou por um segundo, e então voltou à sua conversa com Matt.

Caminhei apressada até Jenny. Não tinha muito tempo.

– Jenny, será que dava para você...

Ela olhou para a mesa da banda e, notando a ausência de Kellan, disse na mesma hora:

– Não vou mentir por você, Kiera.

Fiz que não com a cabeça.

– Nem eu estou pedindo a você que faça isso. Só que... me procure, se Denny perguntar... alguma coisa.

Ela deu um suspiro resignado.

– Tudo bem... Mas que seja rápido.

Sorri para ela.

– Obrigada.

Ela assentiu e voltou a trabalhar. Então, cuidando para que ninguém, principalmente Denny, notasse, segui Kellan até o corredor. Meu pulso acelerou quando o vi. Ele estava recostado na parede que ficava entre os dois banheiros – o pé apoiado à parede, as mãos nos bolsos, a cabeça virada na minha direção. Sorriu com ar tranquilo ao me ver, e eu retribuí o sorriso. Estendeu a mão para mim quando me aproximei e, com a outra, abriu a porta do banheiro das mulheres. Vi que o cartaz com a palavra "Quebrado", que ficava na sala dos fundos, tinha sido colado com durex na porta.

— Foi você que...? — perguntei, apontando para o cartaz.

Ele sorriu, me levando para dentro. Então, seu sorriso se desfez.

— Você vai para a Austrália com Denny? — perguntou, assim que a porta se fechou.

Senti um aperto no estômago.

— O quê? Onde foi que você ouviu isso?

— Denny... Ele está contando para todo mundo, Kiera. O que foi que você disse a ele?

Fechei os olhos, me recostando na parede.

— Me perdoe. Ele estava fazendo as perguntas erradas. Eu precisava ganhar tempo. — Abri os olhos, me sentindo muito burra.

— Quer dizer então que você disse a Denny que iria embora do país com ele? Santo Deus, Kiera! — Ele passou a mão pelos cabelos, e então apertou o espaço entre os olhos. — Será que você não pode parar e pensar antes de cuspir as coisas?

— Eu sei que foi uma burrice, mas, naquele momento, pareceu a coisa certa a dizer — murmurei num fio de voz.

— Por Deus, criatura... será que você também concordou em se casar com ele? — perguntou, sarcástico. Não respondi, e o silêncio que se seguiu foi muito eloquente. Kellan ergueu as sobrancelhas ante o silêncio ao nosso redor. — Ele... pediu você em casamento?

— Eu não disse que sim — sussurrei.

— Nem disse que não — rebateu no mesmo tom, abaixando a mão.

Percebendo sua mágoa, tentei me explicar:

— Ele não chegou a me pedir. Só disse que, quando estivéssemos lá... nós poderíamos... tipo assim, a uma certa altura, daqui a muitos anos...

Engolindo em seco, ele me deu um olhar ressabiado.

— E você está... estudando a proposta?

Dei um passo em direção a ele.

— Eu preciso de tempo, Kellan.

— Você dormiu com ele? — sussurrou.

Parei de avançar, piscando os olhos depressa várias vezes.

— Kellan... não me pergunte isso.

Ele assentiu e virou o rosto, franzindo o cenho.

— E aí, até você se decidir, qual exatamente vai ser o esquema? Será que Denny e eu devíamos organizar um horário? — Voltou a me encarar, sua expressão e tom agora ferozes. — Eu fico com você de segunda a sexta e ele nos fins de semana, ou será melhor fazermos semana sim, semana não? Ou que tal nós três treparmos juntos? Prefere assim? — soltou, furioso.

Caminhei calmamente até ele, pondo a mão no seu rosto.

— Kellan... olha o linguajar.

Ele me deu um olhar de incompreensão, mas então sorriu, encabulado.

— Tá... desculpe. É que... eu não aceito essa situação, Kiera.

Dei um beijo leve nele, uma lágrima escorrendo por meu rosto.

— Nem eu, Kellan. Não quero mais viver assim. Não quero me sentir culpada. Não quero mentir. Não quero magoar as pessoas. Só não sei como escolher.

Ele ficou me olhando por longos e torturantes segundos e, por fim, soltou um suspiro.

— Posso demonstrar que sou melhor candidato? — Segurou meu rosto entre as mãos com delicadeza e me deu um beijo desses de pararem o coração.

Ouvimos uma batida leve à porta.

— Gente... Sou eu, Jenny. — Tratamos de ignorá-la, pois a "candidatura" de Kellan ia ficando cada vez mais intensa. Ela abriu devagar a porta, e nem assim paramos de nos beijar. Ele até mesmo suspirou baixinho, e me beijou ainda mais fundo.

A voz de Jenny pareceu um pouco... constrangida.

— Hum... Kiera, desculpe, mas você me pediu para te procurar...

Balancei a cabeça sem descolar os lábios dos de Kellan e passei os dedos pelos seus cabelos, enquanto ele sorria em meio aos beijos.

— Hum, certo... Será que dava para vocês dois pararem? — Jenny agora parecia um pouco irritada.

Kellan murmurou um "não" e eu dei uma risada, o som se perdendo dentro da sua boca. Jenny suspirou.

— Tudo bem, então. Bem, na verdade são duas coisas. A primeira: Kellan, está na hora do show.

Kellan levantou um polegar para ela, sem em nenhum momento parar de me beijar com voracidade. Eu tinha certeza de que Jenny tinha visto mais da língua dele do que queria, já que, quando ri do seu gesto, ele a estava passando no meu céu da boca antes de fechar os lábios em torno dos meus.

Jenny suspirou de novo.

— A segunda: Denny falou com Griffin.

Kellan e eu nos separamos na mesma hora e olhamos para ela.

— O quê? — dissemos juntos, nosso momentâneo bom humor se dissipando totalmente.

Jenny deu de ombros, como se lamentasse a situação.

— Eu tentei escorar o Griffin, mas Denny estava dizendo que você não quer deixar a sua família. — Ela me deu um olhar gelado. Pelo visto, não tinha gostado do que eu fizera. — Denny mencionou Anna, e aí, é claro, Griffin contou a ele nos mais sórdidos detalhes a transa dos dois quando ela esteve aqui. — Fez uma careta, como se tivesse ouvido cada detalhe várias vezes. Meu rosto empalideceu. — E Denny, é claro, contou de Kellan e Anna, e da briga entre você e Kellan no bar. — Abanou a cabeça. — Griffin ficou uma fera. Negou terminantemente que Kellan tivesse dormido com ela. Disse até que tinha tirado Anna de baixo de Kellan, e que... — deu uma olhada em Kellan, que parecia tão pálido quanto eu —... Kellan era um babaca por tentar... essas foram as palavras literais dele... "roubar o seu troféu". — Fez outra careta, e então olhou para mim, compreensiva. — Sinto muito, Kiera... mas Denny sabe que você mentiu.

Apertei os ombros de Kellan, sem querer ouvir nada disso.

— Obrigado, Jenny — disse Kellan calmamente.

— Tudo bem... Sinto muito. — Deu um sorriso triste, e então se virou e nos deixou sozinhos no banheiro.

Comecei a respirar com esforço, ainda apertando os ombros de Kellan.

— O que vamos fazer? — Observei seu rosto, esperando encontrar uma resposta nele. Minha mente começou a dar voltas enquanto Kellan me observava em silêncio. — Tudo bem... Não é tão ruim assim. Vou dizer a ele que você mentiu para mim... e que Anna mentiu para mim... e... — Desviei o rosto, pensando nas várias mentiras que poderia contar a Denny.

— Kiera... isso não vai dar certo. Ele só vai ficar mais desconfiado, se você começar a dizer que os outros estão mentindo. Nenhuma mentira vai adiantar, amor.

Levantei os olhos para ele quando me chamou daquele jeito, um pequeno sorriso se esboçando em meus lábios por suas palavras carinhosas conseguirem me animar um pouquinho. Mas não durou. Logo voltei a ficar séria.

— Então, o que vamos fazer?

Ele suspirou, passando o dedo pelo meu rosto.

— A única coisa que podemos fazer. Eu vou para o palco, e você volta para o trabalho.

— Kellan... — Isso não ia resolver nada.

— Vai ficar tudo bem, Kiera. Tenho que ir. Preciso falar com o Evan antes de o show começar. — Então me deu um beijo leve na testa e me deixou sozinha no banheiro, minha cabeça ainda dando voltas. As coisas estavam começando a desmoronar na minha frente. Levei a mão ao estômago, me esforçando para controlar a respiração.

Kellan estava perto do palco, absorto em uma conversa com Evan, quando tornei a entrar no bar. Evan não parecia nada satisfeito com o que quer que Kellan estivesse lhe dizendo. Evan me lançou um breve olhar, e então, fechando a cara, voltou a olhar para

Kellan, que em nenhum momento se virou para mim. Por fim Kellan disse algo que, pela sua postura, pareceu uma ordem. Evan pareceu aceitá-la e, após relancear Denny uma última vez, tratou de subir ao palco.

Os outros D-Bags o seguiram pouco depois. Kellan passou a mão pelos cabelos e, dando uma rápida olhada em Denny, que por acaso também deu uma rápida olhada nele com uma expressão enigmática no rosto, também subiu ao palco. A galera foi ao delírio ao ver seus ídolos, mas não ouvi nada. Estava ocupada demais tentando entender o que acabara de presenciar.

Eu já ia voltando para minha seção a fim de começar a atender aos clientes, quando meu olhar encontrou o de Denny. Ele ainda estava sentado à mesa da banda, que agora começava a ficar lotada de tietes, e olhava para mim com indisfarçado ressentimento. Prendi a respiração. Ele sabia que eu tinha mentido. Estava pensando, naquele exato momento, na razão por que eu fizera isso. Evitei olhar para o palco. Tentei sorrir para Denny, mas só consegui esboçar um tênue sorriso. Ele não o retribuiu. Seus olhos se estreitaram, e eu me obriguei a desviar os meus.

Agradeci em meu íntimo ao bar lotado de clientes com sede por me dar uma desculpa para não ter que me aproximar de sua mesa por algum tempo. A banda começou a tocar, mas não me virei para dar uma olhada sequer no palco. Embora não estivesse mais olhando para Denny, sentia seus olhos queimando minhas costas.

Lá para o fim da noite, comecei a relaxar. Não que meu estômago não estivesse embrulhado e minha cabeça não desse voltas, mas em nenhum momento Denny veio falar comigo. Por fim, fui obrigada a ir até sua mesa, para servir algumas garotas, e ele apenas pediu outra cerveja. Não fez qualquer pergunta. Mas seus olhos diziam tudo – ele estava desconfiado, extremamente desconfiado.

Mais tarde, Kellan anunciou que eles iriam tocar mais uma música... uma nova composição. Começou apenas com Matt e Evan, e então, alguns compassos depois, Griffin entrou, e Kellan começou a cantar. Sua voz estava baixa e rouca. A letra era triste, e eu o observei discretamente por um momento antes de me virar para atender a um cliente.

– Oi, o que posso... – Não pude terminar a pergunta. Uma frase que Kellan acabara de cantar finalmente fez sentido e me deixou paralisada, bloqueando todos os outros pensamentos.

"Você é tudo que eu quis, e eu nada do que você quer. Não soube te fazer feliz e te traí demais, demais... mas você vai ficar em paz... quando ele te abraçar."

Fiquei boquiaberta, encarando o palco. Essa era a nova música em que ele tinha andado trabalhando... e era sobre... nós dois.

– Moça? Eu disse que vamos... – Ignorei o cliente. A voz de Kellan tinha ganhado força, e era tudo em que eu conseguia me concentrar.

"É melhor não dizer adeus, só seguir os passos seus, acabar com essa mentira."

Mas ele *estava* dizendo adeus... numa canção... diante do bar inteiro, diante de Denny. Kellan não estava olhando na minha direção. Ele encarava a multidão, sem notar qualquer pessoa ali, concentrado apenas na letra da música.

Continuei onde estava, em estado de choque, ao lado da mesa de um cliente que ainda tentava chamar minha atenção. Eu estava a poucos metros de distância de Denny, que devia ter me visto olhando para Kellan no palco, o terror nos meus olhos e a boca aberta de incredulidade. Evan não queria que ele cantasse essa música, provavelmente porque Denny estava lá. Onde é que Kellan estava com a cabeça?

No segundo verso, parei de me importar com quem estivesse observando, lágrimas brotando em meus olhos. Não teria condições de conter essa reação, com a voz de Kellan me queimando por dentro.

"Tivemos o que tivemos, fizemos o que fizemos... e aquilo foi demais, não vou esquecer jamais. Vai doer em mim, vai doer em você. Mas tudo chega ao fim, então se poupe de sofrer. Você não vai quebrar. Com ele ao lado, tudo vai se ajeitar. Mas juro a você... meu amor não vai morrer."

Suas palavras eram belas e contundentes. Ele estava dizendo adeus, agora para valer. Da segunda vez que cantou *"Eu falhei com você, eu te traí, tantas vezes"*, senti as lágrimas me escorrerem pelo rosto.

Por fim, Kellan olhou diretamente para mim. Fixou o olhar intenso no meu rosto e repetiu o refrão: *"É melhor não dizer adeus, só seguir os passos seus, acabar com essa mentira".* E eu vi uma lágrima, que ele ignorou completamente, escorrer por seu rosto. Sua voz se manteve firme e forte. Senti a respiração travar. Senti o estômago se contrair numa dor lancinante. Senti um tranco no coração, e as poucas lágrimas que tinham fugido se transformaram em torrentes escorrendo pelo meu rosto.

— Moça...?

Ouvi um vago zunzum de vozes ao meu redor, mas as palavras de Kellan me perfuravam a alma... sem chegar ao fim. O verso seguinte, *"A cada dia vou levar você comigo assim, não importa quão distante você esteja de mim"*, seguido imediatamente pela parte do adeus outra vez, me fez apertar o estômago e levar a mão à boca, tentando desesperadamente conter um soluço.

Enquanto a música e a voz de Kellan cresciam ainda mais, senti alguém pousar a mão no meu ombro.

— Aqui não, Kiera — sussurrou a voz de Jenny ao meu ouvido.

Não fui capaz nem mesmo de libertar meus olhos hipnotizados por Kellan e dirigi-los para Jenny. Outra lágrima escorreu pelo rosto dele ao me encarar sem o menor pudor. Eu não sabia quem estava nos observando. Não sabia se Denny estava de olho em nós. O rosto de Kellan era tudo que eu conseguia enxergar, suas palavras dilacerantes tudo que eu conseguia ouvir. Um soluço me escapou.

Jenny começou a me puxar pelo braço. Teimosa, resisti a ela.

— Aqui não, Kiera. Denny está olhando... Aqui não.

Parei de resistir e deixei que ela me puxasse para a cozinha, enquanto Kellan cantava as últimas notas, *"Juro a você... Meu amor não vai morrer".* Seu olhar pungente me seguiu quando saí. Sua voz falhou apenas uma vez, enquanto eu desaparecia por entre as portas da cozinha com Jenny. Na mesma hora comecei a soluçar, e Jenny me abraçou.

— Está tudo bem, Kiera. Vai dar tudo certo. Tenha fé — repetia ela sem parar, alisando minhas costas, enquanto eu soluçava no seu ombro, inconsolável.

Ele ia embora.

Quando a crise de choro terminou, Jenny limpou meu rosto e me trouxe uma bebida... Não era água. Sentei ao balcão do bar e bebi. Kellan ficou só me olhando com ar melancólico da beira do palco. Eu queria desesperadamente correr até ele, atirar meus braços ao redor do seu pescoço e beijá-lo, implorando a ele para não ir embora. Mas não podia fazer nada, não com Denny ainda de olho em nós. Pela primeira vez na vida, desejei que Denny fosse embora.

Denny se aproximou de Kellan depois do show e lhe fez uma pergunta que, pelo jeito, parecia ser séria. Kellan lançou um rápido olhar na minha direção, e eu tive um sobressalto. Então Kellan sorriu com toda a naturalidade e fez que não com a cabeça, dando um tapinha no ombro de Denny. Com uma expressão que não deixava transparecer qualquer emoção, Denny ficou observando Kellan guardar a guitarra no estojo e sair apressado do bar, arriscando um último olhar para mim ao abrir a porta. Vi seus dedos apertarem o espaço entre os olhos quando passou por ela.

Denny continuou sentado com ar sério à mesa até meu turno terminar. Quando peguei minhas coisas, ele finalmente se aproximou. Senti o sangue gelar nas veias, mas ele não disse nada. Apenas estendeu a mão, e saímos do bar em silêncio.

Kellan já estava em casa quando Denny e eu chegamos. Sua luz estava apagada quando dei uma olhada discreta no seu quarto ao passarmos, mas ouvi uma música baixinha, e soube que ele estava acordado. Denny se despiu em silêncio, me lançando um ou outro olhar de estranheza, de tristeza. Não fizera qualquer pergunta sobre a mentira em que me apanhara. Nenhuma pergunta sobre minha crise de choro durante a última música de Kellan. Mas, combinada com minha melancolia durante a semana inteira, a súbita aparição de Kellan no bar na noite passada, e os olhares intensos que Kellan e eu trocamos no fim da noite, pude sentir as perguntas silenciosas de Denny em seu olhar agitado. Apavorada, eu as sentia se aproximarem a cada minuto.

Vesti meu pijama, também em silêncio, e então pedi licença num fio de voz para ir ao banheiro. Denny se enfiou debaixo das cobertas e ficou me olhando quando saí do quarto. Deixei a porta aberta, na esperança de dissipar quaisquer suspeitas que ele pudesse ter. O que não me impediu de lançar um olhar de tristeza para a porta de Kellan. Ele ia embora, e eu não podia suportar isso. Tinha que encontrar um jeito de impedi-lo... qualquer jeito.

Demorei o máximo possível no banheiro. Encharquei o rosto de água fria várias vezes, desejando que lavasse meus medos. Kellan ia embora. Denny estava extremamente desconfiado... meu mundo estava implodindo.

Respirando fundo uma última vez – o que não ajudou a me acalmar nem um pouco –, abri a porta e voltei para Denny. Ele ainda estava acordado, vigiando a porta, à espera de que eu voltasse para junto dele. Observei seus olhos por um momento, imaginando o que ele estaria pensando, o que estaria sentindo... o quanto estaria sofrendo. E por que não me perguntava... nada.

Ele abriu os braços para mim, e eu me aninhei entre eles, feliz por ter pelo menos uma trégua do massacre incessante de minhas emoções. Mas não era isso que eu queria. Não era pelos seus braços que eu ansiava. Essa constatação me fez sentir um nó na garganta, e dei graças a Deus por Denny não estar falando. Fechei os olhos e esperei.

Cada segundo era como minutos, cada minuto era como horas. Apurei o ouvido, prestando atenção à respiração de Denny. Já estava lenta e regular? Ele já tinha pegado no sono? Quando ele se remexia e suspirava, eu via que ainda estava acordado. Fingi dormir o melhor que pude, esperando que ele relaxasse e se entregasse ao sono. Senti os olhos se encherem de lágrimas de frustração, mas tratei de contê-las. Queria sair do quarto, mas precisava ter paciência.

Para passar o tempo, imaginei o que Kellan estaria fazendo no seu quarto. Eu não estava mais ouvindo nenhuma música. Será que ele tinha pegado no sono? Será que ainda estava acordado, olhando para o teto, imaginando se eu estaria adormecida nos braços de Denny? Será que desejava não ter dito nada na manhã anterior? Será que estava esperando que eu fosse para a sua cama? Será que estava planejando sua partida?

Finalmente, a respiração de Denny se tornou lenta e regular, sinal inequívoco de seu sono. Abri os olhos e, com cuidado, levantei a cabeça para observá-lo. Seu lindo rosto estava totalmente tranquilo, pela primeira vez desde que ele ficara sabendo da mentira. Suspirei baixinho, e então tirei seu braço de cima de mim. Ainda adormecido, ele se virou para o lado em que costumava dormir, ficando de costas para mim. Por via das dúvidas, esperei por uma eternidade, e então me levantei em silêncio. Imaginei uma lista inteira de desculpas, para o caso de Denny me flagrar saindo do quarto, mas ele não fez isso, e, sem ruído, atravessei a porta.

Meu coração estava aos pulos quando abri a porta de Kellan. De repente, tinha me batido um nervosismo...

Kellan estava sentado na beira da cama, longe da porta, de costas para mim, quando entrei no quarto em silêncio. Ainda estava vestido e olhava fixamente para alguma coisa em sua mão. Parecia profundamente pensativo, e não ouviu quando me aproximei.

— Kellan? — sussurrei.

Ele se assustou e fechou a mão, escondendo o que quer que estivesse observando. Virou a cabeça para mim, ao mesmo tempo em que enfiava a mão debaixo do colchão.

— O que está fazendo aqui? Nós já conversamos sobre isso. Você não deveria estar aqui. — Seu rosto estava pálido, e ele parecia extremamente triste.

— Como você teve coragem de fazer aquilo?

— Fazer o quê? — perguntou ele, parecendo tão cansado quanto confuso.

— Cantar aquela música para mim... na frente de todo mundo. Você me deixou arrasada. — Minha voz falhou, e eu me sentei com força na beira da cama.

Ele desviou os olhos.

— É o que precisa acontecer, Kiera.

— Você escreveu aquela música... durante os dias em que não apareceu em casa?

Ele demorou vários segundos para responder.

— Foi. Eu sei que rumo as coisas estão tomando, Kiera. Sei quem você vai escolher, quem você sempre escolheu.

De repente, sem saber mais o que dizer, soltei:

— Dorme comigo esta noite. — Minha voz estava carregada de emoções tumultuadas.

— Kiera, nós não podemos... — Olhou para mim, triste.

— Não, eu quis dizer literalmente... Só me abraça, por favor.

Ele suspirou e, então, se deitou de costas na cama, abrindo os braços para mim. Eu me aconcheguei junto do seu corpo, enroscando a perna ao redor da dele, meu braço sobre seu peito, e encostei a cabeça no seu ombro. Inspirei seu aroma de entontecer, me deliciando no calor e conforto do seu abraço. A felicidade extrema por estar perto dele trazia consigo a tristeza dilacerante de saber que ele ia me deixar.

Funguei para conter uma lágrima, e ele me abraçou com mais força. Senti um suspiro entrecortar sua respiração sob meu corpo e vi que ele estava à beira das lágrimas, como eu. Então deixei escapar, por puro sofrimento:

— Não me deixa.

Ele soltou um suspiro trêmulo e me estreitou mais ainda, beijando minha cabeça.

— Kiera... — sussurrou.

Olhei para seu rosto conflituado, seus olhos que brilhavam de lágrimas à beira de se derramarem. As minhas já se derramavam.

— Por favor, fica... fica comigo. Não vai embora.

Ele fechou os olhos com força, o que fez com que as lágrimas caíssem.

— É a coisa certa a fazer, Kiera.

— Amor, agora que nós finalmente estamos juntos, não acaba com tudo...

Ele abriu os olhos ao ouvir o termo afetuoso, e, com carinho, passou um dedo pelo meu rosto.

— Esse é o xis da questão. Nós não estamos juntos.
— Não diz isso. Estamos, sim. Eu só preciso de tempo... e preciso que você fique. Não posso suportar a ideia de você ir embora. — Beijei-o com paixão, levando as mãos ao seu rosto.

Ele se afastou.

— Você não vai romper com ele, Kiera, e eu não vou dividir você. Em que pé ficamos? Ele vai acabar descobrindo, se eu continuar aqui. Isso nos deixa uma única opção... Eu ir embora. — Engoliu em seco para conter as emoções, outra lágrima escorrendo pelo seu rosto. — Gostaria que as coisas fossem diferentes. Gostaria de ter conhecido você primeiro. Gostaria de ter sido o primeiro homem na sua vida. Gostaria que você me escolhesse...

— Eu escolho! — disparei.

Ficamos paralisados, olhando um para o outro. Mais uma lágrima escorreu pelo rosto dele, enquanto me fitava com uma expressão tão cheia de dor e esperança que na mesma hora me arrependi de ter vindo para seu quarto. Meu pânico diante da hipótese de perdê-lo me fizera dizer uma coisa que sabia que o faria ficar... e eu realmente queria que ficasse. Queria desesperadamente que ficasse. Queria entrar no Pete's de braços dados com ele. Queria beijá-lo toda vez que o visse. Queria fazer amor sem me preocupar. Queria dormir nos seus braços todas as noites...

Ah, meu Deus, de repente, a ficha caiu. Eu queria ficar... com ele.

— Eu escolho mesmo você, Kellan — tornei a afirmar, surpresa com minha decisão, mas feliz por ter tomado uma. Ele olhava para mim como se a qualquer segundo eu pudesse fazê-lo pegar fogo. — Você entendeu? — sussurrei, começando a me preocupar com sua estranha reação.

Finalmente, ele passou para cima de mim, segurando meu rosto e me beijando intensamente. Eu mal podia respirar em meio ao seu entusiasmo. Passei os dedos pelos seus cabelos, apertando-o com força entre os braços. Suas mãos começaram a puxar minhas roupas. Ele chegou a tirar minha regata, mas, antes que eu pudesse fazer uma pergunta, seus lábios já estavam nos meus. Ele despiu a camisa, e de novo seus lábios se colaram aos meus antes que eu pudesse falar. Tirou minha calça com agilidade e já ia desabotoando sua calça jeans, quando eu finalmente o empurrei.

Sem fôlego, de queixo caído, fiquei olhando para ele.

— O que aconteceu com as suas... regras?

— Eu nunca levei o menor jeito para seguir regras. — Sorriu e se debruçou sobre mim para me beijar. — Nem jamais soube dizer não às suas súplicas... — concluiu em voz baixa, beijando meu pescoço.

Terminou de tirar a calça jeans e me beijou de novo.

— Espera... — Tornei a empurrá-lo. — Pensei que você não quisesse fazer isso... — olhei para a porta — ...aqui.

Ele enfiou a mão na minha calcinha, e eu soltei uma exclamação de prazer.

— Se eu sou seu e você é minha... então vou fazer amor com você, onde e quando puder — disse com voz rouca no meu ouvido, sua intensidade me fazendo gemer.

— Eu te amo, Kellan — sussurrei, puxando seu rosto para junto do meu.

— Eu te amo, Kiera. Vou te fazer tão feliz... — sussurrou ele, sério.

Mordi o lábio, começando a tirar sua cueca.

— Sim, eu sei que vai.

Capítulo 23
CONSEQUÊNCIAS

Eu me remexi na cama pela centésima vez. O braço de Kellan estava ao meu redor e ele dormia a sono solto, seu rosto apoiado no outro braço, a cabeça virada para mim. Todas as dúvidas e preocupações haviam se apagado de suas feições perfeitas. Mas eu não tinha tanta certeza assim de que houvessem se apagado das minhas. Finalmente eu fizera uma escolha e, no calor do momento, escolhera Kellan. O que ainda parecia um pouco surrealista para mim. Me aconchegando ao seu corpo, soltei um suspiro satisfeito. Tentei imaginar como seria passar todas as noites com ele desse jeito, ter o relacionamento às claras que ele queria... que *nós* queríamos. Essa ideia fora um tabu durante tanto tempo, que eu nem era capaz de imaginá-la no momento.

Tornei a me remexer na cama. Havia um último problema a resolver antes de poder me imaginar indo em frente com Kellan... um problema que estava me despedaçando o coração. Denny. Eu precisava me levantar agora e voltar pé ante pé para o nosso quarto. Não devia me arriscar a que ele descobrisse as coisas daquele jeito. Não devia ter me arriscado, fazendo amor com Kellan de madrugada... outra vez. Parecia que eu nem sempre era capaz de tomar a decisão mais sensata em relação àquele homem incrível. Mas Kellan tinha razão, fora uma má ideia. Denny jamais devia nos flagrar durante um momento de intimidade como aquele. Relembrei sua reação no sonho. Não podia nem imaginar que reação teria na vida real se nos flagrasse juntos. Ainda mais agora que sabia que eu tinha mentido, agora que estava tão desconfiado.

Eu devia contar a ele. Devia finalmente contar a ele... tudo. Só não tinha a menor ideia de como fazer isso.

Suspirando, tirei o braço de Kellan de cima de mim. Ele murmurou alguma coisa em seu sono, e fez menção de me abraçar de novo. Sorri e, afastando uma mecha de cabelos da sua testa, dei um beijo leve nele. Apanhei minhas roupas, atiradas às pressas no chão, e tornei a vesti-las; em seguida abri a porta e, com um último olhar para seu corpo tranquilo, o lençol enrolado de qualquer jeito sobre sua perfeição física, fechei-a e voltei para o meu quarto.

Tornei a me deitar com o máximo de cuidado possível. Denny não se mexeu quando me estendi com todo cuidado ao seu lado, sem olhar para ele dessa vez. Fiquei de costas para ele, inspirando e expirando pausadamente. Esperei que se mexesse, que me virasse de frente para ele e exigisse saber onde eu tinha estado. Mas ele não fez isso. Dormia tão profundamente quanto Kellan. Por fim, a exaustão tomou conta de mim e eu me entreguei ao sono, com pensamentos íntimos sobre Kellan na cabeça.

Acordei pouco depois de um sonho maravilhoso, ansiosa para ver Kellan de novo. Denny ainda dormia, mas tive certeza de que Kellan já estava acordado. Corri para o banheiro a fim de lavar o rosto, e então desci a escada depressa, em silêncio. Como previsto, Kellan estava recostado na bancada, uma jarra de café fresco fervendo atrás dele, sorrindo para mim, com uma aparência perfeita, usando minha camisa azul-turquesa favorita, que fazia seus olhos parecerem de um azul inumano.

— 'di...

Ele não teve chance de terminar o cumprimento, pois meus lábios já se colavam aos dele e minhas mãos se enrolavam nos seus cabelos maravilhosos. Ele retribuiu meu beijo com avidez, as mãos segurando meu rosto. Nossos lábios ainda próximos, murmurei:

— Senti saudades.

— Também senti saudades — murmurou ele. — Detestei acordar e ver que você tinha ido embora.

Quem nos ouvisse pensaria que não nos víamos há dias, não há horas. Eu me deliciei com o cheiro dele, com seu gosto. Eu me abandonei no seu calor, suas mãos descendo pelos meus ombros, a sensação de seus cabelos nas pontas de meus dedos e sua língua roçando a minha. Queria que ele nunca parasse de me beijar. Foi quando ele se afastou bruscamente de mim, dando alguns passos em direção à mesa.

— Precisamos conversar sobre Denny, Kiera...

Neste exato momento, Denny entrou na cozinha.

— O que é que tem eu? — perguntou, curto e rasteiro.

Por sorte Kellan e eu estávamos a uma certa distância um do outro quando Denny apareceu à porta sem aviso, mas na mesma hora meu pulso triplicou. Kellan estava mais composto, e disse, com tranquilidade:

— Eu estava só perguntando à Kiera se você estaria interessado em sair comigo e o pessoal hoje. Vai rolar um agito no EMP*...

★ Museu situado no Seattle Center, dedicado à cultura popular contemporânea. (N. da T.)

Denny foi logo interrompendo, enquanto eu olhava boquiaberta para Kellan. Será que ele inventara aquilo na hora, ou estava mesmo pretendendo fazer o tal programa mais tarde?

— Não, *nós* vamos ficar aqui.

A entonação de Denny ao pronunciar o *nós* não me passou despercebida, nem a Kellan. Com o rosto pálido, Kellan disse:

— Tudo bem... Se mudar de ideia, é só pintar por lá. Vamos passar o dia inteiro no EMP.

Um clima de tensão estranho se criou na cozinha, e Kellan finalmente rompeu o silêncio:

— É melhor ir andando... buscar os caras em casa. — Com um último olhar carregado de intenções para mim pelas costas de Denny, ele nos deixou a sós na cozinha, que, de repente, pareceu silenciosa demais.

Alguns momentos depois, ouvi a porta bater. O motor do carro de Kellan roncou e se afastou. E assim, de um momento para o outro, ele se foi, e eu me senti meio triste. Pelo seu último olhar, entendi que estava me dando tempo para "falar" com Denny, mas eu ainda não estava pronta. Nem mesmo tinha certeza se seria capaz. Quer dizer, como você arrasa uma pessoa de quem ainda gosta? Porque eu gostava... mesmo depois de tudo que acontecera, eu ainda amava Denny. E o amor não vem com um interruptor para a gente desligar quando quer.

Passei a maior parte da tarde deitada no sofá, dormindo... ou fingindo dormir, com Denny me observando da poltrona, o som da tevê ao fundo uma mera distração para o silêncio carregado entre nós. Eu ainda não estava pronta para destruí-lo. Nem sabia se algum dia estaria pronta para isso. Não sabia como dizer a alguém que durante tanto tempo fora tudo para mim que estava tudo acabado entre nós.

Senti seus olhos escuros fixos em mim o dia inteiro... pensando. Denny era brilhante. A única razão pela qual ainda não tinha somado dois e dois era sua pura devoção a mim. Ele se recusava a enxergar meus defeitos e não suportava a ideia de me fazer sofrer. Reconhecer minha traição o obrigaria a fazer as duas coisas.

Ele podia estar evitando as palavras, mas vi nos seus olhos... o medo, a dúvida. Sabia que em algum momento ele acabaria tomando coragem para me fazer a tão temida pergunta: Você está apaixonada por outra pessoa?

A cada olhar seu para mim, a cada toque, a cada conversa que puxava comigo, eu tinha certeza de que ele iria me perguntar... se eu ia deixá-lo. Se estava apaixonada por Kellan. Eu ficava tensa de expectativa todas as vezes. Não sabia o que diria se ele chegasse de fato a perguntar.

Mas as perguntas jamais vieram...

Em nenhum momento ele me interpelou sobre a mentira em que me apanhara na noite passada. Em nenhum momento indagou qual fosse a verdadeira razão por que eu dera aquele tapa horrível em Kellan. As poucas vezes que chegamos a conversar sobre aquela tarde interminável, ele pareceu evitar de caso pensado qualquer assunto que pudesse levar a Kellan.

Kellan finalmente voltou para casa, já tarde, horas depois de o sol se pôr sobre nosso pequeno lar tão frio. Entrou na cozinha e viu Denny e a mim terminando de jantar em silêncio. Kellan lançou um breve olhar para mim, provavelmente se perguntando se eu chegara a conversar com Denny. Só pude fazer um meneio quase imperceptível de cabeça: não. Ele compreendeu. Seu rosto parecia conflituado, e achei que ele seria capaz de dar as costas e sair de novo, mas então, se acalmando, ele pôs as chaves na bancada e pegou uma cerveja na geladeira. No entanto, seu olhar abatido me atormentava, e não pude deixar de encará-lo, embora soubesse que Denny me observava com atenção. Queria tanto ir até ele e explicar tudo, mas sabia que não podia.

Sem tirar os olhos dos meus, Denny se dirigiu a Kellan:

— E aí, companheiro? Acho que nós devíamos sair. Que tal o Shack? Poderíamos ir dançar de novo... — Pronunciou a palavra *dançar* com uma entonação estranha. Tive um sobressalto. Por que ele haveria de querer voltar lá? Mas me obriguei a olhar de novo para meu prato.

Ouvi Kellan se remexendo, desconfortável.

— Hum-hum... Claro — disse em voz baixa.

Meu coração começou a acelerar e eu continuei de cabeça baixa, me concentrando em minha comida e minha respiração. Isso não estava me cheirando nada bem... nada, nada bem.

Kellan deu as costas, levando a cerveja para o quarto. Denny e eu terminamos nossa constrangida refeição em silêncio, os olhos dele em nenhum momento se desviando dos meus. Terminando antes dele, murmurei algo sobre ir me vestir e subi as escadas a fim de me preparar para uma noite que intuía que seria tão horrível quanto da última vez que nós três tínhamos ido lá juntos.

A porta de Kellan estava fechada quando passei, e por um momento me perguntei se deveria entrar e explicar por que eu não tivera coragem de falar com Denny aquele dia. Mas não pude fazer isso. Também não estava pronta para essa conversa. Suspirei e fui para o banheiro a fim de dar um jeito no cabelo e refazer a maquiagem — qualquer coisa que impedisse minha cabeça de entrar em parafuso.

Por fim, durante o percurso até o Shack, Denny rompeu o silêncio que já fazia havia longas horas:

— Já decidiu o que vai querer fazer no feriadão do fim de ano? — perguntou com seu sotaque, um tom estranhamente inexpressivo na voz. Ele olhou para mim e sua expressão se abrandou pela primeira vez aquele dia, seus olhos começando a brilhar de umidade. — Eu gostaria demais de levar você para a Austrália comigo... para passar o

Natal e o Ano-Novo. Vai pensar no assunto, Kiera? – Sua voz tremeu um pouco ao pronunciar meu nome.

Ouvi com a maior clareza a pergunta que ele estava realmente fazendo: *Vai me escolher, Kiera?* Só pude fazer que sim com a cabeça, a umidade brotando em meus olhos também. Virei a cabeça, olhando para cidade que voava ao meu lado. Era como eu me sentia por dentro, como se estivesse voando em direção a alguma coisa e fosse tarde demais para interromper esse voo.

Denny e eu chegamos antes de Kellan. Ele parecia estar atrasando o constrangimento inevitável. Desejei poder fazer o mesmo. Denny me puxou direto pelo bar para a porta que levava à cervejaria cercada nos fundos. Quando ele abriu a porta, notei um cartaz com os dizeres "Festival de Inverno – Espante o Frio". Pelo visto, estávamos celebrando o ar glacial.

Embora estivesse realmente fazendo muito frio para sentarmos ao ar livre tomando cerveja, havia bastante gente ali fora, e Denny me levou para a mesma mesa onde tínhamos sentado naquela noite fatídica. Não fazia ideia se a escolha dele era deliberada ou não. Meus olhos relancearam o portão, na direção do quiosque de espresso. Será que ele estava sabendo daquela noite? Tentei controlar meu estômago agitado. Ele pediu bebidas para nós três, e ficamos tomando nossas cervejas em silêncio, Denny com ar pensativo.

Mas não pude deixar de prender a respiração quando Kellan saiu do bar. Eu não tivera a intenção de deixar que isso acontecesse. Rezei para que Denny não tivesse visto nada. É que Kellan era... de tirar o fôlego. Ele caminhou em passos tranquilos até nossa mesa, os olhos estranhamente serenos. Até mesmo sorriu para Denny enquanto sentava ao meu lado. Meu coração acelerou um pouco, em parte por causa de meus nervos, em parte por causa de sua proximidade.

O movimento no bar era intenso. Uma música barulhenta vinha dos alto-falantes espalhados pela cervejaria, e várias pessoas ocupavam a pista de dança improvisada, divertindo-se no friozinho que chegava. Torci para que Denny não tivesse falado sério quando dissera que queria dançar. Não achava que seria capaz de fingir naquele momento, não com meu estômago e coração aos saltos. Fiquei vendo as pessoas bêbadas aquecerem os corpos com o movimento físico, e comecei a tiritar levemente de frio. Mais uma vez me perguntei por que Denny quisera que sentássemos ali fora, e não no interior quentinho do bar. Pus as mãos geladas no colo, resistindo ao instinto de segurar as de Kellan debaixo da mesa.

Não sei por quanto tempo continuamos lá, em silêncio, Kellan e eu olhando a multidão, mas ignorando calculadamente um ao outro, enquanto Denny me observava com atenção, mas, por fim, o celular de Denny tocou. Assustada, olhei para ele que, sem se perturbar, atendeu a ligação. Falou algumas frases e fechou o celular. Suspirando, olhou para mim.

— Desculpe. Meu patrão está precisando de mim. — Olhando para Kellan, pediu: — Será que dava para levar a Kiera em casa? Preciso ir. — Kellan apenas fez que sim com a cabeça, e Denny se levantou para ir embora. Eu estava chocada demais com o imprevisto para articular uma frase. Denny se inclinou para mim. — Vai pensar no que perguntei? — indagou baixinho. Murmurei que sim e, segurando meu rosto entre as mãos, ele me beijou com tanta paixão que gemi, o instinto me levando a pôr as mãos no seu pescoço. Meu coração disparou, e eu estava sem fôlego quando ele se afastou.

Kellan se remexeu com estardalhaço na cadeira e, por um segundo, tive uma imagem horrível de Kellan começando uma briga com *Denny*. Ele pigarreou, tornando a se remexer quando Denny se despediu de nós e, dando as costas, saiu do bar. Fiquei vendo-o se afastar, meu coração ainda aos pulos. Seu lindo rosto se virou uma única vez para a porta, a fim de me dirigir um último olhar. Meneou de leve a cabeça e esboçou um tênue sorriso ao ver que eu ainda olhava para ele, e então tornou a entrar no bar, a fim de sair pela porta da frente.

Embotada, voltei a olhar para Kellan. Será que ele ia ficar zangado comigo por causa disso? Será que ia ficar zangado por eu não ter conversado com Denny aquele dia? Ele tinha que compreender o quanto isso era difícil para mim. No entanto, quando meus olhos buscaram os seus, só encontrei amor neles.

Ele segurou minha mão debaixo da mesa e começou a falar, como se estivéssemos num encontro desde o começo da noite, e meu namorado não tivesse acabado de me dar um senhor beijo na boca e saído do bar.

— Eu estava pensando... já que provavelmente você não vai querer me levar para conhecer seus pais ainda... — Interrompeu-se e me deu um olhar significativo. — O que eu entendo perfeitamente. — Sorriu. — Você não gostaria de passar o feriadão de fim de ano aqui comigo? Ou nós poderíamos ir para Whistler. O Canadá é lindo, e... — Parou e olhou para mim, curioso. — Você sabe esquiar? — Meneou a cabeça, sem esperar que eu respondesse, o que foi bom, já que eu ainda não estava conseguindo formar palavras. — Bem, se não sabe... nós não precisamos sair do seu quarto. — E me deu um sorriso malicioso.

Eu encarava seus olhos azuis e ouvia suas palavras... mas não o enxergava, nem absorvia o que dizia, a não ser que queria passar o feriadão de fim de ano comigo. Sem ter consciência disso, ele estava me perguntando o mesmo que Denny acabara de perguntar. Kellan continuou falando sem parar sobre o que poderíamos fazer no Canadá, e eu parei de prestar atenção.

Minha mente começou a pensar no que Denny perguntara no carro. Ele queria me levar para a Austrália a fim de me apresentar aos pais antes de nos mudarmos para lá. Só que o plano não era mais esse. Àquela altura já teríamos terminado, na verdade em breve nós terminaríamos, e ele iria para casa sozinho. Engoli em seco, infeliz, e minha mente me torturou, permitindo que cada lembrança que eu tinha dele me assaltasse.

Relembrei nosso primeiro encontro. Ele sorriu para os alunos ao entrar na sala, e eu prendi a respiração ao vê-lo. Abaixei os olhos quando me tornei o alvo de seu sorriso. O professor o fizera distribuir alguns papéis para a turma e, como eu estava sentada na frente de uma fila, ele me entregou uma pilha enorme para passar para os outros.

— Olá. Está gostando da aula até agora? — perguntou em voz baixa, e a surpresa ao ouvir seu sotaque charmoso e, sinceramente, ver seu rosto atraente tão perto do meu, fez com que eu, desastrada, deixasse cair a pilha inteira no chão.

— Ah, me desculpe — pedi, me ajoelhando ao seu lado para ajudá-lo a recolher os papéis. Meu rosto devia estar escarlate.

— Não tem problema — disse ele, gentil. Quando terminamos, ele me estendeu a mão. — Meu nome é Denny Harris.

Apertei sua mão.

— Kiera… Allen — murmurei.

Ele me ajudou a levantar e, com cuidado, tornou a me entregar a pilha.

— Prazer em conhecê-la, Kiera — disse num tom tão simpático que ainda hoje eu me lembrava do arrepio de prazer que sentira ao ouvir seu sotaque pronunciando meu nome pela primeira vez. Não consegui mais tirar os olhos dele depois daquele dia. Tive que passar a fazer um esforço sobre-humano para prestar atenção durante as aulas daquela matéria.

Relembrei nosso primeiro encontro. Ele tinha me convidado para jantar fora, uma tarde, no pátio. Fiquei extremamente surpresa, e mais do que a fim. Mas tentei manter uma expressão impassível ao dizer "claro" com a maior naturalidade. Ele me apanhou à noite e nós fomos a um restaurante muito simpático, com vista para o rio. Ele sugeriu alguns pratos bons, mas deixou que eu fizesse minha escolha. Não me deixou sequer pôr os olhos na conta, e nossa conversa fluiu às mil maravilhas durante o jantar. Depois, ele segurou minha mão e caminhamos pela calçada batendo o maior papo, nenhum dos dois querendo que a noite acabasse. Quando isso aconteceu, ele me acompanhou até em casa e me deu o selinho mais doce que alguém já tinha me dado. Acho que me apaixonei por ele aquela noite.

Minha atenção voltou bruscamente ao presente quando Kellan me fez uma pergunta, e eu não respondi na mesma hora. Finalmente ouvi a pergunta quando ele tentou de novo.

— Kiera… você não está ouvindo? — Corei, percebendo que não fazia ideia do que ele estava falando. Ele ainda alisava minha mão com o polegar, carinhoso, mas olhava para mim com uma expressão preocupada. — Você está bem? Quer ir para casa?

Assenti, ainda me sentindo incapaz de falar. Levantamos e ele me levou até a saída no portão, sua mão protetora nas minhas costas. No instante em que vi o estacionamento, procurei pelo carro de Denny. Não estava lá… ele tinha mesmo ido embora.

Involuntariamente, olhei para o fatídico quiosque de expresso. Kellan notou meu olhar e, apertando minha mão, olhou para mim com um sorriso tranquilo enquanto o portão se fechava às nossas costas. Mas nem mesmo a vista do quiosque fez com que minha mente voltasse a Kellan e nossa noite de torturado êxtase, e sim a um tempo mais simples, mais puro... com Denny.

Relembrei nossa primeira vez... minha primeira vez na vida. Nós já namorávamos havia dois meses. Para um cara de vinte e poucos anos, era uma eternidade, mas ele em nenhum momento me pressionou. Ficávamos só trocando beijos e fazendo... outras coisas... por quanto tempo eu quisesse, mas, no instante em que dizia "fim", ele se afastava com a maior boa vontade. Nunca me fez sentir culpada por isso, o que só fez com que eu o desejasse mais ainda. Ele sabia que seria minha primeira vez, então procurou tornar aquele momento especial para mim. Alugou uma cabana e passamos um longo fim de semana lá no inverno. Nossa primeira vez foi cercada de pura magia, como num filme – o calor de uma lareira, cobertores macios, música ao fundo. Ele não teve a menor pressa, querendo ter certeza de que eu estava totalmente à vontade a cada passo... e eu estava. Ele foi de uma gentileza e uma meiguice tais que nem mesmo doeu. Depois, ele me abraçou apertado contra o peito e disse pela primeira vez que me amava, e eu, é claro, comecei a chorar e respondi que também o amava... o que logo levou à nossa segunda vez.

De volta ao mundo real, Kellan estava me levando para o seu carro. Ainda falava em voz baixa comigo. O assunto tinha mudado para o que poderíamos fazer no próximo verão.

– Quando concluí o ensino médio, fui viajar de carona pelo litoral do Oregon. Foi nessa época que conheci o Evan. Enfim, a gente devia ir, você adoraria. Tem umas cavernas...

Parei de prestar atenção. A cada passo que dava, mais e mais lembranças de Denny me inundavam a mente.

Demos dois passos em direção ao carro – lembranças de aniversários, o mais recente sendo o de meus vinte e um anos, quando ele me levara a um barzinho em Athens e segurara meus cabelos para cima com a maior paciência quando vomitei o que podia e o que não podia. Lembranças de Natais passados, na casa de meus pais, aconchegada no seu colo vendo minha família trocar presentes. Lembranças de uma dúzia de rosas vermelhas que ele me dera no Dia dos Namorados... e no meu aniversário... e no nosso aniversário de namoro, sempre com o sorriso bobo mais lindo do mundo.

Mais um passo – lembranças de uma intoxicação alimentar, quando ele teve que passar um pano úmido na minha testa e me trazer um copo d'água. Lembranças dele preparando novas receitas para mim, a maioria delas ótima, uma ou duas de amargar. Lembranças de nós dois aconchegados na sua cama, assistindo a um filme. Dos dois estudando juntos para provas... e, em vez disso, fazendo amor.

Mais alguns passos – lembranças recentes da viagem de um ponto ao outro do país no seu carro detonado, atirando batatas fritas um no outro, brincando de adivinhar as cores dos carros durante horas, cantando junto com o rádio e curtindo adoidado as músicas country cantadas por vozes fanhosas enquanto atravessávamos o Meio-Oeste, dando um mergulho rápido num rio de águas geladas para nos refrescarmos, fazendo amor no seu carro numa parada deserta...

Mais um passo – caminhando pelo píer, adormecendo com ele no sofá, dançando juntos no bar, ele todo derretido dizendo que eu era seu coração...

Outro passo – os pelos macios que cobriam seu queixo, seus olhos castanhos carinhosos, passando os dedos pelos seus cabelos escuros, seus lábios macios, seu sotaque encantador, suas palavras gentis, seu sorriso fofo, seu bom humor, seu bom coração, sua boa índole...

Ele era o meu conforto. Era o meu consolo. Quase tudo que eu enfrentara em minha jovem vida, eu só suportara por causa dele, porque estava sempre ao meu lado com suas palavras de carinho e seu coração cheio de amor. Será que eu teria isso com Kellan? Recordei todas as nossas discussões acaloradas, as palavras que tínhamos usado para magoar um ao outro. Denny e eu raramente trocávamos palavras ríspidas. Já com Kellan...

O que aconteceria em um relacionamento com ele? Era óbvio que mais cedo ou mais tarde teríamos desentendimentos, que poderiam ser bastante exaltados. Recordei cada momento de nosso relacionamento desde o começo, e a imagem que se projetou em minha mente foi de uma montanha-russa – altos e baixos, altos e baixos – voando de um extremo ao outro. Seria isso que significava ficar com ele? Ficar passando do alto para o baixo, do baixo para o alto? Será que eu poderia levar uma vida feliz desse jeito?

Eu gostava de constância. De segurança. Essa era uma das razões pelas quais Denny e eu tínhamos nos entrosado tão bem. Ele era um lago de água fresca: seguro, sereno e, principalmente, estável. Kellan... Kellan era o fogo: apaixonado, emotivo e ardente. Mas o fogo não dura... toda paixão morre um dia... e então? Kellan tinha tantas opções à sua disposição. Era óbvio que um dia, quando aquela paixão morresse, e a despeito do quanto me amasse, ele cederia a uma das mulheres lindas que viviam amontoadas ao seu redor. Estou falando de garotas deslumbrantes, que viviam se jogando em cima dele. Do ponto de vista físico eu não era nada de especial, mesmo ele insistindo que eu era linda. E ele era talentoso – poderia vir a se tornar muito famoso algum dia. E, então, o que aconteceria? O número de mulheres que se amontoava ao seu redor quadruplicaria. Como ele poderia resistir a todas... para sempre? Algo que jamais aconteceria com Denny, disso eu tinha certeza; já com Kellan... eu sabia que ele ficaria com ódio de si mesmo, mas parecia... possível.

Parei de caminhar. Tirei a mão bruscamente da de Kellan, que também parou de caminhar. Eu não podia fazer isso. Não podia abandonar o homem que fora minha vida por anos, a ponto de me ser impossível sequer imaginá-la sem ele. Pelo menos... por enquanto. Eu precisava de mais tempo. Precisava ter certeza de que Kellan e eu tínhamos alguma coisa que poderia dar certo, antes de jogar fora um futuro promissor com um bom homem que eu amava profundamente...

Kellan deu mais um passo e se virou para mim. Seu rosto estava lindo ao luar, contido e, ainda assim, extremamente triste. Seus olhos quase partiram meu coração, e tive de desviar os meus. Não foi só pelo fato de terem adquirido um súbito brilho excessivo, o azul-escuro se cristalizando no que poderia facilmente se tornar lágrimas. Foi a calma resignação neles que me despedaçou.

Ele observou minha expressão por um minuto, e então disse em voz baixa:

– Eu perdi você... não perdi? – Surpresa, ergui os olhos para seu rosto calmo. Será que ele me conhecia melhor do que eu conhecia a mim mesma? Será que o tempo todo já sabia que eu faria isso com ele?

– Kellan, eu... não posso fazer isso... ainda. Não posso deixar Denny. Preciso de mais tempo...

Sua expressão calma se desfez, com um toque de raiva nos olhos.

– Tempo...? Kiera... nada vai mudar aqui. Que diferença mais tempo faria para você? – Fez que não com a cabeça, meneando-a em direção à nossa casa. – Agora que ele sabe que você mentiu, o tempo só vai magoá-lo mais ainda. – Queria dizer com isso que minha indecisão magoaria Denny, mas, como seus olhos brilhavam cada vez mais, tive certeza de que também falava de si mesmo.

– Kellan, me perdoe... por favor, não fique com raiva de mim – sussurrei, meus olhos também ficando rasos d'água.

Ele passou as mãos pelos cabelos e as deixou por um momento entre as mechas revoltas, antes de tornar a abaixá-las.

– Não, Kiera... não. – Sua voz estava baixa e contida, e senti uma pontada de medo.

– O que você quer dizer? Que não está com raiva de mim, ou que não pode deixar de ficar com raiva de mim? – Minha voz falhou ao fim, e engoli com esforço.

Vendo minha expressão atormentada, ele pôs a mão no meu rosto. Com voz tensa, murmurou:

– Não, não posso te dar mais tempo. Não posso fazer isso. Está acabando comigo...

Fiz que não com a cabeça, as lágrimas finalmente me escorrendo pelo rosto.

– Por favor, Kellan, não me faça...

– Chega, Kiera. – Levou a outra mão ao meu rosto e o apertou com rispidez, interrompendo minha objeção: – Escolhe agora. Não pensa, só escolhe. Eu... ou ele? – Seus polegares secaram as lágrimas que escorriam por cima deles. – Eu ou ele, Kiera?

Sem pensar, disparei:

— Ele.

O ar ao nosso redor pareceu vibrar com o súbito silêncio que se fez entre nós. Ele prendeu a respiração e seus olhos se arregalaram, chocados. Também prendi a respiração, meus olhos se arregalando, tão chocados quanto os seus. Ah, meu Deus... por que eu fora dizer aquilo? Será que era... o que eu queria? Agora era tarde demais para reconsiderar minha escolha precipitada. Tarde demais para retirar o que dissera. Vi uma lágrima pesada escorrer pelo rosto de Kellan. Aquela única lágrima pareceu consolidar minha palavra. O estrago estava feito. Agora eu não podia mais voltar atrás nem que quisesse.

— Ah — sussurrou ele finalmente.

Já ia recolhendo as mãos e se afastando de mim, quando o segurei com força, tentando puxá-lo para mim.

— Não, Kellan... espera. Eu não tive a intenção de...

Ele estreitou os olhos.

— Teve, sim. Foi o seu instinto que falou. Foi a primeira coisa em que você pensou... e a primeira coisa em que a gente pensa geralmente é a que está certa. — Seu tom se tornara um tanto frio, e ele fechou os olhos, engolindo em seco. — É isso que realmente está no seu coração. É ele que está no seu coração...

Segurei suas mãos, apertando-as com força diante de nós, enquanto ele respirava fundo algumas vezes para se acalmar. Eu podia ver o esforço para se controlar estampado no seu rosto e, sem muita vontade, tentei pensar em alguma coisa que pudesse remediar o estrago que, em minha leviandade, acabara de causar. Mas não encontrei nada. Nenhum laivo de genialidade que remediasse a situação.

Quando seu rosto pareceu mais calmo, ele abriu os olhos, e senti uma punhalada no coração ao ver a tristeza neles.

— Eu disse a você que iria embora, se essa fosse a sua escolha... e é o que vou fazer. Não vou mais criar problemas para você.

Com o olhar triste, mas, para minha mágoa, cheio de amor, ele acrescentou em voz baixa:

— Eu sempre soube com quem seu coração estava mesmo. Nunca deveria ter pedido a você para fazer uma escolha... nunca houve uma escolha a ser feita. Ontem à noite, cheguei a esperar que... — Suspirou, olhando para o asfalto. — Eu já devia ter ido embora há séculos. Estava só... sendo egoísta.

Olhei para ele com o queixo caído de incredulidade. Ele achava que estava sendo egoísta? Era *eu* que literalmente me arrastava entre as camas de dois homens, e *ele* é que era o egoísta?

— Acho que eu dou um novo significado à palavra, Kellan.

Ele sorriu um pouco ao tornar a erguer os olhos para mim, mas então seu rosto voltou a ficar sério.

— Você estava com medo, Kiera. Eu entendo. Estava com medo de deixar tudo para trás... Eu também estou. Mas tudo vai ficar bem. — Quase como que para se convencer, repetiu: — Nós vamos ficar bem. — Falou numa voz tão baixa que mal o ouvi em meio à música barulhenta que chegava da cervejaria.

Ele me arrebatou nos braços e me apertou com força. Passei os braços pelo seu pescoço e enredei uma das mãos entre seus maravilhosos cabelos cheios. Inspirei o aroma da sua pele misturado com o da jaqueta de couro, degustando cada segundo com ele. Seus braços me apertavam com tanta força que eu mal podia respirar. Mas não me importava; ele poderia ter me achatado contra o corpo que eu não teria me importado. Eu ansiava tanto por tê-lo perto de mim. Minha cabeça ainda dava voltas por causa da mudança na escolha. Não tinha certeza do que queria, mas talvez Kellan tivesse razão... talvez os primeiros pensamentos fossem os certos.

Com uma voz carregada de emoção, ele sussurrou no meu ouvido:

— Jamais conte a Denny sobre nós dois. Ele não vai te abandonar. Você pode ficar na minha casa o tempo que quiser. Pode até alugar meu quarto, de repente. Eu não me importo.

Eu me afastei para olhá-lo, uma torrente de lágrimas agora escorrendo sem o menor controle pelo meu rosto. Ele respondeu à pergunta que eu não fizera, outra lágrima formando um rastro cintilante em sua face ao luar.

— Tenho que ir embora, Kiera... enquanto ainda tenho forças. — Secou várias lágrimas no meu rosto. — Vou ligar para Jenny e pedir para ela vir buscar você. Ela te leva até Denny. E também te dá uma força.

— E quem dá uma força para você? — sussurrei, encarando seu rosto de uma perfeição contundente à luz prateada. Agora sabia o quanto ele gostava de mim. Sabia o quanto eu significava para ele, e como era extremamente difícil para ele me deixar. Sabia o quanto era difícil para mim, e tinha vontade de morrer.

Engolindo em seco, ele ignorou minha pergunta.

— Você e Denny podem ir para a Austrália e se casar. Podem ter uma vida longa e feliz juntos, do jeito que era para ser. — Sua voz falhou ao fim e outra lágrima escorreu pelo seu rosto. — Prometo que não vou interferir.

Eu não estava disposta a desistir.

— Mas e você? Vai ficar sozinho... — Eu precisava ter certeza de que ele ficaria bem. Ele sorriu, triste.

— Kiera... as coisas sempre foram para ser desse jeito.

Observei seus olhos de um azul líquido. Pousei a mão no seu rosto, contendo um soluço. Ele estava disposto a abrir mão de tudo que já tivera no mundo — um amor autêntico, profundo, visceral até a raiz da alma, sem qualquer protesto, para salvar meu relacionamento com Denny. A bondade de seu coração partiu o meu.

— Eu te disse que você é um cara legal — sussurrei.

— Acho que Denny discordaria — respondeu ele no mesmo tom.

Tornei a passar os braços com força pelo seu pescoço, enquanto uma canção de batida lenta e hipnótica nos chegava dos lados da cerca, fustigando meu corpo. Mais uma vez passei os dedos pelos seus cabelos, engolindo outro soluço quando ele encostou a testa na minha.

— Meu Deus, como vou sentir sua falta... — Sua voz falhou ao fim, e o ouvi engolir em seco.

Isso era demais, difícil demais. Eu não podia respirar. Não podia deixá-lo escapar. Eu o amava demais. Isso era difícil demais. E parecia tão errado... tudo parecia errado. Eu não podia abrir mão dele...

— Kellan, por favor, não...

Na mesma hora ele me interrompeu:

— Não, Kiera. Não me peça isso. As coisas têm que acontecer desse jeito. Nós precisamos quebrar esse círculo, e pelo visto, nenhum de nós consegue ficar longe do outro... por isso, um dos dois tem que ir embora. — Soltou um suspiro pesado e falou depressa, abanando a cabeça junto com a minha, seus olhos ainda fechados com força. — Desse jeito, Denny não vai se magoar. Se eu for embora, talvez ele não questione sua mentira. Mas, se você me pedir para ficar... eu vou ficar, e ele vai acabar descobrindo, e nós vamos destruí-lo. Eu sei que você não quer isso. Nem eu quero, amor. — Quase parecia estar se obrigando a pronunciar as palavras que obviamente não queria dizer.

Senti uma dor terrível se espalhar por todo o meu corpo, e não pude conter um soluço.

— Mas dói demais...

Ele me beijou de leve.

— Eu sei, amor... eu sei. Nós temos que deixar doer. Preciso ir embora, desta vez para sempre. Se é ele que você quer, então precisamos acabar com tudo. É a única saída.

Tornou a me beijar, e então se afastou para me olhar. Seus olhos estavam tão infelizes e úmidos quanto os meus deviam estar. Pondo a mão no bolso da jaqueta, ele pegou uma coisa. Estendendo o punho para mim, abriu meus dedos gentilmente com a mão livre. Muito devagar, abriu o punho e colocou algo na palma da minha mão.

Com a visão embaçada, olhei para o que ele tinha me dado. Era uma correntinha de prata extremamente delicada. Presa à corrente havia uma guitarra de prata, e no meio dela um diamante redondo, que devia ter no mínimo um quilate. Uma joia simples e, ao mesmo tempo, linda — perfeita, exatamente como ele. Respirei com força, sem conseguir falar. Minha mão começou a tremer.

— Você não precisa usá-la... Eu vou compreender. Só queria que tivesse alguma coisa para se lembrar de mim. — Inclinou a cabeça, observando meu rosto riscado de lágrimas. — Não queria que você me esquecesse. Eu nunca vou te esquecer.

Olhei para ele, mal conseguindo falar em meio à minha dor.

— Esquecer você? — A simples ideia era absurda. Como se ele não estivesse gravado no próprio tecido da minha alma. — Eu nunca poderia... — Segurei seu rosto entre as mãos, a corrente ainda entrelaçada em meus dedos. — Vou te amar... para sempre.

Ele colou os lábios aos meus, me beijando com paixão. A emoção da música a distância transbordava junto com meu coração. Mais uma vez duvidei que pudesse fazer isso, que pudesse deixá-lo me abandonar. Ainda parecia tão absurdo. Sua partida, depois de tudo por que havíamos passado, parecia totalmente absurda. Como eu poderia sobreviver a ela? Na certa os efeitos de uma separação permanente me deixariam despedaçada. Eu já sentia sua falta; mesmo com seus lábios colados aos meus, sentia saudades dele.

Degustamos cada segundo que ainda tínhamos juntos. Eu me sentia como se a dor fosse me fazer cair de joelhos. Um soluço escapou dos meus lábios, e ele me apertou com mais força contra o peito. Pôs a mão no meu rosto e, um segundo depois, um soluço escapou dos seus, e eu me entreguei ainda mais àquele doloroso último beijo. Isso estava errado. Eu não podia assistir a ele indo embora para longe de mim. Precisava falar, encontrar as palavras que o convencessem a ficar comigo... Só não sabia como. Sabia que minha vida nunca mais seria a mesma quando esse beijo acabasse. E eu não queria que jamais acabasse...

Mas, é claro, nada dura para sempre.

O som do portão batendo com força atrás de mim mudou a maneira como eu me lembraria para sempre daquele último momento de ternura com Kellan.

Aterrorizada, eu me afastei na mesma hora e vi os olhos arregalados de Kellan. Ele olhava para além de mim, em direção à figura parada ao portão, mas não tive coragem de me virar para olhar. E nem precisava. Só havia uma pessoa no mundo que poderia ter provocado aquela expressão de medo, tristeza e culpa no rosto de Kellan. Todo o meu corpo começou a tremer.

— Me perdoe, Kiera — sussurrou Kellan para mim, sem em nenhum momento tirar os olhos do portão.

Denny tinha acabado de entrar no pequeno círculo de nosso inferno particular, e agora não havia mais volta para nenhum de nós.

— Kiera...? Kellan... — Meu nome saiu como uma pergunta, o de Kellan como uma maldição. Denny se aproximou de onde eu e Kellan já nos afastávamos depressa um do outro. Seu rosto estava confuso e, ao mesmo tempo, furioso. Ele havia presenciado aquele momento de extrema ternura.

— Denny... — Tentei pensar em algo, mas não consegui. De repente, eu me dei conta de que Denny tinha mentido; ninguém o chamara no escritório. Ele orquestrara tudo isso, para nos testar... e nós tínhamos falhado.

Ele me ignorou, olhando com ódio para Kellan.

— Que diabos está acontecendo aqui?

Tentei pensar em algumas desculpas que Kellan poderia dar, mas meu queixo caiu de espanto quando Kellan simplesmente disse a verdade a Denny:

— Eu beijei a Kiera. Estava me despedindo... porque vou embora.

Lutei contra o desespero ao ouvir essa declaração, vendo a raiva crescer nos olhos escuros de Denny.

— Você beijou a Kiera? — Por um momento pensei que ele iria parar por aí, mas então ele soltou: — Você trepou com ela?

Foi mais um choque ouvir a conclusão que Denny tirara da simples declaração de Kellan. Ele já *sabia*, ou pelo menos já suspeitava. Olhei para Kellan, implorando-lhe em silêncio para que mentisse.

Mas ele não fez isso.

— Sim — sussurrou, estremecendo um pouco ante a crueza da expressão que Denny usara.

O queixo de Denny despencou, e ele ficou olhando para Kellan com ódio. Os dois homens pareciam ter se esquecido de que eu estava lá.

— Quando? — sussurrou, ríspido.

Kellan suspirou.

— A primeira vez foi na noite em que vocês terminaram.

As sobrancelhas de Denny se ergueram junto com sua voz:

— A primeira vez? Quantas *vezes* foram? — Fechei os olhos, desejando que isso fosse apenas um pesadelo.

Com toda a calma, Kellan respondeu:

— Só duas...

Meus olhos se abriram de estalo quando ouvi sua reposta. Por que ele estava mentindo a esse respeito? Mas, quando me deu um olhar cúmplice, compreendi. Nossos últimos dias juntos não tinham de modo algum constituído o que Denny tão grosseiramente perguntara a ele. Não era uma mentira, apenas... uma meia-verdade. Mesmo em meu horror diante da situação, essa omissão me proporcionou um certo alívio.

Kellan calmamente terminou sua frase, olhando para Denny:

— Mas eu a desejava... todos os dias.

Meu curto alívio se desfez, e eu senti um aperto doloroso no coração. Minha respiração travou totalmente. O que ele estava fazendo? Por que fora dizer isso a Denny? *Eu só podia estar sonhando.* Isso não podia ser real. Não era real.

Aconteceu tão depressa que mal tive tempo de compreender. O punho de Denny voou e atingiu o queixo de Kellan, o golpe fazendo-o cambalear para trás. Recuperando-se lentamente, Kellan se endireitou e se virou para Denny outra vez, o sangue escorrendo do lábio cortado.

— Não vou lutar com você, Denny. Peço perdão, mas nós nunca quisemos magoar você. Nós lutamos... Tentamos tanto resistir à essa... atração... que sentimos um pelo outro. — O rosto de Kellan se contraiu enquanto falava, sua dor emocional ainda pior do que a física.

— Você tentou? Você tentou não trepar com ela? — berrou Denny, e lhe deu outro soco.

Minha mente queria gritar com Denny para que parasse. Meu corpo queria que eu o arrastasse dali. Além de tremer de medo e do frio agudo que me varava até os ossos, eu não conseguia me mexer. Estava petrificada de choque. Olhando para os dois com o queixo caído feito uma idiota, continuei onde estava, em silêncio.

— Eu abri mão de tudo por causa dela! — Denny batia nele uma vez atrás da outra. Kellan nada fazia para se defender dos socos, nem esboçou qualquer tentativa de lutar com Denny. Na verdade, após cada golpe ele se virava de frente para Denny, voluntária ou involuntariamente lhe proporcionando o melhor ângulo possível a cada vez. O sangue escorria dos cortes no seu rosto, lábio e supercílio. — Você me prometeu que não tocaria nela!

— Me perdoe, Denny — murmurou Kellan entre dois socos, sua voz quase inaudível para mim, e provavelmente de todo inaudível para Denny em sua fúria.

Eu queria que Denny gritasse comigo, que culpasse a mim, que batesse em mim, que pelo menos me visse como sendo igualmente responsável por essa confusão, mas toda a sua raiva se voltava para Kellan. Eu tinha deixado de existir para ele. Por dentro estava chorando, gritando para que aquilo acabasse. Mas apenas continuei onde estava.

Por fim as forças de Kellan se esgotaram e, com um arquejo, ele caiu de joelhos, sua camisa azul manchada de sangue.

— Eu confiei em você! — gritou Denny, uma joelhada no queixo de Kellan ainda mais brutal do que as anteriores fazendo-o cair de costas.

Minha mente não podia compreender. Comecei a rejeitar a realidade. Eu estava sonhando, só podia ser. Isso era apenas um pesadelo, meu pior pesadelo. Logo, logo eu acordaria. Mas, mesmo então, como se estivesse atolada em areia movediça, continuei onde estava, em silêncio.

Denny agora começara a chutá-lo com suas botas pesadas, uma vez atrás da outra, gritando palavrões a cada golpe. Um pontapé violento acertou o braço de Kellan, provocando um estalo horrível que pude ouvir mesmo em meu estupor. Kellan gritou de dor, mas Denny não parou.

— Você dizia que era meu irmão!

Eu sentia uma náusea violenta. Meu corpo tremia convulsivamente. Lágrimas me escorriam pelo rosto. A realidade mudava para mim. Será que eu estava enlouquecendo? Seria essa a razão por que não conseguia me mexer, não conseguia gritar por socorro? Eu queria desesperadamente arrastar Denny dali, bater nele se fosse preciso, mas, apenas assistindo, horrorizada, continuei onde estava, em silêncio.

Outro pontapé rápido no tronco de Kellan, e outro estalo audível quando uma ou duas costelas se quebraram. Kellan tornou a gritar de dor, cuspindo sangue, mas nada fez para defender seu corpo, nada disse para defender suas ações, apenas repetindo, sem parar:

— Não vou lutar com você... Não vou machucar você... Me perdoe, Denny...

Se minha sanidade estava me abandonando, a de Denny já o abandonara por completo. Ele era outra pessoa diferente, surrando com brutalidade o corpo cada vez mais enfraquecido de Kellan. Denny estava mais do que zangado, mais do que enfurecido. Ele gritava sem dó nem piedade com Kellan, despejando uma torrente de barbaridades que eu jamais o ouvira pronunciar. Parecia ter se esquecido totalmente da minha presença, paralisada de choque e horror como eu estava.

— Sua palavra não vale nada! *Você* não vale nada!

Kellan estremeceu, afastando a cabeça daquelas palavras contundentes, e eu tive a terrível sensação de que não era a primeira vez que ele as ouvia, que não era a primeira vez que lhe diziam que ele não tinha valor.

— Me perdoe, Denny.

Denny não se comoveu com o pedido, continuando a chutá-lo cruelmente.

— Ela *não* é uma das suas putas!

Calou-se, arquejando em meio à sua fúria. Kellan se apoiou com esforço sobre um cotovelo, o corpo encolhido e ferido, cheio de dor, o sangue escorrendo em filetes da boca, de um corte no supercílio e de outro no rosto. Levantou a cabeça, olhando para a expressão possessa de Denny, e vi o rosto de Kellan se contorcer de dor.

As palavras seguintes de Kellan me encheram de uma ternura e um pavor infinitos:

— Me perdoe por ter magoado você, Denny, mas eu amo a Kiera — arquejou. Seus olhos se voltaram para os meus, cheios de contentamento. Ele parecia se sentir em paz por ter finalmente conseguido declarar seus sentimentos por mim ao melhor amigo, seu irmão.

Com um sorriso carinhoso para mim, ele acrescentou algo à declaração que foi a gota d'água para o amigo:

— E ela também me ama.

Pude literalmente ver Denny perdendo a cabeça. Com um olhar de ódio desvairado para Kellan, ele jogou todo o peso do corpo para um lado e endireitou o pé a fim de desferir o que obviamente seria um golpe devastador na cabeça de Kellan. Com exceção dos arquejos de dor, os olhos ainda fixos nos meus, Kellan não se moveu. Como olhava para mim, não prestava atenção ao que Denny estava prestes a fazer. Seus olhos de um azul sobre-humano estavam fixos em mim, me absorvendo, como se ele estivesse me memorizando. Seria a última coisa que faria na vida.

Sem qualquer pensamento consciente, gritei *Não!*. Finalmente conseguindo me mexer, eu me atirei ao chão para proteger o corpo de Kellan. O golpe fatal dirigido a ele me atingiu em cheio na têmpora. Tive a impressão de ouvir Kellan gritando meu nome, e então o mundo inteiro se apagou.

Capítulo 24
CULPA E ARREPENDIMENTO

A primeira coisa de que tive consciência foram os sons – um bipe insistente ao lado do meu ouvido, e vozes baixas de homens ecoando na minha cabeça, como se viessem do outro lado de um túnel. Tentei me concentrar nessas vozes, trazê-las para mais perto de mim a fim de entender o que diziam. Alguns fragmentos me caíam nos ouvidos, mas não em número suficiente para fazerem sentido.

– ... agora... ir embora... ela vai... machucada... desculpe... a ela... matar... entende...

Uma risadinha encheu o aposento e tive a impressão de reconhecê-la, mas nada em minha mente ou corpo me era realmente familiar naquele momento. Eu sentia a cabeça leve e aérea, como um balão amarrado ao corpo. Tentei mexê-la, e uma dor aguda gritou comigo para não fazer isso de novo. Obedeci e continuei imóvel até a sensação de leveza voltar. Uma dor difusa na cabeça assinalou o alívio do meu corpo com essa decisão.

Enquanto me perguntava por que minha cabeça doía tanto, lembranças começaram a me inundar a mente. Lembranças horríveis, que eu gostaria de poder bloquear, que gostaria que tivessem saído da minha cabeça quando a dor entrou nela. Lembranças de minha dolorosa despedida de Kellan. Lembranças do rosto de Denny quando nos flagrou. Lembranças de Denny dando uma surra em Kellan, descontando nele todas as suas frustrações, tentando matá-lo. Seu pé se preparando para dar um chute violento na cabeça imóvel de Kellan...

– Não!

Minha lembrança do ataque invocou o gesto insensato que eu fizera para detê-lo. Sentei na cama, gritando *Não!*, logo em seguida despencando no travesseiro feito um peso morto, segurando a cabeça com cuidado e ofegando com a dor lancinante que se espalhou pelo meu corpo.

O rosto aflito de Denny ocupou minha visão embaçada. Ele passou os polegares pelas minhas maçãs do rosto e se virou para trás a fim de murmurar algo para outra pessoa no aposento. Uma resposta foi sussurrada, e ouvi passos se afastando enquanto a dor em minha cabeça começava a latejar. Denny se virou para mim e continuou acariciando minhas faces, secando algumas lágrimas que chegaram aos seus dedos.

— Shhhh, Kiera. Você está bem. Está tudo bem... relaxa.

Percebi que estava agarrando a frente de sua camisa com uma rigidez cadavérica, e fiz um esforço para me acalmar. Meus olhos entravam e saíam de foco, e eu pisquei várias vezes, com força, tentando enxergá-lo com mais clareza.

— Denny? — Minha voz estava rouca, a garganta seca e dolorida de sede. — Onde é que eu estou? O que aconteceu?

Denny suspirou, apoiando de leve a testa na minha.

— O que aconteceu? O que aconteceu foi que eu pensei que tinha perdido você. Pensei que tinha matado você. Não consigo acreditar no que eu... — Seu sotaque ficou mais forte, como acontecia às vezes quando ele se aborrecia ou emocionava. Ele soltou um suspiro pesado e engoliu em seco antes de me dar um beijo comportado na testa. Afastando-se, vi que seus olhos escuros pareciam úmidos. — Você está no hospital, Kiera. Já há dois dias que você perde e recobra a consciência. Durante algum tempo, seu estado foi crítico. Mas nós tivemos muita sorte... houve um traumatismo, mas muito pouco sangramento. Você vai ficar bem.

Tateei a têmpora com cuidado. Os dedos de Denny roçaram os meus, nós dois tateando juntos a área sensível acima da minha orelha direita.

— Os médicos quase tiveram que aliviar a pressão cirurgicamente, mas por fim conseguiram fazer com que você se recuperasse através de medicação — murmurou, alisando as costas da minha mão com o polegar. Meu estômago se revirou ante a ideia de um pedaço do meu crânio quase sendo removido. Graças a Deus eles não tinham precisado fazer isso. Fechei os olhos e abaixei a mão, apertando a de Denny com força.

— Que bom... ela está acordada. E, na certa, sentindo muita dor. — Uma enfermeira gorducha e bem-humorada, com um sorriso quilométrico, entrou no quarto. Estremeci ao ouvir sua voz alta e animada, tentando abrir um sorriso. Acho que saiu meio amarelo.

— Meu nome é Susie, e eu vou tomar conta de você hoje. — Com um ar de autoridade, afastou Denny da cama, embora eu tentasse mantê-lo lá, e injetou um líquido claro no tubo de soro preso ao meu braço. Foi quando notei a agulha na minha mão, e mais uma vez senti o estômago se embrulhar. Ela checou meus sinais vitais, parecendo satisfeita com eles. — Precisa de alguma coisa, benzinho?

— Água — pedi, com voz rouca.

Ela deu um tapinha na minha perna.

— Claro. Volto logo.

Deu as costas para sair do quarto, e meus olhos, agora entrando melhor em foco, seguiram seu uniforme com estampa de gatinhos pela porta. Denny sentou do outro lado da cama, segurando minha mão livre, mas nem notei. Eu não notava mais coisa alguma, e não porque os analgésicos começassem a fazer efeito. Não, esses só davam conta da dor na minha cabeça. Quanto ao meu coração... esse, sem mais nem menos começou a palpitar. O bipe ao meu lado acelerou também.

Enquanto eu via a enfermeira sair, meus olhos se desviaram até a pessoa que saíra para procurá-la. Uma pessoa que ainda estava parada ao lado da porta, recostada à parede, matendo distância de mim e de Denny. Uma pessoa cujo braço direito estava engessado do pulso ao cotovelo, e cujo rosto era um mosaico colorido do amarelo quase até o preto... mas, ainda assim, absolutamente perfeito.

Ele sorriu para mim quando nossos olhos se encontraram, e eu apertei involuntariamente a mão de Denny ao meu lado. Denny notou minha atenção fascinada e olhou para Kellan encostado à parede. Eu não podia compreender o que os dois estavam fazendo no meu quarto... e sem tentarem matar um ao outro. Eles se entreolharam, e então Kellan meneou a cabeça para Denny e, me dando um último sorriso, se virou e saiu.

Quis gritar com ele para que ficasse, para que me dissesse o que estava pensando, mas Denny pigarreou. Voltei a olhar para ele, a incompreensão estampada no rosto. Denny sorriu carinhoso para mim, o que fez minha incompreensão aumentar ainda mais.

— Você não está zangado? — foi tudo que encontrei para dizer.

Ele abaixou os olhos por um momento, e vi seu queixo se enrijecer sob a barba rala, uma barba um pouco mais comprida e maltratada do que ele costumava manter, como se não tivesse saído do meu lado por tempo suficiente para cuidar de si. Voltou a me observar, e vi seus olhos passarem por múltiplas emoções antes de ele relaxar as feições, como se escolhesse uma.

— Estou... Estou zangado, sim. Mas... quase matar você... bem, isso fez com que eu enxergasse as coisas de outro jeito. — Ergueu um dos cantos da boca em um sorriso triste, que logo se desfez em uma expressão séria. — Não sei o que eu teria feito se você não tivesse sobrevivido. — Passou a mão pelo rosto. — Não sei como teria suportado isso. Teria acabado comigo...

Levei a mão do soro ao seu rosto; pareceu pesada e sólida, como o resto do meu corpo já começava a se sentir. Ele olhou para mim quando meus dedos passearam pelo contorno de seu rosto. Suspirou, me dando um leve sorriso.

— Eu preferia que você tivesse me contado, Kiera... no começo.

Retirei a mão, que de repente pareceu quente demais. Meu coração começou a palpitar e eu implorei a ele que se acalmasse, enquanto o monitor com o bipe insistente ao meu lado acelerava até acompanhar seu ritmo. Notando minha reação, Denny suspirou.

— Teria sido difícil... mas tão melhor do que do jeito como descobri.

Abaixou a cabeça e passou a mão pelos cabelos; notei que os nós de seus dedos ainda estavam em carne viva dos socos dados em Kellan.

— É claro que... eu devia ter falado com você quando desconfiei. Nunca deveria ter armado uma cilada para vocês dois daquele jeito. Minha única esperança... meu único desejo era que eu estivesse enganado.

Levantou a cabeça e seus olhos de repente pareceram exaustos, como se ele não dormisse há dias.

— Nunca pensei que você me magoaria, Kiera. — Inclinou a cabeça, e eu mordi o lábio para não chorar. — Não você... — falou tão baixinho que tive de me inclinar para ouvi-lo. — Kellan, sim, eu achei que seria capaz de dar em cima de você. Cheguei até a fazê-lo prometer que não tocaria em você, quando viajei. Mas nunca imaginei mesmo que você fosse capaz... — Desviou os olhos, e seu sotaque ganhou um tom amargo que eu não estava acostumada a ouvir. — Como você pôde fazer isso comigo?

Voltou a olhar para mim e eu abri a boca para tentar falar. Mas, antes que qualquer discurso racional saísse, a enfermeira voltou e, com seu jeito bem-humorado, me estendeu um copo de plástico, uma gota d'água pendendo da ponta do canudo. Não consegui desgrudar os olhos daquela gota, e sorvi a água assim que ela me entregou o copo. Acho que murmurei um agradecimento antes de ela ir embora, sempre bem-humorada.

Denny esperou pacientemente que eu bebesse metade do copo. Por fim, retirei o canudo e fiquei olhando para o copo em minhas mãos, sem coragem de enfrentar seus olhos tristes.

— E agora, o que vamos fazer? — perguntei num fio de voz, morta de medo do que ele responderia. Com os dedos trêmulos, pus o copo na mesa de cabeceira ao lado da cama.

Ele se inclinou e me deu um beijo leve na têmpora não ferida.

— Não vamos fazer nada, Kiera — sussurrou no meu ouvido antes de se afastar de mim.

Na mesma hora lágrimas me brotaram nos olhos e eu observei seu rosto triste, mas calmo.

— Mas eu ia terminar com ele. Eu te amo.

Ele inclinou a cabeça, passando as costas de um dedo pelo meu rosto.

— Eu sei... e também te amo. Mas acho que nós não nos amamos do mesmo jeito. E... também acho que manter você perto de mim me destruiria. Olha só o que quase me levou a fazer com você e Kellan. Olha só o que eu *cheguei* a fazer com você e Kellan. — Olhou para os travesseiros. — Nunca vou me perdoar por nada daquilo... mas poderia ter sido muito pior, e acho que realmente seria, se nós ficássemos juntos.

As lágrimas escorriam pelo meu rosto agora e, quando ele olhou para mim, havia lágrimas semelhantes no seu.

— *Ficássemos* juntos? Nós não estamos juntos?

Ele engoliu em seco, afastando algumas de minhas lágrimas.

— Não, Kiera... Não estamos. Se você parar para pensar, se realmente parar para pensar, vai ter que admitir que nós já não estamos juntos há algum tempo. — Comecei a negar com a cabeça, mas ele continuou enunciando suas terríveis verdades. — Não... não faz sentido tentar negar. É claro como água, Kiera. Em algum momento, você e eu começamos a nos afastar. Mesmo quando estávamos juntos, nós já não... nos dávamos como antes. Não sei se foi só por causa de Kellan, ou se isso ia acontecer com a gente de um jeito ou de outro. Talvez ele tenha apenas catalisado uma coisa que iria acontecer de qualquer maneira.

Esboçou um sorriso ao ver minha tênue tentativa de discordar dele.

— Acho que, no fim, você teria ficado comigo por obrigação... ou, talvez, por comodidade. Talvez eu te transmitisse uma sensação de segurança, e você precisasse dessa sensação. — Tornou a afagar meu rosto. — Eu sei o quanto você tem medo do desconhecido. Para você... eu devo ser algum tipo de muleta emocional.

Mais lágrimas escorreram por meu rosto, e eu queria tanto concordar quanto discordar, mas não fazia ideia de qual fosse a resposta certa. Qual das duas era pior? Ele pareceu compreender minha confusão.

— Percebe agora como isso não serve para mim? Não quero ser a rede de segurança de alguém. Não quero estar lá só porque a hipótese de eu não estar assusta demais a pessoa.

Pousou a mão no meu peito, sobre o coração.

— Quero ser tudo para alguém. Quero fogo e paixão, quero um amor totalmente correspondido. Quero ser o coração de alguém. — Retirou a mão e ficou olhando para ela. Contendo um soluço por causa da perda imensa que senti quando ele retirou a mão, também fiquei olhando para ela. — Mesmo que isso signifique partir o meu — sussurrou, seu sotaque mais forte.

Com a voz carregada de emoção prestes a transbordar, consegui falar num tom meio gritado:

— O que está dizendo, Denny?

Ele fungou, duas lágrimas escorrendo de seus olhos brilhantes e cheios.

— Eu aceitei o emprego na Austrália. Vou voltar para casa daqui a duas semanas, assim que tiver certeza de que você vai ficar bem. Vou voltar para casa sozinho, Kiera.

Então, não pude mais me controlar. Solucei sentidamente. Deixei cada emoção relacionada a Denny e nosso namoro agonizante tomar conta de mim, e soube... soube que ele tinha razão. Ele devia ir embora. Devia encontrar a felicidade ao lado de alguém, já que nunca chegara a encontrá-la ao meu lado. Não com o rumo que nosso relacionamento tomara. Não do jeito como eu o traíra. Não com o fato de eu, mesmo quando ouvira Denny se despedir, ficar imaginando aonde Kellan tinha ido.

Com cuidado, Denny passou os braços ao meu redor e me estreitou com força. Chorou no meu ombro, como eu no dele. Jurou que ainda me amava e que se manteria em contato. Eu nunca perderia sua amizade, tínhamos muita estrada para isso, mas ele não podia ficar perto de mim. Não enquanto eu amasse outra pessoa. Eu queria garantir a ele que não amava. Queria lhe dizer que só amava a ele, e que só queria ficar com ele. Mas era uma mentira, e eu estava cansada de mentir, para os outros e para mim mesma.

Não sei por quanto tempo ele me abraçou. Foi como se fosse por dias. Quando se afastou, tentei abraçá-lo com força, mas os analgésicos tinham começado a fazer efeito e eu já me sentia fraca e sonolenta demais para conseguir detê-lo. Foi uma coisa meio que simbólica, e eu detestei isso. Ele me deu um beijo na testa enquanto meus dedos escorregavam sem forças por sua pele.

— Vou voltar para ver você amanhã, está bem? — Fiz que sim com a cabeça e ele me beijou uma última vez antes de dar as costas e ir embora.

Observei quando Denny se deteve à porta e falou com alguém parado diante dela que não pude ver. Ele olhou para mim, e de novo para a pessoa. Disse algumas palavras em voz baixa, e então estendeu a mão para fora. Parecia estar se desculpando. Franzi o cenho, confusa, e me perguntei se a medicação estava me deixando tão louca quanto cansada. Denny me deu um último sorriso, e então se afastou da pessoa com quem estivera conversando.

Fiquei vendo-o desaparecer e senti um aperto no peito à vista de sua partida. Sabia que essa era apenas a primeira de uma série de separações dolorosas por que ele e eu passaríamos, a mais dolorosa delas sendo a última, quando eu teria de vê-lo num avião novamente, dessa vez para sempre. Fechei os olhos, por um momento me sentindo aliviada por ele não ter feito uma bobagem que acabaria com seu futuro. Pelo menos, Denny teria um ótimo emprego em que poderia encontrar consolo. E eu tinha certeza de que algum dia ele também encontraria uma boa mulher. Meu Deus, como odiei esse pensamento. Mas ele tinha razão, eu me apegara a ele pelos motivos errados.

Um leve roçar de dedos no meu rosto fez com que eu despertasse de meus perturbadores pensamentos. Achando que Denny tinha voltado, prendi a respiração ao ver os olhos azul-escuros de Kellan fixos em mim. Seu rosto estava horrível — o lábio exibia um corte, mas estava rosado da cicatrização; uma linha da mesma cor riscava sua face, cercada por um feio hematoma amarelo e azulado, além de duas finas tiras de esparadrapo que uniam as bordas da pele a cicatrizar. O olho direito também tinha um esparadrapo cobrindo o corte, e o esquerdo estava tão machucado que parecia quase preto. Com tudo isso e mais um braço engessado, além de, com certeza, um tórax enfaixado, ele parecia ter sido atropelado por um caminhão... duas vezes.

Mesmo assim meu coração deu um salto quando o vi. Pude literalmente ouvi-lo no irritante monitor ao meu lado. Com um sorriso afetuoso e manso, ele sentou no mesmo lugar que Denny acabara de desocupar. Compreendi, então, que ele tinha passado o tempo todo parado diante da porta, e que fora ele que falara com Denny quando saiu. Fiquei imaginando se ouvira nossa conversa, se sabia que Denny tinha terminado comigo.

— Você está bem? — perguntou, sua voz baixa e rouca, cheia de carinho e preocupação.

— Acho que sim — murmurei. — Os analgésicos já fizeram efeito, e estou me sentindo como se pesasse uma tonelada, mas acho que vou ficar bem.

Ele sorriu um pouco mais, negando com a cabeça.

— Não foi isso que eu quis dizer. Me acredite, já conversei com quase todas as enfermeiras do hospital e estou a par do seu estado... mas você está bem? — Seus olhos relancearam a porta, e eu compreendi que ele estava mesmo sabendo de Denny. Talvez tivesse ficado escutando a conversa, talvez não, mas, fosse como fosse, estava sabendo de tudo.

Uma lágrima escorreu por meu rosto quando ergui os olhos para ele.

— Me pergunta de novo daqui a dois dias.

Ele assentiu e se inclinou para me dar um beijo leve nos lábios. A droga do monitor ao meu lado acelerou um pouco, e Kellan olhou para ele, rindo baixinho.

— Acho que eu não devia fazer isso.

Quando ele já ia se afastando, segurei seu rosto e passei o dedo na mancha roxa debaixo do seu olho.

— Eu vou ficar bem, Kiera. Não se preocupe com isso agora. Estou tão feliz por você estar... por você não estar... — Engoliu em seco, parecendo não ser capaz de dizer mais do que isso.

Segurou minha mão entre as suas e eu alisei a pele de seu pulso, invisível sob o gesso.

— Você e Denny estavam aqui?

— É claro. Nós nos importamos com você, Kiera.

— Não, eu quis dizer se vocês dois estavam aqui, no mesmo quarto, conversando calmamente quando acordei. Vocês não tentaram matar um o outro?

Ele me deu um sorriso irônico, desviando os olhos.

— Uma vez foi o bastante. — Voltou a olhar para mim. — Você ficou inconsciente durante dois dias. Denny e eu... tivemos várias conversas. — Tentou morder o lábio, mas parou ao sentir dor. — As primeiras conversas não foram lá muito... calmas. — Passou os dedos no meu rosto, afastando alguns cabelos. — Nossa preocupação com você acabou por amenizar essas conversas, e nós passamos a falar sobre o que fazer, em vez de o que tinha sido feito.

Comecei a dizer algo, mas Kellan se adiantou:

— Ele me disse que aceitou o emprego na Austrália e, quando perguntei se levaria você junto... ele disse que não. — Afagou meu rosto, enquanto mais lágrimas escorriam por ele.

— Você sabia que ele ia terminar comigo hoje?

Ele assentiu, seus olhos parecendo muito tristes.

— Sabia que ia fazer isso logo. Quando você acordou e ele olhou para mim... imaginei que fosse querer fazer isso o mais depressa possível. — Desviou os olhos, e sua voz ficou muito baixa. — Arrancar o Band-Aid...

Seus olhos pareceram pensativos, e ele ficou examinando um ponto no chão durante um bom tempo. Eu já ia segurar seu rosto de novo quando ele falou, os olhos ainda fixos no chão:

— Quais são seus planos agora, Kiera?

Assustada, abaixei a mão. De repente foi como se a pancada na minha cabeça não tivesse sido nada, meu coração doendo mais do que aquela ferida jamais doeria.

— Meus planos? Eu... Eu não sei. Faculdade... trabalho...

Você. Era o que eu queria dizer, mas sabia que soaria horrível.

Ele pareceu me ouvir mesmo assim e, quando seus olhos voltaram aos meus, vi a mais extrema gelidez em suas profundezas azuis. Uma gelidez que eu já vira muitas vezes, nas ocasiões em que o magoara.

— E eu? Basta a gente recomeçar de onde parou? Antes de você me trocar... de novo... por ele?

Fechei os olhos, tentando fazer com que meu corpo tornasse a mergulhar num estado de inconsciência. Como sempre, meu corpo não me obedeceu.

— Kellan...

— Não posso mais fazer isso, Kiera.

Abri os olhos ao sentir a mágoa em sua voz. Seus olhos, fixos em mim, começavam a ficar úmidos.

— Eu ia deixar que você fosse embora aquela noite. Eu disse a você que te deixaria ir embora, se era isso que você queria, e quando você disse...

Ele fechou os olhos, suspirando.

— Depois disso, não consegui mais tomar coragem nem mesmo para mentir para Denny quando ele nos encontrou. — Abriu os olhos e ficou observando nossas mãos, seu polegar ainda afagando minha pele. — Eu sabia que ele me agrediria quando soubesse a verdade... mas não consegui lutar com ele. Eu já o tinha ferido tanto, que não tive coragem de feri-lo fisicamente também.

Meu desejo de abraçá-lo era tão intenso que chegava a doer mais do que minha cabeça.

— O que nós fizemos com ele... — Kellan meneou a cabeça, seus olhos ainda perdidos ao relembrar aquela noite. — Ele é o cara mais decente que eu já conheci, o mais perto que já tive de uma família de verdade, e nós o transformamos em meu... — Seus olhos se fecharam por um momento, a dor se estampando em suas feições. — Acho que uma parte de mim queria que ele me machucasse... — Sua voz baixa dizia muito sobre onde andara sua cabeça aquela noite, sua culpa e sua dor. Seus olhos voltaram aos meus. – Por sua causa, porque você sempre o escolhia. Você nunca me quis realmente, e você é tudo que eu já...

Engoliu em seco, olhando para outro lado.

– E aí... agora que *ele* te deixou, agora que a escolha não é sua, eu fico com você? – Olhou de novo para mim, a fúria reaparecendo em seus olhos. – Sou seu prêmio de consolação?

Fiquei olhando para ele com a boca escancarada. Prêmio de consolação? Nunca. Ele nunca ficara em segundo lugar, eu estava apenas com medo. Ah, meu Deus, eu estava apenas com medo...

Tentei abrir a boca para falar, para lhe dizer que tudo que eu fizera fora por medo. Que eu o rejeitara tantas vezes porque a intensidade do nosso amor era aterrorizante para mim, porque confiar nele era aterrorizante, porque abrir mão do amparo de Denny era aterrorizante. Mas meus lábios pesados não conseguiam formar as palavras, eu não sabia como dizer a ele que estava errada... que nunca devíamos ter nos despedido naquele estacionamento.

Ele assentiu, compreendendo meu silêncio.

– Foi o que pensei. – Suspirou, abaixando a cabeça de novo. – Kiera... Eu gostaria... – Levantou a cabeça e olhou para mim, a raiva dando lugar à tristeza em seu rosto. – Eu decidi ficar em Seattle. – Fechou os olhos, abanando a cabeça. – Você não acreditaria no esporro que Evan me deu por ter quase chegado a deixar a banda. – Abriu os olhos e observou meu rosto, seus olhos se demorando no ponto sensível perto de minha orelha. – Em nenhum momento pensei na minha banda durante esse rolo da gente. Eu magoei meus amigos quando eles descobriram que eu estava planejando ir embora da cidade. – Abanou a cabeça, triste, e suspirou, enquanto eu procurava algum argumento persuasivo.

Por fim, ele suspirou baixinho e sussurrou *Me perdoe*. Debruçou-se sobre mim, e nossos lábios se roçaram. Suspirando, ele beijou meu rosto várias vezes numa trilha que ia da face até a orelha. O monitor traiu a reação do meu corpo à sua proximidade, ao seu cheiro, ao seu toque, e ele suspirou, beijando o ponto dolorido abaixo da minha orelha. Afastando-se um pouco, encostou a cabeça na minha.

– Me perdoe, Kiera. Eu te amo... mas não posso fazer isso. Preciso que você se mude da minha casa.

Antes que eu pudesse reagir a essas palavras, antes que pudesse chorar e dizer que não, que queria ficar e tentar resolver a situação, ele se levantou e saiu do quarto sem sequer olhar para trás.

Pela segunda vez aquele dia, minha mágoa foi enorme, e chorei tanto que acabei pegando no sono.

Quando acordei mais tarde, já escurecera lá fora, e meu pequeno quarto estava imerso na penumbra verde e suave criada pela iluminação fraca. Uma pintura na parede retratava um bando de gansos voando em V, talvez para passar o inverno no sul, e um painel ao lado me permitiu saber que o nome da enfermeira da noite era Cindy. Tentei me espreguiçar, e meu alívio foi enorme ao sentir os músculos bem descansados e apenas uma dor fraca na cabeça. Terminei de beber o copo com a água já morna que estava na mesa de cabeceira e tentei me levantar. Eu estava toda rígida e dolorida por ficar na mesma posição durante tanto tempo, mas por fim venci e, ignorando o protesto em meu cérebro, levantei, desconectei o aparelho que monitorava meus batimentos cardíacos e me dirigi ao banheiro, arrastando comigo o saco de soro preso ao suporte portátil.

Já no banheiro, eu me arrependi de ter vindo. Estava horrorosa. Meu cabelo ondulado era um ninho de nós e caracóis, e o lado direito da minha cabeça, da sobrancelha à maçã do rosto, tinha um tom horrendo de preto azulado. Meus olhos estavam injetados como se eu tivesse passado dias chorando, e meu rosto exibia um ar permanente de desolação.

Eu tinha feito isso. Tinha conseguido a proeza de afastar dois homens maravilhosos. Na ânsia de não magoar nenhum deles, tinha acabado por magoar os dois. Tinha levado Denny a fazer uma coisa tão contrária à sua natureza que eu mal conseguia pensar nisso. A expressão no seu rosto ao dar aquela surra em Kellan... Eu nunca teria imaginado que aquele lado seu estava lá, vivo mas enterrado fundo, esperando para eclodir um dia. Acho que todos temos nossos pontos fracos, nossos gatilhos que, se puxados, fazem até a pessoa mais calma perder a cabeça.

E Kellan, sempre passional... se eu não o tivesse tornado tão submisso, ele teria reagido de modo muito diferente ao rompante de Denny. Talvez tivesse lutado com ele. Talvez com um resultado ainda pior. Mas tudo se resumia a mim... a mim e à minha indecisão, a mim e às minhas mil e uma escolhas erradas.

Usei o banheiro tão rápido quanto uma pessoa dolorida podia e me arrastei de volta para a cama. Me enroscando em posição fetal, fiquei pensando no que iria fazer agora. Nenhuma ideia me ocorreu. Meus olhos foram lentamente se fechando da dor e da exaustão, e eu tornei a pegar no sono.

Acordei brevemente de madrugada quando a enfermeira – presumi que fosse Cindy, mas estava dopada demais para perguntar – checou meus sinais vitais e me reconectou à irritante máquina do bipe. Não despertei totalmente até a manhã seguinte, quando a extrovertida e bem-humorada Susie voltou.

– Aí está ela, benzinho. Ah, e ela está acordada. Ótimo! – Aproximou-se para checar meus sinais vitais e me entregou alguns comprimidos para a dor, que hoje tinha melhorado um pouco. No entanto, mal notei a enfermeira gorducha e animada, já que meus olhos estavam fixos na visão da bela mulher ao seu lado.

– Oi, mana – sussurrou Anna, sentando ao pé da cama. Seus cabelos compridos tinham readquirido seu tradicional tom quase preto, abundante e reluzente, que ela prendera num gracioso rabo de cavalo alto. O suéter azul-rei que usava era apertado o bastante para revelar todas as suas curvas maravilhosas. Pela primeira vez, não me importei em parecer feia ao seu lado; só me importei que alguém que eu amava estava ali comigo.

Meus olhos ficaram úmidos enquanto a enfermeira trabalhava. Tive a impressão de ouvi-la murmurar que "o almoço é daqui a uma hora e você deveria tentar comer alguma coisa hoje", antes de sair do quarto. Por um momento minha mente percebeu que já estava quase na hora do almoço e então voltou a se concentrar em Anna, que ainda olhava para mim com seus perfeitos, mas tristes, olhos verdes.

Quando eu estava prestes a perguntar a ela o que estava fazendo aqui, ela disse:

— Aqueles garotos pintaram o diabo com você, hein? — Estremeci, compreendendo que ela devia estar sabendo de tudo. Ela meneou a cabeça e, com um suspiro, se levantou e me deu um abraço. — Francamente, Kiera... onde é que você estava com a cabeça para se meter numa briga?

Contendo um soluço, murmurei:

— Eu não me meti... obviamente.

Ela ficou me abraçando por um momento e então subiu na cama, se aconchegando do meu lado que não estava ligado a nenhum aparelho. Apertou minha mão com força entre as suas, encostando a cabeça no meu ombro.

— Bem, estou aqui para pensar por você de agora em diante — murmurou ao meu ombro. Seu comentário me fez sorrir, e relaxei no calor do seu abraço.

— Eu te amo, mana, e estou tão feliz por você estar aqui... mas o que está fazendo aqui? — Esperei não parecer ingrata. Eu realmente estava eufórica por vê-la.

Ela se afastou e olhou para mim.

— Denny. Ele me ligou depois do... acidente. — Seus olhos se estreitaram, observando meu rosto. — Sorte a sua que fui eu que atendi, e não mamãe ou papai. A esta altura sua bunda quebrada já estaria num avião de volta para casa.

Estremeci de novo ante essa ideia. Não, seria melhor que meus pais nunca ficassem sabendo disso.

— Mas você não tem um emprego em Athens?

Ela arqueou uma sobrancelha:

— Está tentando se livrar de mim? — Eu já fazia que não com a cabeça e apertava seu braço para mantê-la perto de mim, quando ela riu baixinho. — Não... Estou entre um emprego e outro. Sinceramente, acho que mamãe vai gostar de ver o sofá livre de mim por um tempinho, e que lugar melhor para arranjar um emprego do que nos confins do Oeste com a minha irmã autodestrutiva?

Abriu um sorriso radiante para mim, enquanto minha cabeça lenta processava o que ela dizia.

— Espera aí... Você vai ficar em Seattle?

Ela deu de ombros, tornando a encostar a cabeça no meu ombro.

— Eu *pretendia* dar só um pulo aqui para ver se a sua bunda burra estava bem, mas aí fiquei sabendo que você precisava de um lugar para morar e achei que, de repente, eu podia arranjar um emprego por aqui e rachar um apê contigo. Pelo menos até você se formar. – Ergueu os olhos para mim com uma expressão a um só tempo fofíssima e brincalhona. – Você acha que o Hooters está contratando? Aposto que os caras lá dão umas gorjetas maravilhosas.

Revirei os olhos ao ouvir minha caprichosa irmã, e então os estreitei para ela:

— Como foi que você ficou sabendo que eu precisava de um lugar para morar? Kellan só me falou ontem...

Ela ficou com uma expressão vazia, parecendo uma rena hipnotizada pelos faróis de um carro... uma rena linda de morrer.

— Merda. Não era para eu falar nada. Droga, o cara vai ficar puto da vida. – Tornou a dar de ombros. – Ah, dane-se. – Recostou-se no travesseiro e eu me virei para vê-la melhor, curiosa com o que dizia. – Eu esbarrei em Kellan ontem na recepção. Ele me contou o que estava acontecendo. Que tinha pedido a você para ir embora. – Arqueou uma sobrancelha de novo. – Aliás, ele está parecendo um zumbi. Um zumbi gatíssimo, mas, ainda assim, um zumbi. Foi mesmo Denny quem fez aquilo com ele?

Balancei a cabeça, sem pensar muito a respeito.

— Kellan ainda está aqui... no hospital? – Eu tinha achado que ele me jogara para escanteio e fora para casa a fim de curtir uma garrafa de Jack Daniel's e, quem sabe, uma garota... ou duas.

Ela suspirou, afastando uma mecha de meus cabelos para trás da orelha, seus dedos parando no hematoma repulsivo que eu tinha consciência de cobrir uma parte do meu rosto.

— Ele está perdidamente apaixonado por você, Kiera. Não sai do hospital. Fica perambulando pela recepção, tomando café e esperando para saber se o seu estado mudou. – Retirou a mão e a colocou sob o rosto no travesseiro. – Algumas enfermeiras deste andar estavam até conversando com ele quando subi. Pelo visto, ele já enfeitiçou várias, e elas passam informações sobre você quando ele sobe até aqui de vez em quando. – Revirou os olhos. – As flechas de Cupido estão fazendo um estrago feio no posto de enfermagem.

Corei ao ouvir isso, virando o rosto e encarando o teto. Tentei imaginar em que parte do hospital ele poderia estar, sentir seu calor, apesar da nossa distância. Mas tudo que senti foi a dor difusa na minha cabeça e a dor ainda maior no meu coração.

— Ele não vai voltar aqui... vai?

Anna soltou um suspiro pesado, e eu me virei de novo para ela com os olhos brilhantes.

— Não — sussurrou. — Ele disse que é muito difícil. E que precisa de espaço. — Franziu o cenho numa expressão encantadora de incompreensão. — Ele disse que precisava de um minuto. — Deu de ombros, como se não entendesse.

Fechei os olhos. Eu entendia. Nosso código... Ele precisava de um tempo... longe de mim. O quanto eu o magoara dessa vez? O bastante para ele finalmente se afastar... mesmo que não totalmente. Embora eu estivesse amargando a solidão decorrente de chutar aqueles dois homens da minha vida, me alegrava saber que ele ainda se importava comigo o bastante para ficar por perto.

Abri os olhos ao ouvir a voz de minha irmã. Pela primeira vez, estava totalmente séria.

— Francamente, onde é que você estava com a cabeça, Kiera... para namorar dois caras? — Sua voz perdeu a seriedade por um segundo, seus lábios se curvando num sorriso maroto. — Será que o meu fiasco com John e Ty não te ensinou nada?

Sorri ao relembrar seu breve triângulo amoroso e então fiquei séria, ao relembrar o meu.

— Obviamente eu nunca planejei nada, Anna. Eu só...me senti... — soltei um suspiro pesado, sentindo as lágrimas brotando em meus olhos — ... desorientada.

Ela me abraçou, dando um beijo na minha cabeça.

— Você é tão idiota, Kiera. — Eu me afastei e olhei para ela, a irritação estampada no rosto, e ela me deu um sorriso divertido. — Não atire na mensageira! Você tem que se conscientizar da gravidade do estrago que causou. — Tocou em minha cabeça para enfatizar o que dizia.

Sentindo uma enorme humildade, tornei a fechar os olhos.

— Eu sei... Eu sou mesmo uma idiota.

Ela me abraçou, minhas lágrimas começando a escorrer pelo rosto.

— Bem, você ainda é minha irmãzinha, e eu ainda te amo. — Suspirou, e eu chorei no seu ombro. — Eu sempre te disse para ficar com os livros e esquecer as pessoas. O elemento humano não é mesmo a sua praia.

Falou a Rainha dos Corações Partidos, pensei, embora isso fosse um pouco injusto.

Quase como se tivesse ouvido meus pensamentos, ela se afastou para me olhar.

— Não estou dizendo que sou algum modelo de comportamento nem nada, mas pelo menos eu nunca prometo aos caras... coisa alguma. E você prometeu aos dois, não foi?

Assenti, levando as mãos ao rosto, um soluço de culpa e dor me assaltando o peito. Ela me abraçou, esfregando minhas costas.

— Está tudo bem... vai ficar tudo bem. Você é jovem, só isso. Jovem e inexperiente, e Kellan é sexy até dizer chega.

Eu me retesei um pouco e olhei para ela, negando com a cabeça. Ela interpretou para mim o que eu quisera dizer:

— Eu sei... foi mais do que isso. Eu notei o lado humano dele. Notei a melancolia, a dor que ele tenta esconder, a intensidade da sua música. Imagino que ele seja um cara bastante complexo. E que também seja bastante emotivo, e que foi muito, *muito* difícil resistir a ele.

Suspirei, relaxando o corpo de encontro ao dela, feliz por ela ter pelo menos compreendido que não tinha tido nada a ver com a beleza dele... não mesmo. Ela continuou esfregando minhas costas e tornou a sussurrar que tudo ficaria bem. Ficamos em silêncio por um bom tempo, até que ela finalmente suspirou, se afastando de mim.

— Você deve ter ficado com a maior raiva de mim quando vim te visitar. — Abanou a cabeça sobre o travesseiro. — Por eu me jogar em cima do Kellan daquele jeito...

Abri a boca e, ao relembrar aquela visita horrível, quando eu pensara o pior sobre ela e Kellan, tive que me esforçar mais uma vez para falar, quando nada saiu da primeira vez.

— Não — finalmente sussurrei. — Em nenhum momento fiquei com raiva de você. Fiquei com raiva dele. — Ela me deu um olhar de estranheza, e eu prossegui com minha explicação: — Ele me deu a entender que vocês tinham dormido juntos.

Seus olhos se arregalaram, e então pareceram um pouco exaltados.

— Ele o quê...? — Então seu tom de voz relaxou, e o rosto também. — Espera aí... foi por isso que você não quis falar comigo durante tanto tempo? Caraca, e eu aqui pensando que tinha te ofendido por apertar a bunda do Denny no aeroporto...

Caí na risada, me sentindo aliviada por ainda ser capaz de rir de certas coisas.

— Essa foi engraçada. — Suspirei, vendo seus olhos cor de esmeralda fixos em mim. — Não fique com raiva de Kellan. Ele estava magoado e zangado, e só queria me torturar. Você era a maneira mais fácil de fazer isso. Não fiquei sabendo que você tinha dormido com o Griffin até muito tempo depois. — Eu me afastei, estreitando os olhos para ela. — Griffin... Fala sério!

Ela mordeu o lábio, dando um gritinho.

— Ufa, até que enfim vou poder te contar aquela história. Você sabe que eu estava doida para fazer isso, não sabe? — Corei três tons de vermelho, enquanto ela começava a me contar tudo... e, santo Deus, eu quero dizer *tudo mesmo* que eles fizeram aquela noite. Meu estômago estava meio embrulhado no fim, mas consegui dar um sorrisinho amarelo. Ela suspirou, tornando a se aconchegar contra mim. Após um momento, disse:

— Você sabe que eu nunca teria tocado em Kellan se você tivesse me contado o que estava rolando... não sabe?

Suspirei, abraçando-a.

— Sei... E você entende que eu não podia contar nada?

Ela negou com a cabeça.

— Não... bem, talvez. — Deu um beijo na minha cabeça. — Eu te amo, Kiera.

Ficou abraçada comigo até meu almoço chegar, e então se endireitou e começou a tagarelar que queria arranjar um emprego e um apartamento para nós, algum cantinho aconchegante com vista para o estuário. Suspirei, começando a comer minha gelatina sem graça. Dentre um milhão de pessoas em Seattle, minha irmã seria aquela capaz de descolar tanto o emprego quanto o apartamento antes de anoitecer. Dando um beijo na minha cabeça, ela disse que voltaria quando tivesse boas notícias. Sinceramente, esperei vê-la de volta a qualquer momento.

Dormi mais um pouco depois do almoço, acordando quando a enfermeira veio me ver, e então voltei a dormir. Não tinha certeza se minha sonolência era um efeito colateral da medicação, uma consequência do acidente ou do fato inelutável de que eu não queria enfrentar minha vida naquele exato momento.

Mas, pelo visto, a vida não queria me deixar em paz. Denny voltou à noite, e deu um breve sorriso ao ver que eu parecia um pouco melhor – quer dizer, um pouco mais consciente, pelo menos.

– Oi. – Ele se debruçou como se fosse beijar meus lábios, mas então pareceu se lembrar da razão por que não devia fazer isso, e apenas beijou minha testa. Hábitos... podem ser tão difíceis de mudar.

Ele sentou numa poltrona perto da cama e não ao meu lado, dessa vez. Tive a sensação de que estava se distanciando, se preparando para a ruptura final que ambos sabíamos estar se aproximando. Seus olhos se detiveram no hematoma em meu rosto, enquanto ele falava de coisas não muito importantes – tinha dado o aviso-prévio ao patrão que detestava, seus pais estavam eufóricos por ele voltar para casa e tristes por eu não ir junto, e ele ia deixar seu carro comigo, já que não tinha condições de mandá-lo por navio.

Essa última informação me abalou, e ele olhou para meu rosto, que já adquiria uma expressão de choro.

– Eu sei que você vai cuidar bem dele, Kiera. – Seu sotaque soava carinhoso e calmo e, por um momento, apenas um momento, senti saudades suas, mesmo ele ainda estando sentado ali.

Eu queria falar das coisas importantes – do acidente, da culpa que sabia que ele sentia toda vez que olhava para mim, da culpa que eu sentia toda vez que olhava para ele, do amor que ainda sentia existir entre nós, mesmo que agora fosse um tipo diferente de amor, do caso com Kellan...

Mas não fiz isso. Estava cansada demais, fraca demais, e simplesmente não aguentaria ter mais uma conversa dolorosa enquanto ainda estivesse presa àquela droga de monitor, cujos bipes estavam pouco a pouco me levando à loucura. Em vez disso, nós nos restringimos aos assuntos menos importantes. Contei a ele que Anna tinha largado tudo para vir morar comigo e que, naquele exato momento, estava procurando por um emprego e um apartamento. Ele pareceu concordar comigo que ela encontraria alguma coisa em dois tempos.

Suas sobrancelhas se ergueram quando falei que iria morar com Anna, e percebi que teve vontade de perguntar sobre Kellan. O que quer que eles tivessem discutido, Kellan não devia ter dito nada a ele, ou talvez nem ele mesmo soubesse, àquela altura, que me pediria para ir embora. E que terminaria comigo. Mas Denny não perguntou. Talvez temesse minha resposta. Talvez fosse se sentir tentado a ficar se eu lhe contasse que Kellan e eu não tínhamos mais nada um com o outro. Por outro lado, talvez ele não se importasse tanto assim a ponto de perguntar.

Denny ficou comigo até Anna voltar à noite. Ela deu um abraço cerimonioso nele, o que, no começo, me confundiu. Anna costumava ser muito mais exuberante em seus afetos. Mas, quando ela lançou um olhar furtivo para mim, compreendi. Ele tinha me ferido, o que fizera com que caísse bastante no seu conceito. Eu devia conversar sobre esse assunto com ela, já que, tecnicamente, não tinha sido a mim que ele tentara ferir, nem podia ser culpado pela idiotice de meus atos. Como ela mesma dissera, a idiota era eu.

Virando-se para mim, ela não coube em si de contentamento ao me contar sobre nosso novo apartamento e seu novo emprego... no Hooters. Suspirei, escutando-a falar sobre o apê que conseguira alugar porque o velho não tirava os olhos dos seus peitos, e ela lhe prometeu um prato gratuito de asas de frango sempre que ele aparecesse no restaurante. Isso praticamente selou o acordo para o sujeito. Mais uma vez, o que minha irmã não conseguia que os homens fizessem por ela?

Denny se despediu de nós, beijando minha testa de novo antes de sair, seus olhos em nenhum momento se afastando do lado ferido de meu rosto. Quando já estava diante da porta e senti aquele velho aperto no coração, ouvi minha irmã dizer: *Espera aí*. E saiu do quarto com ele. Não sei sobre o que conversaram, mas passaram bem uns vinte minutos lá fora. Ao voltar, minha irmã apenas sorriu quando perguntei. Curiosa mas cansada, resolvi deixar para lá. Talvez eles tivessem acertado suas diferenças, e dali em diante ela fosse tratá-lo melhor. Ele não tinha qualquer culpa por meus ferimentos.

Minha irmã ainda continuou lá durante horas, e então, como parecesse inquieta, disse a ela que não me importava se quisesse ir... se socializar. Ela me deu um sorriso endiabrado e avisou que voltaria no dia seguinte, à tarde. Tive certeza de que uma visitinha a Griffin estava no seu futuro. Achei legal que ele agradasse a ela, fosse lá por que estranho motivo fosse, mas não podia mesmo entender aquela química. E agora eu tinha uma descrição horrivelmente detalhada para combinar com a imagem na minha cabeça.

Ela realmente voltou na tarde do dia seguinte, e me contou tudo sobre a noite infindável dos dois. Se eu fosse obrigada a reconhecer que Griffin tinha alguma qualidade, só poderia ser... sua energia. Depois de algum tempo, outros amigos vieram me visitar.

Matt e Evan apareceram, cada um deles me dando um breve abraço. Estavam com um ar meio constrangido, mas queriam me dar uma força com a sua presença. Evan era o que parecia se sentir mais culpado, como se achasse que devia ter estado lá, ou contado a Denny antes. Quando estava de saída, garanti a ele que não fizera nada de errado, apenas o que Kellan e eu tínhamos lhe pedido, e que não o considerávamos responsável por nada. Ele assentiu, um grande sorriso se abrindo em seu rosto alegre de urso de pelúcia, e me deu o abraço mais apertado que pôde, sussurrando que estava feliz por me ver bem.

Jenny e Kate chegaram juntas depois do seu turno, e os olhos de Jenny ficaram cheios de lágrimas quando viram meu rosto ainda ferido. Ela me deu um abraço apertado, repetindo várias vezes que se sentia feliz por eu estar bem, que todo mundo no trabalho se sentia feliz por eu estar bem, e que todos aguardavam ansiosos minha volta ao bar.

Ao me afastar de seu abraço, vi outra lágrima escorrer por seu rosto.

— Jenny... Não posso voltar para o Pete's.

Seus olhos azuis se arregalaram ante essa declaração.

— Mas... por que não, Kiera?

Foi a vez de meus olhos ficarem úmidos.

— Não posso... não posso ficar perto... dele.

Fez-se um enorme silêncio no quarto, tanto Kate quanto Jenny compreendendo o que eu quisera dizer. Elas se entreolharam, e eu me perguntei se Kellan ainda estaria no hospital e se as duas teriam esbarrado com ele na recepção, como acontecera com minha irmã. Pelo olhar de Kate e a expressão séria no rosto de Jenny, imaginei que sim.

A falta de qualquer outro argumento por parte de Jenny apenas confirmou minhas suspeitas.

— Para onde você vai?

Abanei a cabeça, as lágrimas finalmente me escorrendo pelo rosto.

— Não sei. Será que você conhece alguém que esteja precisando de uma garçonete medíocre?

Com um sorriso triste, ela me abraçou.

— Você é muito mais do que medíocre. Vou perguntar por aí. Não vai ser a mesma coisa sem você, Kiera... não vai mesmo.

Como eu me sentia indigna de seu elogio, só pude balançar a cabeça e retribuir seu abraço. Ela se afastou para me olhar e, secando suas lágrimas, disse:

— Bem, nós não vamos deixar de ser amigas só porque não vamos mais trabalhar juntas, certo?

Concordei, secando minhas lágrimas.

— Certíssimo.

Griffin apareceu pouco depois de Jenny e Kate saírem, o que me surpreendeu. É claro, ele devia ter ido mais para buscar Anna do que por qualquer outro motivo. Chegou até a me dar um abraço... e aproveitou para tirar uma casquinha, mas até que fiquei grata pelo sentimento, ainda que não pela forma da expressão. Com um tapa no seu traseiro, minha irmã lhe deu uma bronca brincalhona pela mão boba. Ele fingiu inocência, abraçando-a para um beijo na boca de embrulhar o estômago. Abraçados com ar moleque, os dois se despediram e saíram para, segundo as palavras de Griffin, "batizar o novo apartamento". Torci para que ficassem longe do quarto que tivessem escolhido para mim.

Depois que saíram, o médico veio me examinar e, dando-se por satisfeito com meu estado, ordenou às enfermeiras que desligassem a droga daquela máquina e retirassem meu soro. Enquanto comia meu jantar insípido, desejei estar me sentindo tão restabelecida quanto o médico tentara me convencer de que eu estava. Depois do jantar, assim que Susie veio dar mais uma olhada em mim e então me deixou sozinha, o silêncio do quarto começou a pesar sobre mim.

O ambiente estava muito bem iluminado, mas a escuridão da noite de inverno parecia se infiltrar pelas amplas janelas, quase como se as trevas roubassem meu calor e minha luz. Fiquei olhando para aquelas janelas deprimentes durante o que me pareceu horas a fio, vendo a escuridão se tornar cada vez mais forte e cerrada. Tiritando, apertei mais as cobertas ao meu redor. Sentia um frio e uma solidão enormes. O sentimento de culpa e o remorso me pressionavam, apertando o ponto dolorido em minha cabeça. Quando eu estava me perguntando como conseguiria sobreviver assim, um sotaque leve se dirigiu a mim da porta:

— Oi. Como vai?

Despreguei os olhos da janela, secando uma lágrima que, sem eu perceber, me escorrera pelo rosto. Olhei para Denny recostado à soleira da porta. Estava com os braços cruzados e o pé apoiado para trás, como se já me observasse por algum tempo. Ele esboçou um sorriso para mim, uma miniatura do sorriso bobo que sempre acendia meu coração. Hoje... Hoje, no entanto, só fez com que as lágrimas escorressem com mais força.

Na mesma hora ele fez menção de se aproximar, mas parou a meio caminho da cama, uma expressão hesitante no rosto. Olhou de novo para a porta e, em meio às lágrimas, vi uma figura indefinida se afastar da fresta. Não pude discernir o corpo por causa da vista embaçada, mas sabia quem era. Sabia que Kellan voltara ao hospital, mas estava se obrigando a ficar longe de mim. Como antes, tínhamos retornado à Lei Antitoque. Só que agora era pior, porque também havia a Lei Antivisão.

Um soluço me escapou, e isso pareceu consolidar a decisão de Denny. Ele atravessou a curta distância até minha cama e sentou ao meu lado, segurando minha mão entre as suas. Foi um gesto simples, muito mais amigável do que eu estava habituada a receber dele quando me aborrecia, mas entendi que seria tudo que ele se permitiria me dar. Apertei sua mão, aceitando qualquer conforto dele que pudesse.

— Não chora, Kiera... está tudo bem.

Funguei e fiz um esforço para me acalmar, odiando o fato de esse homem lindo ao meu lado estar confortando *a mim*... embora fosse ele que eu tivesse destroçado. Parecia injusto. Ele devia se enfurecer e gritar, me chamar de puta e sair a passos duros do quarto, para nunca mais tornar a pôr os olhos em mim. Mas... esse não seria Denny. Ele era compreensivo, humano e bondoso, quase que demais. E, pelo modo como seus olhos em nenhum momento se afastavam muito de meu ferimento, soube que sua presença se devia em grande parte ao fato de ele se sentir extremamente culpado por me ferir.

Engoli as lágrimas, enquanto olhávamos um para o outro em silêncio. O calor de sua mão na minha me acalmava, e por fim olhei para ele sem chorar. Ele voltou a sorrir quando minhas lágrimas secaram.

— Vi seu novo apartamento — contou em voz baixa. — Acho que você vai gostar. Sua irmã tem bom gosto.

Inclinei a cabeça para ele.

— Você viu? — Ele assentiu, e eu apertei mais sua mão. — Sobre o que você e Anna conversaram ontem?

Denny abaixou o rosto, fazendo que não com a cabeça.

— Ela está meio zangada comigo... — levantou o rosto — ... por eu ter machucado você. — Seus olhos pareceram atormentados por um momento, e se desviaram para o meu ferimento antes de ele continuar: — Ela me encheu de desaforos. — Arqueou a sobrancelha para mim. — Aquela é uma que sabe ser desbocada quando quer. — Sorri ao ouvir isso e ele retribuiu meu sorriso de um jeito espontâneo que fez seus olhos parecerem mais cheios de vida do que eu já vira nos últimos tempos. — Enfim, quando ela se deu por satisfeita, pediu que eu a ajudasse a fazer a mudança de vocês. Eu precisava fazer a minha também, de modo que... — deu de ombros — ... eu disse a ela que ajudaria. Arrumamos tudo em uma noite, e Anna ganhou alguns móveis do Griffin, da Kate, da Jenny... enfim, de todo mundo que tinha alguma coisa para dar. — Num gesto quase tímido, estendeu a mão para afastar uma mecha de meu cabelo para trás da orelha. — Está tudo pronto para você se mudar.

Tentei ver o lado bom da situação e me esforcei por sorrir, mas tudo que senti foi tristeza por estar sendo retirada de um lar que, até as coisas se complicarem, só me dera alegria. Denny pareceu compreender minha melancolia e acariciou meu rosto com delicadeza uma única vez, antes de tornar a pôr a mão no colo.

— E você? Onde vai ficar, enquanto estiver... aqui? — perguntei, minha voz um pouco trêmula ao fim.

— Eu tenho ficado na casa do Sam. Ele tem sido muito legal comigo. Já faz alguns dias que durmo no sofá dele. — Passou a mão pelo cabelo e me deu um sorriso com o canto da boca. — Não pude continuar morando com Kellan. Minha paciência com ele tem limites.

— Por que vocês dois...? — Deixei a pergunta no ar, não querendo atiçar sua raiva em relação a isso. Não que já não devesse estar sempre lá, bem perto da superfície.

Mas ele não deixou o assunto morrer:

— Por que nós o quê? Não matamos um o outro? Não gritamos, berramos, fazemos uma cena? Por que somos civilizados?

Dei de ombros, estremecendo. Ele olhou para mim por um momento e acreditei ver raiva em seus olhos, mas não tive certeza. Quando ele tornou a falar, sua voz estava controlada, mas o sotaque soou mais forte:

— Eu poderia ter matado Kellan aquela noite... não quero nem pensar naquele pesadelo. Mas... apesar do que cheguei a fazer, as coisas deveriam ser muito piores para mim do que são. E Kellan é a razão pela qual não são.

Inclinei a cabeça, sem entender absolutamente nada.

— Não estou...

Ele suspirou, sua expressão se abrandando.

— Sabe, eu não gostava muito da ideia de morar com ele. Por causa do jeito como as mulheres o achavam atraente. Mesmo nos tempos de escola, bastava ele olhar para uma garota, que ela... — Suspirou de novo, e senti meu rosto arder um pouco. — Nunca parei para pensar no quanto ele poderia ser tentador... para você. Simplesmente não achei que isso importaria, porque o que tínhamos era tão... — Fechou os olhos, e na mesma hora os meus se encheram de lágrimas. Naquele momento, eu me odiei completamente pelo que fizera com ele. Já ia estendendo a mão livre para tocar seu rosto mas parei, soltando-a de novo no colo quando ele abriu os olhos. Com toda a calma, ele me olhou fixamente. — Quando pensei no assunto... soube que nunca poderia competir com ele.

Pisquei os olhos ao ouvir isso, franzindo o cenho. Competir com Kellan? Ele nunca tivera que fazer isso. Eu sempre o quisera. Bem, talvez uma parte de mim não quisesse, não é? Ele notou meu olhar confuso.

— Quando comecei a juntar as peças — olhares que eu tinha visto, gestos que tinha ignorado, como você se tornara distante, como ficava desolada quando *ele* não estava por perto —, eu soube que te perderia, se é que já não tinha perdido. Soube que não teria a menor chance contra... — revirou os olhos e abanou a cabeça, olhando para os lençóis da minha cama — ... aquele que é possivelmente o homem mais atraente do Noroeste.

— Denny... Eu...

Ele me interrompeu:

— Fiquei com tanta raiva *dele* por isso. — Olhou para mim e de novo para as próprias mãos, que ainda seguravam uma das minhas. — Como se eu soubesse que você não conseguiria resistir ao charme de Kellan, de modo que tudo iria depender exclusivamente dele... e ele falhou. — Eu já ia abaixando os olhos quando os dele se levantaram, e nos encontramos no meio do caminho. — Acho que foi por isso que pedi a ele no aeroporto para ficar longe de você. Não achei que você fosse me trair, não mesmo... Eu confiava em você, mas só se ele se mantivesse à distância. — Deu de ombros. — Ele ganha todas as garota que paquera, e eu sabia que ganharia você, se realmente tentasse, e eu simplesmente não poderia competir com ele.

— Não foi assim, Denny. — Eu queria ter mais argumentos para objetar, mas não havia muito a dizer. Não podia exatamente contar a Denny que fora eu quem começara quase tudo que acontecera entre mim e Kellan. Que Kellan não merecia sua raiva, porque fora eu quem tomara a iniciativa em relação a ele... e ele já estava apaixonado. Quaisquer que fossem as minhas boas intenções iniciais quando Denny viajara, em algum momento *eu* saíra da linha, mesmo antes de traí-lo... literalmente.

E, o que era ainda pior, eu também me apaixonara. Nem eu mesma tinha certeza de quando me apaixonara por Kellan. Poderia ter sido durante aquele primeiro encontro embaraçoso no corredor, poderia ter sido da primeira vez que chorara em seus braços, poderia ter sido quando ele dissera que eu era linda, ou poderia ter sido da primeira vez que eu o ouvira cantar aquela música tão comovente que ainda me emocionava. Tudo que eu sabia com certeza era que eu tinha me apaixonado. E me apaixonado perdidamente, uma dor que só aumentou a que eu já sentia ao ver o sofrimento inescondível nos olhos de Denny.

— Quando vi vocês dois no estacionamento... vi de fato a paixão entre vocês... senti tanto ódio dele. Ódio pelo que ele tinha tirado de mim. Queria acabar com ele, por tratar você como se fosse uma das suas tietes. — Abanou a cabeça, me interrompendo quando tentei objetar: — Nunca me ocorreu que ele estivesse apaixonado. Nunca me ocorreu que você estivesse apaixonada. Nunca me ocorreu culpar você em absoluto. Eu tinha posto você em um pedestal...

Assenti, abaixando a cabeça, as lágrimas brotando em meus olhos, ameaçando se derramar. Eu não era digna de ser posta em um pedestal, e pelo olhar que vi nele ao dizer aquilo... achei que talvez ele agora concordasse. Em voz baixa, e me sentindo muito tola, confirmei que ele devia ter uma visão diferente de mim agora.

— E nós estávamos mesmo. Estávamos apaixonados... e jamais quisemos magoar você.

Ele suspirou, abaixando a cabeça.

— Eu sei. Acho que agora eu sei. — Roçou os dedos na lateral da minha mão, traçando um desenho inconsciente na pele enquanto pensava. Por fim, voltou a falar:

— A briga... foi como... — tornou a olhar para mim — ... foi como se eu estivesse fora de mim, assistindo a um filme horrível sem conseguir interrompê-lo. Nem me lembro direito de tudo que disse ou fiz. Foi como se eu tivesse saído do meu corpo por um momento.

Assenti, desviando os olhos, me odiando por tê-lo levado àquele ponto. Ao ouvir seu sotaque tenso, voltei a olhar para ele.

— Tudo que eu sentia era ódio. Tudo que eu via era sangue. — Seus olhos observavam os meus enquanto ele falava, vez por outra indo até o ferimento de que ele jamais se permitia esquecer. — Eu não conseguia controlar nada do que meu corpo fazia. Só queria machucá-lo. — Suspirou de novo, olhando para o teto. — Acho que posso ter enlouquecido.

Fechou os olhos, abanando a cabeça.

— Eu poderia ter perdido tudo... *tudo*. — Reabriu os olhos, e franzi o cenho ao ver o sofrimento em seu rosto. — Kellan é a razão pela qual não estou algemado por agressão neste exato momento.

Meu queixo despencou e minha testa se franziu com tanta força que a cabeça chegou a doer. Seus olhos escuros fitaram minha expressão confusa.

— Eu dei uma surra violenta nele, Kiera. Deixei você inconsciente. Eu poderia ter mat... ferido você gravemente, vocês dois. Pessoas vão para a cadeia por esse tipo de coisa. Mas eu não fui. Vou embora do país em breve, e a única razão por que posso fazer isso... é o fato de Kellan ter mentido para me proteger.

— Não estou entendendo.

Ele sorriu calmamente, e seu rosto relaxou.

— Eu sei. — Seus dedos começaram a afagar a pele da minha mão, e eu relaxei ao ver que sua raiva parecia estar passando. — Quando você se jogou no chão, assim que vimos que você ainda estava respirando, que ainda estava viva... — deu de ombros — ... ele me fez ir embora.

— Ir embora?

Denny assentiu, com um sorriso melancólico.

— Eu não queria. Eu queria socorrer você. Queria fazer alguma coisa, qualquer coisa. Ele gritou algumas... coisas desagradáveis comigo, e me disse que eu seria preso se não fosse embora. — Os olhos de Denny vagaram em direção às janelas escuras, parecendo se tornar tão sombrios quanto elas, como se ele absorvesse toda a escuridão em si mesmo. — Você parecia tão pálida... tão pequena... mal respirava. Ele te abraçou com tanta força, e eu desejei que fosse eu... — Suspirou, fechando os olhos. — Ele me convenceu de que eu precisava ir embora e chamar uma ambulância, e então, quando os paramédicos chegassem lá, diria que vocês dois tinham sido assaltados. Que os bandidos tinham dado uma surra nele e que, quando você foi socorrê-lo, eles te atacaram. — Denny suspirou, seus olhos voltando aos meus, que estavam arregalados. – Ele até me deu a carteira, para tornar a cena mais realista. – Abanou a cabeça, olhando de novo para as janelas. – Todo mundo acreditou. Eu apareci mais tarde no hospital, e ninguém me fez qualquer pergunta.

Olhou de novo para mim, seus olhos carregados de um sofrimento e uma culpa imensos.

– Foi como eu me safei... depois de ferir vocês dois... por causa dele. – Abaixou o rosto, e uma lágrima pingou no meu lençol. Num gesto automático, sequei seu rosto, e ele olhou de novo para mim. – Isso me faz sentir muito mal.

– Não... não se sinta assim. Ele estava certo. Você já foi bastante punido pelos nossos erros. Você não deveria perder tudo só porque nós te levamos a... a... – As lágrimas voltaram a encher meus olhos e não pude contê-las, nem a necessidade de abraçá-lo. Passei os braços ao seu redor e ele se retesou, mas finalmente relaxou e retribuiu meu abraço. – Lamento tanto, Denny.

Ele soltou um suspiro triste e ficou esfregando minhas costas.

– Eu sei, Kiera. – Me abraçou com força contra si, e senti que seu corpo começava a tremer. – Eu também lamento. Muito mesmo.

Ele deixou que eu o abraçasse por horas a fio, na verdade por quase toda a noite. Em algum momento entre nossos incansáveis pedidos de desculpas, adormecemos nos braços um do outro e, quando amanheceu, tive certeza de que, embora jamais fôssemos voltar a ser o que tínhamos sido um para o outro, de algum modo sempre estaríamos ligados. E isso me proporcionou um enorme conforto.

Capítulo 25
DESPEDIDAS

Na manhã seguinte, recebi alta. Minha irmã ficou tão eufórica que chegou a sapecar um beijo na bochecha do médico que lhe deu a notícia. Como estava usando o uniforme do Hooters – um shortinho laranja apertadíssimo e uma regata branca, opaca demais, com o logotipo do restaurante –, o médico ficou vermelho feito um pimentão e saiu correndo do quarto. Minha irmã caiu na risada e me ajudou a me vestir e desembaraçar o cabelo, que estava cheio de nós depois de tantos dias passados na cama.

Fiquei olhando para a porta enquanto esperava a permissão para ir embora. Não sabia ao certo quem eu desejava que viesse me buscar – Denny ou Kellan. Nunca mais tinha visto Kellan e, quando perguntava a minha irmã, ela apenas franzia um pouco o cenho e dizia que ele estava "por aí". Lembrei que ele não queria que ela me contasse que ele andava pelo hospital, e me perguntei se ele tinha ficado sabendo da inconfidência de Anna.

Eu o magoara tanto que ele não podia nem mesmo se obrigar a me ver, mas não a ponto de me deixar completamente sozinha. Eu não fazia ideia do que isso queria dizer. Ele dizia que ainda me amava, e eu certamente ainda o amava. Ainda hoje, mesmo depois do meu erro no estacionamento, depois da terrível descoberta de Denny e da briga que ainda me fazia acordar gritando às vezes, eu o amava... e sentia sua falta. Mas compreendia sua necessidade de se afastar de mim, de finalmente me esquecer.

Jenny chegou enquanto esperávamos e sentou na cama ao meu lado, de vez em quando esfregando meu braço ou afastando uma mecha de cabelos para trás da orelha, expondo meu hamatoma amarelado. Contou histórias do bar para mim e Anna, e as coisas loucas que alguns clientes tinham feito. Começou a contar uma história sobre Evan e Matt dando uma dura em Griffin, mas parou pouco depois de mencionar seus nomes. Não sei se foi por achar que eu não queria ouvir falar de homens, ou se porque Kellan também estava na história. Não tive coragem de perguntar.

Anna tomou as rédeas da conversa assim que ouviu o nome de Griffin sendo mencionado sem muito interesse, e, ao fim de sua história, até mesmo a doce Jenny, com sua tese de que "cada um faz o que gosta", ficou vermelha feito um pimentão. Anna estava achando graça disso quando Denny entrou no quarto.

Cumprimentou a todas nós com um aceno, e fiquei espantada por vê-lo durante o dia... vestindo roupas informais. Quando lhe perguntei se não deveria estar no trabalho, ele deu de ombros, dizendo que tinha tirado o dia de folga para me ajudar a fazer a mudança. Levantou as sobrancelhas ao ver minha expressão e disse, irônico:

— O que eles vão fazer, me despedir?

Sorri e agradeci a ele, e nós quatro ficamos batendo papo amigavelmente até eu receber alta.

Duas horas depois, eu estava apreciando a vista do Lago Union pela janela do apartamento de dois quartos que minha irmã conseguira encontrar e alugar em uma tarde. Tudo bem, reconheço que o apartamento era minúsculo. A cozinha tinha espaço para o fogão, a geladeira e a lava-louças; um pedaço de fórmica acima desta última constituía a bancada. Os dois quartos ficavam em extremos opostos de um curto corredor. Não pude deixar de sorrir ao ver que minha irmã tinha ficado com o armário embutido que ocupava toda uma parede, enquanto o meu era da metade do tamanho. Meu quarto tinha um futon e uma cômoda, e o dela um colchão numa cama box com mesa de cabeceira. O banheiro era do tipo que só tem um chuveiro, e já estava atulhado com os produtos de beleza de Anna. A sala de estar e a de jantar eram integradas, e uma mesa de jantar meio bamba indicava onde iríamos fazer nossas refeições. O resto do espaço estava ocupado por um sofá laranja de aparência decrépita e uma poltrona que eu já sabia, por experiência, que era a mais confortável do mundo. Senti um aperto no coração ao passar a mão por seu encosto. Era a poltrona de Kellan... e o único móvel decente que ele possuía.

Enquanto Denny me observava com curiosidade, passei os dedos pelo rosto, engolindo em seco várias vezes, e sentei no feio sofá laranja. Denny preparou uma refeição leve com alguns produtos que tinha comprado para mim, Anna saiu para trabalhar e Jenny sentou ao meu lado no sofá, sintonizando algumas novelas numa tevê minúscula enfiada num canto. Fiquei dando uma olhada na tevê com ela, comi metade do sanduíche que Denny preparara para mim e lancei vários olhares para a poltrona confortável... em que ninguém tinha sentado.

Na semana seguinte, enquanto eu convalescia e me adaptava ao novo lar e à exuberante presença de minha irmã, as coisas se organizaram numa nova rotina. Jenny vinha me visitar à tarde, às vezes com Kate, e tentava me tirar do apartamento para voltar a trabalhar no Pete's. Eu fazia que não para ambas as sugestões, continuando enterrada em meus cobertores quentinhos no feio sofá, que já começava a achar mais simpático.

Minha irmã saía para o trabalho, dizendo que estavam procurando outra garçonete, e uma dobradinha nos renderia um volume de gorjetas considerável. Eu corava só de pensar em usar aquele shortinho apertado. Então ela voltava para casa à noite, com um bolo de gorjetas indecente de tão gordo... e às vezes com as mãos de Griffin coladas àquele uniforme apertado. Nessas noites, eu desejava que nosso apartamento fosse um pouco maior, ou à prova de som.

E Denny aparecia toda noite depois de sair do trabalho. No começo eu me espantava com o fato de ele ainda se mostrar tão atencioso, depois de tudo que eu fizera. Mas também notei as emoções que ele não queria que eu visse – a tensão ao redor de seus olhos quando olhava para a poltrona de Kellan, a tristeza em suas feições quando olhava para meu corpo, e o sentimento de culpa que reprimia quando olhava para meu ferimento.

Sua voz também traía a naturalidade de suas ações. Ele endurecia sempre que falávamos na nossa história. Eu procurava não tocar no assunto com muita frequência. Ele fraquejava, tinha que engolir em seco e se recompor quando falávamos sobre *aquela* noite, sobre a briga; eu procurava tocar nesse assunto menos ainda. E ele se recusava terminantemente a falar sobre Kellan, dizendo apenas que raramente o via, mas que quando isso acontecia os dois eram "cordiais". Na verdade, a única vez que sua voz se animava e o entusiasmo deixava seu sotaque mais forte era quando ele falava de voltar para casa, de começar no novo emprego e rever sua família.

Eu estava igualmente feliz e assustada ante essa perspectiva que se aproximava a cada dia. Parecia se tornar cada vez mais iminente sempre que ele vinha me visitar. À medida que eu me restabelecia, ele ia ficando cada vez mais ansioso para partir. No final da semana, falávamos cada vez menos em "nós", e ele falava cada vez mais sobre seu trabalho. Não foi nenhuma surpresa para mim quando me contou que tinha antecipado seu voo em alguns dias. Não foi nenhuma surpresa, mas ainda assim me magoou profundamente.

Alguns dias depois, eu o levei até o aeroporto no seu Honda detonado, ansiando por aquela última despedida, por aquele desfecho. Atravessei com ele a multidão de viajantes de fim de ano, segurando sua mão. Para minha surpresa, ele me deixou fazer isso; geralmente, procurava reduzir nosso contato físico ao mínimo possível. Imaginei que talvez ele também estivesse degustando cada último minuto.

Quando finalmente chegamos ao seu portão, fiquei paralisada e boquiaberta de choque. Sentado numa cadeira e olhando para o próprio gesso coberto por escritos e desenhos, estava Kellan. Ele levantou a cabeça quando nos aproximamos, e meu coração disparou. Ele parecia melhor desde que eu o vira pela última vez no hospital; apenas uma mancha azulada na base do olho e dois arranhões rosados maculavam sua perfeição, ou talvez mesmo a ampliassem. Qualquer que fosse o caso... ele estava simplesmente lindo.

Ele se levantou, e Denny caminhou lentamente em sua direção. Num gesto reflexo, Denny apertou minha mão com mais força por um segundo, e depois a soltou. Tive que fazer um esforço para manter o passo lento de Denny até onde Kellan esperava, meus olhos em nenhum momento saindo do rosto dele.

Seus olhos azul-escuros, no entanto, estavam fixos apenas nos de Denny. Ele parecia estar evitando olhar para mim. Eu não sabia se fazia isso pensando em Denny... ou em si próprio.

Kellan estendeu a mão para Denny como um símbolo de amizade. Seus olhos estudaram o rosto de Denny, que ficou olhando para a mão oferecida. Com um pequeno suspiro, que aos meus ouvidos ecoou alto no recinto barulhento e cheio de gente, Denny segurou sua mão e a apertou com firmeza. Os cantos dos lábios de Kellan se curvaram um pouquinho, e ele deu um curto meneio de cabeça para o amigo.

— Denny... cara, eu estou... — Calou-se, as palavras lhe faltando, seus olhos indo para as mãos ainda unidas dos dois.

Denny soltou a mão de Kellan e pôs a sua no quadril.

— Hum-hum... Eu sei, Kellan. Isso não quer dizer que esteja tudo bem entre nós... mas eu sei. — Sua voz estava tensa, o sotaque forte, e lágrimas brotaram nos meus olhos quando vi os dois amigos, outrora íntimos, se esforçando por encontrar palavras para oferecer um ao outro.

— Se algum dia precisar de qualquer coisa... eu estou... estou aqui. — Os olhos de Kellan ficaram úmidos quando ele disse isso, mas continuaram fixos no rosto de Denny.

Denny assentiu, enrijecendo o queixo. Emoções diversas se estamparam em suas feições antes de ele finalmente suspirar e virar o rosto.

— Você já fez o bastante, Kellan.

Senti um doloroso aperto no coração ao pensar nas muitas maneiras como aquelas palavras podiam ser interpretadas. Com uma única frase, Denny resumira à perfeição tudo que acontecera entre eles — de bom e de mau. Isso a um só tempo me deprimiu e alegrou.

Senti uma lágrima me escorrer pelo rosto, mas estava prestando atenção demais em Kellan para fazer qualquer coisa a respeito. Eu tinha certeza de que ele iria fraquejar. Tinha certeza de que iria chorar e implorar o perdão de Denny, ficar de quatro se fosse preciso, mas então um tênue sorriso se esboçou em seus lábios e ele engoliu em seco, contendo as lágrimas que já começavam a encher seus olhos. Kellan pareceu decidir se concentrar no lado bom daquela frase e deixar o resto para trás.

Kellan deu um tapa afetuoso no ombro de Denny.

— Se cuida... companheiro — disse em tom afetuoso, sem tentar imitar seu sotaque; Kellan era uma das poucas pessoas que eu conhecera que jamais tentara falar como Denny. Em se tratando de Kellan, o fato de jamais ter tido a intenção de imitar Denny era um sinal de respeito.

Denny pareceu compreender isso e, embora não retribuísse o respeito de Kellan no mesmo nível, também deu um tapa afetuoso no seu ombro.

— Você também... companheiro.

Em seguida, Kellan lhe deu um abraço rápido e se afastou de nós. O ímpeto de agarrar sua camisa, de fazê-lo olhar para mim, de falar comigo, foi tão grande... mas eu não podia fazer uma cena com Kellan enquanto me despedia de Denny, não depois de tudo a que o tínhamos submetido.

Por esse motivo, fechei as mãos em punhos, a fim de controlar o forte desejo que me invadia e, em silêncio, fiquei vendo Kellan se distanciar. Assim que a multidão o engolfou, ele se virou e olhou para nós. Nossos olhos finalmente se encontraram, pela primeira vez em tanto tempo, que o brevíssimo momento de conexão fez com que uma dor real percorresse meu corpo. Vendo seu queixo cair e seu rosto se contorcer de dor, tive consciência de que ele sentia a mesma dor dilacerante que eu. Ele me queria... ele ainda me queria, mas eu o magoara demais.

Ele apertou o espaço entre os olhos ao dar as costas. A multidão na mesma hora obliterou qualquer vestígio dele. Fechei os olhos e, quando os reabri, Denny me observava, a expressão em seu rosto indicando que finalmente compreendera algo. Eu não sabia o que ele vira naquele único olhar sofrido, mas algo ele vira, sem a menor dúvida. Abanando a cabeça com uma expressão subitamente compreensiva, ele passou o braço pelo meu ombro e me puxou para si, quase como que num gesto de consolo.

Encostei a cabeça no seu ombro e, juntos, nos viramos para as janelas e vimos seu avião reluzindo ao sol.

— Vou sentir sua falta, Denny — sussurrei finalmente, quando consegui voltar a falar.

Seu braço me apertou com mais força.

— Também vou sentir sua falta, Kiera. Mesmo depois de tudo que aconteceu, ainda vou sentir sua falta. — Calou-se, e então sussurrou: — Você acha que...? — Levantei o rosto para ele, que virou a cabeça para me olhar. — Você acha que, se eu não tivesse chegado a aceitar o emprego em Tucson, você e Kellan nunca teriam...? — Olhou para o chão, franzindo a testa. — Fui eu que atirei você nos braços dele?

Fiz que não com a cabeça, e então a recostei em seu ombro.

— Não sei, Denny, mas acho que, de um jeito ou de outro, Kellan e eu teríamos... — Olhei para ele, me calando. Não podia terminar aquela frase, não diretamente para ele, não com seus olhos castanho-escuros fixos nos meus de um jeito tão doloroso.

— Eu sempre vou te amar — disse ele, com a voz embargada.

Assenti, engolindo em seco.

— E eu sempre vou te amar... sempre.

Ele esboçou um sorriso e afastou uma mecha de meu cabelo para trás da orelha, seus dedos começando a roçar meu rosto. Com um olhar que deixava transparecer um grande conflito interior, ele finalmente se inclinou e me deu um leve beijo nos lábios. Durou mais que um beijo amigável e menos que um beijo romântico. Algum ponto entre os dois, exatamente como nós.

Quando ele se afastou, beijou meu rosto ferido uma vez antes de eu voltar a encostar minha cabeça no seu ombro. Apertei sua mão livre, enquanto sua outra mão mantinha meu corpo próximo ao dele, e ficamos esperando. Esperando que anunciassem seu embarque. Esperando que nossa separação se tornasse permanente. Esperando que nossa profunda, mas rompida, conexão também fosse fisicamente cortada.

Finalmente isso aconteceu e, com um longo suspiro, ele se afastou de mim. Depois de pegar sua sacola onde a largara ao apertar a mão de Kellan, ele se despediu de mim beijando minha cabeça. Apertei sua mão, agarrando-me a ele até o último segundo possível. As pontas de nossos dedos foram as últimas partes de nossos corpos a deixarem de se tocar. Senti algo me abandonar quando o contato se interrompeu. Algo caloroso e seguro, algo que, em algum ponto da minha vida, fora tudo para mim. Ele não desviou os olhos dos meus, úmidos, até contornar uma parede, e eu soube que perdera para sempre aqueles doces olhos castanhos e adorável sorriso bobo.

Meu corpo entrou em pane. Senti que perdia a consciência. Senti minhas pernas pesarem como se fossem de chumbo e meus joelhos se dobrarem, minha visão sendo encoberta por uma névoa cinzenta. Minhas pernas bateram no chão com um baque que tive certeza de balançar os bancos à minha frente, e, quando eu já esperava que minha cabeça ainda sensível batesse com toda a força num deles, mãos quentes me ampararam.

Reconheci o aroma primeiro, o cheiro inconfundível e delicioso de couro e terra e homem que era Kellan Kyle. Não entendia como ele pudesse estar comigo, e ainda não o enxergava devido à visão embaçada, mas eu o sentia e sabia que eram seus braços que me envolviam.

Ele deitou minha cabeça nos seus joelhos com cuidado ao sentar no chão ao meu lado. Uma das mãos afagava minhas costas, enquanto a outra tateava meu rosto, verificando se eu estava bem.

— Kiera? — Sua voz ainda soava distante, embora eu soubesse que ele estava bem ao meu lado.

Minha visão começou a clarear, e sua calça jeans desbotada entrou em foco. Levantei a cabeça, sem forças, e tentei compreender o que estava acontecendo. Sua expressão se abrandou quando ele olhou para mim, a mão engessada alisando minhas costas, seus dedos percorrendo meu rosto com carinho. Na mesma hora compreendi que tinha desmaiado e que ele ficara me observando, sempre me observando, e me salvara de um sofrimento enorme. Então relembrei nossa distância, e minha dor e tristeza avassaladoras ao ver Denny partir. Sentei e me atirei nos seus braços, minhas pernas rodeando seus joelhos no chão, meus braços se cruzando ao redor do seu pescoço, jamais querendo soltá-lo. Ele se retesou e estremeceu como se eu o tivesse machucado, mas por fim passou os braços pelas minhas costas e me apertou com força contra o corpo, embalando a nós dois suavemente no chão e murmurando que tudo ficaria bem.

O ronco do motor do avião trouxe nossa atenção de volta ao sofrimento que ocupava nossas mentes, e nos viramos para ver pela janela o imenso avião começando a taxiar, afastando-se cada vez mais de nós. Ficamos observando-o em silêncio, lágrimas escorrendo pelo meu rosto e soluços escapando baixinho de meus lábios. Kellan continuou esfregando minhas costas e encostou a cabeça na minha, vez por outra levando os lábios aos meus cabelos. Eu me agarrava a ele com força e, quando o avião saiu de meu campo de visão, encostei a cabeça em seu ombro, soluçando amargamente.

Ele deixou que eu o abraçasse até minha dor diminuir, se é que não passou de todo. Quando eu estava soluçando e tentando respirar normalmente, ele me afastou de seu colo, num gesto delicado, mas firme. Tentei continuar onde estava, agarrando suas roupas de um jeito vergonhoso, mas ele se manteve irredutível e, por fim, conseguiu sair de baixo de mim e se pôr de pé.

Foi com uma expressão resoluta no rosto que ele se postou à minha frente. Tive de abaixar os olhos. Por um breve momento, achei que tínhamos nos reaproximado em nossa dor mútua, mas, pelo visto, eu me enganara... Seu rosto em nada sugeria que ele estivesse me acolhendo de volta à sua vida, e sim que estava prestes a dizer adeus de novo. E eu não queria ouvir isso.

Sua mão tocou o alto da minha cabeça com suavidade, enquanto eu mantinha os olhos fixos em meus joelhos, no chão. Insegura, arrisquei um olhar para o rosto de Kellan, tão perfeito, tão ferido. Ele esboçou um sorriso e seus olhos se alegraram um pouco, embora a tristeza em nenhum momento tenha saído deles.

— Você tem condições de dirigir? — perguntou em voz baixa.

A dor quase me derrubou ante a perspectiva de voltar dirigindo sozinha para ficar no meu apartamento, também sozinha. Quis dizer a ele que não, que precisava dele, que precisava ficar com ele e que precisávamos encontrar um jeito de voltarmos um para o outro, a partir do meu erro. Mas não pude. Apenas fiz que sim com a cabeça, me preparando para enfrentar a única coisa que sempre me aterrorizara... a solidão.

Ele assentiu e estendeu a mão para me ajudar a ficar de pé. Eu a segurei, apertando com força sua pele quente enquanto ele me puxava. Cambaleei um pouco e pus a mão no seu peito para me equilibrar. Senti uma bandagem sob os dedos, e ele estremeceu de dor. Minha mão estava pousada sobre seus peitorais, por isso não entendi como o machucara. Talvez seus ferimentos fossem piores do que eu imaginava. Ou talvez ele apenas não tivesse gostado que eu tocasse nele.

Ele retirou minha mão, mas continuou segurando-a. Ficamos de frente um para o outro, nossas mãos entrelaçadas, próximos, mas com uma distância quase intransponível entre nós.

Eu o escolhera, e então o deixara. Como ele poderia me perdoar algum dia?

— Lamento tanto, Kellan... Eu estava errada. — Não lhe ofereci qualquer outra explicação. Nem podia, pois minha garganta fechara totalmente e falar era impossível.

Seus olhos ficaram úmidos, e ele assentiu. Será que compreendera o que eu quisera dizer? Que eu errara por deixá-lo... não por amá-lo? Não pude explicar, nem ele perguntou. Inclinou a cabeça para mim e, num gesto instintivo, levantei o queixo. Nossos lábios se encontraram no meio — macios e apaixonados, separando-se antes de mergulharem a fundo na sensação de estarem juntos. Dúzias de beijinhos rápidos, famintos, curtos demais que fizeram meu coração disparar.

Finalmente, ele se obrigou a parar. Afastou-se antes que o impulso se tornasse incontrolável e cedêssemos à tensão sexual subjacente que sempre pulsava entre nós. Ele soltou minhas mãos, dando um relutante passo para trás.

— Também lamento, Kiera. A gente se vê... por aí.

Então ele se virou e me deixou, sem fôlego, minha cabeça girando de confusão e dor, e... sozinha. Suas últimas palavras ecoavam em meus ouvidos, e tive a certeza absoluta de que ele não as dissera a sério — a certeza de que eu vira Kellan Kyle pela última vez.

Não sei como, mas consegui chegar em casa. Não sei como, mas consegui não desmoronar enquanto dirigia e bater na traseira de alguém em meio à minha névoa de lágrimas. Não, eu guardei todo o meu pranto para a almofada em formato de coração que minha irmã afanara de algum lugar para mim. Ensopei a almofada, e então, felizmente, peguei no sono.

Ao acordar no dia seguinte, senti meu mundo um pouco mais leve. Talvez fosse porque minha cabeça estava melhor e o hematoma já mudava de cor, indicando que meu corpo dera início ao processo de cura. Ou talvez fosse porque a dolorosa separação definitiva acabara de acontecer, e eu não precisasse mais ficar ansiosa por sua causa. Estava acabado — nós tínhamos acabado — e, embora essas palavras fizessem meu coração doer, eu me sentia bem.

Tomar um banho de chuveiro e me vestir me proporcionaram um alívio ainda maior e, ao olhar para meu crânio traumatizado, eu me perguntei que rumo tomaria minha vida agora. Uma coisa era certa: eu precisava arranjar um emprego. E mais certo ainda era que precisava pôr meus estudos em dia. O feriadão do fim de ano chegara enquanto eu ainda estava me recuperando, mas, graças a alguns telefonemas de meu médico, meus e de Denny, consegui aulas extras das matérias em que estava atrasada. Eu estava confiando que, se me concentrasse totalmente nos estudos, ficaria em dia antes do próximo trimestre.

Usando de toda a minha a força de vontade, decidi que era isso que iria fazer. Podia ter perdido meu emprego, meu namorado e meu amante, mas, se me concentrasse bastante, talvez conseguisse segurar minha preciosa bolsa de estudos. E se conseguisse... talvez, apenas talvez, meu coração seguiria o mesmo processo lento e certeiro de cura que minha cabeça seguia.

Denny me ligou dois dias depois, quando Anna e eu já estávamos de saída para o aeroporto, a fim de ir passar o Natal em casa. Meus pais tinham trocado as passagens compradas para Denny e para mim por outras para nós duas. Eles lamentaram profundamente quando lhes contei que meu namoro com Denny não dera certo. E também passaram duas horas me perguntando quando eu iria voltar para a Universidade de Ohio.

Denny me contou tudo sobre seu novo emprego e os planos que tinha para a família. Pareceu sinceramente feliz, e seu alto astral levantou o meu. Naturalmente, sua voz falhou quando ele me desejou um feliz Natal, seguido imediatamente por um "eu te amo". Pareceu algo que ele deixou escapar sem pensar, e fez-se um silêncio entre nós enquanto eu pensava no que responder. Por fim, disse a ele que também o amava. E amava, mesmo. Sempre haveria uma certa medida de amor entre nós.

No dia seguinte, Anna e eu tomamos coragem e fomos passar o Natal em casa. Ela cobriu direitinho com maquiagem o leve tom amarelado de meu hematoma e jurou que não mencionaria o acidente para nossos pais, ou eles nunca me deixariam voltar para Seattle.

Antes de sair do quarto, vasculhei a cômoda pela centésima vez, procurando a correntinha que Kellan me dera. Todos os dias eu queria usá-la, usar um pedaço dele comigo, já que fazia tanto tempo que não o via, mas não conseguira encontrá-la desde a noite em que a recebera. Em parte eu temia que tivesse se perdido ou sido roubada durante a noite do desastre, e em parte temia que Kellan tivesse resolvido tomá-la de volta. Essa seria a pior possibilidade. Seria como se ele estivesse tomando seu próprio coração de volta.

Mais uma vez não consegui encontrá-la, e tive que sair da cidade sem minha representação simbólica dele... o que muito me doeu.

Estar em casa com minha família foi estranho. O ambiente era afetuoso e acolhedor, uma torrente de lembranças de infância veio à tona, mas eu não me sentia mais "em casa". Era como se tivesse ido à casa de um grande amigo, ou de uma tia. Um lugar confortável, familiar, mas, ainda assim, um pouco alheio. A atmosfera geral era a do ninho seguro de infância, mas eu não sentia a menor vontade de ficar lá e deixar que essa sensação me envolvesse. Queria voltar para casa... para a minha casa.

Passamos mais dois dias lá depois do Natal, e então, com Anna ainda mais afoita do que eu, nos despedimos de nossos pais, entre lágrimas, no aeroporto. Minha mãe estava aos prantos ao ver suas duas filhas partirem, e por um momento me senti culpada por meu coração estar ancorado tão longe deles. Disse a mim mesma que eu apenas me apaixonara perdidamente pela cidade... mas uma parte minúscula de minha cabeça, que eu teimava em ignorar, sabia que não era verdade. Um lugar era apenas um lugar. E não era a cidade que fazia meu coração palpitar e meu fôlego ficar ofegante. Não era a cidade que me fazia perder a cabeça e me deixava aos prantos na calada da noite.

Depois de passar o feriadão em rimo frenético, tentando pôr os estudos em dia, e vendo com tristeza minha irmã escapulir na véspera do Ano-Novo para ir assistir a um show especial dos D-Bags que deu um nó no meu coração, eu me concentrei na segunda prioridade a que precisava me dedicar – um emprego. O que acabei conseguindo logo no começo do ano foi um emprego de garçonete num restaurantezinho popular em Pioneer Square, onde Rachel, a roommate de Jenny, trabalhava. O lugar era famoso por servir café da manhã a noite inteira, o que atraía uma legião de universitários. Estava lotado de gente durante a minha primeira noite, mas Rachel me ensinou todos os macetes com a maior boa vontade.

Rachel era uma mistura interessante de sangue asiático e latino, com pele cor de café com leite, cabelos cor de chocolate e um sorriso que inspirava vários garotos de fraternidade a lhe dar altas gorjetas. Era tão meiga quanto Jenny, mas introvertida como eu. Não fez perguntas sobre meu ferimento e, embora devesse estar sabendo de todo o tórrido triângulo amoroso (afinal, era roommate de Jenny), não fez qualquer comentário sobre meus romances. Seu silêncio me tranquilizou.

Eu me adaptei com bastante facilidade ao novo emprego. Além dos ótimos gerentes e cozinheiros divertidos, as gorjetas eram boas, as outras garçonetes simpáticas, e os frequentadores pacientes. Não demorei muito a me sentir relativamente à vontade no meu novo lar.

Naturalmente, sentia uma saudade enorme do Pete's. Saudade do cheiro do bar. De Scott na cozinha, embora eu nunca tivesse passado muito tempo com ele. De bater papo e rir com Jenny e Kate. De dançar ao som das músicas da jukebox. Sentia saudade até mesmo de Rita, seu eterno cio e histórias infindáveis que me faziam corar até a raiz dos cabelos. Mas, é claro, do que eu mais sentia saudade no Pete's eram as apresentações dos D-Bags.

Eu via Griffin toda hora, quando ele aparecia lá em casa a fim de "se apresentar" para minha irmã. Aliás, eu o via muito mais do que jamais desejara. Na verdade, agora sabia que ele tinha um piercing num lugar onde eu jamais imaginaria que um cara pediria a alguém, por livre e espontânea vontade, para enfiar uma agulha. Cheguei a pensar em esfregar os olhos até ficar cega depois de um breve encontro com sua nudez no corredor uma noite.

De vez em quando Matt o acompanhava, e ficávamos batendo papo à meia voz. Eu perguntava como ia a banda, e ele começava a falar em instrumentos, equipamentos, canções, melodias e shows que tinham bombado e alguns lugares onde conseguira descolar apresentações, e mais isso e aquilo, sempre sobre o lado profissional da banda. Não era exatamente o que eu queria ouvir, mas assentia e ficava escutando com educação, vendo seus olhos claros brilharem enquanto ele falava do amor da sua vida. Depois de conversar com ele, fiquei feliz por Kellan não ter ido embora de Seattle. Matt ficaria arrasado se a pequena banda se desfizesse. Acreditava sinceramente que eles tinham uma boa chance de ficar famosos algum dia. Relembrando seus shows com um doloroso aperto no coração, concordei. Com Kellan à frente da banda... os D-Bags tinham tudo para chegar lá.

Às vezes Matt e minha irmã conversavam sobre Kellan, mas paravam quando eu entrava no aposento. Uma dessas conversas fez meu estômago se embrulhar de pavor. Eu tinha acabado de entreabrir a porta sem fazer barulho e ouvi os dois conversando na cozinha, quando a voz baixa de Matt terminava de dizer a ela:

— ... bem em cima do coração. Romântico, não?

— O que é romântico? — murmurei ao entrar na cozinha, achando que eles só podiam estar falando de Griffin, embora não pudesse imaginar o que ele tivesse feito de "romântico". Eu tinha pegado um copo e começado a enchê-lo de água, quando finalmente notei o súbito silêncio constrangido no aposento.

Interrompendo o gesto, vi minha irmã olhar para o chão, mordendo o lábio. Matt olhava para a sala, como se quisesse muito estar lá. Foi quando compreendi que eles não estavam falando de Griffin e sim de Kellan.

— O que é romântico? — repeti feito uma autômata, sentindo meu estômago dar voltas. Será que ele tinha arranjado uma namorada?

Anna e Matt se entreolharam por um segundo antes de responderem juntos: *Nada.* Coloquei o copo na pia e saí da cozinha. Qualquer que tivesse sido seu gesto romântico, eu não queria mesmo saber. Não queria pensar na pessoa com quem ele estava agora, na pessoa que estava "namorando". O que quer que ele tivesse feito de romântico para alguma mulher — alguma mulher que não era eu —, *jamais* queria ficar sabendo.

Para minha surpresa, esbarrei em Evan na faculdade. Além do trabalho, era o único lugar aonde eu ia. Passava cada momento livre lá, estudando e, para ser totalmente honesta, ocupando a cabeça para esquecer a dor que me roía o coração. Eu vinha saindo de um dos imponentes prédios de tijolos, perdida em dolorosos pensamentos que não devia estar tendo, quando quase dei um encontrão nele. Seus simpáticos olhos castanhos se arregalaram, parecendo felizes por me ver. Então ele me levantou do chão num senhor abraço de urso, me fazendo cair na risada até ele me soltar.

Pelo visto, Evan gostava de ficar observando as pessoas no campus. Adorava ficar flanando pela universidade, e até mesmo convencera Kellan a fazer a excursão dos calouros em sua companhia quase uma dúzia de vezes alguns anos antes. Com um sorrisinho, Evan confessou que tivera uma séria paixonite pela garota que guiava a excursão na época. Senti uma enorme surpresa ao compreender que era por isso que Kellan conhecia o campus tão bem. Ele certamente já tinha estado com garotas lá, mas a maior parte do seu conhecimento enciclopédico vinha do fato de Evan carregá-lo a tiracolo quando fazia a mesma excursão para a qual eu o rebocara.

Saber disso fez meus olhos se encherem de lágrimas, e o rosto alegre de Evan olhou para mim com um toque de preocupação.

— Você está bem, Kiera? — Tentei assentir, mas isso só fez com que mais lágrimas brotassem nos meus olhos. Evan suspirou, me abraçando outra vez. — Ele sente sua falta — sussurrou.

Assustada, eu me afastei ao ouvir isso. Evan deu de ombros.

— Ele age como se não sentisse... mas eu sei que sente. Aquele não é Kellan. Vive de mau humor, escreve muito, perde a paciência com as pessoas, bebe que é um horror e... — Parou de falar, inclinando a cabeça. — Tudo bem, talvez aquele ainda seja Kellan. — Abriu um sorriso, e consegui esboçar um sorrisinho. — Mas ele realmente sente sua falta. Você deveria ver só o que ele...

Tornou a se interromper, mordendo o lábio.

— Enfim, saiba que ele não arrumou uma namorada, nada desse tipo. — Uma lágrima escorreu por meu rosto enquanto eu me perguntava se isso seria verdade, ou se Evan estaria apenas tentando me fazer sentir melhor. Ele secou a lágrima, afetuoso.

— Desculpe, talvez eu não devesse ter dito nada.

Neguei com a cabeça, engolindo em seco.

— Não, tudo bem. Ninguém jamais fala sobre ele na minha frente, como se eu fosse um bibelô. É bom saber dele. Também sinto sua falta.

Ele inclinou a cabeça para mim, e na mesma hora seus olhos castanhos ficaram sérios.

— Ele me disse o quanto te amava. O quanto você significava para ele. — Outra lágrima ameaçou cair, e eu esfreguei a pálpebra para impedi-la. Evan corou, enquanto eu fungava. — Aquela noite em que eu... meio que... flagrei vocês. Eu não vi nada, nada, nada — apressou-se a acrescentar. Corei tanto quanto ele, que olhou para o chão por um momento. — Ele me contou sobre a infância dele uma vez... sobre a violência dos pais. — Fiquei olhando para ele, boquiaberta. Eu tinha a impressão de que Kellan não falava sobre isso com ninguém. Evan pareceu compreender minha expressão e sorriu, sério. — Imaginei que ele tinha contado a você. Comigo... ele estava muito bêbado. Acho que nem se lembra de ter me contado. Foi logo depois que eles morreram... quando ele viu a casa. — Arqueou uma sobrancelha para mim. — Você sabe que aquele não é o lar de infância dele, não sabe?

Franzi o cenho, negando com a cabeça. Não sabia disso. Evan assentiu, fungando.

— Pois é, nós tocamos em vários bares em Los Angeles, quando formamos a banda com o Matt e o Griffin. Estávamos indo muito bem, fazendo nome por lá. Então... bem, eu ainda me lembro do dia em que a tia dele ligou para avisar que os dois tinham morrido. Ele largou tudo e veio dirigindo para cá de madrugada. Nós o seguimos, é claro.

Evan olhou para o asfalto, abanando a cabeça.

— Não acho que ele tenha chegado a entender por que nós fizemos isso, por que nos mudamos para cá com ele. Não acho que ele tenha percebido que nós acreditávamos nele e que o amávamos, como uma família. E ainda não acho que perceba. Acho que foi por isso que ele pensou que podia deixar a cidade sem nos contar. — Tornou a abanar a cabeça. — Ele disse que achou que nós não nos importaríamos, que apenas o substituiríamos. — Fiquei morta de constrangimento ao pensar que Kellan ia desertá-los por minha causa. Fiquei um pouco surpresa que Kellan se achasse perfeitamente substituível. Essa palavra parecia tão absurda em referência a ele.

Depois de um momento de silêncio, Evan voltou a olhar para mim com uma sobrancelha arqueada.

— É claro que a visão dele da família é um pouco... distorcida. — Assenti, pensando no quanto a visão de Kellan do amor fora distorcida por quase toda a sua vida. Evan pigarreou e continuou: — Enfim, eles deixaram para ele tudo que tinham, até mesmo a casa. Ele pareceu ficar muito surpreso com isso, mas ficou ainda mais surpreso quando viu a casa... e então entendeu que eles tinham se mudado.

Evan olhou para o campus, seus olhos pensativos e tristes pelo amigo.

— Eles nunca se deram ao trabalho de dizer a ele que tinham vendido a casa em que ele cresceu. Que tinham se mudado para outra cidade. E então... ele descobriu que eles tinham jogado fora todas as suas coisas. E eu quero dizer tudo mesmo. Não tinha ficado nem sombra dele naquela casa, nem um retrato. Acho que foi por isso que ele jogou fora tudo que era deles.

Prendi a respiração ao compreender por que a casa de Kellan era tão árida quando nos mudamos para lá. Não era só por ele não se importar com decoração, embora eu tivesse certeza de que não se importava mesmo. Era principalmente porque tinha herdado um lar que lhe era completamente estranho, e então, por raiva ou ressentimento, ou talvez ambos, jogara fora tudo que pertencera a seus pais... tudo. Não deixara um único vestígio deles na sua vida, não deixara nem mesmo um único vestígio de *qualquer* vida na sua vida, até eu arrombar a dele com a minha. Seu sofrimento interminável fez com que meu coração palpitasse com força no peito, me enchendo de compaixão por ele.

Evan fungou de novo, voltando a olhar para mim. Outra lágrima escorreu por meu rosto. Eu estava aturdida demais com sua revelação para secá-la.

— Eles eram uns belos filhos da mãe, mas... mesmo assim a morte deles abalou muito o Kellan. Ele ficou transtornado e me contou o que eles costumavam fazer com ele. Algumas dessas histórias... – Evan fechou os olhos e abanou a cabeça, um leve calafrio percorrendo seu corpo.

Fechei os olhos também e pensei em todas as conversas que tivera com Kellan sobre sua infância. Ele nunca entrara em detalhes comigo sobre o que o pai costumava fazer com ele. Pela expressão no rosto de Evan, imaginei que devia ter entrado em detalhes hediondos, e que isso mexera muito com Evan. Fiquei tão aliviada por não saber desses detalhes quanto curiosa por conhecê-los.

Quando Evan reabriu os olhos, estavam brilhantes de compaixão pelo amigo.

– Ele não deve ter encontrado muito amor no ambiente em que cresceu. Acho que foi por isso que começou a transar com tudo quanto era mulher. Sei que isso parece estranho, mas... o jeito dele de paquerar as mulheres sempre pareceu meio diferente. – Franziu o cenho, sem saber analisando com exatidão o companheiro de banda. – Ele não é nenhum tarado feito o Griffin. Ele vivia quase... desesperado... para se ligar a alguém. Como se quisesse muito amar alguém... mas não soubesse como.

Deu de ombros, rindo.

– Parece estranho, eu sei. Não sou psicólogo, nem nada. Enfim, acho que foi isso que ele viu em você... e a razão por que arriscou. Acho que entendo o que você significou para ele. – Pôs a mão no meu ombro. – O que você *significa* para ele.

Levei a mão à boca, contendo uma exclamação. Tinha certeza de que Evan não sabia tudo sobre a criação de Kellan, mas compreendia muito mais do que Kellan devia se dar conta. Ele sorriu com ar triste ante a minha reação e tornou a dar de ombros.

– Não estou tentando magoar você, ou coisa que o valha. Acho que só queria que você soubesse que ele ainda pensa em você.

Com as lágrimas escorrendo pelo meu rosto, nós nos despedimos e ele se afastou, acenando. Não pude dizer a Evan que, embora eu soubesse que em algum momento significara algo para Kellan, e talvez ele realmente ainda pensasse em mim... eu também sabia, pelo comentário de Matt, que ele estava tentando engrenar com outras mulheres. Eu gostava de pensar que era difícil para ele, que estava tendo que se esforçar para fazer isso, mas Kellan tinha todo o direito de tentar refazer sua vida sem mim. Eu o tinha magoado tanto. Mas não podia mencionar isso para Evan. Sobre aquela parte da vida de Kellan, eu não queria falar... com ninguém.

E, embora sentisse saudades dos meus D-Bags, estava até feliz por não vê-los mais com a mesma frequência. Doía demais. E, é claro, o único que eu queria muito ver se mantinha totalmente escondido, longe de mim... e eu deixava que se escondesse, embora isso acabasse comigo.

Capítulo 26
AMOR E SOLIDÃO

Era março, e o finzinho de inverno ainda deixava o ar frio e seco, mas também havia um cheiro de renovação no ar. As cerejeiras da universidade estavam em plena floração, e o pátio coberto de flores rosa-choque levantava meu astral de chumbo cada vez que eu o atravessava.

Fora um inverno difícil para mim. Ficar sozinha não era algo de que eu gostasse, e tinha sido obrigada a enfrentar longas horas de solidão nos últimos tempos. Minha irmã adorava badalar, e logo tratou de formar um grupo de lindas garotas do Hooters para acompanhá-la nas baladas. Ouvi um papo de elas estarem na fila para aparecer no calendário "Garotas do Hooters" do próximo ano.

Jenny às vezes me convidava para sair, mas, como nossos horários eram diferentes, ficava difícil encontrar uma noite em que ambas estivéssemos de folga e eu não tivesse que fazer nada para a universidade. Até conseguíamos pegar um cineminha de vez em quando, ou tomar um café antes de seu turno começar, mas nem de longe com a frequência que eu teria desejado.

As aulas na universidade me mantinham ocupada, o trabalho me mantinha ocupada, e até mesmo ficar em contato com Denny me mantinha ocupada. Como nossos fusos horários eram muito distantes, isso deu à expressão "diferença de fuso telefônico" um novo significado. Mas meu coração não podia se manter tão ocupado a ponto de não sentir saudades de Kellan. Isso era simplesmente impossível.

Era como se eu tivesse sido forçada a entrar num programa de reabilitação de três meses com nossa separação autoimposta, mas meu vício adormecido ainda estava lá, correndo pelas minhas veias. Eu quase podia ouvir seu nome a cada batida de meu coração, e todos os dias me penitenciava pelo erro idiota. Como podia ter sido tão medrosa e boba a ponto de jogar fora um homem maravilhoso?

Uma noite, minha irmã sem querer fez com que essa dor aflorasse. Ela estava no banheiro, se arrumando para ir a uma boate com algumas amigas. Estava secando os cabelos sedosos, a cabeça curva, deixando que o secador desse às suas melenas já perfeitas um volume extra. Usava uma frente única que iria matá-la de frio com o tempo que fazia, mas não foi isso que chamou minha atenção, e sim o brilho no seu pescoço.

Parei na porta. Meu queixo caiu e meus olhos ficaram úmidos.

— Onde você arranjou isso? — Mal consegui formular as palavras.

Ela olhou para mim, confusa por um momento, e então notou meus olhos fixos na correntinha em volta do seu pescoço.

— Ah, isso? — Deu de ombros, a corrente subindo e descendo sobre sua pele rosada. — Estava jogada no meio das minhas coisas. Não sei de onde veio. Mas é bonita, não é?

Não consegui falar novamente, encarando incrédula a corrente e a guitarra de prata com que Kellan tão amorosamente se despedira. O grande diamante cintilava sob as luzes do banheiro, e minha visão embaçada ampliou seu brilho até um arco-íris relampejar em meus olhos.

Minha irmã pareceu notar que eu começava a entrar em crise.

— Ah, meu Deus... isso é seu, Kiera?

Pisquei os olhos e minha visão clareou quando as lágrimas escorreram por meu rosto. Fiquei vendo Anna se apressar a levar a mão à nuca para abri-la.

— Eu não sabia. Me desculpe. — Seus dedos praticamente a atiraram para mim quando ela a estendeu em minha direção.

— Tudo bem — murmurei. — Achei que tinha perdido. — Ou que Kellan a tivesse pegado de volta.

Ela assentiu e me deu um abraço apertado, colocando a correntinha no meu pescoço, já que eu ainda parecia relutante em tocar nela. Ao fechá-la, sussurrou:

— Foi Kellan que deu isso para você?

Quando ela se afastou, assenti, mais lágrimas escorrendo por meu rosto.

— Na noite... em que ele ia embora, a noite em que fomos apanhados. — Passei os dedos pela peça de prata, que pareceu tão férvida quanto gelada ao toque.

Minha irmã ficou observando meu rosto por um momento, e então passou a mão pelos meus cabelos.

— Por que não vai vê-lo, Kiera? Ele está sempre no Pete's, e ainda parece tão...

Abanei a cabeça e não deixei que ela concluísse:

— A única coisa que eu fiz foi magoá-lo. Ele queria isso... queria espaço. — Olhei para ela, soltando um suspiro desolado. — Estou tentando fazer o que é melhor para ele... pela primeira vez. De mais a mais, tenho certeza de que a esta altura ele já arrumou alguém.

Ela me deu um sorriso triste, afastando uma mecha de meu cabelo para trás da orelha.
— Você é uma idiota, Kiera — disse baixinho, mas num tom carinhoso.
Também sorri para ela, triste.
— Eu sei.
Ela meneou a cabeça, parecendo conter a emoção.
— Bem, então por que não sai comigo e as garotas? — Balançou os quadris, provocante. — Vem dançar comigo.
Suspirei, relembrando a última vez em que tinha saído para dançar com Anna.
— Não estou a fim. Vou ficar por aqui, quietinha no meu sofá.
Ela torceu os lábios, inclinando-se em direção ao espelho para se maquiar.
— Tá certo... que novidade — murmurou, sarcástica.
Revirei os olhos, saindo do banheiro.
— Divirta-se... e leve um casaco.
— Pode deixar, mamãe — gritou, brincalhona, enquanto eu seguia pelo corredor em direção à sala.

Estava chovendo, e fiquei vendo as gotas diagonais baterem na vidraça e escorrerem como lágrimas. A chuva sempre me fazia lembrar de Kellan — ele parado em meio à tempestade, deixando que encharcasse cada parte de seu corpo. Zangado, magoado, tentando se manter a distância para não descontar em mim. Perdidamente apaixonado, mesmo quando o deixei por outra pessoa. Eu não podia nem imaginar como ele devia ter se sentido.

Como eu podia vê-lo... depois de tudo que fizera com ele? Mas meu coração doía. Estava cansada de ficar sozinha. Cansada de tentar me manter ocupada para que ele não entrasse na minha cabeça — até porque entrava de qualquer maneira. E, principalmente, cansada de sua imagem enevoada na memória. Mais do que qualquer outra coisa, eu queria sua imagem nítida, límpida e perfeita na minha frente.

Sem pensar no que fazia, sentei na sua poltrona. Nunca me sentava ali. Era difícil me acomodar em algo que tinha lhe pertencido. Afundei nas almofadas e recostei a cabeça. Imaginei que era no seu peito que me recostava, e um tênue sorriso se esboçou em meus lábios. Toquei a correntinha perdida e reencontrada, fechando os olhos. Podia vê-lo com mais clareza desse jeito. Quase podia sentir seu cheiro.

Aproximei ainda mais o rosto do tecido e me assustei ao perceber que podia *de fato* sentir seu cheiro. Minha mão apertou a almofada perto da cabeça, aproximando-a de meu rosto. Não era o mesmo cheiro impactante, maravilhoso que impregnava sua pele, mas o cheiro mais suave que impregnava sua casa. Era o cheiro da sua casa e, para mim, aquele cheiro era mais envolvente do que a sensação de infância que eu experimentara na casa de meus pais.

Ele era meu lar... e eu sentia uma saudade terrível dele.

Anna saiu do banheiro quando eu ainda estava farejando a poltrona e, me sentindo uma perfeita idiota, pus as mãos no colo, voltando a contemplar a janela.

— Você está bem, Kiera? — perguntou ela em voz baixa.

— Vou ficar, Anna.

Ela mordeu o lábio pintado à perfeição, e tive a impressão de que queria falar sobre alguma coisa. Então, meneou a cabeça e perguntou:

— Você se importa se eu pegar o carro, já que vai ficar aqui?

— Não... manda ver. — Eu sempre a deixava usar o carro quando não precisava dele e, além de minhas idas para o trabalho e a faculdade, eu raramente precisava dele.

Ela suspirou e, vindo até mim, deu um beijo na minha cabeça.

— Nada de passar a noite inteira curtindo dor de cotovelo.

Dei um sorriso carinhoso para ela.

— Pode deixar, mamãe.

Ela riu, bem-humorada, e pegou as chaves na bancada da cozinha. Com um boa-noite apressado, saiu sem levar um casaco. Abanando a cabeça para ela, fiquei sentindo o tecido da poltrona sob meus dedos e me perguntando o que fazer.

Por um momento pensei em ligar para Denny. Brisbane ficava dezessete horas à frente de Seattle, portanto ele devia estar no meio da tarde de sábado. A essa hora era provável que atendesse, mas eu relutava em falar com ele. Não que tivesse quaisquer escrúpulos em lhe telefonar; nós sempre conversávamos, tendo entrado numa fase de "ex-namorados amigos". Não, o que me fazia hesitar era o fato de no mês anterior ele ter me dito que convidara uma garota para sair. No começo fiquei magoada, e então surpresa por ele mencionar um fato tão pessoal, mas por fim achei que devia me alegrar. Ele tinha mais é que namorar mesmo. Ser feliz. Era uma pessoa maravilhosa demais para não ter uma vida assim.

Seus telefonemas seguintes incluíram algumas informações sobre ela e, até a semana anterior, eles ainda estavam juntos e se dando bem. Eu sabia que isso era bom, e em parte me alegrei por ele, mas também me sentia muito sozinha aquela noite e não queria que o tom feliz de sua voz me lembrasse do quanto eu estava infeliz. De mais a mais, ele não deveria receber telefonemas da ex-namorada nos fins de semana, se estava saindo com outra pessoa. E provavelmente ele estava com ela naquele exato momento, brincando no mar ou pegando uma cor na areia. Por um momento me perguntei se estariam se beijando naquele exato instante. Então me perguntei se estariam dormindo juntos. Senti um aperto no estômago, e procurei não pensar no assunto. Não importava se estivessem — nós já tínhamos superado um ao outro nesse sentido. Claro que isso não significava que eu gostasse da ideia.

Acabei me enroscando na poltrona de Kellan com um cobertor quentinho e assistindo a um filme triste — um daqueles em que o herói morre e todo mundo fica arrasado, mas aguenta a dor para dar sentido ao sacrifício dele. Muito antes da cena em que ele morria, eu já estava aos prantos.

Meus olhos estavam vermelhos e ardendo e meu nariz pingando feito uma torneira quando, de repente, a porta de meu apartamento se abriu com um estrondo. Virei a cabeça para olhar, assustada, e então franzi o cenho, confusa, quando vi minha irmã parada lá.

– Anna... você está bem? – Ela avançou a passos largos na minha direção e, sem dar uma palavra, me puxou da poltrona. – Anna! O que você está...?

As palavras se interromperam quando ela me arrastou com força para o banheiro. Lavou meu rosto, passou batom em meus lábios e escovou meus cabelos, enquanto eu a bombardeava de perguntas e tentava impedi-la. Mas minha irmã não desistia fácil e, antes que eu pudesse sequer entender o que acontecia, ela já tinha terminado de me aprontar e me empurrava para a porta da rua.

Quando abriu a porta, compreendi que pretendia me levar secretamente a algum lugar. Murmurei que não, e me recostei no batente da porta. Ela suspirou e eu olhei para ela, irritada. Ela se inclinou para mim e disse num tom extremamente determinado:

– Você precisa ver uma coisa.

Isso me confundiu tanto que abaixei as mãos. Ela conseguiu me empurrar pela porta afora e me arrastou até o Honda de Denny, eu toda emburrada e fazendo beicinho. Não queria ir dançar com ela. Queria voltar para minha caverna de luto perpétuo e terminar de assistir ao meu filme triste. Pelo menos, o filme fazia minha vida parecer alegre em comparação.

Ela me fez entrar no carro e, impaciente, me mandou ficar quieta. Suspirei, afundando no assento familiar, quase desejando que o carro ainda se parecesse com Denny, e quase feliz por constatar que praticamente todos os vestígios dele já tinham desaparecido. Agora, o automóvel estava atulhado de tubos de gloss, caixas de sapatos vazias e até um uniforme extra do Hooters.

Cruzei os braços, ainda fazendo beicinho, enquanto minha irmã entrava e manobrava o carro para a rua. Ela não pegou nenhuma das ruas que nos levariam à Square, onde ficava a maioria das boates, e comecei a me perguntar aonde estaríamos indo. Quando entramos numa rua que me era tão familiar que meu peito chegou a doer, comecei a entrar em pânico. Agora sabia exatamente aonde ela estava me levando naquela noite de sexta.

– Não, Anna... Por favor. Não quero ir lá. Não posso vê-lo, nem ouvi-lo. – Agarrei seu braço, chegando a tentar obrigá-la a virar o volante, mas ela se desvencilhou de mim com facilidade.

– Calma lá, Kiera. Lembre-se... agora sou eu que penso por você, e tem uma coisa que você precisa testemunhar. Uma coisa que eu já devia ter te mostrado há algum tempo. Uma coisa que até eu mesma espero algum dia... – Sua voz se silenciou, enquanto ela olhava pela janela, com ar quase sonhador.

A expressão no seu rosto era tão estranha, que esqueci meus protestos. Mas eles voltaram a crescer no meu peito, quando entramos numa vaga no estacionamento do Pete's. Ela desligou o carro, e fiquei olhando para o Chevelle preto que conhecia tão bem. O coração me palpitava no peito.

— Estou com medo – sussurrei no silêncio do carro.

Ela apertou minha mão.

— Estou aqui com você, Kiera.

Olhei para seu lindo rosto, e sorri ao ver o amor estampado nele. Assenti e abri a porta do carro para sair. Ela já estava ao meu lado quase no mesmo instante e, apertando minha mão com força, me fez atravessar as convidativas portas duplas.

Eu não sabia o que esperar. Em parte achava que tudo teria mudado durante minha ausência, tipo, agora todas as paredes podiam estar pintadas de preto, e a iluminação, que dava um alto-astral ao bar, podia ter dado lugar a uma penumbra cinza, mortiça. Mas levei um susto ao entrar no recinto e ver que tudo era exatamente o mesmo... até as pessoas.

Rita ficou paralisada de espanto quando me notou, e então me deu uma piscadinha cúmplice e um sorriso travesso. Pelo visto, estava sabendo do caso e, como eu entrara para o seu clube "Transei com Kellan Kyle", agora tínhamos um vínculo. Kate acenou para mim do balcão, diante do qual esperava por uma bebida, seu rabo de cavalo perfeito balançando de felicidade. E Jenny quase na mesma hora estava na minha frente, me dando um abraço apertado, sorridente, e dizendo que era bom ver que eu voltara a sair... e estava lá. Olhou brevemente para o palco ao dizer isso, e fechei os olhos para não ver. Mas não pude deixar de ouvir. A voz dele varou minha alma.

Jenny se inclinou para o meu ouvido ao notar minha reação, elevando a voz acima da música:

— Vai ficar tudo bem, Kiera... tenha fé. – Abri os olhos, e a vi sorrindo carinhosa para mim. Senti que minha irmã me puxava pela mão, e Jenny, pelo visto compreendendo o que Anna fazia, segurou minha outra mão. As duas começaram a me conduzir por entre a multidão imensa que lotava o Pete's nos fins de semana, quando a banda tocava. Num gesto instintivo, puxei-as na direção oposta.

Elas insistiram, me arrastando adiante até o palco. Enquanto abríamos caminho pela multidão, eu mantinha os olhos fixos nos pés, não querendo olhar para ele ainda. Fazia tanto tempo... Mas fazia ainda mais tempo que eu não ouvia sua voz, que viajou dos meus ouvidos à espinha, percorrendo-a até as pontas dos dedos dos pés.

Prendi a respiração quando a canção seguinte começou, enquanto ainda avançávamos centímetro por centímetro pelo bar lotado. Uma música lenta, um clássico do gênero, pura emoção. Sua voz tinha um tom de dor que me dilacerou. Dei uma espiada discreta nas pessoas que passavam, vendo-as cantarem junto com ele, os rostos sérios. Elas já a conheciam, portanto não era nova. Ainda sem olhar para o palco, deixei que seu timbre afetasse cada célula do meu corpo. De repente, eu me dei conta de que ele estava cantando sobre aquela noite no estacionamento. Cantando sobre o quanto precisava de mim, e a vergonha que sentia por isso. Cantando sobre como tentara me deixar, e como isso o despedaçara. Cantando sobre as lágrimas derramadas, quando trocamos nosso último beijo... E então, a letra passou para como ele se sentia agora.

Foi quando levantei o rosto para ele.

Seus olhos estavam fechados. Ele ainda não tinha notado minha aproximação. Depois de meses sem vê-lo, sua perfeição era quase impossível de absorver toda de uma vez, como se eu fosse ficar cega se não o fizesse em partes. Só a calça jeans – aquela calça desbotada com ajuste perfeito, parecendo um pouco mais surrada que de costume. Só a camiseta básica que ele preferia usar – sem qualquer estampa, sem qualquer enfeite –, simples, preta, perfeitamente esculpida em seu corpo. Só os braços com aquela musculatura deliciosa, o esquerdo já completamente curado e sem o gesso, se afinando em mãos fortes que seguravam o microfone enquanto ele cantava. Só o cabelo revolto e sexy demais, um pouco mais comprido do que eu me lembrava, mas ainda o mesmo caos arrepiado, evocando mil intimidades passadas que ecoaram alto na minha cabeça e no meu corpo. Só aquele queixo de estrela do cinema, pela primeira vez exibindo uma barba por fazer, como se ele tivesse desistido de cuidar da aparência – só servia para realçar aquele forte ângulo reto e torná-lo ainda mais atraente, por mais incrível que isso possa parecer. Só os lábios carnudos, despojados de qualquer vestígio do sorriso sensual com que ele costumava cantar. Só a curva do seu nariz. Só as maçãs do rosto perfeitas. Só os cílios longos naquelas pálpebras fechadas, escondendo o deslumbrante azul por trás delas.

Primeiro, tive que assimilar cada uma das suas partes em separado; ele era perfeito demais para ser assimilado de uma só vez. Quando consegui terminar, finalmente notei o fato de que essa perfeição era imaculada. Os ferimentos em seu rosto tinham cicatrizado totalmente, não restando nenhum sinal dos traumatismos físicos que sofrera. Mas olhar para seu rosto como um todo estava me abalando de um modo inesperado. Minha respiração saía em haustos curtos, e eu sentia um doloroso aperto no coração, enquanto Jenny e Anna me puxavam em direção a ele, implacáveis.

Seus olhos ainda estavam fechados e seu corpo oscilava sutilmente ao ritmo da música, mas seu rosto parecia quase... desolado. A letra espelhava sua expressão, e ele cantava sobre como cada dia era uma luta, e jamais ver meu rosto lhe causava dor física. Cantava que meu rosto era luz, e se sentia inundado de escuridão sem ele. Lágrimas escorreram pelo meu rosto quando ouvi esse verso.

Jenny e Anna conseguiram me puxar até um ponto bem na frente dele. Algumas fãs hidrófobas não gostaram nada disso, mas minha irmã não era do tipo que foge da raia e, depois de algumas palavras inspiradas da sua parte, as garotas nos deixaram em paz. Eu mal notei o bate-boca, meu rosto levantado para a perfeição divina dele.

Com os olhos ainda fechados, ele cantava sobre estar ao meu lado, mesmo que eu não pudesse vê-lo ou ouvi-lo. Cantava sobre o medo de jamais voltar a me ver, jamais voltar a sentir o que nós tínhamos. Uma longa parte instrumental seguiu-se ao último verso e, com os olhos ainda fechados, ele balançava a cabeça para os lados, mordendo o lábio. Algumas garotas ao meu redor gritaram ao ver isso, mas ficou claro para mim que ele não estava tentando seduzir ninguém, e sim sofrendo. Imaginei se lembranças minhas, do tempo que tínhamos passado juntos, se acendiam diante de seus olhos, do mesmo jeito que se acendiam diante dos meus.

Tive vontade de lhe estender a mão, mas ele estava muito longe para ser tocado, e Jenny e Anna ainda me seguravam pelas mãos, talvez temendo que eu tentasse sair correndo. Mas eu não podia me mover. Não agora que ele enchia meus olhos, ouvidos e coração. Só podia continuar olhando para ele, extasiada.

Não cheguei sequer a notar os outros membros da banda, nem sei se me notaram. Também já não notava mais a multidão ao meu redor enquanto o encarava e, depois de mais um minuto, eu já mal notava os olhares penetrantes de Jenny e minha irmã. Por fim, já não podia nem mesmo sentir suas mãos, e nem me dei ao trabalho de imaginar se já teriam finalmente me soltado.

Quando a parte instrumental chegou ao fim, ele finalmente abriu os olhos de uma beleza inumana. Por acaso sua cabeça estava virada para mim, de modo que meu rosto foi a primeira coisa que ele viu ao abri-los. Mesmo de onde eu estava, pude sentir o choque que percorreu seu corpo. Seus olhos azul-escuros se arregalaram e vidraram na mesma hora. Seu queixo caiu, e seu corpo parou de se mover. Ele parecia estar totalmente abismado, como se tivesse acordado em um universo diferente. Seus olhos se fixaram nos meus, enquanto lágrimas me escorriam pelo rosto.

Ele continuou a cantar a música com o cenho franzido, como se tivesse certeza de que estava sonhando. O resto da banda ficou em silêncio durante essa parte, e sua voz soou com a maior clareza pelo bar e pela minha alma. Ele repetiu o verso que dizia que eu era sua luz, com uma expressão de reverência no rosto. Sua voz foi morrendo com a música, mas seu olhar de assombro em nenhum momento o abandonou.

Eu não sabia como reagir sem ser com lágrimas. Sequei algumas, notando que minhas mãos estavam mesmo livres. Agora podia entender o que Anna queria que eu visse. Aquela música era a coisa mais linda e pungente que eu já tinha ouvido, mais intensa e emotiva do que qualquer outra que eu já o ouvira cantar. Meu corpo inteiro formigava com o ímpeto de confortá-lo. Mas ainda estávamos apenas olhando um para o outro, ele no palco, eu no chão, à sua frente.

As fãs se remexeram, inquietas, querendo ação, e os D-Bags esperavam que Kellan desse o sinal para a próxima música. Mas ele não deu. Um silêncio incomum enchia o bar enquanto mantínhamos nosso olhar silencioso. Com o canto do olho, vi Matt se inclinar para Kellan, dando um tapinha leve no seu braço e sussurrando alguma coisa. Kellan não reagiu, apenas continuou olhando para mim com a boca ligeiramente aberta. Eu tinha certeza de que várias fãs já me encaravam, se perguntando quem eu era para ser alvo do seu fascínio, mas, pela primeira vez, não me importei. Toda a minha atenção estava voltada para ele.

Por fim, a voz de Evan irrompeu no sistema de som:

– Oi, gente. Vamos fazer um intervalo. Enquanto isso... O Griffin vai pagar uma rodada para todo mundo! – O bar explodiu em gritos de euforia, enquanto alguma coisa passava correndo por trás de Kellan até onde Evan sentava atrás da bateria. Gargalhadas irromperam ao meu redor, mas eu mal as ouvi.

A multidão começou a se dispersar, quando três D-Bags saltaram do palco e se misturaram a ela. Nem então Kellan se moveu. Seu cenho ainda estava franzido, os olhos fixos em mim. Comecei a ficar nervosa. Por que ele não pulava do palco e me tomava nos braços? Sua música dava a entender que ele sentia muitas saudades de mim... mas e seus atos?

Dei um passo em direção a ele, determinada a me aproximar, mesmo que tivesse que subir no palco para ficar ao seu lado. Ele olhou para a multidão que se dispersava, e vi várias emoções passarem por seu rosto. Foi quase como ler um livro: confusão, alegria, raiva, dor, euforia e confusão outra vez. Abaixando os olhos por um momento, ele fungou e então desceu do palco com cuidado, ficando à minha frente. A proibição de tocar nele fazia meu corpo formigar. Ele deu mais um passo em minha direção, e nossas mãos, adiante de nossos corpos, se roçaram de leve. Senti um incêndio se alastrar pelo meu corpo, e ele prendeu a respiração com força.

Parecendo dividido, ele ergueu a mão e, com delicadeza, secou uma lágrima do meu rosto com as costas do dedo. Fechei os olhos, um suspiro escapando de meu peito ao sentir o contato. Não podia nem mesmo me importar se estava com uma aparência horrível, os olhos cansados e vermelhos das noites passadas em claro, o cabelo todo desgrenhado, embora minha irmã tivesse tentado dar um jeito nele, e ainda vestindo minhas roupas de "fossa" – uma calça de moletom encardida e uma camiseta esburacada de manga comprida. Nada disso importava... porque ele estava me tocando, e isso me afetava tanto quanto sempre tinha afetado. Ele segurou meu rosto e se aproximou de mim, nossos corpos agora se encostando. Pus a mão no seu peito e suspirei de alívio ao sentir que seu coração palpitava com tanta força quanto o meu. Ele sentia o mesmo que eu.

Então, algumas das fãs ao nosso redor, parecendo não perceber que estávamos vivendo um momento íntimo, acharam que tinham todo direito de invadi-lo. Abri os olhos quando algumas garotas me empurraram. Kellan passou o braço pelos meus ombros para me amparar, e me conduziu a alguns metros do formigueiro humano. A maioria das garotas respeitou a retirada e o deixou em paz. No entanto, uma loura totalmente bêbada interpretou o gesto como uma entrada. Ela caminhou até ele com ar agressivo e segurou seu rosto como se fosse beijá-lo. Senti a maior raiva, mas, antes mesmo que pudesse reagir, ele se inclinou para trás, retirando as mãos dela do seu rosto e empurrando a afoita para longe de si.

Virei o rosto para ele, que olhou para mim. Nunca o tinha visto empurrar ninguém, muito menos com aquela grosseria. A garota não gostou nem um pouco. Com o canto do olho, notei que ela franzira os olhos em sua raiva de bêbada e afastara a mão para uma manobra que eu já conhecia muito bem. Minha mão automaticamente voou e segurou seu pulso, antes que a dela atingisse o rosto dele. Kellan se assustou e olhou para ela, parecendo finalmente compreender que por pouco não fora esbofeteado outra vez.

A mulher ficou de boca aberta, olhando para mim com uma expressão de espanto hilária. Achei que seria capaz de querer comprar uma briga, mas de repente seu rosto ficou escarlate e ela arrancou a mão da minha. Parecendo morta de vergonha pelo que estivera prestes a fazer, ela se afastou com o rabo entre as pernas, desaparecendo no meio da multidão.

Senti Kellan rindo baixinho ao meu lado, e olhei para seu sorrisinho e olhar carinhoso. Fazia tanto tempo que aquela expressão desaparecera da minha vida, que cheguei a sentir uma pontada de dor ao vê-la. Retribuí seu sorriso, e o olhar dele se tornou ainda mais carinhoso. Ele meneou a cabeça em direção a onde a garota desaparecera.

— Quer dizer então que ninguém tem o direito de virar a mão na minha lata além de você? — brincou.

— Essas putas que tentem! — respondi, corando até a raiz dos cabelos com o palavrão. Ele tornou a rir, abanando a cabeça de um jeito fofo demais. Com a voz novamente séria, pedi em voz baixa: — Será que dava para nós irmos a algum lugar sem tantas... admiradoras?

A seriedade também se estampou em seu rosto, e ele abaixou a mão discretamente até segurar a minha. Com jogo de cintura, me conduziu por entre as fãs que haviam restado em direção ao corredor. Fiquei uma pilha de nervos ao começar a imaginar se ele me arrastaria para a sala dos fundos. Aquele lugar me trazia lembranças demais. Era isolado demais, silencioso demais. Havia tanto calor entre nós. Tantas coisas poderiam acontecer naquela sala, e nós tínhamos tanto a conversar.

Talvez ele tenha sentido minha relutância, talvez tenha compreendido que precisávamos conversar, talvez nem tivesse pretendido me levar para lá — qualquer que fosse sua razão, ele parou no corredor, bem antes de chegar à porta, e eu me encostei à parede, entre aliviada e confusa.

Ele ficou na minha frente, as mãos caídas ao longo do corpo, os olhos me percorrendo da cabeça aos pés. Senti minha temperatura subir sob seu olhar intenso. Por fim, os olhos dele se detiveram no meu colar — o seu colar — e, com dedos trêmulos, ele estendeu a mão para tocá-lo. Um de seus dedos roçou minha pele enquanto tateava o metal frio, e eu fechei os olhos.

— Você o está usando... Não achei que usaria — murmurou.

Abri os olhos e suspirei quando seus olhos azul-escuros encontraram os meus. Fazia tanto tempo...

— É claro, Kellan. — Pus a mão no colar e fiquei pasma ao notar o quanto o contato com aquele objeto minúsculo me afetava. — É claro — repeti.

Tentei entrelaçar nossos dedos, mas ele retirou a mão, olhando para o corredor. Havia algumas pessoas reunidas ao fundo, entrando e saindo dos banheiros, mas estava relativamente tranquilo e silencioso. Ele abanou um pouco a cabeça, antes de seu olhar voltar ao meu.

— Por que você está aqui, Kiera?

Sua pergunta foi uma punhalada. Será que ele não queria realmente me ver de novo?

— Minha irmã — soltei sem pensar. Ele assentiu, como se isso preenchesse todas as lacunas para ele, e girou o corpo como se fosse embora. Segurei seu braço, puxando-o com força para mim. — Você... por você.

Minha voz estava um tanto apavorada quando disse isso, e seus olhos se estreitaram um pouco ao me observar.

— Por mim? Você escolheu Denny, Kiera. A situação se tornou insustentável... você o escolheu.

Neguei com a cabeça, puxando seu braço para mim, seu corpo dando um passo à frente também.

— Não... não escolhi. No fim, não escolhi.

Ele franziu o cenho.

— Eu ouvi o que você disse, Kiera. Eu estava lá, ouvi o que você disse com a maior clareza...

Eu o interrompi:

— Não... eu só estava com medo. — Puxei-o para mais perto, pousando a outra mão no seu peito. — Estava com medo, Kellan. Você é... você é tão... — Não sabia como explicar isso a ele, e procurava as palavras.

Ele se aproximou ainda mais de mim e, de repente, nossos quadris estavam se encostando.

— Sou o quê? — sussurrou.

Sua proximidade fez meu corpo se incendiar, e parei de tentar pensar no que dizer, apenas libertando o que quer que quisesse sair:

— Nunca senti uma paixão dessas, como sinto quando estou com você. Nunca senti esse fogo. — Minha mão esfregou seu peito, e então deslizou até seu rosto. Seus olhos me observavam intensamente, sua boca entreaberta, o fôlego curto. – Você tinha razão, eu estava com medo de me desapegar... mas com medo de me desapegar *dele* para ficar com você, não o contrário. Minha relação com ele era confortável e segura, e você... Fiquei com medo de que aquele fogo se apagasse... e você me trocasse por alguém melhor... e aí eu ficaria sem nada. Medo de estar jogando tudo fora por um romance tórrido que poderia acabar em dois tempos, e então eu ficaria sozinha. Um fogo de palha.

Sua cabeça se abaixou, seu corpo pressionando ainda mais o meu, nossos peitos também se encostando agora.

– É isso que você acha que nós tivemos? Um fogo de palha? Achou que eu ia jogar você fora se o fogo morresse? – Disse o "se" como se a mera ideia fosse ridícula.

Ele encostou a testa na minha, uma de suas pernas se encaixando entre minhas coxas. Senti a respiração acelerar e então quase parar quando ele disse as seguintes palavras:

– Você... é a única mulher que já amei... na vida. Você achou que eu seria capaz de jogar isso fora? Você realmente pensa que alguém no mundo se compara a você aos meus olhos?

– Agora eu entendo isso, mas naquela ocasião entrei em pânico. Estava com medo... – Meu queixo se levantou até nossas bocas entreabertas se roçarem.

Ele se afastou, dando um passo para atrás. Minha mão apertou seu braço para impedir que se fosse. Ele abaixou os olhos, e então tornou a me encarar, seus olhos traindo o conflito entre me querer e não me querer.

– Você acha que isso não me dá medo, Kiera? Acha que amar você em algum momento foi fácil para mim... ou mesmo, às vezes, agradável?

Abaixei os olhos ao ouvir essas palavras, engolindo em seco. Imaginei que me amar nem sempre fora um mar de rosas para ele, o que suas palavras seguintes confirmaram:

– Você tornou minha vida um inferno tantas vezes, que quase chego a me achar doido só por estar falando com você neste exato momento.

Uma lágrima pingou no meu rosto, e eu me virei para ir embora. Ele me segurou pelos ombros, me imprensando contra a parede. Levantei os olhos para ele, outra lágrima molhando meu rosto. Na mesma hora seu polegar a secou com ternura, e então as duas mãos seguraram meu rosto e me mantiveram olhando para ele.

– Eu sei que o que nós temos é intenso. Sei que é aterrorizante. Eu também sinto isso, pode crer. Mas é real, Kiera. – Sua mão viajou do seu peito ao meu, e de volta. – É real e profundo, e não teria apenas... se apagado. Já estou farto de encontros que não significam nada. Você é tudo que quero. Eu nunca teria abandonado você.

Ergui as mãos para segurar seu rosto, puxá-lo para mim, mas ele voltou a se afastar antes que eu pudesse alcançá-lo. Seus olhos se encheram de uma tristeza quase insuportável ao se fixarem em mim, agora a quase um palmo de distância.

— Mas eu ainda não posso ficar com você. Como posso confiar que... — seus olhos se fixaram no chão, sua voz se abaixando até mal me chegar aos ouvidos em meio ao vozerio no corredor —... que você não vai *me* deixar algum dia? Por mais que eu sinta sua falta, é esse pensamento que me mantém afastado.

Dei um passo em sua direção, minhas mãos buscando as suas.

— Kellan, me perd...

Ele ergueu os olhos para mim, me interrompendo:

— Você me trocou por ele, Kiera, mesmo que tenha sido apenas uma reação reflexa, porque a ideia de nós dois juntos aterrorizava você. — Franziu a testa numa expressão amargurada ao pronunciar essas palavras. — E você ia me trocar por ele de novo. Como posso saber que isso não vai acontecer de novo?

— Não vai... Eu jamais vou te deixar. Estou cansada de ficar longe de você. Cansada de negar o que temos. Cansada de ter medo. — Meu tom soou com uma calma surpreendente, e fiquei um tanto perplexa ao ver que meus nervos também estavam calmos. Eu queria mesmo dizer o que dissera, talvez mais do já que quisera lhe dizer qualquer coisa na vida.

Ele fez que não com a cabeça, triste.

— Mas eu não estou, Kiera. Ainda preciso daquele minuto...

Pousei a mão no seu estômago e ele olhou para ela, mas a deixou onde estava. Murmurei:

— Você ainda me ama? — Prendi a respiração enquanto esperava por sua resposta. Por sua expressão e pela música que cantara esperei que sim, mas precisava ouvi-lo reconhecendo isso.

Ele suspirou, olhando para meu rosto. Abanou a cabeça devagar.

— Você nunca acreditaria no quanto.

Eu me aproximei dele e deslizei a mão até o alto do seu peito. Ele fechou os olhos ao sentir o contato. Meus dedos foram indo até seu coração, e sua mão subiu até onde meus dedos estavam.

— Eu nunca te deixei... Mantive você comigo, aqui. — Achei que tinha dado um sentido simbólico à frase, até que me lembrei de Matt conversando com Anna na cozinha. Ele dissera: ...*bem em cima do coração*. Na hora eu tinha achado que Kellan fizera alguma coisa romântica para outra mulher, mas e se ele tivesse...

Aproximei os dedos da gola de sua camisa e a puxei. Ele suspirou baixinho, mas retirou a mão e não me impediu de esticar o tecido. Eu não sabia bem o que procurava, mas então vi as marcas negras em sua pele outrora intacta. Confusa, abaixei ainda mais a gola. Foi então que fiquei boquiaberta, em estado de choque. Ele tinha me dito uma vez que não podia pensar em nada que quisesse gravar para sempre na pele, mas lá estava eu, olhando para o meu próprio nome gravado numa linda caligrafia, bem em cima do seu coração. Ele literalmente me mantivera com ele. Senti meu coração se estilhaçar em mil pedaços ao passar o dedo pelas grandes letras floreadas.

— Kellan... — Minha voz ficou embargada, e tive de engolir em seco.

Ele pôs a mão sobre a minha e afastou meus dedos da sua pele, tornando a esconder a tatuagem. Entrelaçando nossos dedos, ele os levou de volta até seu peito, e então encostou a testa na minha.

— Enfim... amo, amo, eu ainda te amo. Nunca deixei de amar. Mas... Kiera...

— Você esteve com alguma outra pessoa? — sussurrei, sem ter certeza se queria ou não saber.

Ele se afastou um milímetro, e olhou para mim como se eu tivesse acabado de lhe perguntar algo que jamais passaria por sua cabeça.

— Não... eu não quis... e você? — sussurrou.

Mordi o lábio.

— Não. Eu... só quero você. Nós nascemos um para o outro, Kellan. Precisamos um do outro.

Nós dois avançamos ao mesmo tempo, até cada centímetro de nossos corpos se tocar, da cabeça aos pés. Sua outra mão desceu até o meu quadril, enquanto a minha enlaçava sua cintura. Sem pensar, ambos puxamos um ao outro para mais perto. Meus olhos não paravam de relancear seus lábios, e tive de me obrigar a levá-los de volta aos seus olhos. Ele também olhava para minha boca e, quando sua língua despontou sob o lábio de baixo, arrastando-se devagar por entre os dentes, meus olhos desceram depressa, e desisti de tentar não olhar.

— Kiera — começou ele de novo, sua cabeça se curvando para mim, a minha para ele. — Eu achei que poderia deixar você. Achei que a distância faria com que isso acabasse, e então tudo seria mais fácil, mas não fez. — Abanou a cabeça, e eu já começava a me perder no seu cheiro maravilhoso, intoxicante, que me envolvia. — Ficar longe de você está me matando. Eu me sinto perdido sem você.

— Eu também — murmurei.

Ele soltou um suspiro ofegante. Nossas bocas estavam a apenas centímetros uma da outra. Nossos dedos pousados sobre seu peito se desentrelaçaram, e eu passei os meus pelo seu ombro. Mais uma vez, os dele percorreram meu colar. Ele sussurrou:

— Pensei em você todos os dias. — Prendi a respiração com força, sentindo as pontas de seus dedos descerem pelo meu peito, sobre meu sutiã. — Sonhei com você todas as noites. — As pontas de seus dedos riscavam minhas costelas, enquanto meus dedos avançavam para seu pescoço a fim de girar entre eles as mechas da parte de trás de seus cabelos. Continuamos puxando um ao outro para mais perto enquanto ele falava, ainda atraídos um para o outro, de um modo quase inconsciente.

— Mas... não sei como deixar você entrar de novo na minha vida. — Sua mão em meu quadril subiu e a minha respondeu, descendo pelas suas costas, até a... Seus olhos, relanceando meu rosto, refletiam nervosismo, ansiedade, até mesmo medo. Ele parecia o oposto de como eu me sentia. Seus lábios se aproximaram ainda mais, até eu praticamente sentir o calor que emanava deles. Meu coração disparou e eu fechei os olhos quando ele sussurrou:

— Mas também não sei como manter você fora dela.

Nesse momento, alguém o empurrou por trás. Por uma fração de segundo, pensei ter ouvido a risada rouca de minha irmã, mas não pude me concentrar por tempo bastante para ter certeza. De repente, meus pensamentos racionais se obliteraram. Quem quer que o tivesse empurrado de encontro a mim tinha zerado a distância entre nós, e agora os lábios de Kellan estavam colados com firmeza aos meus. Ficamos imóveis por uns dez segundos, e então paramos de negar o que ambos queríamos e começamos a nos mover juntos — beijos leves, demorados, suaves que queimavam meus lábios e aceleravam minha respiração. Não ofereci qualquer resistência, me entregando completamente a ele. Eu era dele, mesmo...

— Meu Deus... — sussurrou sobre meus lábios —, como senti falta disso... — Pressionou meu corpo com mais força e eu gemi baixinho ao sentir seu... seu toque. — Não posso... — Sua mão voltou a subir por meu peito para segurar meu pescoço. — Eu não... — Nossas bocas se entreabriram e a língua dele avançou ligeiramente, roçando a minha bem de leve. — Eu quero... — Soltou um gemido que vinha do fundo do peito, e sem controle soltei um gemido como o seu. — Ah, meu Deus... Kiera...

Suas duas mãos deslizaram até meu rosto, secando com delicadeza minhas lágrimas que agora escorriam livremente, antes de me segurar com firmeza. Ele se afastou para olhar nos meus olhos. Com a respiração ofegante, retribuí seu olhar intenso. Seus olhos ardiam de um jeito que me deixava fraca.

— Você acaba comigo — rosnou, seus lábios cobrindo os meus com força.

Foi como se alguém tivesse ligado o nosso interruptor. Ele me imprensou contra a parede, seu corpo rijo contra o meu. Minhas mãos voaram para seus cabelos, enquanto as suas desciam pelo meu peito em direção aos quadris. Eu tinha certeza de que agora estávamos indo muito além de uma simples demonstração de afeto em público e, embora eu soubesse que ainda havia algumas pessoas paradas no corredor, minha irmã talvez entre elas, com as mãos, o corpo e a língua de Kellan em mim, eu não me importava o bastante para ficar constrangida.

Degustei seu calor, sua paixão, a aspereza de sua barba por fazer na minha pele sensível, e os gemidos ocasionais que ele soltava, tão insinuantes e atraentes. Puxei-o para mais perto de mim, desejando que estivéssemos a sós na sala dos fundos. Enquanto suas mãos alcançavam minhas costas, brincando com a parte abaixo da cintura pela qual ele parecia ser obcecado, de repente percebi que era isso que eu queria evitar quando ele tinha me trazido para os fundos do bar. Não que eu não quisesse ter contato físico com ele, cada parte de mim queria, só que... não era disso que precisávamos naquele momento.

Contato físico nunca fora um problema para nós. Desacelerar as coisas, sim, ter um relacionamento de verdade é que me deixara em pânico e levara a cometer aquele erro estúpido. Num gesto delicado mas firme, afastei seus ombros de mim. Com um olhar confuso, ardente, ele me soltou. A mágoa apareceu em seus olhos quase na mesma hora, e ele pareceu se conscientizar de algo. Eu tinha certeza de que não era o mesmo que eu sentira, por isso expliquei:

— Eu quero você. Eu escolho você. Vai ser diferente desta vez, tudo vai ser diferente. Quero que meu relacionamento com você dê certo.

Relaxando, ele olhou para meus lábios, meus olhos, meus lábios de novo.

— Como é que nós fazemos isso? É o que sempre fazemos... vamos e voltamos, vamos e voltamos. Você me quer, você o quer. Você me ama, você o ama. Você gosta de mim, você me odeia, você me quer, você não me quer, você me ama... você me deixa. Tantas coisas já deram errado antes...

Levei a mão ao seu rosto, e ele olhou para mim. Pude ver seus sentimentos — a confusão, a raiva duradoura, a rejeição e, por baixo de tudo, uma profunda insegurança. Ele se sentia muito conflituado o tempo todo. Duvidava de si mesmo. Duvidava de seu próprio valor... e tudo por minha causa, por causa de nosso relacionamento conturbado. Eu já estava cansada de provocar esse tipo de tumulto na sua vida. Estava cansada de "acabar com ele". Queria ser boa com ele. Queria lhe dar alegria. Queria que tivéssemos um futuro juntos. Mas, a despeito de sua promessa, se continuássemos nesse ritmo, o fogo iria realmente se extinguir.

— Kellan, eu sou ingênua e insegura. Você é... um artista temperamental. — Seus lábios se torceram quando ele ouviu isso e, com um leve sorriso, prossegui: — Nossa história é um caos de emoções emaranhadas, ciúmes e complicações, e nós dois atormentamos e magoamos um ao outro... e a outras pessoas. Nós dois cometemos erros... muitos erros. — Afastando-me, me recostei na parede, meu sorriso mais largo. — Então, que tal se formos mais devagar? Que tal se apenas... namorássemos... e víssemos no que dá?

Ele olhou para mim por um longo momento sem compreender, e então uma expressão endiabrada apareceu em seu rosto. Era uma expressão que estava longe de meus olhos havia tanto tempo, que fez meu coração doer da maneira mais deliciosa possível. Corei, a temperatura em meu corpo cinco vezes mais alta quando me lembrei do que Kellan tinha na conta de "namorar".

Abaixei os olhos, encabulada.

— Eu quis dizer... um namoro de verdade, Kellan. Daqueles à moda antiga.

Levantei os olhos ao ouvi-lo rindo baixinho. Seu sorriso deu lugar a outro mais tranquilo, e ele disse, carinhoso:

— Você realmente é a coisa mais adorável do mundo. Não faz nem uma ideia do quanto senti saudades disso.

Meu sorriso espelhou o dele, enquanto eu acariciava a barba por fazer que cobria seu rosto.

— E então... vai me namorar? — Dei um tom ligeiramente insinuante à pergunta, e ele arqueou uma sobrancelha ao notá-lo.

Seu sorriso se alargou, moleque.

— Eu adoraria... namorar você. — Sua expressão se tornou mais séria. — Vamos tentar... parar de magoar um ao outro. Dessa vez, iremos com calma. Bem devagar.

Só pude concordar em resposta.

De uma maneira que eu jamais imaginara ser possível, fomos mesmo de uma lentidão espantosa. Continuei morando com minha irmã no nosso apartamento. Anna não se cansava de contar às pessoas, eufórica, que tinha literalmente nos "empurrado" um para o outro. Kellan continuou morando sozinho na sua casa, sem arranjar outra roommate. Nosso primeiro encontro oficial foi numa noite de domingo, quando ambos estávamos de folga. Fomos jantar fora. Ele segurou minha mão quando se encontrou comigo diante da minha porta e, no fim da noite, deu um beijo no meu rosto quando me levou para casa. Foi uma noite tão casta que quase fiquei chocada. Mas, embora nosso contato físico fosse restrito, nossas outras emoções corriam soltas. Não parávamos de olhar um para o outro, com sorrisos bobos no rosto.

Depois, ele me levou para dançar outra vez. Minha irmã — que adorava dar tapas na cabeça de Kellan toda hora por ter inventado que os dois tinham dormido juntos, e eu sempre deixava, com um sorriso de orelha a orelha; Jenny; sua roommate, Rachel; e, é claro, os outros membros da banda, nos acompanharam... tipo um encontro de grupo.

Sorri ao ver o tímido Matt ficar vermelho feito um pimentão enquanto seus olhos claros observavam a beleza exótica da introvertida Rachel. Eles passaram a maior parte da noite juntos, se conhecendo melhor num canto discreto nos fundos da boate. O restante de nós continuou bem próximo na pista de dança lotada, dançando mais como um grupo grande. Kellan não fez nada de mais insinuante do que dançar uma música lenta com os braços em volta da minha cintura, seus dedos na curva abaixo das minhas costas. Sua contenção me fez sorrir e, com cuidado, deitei a cabeça no seu ombro, determinada a não ficar atrás.

Com um olhar preguiçoso e satisfeito, fiquei vendo Anna e Griffin se comportarem na pista de dança de um jeito obsceno demais para ser descrito, e logo tratei de voltar minha atenção para Evan e Jenny, que pareciam estar vivendo um momento especial. Cutuquei o ombro de Kellan, que, sorrindo, olhou para mim. Meneei a cabeça em direção aos dois que dançavam agarradinhos, as cabeças juntas, Jenny olhando para Evan com ar sonhador, Evan brincando com uma longa mecha dos cabelos dourados dela. Kellan voltou a olhar para mim e deu de ombros, um largo sorriso se abrindo em seu lindo rosto. Não pude mais prestar atenção em Jenny depois daquele momento, pois os olhos perfeitos dele me aprisionaram.

Ele não me beijou até nosso terceiro encontro, para assistir a uma comédia romântica, uma escolha contra a qual protestou com veemência. Mas, como se tratava de um rito de passagem na evolução de um namoro tradicional, eu o obriguei a ir. No entanto, vi lágrimas nos seus olhos no fim do filme. Ele me acompanhou até em casa depois, e perguntou, com toda a cortesia, se eu lhe dava minha permissão. Sorrindo diante de sua tentativa de ser um cavalheiro pudico, respondi que sim. Ele tentou me dar um beijo rápido, mas eu envolvi seu pescoço e o puxei para um beijo que nos deixou totalmente ofegantes. Ora, controlar meus impulsos com Kellan nunca fora meu forte e, como minha irmã já tinha observado com muita precisão, o poder de atração dele é f... bem, você me entende.

Ele ia se encontrar comigo na faculdade às vezes, e ficávamos de papo sobre minhas novas matérias. Infelizmente, agora eu tinha uma aula com Candy e, embora no começo isso tivesse me magoado e irritado, agora que Kellan e eu estávamos tentando ter um relacionamento autêntico, percebi que não dava a mínima para ela. Quer dizer, posso até ter curtido ver a cara de ciúme que ela fez quando dei um beijo nele diante da porta, mas isso era tudo que eu sentia por ela. Kellan a ignorou completamente.

Muitas vezes almoçávamos no nosso parque, quando os dias começaram a esquentar; Kelan não era o melhor cozinheiro do mundo e, para ser honesta, eu também não, mas ele preparava sanduíches para nós e os comíamos à sombra de alguma árvore larga, recostados no tronco, nossas pernas enroscadas, confortáveis, relaxados e desejando que sempre tivéssemos estado juntos daquele jeito.

A certa altura, avisei ao pessoal no emprego que iria embora, e reassumi meu antigo turno no Pete's. Emily, que fazia parte da equipe diurna, tinha ficado no meu lugar, e se mostrou muito interessada em voltar para o antigo horário. Deu a entender que não aguentava os idiotas bêbados e o movimento das noites de fim de semana, mas fiquei com a impressão de que tinha sido *um único* idiota bêbado que influenciara sua decisão – um idiota bêbado que, por sinal, ainda passava muitas de suas noites na casa da minha irmã, embora eles parecessem não ser lá muito rigorosos em relação a esse lance de "monogamia". Volta e meia Anna recebia outros hóspedes, enquanto Griffin não parava de narrar as histórias de suas conquistas sórdidas, histórias essas que eu me esforçava ao máximo para não ouvir. Mas, qualquer quer fosse o acordo de Anna e Griffin, pelo menos era consensual.

Já fazia bastante tempo que o bar não fervilhava de fofocas sobre o conturbado triângulo amoroso, embora eu ainda tivesse recebido alguns olhares curiosos nos primeiros dias depois que voltara. A maioria das pessoas pareceu acreditar que os ferimentos de Kellan e os meus tinham realmente sido causados por uma gangue de punks que nos assaltara, mas algumas pessoas me dirigiam olhares de especulação, e fiquei pensando se não teriam descoberto a verdade.

O caso, no entanto, não estava bem escondido em absoluto. Com Denny indo embora do país e eu saindo do bar, além do jeito explosivo e temperamental de Kellan durante minha ausência, ninguém precisava ser um gênio para somar dois e dois, de modo que a maioria dos frequentadores matou a charada em dois tempos. Os que ainda não tinham percebido o que andara rolando, descobriram na noite em que eu apareci no Pete's, e Kellan e eu... fizemos as pazes... no corredor. E, se isso já não fosse bastante claro – e acho que o único que àquela altura ainda não tinha se tocado era o Griffin –, me beijar toda vez que entrava com seu passo gingado no bar foi dar bandeira demais.

Assim que os olhares e cochichos pararam, a volta ao Pete's, e principalmente escutar a banda de novo, surtiu um efeito terapêutico sobre mim. Kellan sempre cantava aquela música comovente olhando para mim, e sempre me levava às lágrimas. Se palavras fossem carícias, então ele fazia amor comigo toda vez que cantava. Várias garotas na frente da multidão compacta iam ao delírio quando ele a cantava, provavelmente se imaginando como o objeto de sua afeição. De vez em quando, algumas ficavam assanhadas demais com ele depois do show, e eu sorria enquanto ele as afastava com toda a gentileza ou impedia que suas bocas atacassem seu corpo. Eu até sentia uma pontinha de ciúme, mas o coração dele era meu, disso eu não duvidava. E como poderia, depois que ele marcara a própria pele?

Ah, sim, a tatuagem... Toda hora eu olhava para ela. Quando nosso relacionamento chegou ao ponto de ele tirar a camisa, ficou nesse estágio por um tempo, e toda hora eu passava os dedos pelas letras, enquanto nos beijávamos no sofá. Disse a ele que poderia fazer uma com seu nome, mas ele insistiu que usar o colar, que eu nunca tirava, era o bastante, e que minha pele "virgem" era perfeita daquele jeito. Corei profundamente ao ouvir isso, mas não me cansava de ficar olhando para o que ele tinha feito durante nossa separação. Por causa do seu histórico, eu tinha presumido que ele encontrara conforto em uma legião de mulheres assanhadas, mas isso não acontecera. Ele encontrara conforto em mim, no meu nome sobre sua pele. Eu não podia ignorar a pungente beleza desse gesto.

Ele me disse que a tinha feito na noite da véspera do dia em que fôramos levar Denny ao aeroporto. Tinha decidido fazê-la no dia em que Denny e Anna tiraram todas as minhas coisas da sua casa, como uma maneira de me manter perto dele, porque sempre sentira a necessidade de ficar perto de mim. Eu nunca tinha imaginado que meu nome pudesse ser tão lindo, mas havia poucas coisas no mundo tão maravilhosas para mim quanto aquelas curvas de tinta preta no seu peito. Bem, talvez seu sorriso... ou seus cabelos... ou seu olhar apaixonado... ou seu coração...

Ele me confessou uma noite que ainda se mantinha em contato com Denny. Isso me balançou. Eu achara que eles tinham trocado suas últimas palavras no aeroporto. Ele me contou que, depois que Denny voltara para a Austrália, tinha ligado todos os dias para os pais do amigo. Por fim, sua persistência rendeu frutos, e ele conseguiu falar com Denny. No começo eles não encontraram muito o que dizer um ao outro, mas Kellan continuou tentando. É verdade que o relacionamento dos dois não avançou muito, até Kellan confessar que ele e eu já não estávamos mais juntos.

Denny nunca tinha me perguntado com todas as letras sobre Kellan, nem eu tomara a iniciativa de falar nele, não querendo tocar num assunto tão doloroso quando estávamos tentando ser amigáveis um com o outro. Ele tinha presumido que nós assumiríamos nosso romance no momento em que ele partisse, e ficou perplexo quando Kellan lhe contou que não fora o caso. E o mais chocante de tudo... foi o fato de chamar Kellan de idiota por me deixar escapar. Fiquei boquiaberta quando Kellan me deu essa informação.

Quando falei com Denny alguns dias depois, ele a confirmou. Disse que, depois de tudo que tinha acontecido, parecia um desperdício que não ficássemos juntos. Caí na risada e disse que ele tinha um coração de ouro. Ele concordou e riu comigo. Estava feliz. Tudo ia muito bem no seu emprego, e ele já era sério candidato a uma promoção. Seu relacionamento também estava progredindo, e "Abby" se tornava mais do que uma namoradinha casual para ele. Sofri ao ouvir isso por alguns momentos, mas depois fiquei imensamente feliz por Denny. Ele merecia.

Meu relacionamento também ia às mil maravilhas. Kellan podia *mesmo* se sair bem no papel do namorado ideal, e parecia adorar o fato de estarmos avançando naquela lentidão enlouquecedora. Na verdade, ele parecia fazer questão de me provocar a ponto de quase explodir, para então calmamente dizer que precisávamos ir mais devagar. Aquele garoto era sempre implicante. Mas, a maior parte do tempo, seu olhar era tranquilo e descontraído, e seu sorriso relaxado e espontâneo.

O que não queria dizer que tudo no nosso relacionamento fosse calmo e descomplicado. Não era mesmo. Em algumas ocasiões tínhamos... desentendimentos. Geralmente o pivô era alguma mulher com quem Kellan tinha dormido. Uma delas chegou mesmo a bater na porta dele, vestindo um mantô desabotoado que revelava sua exígua lingerie, o que me fez corar até a raiz dos cabelos. Eu tinha ido visitá-lo antes do meu turno começar, quando a pistoleira apareceu. Ele foi logo tratando de despachá-la, mas uma pontinha de mim não pôde deixar de se perguntar o que ele teria feito se eu não estivesse lá, e se mulheres seminuas aparecendo na sua porta eram um fato corriqueiro. Eu não duvidava do seu amor, mas sou apenas humana, uma pobre mortal que se sentia feia de doer ao lado do Adônis que era seu namorado, e a tal mulher era simplesmente linda... e extremamente bem-dotada.

E esse foi apenas um caso. Houve outros. Garotas com quem ele tinha transado o abordavam no bar, ou às vezes na faculdade, tentando ressuscitar o "relacionamento". Ele sempre dava um fora nelas, me garantindo que não significavam nada, e geralmente nem se lembrava de seus nomes, o que não fazia com que eu me sentisse nem um pouco melhor, pois as inseguranças estavam lá, em mim, e doíam. Nossas "conversas" geralmente traziam à tona as inseguranças dele também, quanto à hipótese de eu não ter esquecido Denny e no fundo desejar estar com ele. Kellan ainda se sentia como se fosse o segundo colocado. Eu tinha que viver dizendo a ele que não era.

Tentamos convencer um ao outro de que estávamos nisso juntos e sendo fiéis um ao outro, mas saber que a pessoa com quem você está já traiu o namorado antes é algo que dá margem a inseguranças adicionais. E cada um de nós tinha que lidar com a nossa história, com o conhecimento de que tínhamos sido íntimos com outras pessoas, enquanto estávamos apaixonados um pelo outro. As lembranças de termos ouvido e, no meu caso, uma das vezes, presenciado essas intimidades, eram difíceis de superar.

Kellan chegou mesmo a gritar comigo uma vez, por transar com Denny depois da longa tarde de paixão que passamos juntos. Ele confessou que tinha se sentido traído e o quanto isso lhe doera, o quanto tinha influenciado sua decisão de ir embora naquela noite fatídica. Ele escondia grande parte do seu sofrimento quando eu transava com Denny, e lhe fizera muito mal saber que isso acontecera logo depois do dia aparentemente perfeito que passamos juntos. Ele expressou sua mágoa com muita veemência. Mas então, quase na mesma hora, se arrependeu por gritar, escondendo o rosto nas mãos. Resistiu no começo, mas, por fim, deixou que eu o abraçasse, murmurando desculpas várias vezes no seu ouvido enquanto ele derramava algumas lágrimas.

Tínhamos aberto feridas fundas um no outro. Mas fazíamos questão de nunca deixar que qualquer dos dois remoesse sua dor ou raiva em silêncio. Conversávamos abertamente sobre as coisas, mesmo que isso significasse ter uma discussão de duas horas no estacionamento do Pete's uma noite, depois que eu, às lágrimas, por descuido mencionei seu *ménage à trois*, o que ele rebateu argumentando que tinha me visto sair às pressas da boate com Denny, sabendo exatamente como nossa noite iria terminar, e em quem eu estava de fato pensando. Mas, por fim, conseguimos superar isso, e continuamos a superar.

Demorou um tempo, mas finalmente encontramos o equilíbrio entre amizade, amor e paixão. Kellan me abraçava sempre que entrava no Pete's e me dava um beijo na boca depois de cada show, o que tanto me constrangia quanto encantava. Ele ficava por perto sem me sufocar, e me dava espaço sem se distanciar.

Jenny não se cansava de repetir que nós éramos perfeitos um para o outro e que nunca tinha visto Kellan com ninguém do jeito como estava comigo. Fiquei nas nuvens ao ouvir isso, pois ela já o conhecia havia algum tempo, inclusive seu mau comportamento. Jenny ainda se surpreendia que ele fosse capaz de ser homem de uma mulher só. Sua paquera com Evan também progrediu, e fiquei um pouco surpresa quando, uma noite, flagrei os dois no maior amasso na sala dos fundos. Evan ficou tão vermelho quanto eu tinha ficado quando ele me flagrara. Jenny, no entanto, riu como Kellan tinha rido. Constrangida, mas com um largo sorriso ao testemunhar o relacionamento incipiente dos dois, me apressei a fechar a porta e fui correndo dar a Kellan o furo de reportagem. Ele abanou a cabeça e, rindo, disse que Matt ainda estava tendo um relacionamento discreto com Rachel. Parecia que os D-Bags estavam começando a tomar juízo.

Enquanto Kellan me dava um beijo carinhoso, minha irmã, que nos observava da mesa da banda, declarou que estava com inveja do nosso chamego e dirigiu a Griffin, que estava no mundo da lua, um olhar ostensivo que ele ignorou completamente. Não pude deixar de me perguntar se minha irmã acabaria domando *aquele* D-Bag... ou talvez eles domassem um ao outro. Mas, como na noite seguinte Griffin estava com as mãos no traseiro de outra garota e minha irmã levou para casa um modelo do Calvin Klein (juro), achei que talvez não.

Nem me importei. Tinha meu homem, e ele a mim. Demorou mais três meses, mas, finalmente, ele me teve *inteira*. Nossa primeira vez juntos, nos papéis de namorado e namorada, foi, por coincidência, no mesmo dia em que, um ano antes, eu vira Kellan cantando no Pete's pela primeira vez. Não poupamos tempo, saboreando cada momento, cada emoção.

Ele cantou minha música para mim enquanto tirava nossas roupas, sua voz baixa, rouca, cheia de emoção. Tive que conter as lágrimas o tempo todo. Quando chegou o ponto em que vinha a longa parte instrumental, e suas finezas com meu corpo se tornaram mais... intensas, o resto da música logo caiu no esquecimento, e ficou muito claro que seis meses de separação e privação não chegaram nem perto de apagar o nosso fogo. Na verdade, a espera tornara nossa intimidade ainda melhor, porque significava mais. Significava tudo.

Nosso reencontro foi intenso e profundamente emocional, como grande parte de nosso relacionamento. Ele murmurou coisas para mim enquanto fazíamos amor – como me achava linda, como tinha sentido minha falta, o quanto precisava de mim, o quanto tinha se sentido vazio, o quanto me amava. Eu não conseguia nem falar para lhe dizer que me sentia exatamente do mesmo jeito. Estava dominada pela emoção em sua voz. Então, ele disse algo que me dilacerou:

– Não vai embora... não quero ficar sozinho. – Estava com lágrimas nos olhos quando os abaixou para mim. – Não quero mais ficar sozinho. – Mesmo em meio à intensidade de tudo que sentia, pude captar as ondas de solidão emanando dele.

Segurei seu rosto, nossos movimentos em nenhum momento se interrompendo.

– Não vou embora. Não vou... jamais... – Beijei-o com paixão para tranquilizá-lo, e ele trocou nossa posição, de modo que continuamos de frente um para o outro, mas deitados de lado na cama – ainda unidos, ainda nos movendo juntos, ainda fazendo amor um com o outro.

Seus olhos se encheram quase a ponto de transbordar e ele os fechou, sua mão deixando nossos quadris e indo até a lateral do meu corpo, me puxando para mais perto, como se, por mais que se aproximasse, nunca fosse o bastante.

– Não quero ficar sem você – sussurrou.

– Estou aqui, Kellan. – Segurei sua mão e a pousei sobre meu coração disparado. – Estou com você... Estou bem aqui. – Agora meus olhos também estavam úmidos, e eu os fechei, me sentindo inundar de emoção.

Tornei a beijá-lo e ele deixou a mão sobre meu coração, quase como se tivesse medo de que, se a tirasse, de um momento para o outro eu deixaria de ser real. Pousei a mão sobre seu coração, bem em cima da tatuagem, e ambos sentimos a vida um do outro pulsando. Abri os olhos e fiquei observando seu rosto entre beijos carinhosos. Ele relaxou um pouco enquanto meu beijo e meu coração aliviavam sua dor, mas manteve os olhos fechados.

Eu me perdia no momento, observando-o, observando a emoção e o prazer, e até mesmo laivos de dor passarem por suas feições. Seu ritmo regular começou a acelerar junto com a respiração, e eu lhe dei um beijo carinhoso enquanto os grunhidos baixos que ele soltava me faziam ofegar. Sabia que ele estava quase lá, mas me sentia tão hipnotizada olhando para ele que quase parara de prestar atenção às coisas incríveis que ele fazia com meu corpo. Não conseguia me concentrar em nada além da expressão no seu rosto e o sofrimento na sua voz.

No momento em que percebi que ele estava à beira de gozar, ele abriu os olhos e envolveu meu rosto com a mão que antes pousara sobre meu coração.

– Por favor – sussurrou com intensidade. – Eu estou tão perto, Kiera. – Inspirou por entre os dentes, grunhindo baixo. – Não quero... não quero fazer isso sozinho. – Seus olhos ainda brilhavam, como se a qualquer momento uma pesada lágrima fosse cair, e mais uma vez meus olhos se umedeceram em resposta.

– Estou aqui, Kellan. Você não está sozinho... não está mais sozinho.

Deixei de prestar atenção ao que fazia com ele e passei a me concentrar no que ele fazia comigo. Essa pequena mudança mental foi tudo de que precisei para despencar no abismo. Apertei-o com força e não escondi absolutamente nada, deixando que soubesse exatamente quão profundo era o meu envolvimento, e ele despencou do abismo junto comigo. Então, enquanto caíamos, nossos olhos se encontraram e, simultaneamente, paramos de respirar, paramos de verbalizar e, em silêncio, experimentamos algo indizivelmente profundo... juntos.

Nossos lábios se encontraram e o fogo se alastrou por cada um de nós – beijos duros no início, fundos e intensos, e então morrendo em luz, carícias que mal roçavam um o outro, o fogo em nós se transformando em brasas prontas para se acenderem de novo quando o momento chegasse.

Ele tornou a acomodar nossos corpos, mas nos manteve de frente um para o outro, seus braços cruzados ao meu redor, me enlaçando com força. Com outro beijo leve, murmurou *Obrigado*, e eu fiquei envergonhada, mas o abracei com força. Ele aninhou a cabeça na curva do meu pescoço e, balançando o corpo contra minha pele, disse baixinho *Me perdoe*.

Eu me afastei e ele, relutante, levantou a cabeça para me olhar. Parecia satisfeito, mas também um pouco constrangido.

— Não tive a intenção de... praticamente me tornar uma mulher. — Negou com a cabeça e abaixou os olhos, enquanto eu deixava escapar um risinho, ao lembrar que uma vez o acusara de ser exatamente isso.

Levei a mão ao seu rosto, e ele voltou a olhar para mim.

— Posso lhe garantir que você não é? — Ele esboçou um sorriso em resposta ao comentário.

Um sorriso que deu lugar a uma pequena ruga no seu cenho, e ele voltou a abaixar os olhos.

— Não faz muito tempo, houve uma época em que achei que nós nunca estaríamos... — Deu de ombros, como se buscasse as palavras. — Acho que fiquei um pouco... transtornado com isso, e peço desculpas. — Levantou os olhos, um sorriso encantador de tão lindo surgindo no seu rosto. — Não tive a intenção de entrar em pânico. Isso foi... constrangedor.

— Não há nada por que ficar constrangido. — Um sorrisinho endiabrado levantou seus lábios, e eu corei ao entender como ele interpretara minhas palavras. Com uma risadinha, passei a mão pelos seus cabelos e o beijei por um longo momento. Voltando a me afastar, passei os dedos pelo seu rosto e, com a voz mais reconfortante que pude fazer, disse:

— Você nunca tem que se desculpar comigo por isso... por dizer o que realmente sente... ou teme.

Troquei nossa posição, ficando de costas e ele com o corpo quase todo em cima do meu, nossas pernas enlaçadas no calor uma da outra. Segurei seu rosto entre as mãos enquanto ele sorria contente acima de mim.

— Nunca esconda nada de mim. Eu quero saber... saber o que você está sentindo, mesmo que você pense que não quero, e mesmo que tenha dificuldade para dizer. — Seus olhos se desviaram dos meus e, com delicadeza, virei sua cabeça, até ele olhar de novo para mim. — Eu te amo. Não vou a parte alguma.

Ele assentiu e tornou a descair sobre mim, os braços enlaçados por baixo do meu corpo, a testa pousada no meu pescoço. Suspirei e comecei a passar os dedos pelos seus cabelos, vez por outra me virando para dar um beijo na sua cabeça, fazendo-o suspirar e me abraçar com mais força. E assim, nossa primeira noite dormindo juntos, nos sentidos figurado e literal da palavra, terminou comigo abraçando e confortando a *ele*. E encontrei algo profundo e emocionalmente envolvente nisso. Enquanto meus dedos que afagavam seus cabelos finalmente o faziam relaxar e adormecer, suas mãos que me seguravam jamais se afrouxaram, e compreendi que jamais se afrouxariam. O amor que sentíamos um pelo outro, embora jamais planejado ou esperado, como imagino ser o caso da maioria dos amores, tinha nos marcado indelevelmente... até o fundo da alma. Não enfraqueceria. Não se transformaria. Provavelmente, nem sempre seria fácil... mas sempre seria... sempre. E, enquanto o sono tomava conta de mim, a verdadeira paz se seguiu.

Papel: Offset 75g
Tipo: Bembo
www.editoravalentina.com.br